图书 影视

彭湃 著

异兽迷城

天津出版传媒集团
百花文艺出版社

图书在版编目（CIP）数据

异兽迷城 / 彭湃著. -- 天津：百花文艺出版社，
2024.5（2025.1 重印）
ISBN 978-7-5306-8793-2

Ⅰ.①异… Ⅱ.①彭… Ⅲ.①幻想小说—中国—当代
Ⅳ.①I247.5

中国国家版本馆 CIP 数据核字 (2024) 第 060394 号

异兽迷城
YI SHOU MI CHENG

彭湃 著

出 版 人：	薛印胜
选题策划：	胡晓童
责任编辑：	胡晓童
封面设计：	春秋设计
出版发行：	百花文艺出版社
地 址：	天津市和平区西康路35号　邮编：300051
电话传真：	+86-22-23332651（发行部）
	+86-22-23332656（总编室）
	+86-22-23332478（邮购部）
网 址：	http://www.baihuawenyi.com
印 刷：	天津鑫旭阳印刷有限公司
开 本：	680毫米×970毫米　1/16
字 数：	511千字
印 张：	24
版 次：	2024年5月第1版
印 次：	2025年1月第2次印刷
定 价：	49.80元

如有印装质量问题，请与天津鑫旭阳印刷有限公司联系调换
地　址：天津宝坻经济开发区宝中道北侧5号1号楼106室
电　话：（022）-22458633 邮编：301800
版权所有 侵权必究

十二生肖禁令

条例一：绝不主动杀人类

条例二：绝不主动杀迷失者

条例三：绝不准搞办公室恋情

惩罚：违反者永久逐出组织

目录 CONTENTS

第一章 开端 —— 001

第二章 烟幕弹 —— 043

第三章 新天赋 —— 075

第四章 拜访者 —— 112

第五章 新起点 —— 145

第六章 欢迎会 —— 177

第七章 观察者 —— 209

第八章 许愿 —— 243

第九章 出口 —— 280

第十章 初雪 —— 318

番外 悠长夏日 —— 372

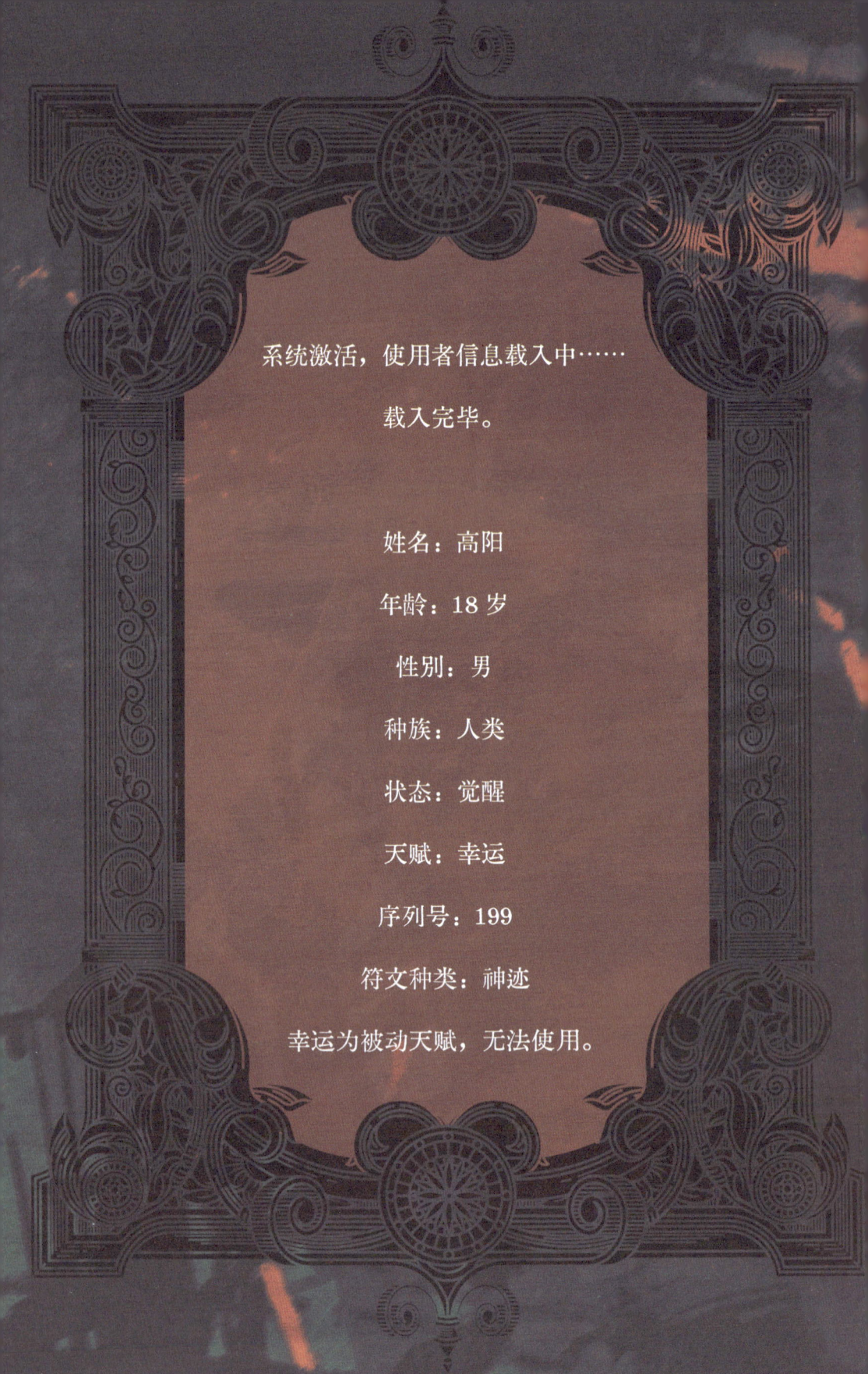

系统激活，使用者信息载入中……

载入完毕。

姓名：高阳

年龄：18岁

性别：男

种族：人类

状态：觉醒

天赋：幸运

序列号：199

符文种类：神迹

幸运为被动天赋，无法使用。

第一章

开　端

今天是高阳在这个家生活的第十二个年头。

在此之前，在高阳的印象中，他是个孤儿，在孤儿院度过了他的六岁生日。当晚，他吃了宿管阿姨给他买的纸杯蛋糕，心满意足地睡下，睡前他许了个愿，希望自己可以找到爸爸妈妈，然后迷迷糊糊地进入了梦乡。

再睁开眼时，高阳发现自己正坐在一张饭桌旁，桌上放着一碗热气腾腾的面，他嘴里正咬着一半面条，另一半还挂在外面晃荡着。

老屋子的厅堂里，清晨的光线柔和，饭桌对面坐着一对陌生的中年男女，背靠屋门的上座是一个慈眉善目的老奶奶，自己的身旁则坐着一个大眼睛的小女孩，看着有四五岁。

"别愣着，赶快吃，一会儿上学别迟到啊。"女人开口催促。她三十来岁，尽管穿着朴素的睡衣，又未施粉黛，但很漂亮。

"儿子，要不要爸送？"男人叼着牙签，笑眯眯地问道。他高大健壮，腹部有些隆起，发际线略高，眉目间依稀能见年轻时的俊朗。

"不准送！爸爸要送我去幼儿园！"小女孩气鼓鼓地喊着，趴在桌前扒拉着一碗小米粥。

"呵呵，那就先送哥哥，再送妹妹，好不好呀？"老奶奶和蔼地笑着，伸手摸了摸小女孩的头。

高阳张大嘴，面条"吧嗒"一声掉落在餐桌上。

那年他六岁，还不能理解发生了什么。

他感觉自己像是在做梦，却没想到，自己一梦就是十二年。

如今，高阳早已适应了这样的生活。

他从小生活在一个温馨的五口之家，有和蔼可亲的奶奶、恩爱和睦但偶尔拌嘴的爸妈，以及一个精灵古怪的妹妹。

他过着不错的生活，和多数同龄人一样，埋头学习，偶尔也会畅想未来：找什么工作,跟谁结婚,生几个孩子……

总之,高阳六岁的愿望实现了,他"找到"了爸爸妈妈,还附带了奶奶和妹妹。他生活幸福,别无所求。

直到十八岁生日这天,一切都改变了。

晚自习结束后,高阳骑自行车回家,经过一条小路时,一个黑影忽然从巷口窜出,把高阳连人带车撞翻。

高阳跌了一跤,但没大碍。他咧着嘴站起来,才看清撞自己的人。昏黄的路灯下,站着一个矮小的中年男人,他形如枯槁,脸色惨白,神色惊恐,穿着一套破烂的病号服,满身血渍。

"叔叔你没事……"

"快跑!"男人用力抓住高阳的双肩,力气大得可怕,"怪物!到处都是怪物!快跑!离开这儿!"

男人的声音中透着一股子绝望的血腥味:"别相信任何人……"

"砰"!

男人还想说什么,一发子弹射入他的太阳穴。

刺鼻的腥味扑鼻而来。

抓住高阳双肩的双手慢慢松开,男人惊恐的神色永远定格,他过度凸出的眼球不再动弹,里面满是绝望、彷徨和不甘。

两秒后,尸体重重倒下。

高阳蒙了。

他杵在原地,脚底很快被蔓延的血泊浸湿,只觉得黏糊糊、湿嗒嗒的。子弹射过来时造成的轻微耳鸣逐渐被高阳胸腔中的心跳声覆盖:"扑通""扑通"……

"孩子,你没受伤吧!"

"别怕,你现在安全了!"

"闭上眼,别往脚下看……"

几名警察冲上来,其中一名警察将高阳揽进怀中,捂住他的双眼。

第二天,高阳上了本地新闻头条:《重度精神病患者杀死两名护士夜逃,后挟持学生被当场击毙》。

高阳请假一天,在家休息。

他确实受了点刺激,近距离地目睹一个人被射杀,换哪个普通人都受不了。而且,此人有精神病这事也疑点重重,让他觉得很怪异,究竟哪里怪异,他一时说不上来。

当晚,高阳服下一颗安眠药。入睡后,他做梦了。

他有两份六岁前的记忆,一份是属于孤儿高阳的,另一份则是属于出生在这个幸福之家的高阳的。两份记忆早被他消化完毕,但后者有一些模糊的记忆似乎被遗忘了。

梦中，高阳回到四岁时夏天的深夜。

他吃多了西瓜，半夜起床上厕所，经过爷爷奶奶的房间时，听到一阵窸窸窣窣的声音。

高阳有点好奇，竖起耳朵，贴着冰冷的房门，声音变得更加真切，也更加陌生。

他从没听过这样的声音，像野兽的呜咽，又像深海巨鲸的哀鸣，听起来很痛苦，又混合着一种扭曲的亢奋，再细细地分辨，声音中还藏着粗糙而沉闷的撕咬声。

高阳只觉得毛骨悚然。

那会儿他刚听幼儿园的阿姨讲完《小红帽》的童话。他想，该不会有大灰狼溜到他的家中，把爷爷奶奶给吃掉了吧？

高阳的一颗心扑通直跳，但他还是鼓起勇气轻轻推开了房门。

隔着门缝，他看到了什么！

他怕得不行，掉头跑回房，蒙头钻进了被子，甚至忘记了解决自己的生理问题。

翌日一大早，高阳尿床了，他以为那只是一场噩梦。就在这时，妈妈推门进来，伤心地把高阳抱进怀中，哭着说："高阳，你爷爷走了。"

高阳跟着妈妈走出房间时，爷爷的遗体正好被医护人员用担架抬走，盖着白布。待到举办葬礼时，爷爷已经变成一个骨灰盒。

从头到尾，高阳跟妹妹都没能见爷爷最后一面。

现在想来，事情有不少疑点。

爷爷生前最疼高阳和妹妹，他们是至亲骨肉，为何不能见爷爷最后一面？

如果记忆没出错的话，当时被白布盖住的爷爷，上半身的形状很奇怪，仿佛有一只手是残缺的。

爷爷不是死于心脏病吗？为什么会少一只手？

梦中的高阳看着白色担架上的尸体，百思不得其解。

忽然，白色担架上的尸体坐了起来！

白布落下来，竟是那个精神病男人。

他伸出双手，用力掐住高阳的双肩："怪物！到处都是怪物！快跑！离开这里！别相信任何人！"

…………

"啊！"

高阳从梦中惊醒。

上午十点，阳光正好，四月的微风拂起窗帘，窗外是车水马龙。

"老哥，做噩梦啦？"妹妹坐在高阳床头，歪头看着他，一双大眼睛眨了眨。

高阳一愣："你怎么在我房间里？"

妹妹嫌弃地看他一眼："太阳都晒屁股了，老妈让我叫你起床！"

"哦好，知道了。"

妹妹走出房间。

高阳还有些恍惚，翻身下床，喝下一大口水。

这时，手机响起，高阳随手点开微信。

"噗——"他一口水喷了出来。

两天前，王子凯，也就是高阳的死党，偷了高阳的手机搞恶作剧，给李薇薇发了一段长达三百字的微信，细述高阳和她之间的深厚情谊，说要跟她做一辈子的朋友，永远不分开。

高阳发现时已经没法撤回。虽然他立刻发信息解释，但是李薇薇没有回复。不仅如此，接下来的两天，她也没再找高阳说话，在学校时还故意躲着他。

李薇薇跟高阳是青梅竹马，两家人住得近，幼儿园就认识了，后来又一起搬来离城，同上一所学校，可谓十分有缘。这些年，托李薇薇的福，高阳没少被班上的同学羡慕嫉妒恨。

高阳对李薇薇的感情自然很深，哪怕长大后他们都没有一起出去玩过。

再过几个月，大家就要各奔东西。离别在即，王子凯吃饱了撑的，就有了这场恶作剧。

现在，两天过去，李薇薇终于回复了微信："我答应你。"

高阳心情复杂，心想我不是跟她解释了这是王子凯发的恶作剧信息吗？她怎么把那条解释信息无视了啊？不行，我得再解释……

微信声再次响起："今天出来见个面？"

高阳犹豫了一下，回了一个"好"。

下午两点，山青区，达万广场。

高阳赶过来时，李薇薇已经等了一会儿。

难得的周末假期，李薇薇换上淡绿色的毛衣，平日扎起的头发柔顺地披在肩上。风一吹，女孩的头发和裙摆轻轻飞扬，她按住耳畔的长发，朝高阳开心地挥手："这里，高阳，这里！"

春风十里明媚，少女笑靥如花。

高阳微笑着走过去："不好意思，来晚了。"

"没事，我跟青灵先逛了一圈，刚在书店买了些参考书，也给你买了两本。"李薇薇说。

高阳这才注意到，李薇薇身后不远处还站着一个身材高挑的马尾女孩。马尾女孩正单手插袋，酷酷地玩着手机。

马尾女孩名叫青灵，身高一米六七，班上的短跑特长生，是李薇薇关系最好的朋友。

除此之外，青灵还是全校公认的高素质、高颜值女生。

她脸蛋漂亮自不用说，天天风吹日晒，皮肤还白皙如雪，这就很过分了，由于长期训练，运动衣下的身体曲线和一双大长腿充满着令人赏心悦目的艺术之美。

有意思的是，她几乎不跟男生说话。更准确地说，她看男生的眼神总是透露出一股看到苍蝇般的生理性厌恶。

久而久之，大家都知道她不喜欢与男生接触。

仿佛察觉到高阳的注视，青灵放下手机，抬头对上高阳的视线。那气场之强，那厌恶气息之深，让高阳觉得自己不仅是只苍蝇，还是一只正在盯着垃圾的苍蝇。

"青灵，一起吗？"李薇薇朝青灵喊道。

"不了，你俩玩得开心。"青灵朝李薇薇露出温柔如天使的微笑。

高阳跟李薇薇一起喝奶茶，看电影，吃烤肉，度过了愉快而充实的一天。

深夜，高阳送李薇薇回家。

寂静无人的马路上，李薇薇走在前面。走着走着，她忽然转过身来："喂，你是不是后悔了？"

"啊？后悔什么？"高阳问。

李薇薇："后悔跟我说了那些话啊。"

"薇薇，其实……"

"本以为我跟你出来，你会更开心一点儿。"

"不是。其实那段话……"

"高阳，"李薇薇不满地眯起眼，打量着高阳，"你今天到底怎么了，你是不是有事瞒着我啊？"

"有吗？"

"有！你一整天都心不在焉的。"李薇薇语气有些不悦。

事实上，高阳今天确实有点心不在焉，本想借出来玩让自己分散注意力，可他越让自己别去在意，就越忍不住去想。

高阳犹豫再三，还是开口问："李薇薇，问你个问题啊。"

"问呗。"

"初三那年，你奶奶不是脑出血过世了吗？"

"是啊。"

"你有见她最后一面吗？"

李薇薇一愣，眨眼道："什么意思？"

"就是，她死后的遗体，你有没有见过？"

"我当时在学校啊，回家的时候，爸妈已经把她送去火化了。"

"这样啊。"

高阳心想：果然。

"有什么奇怪的吗？"李薇薇不解。

"没什么……"高阳欲言又止。

他记得，作为孤儿的自己在六岁前参加过院长的葬礼，所以他早就隐约意识到，这个世界跟自己印象中的正常世界还是有一些差别的。

比如在如今的世界，很多人死后会在第一时间被火化，而没有举行"遗体告别仪式"之类的风俗。火化得那么急，跟要销毁什么证据似的，比如自己的爷爷，比如李薇薇的奶奶。

想到这儿，高阳莫名心惊。

"你怎么了？脸色好难看。"李薇薇有所察觉。

高阳想了想，说："李薇薇，你有没有想过，我们生活的世界其实充满了危险？"

李薇薇顿时紧张起来："你到底想说什么啊？你、你别吓我……"

"我昨晚被一个精神病人抓了，你知道吧？"

"听说了，幸亏警察把那人击毙，你才没受伤，我还怪担心你的。"

高阳摇头："不是，其实他当时根本没打算伤害我，而是在警告我。"

"警告？"李薇薇糊涂了，"警告什么？"

高阳简单地把事情说了一遍，并且提到四岁那年自己爷爷死的事情。

李薇薇越发害怕，不自觉地向他靠拢了一点儿。

"该不会是梦吧？毕竟那么小的时候……"

"不，绝不是梦！"高阳笃定。

"难道你认为，你爷爷是……"李薇薇不敢再说下去。

高阳摇头道："倒也不一定，我就是总觉得哪儿不对劲。"

"你当时不是偷偷往房间里看了一眼吗？"李薇薇说，"你看到了什么？"

高阳沉默了。他在记忆的梦境中确实看到一点儿东西，但不清楚那是不是错觉。

"其实……"

"啊！算了，别说了……"李薇薇低下头，"我们快点回家吧。"

"李薇薇，你不相信我吗？"高阳一把抓住李薇薇的手。

李薇薇先是一愣，花了点时间克服恐惧，用力地点点头："我信你。"

"我也相信你，这事除了你，我不知道还能跟谁说。"高阳深吸一口气，鼓起勇气说出来了，"其实我看到了一只手。"

"手？"

"嗯，准确说是手臂，有正常人的大腿那么粗，上面长满灰青色的鳞片，那些鳞片就像挤在一块儿的小虫子，还会蠕动翻滚，总之怪恶心的……"

"天啊……"

"我也不知道那是什么，但绝不可能是人类的手。"高阳皱着眉。

"高阳，"李薇薇抬头看向他，"你说的手是这种吗？"

高阳猛地一惊，手腕处传来剧痛。

他低头，只见李薇薇细小洁白的手臂忽然皮开肉绽，青灰色的肉质鳞片从里面一片一片地往外钻。月光下，那些鳞片边缘流动着惨白而阴森的光泽。它们越来越长，顺着高阳的手臂，一点点钻入高阳的皮肤，犹如蚂蟥一样吮吸着他的血液。

"李薇薇……你……"

李薇薇迅速伸出另一只手，掐住高阳的脖子，将他轻易地提起。女孩手臂上蠕动的青灰色鳞片化为柔软而黏腻的触手，钻进高阳的嘴巴、鼻孔、耳道，甚至是眼眶。

高阳的头颅承受着无法想象的挤压。

"高阳，谢谢你。"李薇薇的声音没变，甚至比之前更加温柔。

她微笑着说："你是我遇到的第一个觉醒者。"

"……"

"我永远，永远不会忘记你。"

痛！

除了痛，高阳心中便只剩下如坠深渊般的恐惧：我要死了，马上就会死去。死是什么感觉？从今以后，无论哪个世界都不会再有我这个人，就连我此刻的这个念头、这份恐惧也随之烟消云散。

不！我不要死！

高阳努力地睁开被触手挤压的半只眼睛，眼前似乎漂浮着一个东西。

他看清楚了，一个半透明的、散发着微弱金色光芒的六角星。它静静地旋转着，似乎等待着有人去触碰。

高阳不知道这是什么，但本能告诉他，这是他临死前唯一能做的挣扎。他拼尽全力抬起左手，一点点靠近空气中的六角星。

马上……他马上要触到了。

"啊！"剧烈的痛苦抽空他身体中的力气，他的左手臂垂了下来。

"这就是人类吗？人类的鲜血、人类的味道……"李薇薇太过亢奋，声音带着喘息，"太美了！太棒了！"

高阳的头颅在李薇薇手中就像一枚生鸡蛋，一捏就碎。

她舍不得那么快弄坏它。她极力克制，掌握着捏碎猎物头颅的临界点。她要最大限度品味到人类垂死挣扎时的恐惧与绝望。

这些情感，太珍贵了。

她这辈子可能都不会再有第二次机会。

李薇薇的身体因为兴奋而疯狂战栗："高阳，你是个好人……我要你！给我，请把你的一切都给我！"

触手绞杀的力量出现瞬间的松懈，那是发力的前兆。

高阳抓住瞬间的机会，猛地抬起手，用中指够到了空气中的六角星。

"哔"——

系统激活，使用者信息载入中……

载入完毕。

姓名：高阳。

年龄：18岁。

性别：男。

种族：人类。

状态：觉醒。

天赋：幸运。
　　序列号：199。
　　符文种类：神迹。
你是系统还是外挂？不管了，我要使用天赋！高阳说不出话，但他心中的声音依然能被系统识别。
　　幸运为被动天赋，无法使用。
那你有什么用啊！我要死了！快救我啊！谁来救救我！
　　访问结束，系统隐藏。
"哗"——
系统消失。
一切只发生在瞬间，高阳眼前的六角星不见了，而他依然什么都做不了。他好不甘心啊，但已经没有任何希望了。
他闭上双眼……
奇怪，为什么我还没死？为什么疼痛开始减轻？为什么绞杀我脑袋的触手的力量在一点点消退？
"哗啦"——触手松软下来，退回到了李薇薇的手臂内。
高阳跌坐在地上，从窒息和痛楚中解脱。他捂着脖子拼命咳嗽："咳咳……咳咳！"
他一边咳嗽一边抬头。
李薇薇的双臂早已恢复原样，她双眼睁大，一脸茫然，眼中含着泪水："为……什么……"
高阳的视线从李薇薇的脸上往下滑，她的胸膛殷红一片。
李薇薇不甘心地看着高阳，还想朝他伸出手："你……是我……的……"
"噗"——一把狭长的唐刀从背后刺穿李薇薇的心脏，李薇薇的身体往后弯曲，像一条被鱼叉刺穿的鱼。
"让开。"声音从李薇薇身后传来。
高阳战栗着站起来，总算看清，是青灵。她站在李薇薇身后，双手握着唐刀的刀柄，维持着一个俯身刺杀的姿势。
"青灵？你怎么……在这儿？"
"让开！"青灵冷冷地重复一遍。
"好……"高阳赶紧退开一步。
"站在我身后。"青灵说。
高阳照做。
青灵迅速拔刀，李薇薇的前胸血流如注。
高阳强行忍住才没有呕吐。随即他发现，青灵手中的唐刀银白一片，竟然一滴鲜血都没沾染。
只见青灵一手握住黑色刀柄，一手将修长的食指放在刀尖上，顺着刀刃轻轻往下一划，将近一百五十厘米的唐刀立刻消失，仿佛被她折叠进另一个次元空间。

高阳看呆了。

这是魔术？魔法？还是异能？

青灵看也不看高阳："什么都别问，立刻回家。附近的监控我已经破坏，这里发生的一切都跟你没关系。"

"可是……"

"你什么都不知道，说。"青灵的眼神像一把利刃。

"我……什么都不知道。"

"再说。"

"我什么都不知道。"

"再说。"

"我什么都不知道。"

"很好。"青灵轻轻一跃，翻上两米的院墙，消失在黑暗中。

夜深了，高阳迅速离开现场，一路跑回了家。

爸妈都已经睡下，只有妹妹还窝在沙发上看手机。她看到玄关处的高阳满脸伤痕，吓了一大跳。

"哇，你的脸怎么啦？"

"哦，这个……"高阳回家心切，竟然忘记了脸上还有伤。

"啊，我知道了！"妹妹恍然大悟，"你在扮演丧尸！"

"啊对……没错！"高阳顺着妹妹的话说，"这特效妆逼真吧？"

"逼真！跟真的一样。"妹妹坏笑起来。

这丫头，也不知道她嘴里哪句话是真的，哪句话是假的。

罢了，发生的事情过于荒谬，他心乱如麻，根本没余力应付，一会儿把爸妈吵醒就更麻烦了。

高阳在客厅柜翻出医疗箱，直接往卧室跑。

他关上门，稍微平复了下心情，拿出消毒水和棉签，给脸上的伤口消毒，贴好创可贴，接着给手臂上的伤口消毒，再缠上纱布，全程疼得龇牙咧嘴、满头大汗。

简单处理完伤口，高阳精疲力竭地躺在床上。

恐惧和震惊替代了悲伤，高阳只觉得今晚发生的一切都极其不真实。

李薇薇……他的青梅竹马，两人朝夕相处了十几年，相互信任，无话不谈，可忽然间，她就变成了吃人的怪物？！

高阳情愿相信，她是被怪物吃掉，然后被怪物冒充了。就像小红帽的故事里，狼吃掉外婆，再假扮成外婆。

可事情真是这样吗？为什么那个要杀掉自己的李薇薇还说着李薇薇会说的话，好像她就是李薇薇本人，那不过是她的第二人格？

有太多搞不明白的地方了。

伤口也还在隐隐作痛,我是不是被感染了?该不会明天一早醒来,自己也变成了吃人的怪物吧?高阳心神不宁。

空气中的六角星不知何时又出现了,静静漂浮在眼前的空气中。

高阳翻身坐起,伸手触摸了一下。

"哔"——

　　进入系统。

　　恭喜!你已经成功存活3小时。

这有什么好恭喜的,我刚差点死了!

　　你可以获得3个幸运点。

为什么?

　　天赋:幸运。

　　序列号:199。

　　符文类型:神迹。

　　作用:天赋拥有者每存活60分钟,就能获得1个幸运点。

原来如此。幸运点有什么用?

　　属性面板有各项属性值,你可以用幸运点来永久提升任意属性值。

高阳打开属性面板。

　　体力:10。

　　耐力:10。

　　力量:10。

　　敏捷:10。

　　精神:10。

　　魅力:10。

　　运气:0。

　　…………

高阳研究了一下。他玩过游戏,基本明白前面这六大属性对应的应该就是一般游戏中的生命值、防御值、攻击值、速度值、魔法值、控制力,至于那个"运气"代表什么,可能是避开危险的概率,或者是获得装备的概率。

手上才3个幸运点,加什么都很寒酸,高阳的视线回到那个扎眼的数字上。

　　运气:0。

运气?我的天赋就是幸运吧?两者有什么区别?

　　幸运是天赋。运气是属性值。

说了等于没说。我感觉幸运这个天赋不怎么样呀?我可以换其他天赋吗?

　　不可以。

你打开天赋列表,我瞧瞧。

瞬间,一张密密麻麻的天赋表格展现在高阳眼前。

高阳一眼就看到顶部的"序列号199",正是自己的"幸运"。奇怪的是,序列号 198 到序列号 1 的天赋名称和备注，全部隐藏了。

我怎么什么都看不到啊？

系统无法为你展示未探索的信息。

这系统也太坑了吧！怎么跟小说里的系统不一样。

"咚咚咚"，有人敲窗。

访问结束，系统隐藏。

"哗"——

高阳猛地坐起来。

一个黑影已经拉开窗户，轻松跳进房间。

是青灵，她穿着训练时穿的运动短裤和短袖，月光下，四肢修长。她动作麻利地踢掉脚上的球鞋。

"你……"高阳刚要说话。

青灵轻盈地跳上床，脚踩在高阳的胸口处，把他整个人压回床上。

高阳蒙了。

青灵凑近，看着高阳。

"等一下！"高阳涨红着脸大喊着制止。

三小时前自己差点被最信任的青梅竹马给捏碎脑袋，现在一个完全不熟的人又忽然跟他近距离接触，这怎么看都是一场阴谋，他完全有理由怀疑对方是想把他杀了。

"戒备心挺强。"青灵说。

高阳心说：这难道不是正常人的反应？

他满头是汗，大气都不敢出。

青灵起身下床："行了。"

高阳一脸蒙，从床上坐起来，忽然发现，自己的枕头底下竟然藏着一把锋利小巧的匕首。

青灵轻轻一扬手，匕首飞回了她的手中。青灵旋转修长的手指，匕首眨眼就消失不见。

"你刚才……是不是想杀了我？"高阳有点后怕。

"这取决于你。"青灵说。

"什么意思？我要是反应过来动手反抗，你就杀我？"高阳合理推测，"所以这是一个考验，我通过考验，取得你的信任？"

"全错。"青灵背对着高阳，"你要是完全没反应，我才杀你。"

"为什么？"

"兽没有真正的生殖系统。"

高阳瞬间恍然大悟："搞半天，你在确认我的身份！"

"你今天遇到的是嗔兽。"

"嗔兽？"

"兽有很多种，嗔兽是其中一种。总之，他们都很狡猾，善于伪装，以假乱真。"青灵说，"想在这个世界活下去，就别相信任何人。"

"那我怎么相信你是人类？"高阳反问。

"不错，学得很快。"青灵面无表情，"想确认女性是不是兽会麻烦很多，只看是看不出来的。"

"呃……"

青灵丢过来一个小瓶子："这是特效药，用完记得处理掉，别让任何人看到。"

高阳接过小药瓶，仔细打量起来，看起来就是一瓶普通的蓝药水，没什么特别。他把药瓶藏进被子，眼下他还有很多问题要问青灵。

兽究竟是什么？他们为什么要杀人？

现在自己是什么处境？

青灵的天赋是什么？看上去比自己厉害很多。

自己要如何才能变强？

"砰！"门忽然被踢开，妹妹冲进来。

高阳吓一大跳，光着膀子站起来："不是！不是你看到的那样……"

"什么呀？"妹妹一脸疑惑。

高阳一回头，青灵不见了，只有晃动的窗帘和照进房间一隅的皎洁月光。

不是，这动作也太迅速了吧？！真就是"我嚣张地来正如我嚣张地走"。

"好可疑啊！"妹妹上下打量高阳，忽然坏笑起来，"哥，你在干什么？"

"我没有！我不是！别瞎说！"高阳欲哭无泪，"还有，下次进来能不能先敲门？"

"知道啦！"妹妹忽然笑容殷切地凑过来，一把揽住高阳的手，"老哥，咱们商量个事呗。"

"先说。"

妹妹立马掏出手机："你看……这件洛丽塔裙，好不好看？"

"好……"高阳反应过来，"你想干吗？"

"只要四百九十八元！超便宜！现在买还可立省一百九十八。"

"不买立省四百九十八。"

"还有十一个月我就过生日了！"妹妹噘着嘴，"你就不能当是送我生日礼物吗？"

"我还有七十年就死了，你就不能当我现在已经死了吗？"

"你不关心我！你不疼我！你这样的人根本不配做哥哥！"妹妹大喊大叫，"我要告诉爸妈，你今晚出去鬼混，搞得满脸是血！"

"行行行！"高阳顿时紧张起来，拿起手机从下个月的生活费里给妹妹转了几百块。比起心疼钱，他的当务之急是息事宁人。

"老哥真好！我最喜欢老哥了！"

妹妹拿着手机欢快地跑走了。

高阳看着妹妹开心地关上门，松了一口气。

青灵给的特效药非常见效，第二天醒来，伤口就愈合得差不多了，只剩下一些红色痕迹，看上去像蚊虫叮咬后的挠伤。

高阳吃了早饭，来到学校。

教室里，李薇薇的座位空着。

高阳的胸口空荡荡的，传来阵阵钝痛，像被挖去一块。

他想到这十二年来，跟李薇薇的点点滴滴：一起上下学，一起吃饭，一起做作业，有几次大年夜还一起放烟花；他第一次见她笑，见她哭，见她生气……这熟悉美好的一切，都被昨晚的那只兽撕碎了。

高阳好希望自己面对的是两个生物，一个是美好单纯的人类女孩，一个是邪恶未知的凶猛怪兽，可这两者却是一体的。

高阳无法接受。

一直到下早自习，李薇薇的座位依然空着。班上几个女生开始窃窃私语，估计已经知道李薇薇出事了。

高阳一晚都没怎么睡，他有太多的问题要问青灵。

没想到一下早自习，青灵就主动走过来，当着其他同学的面高声质问："高阳，李薇薇呢？"

高阳一愣：什么情况，她在演戏？

"不知道啊。"高阳回答。

"不知道？！昨天她不是跟你在一块儿吗？"

"嗯，晚上我们各自回家了……"

"怎么搞的？电话不接，微信也不回，课也不来上了。"青灵眉头紧锁，有些烦躁，见问不出什么甩头离开。

第一节是数学课，数学老师也是班主任。

班主任面色沉重地走进来，把课本放在讲台上，推了推塌鼻梁上的高度近视眼镜。

"同学们，上课之前，我要跟大家说一件事。"

"班上的李薇薇同学，昨天晚上……遇害了。"

全班一片哗然。

"什么？！"青灵激动得站起来。

高阳一愣，忽然佩服起来：人生如戏，全靠演技啊。

青灵跟李薇薇几乎每天待在一块儿，关系那么好，这个反应实属正常。这也提醒了高阳，作为青梅竹马，他的反应太不正常了。

高阳赶紧站起来，做出震惊又疑惑的表情："不可能！我昨天下午还见过她！"

"她是深夜回家时遇害的，初步断定是抢劫犯，胸口被刺，当场死亡……"班主任叹了口气，"老师知道的就这么多了。"

"天啊！怎么会这样？"

"好可怜，没想到这种事会发生在她身上。"

"凶手抓到了必须判死刑！"

"呜呜呜……"

有的同学怒火中烧，激动地喊着，跟李薇薇关系好的几个女生甚至当场红了双眼，小声抽泣。

"同学们，李薇薇的事老师也很难过、很愤怒。警察已经在全力搜捕，一定会把凶手绳之以法！想跟李薇薇遗体告别的同学，今晚可以跟老师一起去殡仪馆……现在，让我们收拾好心情，继续上课。"数学老师翻开课本，又想起什么，"青灵、高阳，你们两个去一下我办公室。"

高阳警觉起来："有事吗老师？"

"警察过来了，你俩配合他们回答几个问题就行。"

青灵红着眼眶，率先冲出教室，好像迫不及待要见到警察，高阳跟着出去。

两人一前一后穿过走廊。高阳走在后头，确认四周没人，快步追上青灵："我们先对一下口风。"

"什么口风？"青灵扭过头，眼神既悲伤又愤怒。

"李薇薇的事。"

青灵先是一愣，一把揪住高阳的衣领："你果然知道什么！"

"啊？"高阳蒙了。

这又是哪一出？她演戏还演上瘾了吗？

"都什么时候了，你别演了！"高阳说。

"谁跟你演戏了！"青灵表情认真，"你果然很可疑，你昨晚为什么没送李薇薇回家？为什么李薇薇会遇害？我看八成跟你脱不了干系！"

不是！这个青灵搞什么名堂？

"说话啊！"青灵咄咄逼人。

高阳的大脑飞速思考，现在只有两种可能：一是眼前的青灵并不是昨晚的青灵，这种可能性极低；二是青灵还在演戏，决定卖掉他自保——昨天她就说过，不要相信任何人。

"我不知道你在说什么。"高阳低头，绕开青灵。言多必失，他决定闭嘴。

"别装了！我会让警察好好调查你！如果跟你有关系，我绝不会放过你！"青灵愤怒地冲进办公室。

高阳刚要跟进去，一个高大的身影伸手拦住他。

高阳抬起头，是一个穿警服的男人，三十几岁，干净的寸头，宽下巴，脸部棱角分明，眼神老道而锐利。

"你是……黄警官？"

"呵呵，又见面了。"黄警官微笑着，眼中却没有温度。

三天前的深夜，开枪击毙"精神病"把高阳"救"下的警察正是他，黄琦，黄警官。

　　黄警官拍拍高阳的肩："你跟我去另一个办公室。"

　　高阳的心"咯噔"一下：完了，囚徒困境。

　　上午九点，教导处。

　　"坐。"

　　黄警官坐在教导主任的转椅上，身体微微后仰，跷着二郎腿，双手合十放在腹部。他神态松弛，不怒自威，仿佛坐在自己的审讯室。

　　高阳在他面前规矩地坐好，沉默。

　　黄警官微笑："别紧张，这儿没别人，我就随便问几个问题。"

　　"嗯……"高阳暗想：没别人我才紧张好吗？！

　　"你脸是不是受伤了？"

　　"哦，被虫咬了。"高阳假装随意地摸了下。

　　"行，我们开始吧。"黄警官拿出笔录本，"高阳同学，死者李薇薇跟你是什么关系？"

　　"我们幼儿园就认识了，关系一直很好，算青梅竹马。"高阳回答。

　　黄警官边记边问："昨天下午，你一直跟李薇薇在一起吗？"

　　"嗯，我们在达万商城看电影、吃饭，玩到挺晚的，深夜才回家。"

　　"你跟李薇薇分开的时候是几点？"

　　"好像快十一点了吧。"高阳知道，时间不能记太清，否则更可疑。

　　"那么晚了，你不送她回家吗？"

　　"顺路送了一段，最后一段路她说不用送，我就没送了。"

　　高阳知道最后那一段路的监控被青灵破坏了。他故意问："黄警官你可以看监控吧，监控可以证明。"

　　黄警官沉吟片刻，眼神微微一动："实不相瞒，你们分开那条路的监控正好坏了。"

　　"怎么会？"高阳做出吃惊的表情。

　　"预谋作案的可能性很大。"黄警官静静打量高阳的脸，想从他的表情里找出破绽，"可能是熟人作案，不过只是初步推测，目前没什么头绪，毕竟凶器、目击者这些都没有。"

　　"一点儿线索都没有吗？"高阳问。

　　黄警官放下二郎腿，身体前倾："李薇薇平时有没有关系不好的同学，或者得罪过谁？"

　　高阳摇头道："她人很好，班里同学都很喜欢她，我想不出她有什么仇家。"

　　"那么嫉妒她的人呢？或者其他的？"

　　高阳思索了一下，摇摇头："没印象。"

　　黄警官点点头，视线始终没有离开高阳的脸："由于查案需要，我看了李薇薇的微信记录,你给她发了很长的消息,她回复了……"

"是的,所以我们俩第一次约着一起出去玩,没想到会变成最后一次……"高阳低下头,心情低落悲伤,这一点并不是装的。

黄警官不再问话,站起来:"行,今天先到这儿。"

他上前拍拍高阳的肩,语气有些意味深长:"节哀顺变。"

问话结束,高阳松一口气,虚惊一场。

他离开办公室,往教室走。

"高阳!"有人叫他。

高阳没来得及转身,一只强有力的胳膊忽然出现,死死绞住他的脖子。

高阳几乎喘不过气:"咳咳……咳咳……"

"哈哈哈哈你太弱啦!"

一个头发染成金色,打着唇钉的男生松开了胳膊,是王子凯。

王子凯是高阳的同学,不过一周前已经不是了——当他再一次把隔壁班男生的脑袋打破后,他终于被强制退学。

他打架的理由是对方瞅了他一眼。

王子凯家里有钱,长得也好看,可就是这样一手好牌却被他打得稀烂。在学校里,他完全就是一个人见人怕的恶霸。

也不知道为什么,这个恶霸一直对高阳特别热情。王子凯曾不止一次强调过:高阳是他最好的也是唯一的朋友。

这让高阳受宠若惊,也匪夷所思。屈于王子凯的淫威,高阳战战兢兢地当起了他的朋友,结果发现他这人除了喜欢打架外加偶尔脑袋抽风外,人其实挺不错。

今天的王子凯心情很好,应该是过来办理退学手续的。

"你怎么了?一脸便秘的样子。"王子凯问。

"李薇薇死了。"高阳说。

"啊?!"王子凯吃了一惊,"怎么死的?"

"抢劫,被杀了……"

"也太倒霉了。"王子凯咂咂嘴,"亏我前几天还帮你给她发消息了。哎,她答应你了没?肯定拒绝了吧,哈哈哈。"

高阳翻白眼:这蠢货永远搞不清重点。

"兄弟,节哀吧。"王子凯无所谓地拍拍高阳的肩。

"今天放学了哥开车来接你,一起双排!化悲愤为动力,这赛季一定要上白银!"王子凯说。

"不了,今晚要去参加李薇薇的遗体告别会。"高阳说。

"不是吧,"王子凯故作夸张地跳开,"你去了她能复活吗?"

"滚!"

高阳简直无语,恨不得给他一脚。不过这就是王子凯,你永远别想从他嘴里听到一句正常人该说的话。

"回见！"王子凯拍拍屁股，一边挥手一边跑走了。

傍晚七点，山青区，殡仪馆。

高阳和十多名同学跟着班主任一起，参加了李薇薇的遗体告别会。

一方面，高阳对李薇薇是有感情的，虽然她昨晚变成了一只怪物，但他还是想来送她最后一程；另一方面，他也很好奇，为什么李薇薇死后没有第一时间被火化，这不符合他对这个世界的了解。

灵堂昏暗而肃穆，李薇薇的遗照摆在祭台上，照片里的女孩笑容明媚。遗体放在带有冷冻功能的透明玻璃棺内，四周簇拥着茂盛的白色花卉。

李薇薇的父母身穿黑西装和黑礼服站在棺材旁，不断朝前来吊唁的人鞠躬。

李薇薇的母亲止不住地哭泣，丈夫扶着她，满脸悲怆。

班主任带着几名学生对着李薇薇的遗照鞠了躬，然后前去跟她父母握手，接着绕玻璃棺材走一圈，告别仪式就算结束。

高阳跟在队伍里，接近冰棺时，仔细看了一下李薇薇的遗体。她穿着黑色寿衣，脸上化了妆，看起来好像只是睡着了，跟生前没什么两样。可一想到就是这个女孩，昨天差点把自己的脑袋捏碎，深深的恐惧感又从脚底生出，让他汗毛倒立。

班主任上前跟李薇薇的父母交谈。

高阳只觉得口干舌燥，避开人群，来到灵堂侧面的茶水间喝水。

他推开门，青灵也在。

高阳不敢看青灵，独自去倒水，青灵却主动上前："警察有问你什么话吗？"

"没什么。"

"全告诉我。"青灵以命令的口吻说。

高阳四下看看，确认茶水间没有别人，摊牌道："你怎么不继续演了？"

青灵微微一愣："演什么？"

"白天那些，你不是演得很好吗？！"高阳有点生气。

青灵一掠："你见过她了？"

"什么意思？"

"我的另一个人格？"

高阳吃了一惊，随即明白过来："你是说，你有……双重人格？"

"是。"

高阳不说话。

青灵把茶水间的门轻轻关上："想在这个世界活下去，不骗过自己是不行的。久而久之，我就有了次人格。她是我的妹妹，叫青翎。平时绝大部分时候都是我在外面，有时候她也会不听话跑出来。李薇薇的死，让青翎受了不小的刺激。"

高阳眼神警惕："我现在已经不知道你哪句话真哪句话假了。"

"无所谓。"

"给我一个相信你的理由。"

"理由？"青灵眉毛一挑，端着一次性茶杯的右手指轻轻一动，薄如蝉翼的刀片忽然从青灵胸前的口袋里飞出，抵住高阳的脖子。

"我要杀你，比李薇薇杀你更简单，这理由够吗？"

"够了……"

高阳简单把自己跟黄警官的对话复述一遍。

青灵听完，陷入沉思。

青灵："你还算机灵，没露出什么马脚。"

"一个警察而已，"高阳故意说，"能露出什么马脚？"

青灵冷冷一笑："看来你还不太清楚自己的处境，你知道这座城市有多少兽吗？"

"多少？"

"比例是万分之一。"

"一万个人里就有一个兽，确实很高了。"高阳说。

"不，是一万个兽中才有一个人。"

"什么？！"高阳差点大叫出来，"你……在开玩笑？"

"没有。"

"这不可能！"高阳难以置信，只觉得头皮发麻，这太荒谬了。

"这就是事实，现在明白自己的处境了吗？"

高阳的手在抖。

"我们学校能有我和你两个人，已经算是小概率事件。"青灵上前一步，目光冰冷，"至于你的家人、你的朋友、你的邻居……你这辈子接触到的百分之九十九点九九的人，不出意外全是兽，各种各样的兽。"

高阳杵在原地，恐惧像一条冰冷的毒蛇将他死死缠绕。

奶奶、爸爸、妈妈、妹妹、老师、同学、朋友……所有人可能都是兽。而高阳，已经跟他们朝夕相处了十二年！

高阳胃里一阵翻涌，只想呕吐。

"实话告诉你吧，你是我迄今为止见过的第三个人。前两个人比我强，但他们都死了。"

高阳还抱有一丝侥幸心理："不可能，如果我身边都是兽……我早死了。"

"因为你在这之前从未察觉他们的存在，兽不会伤害未觉醒的人类。他们只杀觉醒者，也就是我们这种人。"

"为什么？"

"我也不清楚。"青灵摇摇头，"他们似乎有着一套自己的规则，我掌握的信息也很有限……"

"你们在聊什么？"

高阳和青灵一惊。

茶水间的门被人推开，黄警官笑容满面地站在门外。

"你们说的兽，是什么啊？"

茶水间里静得可怕。

空气仿佛凝固，高阳能听到自己的心跳在疯狂加速：完了，绝对被发现了。

高阳歪头看向青灵，青灵面无表情，她的大脑正在高速思考：如果黄警官是嗔兽，她没胜算。

杀死一只嗔兽对她来说当然不算难，但茶水间外面还有上百号"人"，她一旦暴露觉醒者的身份，必死无疑。

逃吗？

没有意义。

就算她现在逃走，她的身份已经暴露，活不过几天。青灵的上一个同伴比她更强，却还是因为不小心暴露身份而死去。

她别无选择，只能赌最后一个可能。

"黄警官，你怎么在这儿？"三秒后，青灵开口问。

黄警官慢慢走到饮水机前，弯腰接了一杯冷水，将自己的后背完全暴露在青灵和高阳的眼前。

接完水，他转过身，倚在放饮水机的桌沿上："还是李薇薇的案子，我想从她身边的人入手调查，所以来参加遗体告别会了。"

"有查到什么吗？"高阳努力扮演关切案情进展的模样。

"问了一圈，有点线索了，不过不能告诉你们。"黄警官喝了一口水，笑了笑，"对了，你们刚才在聊什么，听上去挺有意思的。什么兽？什么规则？"

高阳的心狠狠一沉，果然没法蒙混过关。

既然如此，死马当活马医了。

"最近在玩的一款求生游戏，很火。"高阳看一眼青灵，"我们在聊游戏。"

"是吗？"黄警官点点头，若有所思，"这款游戏叫什么名字？"

"叫……《怪兽人类合家欢》。"

"听名字就挺有趣，"黄警官不无羡慕地叹了口气，"年轻人就是好啊，哪像我们这种打工人，早就没有娱乐了。"

黄警官喝完水，把一次性水杯放在饮水桶上，悠闲地走出茶水间。

短短一分钟，高阳出了一身冷汗，后背全湿了。

他问青灵："现在怎么办？"

青灵微微蹙眉："如果他是兽，两种可能：一、他是嗔兽，已经对我们起疑，在故意试探我们；二、他是痴兽。"

"痴兽？"

"痴兽比较特殊，又称'迷失者'，自以为是人类，把自己都欺骗了。就算有觉醒者出现在他们面前，他们也不会伤害觉醒者，通常会自动忽略关键信息，自动修正大脑的逻辑和记忆。"

"如果黄警官是痴兽，我们就是安全的。"高阳得出结论。

"对，但我不会赌这种概率。"青灵走到门口，透过门缝看向灵堂中的黄警官，"嗔兽对猎物极度渴望，能将觉醒者独食，绝不会分享给同类。"

高阳想起了李薇薇杀自己时的模样："我见识过了……"

"现在灵堂里有一百多个人，里面肯定不止一只嗔兽。这或许才是黄警官没有攻击我们的理由。"

"他想吃独食啊。"高阳倒吸一口冷气。

"可能性很高。"青灵看向高阳，目光冰冷，"我们还有机会，先灭口。"

深夜十点，山青区，警察局。

遗体告别会结束后，黄警官直接开车回了警局。

青灵和高阳打车跟上。下车后，他们来到警局对面的一家咖啡馆，找到一个方便观察的靠窗卡座坐下。

两人点了些吃的和饮料，然后拿出课本作业，假装一起学习，实则消磨时间。

跟青灵来处理黄警官这件事，高阳一开始是拒绝的，但转念一想，唇亡齿寒，青灵若失败，自己迟早会死。

反正都要死，他不如站着死，这样……至少显得有尊严点。

"我有不少问题想问你。"高阳喝了一口橙汁。

"说。"青灵低头吃着杧果班戟，用刀叉将杧果班戟大切八块的样子，像极了在对付一个敌人。

"除了我，你还有其他同伴吗？"

"不是说过吗，以前认识两个，都死了。"

"那你一直一个人？"高阳难以置信。

"两个，"青灵目光流转，"还有我妹妹。"

高阳反应过来，她指的是青翎。

"你们姐妹俩……也挺不容易的。"

"还是先担心你自己吧。"青灵放下叉子，"一会儿如果行动失败，我会逃跑，然后藏起来。"

"那我呢？"高阳问。

"不知道。"青灵眼神冰冷，"我不会管一个累赘。"

高阳内心很受伤：他不是累赘啊！他也有天赋！

他转念一想，还是不要自取其辱了。

两人一直等到深夜，黄警官终于从警局里出来了。

他走到路边的警车旁，刚掏出车钥匙就愣住了。他低头一看，前胎坏了——青灵远程操控匕首扎坏的。

黄警官没表现出烦躁，他拿出手机，有说有笑地打起了电话，接着穿过马路，买了包烟。

青灵和高阳跟他保持着五十米左右的距离，小心地跟着。

黄警官一边抽烟一边打电话。经过一个街心公园时，他转了进去，似乎想抄近路。

"机会来了。"青灵加快脚步。

"他会不会是在给我们设套？"高阳非常怀疑。

青灵目光一冷："那就看到底谁才是猎物了。"

深夜，街心公园树林茂密，没有游客，黄警官独自走着夜路，形只影单，可越是这样，高阳反而越觉得此人高深莫测、危险异常。

青灵跟高阳从背包里拿出口罩和墨镜戴上，跟踪着黄警官来到公园腹地，找准机会，潜入到修剪整齐的灌木丛后面。

青灵伸出双手，对准头顶路灯上的监控。

她聚精会神，似乎在控制着什么东西。两秒后，她轻轻一握拳，监控中发出轻微的声响，"红点"消失了。

"你出去喊住他，随便说点什么，分散他的注意力。"青灵低声说，"剩下的交给我。"

高阳十分紧张："好。"

高阳深吸一口气，走出灌木丛，快步追上："黄警官。"

黄警官停下，回过头："你是……谁？"

高阳扯下口罩："哦，是我。"

"高阳？这么晚了你怎么在这儿？"黄警官微笑。

高阳继续表演："李薇薇的事，我忽然想起一点儿线索，想告诉你。"

"是吗？"黄警官笑着走向高阳，动作略微急切，"好啊，跟我说说……"

忽然，黄警官的笑容消失了。

他飞快地转身，拔出腰间的配枪。

"砰"！

黄警官瞬间开出三枪，但因为动作太快，高阳只听到了一声枪响。

枪响的瞬间，黄警官两米外的空气中出现三道溅射的火星，他将偷袭自己的三把匕首给击落。

然而，匕首只是佯攻。

黄警官一惊，一道黑影不知何时已经从左侧俯冲到他的眼皮底下。

"唰"——一道锋利的白色刀光晃过。

黄警官在极短的时间内拿出手枪抵挡，但手枪犹如橡皮泥，瞬间被切成了两半，同时，他的两根手指头也像大葱一样被切落。

半秒后，黄警官的脑袋就要搬家。

但这一幕没有发生。

狭长而锋利的唐刀抵住黄警官的喉结，没有砍下去。很快，男人喉结处的皮肤裂开，溢出细小的鲜血，那是被强大的刀气所伤。

青灵收回刀，退后两步："你不是噆兽。"

黄警官捂住血流不止的手指头，疼痛让他脸色惨白，但他没有慌乱和害怕："你怎么知道的？"

"如果你是噆兽，最后一秒会选择用双臂来抵挡我的攻击。"青灵用手指轻轻划过不沾血的刀刃，唐刀在她手中折叠消失。

"他们对自己的身体很自信，这是本能反应。人类不一样，人类会选择用自认为坚固的东西抵挡我的劈砍。"

"没错，我也是觉醒者。"黄警官笑了，"谢谢你没杀我。"

凌晨两点，山青区，三医院急诊楼。

黄警官的手指头已经被接好，并进行包扎，高阳跟青灵在大厅等候。

黄警官走出医院，面带微笑："明天我会写一份报告，你俩被街头混混抢劫，我出手相助，不慎受伤。"

高阳跟青灵面面相觑，没说话。

黄警官又说："饿不饿？走，去吃点东西。"

三人去了医院附近的一个麻辣烫夜宵摊。

不起眼的小巷口搭着一个蓝色小帐篷，下面是一台装有麻辣锅和小液化气罐的手推车，昏黄的灯光、香气四溢的食物，算是冰冷城市的温馨一角。

老板是一个六十多岁的大爷，精神矍铄，讲话中气十足。

"黄警官来啦！哟，你手怎么搞的啊？"

"工伤。"

"你这行可真不容易哟，那今天不能喝酒了嘛。"

"是的，其他的还跟之前一样。"

"行。"大爷张罗起来，又看向高阳跟青灵，"两位吃点啥？"

青灵面无表情地看着菜单，飞快地思考完毕："香菇一串、冬瓜一串、土豆一串、白菜一串、鱼丸一串、蟹棒一串、油面筋一串、西红柿一份、红薯粉一份。加辣。"

高阳惊了：她还真是不客气啊，那我也恭敬不如从命。

"我跟她一样。"

三人并肩坐在小推车旁，埋头吃着香喷喷的麻辣烫。黄警官一脸享受："嗯，死里逃生的感觉真棒，还以为再也吃不到了。"

青灵不说话，专注地咬着土豆。

高阳谨小慎微："黄警官，我们还是别在公共场合聊这些事吧。"

黄警官抬头，看了一眼正在涮肉的老大爷："没事，刘大爷是迷失者，对于他不想听到的内容，都会自动忽略，是不是呀刘大爷？"

刘大爷抬起头："咋啦？"

"我说今天的猪肺很脆，再来一份。"

"好嘞。"刘大爷乐呵呵地笑了。

高阳总算放下心来："你今天是故意试探我跟青灵吗？"

黄警官的笑容有点无奈，对高阳说："我早知道你是觉醒者，只是没想到你朋友也是。"

"不是朋友。"青灵吃完了土豆片，开始吃鱼丸。

"还记得那天我击毙的精神病人吗？"黄警官问。

"记得。"高阳怎么可能忘记，要不是那个人，高阳也不会有现在这些糟心事了。

"他也是觉醒者。"黄警官眼神惋惜，"但他彻底暴露，没希望了，与其让他被嗜兽折磨死或者吃掉，不如送他一程。"

高阳不说话。

"那兄弟的天赋是'嗅觉'，序列号175。他可以分辨兽的气味，因此整日活在恐惧中，最终精神崩溃。"

黄警官盯着热气腾腾的麻辣锅，虔诚地等候着即将出炉的猪肺："他第一时间闻出你是人类，才叫你跑。我当时要不射杀他，只怕会连累你。"

"谢谢。"高阳声音发紧。

"应该的，大家在一条船上。"

"你之前说到天赋，"高阳舔了舔嘴唇，"每个觉醒者的天赋都不一样吗？"

"当然。"黄警官说，"我的天赋是'枪神'，序列号41，精通枪械，百发百中，开枪速度极快。"

"那我的天赋是什么？"高阳故意问。

"你一直深藏不露，我又没有侦查天赋，怎么会知道？"黄警官好笑。

"哦。"

"你朋友的天赋应该是'金属'，序列号20，可以控制任何金属元素。"

"不是朋友。"青灵吃完了鱼丸，开始吃香菇。

黄警官不无羡慕地看向青灵："除此之外，她应该还拥有天赋'刀神'，序列号32，就她那一手刀法和破坏力，绝不是普通人能做到的。"

"天赋还可以有几种吗？"高阳问。

"人类一旦觉醒，会立刻拥有一种天赋，后天还能再领悟，不过领悟的方法和规律，我至今没搞明白。"

"你对天赋怎么会知道得这么详细？"高阳很疑惑：难道黄警官也有系统？不应该啊。

"我比你们活得久，又是警察，接触信息的渠道比较多。"黄警官笑笑，"事实上，我曾经见过完整的天赋序列表，综合我目前的经历，我认为那个序列表上的信息是真实可信的。"

"一共有多少个天赋？"青灵吃完鱼丸，开始吃白菜。

"一共有199个序列号，理论上，数字越小，天赋越强。"黄警官不无羡慕地看向青灵，"你很强啊。"

高阳心碎了：我的序列号是199，垫底啊，难怪他的天赋毫无存在感。还"幸运",他哪里幸运了?

青灵放下夹白菜的筷子:"序列表给我。"

"没有实体,"黄警官指指自己的脑袋,"都记在这儿。"

"那也告诉我。"

"告诉你们嘛,"黄警官淡淡一笑,"也不是不行。"

"你有条件?"高阳猜到了。

"当然啊,天下可没有免费的午餐。"黄警官意味深长地笑了,"这顿麻辣烫除外。"

"这样,你俩帮我办件事。作为条件,我先告诉你们50位之后的所有序列号。"黄警官左手用筷子夹起一根烫得软硬正好的菠菜,"不仅如此,我还可以免费回答你们一个问题,任何你们想知道而我恰好知道的问题。"

"办什么事?"青灵问。

"你得先答应。"黄警官笑笑,"这事绝对不难,保证没有生命危险。"

青灵不说话。

高阳也不说话,事实上他根本没资格跟黄警官谈条件,干脆走"深藏不露"的路线好了。

"你们已经知道万分之一的比例,应该清楚自己的处境有多糟。"黄警官重重叹了口气,"我们都是世界的孤儿,早被神遗弃了。"

青灵沉默,在犹豫。

高阳也不出声。

黄警官循循善诱:"我认为,想在这个迷雾世界里活下去,除了拥有强大的天赋,还需要尽可能多地掌握规则。"

他眼神悠然,语气却很笃定:"我保证,我的信息价值千金,这笔交易绝对划算。"

"成交。"高阳脱口而出,他的想法很简单:既然对方都说到这份上了,先答应再说,万一不成再反悔不迟。

青灵瞪一眼高阳,却没发表异议。

"聪明人。"黄警官很满意,从制服口袋里掏出便签纸和笔,"唰唰唰"地写下三张字条,"也别怪叔叔我小气,毕竟我还无法彻底信任你们。生在这种地狱里,也只能拼尽全力活下去了。"

黄警官把字条折好,交给青灵。

青灵去接,他迅速抽回字条:"记住,明天下晚自习,拆开第一张字条。完成一件事,再拆第二张。完成两件事,再看第三张。务必遵守。"

青灵接过字条,塞进校服的口袋:"事成之后,我要问两个问题。"

"可以,事成了,我会联系你们。"黄警官起身,掏出手机,"刘大爷,结账。"

半夜,高阳回到家时,心态已经发生了巨大转变。

当知道万分之一的兽人比例后，他再也无法直视曾经这个温馨美满的五口之家。

从模糊记忆中四岁那晚的经历来看，高阳几乎可以确定：爷爷肯定是兽，虽然不清楚是哪一种。

奶奶跟爷爷在一个房间里，恐怕也是兽无疑了。

至于他爸爸、妈妈，还有妹妹……

高阳不愿多想，他内心深处多希望家人们刚好都是人类啊，哪怕这种概率小到堪比中巨额彩票，可他还是无法磨灭这种侥幸心理，毕竟他们可都是跟自己朝夕相处了十二年的家人。

如果十八岁生日那天晚上，高阳没有被那个"精神病"撞到，如果一直无知地活下去，长大成人，结婚生子，寿终正寝，可能反而是一种幸福。

一个人活在虚假和谎言中并不可悲，前提是他永远不会醒来。

然而没有如果，高阳觉醒了，曾经平静的生活不复存在。

现在，他人即地狱！

从此以后，只能步步为营，如履薄冰，稍有差池就会跌入万丈深渊。

凌晨三点，家人早已睡下，高阳明天早晨自然少不了挨爸妈一顿训，但至少今晚，他不用再面对他们了，他还有时间好好调整心态，找到一个最合适的状态去面对一家人。

高阳身心疲惫，躺进浴缸，只想舒舒服服地泡个热水澡。一抬头，眼前的六角星发出微弱的光亮，他这次没用手触碰，试着闭上眼睛，用心里的声音控制：进入系统。

"哔"——

你新获得27个幸运点，一共有30个幸运点，是否使用？

使用。

为你打开属性面板。

体力：12。

耐力：12。

力量：11。

敏捷：11。

精神：10。

魅力：10。

运气：0。

高阳立即发现，有些基础属性有所增加，尽管增幅非常微弱。

属性值会自动增长吗？

属性值会根据你的身体机能和状态产生一定的浮动。今天你度过了充实的一天，比昨天的自己又强了一点点。

那如果我每天俯卧撑一百次，仰卧起坐一百次，下蹲一百次，外加十千米长跑。

坚持三年，直到头发掉光，我是不是可以变成世界最强？

理论上你的身体会更加强壮，但也可能面临肌肉拉伤、膝盖磨损等伤病。

那我要怎么变强？

使用幸运点来永久增强属性值。

另外，不同的天赋对不同属性值也有永久加成。

青灵的"刀神"天赋厉害吗？

天赋：刀神。

序列号：32。

符文种类：伤害。

满级刀神：刀械专精，刀械伤害增加3倍，物理破防率91.4%。

满级刀神永久属性值加成：体力+400，力量+800，敏捷+1000，魅力+400。

"枪神"天赋呢？

天赋：枪神。

序列号：41。

符文种类：伤害。

满级枪神：枪械专精，枪械97.3%命中率，开枪速度12次/秒。

满级枪神永久属性值加成：体力+300，力量+700，敏捷+800，魅力+300。

你今天还探索到天赋"金属"，需要了解详情吗？

别给我看了，心脏受不了。

你要分配加点方案吗？

才30幸运点，有什么好分配的，全加运气得了！我倒要看看究竟有多幸运。

幸运点一旦分配，不可更改，是否确定？

确定，快点！

恭喜！你的运气突破30，所有属性值获得6点永久加成。

体力：18。

耐力：18。

力量：17。

敏捷：17。

精神：16。

魅力：16。

运气：30。

6点，还能再小气点吗？

哎，不对，6个属性都加6点，一共36点，这次不亏啊。

另外你已触发隐藏版面，是否解锁？

解锁！赶紧！

> 抱歉，运气不够。

那你说什么？！

> 访问结束，系统隐藏。

"哔"——

一大早，高阳起了床，果然被妈妈说了一通：最近两天却夜不归宿，发信息不回，打电话也不接，越来越不让人省心了。

高阳撒谎说是给王子凯过生日，玩到了半夜。

妈妈一听，更气了："王子凯？他不是退学了吗？你不要成天跟那小子鬼混，别跟他学坏了。"

饭桌上，爸爸乐呵呵地咬着油条，倒是有不同看法："小凯？他老爹可有钱了，跟着他能开开眼长见识，儿子，这个朋友可以交。"

"别听你爸胡说，近朱者赤近墨者黑！"妈妈瞪了爸爸一眼。

"老婆，时代变了。"

"怎么个变法？"

"如今这社会，光有能力不行，还要靠人脉资源。小凯这种家境的朋友，对我们儿子绝对有帮助。"爸爸据理力争。

"你这是些什么扭曲的价值观？"妈妈生气了。

"老婆，我没别的意思，就是让儿子多个朋友，多条路。我相信阳阳有自己的判断，不会真跟他学坏的。"爸爸有点委屈，朝高阳使眼色，"是不是啊儿子？"

"爸、妈，我吃饱了。"

高阳心情复杂，实在不知道怎么面对"家人"。他胡乱吃两口，背着书包上学了。

明知家人们极有可能是兽，可有那么一瞬间，高阳还是产生了动摇：爸妈把自己抚养长大，无微不至，爱他还来不及，怎么会是兽啊？可是，李薇薇当初不也是自己的青梅竹马吗？那么美好的女孩，还不是一秒变恶魔。

兽到底是一种什么样的生物？他们到底想干什么？这个世界究竟是怎么回事？

高阳没有答案。

高阳来到学校，度过了普通的一天。

一整天，高阳都没跟青灵说话，甚至一个交汇的眼神都没有。下晚自习后，高阳来到学校附近一个没有摄像头的小巷里。

很快，青灵也出现了。她从大书包里掏出两件很薄的黑色卫衣，还有两顶鸭舌帽和口罩："换上。"

"在这儿？"

"不然呢，要不要给你搭一间更衣室？"青灵说着就开始脱制服，她的动作是真快，高阳赶忙转过背去，扭捏地换起了衣服。

三分钟后，两人换好黑色卫衣，拉上连衣帽，戴上鸭舌帽和口罩。

出发前，青灵从口袋拿出第一张字条，打开。

离城被一条离江拦腰截断，又被市民们称为"河东"和"河西"。

河东是老城区，步行街、名校、体育馆、博物馆、大商城、金融中心都在这儿；河西属于后开发的新城区，主打旅游景点，近几年发展得很快，房价直追河东。

离城一共划分为九个区，高阳和青灵生活在河东第五区——山青区。

青扬大桥是离城的第一座现代大桥，主要连接河东的山青区和河西的飞扬区。

这座大桥有几十年的历史了。相比后来搭建的大桥，它犹如风烛残年的老人，桥身破旧，年久失修，往来车辆不多。不过一旦过了晚上十二点，桥上的大货车就多起来了，因为走这座桥可以绕开一个收费站，是长途货运的首选。

深夜，高阳和青灵来到东桥头的桥底，头顶的货车碾过坑坑洼洼的桥面，时不时传来"轰隆轰隆"的声音，震耳欲聋。

高阳真担心桥会塌下来。

青灵盘腿坐在河堤上，正集中注意力搜寻东西。

第一张字条的内容是"青扬大桥东桥头，用你的'金属'能力，找个东西"。

很快，青灵睁开双眼："找到了，应该是那东西。"

高阳很想问是什么东西，在哪里，但这显得他很傻，所以他只是守在一旁，什么也没说。

青灵走下河堤，伸出双手，对准脚下的江面，不一会儿就皱起了眉头。

"怎么？"高阳问。

"距离有点远，你过来抱我一下。"

"怎么抱？"

"那部电影看过吗？就那张海报。"

"我悟了！"

高阳赶紧从身后环抱住青灵的腰。青灵往前倾倒，双手又朝江面的方向拉近了一米左右的距离。高阳顾不上多想，手上用力抱紧。

水面开始出现涟漪，接着越来越激烈。

"哗啦"——

一个长方形的铁盒子破水而出，悬浮到半空中。

青灵咬着牙，双手用力回拉，沉重的长铁盒朝他们飞来。

高阳绷紧身体用力拉拽，就像拔河一样，当青灵身上的重量忽然消失时，他来不及收势，带着青灵一起往后倒下。

青灵没急着起来，平躺到地上大口呼吸着。

"金属天赋不是很厉害吗？怎么感觉你用起来……"求生欲让高阳斟酌着措辞，"平平无奇啊。"

"刚领悟没多久，等级太低。"

青灵站起来："我现在能感知金属的极限距离是二十米，控制金属的极限距离是十米，极限重量是十公斤，刚那玩意超标了。"

高阳暗自在心中记下：天赋再强，也看等级；等级低的强天赋，或许还不如等级高的弱天赋。

青灵走到铁盒子前，拿出匕首，将上面厚实的防水胶带划破，小心地打开铁盒。

高阳凑上来看，吃了一惊。

铁盒里装着的居然是一把黑色狙击枪，拆卸形态，整齐地镶嵌在内盒中。月光下，这些冰冷的黑色烤漆金属部件散发着危险又性感的光泽。

脑内的系统声适时出现。

是否对陌生物品进行观测，耗费1个幸运点？

观测。

M82A1型半自动反器材步枪，12.7毫米弹药，弹匣容量10发，有效射程1800米，枪身重量14公斤。

高阳心一沉。

即便对于黄警官来说，这种狙击枪也不可能短时间内搞到，看来他筹备已久，一直藏在这儿，等待机会。

青灵看着狙击枪，沉思片刻。

她拿出铁盒中的一个背包，将铁盒套上，看了高阳一眼："背上。"

高阳赶紧过去，提起沉甸甸的黑色背包，扛在了肩上。

青灵打开第二张字条，久久没说话。

"怎么？"高阳问。

"酒店在哪儿？"青灵问。

…………

由于身上背着东西，只能步行，两人花了一个小时才来到粉红酒店前。颜色奇怪的霓虹灯光在两人的脸上忽明忽灭。

"你确定？"高阳吞了口口水，"是这里？"

"自己看。"青灵把第二张字条递给高阳。

去粉红酒店，五楼朝南房间，六点再打开第三张字条。

高阳跟青灵走进酒店。

前台是一个胖子，二十七八岁，穿着印着动漫人物头像的T恤，头发过于稀疏，满脸油光。他正埋头玩手游："倍镜有没有人要？哎哎，扶我扶我！差一点儿，大残……"

高阳四下环顾。

"咳咳，"高阳咳嗽两声，"开房。"

胖子抬头看了高阳一眼："一个人？"

"两个。"

胖子放下手机，眼神瞄到高阳后身的青灵，顿时眼睛都直了。

高阳很尴尬："五楼，窗口朝南的房间，还有吗？"

胖子笑了："我找找……啊，巧了，还剩最后一间——镜花水月！"

"什么？"高阳没反应过来。

"就是房间名。"胖子嘿嘿直笑。

"行，就这间。"高阳拿出手机要扫码。

"好的，出示下身份证。"

高阳愣住。他忘带了。

他回头看了一眼青灵，青灵摇摇头。

"兄弟，这就没办法了。"胖子一脸爱莫能助，"实在不行，我推荐你去个户外场所？"

青灵面无表情，转身就走。

高阳以为她生气了，赶紧追出去。刚一出门，就发现青灵逮住了一个人。

高阳一惊："王子凯？"

刚从网吧连输数把游戏出来的王子凯正要去取车，还没走两步，就给人一把抓住，回头一看，竟然是同班同学青灵。

接着，高阳也走过来。

王子凯一愣："高阳，你、你俩怎么在这儿啊？"

"带身份证了吗？"青灵开门见山，"借我用下。"

王子凯看了一眼青灵和高阳，又看了一眼他们身后的酒店："你们要开房？"

高阳点头。

王子凯夸张地后退一步。

青灵不耐烦，直接动手搜王子凯的身："把身份证给我。"

王子凯还在不停地说着废话。青灵从王子凯的口袋里翻出身份证，拉着高阳走回酒店，两人顺利在前台登记，步入电梯。

王子凯愣在原地，全程傻眼，越想越气。他直接冲到前台："喂，他们开的哪间房？！"

"不好意思，这是客人的隐私……"

王子凯一把揪住胖子的衣领："你再废话一句，我立马让你的隐私消失！懂？"

"501！501！"

"给我开一间房，601！"

"是是……马上开！"

说实话，他不太喜欢这里——红色灯光、红色地毯、红色墙壁、红色家具、红色床幔，就像一个逼仄的蜘蛛精洞穴。

青灵反锁房门，拉上窗帘，打开铁盒，稍微研究了一会儿，就把狙击枪给组装好了。

时间尚早，无事可干。

青灵坐在造型奇怪的椅子上，高阳坐在柔软的床上。

忽然，高阳的手机响了。

是王子凯打来的电话："兄弟！你到底干什么来的？赶紧出来！我们一起打排位才是正道！我在601电竞房！大投屏，高级立体环绕音响，特带感，赶紧上来！是兄弟就上分到天亮！"

高阳挂了电话。

"你很孤独吗？"青灵问。

"什么？"

"那你为什么要跟白痴交朋友？"青灵一脸费解。

"这个……一言难尽。"高阳讪笑。

青灵起身，走进浴室："我洗个澡。"

高阳拿出手机刷了起来。

青灵很快洗完，走出浴室时。

她对高阳说："你也去洗一个。"

"一定要洗吗？"

"外人眼中我们是来住宿的，一切痕迹都要符合行为逻辑，不能引起任何兽的怀疑。"

在房间制造完所有合理的"痕迹"后，两人眯眼休息了一会儿。

高阳毫无睡意，他一直在思考最近的事。

五点半，闹钟响了，青灵睁开眼，翻身起床。

高阳一直没睡，跟着起床，迫不及待地问她："我记得你之前说过，兽没有生殖系统。"

青灵走到墙角的小冰柜前，打开柜门，取出两瓶饮料，一瓶丢给高阳，一瓶自己打开，喝上一口。

"我有个疑问啊。"高阳旋转着手中的饮料瓶，"黄警官……已经结婚了吧？"

青灵点头，等待下文。

"按照万分之一的比例，那他的老婆，大概率是兽吧？"

"应该是。"

"那他们只要一行房……不就出问题了吗？"

青灵又喝了一口："兽不是没有生殖系统，是没有真正的人类生殖系统，但他们可以模仿，两者有细微的差异。"

"模仿？差异？"高阳琢磨着。

青灵神色坦然："我很小就觉醒了，遇见的第一个人类，是我表哥。"

"哦。"

"他跟很多女孩谈过恋爱，直到后来跟一个人类女孩在一起了，他发现这个女孩跟之前的都不太一样。"

"然后他就觉醒了？"高阳心情复杂，这说明人渣注定没好下场啊，毕竟如果青灵的表哥不觉醒，也就不会死。

青灵点头。

"表哥告诉我，男性很好分辨，因为兽是在模仿人类的身体构造，身体反应是瞬间完成的，但人类的身体反应是慢慢完成的。"

高阳想到什么，不禁脸红了。

"女性兽的话，表哥说只可意会不可言传。"

高阳喷出来一口饮料。

"怎么，很可笑吗？"青灵皱眉。

"没、没有。"高阳看了一眼手机，"六点快到了。"

青灵拿出口袋里的字条，眼底闪过一丝凛冽的光泽。

"是不是要杀人？"高阳已经猜到了，"杀谁？"

青灵把字条递给高阳："自己看。"

晚上六点，窗外沿江风光带2号观光台，杀我身边的女人，对准头部或心脏。

高阳看着字条，陷入思考："我身边的女人"就说明一会儿黄警官也会出现，目标可能就是他的同事、朋友或者家属；黄警官非但不自己杀她，还要跟她在一起，进入监控范围，应该是想制造最完美的"在场证据"，借刀杀人，洗清自己的嫌疑。

看来此事不简单啊。

青灵拉开窗帘，把椅子推到窗边，坐在椅子上，架起狙击枪，歪头，右眼凑到倍镜前。不一会儿，青灵开口："目标出现。"

高阳赶紧凑过去："我看看。"

透过倍镜，高阳看向沿江风光带的2号观光台。

清晨的阳光洁净柔和，一个气质文艺知性的女人正站在2号观光台上。她穿着红色长裙，裹着白色披肩，眺望着波光粼粼的江面。

不一会儿，黄警官出现了。他穿运动服和跑鞋，肩上搭着毛巾，在观光台上停下。女人转身，将手中的矿泉水递给他，笑容温柔。

黄警官接过水，女人顺手拿起毛巾替他擦汗，动作亲切自然。

短暂的交谈后，黄警官拿过毛巾，继续往前跑，看来还打算跑两个来回。女人含情脉脉地目送黄警官离开，然后转身继续欣赏江面。

"他老婆？"高阳问。

青灵点头，她的看法相同："他老婆可能察觉到他的觉醒者身份，至少，对他的身份起疑了。黄警官决定除掉她，以防万一，所以想借我们的手。"

"咔嚓"，青灵架好枪："我来吧。"

高阳没说话，心情有点复杂。

他没资格评判黄警官的决定。但是他设身处地地想，如果现在狙击枪下的人是他的奶奶、爸爸、妈妈、妹妹，他是否能扣动扳机？

他百感交集，心烦意乱。

"目标没动。"青灵深吸一口气，"三，二，一……"

"啾"，青灵开枪了，虽然有消音器，但枪声还是不太对劲，闷且短促，感觉像是哑火了。

高阳也察觉到不对，一抬头，蒙了。

青灵也是眉头紧皱，始料未及。

原来在她扣下扳机的瞬间，一个黑影从天而降，挡住枪口，子弹打中了人影。很快，高阳跟青灵看清楚了。

这个人影，是王子凯。

王子凯腰间系着一根绳子，从601房的窗户上倒挂下来，胸口结结实实挨了一枪。

青灵反应迅速，立刻操控匕首，割断绳子，顺势接住王子凯，将他往窗户里拽。她回头朝高阳大喊："别愣着！帮忙！"

一分钟前。

601房的王子凯在连输三把排位局后，越想越觉得不对劲！

高阳和青灵这两人，绝对有猫腻！

难道他们是偷偷来酒店复习功课的？

不对，青灵是体育特长生，文化成绩差点无所谓；高阳成绩还行，但他无欲无求的，不像是会这么偷偷用功的人。

王子凯趴在地上，隔着地板听了很久。下面太安静了！

所以，真相只有一个！

高阳这小子绝对找到新的游戏上分伙伴了！他嫌我技术差，打算抛弃我！这会他肯定在跟青灵排位！

可恶！不能原谅！

当面质问高阳，那小子肯定不会承认，王子凯心生一计。他找到绳子，把自己捆好，决定从六楼的窗户翻下去，抓现场！

他慢慢下滑，眼看就要接近五楼的窗户，这时，501的窗帘自己拉开了一条缝。然后，一个像是枪口的玩意儿伸了出来。

这是什么？！

王子凯来不及多想，踩住空调箱的脚尖一滑，整个人往下落。接着，他只觉得肺部一阵剧痛，两眼一抹黑。

…………

王子凯躺在房间的地毯上，胸口鲜血喷涌，人已经晕厥过去。

"出血量很大！找东西压住！"青灵说。

高阳冲进浴室，拿出厚毛巾，将他的胸口堵上，毛巾底部迅速染红。

正常人，这么近距离挨上一发狙击枪，胸口怕是得开出个窟窿，但王子凯感觉只像是普通的中弹。

他是兽无疑了。

"怎么办？"高阳问。

"不知道。"青灵没料到这个白痴会出来,计划全乱套了。

"得救他。"高阳迅速得出结论。

"你想死别拉上我。"青灵反对。

"不然呢,尸体就放在这儿?我们有开房记录,脱不了干系,迟早会暴露。"高阳调整呼吸,平复情绪,"他……大概率是只痴兽。"

痴兽,迷失者,自以为是人类,可能到死都不知道自己是兽。

青灵眼神闪烁,似乎有片刻的动摇,但很快,她眼神又变得冷厉,手中多出一把匕首:"不行,不能冒这个险。万一他不是迷失者,我们都得死!"

当年她的表哥之所以死,就是因为对某个迷失者心软了。

高阳知道说服不了她,他甚至说服不了自己。对敌人仁慈,就是对自己残忍。

三秒的沉默后,他一咬牙,别过脸:"动手吧。"

"咚咚咚",有人敲门。

高阳一惊,立马抓起水床上的被子,将昏迷的王子凯遮盖住。

青灵起身,快步走到门前,拉开一条门缝:"谁?"

门外站着的人,是前台的胖子。

胖子神色激动,压低声音说道:"小姐姐,快让我进来!"

"干什么?"青灵眼神警惕。

胖子左右看看,神秘兮兮地压低声音:"房间里的事我都知道了,我也是觉醒者……咱们借一步说话。"

青灵权衡了三秒利弊。

在立刻杀死胖子和放胖子进房之间,她选择了后者。

胖子的双手按住王子凯的肺部。

在这之前,肺部的子弹已经被青灵"取"出来。胖子的双手被一股绿色能量笼罩,绿色粒子正源源不断地注入王子凯的胸腔。血逐渐止住,被子弹撕开的伤口也正以肉眼可见的速度缓慢愈合。

五分钟后,抢救结束。

胖子哀号一声,一屁股坐在地毯上,浑身被汗水湿透,像是洗了个澡。他气喘吁吁,感觉自己去了半条命:"得亏这小子是只兽,要是个人,我真救不活了。"

救人的过程中,胖子已经自报家门了。

他叫韩英俊,不过大家都叫他胖俊,四年前成为觉醒者,天赋"治疗",序列号45。

胖俊父母早亡,从小跟着婶婶长大。婶婶死后,高中毕业的他也没什么出息,继承了婶婶的旅馆。

青灵蹲下,确认王子凯的心跳,然后吩咐高阳:"你清理一下现场,我有话问这个死胖子。"

"呵呵,不用那么亲切,叫我胖俊就行。"

青灵看向胖俊:"你怎么知道房间里发生的事?"

胖俊先是一愣，赶忙赔笑："嘿嘿，其实……我在房里装了摄像头和窃听……"

话音未落，一把唐刀"唰"的一声架在胖俊肥厚的三层下巴上。

胖俊大喊："小姐姐饶命！先听我解释！"

"给你十秒。"

"首先，我绝对没在浴室装摄像头！我做人是有底线的！"胖俊抹了一把肥脸上的汗，"而且，我装摄像头，可不是为了满足一己私欲，我是脱离了低级趣味的人……"

"说重点。"

"你们难道不好奇吗？"胖子颤颤巍巍地把脖子上的刀推开一点点，"这些兽，私下是什么状态？"

"唰"，唐刀在青灵的手中消失："你在观察兽？"

"是的，自从觉醒后，我真的三观炸裂，万分震惊！"胖俊看了一眼脚下的王子凯，"接受现实后，我就一直想啊，这些兽真的二十四小时都在扮演人类吗？"

"迷失者我还能接受，他们傻不拉几的，把自己都给骗过去了。可是其他兽呢？也天天跟咱们玩过家家？他们为什么要这样做啊？"胖俊看向高阳，"你不好奇吗？"

"我刚觉醒三天，还没想这么多。"高阳一边拖地一边回答。

"我装摄像头，一方面，是想看看这些兽私下是怎么回事……"胖俊说到这儿，露出了失望的神色，"没想到，这些家伙，私下居然也在尽职尽责地演戏。人类干的事，他们也都干。"

高阳和青灵陷入沉思。

"另一方面，我也是想寻找人类。"胖俊叹息一声，"带我觉醒的那个兄弟死了，这几年我一直孤身一人，现在总算等到你们！我太激动，太开心了……"

胖俊张开双手，想要拥抱青灵。

面对青灵的凝视，他转身抱住高阳："我真的太开心了！呜呜呜，我还以为我会孤独终老……"

胖俊情绪激动，竟然真的哭了："兄弟，我这心里头苦啊……每天睁开眼睛就要演戏，这三年之后又三年，什么时候是个头啊……"

高阳不会安慰人，僵硬地拍拍胖俊的肉肩："好了好了，没事了没事了。"

"咚咚咚"，门外再次传来敲门声。

一时间，所有人都安静了。

高阳和青灵纷纷看向胖俊，胖俊也很疑惑地摇摇头。

青灵跟高阳对了个眼神，无声地拿出唐刀。

高阳点头，迅速起身走到门口，朝外喊了一嗓子："谁啊？"

"打扫卫生。"外面传来一个阿姨的声音。

"打扫卫生？"

"501不是显示退房了吗？"

"没有啊,你搞错了吧?"

"搞错了,我看一下啊。"

胖俊也来到门前,过来拍拍高阳的肩,轻声说:"没事,是何姨,我请的清洁工。她脑子不好使。"

"哦哦……不好意思,是401哟,看错了,呵呵。"门外果然传来何姨的道歉声。

"没事。"

高阳说完,忽然背脊一凉。

他猛地转身,朝胖俊扑过去:"闪开!"

"梆",同一时间,一只强有力的手臂破门而入。

这只手臂绝非人类的手臂,它宽阔、粗壮,黄铜色的肌肉高高隆起,犹如钢铸,巨掌的手背上长满质感阴森的鳞片,四只手指上的指甲足有几厘米长,坚硬、锋利,犹如利刃。

高阳扑倒胖俊的瞬间,冲破房门的利爪紧跟其后,割伤了高阳的左手臂。

利爪感受到鲜血,出现短促而兴奋的战栗,接着开始疯狂切割房门。房门犹如一张脆弱的纸板,眨眼工夫就被门外的怪物徒手切得七零八落。

兽走进房间,脚踩在碎木屑上,发出松软而恐怖的声响。

房间里的主灯已经关上,昏暗、压抑。

"三个,居然有三个……啊,啊啊……"何姨的声音兴奋异常,隐约夹杂着莫名的哀怨和巨大的感恩,"都是我的……都是……"

高阳趴在床后面,强忍着手臂上的剧痛,一手捂住身旁瑟瑟发抖的胖俊的嘴,大气也不敢出。

很快,高阳的手指湿了,那是胖俊恐惧的泪水。

室内光亮微弱,高阳借着头顶天花上的镜子,看清敌人的模样。

的确是何姨,一个外表五十多岁的中年女人,穿保洁制服。她看上去消瘦苍老,身躯和头部还保持人类模样,四肢已经兽化,过分的粗大健壮,撑破了裤腿和衣袖,显得极不协调。

她一步一步地走进玄关,身体兴奋地战栗着。

很快,一条湿漉漉的光滑的深青色尾巴从她后背冒出来。尾巴的生长有些艰难,它一寸一寸地往外冒,伴随着黏稠而浑浊的体液,就像分娩时的羊水。

它压迫着何姨的臀骨和脊椎,导致她的身体不得不向前弯曲。

终于,粗如大腿、长达两米的尾巴全部生长出来。它拖拽在地上,发出如同蛇蠕动时的阴冷的窸窣声。

她现在看上去就像一只蜥蜴人。

目睹全程的高阳从骨子里感到恐惧,只觉得一阵晕眩和耳鸣。事实上,除了强忍疼痛,屏住呼吸,坐以待毙,努力让死亡来临得慢一点儿,他毫无办法。

他很清楚,自己绝不可能是这只怪物的对手。

一恍惚,他走神了。

高阳想起自己用拖鞋拍死蟑螂时的情景。

那时候，蟑螂被发现后迅速躲到床底下，但高阳还是轻松把它赶出来，然后怀着厌恶又傲慢的心情，"啪"的一下把它拍死。

高阳觉得，此刻的自己就是那只渺小又绝望的蟑螂。唯一的希望，是隐藏在房间某处的青灵。

众人在房间内僵持了漫长而煎熬的十秒。

可能只有七秒，高阳没数。

"咻咻咻"，三把锋利的小匕首从暗处飞出，直逼何姨的眼睛。

何姨迅速抬起手臂格挡。

"叮叮叮"，随着三声清脆的声响，匕首落地，甚至没能割伤何姨坚硬的手臂。

当然，这只是佯攻。何姨举手格挡的瞬间，青灵冲出衣柜，双手持刀，从侧面刺向何姨的心脏。

何姨的反应虽慢了半拍，但还是十分迅敏。她双手抓住锋利的唐刀，八只坚硬的利爪在刀刃上擦出花火。

"啊！"青灵低呵一声，腿部、腰部连带着手腕的力量一并爆发，推着唐刀全力一刺。

"砰"，何姨整个人都撞到墙上，但她的双手还顽强地抓住唐刀，守护着自己的心脏。

青灵继续用力，刀刃一寸一寸地刺入何姨的胸口。

"啊嗷嗷——"何姨发出介于人和兽之间的嘶吼声，她的尾巴甩动起来，用力一抽打在青灵的腰部。青灵一个趔趄，浑身的劲道瞬间松懈。

何姨掌握主动权，抓起唐刀一甩，青灵跟着武器一道飞出，撞向一旁的浴室，钢化玻璃"砰"的一声碎成了一地小颗粒。

何姨胸口被刺入的伤口并不浅，她痛苦而愤怒地低声喘息，一步一步走向浴室方向的青灵。

"哗啦"，一床被子飞过来，兜头将何姨遮盖住。

青灵跟何姨战斗的这短短十秒，高阳跟胖俊也没闲着。

胖俊将被子掀起，盖住何姨，但这根本拖不过两秒。他的想法很简单，挡住何姨的视线一小会儿，然后逃跑。

事实上胖俊也是这样做的，在被子罩住何姨的瞬间，他拔腿就往门口跑。可惜由于过于紧张，地面又满是碎玻璃和兽体内分泌的黏液，他脚底一滑，正好在何姨眼前摔了个四脚朝天。

"别、别杀我……妈妈……救我啊……"胖俊像一条肥胖的泥鳅，在地上打着滚，稠稠的液体却让他无法起身。

何姨挥舞利爪撕开棉被，目光锁定脚下的胖俊：三个人比她想象中的要难对付，她已经不指望能好好享用了，先杀一个是一个。

"咻咻咻"，三把匕首再次飞出，刺向何姨的眼睛。

何姨的眼球被戳，顿时流血不止。

"啊！"她胡乱挥舞着双爪，"眼睛！我的眼睛……"

此时，高阳的身体颤抖得厉害，手上的动作却没有停。

你是废物。

你做什么都没用，你什么都改变不了，所以不要紧张。

去做就行，来都来了，重在参与。

高阳靠着一套荒谬的自我安慰法，竟然大大缓解了恐惧和紧张。胖俊掀被子的同一时间，他已经摸到玄关处，捡起落地的唐刀，斩断吹风机的插线。接着，他把吹风机的插头插入墙壁。

不行，距离还是不够！

他一咬牙，抓起唐刀，刺向何姨。

刀尖刺入何姨的大腿，但由于力度很小，刺得不深。何姨一掌挥过来，高阳早有准备，往后一仰，只觉得鼻梁一酸——鼻子被划破了。

失去视力的何姨没有盲目追击。她抓住大腿上的唐刀，试图拔出。刀插得不深，原本能轻松拔掉，可偏偏有一股隐形的力量，死死压住唐刀，阻碍她拔出。

躺在地上的青灵双手张开，咬着牙，嘴角已经溢出鲜血："快点！"

高阳抓起吹风机斩断的线头，放到了刀刃上。

并没有电影中那种"噼里啪啦"的火花特效，也根本看不出触电，只听到沉闷而短暂的"滋"的一声，何姨浑身一软跪了下来。

她没有晕厥，还试图站起来。

高阳赶紧又电了一下。

何姨猛的一阵抽搐，坐倒在地。

她还试图爬起来，尾巴也在地面甩来甩去，换成人类触电，就算不当场死亡，也绝对会晕过去。

青灵不知何时站起来，走上前，拔出何姨大腿上的唐刀，用力刺向她的右胸。何姨发出痛苦的哀号，双手还在胡乱挣扎。

"帮忙！"青灵大喊。

高阳赶紧扔掉手中的线头，从身后握住青灵的双手，用力往前一推。

终于，唐刀刺穿何姨的胸膛。

何姨浑身一阵痉挛，甚至没能发出喊叫，头一歪，被钉死在墙壁上，那画面说不出的诡异。

青灵遍体鳞伤，精疲力竭。她长舒一口气。

几秒的沉默后，青灵转身，闷头倒向床，几近虚脱。她浑身是伤，身上到处都是星星点点的血渍。

高阳的大脑也一片空白，他捂着重新痛起来的受伤的手臂，站在一片狼藉中，空气中是难以形容的呛鼻气味。非要形容的话，他感觉像是腐臭的鸡蛋混合着塑料在燃烧，火焰中甚至还加入了少许风油精和芥末。

高阳只觉得胃部一阵翻涌，跪在何姨的尸体面前，大口呕吐。

死里逃生的胖俊没闲着，赶紧找东西把门堵住，后怕地说：“幸好这层其他房间没人。”

"你不是说这层只剩一个房间吗？"高阳抹了一把嘴。

"嘿嘿，骗你们的，最近生意差得不行。"胖子屁颠屁颠地跑过来，给高阳的手臂进行治疗。

"哥……"

"我比你小。"

"从今以后，你就是我亲哥。"

"哥，我有个问题，你刚是怎么发现何姨不对劲的？"胖俊问。

"声音。"高阳声音疲倦，"如果来打扫卫生，会有一辆推车吧。我让她走时，一直没听到推车的滚轮声。"

"厉害啊！"胖俊一拍大腿，"脑子转得真快！我怎么就没想到呢！"

"废话！那还用说，我兄弟脑瓜聪明着呢！"

高阳一惊，回过头。

说话的不是别人，正是王子凯。

高阳睁大双眼瞪着王子凯，王子凯盘腿坐在墙角的地上，看着高阳。

空气安静得有些诡异，所有人都没有动。

"你……"终于，高阳打破沉默，"什么时候醒的？"

"刚刚啊，"王子凯咧嘴一笑，看向高阳的眼神充满了兴奋。

"刚刚是什么时候？"胖俊本能地退后一步，问道。

"几分钟前吧？"

高阳预感大事不妙："你都看见了？！"

"看见啦！"一唠这个王子凯就来精神了，他蹿起来，"我醒的时候就看到你们在打来打去，牛啊……还以为在做梦呢……"

王子凯挥舞双手比画着道："只见青灵被她一扇，'呼'的一下飞出去，玻璃碎了一地。嚯！好家伙！我这才知道自己没做梦，直接吓傻了好吗！赶紧躺地上装死……"

高阳无奈，只觉得脑仁疼。

"哎，这阿姨到底是什么东西啊？够猛的啊，刚才明明变成了蜥蜴人，怎么现在一死又变回了人形啊？还有，你们三个究竟是什么人啊？Y战警？你们会异能吗？简直小牛坐飞机，牛上天了啊……"

"王子凯。"高阳打断。

"怎么啦？"

"别说话，让我静静。"高阳很崩溃。

胖俊退后一步："大哥、大姐，不能再留他了……动手吧。"

"我不是大姐。"青灵趴在床上一动不动，"我现在很累，这白痴你们爱怎么处理怎么处理。"

"白痴?"王子凯指着自己的鼻子,"你是说我吗?"

"不是!"高阳大喊一声,指着被钉死在墙上的何姨,"我们是指这个蜥蜴人。"

"我去!还真是蜥蜴怪!"王子凯更来劲了。

高阳深吸一口气,心下有了决定:"王子凯,接下来我要说的话很重要,你给我认真听好了!"

"哦,好!"王子凯洗耳恭听。

五分钟过去。

王子凯一脸虔诚,努力理解着:"你是说,我的身体小时候被改造过,所以非常特殊,现在这些蜥蜴人是想来杀我的……"

"没错!我们都是新人类,为了抵抗蜥蜴人,身体都多多少少被改造过。不过你最特殊,你是万里挑一的战士,是天命少年,最终只有你可以对抗蜥蜴人的首领!"

"信息量太大,我先捋捋……"王子凯单手扶墙,陷入了沉思。

高阳上前一步,动情地说道:"王子凯,我跟青灵其实一直在负责暗中保护你,我最近疏远你,是因为我的身份暴露了,我不想牵连你……刚你也看到了,这个人蜥蜴人差点把我们都杀了……"

"真的吗?"王子凯转过身。

"千真万确!"

"好兄弟!我就知道……你不会抛下我!"王子凯双眼通红,紧紧抓住高阳的手,"实不相瞒,开学那天我第一眼在人群中看到你,我就觉得你特别顺眼!"

"我这人,从小到大看谁都不顺眼,看我爸妈都不顺眼!但我就觉得你顺眼,没想到啊……没想到你隐藏得这么深!"

"这就是命运的羁绊啊,"高阳微笑,"看来,我们注定是要并肩作战的伙伴!"

"那还用说!"王子凯更激动了,"我们一起干翻那群蜥蜴人!干翻他们!拯救世界!"

高阳松了口气:脑子蠢,居然能保命。

一旁的胖俊直接看傻眼了:这是什么操作?!

青灵还趴在床上,对此没有反对——或者说没力气反对。

胖俊赶紧挤出一个僵硬的微笑:"老弟,先低调!我们人类现在还处于劣势,现在身边到处都是蜥蜴人,一定要隐藏好身份,慢慢来。留得青山在,不怕没柴烧!"

"明白。"王子凯用力拍拍胸脯,"别怕,等哥成长起来,哥罩着你们!"

…………

十分钟后,接到电话的黄警官赶到。

他推开障碍物,走进房间。

"出了点意外,任务失败。"青灵坐在床上,胖俊正替她治疗受伤的手臂。

"看现场就知道了。"黄警官掏出一根烟,盯了一眼还被钉在墙壁上的何姨,"很惨烈啊，让我猜猜……她长得像蜥蜴？"

"对。她是什么兽？"高阳问。

"也是嗔兽，就我所知嗔兽分三种：杀伐者、吞噬者、号角者。"黄警官蹲下，静静打量着死去的何姨。

"你们遇到的应该是杀伐者，战力很强。不过这只退化得厉害，要遇到满状态的，我现在就该给你们收尸了。"

房间里的人都倒吸了一口冷气。

"不过嗔兽中最可怕的其实是号角者，你们要遇到，必死无疑。"

"号角者很强吗？"青灵问。

"不强，但他会用他的特殊声带，第一时间通知半径一公里内的所有兽。"

"……"

高阳没说话，这次也算不幸中的万幸吧。

看来幸运点全部点幸运，还是有点用的。

"黄警官，你好。"胖俊上前，笑容殷切地伸出手，"我是你们的新同伴。"

"看出来了。"黄警官伸出手，握住。他回头，看向一脸状况外却又满脸自信的王子凯。

"这位精神小伙是……"

忽然，黄警官眉头一拧，眼底泛起寒冷的杀机。

"黄警官！"高阳赶紧上前一步，挡在王子凯身前，"他也是同伴。"

黄警官看着高阳的双眼，沉默了片刻，已经猜到大概。不是一定得杀死迷失者，毕竟他们太像人类了，只要把握分寸，别刺激他们，理论上他们和人类是可以和平共处的。

但总体来说，人类对兽的了解太少太少，这种行为还是太过无私。不过黄警官也没资格教训这个年轻人，毕竟自己也一直没有杀掉"刘大爷"。

他点点头，压低声音："确认安全？"

"安全。"

"行。"黄警官点上烟，深吸了一口，"你们三个把自己收拾好，立刻离开。照常去上学。"

黄警官又看向胖俊："你是这家酒店的老板吧？"

"是。"

黄警官点点头，打量着惨烈的现场："我可以按照入室抢劫来帮你处理这件事。但打斗痕迹太多，短时间也没法掩盖，暴露的风险太高了。"

"还有其他办法吗？"胖俊问。

"介不介意上一次新闻？《酒店天然气泄漏爆炸，一死一伤》。"

死的自然是何姨，伤的应该是胖俊了，演戏自然演全套，反正胖俊可以治疗，这个苦肉计没什么成本。

"这……可是我的全部家当啊！真要炸了啊？"胖俊很心痛，"我没买保险！得不到赔偿，可能还要面临罚款……"

"比你的命重要？"黄警官反问。

"黄警官说得对，生死之外无大事。"高阳也劝道。

胖俊哀叹一声，骂了句脏话："烧吧烧吧！一栋房换来几个同伴，值了！"

十分钟后，高阳跟青灵走出酒店。

清晨，整个城市在晨光的笼罩下，刚刚苏醒。

街道上的行人稀疏，几辆卖早餐的小推车，七八个刚从网吧结束通宵的年轻人，还有一台懒洋洋的洒水车从他们眼前一一过去。

王子凯兴奋地跟在两人身后，打了鸡血似的："我现在看谁都像蜥蜴人！"

"小声点！"高阳提醒他，"你先回家，老实待着，我跟青灵先去上学，晚上你开车来校门口接我们，我有任务给你。"

"明白。"王子凯跑到马路对面，上了自己的跑车。

车子开走前，他还不忘朝高阳挥手，意气风发："拯救世界！"

"迷失者受到这种刺激还不暴走，不合常理。"青灵冷冷地说。

"我还以为你放过他了。"高阳叹了口气。

"不可能。"青灵目光冷厉，"今晚他死的话我们嫌疑太大，回头找个合适的机会再……"

青灵话未说完，脸色一沉。

"怎么？"

高阳刚问完，就发现青灵的视线是在看他的身后。

高阳一转身，大惊失色。

"高欣欣？！"

高阳的妹妹正站在几米开外，穿着新买的洛丽塔小裙子，戴着金色假发，漂亮得像个洋娃娃，她面无表情地看着高阳。

如果是平时撞上，高阳肯定会夸两句妹妹真漂亮，但此刻，他紧张得几乎要结巴："老妹你怎么在这儿啊？那个，我跟我同学有事……"

"别演了，我已经发现了。"高欣欣声音冷静。

高阳心一沉。

青灵上前一步，不动神色地扣动手指，蓄势待发。

高阳还心存侥幸，继续问："老妹，你在说什么啊，哥听不懂……"

"来不及了，"妹妹的脸上浮现出一个不符合她这个年纪的冷笑，"我已经告诉所有人了。"

巨大的绝望和惊恐一瞬间扼住高阳的喉咙。

号角者！

第二章

烟幕弹

  黄警官那张嘴，怕是开过光。
  高阳不是没想过有一天要跟自己的家人兵刃相向，但没想到来得这么快，还是自己平日里最疼爱的妹妹。
  粗略估算，目前街道上的行人不到十个，假设三分之一是嗔兽，就是三个，这已经不可能对付得了。
  而且黄警官说过，号角者会利用特殊声带通知半径一公里内的所有兽。半径一公里，那么除了街道，那些还在楼房里睡觉的兽，大概也会醒过来。
  结论就是：除非他跟青灵可以瞬间传送，否则必死无疑。
  高阳放弃了，想不出逃生的可能。
  "你跑，我应该能拖个几秒。"高阳对青灵说。
  青灵不说话。她没有逃，但也没有主动攻击。
  妹妹没有第一时间兽化，朝高阳走过来，那个表情，那个神态，那种六亲不认的步伐……
  等等！难道……
  "你居然不经我同意就跟同学出来夜不归宿……"妹妹指着高阳劈头盖脸就骂。
  "你俩居然还来这种地方！"妹妹气得直跺脚。
  青灵拉了拉衣袖，把手腕上的伤口遮住，别过脸。
  "不是，事情不是你想的这样……"
  谢天谢地！高阳要哭了，看来是虚惊一场！
  妹妹越说越气，掏出手机："我已经拍照发朋友圈了！我要把你的丑事告诉所有人！让学校开除你！让爸妈把你赶出家门，断绝关系……"
  高阳出其不意，一把抢过妹妹的手机，丢给青灵："删了。"
  "好的。"青灵照做。
  "你干吗？把手机还我！别想销毁证据！"妹妹要过来抢，被高阳一手摁住脑袋。

"小小年纪，脑子里都装了些什么啊……"高阳翻白眼。

青灵一口气删掉朋友圈、相册中的照片，以及回收相册中的备份，才把手机丢回给高阳的妹妹。青灵无比疲惫地挥挥手："这边你自己搞定。"她此刻只想回家洗个澡，沉沉地睡一觉。

"没问题。"

十分钟后，高阳和高欣欣坐在劳麦当。

清晨的暖阳透过玻璃橱窗折射在妹妹身上，将她的头发和裙子都镀上一层洁净而美好的朦胧光晕。

这个年纪的女孩，刚刚脱离小女孩的稚气。她们身上不自觉散发出的朝气与活力会感染身边的一切事物，刚刚经历一场恶战的高阳也渐渐放松下来。

高欣欣自诩思想成熟，但在高阳看来，她那口是心非的模样透着一股小奶猫般的娇憨。她撇着嘴，咬着饮料吸管，不爽地晃动着双腿。

"高欣欣？"

妹妹不理他，别过脸。

"老妹？"

"别以为一顿儿童餐我就会消气！"

"这不要考试了吗？我跟她就是连夜通宵做试卷。"

"鬼才信！"

"网上很多人都这样啊，这叫出其不意！"高阳瞎掰。

"真的？"妹妹半信半疑。

"当然啊，我俩就是那种总说自己不学习，其实偷偷做试题的学霸，懂？"

"嘴上说着没复习，背地里比谁都努力，然后一不小心拿高分的那种？"妹妹问。

"对！就是那种。"

"鄙视。"

"呵呵，"高阳笑了笑，"对了，你怎么知道我在这里？"

"昨天小裙子到了，我就穿上，想等你回家给你看一眼嘛，结果你一直不回家，手机也不接，等得我都睡着了。"

妹妹气鼓鼓的："醒来后越想越气，给王子凯打电话，他说你在酒店里，让我赶紧来！"

高阳哭笑不得。

"你别给我嬉皮笑脸的！"妹妹抬高声音，一张小脸委屈巴巴的，眼眶也红了，"人家满心欢喜地等你回家看我的裙子，那种心情你懂吗？"

高阳忽然有点心疼："现在看也不晚，裙子真好看！"

"不好看！裙子都皱了！"妹妹哭了，"而且我脸都水肿了，我晚上的时候，脸才是最瘦的，最配这条裙子！"

高阳心里一暖，伸手捏捏妹妹的脸："老妹什么时候都好看。"

"比刚才你的那个女同学还好看吗？"

"好看。"

"那以后如果我跟她同时掉水里，你先救谁？"

高阳一愣，这问题问得……不过以青灵的性格，她应该会说：先救你妹吧，我想再游一会儿。

"当然救你！"高阳说。

"好！你自己说的！拉钩！"妹妹伸出小拇指。

"拉钩！"

早上八点，山青区，市十五中。

高阳背着书包来到校门口的时候，早自习已经结束。他正想着怎么跟老师编一个迟到的理由，就看到一辆熟悉的红色跑车停在路边。

高阳忽然有种不祥的预感。

果然，王子凯出现在校门口，正跟检查迟到的体育老师激烈地争论着。

"我不退学了！我要来上学！"王子凯大声嚷嚷。

"同学，你已经退学了！别胡闹了。"体育老师十分为难。

"老师，我悟了！我要学习！"

"能悔悟是好事……那也得先办理复学手续啊。"

"不！我爱学习！学习才是正道的光！我一秒也不想再耽误。"王子凯还要说什么，看到朝自己走来的高阳，立马喜笑颜开地跑过来，"兄弟！"

"我不是让你在家待着吗？"高阳皱眉。

王子凯那个激动："我待不住啊！我光是想一想自己是新人类，我就兴奋得爆炸……"

"小声点。"高阳汗颜：青灵说得对，这蠢货就应该消失了，否则迟早出事。

"哎，你们不是都有那个异能吗？为什么我没有啊？不应该啊，我不是天命少年吗？"王子凯眨巴着眼睛，一脸期待。他要是屁股后有尾巴，估计要摇起来了。

"你体内的力量才刚觉醒……万事万物，都得有个过程。"高阳胡诌。

"有道理！"

"对了，你今晚不是要交给我一个任务吗？你早点给我啊，我早点完成。"王子凯的思维十分跳脱。

"这个任务……只有晚上才能做。"

"行行。"王子凯一把揽住高阳的肩，"走！咱们一块儿上学。"

一整天下来，高阳快被王子凯给整疯了，他觉得自己养了一只哈士奇。最后高阳不得不传授给王子凯一套"修炼心法"，让他乖乖闭嘴，别乱动。

王子凯果然坐在座位上一动不动，"修炼"去了。

第二节晚自习时，高阳去上厕所，刚出来，就被青灵堵住："跟我去天台。"

天台？他感觉这地方不是很妙啊。

高阳跟青灵上了天台，青灵一个回眸，铁门"啪"的一声关上了。她四下环顾，确认没有其他人。

"你妹妹那边如何？"青灵问。

"没事，搞定了。"

"继续观察，有些兽很聪明，会伪装的。"青灵说。

"好。"高阳心中叹气：如果可以的话，真希望妹妹不是兽。如果一定是的话，也希望她是个迷失者。

一阵风吹过，青灵的长发撩起，扰乱了她的眼神："我知道你跟王子凯的关系好，但他是兽。"

高阳不说话。

果然，该来的还是得来。

天空的乌云飘过，遮住月光，青灵站在黑暗中，高阳看不清楚她的表情，只听到她不容商量的声音："下了晚自习，你带他去个没人的地方，我来杀。"

高阳沉默片刻，抬起头："如果我不同意呢？"

青灵毫不犹豫："我会连你一起杀。"

高阳知道青灵没开玩笑，这人就没开过玩笑。

眼下的局面也算在他的预料之中，高阳当时决定救下王子凯，还有其他顾虑，只是一时间没想得很明白。

今天思考了一整天，他差不多捋清楚了。接下来就是自己的表演时刻了，他决定施展热血漫画中的最强技能——说教！

"青灵，我知道，你能活这么长时间，是因为你的异常谨慎和杀伐果断。"

"拍马屁没用。"青灵冷冷道。

"那我问你一个问题：你活下来的目的是什么？"

"活下来需要什么目的？难道你想死？"青灵不明白。

"我当然不想死，但每个人都会死，就算你能活一百岁也会死啊。"高阳自己都有点不好意思地笑了笑，"但人活着，不能只是吃喝拉撒，总有什么想去做的事吧？"

青灵沉默。

"这个问题你慢慢想，不急着回答。"高阳说，"我先给你一个不能杀王子凯的理由。"

"说。"

"虽然我才觉醒几天，但我已经深刻认识到，作为觉醒者是非常危险的。你之所以能活这么久，并不全是因为你很强、很谨慎。"

"还因为我有第二人格。"青灵自己也很清楚。

"没错，一旦成为觉醒者，就会本能地排斥、疏远和防备所有兽。迷失者以外的兽对此是可以察觉的，久而久之觉醒者就会露出破绽。但你不同，你有第二人格，虽然你的第二人格也很高冷，但她可以跟所有兽相处融洽。

"其他觉醒者，可没那么幸运了。比如我，比如胖俊，不管演技多好，我们对兽始终有防备，一旦发现其他觉醒者就会本能地想要抱团，抱团看似让我们更安全，但其实……"

青灵走出阴影："更危险。"

"是，这些兽可不傻，虽然按胖俊的观察，他们二十四小时都在扮演人类，对没觉醒的人类，也不会主动做出试探、引诱、恫吓、攻击等行为，但这并不表示，他们在与我们人类接触时，不会观察、留意我们。

"李薇薇就是最好的证明，在这之前，我跟她青梅竹马，无话不谈，可当我觉醒了，她立马就露出真面目，将我置于死地。"

青灵点点头："如果好几个人联系紧密，它们就有理由怀疑，这些人是否觉醒了。毕竟在万分之一的比例下，这不正常。"

高阳叹了口气："是啊，但如果我们不抱团，就无法得到更多信息，掌握更多规则，寻找真相……这样，哪怕我们各自苟活到一百岁，我们依然——"

高阳停顿一秒，抑扬顿挫地引用了黄警官的话："是被神遗弃的孤儿。"

青灵目光流转，陷入思索。

"回到我刚才的问题，"高阳上前一步，"青灵，你活着是为了什么？你不想搞清楚这个世界为什么变成这样吗？你不想搞清楚它背后的真相吗？或者说，我们能不能逃到一个真正安全的地方，甚至打败这些兽，这些才是我们必须做的事情。"

青灵沉默。

高阳觉得有戏，声音更加激昂："现在问题来了，我们觉醒者只有抱团才能变强，才能赢得最终胜利。可我们一旦抱团，就会加剧暴露的风险，这导致我们在有足够优势之前就会被消灭。"

"你到底想说什么？"青灵问。

"眼前就有一个办法，可以有效降低我们暴露的风险。"

"迷失者。"青灵想明白了。

"对，迷失者是最好的烟幕弹。"高阳合理推测道，"兽每分每秒都在扮演人类，一只兽或许能认出同类，但未必能分辨对方是哪种兽，我们只要经常把王子凯带在身边，反而不会引起其他兽的怀疑。而且，从我的生活轨迹来说，我跟王子凯是好朋友。你是因为李薇薇的死，才跟我有了关系……我们三个以后走在一块儿，合情合理。反之，如果你现在杀掉王子凯，这就太可疑了。"

青灵点点头："李薇薇是你的青梅竹马，也是我的闺密。王子凯是你的好朋友。如果他们两只兽都死了，我们两个人又联系频繁，只会引起更多怀疑。"

高阳微笑："跟兽保持亲密关系很重要，这是一种掩护。黄警官不杀刘大爷，应该也有这个原因。"

青灵说："行，你说服我了。"

高阳松了一口气：呼，总算过关了。

晚上，高阳回到家中，一切如常，爸妈又对他的夜不归宿的行为念叨了一顿，没有察觉其他事情。

高阳应付一番，回到卧室把门反锁上，躺在床上，闭上眼睛。

"哔"——

　　进入系统。你新获得71个幸运点。

等等，不是一小时1个幸运点吗？上次登录截至现在，最多过去五十个小时吧？

　　你的幸运天赋已经升到2级。

　　此后，存活时间的危险程度，会改变幸运点的增益。

　　过去，你经历了20分钟十分凶险的存活时间，这段时间幸运点奖励增益60倍。

这是指被何姨攻击那段时间？还真是富贵险中求！

全给我加运气。

　　幸运点一旦分配，不可更改，是否确定？

确定！搞快点！

　　恭喜！运气突破100点，属性值获得随机永久增加：体力+9，耐力+10，敏捷+10，精神+20，魅力+3。

　　体力：27。

　　耐力：28。

　　力量：17。

　　敏捷：27。

　　精神：37。

　　魅力：19。

　　运气：101。

啊，这次感觉没赚啊，还亏了一点儿。

精神有什么用啊？

　　精神能增加精神类天赋的输出与防御，并且增强感知力，让你更容易察觉到危险和敌意。

明白了。

对了，隐藏版面能解锁吗？

　　抱歉，运气不够。

多少才够？

　　你暂时没有知悉权。

行吧，慢慢攒。

　　补充：2级幸运，已开启天赋神殿。你现在拥有一次免费领悟的机会，是否使用？

哇！这个好，看来我也可以多天赋了。

天赋和属性，哪个更重要？

前期天赋优先级高，属性需要量变才能引起质变，且需要配合天赋才能达到最佳效果。

行，听你的，使用领悟机会。

领悟中……

领悟失败。

呵呵，意料之中。

再次领悟，需要30个幸运点。

不早说，我全加点了！算了，明天再来。

访问结束，系统隐藏。

"哔"——

第二天清早，下了一场小雨。

高阳撑着伞，走在潮湿而拥堵的街道上，看着上班族们失魂落魄地等红绿灯、挤公交、涌进地铁站，不由得心生感慨——这些兽可真是敬业啊。

高阳去了学校，早自习期间，班主任走进来："高阳、青灵，警察来了，李薇薇的事，叫你们去趟办公室。"

明明李薇薇的死才过去几天，但班主任讲到她时，脸上已经没有沉重和惋惜，变得非常冷漠，甚至还有点不耐烦。

高阳和青灵起身走出教室，来到办公室。

黄警官坐在办公室抽烟，里面没有其他老师。

"上次的事处理好了吗？"青灵问。

"放心，没留痕迹。"黄警官弹了弹烟灰，"你们失败的原因我听胖俊说了。"

"我们可以再来一次。"青灵说，"这次绝对成功。"

黄警官不置可否，把烟头放进烟灰缸，慢慢摁灭："我跟我老婆学生时代就认识了，她是我的初恋，我们在一起很多年。我自认为对她足够了解，我是说……人类身份下的她，我很了解。"

黄警官站起来四下打量，再次确认办公室绝对安全后，才压低声音继续说："但是前段时间，我老婆变得不太对劲。我当时就想，她很可能发现了什么，开始怀疑我。虽然我从没试探过我老婆，但我以前一直觉得她是迷失者，可如果她开始怀疑我，那就绝不可能是迷失者。

"这段时间，我一直在恐惧和不安中痛苦挣扎，最终还是对她动了杀心。恰好又遇到你们，才有了这次行动。"

黄警官抬起双手，猛地搓了一下脸，长舒一口气："谢天谢地，没有成功，不然我这辈子都要生不如死。"

"计划有变？"高阳问。

"是，计划有变。"黄警官站起来，"昨晚我才知道我误会老婆了。她是因为有事瞒着我才整个人不对劲的。她昨晚跟我坦白了，老实说，知道那件事后，我非常震惊。"

"什么事？"

"我老婆，"黄警官目光幽幽地看向高阳和青灵，"怀孕了。"

"怀孕？！"高阳、青灵异口同声，无不震惊。

兽居然能怀孕？

兽不是没有人类的生殖系统吗？

高阳头疼起来，要搞清楚的问题太多了，偏偏现在的自己又很弱，真不知道还能活几天。

青灵想也没想，直接问："确定她没骗你？"

"确定。"黄警官很笃定，"我想不出她骗我的理由。"

"确定孩子是你的？"

"呃……"

青灵的问题直击心灵，黄警官略一沉吟："我相信我头上没有草原。"

青灵不再说话。

高阳犹豫了下，开口道："黄警官，能不能问你一个私人问题。"

黄警官笑容有些尴尬："我知道你要问什么。虽然我老婆是兽，但我跟她感情很好，毕竟在我觉醒之前我们就相爱了，直到现在，我们平均每周也会同房一次。"

高阳点头，示意他继续说。

"咳咳，你俩还小，细节就不展开了。总之，因为我没跟真正的人类女性谈过恋爱，所以我跟她在一起时并不觉得哪里不对。"

黄警官叹了口气："我老婆一直想要个孩子，我自然没有避孕，我还以为兽是不能生孩子的。"

"那之后呢？你有什么打算？"高阳继续问。

黄警官掏出一根烟，放到嘴边，又拿回手上："不瞒你们说，我刚听到老婆怀孕的事时，我的第一反应不是震惊，而是开心。"

"开心？"青灵皱眉。

"对，作为一个父亲的喜悦，我自己也觉得难以置信。"黄警官拿出打火机，下定决心似的点燃烟，猛吸一口，"我决定让孩子生下来，如果我老婆能顺利生产的话。"

"你疯了？"青灵很疑惑，"她是兽！"

"我知道……"黄警官苦笑，"但她也是我老婆，肚子里有我的孩子。"

高阳不说话，他内心是支持黄警官的决定的。他隐约有一种直觉，这个孩子的出生说不定能带出这个世界更多的秘密，当然，大概率也会把黄警官卷入更危险的境地，但这个险，值得一冒。

"随便你，别连累我就行。"青灵不再反对。

"放心，不会的。"黄警官表示感激，然后转身，屁股倚靠在办公桌上，"好了，下个话题：任务没有完成，我不能告诉你们序列表。不过，附赠的感谢还是会兑现。你们可以问我两个问题，想清楚再问。"

"天赋等级如何提高？"青灵脱口而出。

"你为什么会觉得天赋有等级？"黄警察眼神闪烁。

"是啊。"高阳也相当好奇，毕竟很可能只有他一个人有系统。

"一开始我也不确定。"青灵低头，看向自己的手心，"不过我的'刀神'有过两次升级的体验。跟日积月累锻炼身体一点点变强的感觉不一样，它是某个时刻，体内忽然涌入某种能量，整个人从头到尾都被打通了一次，像是重获新生。我的'刀神'经历过两次这种体验。"

"但是你的'金属'并没有？"黄警官继续问。

"'金属'，我只经历过一次，之后再没出现。我刚领悟'金属'时，只能控制一公斤以内的金属物，升级后我能控制十公斤以内的金属物。按理说，应该还能再升级。"青灵握紧自己的手，"我不知道问题出在哪里。"

"光靠自己能理解到这份上，很敏锐了。"黄警官摘下警帽，想了想，"其实，每一种天赋都可以升级，传闻最高能达到8级，你现在的'刀神'也不过3级，路还很长。当然，我的'枪神'也才3级。"

"那要怎么升级？"青灵的眼神被什么点亮了。

"抱歉，我不能回答。"

"为什么？"

"这是规定。"

"谁定的。"

黄警官笑笑，不再回答。

"轮到我了。"高阳伸出手，像是上课的同学急着提问。

"你说。"

"我要怎么见到他们？"

黄警官一愣，笑了："你小子，反应挺快啊。"

"过奖。"高阳心想我能力这么差，脑子还不灵光点，那真是混子都没法当了，"黄警官，你上头是不是有组织？这规定，就是组织规定的吧？"

黄警官点头，叹了口气："实际上，我不算组织的人，只算编外人员。平时都是他们主动联系我、使唤我，把我当工具人。我根本没资格跟他们对上话，不过由于我工具人当得很出色，我偶尔也能从交接人那里套点有用的信息。"

黄警官收回笑容，变得严肃："但他们禁止我传播，否则，我怕是没好下场。"

"你为什么不加入组织？"高阳又问，"以你现在的职业，不应该很有优势吗？"

黄警官不好意思地笑了："因为我太弱了。"

"你……太弱？"

高阳感觉膝盖有点痛。

"我没能通过组织的考核，暂时还是试用期，转正遥遥无期。"黄警官看向窗外，

"那个组织挺神秘的，它的存在和运作方式非常低调。为了生存，哪怕是比我们强的觉醒者们，也是非常小心的。"

"明白了。"

"不过，"黄警官转过身，"如今有你俩的加入，我倒是觉得可以再去面试一次。前提是你们也想加入那个组织。"

"想！"

高阳立马同意，看向青灵。

青灵冷着脸问："加入组织，就能知道怎么升级天赋？"

这女人……心里面除了变强还能有点别的吗？

"当然。"

"什么时候面试？"青灵问。

"别急，就这两天吧，等我消息。"黄警官看了一眼手机，"不说了，我得陪我老婆去做 B 超了。"

高阳吐槽："你不是在工作嘛，翘班好吗？"

"摸鱼的快乐，你无法想象……"黄警官前一秒还笑着，后一秒脸色一沉，以迅雷不及掩耳之势拔出手枪，对准门口，"谁？！"

青灵离门口最近，飞速转身，手中变幻出唐刀，瞬间刺入办公室关上的门中。

青灵拔回唐刀，摇摇头："门外没人。"

高阳惊呆了！

不是，你怎么就一刀捅过去了啊，这万一后面真有兽怎么办？万一你捅错了，后面站着的是人怎么办？

还真是宁可错杀一千，不能放过一个啊。

黄警官慢慢收回枪："看来是我多疑了，最近神经比较紧张。"

黄警官戴上警帽："行了，撤吧。"

接下来的一整天，高阳都很平静。

他不时在脑海中打开系统，看一下幸运点的增加情况。并没有出现翻倍加点的情况，这说明他身处的环境很安全，他的觉醒者身份没有暴露。

下晚自习后，高阳独自回家。

深夜，街道安静得有些诡异。雨已经停了，路面还很潮湿，到处都是大大小小的水洼，在霓虹灯灯光的照耀下流光溢彩，像是一个个通往异世界的入口。

"啪哒"，高阳踩进一片水洼，停下了脚步。

他总感觉……不太对劲。

他一个激灵：有人在跟踪他。

高阳放慢脚步，很快就做出了决定，开始往人多的地方走。

理论上，如果在人多的地方发生冲突，那么只会吸引到更多的噬兽，自己的死亡概率更大。但是他仔细一想，如果跟踪自己的是噬兽，说明这个噬兽已经发现，至少是怀疑他的觉醒者身份了。

可他没有立刻攻击自己，而是跟踪，就说明这只嗔兽想吃独食；既然想吃独食，就一定不会在人多的地方动手。

高阳经过一家二十四小时便利店，他深吸一口气，转身走进去。

很快，一个穿校服的中短发女孩就从路口转角跑出来，她追到便利店门口，犹豫了一下，用手整理了一下额前的齐刘海，走进便利店。

刚推门进去，就与高阳正面撞上。

她吓了一大跳："啊！"

高阳也是鼓足勇气才决定来这一下回马枪的，看到对方的脸时他先是吃惊，很快便在心里松了一口气。

"小思？"

女孩是高阳的同班同学，万思思，性格内向腼腆，大家都叫她小思。

万思思方寸大乱，她紧紧抓着腋下的单肩书包，开始了僵硬又紧张的表演："嗨、嗨……好巧啊，你也在这儿呀？我……刚坐车坐过站，然后刚好又有点饿了，然后就想买零食……"

"你在跟踪我吧？"高阳直截了当。

万思思顿时从脖子红到了耳后根："我、我……那个……"

高阳四下环顾，收银员和顾客都好奇地看过来。

两人堵在门口的确有点怪怪的，高阳一把抓住万思思的手，带她来到便利店角落，靠着玻璃橱窗并肩坐下，然后买了些吃的喝的。

一分钟后，万思思小口地抿着速溶咖啡，慢慢没那么紧张了，甚至神情还有点小雀跃。她低下头，小声嘀咕着："他请我喝咖啡……"

"你说什么？"

"啊没什么！"万思思慌张地抬起头，"谢谢你的咖啡。"

高阳咬了一口热狗："说吧，跟踪我什么事？"

万思思重新垂下头，声音也变小了："高阳……李薇薇的事，你一定很难过吧？"

高阳微微一愣，没说话。

"感觉你最近变了一个人，也不怎么跟同学说话，每天就一个人发呆。"万思思语气中透着关切。

"有吗？"

高阳很感激：多谢你的提醒啊，看来我今后还是要尽量维持原本的交际圈，不然容易露出马脚。

"人死不能复生，发生这样的事，大家都不想……"万思思小心翼翼地看了高阳一眼，"你可千万别钻牛角尖啊，如果有什么心事，可以跟我说。"

高阳停下进食，认真打量起万思思：中短发，齐刘海，鹅蛋脸，皮肤洁净，身材娇瘦，眼睛很大，总是羞涩又紧张地眨着，像只怯生生的小鹿。

万思思平时讲话总是轻声细语，似乎有点自卑，也不太敢看别人的眼睛，属于大家都喜欢去“欺负”的小女生。

平日里，高阳跟万思思的关系还行。万思思是英语课代表，他偶尔会请教万思思一些英语题。

自从李薇薇死后，高阳几乎没跟她说过话，也怪不得她关心。

万思思被高阳直勾勾地看着，拘束地移开视线，“对不起……刚那些话，当我没说……”

“谢了，”高阳感激地笑笑，“没想到你这么关心我。”

“没有！没有关心！”万思思矢口否认，“大家都是同学嘛，应该的！”

“放心，我没有钻牛角尖，调整几天就好了。”高阳说。

两人又聊了一会儿，生活啊，学习啊，直到桌上的热饮见底，小食被吃光。

万思思主动起身扔垃圾，左右看看，趁人不注意，把装速溶咖啡的一次性纸杯偷偷藏进口袋。

这一切都没有逃过高阳的眼睛。

随即高阳又想起了自己生日那一晚，差点杀掉自己的李薇薇，说不定万思思也一样：前一秒还说着跟自己关系有多好，后一秒就变成可怕的嗔兽把自己给生吞活剥。

高阳百感交集。

两人走出便利店便分开了，直到万思思开心的背影消失在街道转角，高阳才再次打开系统。

幸运点的增加没有翻倍，看来万思思的确没有威胁。

小插曲后，高阳继续往前走，没走两分钟，再次停下脚步。不对……怎么还是感觉有人跟着自己啊。

说起来，自己变得敏锐了不少，大概是“精神”上升的原因，看来这属性值的提升还真有用。

高阳忽然加快脚步，转到下一个路口，飞快扔掉书包，闪身躲到自动贩卖机后，屏住呼吸。

七八秒后，一个人影小跑着冲出来，他马上注意到脚下的书包，刚要俯身去捡，高阳跳了出来：“王子凯？！”

王子凯吓一大跳：“啊——”

“你在跟踪我？”

王子凯嘿嘿笑起来：“牛啊兄弟，我隐藏得那么好，居然被你发现了！”

“我不是让你待在家里好好修炼吗！”高阳恨铁不成钢，脑仁又疼了起来：兄弟，你要这么作死，我想保你也保不住啊。

王子凯哭丧着脸：“这修炼太无聊了，我真的受不了啦！”

“不修炼你怎么变强啊？”

“不能去杀怪吗？或者搞点别的事……每天打坐真的能变强吗？我怎么感觉一

点儿用没有啊！"

当然不能。但你要不作死，至少可以活命。

高阳叹了口气："你的体质非常特殊，成长速度比我们都慢，一旦练成，也比我们都强。你要有耐性啊，正所谓'天将降大任于斯人也，必先苦其心志，劳其筋骨，饿其体肤，空乏其身……'"

"道理我都懂，"王子凯委屈巴巴的，"可是真的太枯燥了！"

高阳沉默。

王子凯一见高阳拉下脸，立马赔笑："兄弟，兄弟，你别生气啊，我回去继续修炼还不行吗？"

"别说话。"

"怎么了？"王子凯压低声音，探头探脑，竟然兴奋起来。

"我们……被人跟踪了。"

高阳要疯了。

这还有完没完？！

高阳能强烈地感觉到，不同寻常的气氛来自身后的巷子。他实在不想再周旋了：是福不是祸，是祸躲不过，莽撞一回吧！不过……他还是要留一手。

他看了眼王子凯："你跟我一起。"

"没问题！"王子凯跃跃欲试。

高阳走进巷子，这条巷子很老旧，里面的房屋都面临拆迁，早已无人居住，路灯也只剩下一两盏，还接触不良地闪烁着，阴森氛围十足。

高阳跟王子凯慢慢走进逼仄幽暗的巷子深处。王子凯一开始还兴奋十足，随着不断深入，慢慢有点害怕了，他咽了一口口水，捡起地上的一块砖头攥在手里。

忽然，高阳伸手拦住王子凯，朝着前方的黑暗中大喊一声："谁？出来！"

几秒后，一个身影晃晃荡荡地出现，是个男人，不高，很胖。身影慢慢走到路灯照亮的一隅光线下，高阳总算看清来人。

"胖俊？"

胖俊穿着一件灰不溜秋的T恤，脸色苍白，神情恍惚，脚步虚浮。他听到高阳的叫声，应了他一声："唉。"

"你怎么在这儿？"高阳问。

"对啊……我怎么在这儿啊……"胖俊揉揉脑袋，忽然想起什么似的清醒过来，大喊一声，"啊！"

胖俊连滚带爬地跑上来，一把抓住高阳："阳哥！救我！救命啊！"

"你怎么了？慢慢说。"

"我、我不知道……我不对劲……我被咬了……"胖俊思绪混乱。

"被什么咬了？咬哪儿了？说清楚。"高阳有点急。

"手……我的手……"胖俊伸出自己的右手，"很不对劲……"

高阳看了一眼：那是一只完好无缺的手，没有任何问题。

"没毛病啊。"王子凯也凑过来打量,努力想要参与进来。

说话间,胖俊肉乎乎的手掌发出了轻微的"咕噜"声,忽然间,手心长出一只血红色的眼睛。

"哇啊——"王子凯吓得跳开老远,"什么玩意儿啊!"

胖俊通身颤抖,情绪逐渐崩溃:"不知道啊……救我、救救我……"

高阳顿感不妙,刚要退后,胖俊的右手忽然伸出,一把掐住高阳的脖子,力气大到反常。紧接着,胖俊的右手开始膨胀,犹如极速发酵的面团,几秒之内就变成半液态的一大团肉瘤。

这团肉瘤似乎有生命,"咕噜咕噜"地上下翻滚蠕动,一点点将高阳的脑袋吞没。高阳倒不觉得疼痛,但感到沉闷和窒息,犹如被一团腐烂而湿滑的肉冻给死死包裹住。

高阳拿出藏在口袋的小匕首,用力刺入这团肉瘤——没用,肉瘤连同匕首一起吞噬,接着"扑哧"一声吐出来。

王子凯吓坏,拔腿就跑:"救——救命啊!"

高阳整个人被拽离地面,差点被李薇薇捏碎脑袋的那种恐惧又回来了。他胡乱挥舞着双手,试图挣扎,但只是徒劳。

胖俊还站在原地,那只畸形而臃肿的肉瘤巨手根本不受他的控制。胖俊哭喊着:"救命啊!谁来救救我……我到底怎么了……"

就在高阳即将因为缺氧而晕厥时,一个熟悉的声音传来:"住手!"

是王子凯!

他在短暂的逃跑过程中,一点点克服了本能的恐惧,掉头回来了。他冲向胖俊就是一脚飞踢:"放开他!"

王子凯一脚踢到胖俊的脸上,胖俊整个人往后飞,那只肉瘤大手也被迫松开高阳,跟着胖俊的身体飞出去。胖俊即将摔倒时,肉瘤大手迅速撑地,将胖俊的身体整个托住。

当胖俊站稳后,肉瘤大手再次袭向高阳。

高阳此刻正跪在地上剧烈咳嗽,来不及逃跑。

"你——"王子凯挡在高阳前面,"再动我兄弟一下试试!"

说话间,王子凯整个右臂的肌肉忽然爆炸般隆起,撑破长袖,手臂的表皮也变得粗糙坚硬,呈灰青色,在橙黄的路灯之下像是青铜。

"啪"!王子凯的"青铜之手"稳稳接住胖俊的"肉瘤之手"。

两只不属于人类的巨型手臂相互抵住,开始了对抗。

"啊啊啊——"王子凯额上青筋暴起,眼睛也在不知不觉中变为深绿色,他的手臂不断发力,在短短五秒时间内达到了惊人的一千公斤的握力。

"肉瘤之手"完全不是对手,它似乎有自主生命,发出细微慌乱的声响,胡乱甩动,想要抽回去,但来不及了。

"吧唧",终于,肉瘤之手被王子凯兽化之后的"青铜之臂"给捏碎,炸出一摊浅紫色的血浆。

当高阳站起来时，胖俊晕厥在地，手臂恢复了原状。

王子凯喘着粗气，胸膛剧烈起伏，撑破衣袖的右手臂也一点点恢复原状。

高阳看着王子凯沉默冷峻的背影，心中升出一股恐惧——他真的只是迷失者吗？为什么感觉他体内蕴藏的潜力，要远超李薇薇和何姨？

高阳拿不准应该叫王子凯的名字，还是直接逃跑。

这时，王子凯缓缓转身，只见他两眼泪水汪汪，几乎要喜极而泣："高阳！你没骗我！我真的变强了！"

"啊？"此刻高阳的表情一定很滑稽。

王子凯冲上来，抱住高阳又蹦又跳："你刚看到没！我的麒麟臂！你给的那套修炼心法果然牛啊！"

"哪里哪里，主要是你自己努力……"高阳强颜欢笑：幸亏这家伙脑子不聪明，不然后果不堪设想。

"啊对了！"王子凯光顾着开心，总算想起胖俊，"没想到啊，胖俊这小子居然是叛徒。要不我把他杀了？"

"别！"高阳喊住，想了一下，问王子凯，"你家好像就在附近吧？"

"对啊。"

"我记得你爸妈离婚了，你一个人住？"高阳又问。

"没错。怎么啦？"

"走，去你家。"高阳指了一下地上的胖俊，"把他也带过去。"

胖俊足有一百八十多斤，王子凯背着他一口气走到家，身轻如燕，气都不带喘的。

高阳暗暗吃惊：兽的能力一旦被激发，真是恐怖，他简直就是活在狼群中的羔羊。

王子凯家很有钱，做地产生意，父母经常出现在新闻里。王子凯住的地方是江边一带的别墅区，寸土寸金。王子凯的三层别墅，自带停车场、游泳池，还有入户花园和一片小园林。

地下车库内，胖俊已经被王子凯五花大绑地固定在椅子上。

高阳本想联系青灵，但电话联系会留下痕迹，这个点找她太频繁也容易引起怀疑，况且以王子凯现在的战斗力，保护高阳绰绰有余。

高阳叫王子凯去打一盆水，王子凯对他言听计从。趁这个空当，高阳打开系统看了一眼，果然，幸运点又出现了收益翻倍，是刚才胖俊对高阳动手时产生的。

他关掉系统。

不一会儿，王子凯端水回来，不等高阳吩咐，就朝着胖俊兜头浇下。胖俊"啊"的一声醒过来。

"这儿、这儿是……哪儿？"胖俊还有些恍惚，"阳哥……为什么把我绑起来啊……我怎么了……"

"你到底是人还是兽？"高阳问。

"我是人啊，是觉醒者！"胖俊大喊，"这你早知道了啊！"

高阳不说话，开始思考：胖俊有天赋，还给自己治疗过，应该是人。但是刚才他那只肉瘤巨手，可不像是人类的天赋，应该是兽形态的一种。不行，保险起见，他还是得确认下。

高阳看向王子凯："你家里有片吗？"

高阳坐在沙发上闭目养神，顺便理清思绪。

前思后想，他还是决定给黄警官打个电话。这一带还是黄警官负责的片区，说"被入室偷窃"之类的，就可以叫他过来。

这时候，王子凯拿着笔记本跑出来。

高阳跟王子凯回到地下车库。

胖俊哀号起来："阳哥！凯哥！刚刚真的不是我，我不想伤害你的……我的手不听使唤！你别杀我啊！我发誓我真的不是兽！我不想死啊……"

"胖俊，你别怕，我们不会杀你。"高阳说。

"要杀你你早死了！"王子凯得意地哼了一声。

"也是……"胖俊稍微冷静了一点儿。

高阳把电脑屏幕对准胖俊："放轻松，认真看。"

…………

十分钟后，高阳和黄警官站在地下车库，王子凯被支走了。

黄警官神色微妙："分辨兽和人的这一招，是青灵教你的？"

"是。"高阳压低声音，"别让王子凯知道。"

"明白。"

"胖俊，你也别跟那个白痴计较了。"高阳看了一眼还被绑着的胖俊。

"放心！我跟他人兽有别，才不跟他一般见识。"胖俊还有点生气，看来刚才自尊被伤得不浅。

"只有可乐和啤酒！"三人说话间，王子凯回到地下车库，手里抱着几瓶冰镇饮料和罐装啤酒。

黄警官接过一瓶可乐，打开，凑到胖俊嘴边。

胖俊早已渴得不行，赶紧伸长脖子"咕噜咕噜"地喝了两口，整个人立马活了过来，眼神都变得明亮。

黄警官拉过一张椅子，坐下，一副审讯犯人的架势："来，好好说，慢慢说，把你记得的事都说一遍。"

"好，好！"胖俊舔了舔舌头，开始回忆道，"我酒店不是起大火了嘛，何姨被'烧死'，我也受了伤，按照我们的计划，我就把酒店关了，在家养伤，这几天我也不敢出门，就等你们联系，然后昨天半夜我睡觉的时候，被奇怪的声音给吵醒了……"

"什么声音？"黄警官点了根烟。

"听上去像一只猫，一直在叫，我烦得不行，起床来到阳台上，结果还真看到一只白猫，有点像布偶，但是比布偶小一点儿，耳朵竖得很高，眼睛是绿色的。"

黄警官点头，示意胖俊继续说。

"那只白猫也很有灵性，一见到我，就不叫了。我这不就动了恻隐之心嘛，心想应该是哪户人家的宠物猫走丢了，我就想上去摸摸它的脑袋……结果，妈呀！"胖俊大喊一声，"它非但不让我碰，还忽然一口咬上我的手指！我那个痛啊，当场就晕了过去。"

"然后呢？"黄警官继续说。

"然后，我就迷迷糊糊，感觉做梦似的，梦里特别拥挤，好像是在挤地铁，地铁里站满了人，各种咸猪手都在摸我……"

"有人会摸你吗？"王子凯很嫌弃。

"我这不是做梦嘛！"胖俊很委屈，"等我醒来的时候，我就看到了阳哥和凯哥……然后我的右手就不听使唤，开始攻击阳哥……后面的事，你们都知道了。"

黄警官听完，脸色阴沉。

他走上前，又给胖俊喂了几口可乐，直到胖俊喝完。

王警官扔掉可乐瓶，后退两步，面无表情地拔出手枪，对准胖俊："胖俊，对不起。"

"别！别杀我啊！"胖俊绝望地喊起来，"我真的是人类！我发誓！我发誓……阳哥救我，救我……"

"黄警官，"高阳有点不忍，"要不先观察……"

"砰"，黄警官开枪了。

"啊！啊啊……"椅子上的胖俊大喊大叫，疯狂扭动着肥胖的身躯，持续了七八秒，才渐渐冷静下来。

"我……我没死？"胖俊喘着气，低头一看，子弹打在他的右手臂上，奇异的是，中弹的右手臂没有流血，只留下一个深黑色的小孔。

紧接着，胖俊的右手臂又开始"融化"，接着是"发酵"，最后"咕噜咕噜"地变成了一团巨大的肉瘤状的东西，"扑哧"一声把子弹吐了出来。

几秒后，手臂慢慢恢复原状。

这一切，其余三人都看在眼里。

"胖俊，你这条手臂肯定是兽，我所知道的天赋序列表中，没有这种奇怪的身体异化能力。"黄警官收回枪，用大拇指揉了揉太阳穴，皱眉道，"但你这个人，目前还是人类。"

"目前？"胖俊有些气馁。

黄警官叹了口气，看向高阳："你的想法呢？"

"阳哥！阳哥救我啊……"胖俊快哭了，"我知道你不会放弃我的，你连凯哥都救了不是吗，你怎么忍心杀我啊！"

"先不杀。"高阳说。

"为什么啊？"王子凯有点失望，"这小子留着也没用，弄死得了。"

"我哪儿没用啊！"胖俊叫起来，"我比你有用多了！你这个、这个……"胖俊终于还是没把"迷失者"三个字讲出来。

高阳看向胖俊："他手臂出现异化，应该是被那只白猫咬到造成的。如果异化的情况最终感染到全身，再杀他也不迟。但如果异化只限于手臂，胖俊还是活着更有价值。"

"对对对！我可以治疗啊。我有价值！"

黄警官略一沉吟："行，绑好了，先观察几天。"

接着黄警官又看向王子凯："这个光荣而艰巨的任务就交给你了。吃喝管够，别把他饿死了。"

"没问题。"王子凯拍拍胸脯，坏笑起来，"我会好好伺候他的！"

三人离开地下车库，回到客厅。

不知不觉已经凌晨五点，天空即将破晓。落地窗外正对着繁华的江景，三人坐在懒人沙发上，喝着饮料，看着波光粼粼的江面被晨曦一点点从灰青染成淡粉。

一番讨论后，黄警官得出结论："胖俊这情况我也是第一次见。不过他应该不是兽，至少现在还不是。"

"那只咬人的白猫，是兽吗？"高阳闷头琢磨道，"我还以为兽只会伪装成人，难道还有动物形态？还有，是不是被有些兽咬到了会感染？就跟丧尸那样？"

"不清楚。"黄警官摇摇头，"组织的接头人曾跟我透露过，这世上远不只痴兽和嗔兽这两大类……我们了解的，不过是冰山一角。"

说到这，黄警官侧头看了一眼王子凯。

王子凯一整晚都太过兴奋，之前身体还局部兽化进行了战斗，此刻体力不支，窝在沙发里睡着了，还打起了呼噜。

"你这位朋友……也可能是痴兽中的新类型。"

高阳点点头。

他也发现了，王子凯跟刘大爷很不一样。

刘大爷会自动忽略和过滤掉跟兽有关的任何语言信息，如果是跟兽有关的画面信息，甚至是亲身经历的事情，会对刘大爷产生什么反应，这个尚不明确，但黄警官推断，极有可能会让迷失者受刺激，然后暴走兽化。

但这个王子凯，无论是跟兽有关的语言信息、画面信息，还是亲身经历的事情，他都不会过滤掉，却也没有暴走，而是直接记忆、理解并且合理化。简单地说，他从不觉得自己是兽，坚信自己是个人。难道这一切真的是因为他智商不高？

"不知道是不是错觉。"黄警官自嘲道，"自从遇见你之后，我感觉这个世界越来越不安全，之前某种微妙的平衡正在被打破，一些事情似乎在往失控的方向发展。我觉醒多年，头一次有这种感觉。"

高阳一时间不知道说什么。

"算下来，我也接触过不少觉醒者。"黄警官掏出烟盒，"他们有的很强，有的很弱，有的很莽撞，有的很小心，有的很疯狂，有的很冷血……"

黄警官眯起眼睛："但是，他们大多死了，各种原因。"

高阳不说话，静静等待下文。

"你不一样，"黄警官侧头看了一眼高阳，"你小子，有一种很特殊的气质。"

"是吗？"

"对，我觉得你肯定能活很久。"

"真的吗？"这话高阳可就爱听了。老实说，他挺怕死的，死了就什么都没了，而活着，就总有希望。

"所以……我认为自己很危险。"黄警官沉下声。

"为什么？"

"我小时候挺爱看漫画的，能活很久的人一般都是主角。但主角身边的人，通常很短命……"

高阳汗颜：说得好有道理，我竟无法反驳。我确实跟别人不一样，不要脸地说，把我这种情况称为"主角光环"都不过分。但是也可能这只是一种幸存者偏差，或许像我这样的人千千万，我不是第一个，也不是最后一个……

高阳有些走神。

黄警官站起来："我决定了，以后我要尽量远离你。"

"啊？"高阳很吃惊，"黄警官，不要抛下我啊。"

"那倒不至于。"黄警官吸了一口烟，露出高深莫测的笑，"我的意思是，我们得尽快加入组织。这样，你身边的同伴就更多了，从概率上来说，我死的风险就会被有效均摊。"

高阳哑口无言。

黄警官拿出便签纸和笔，快速写下时间地址："今晚十二点，你跟青灵一起过来，我带你们去面试。"

"好！"高阳接过字条。

高阳在王子凯家休息了一会儿，就去学校了。

王子凯留下来看守胖俊，顺便继续修炼。因为昨晚的事，王子凯认为这是修炼的成效，现在变得很有干劲，看来再借此忽悠他老实几天不成问题。

下了早自习，高阳约青灵去天台，简单说了一下昨晚发生的事，当然，关于王子凯的力量，他尽量往弱了说。

青灵没发表任何看法。

上午，高阳又去找英语课代表万思思请教了几道英语题，对方受宠若惊，开心地为他解答。讲完题目后，万思思顺势邀请高阳一起吃午饭，当然还有其他同学。

高阳欣然接受，跟几个同学们度过了"颇为愉快"的午餐时间，大家也都相信他之前的不合群，是因为对李薇薇的死伤心过度。

下午无事发生。

晚自习无事发生。

晚自习结束，高阳和青灵在校外附近的小巷会合，这已经是他们会合的老地方了。

一见到青灵，高阳就开始脱衣服。

"不用了。"青灵说。

"今天不伪装了？"高阳有点意外。

"嗯。"青灵看了一眼字条，"地点是飞扬区黄松街121号。那里太远，还要过桥，我们不可能步行。"

"那怎么办？"

青灵想了想："那就名正言顺搭最后一班地铁。"

"行。"

两人走出巷口，青灵双手抱住高阳的手臂，头歪在高阳的肩上，作小鸟依人状："我们就假装情侣吧，行为比较合理。"

"好。"高阳没意见。怎么说呢？在四面八方都是兽的环境下，能被一个武力值超高的美女保镖抱着，满满的安全感。

两人搭乘地铁，半小时后出站，来到河西的飞扬区，接着两人又走了差不多二十分钟，其间青灵还在一条夜宵街上买了麻辣烫——她真的好喜欢吃麻辣烫！

黄松街一带是待拆迁的老城区，街道两边全是两三层的低矮水泥房。过时的商铺早早关了门，道路年久失修，坑坑洼洼，路灯也没有几盏是好的，想必摄像头也应该都"坏"掉了。

两人沿着门牌号一路找，很快找到121号。

一家不起眼的小门面，半拉着生锈的卷闸门，里面挂着一块老气的蓝布，蓝布后面荧光闪烁，传出打斗和爆炸的声效，隐约可见是一些老旧的街头游戏机。

高阳："想不到现在还有这种游戏厅。"

"走，进去。"青灵戴上口罩。

"等一下。"高阳喊住她。

"怎么？"

"先给我一首歌的时间。"

高阳闭上双眼。

　　进入系统。

　　你新获得61个幸运点。

跟高阳预想的点数差不多，两天，四十八小时就是48点，被胖俊袭击的时候收益翻倍，多涨了十几点。

我要抽一次天赋。

　　领悟新天赋需要花费30个幸运点，确定吗？

确定！

领悟中……

　　领悟中……

　　领悟失败。

我去！过分了啊！这么难的吗？

　　重新领悟，需要 30 个幸运点。

奸商！算了，剩下 31 个幸运点，全给我加运气吧。

马上要面试了，能强一点是一点。

　　加点成功，运气达到 132。

　　恭喜！额外获得 20 点永久灵活属性点，可自由分配。

那再给我加运气。

　　禁止重复操作。

好吧，我想想，加魅力值。

　　增加 20 点魅力值，确定吗？

确定，才 20 点，加其他属性值估计也没有显著提高，不如提高点印象分。

　　体力：27。

　　耐力：28。

　　力量：17。

　　敏捷：27。

　　精神：37。

　　魅力：39。

　　运气：132。

　　访问结束，系统隐藏。

"哔"——

高阳睁开眼睛，扭头问青灵："我的脸有没有什么不一样？"

青灵淡淡扫了一眼："没什么不一样。"

高阳不死心："仔细看，应该有区别。比如，眼睛更有神，五官更立体，皮肤更光滑之类的……"

"脸皮更厚了。"青灵说。

这女人没审美。算了，他不跟她计较。

高阳深吸一口气，整理了一下上衣领口，大步走进街机游戏厅。

眼前是一个二十平方米的小门面，两排老式的街机靠墙摆开，街机屏幕里来回播放着色调鲜艳的宣传动画，昏暗的空间被渲染上一层复古的迷彩荧光色，头顶上的吊扇慢悠悠地转着，不时发出吱吱嘎嘎的声响。

一个男青年坐在房间的角落，专注地玩着游戏。

高阳与青灵互看一眼，高阳上前一步，开口道："你好，我们是来面试的。"

对方没有理会，但也没有表现出敌意。

高阳走近一看，对方在玩《三国纪》，选的角色是诸葛亮，拿着一把冰剑，正在利用漏洞，无限冰冻最后的怪物首领曹操。

年轻人不讲武德啊。

打游戏的青年看上去有点瘦小，穿着一身皮衣皮裤，还是浑身钉满铆钉的那种。他脑袋两边的头发被全部剃掉，中间一撮高高竖起，染成鲜亮的黄毛，标准的扫把头。

他的前胸、后颈、手臂上都是文身，文身的图案奇形怪状，不过其中有一个吹风机造型的猪头，高阳倒是认出来了。

"啊——"

街机中的曹操发出一声惨叫，血条见底，游戏通关。

青年还是坐着，抬头看了高阳一眼："就你？"

高阳有点受打击：好歹我刚加了20点魅力值，不应该给点尊重吗？

"还有我。"青灵说话了。

青年探出脑袋，看见高阳身后的青灵，立马精神一振。

"哟，有美女呀！"他赶紧站起来，双手造作又夸张地捋了一下自己的扫把头，"你们两个是吧？"

"还有我。"

黄警官掀开蓝布走进来："不好意思，来晚了点，还没开始吧？"

"我们也刚到。"高阳说。

黄警官对扫把头很客气："我来介绍下，这位就是我们今晚的面试官，吴大海先生。"

扫把头双手插袋，一副拽拽的样子："叫我海哥就行。"

"这两位是我新结识的同伴，高阳、青灵。"黄警官说完笑了笑，"上次我挑战输了，这次我带同伴一起参加挑战，没问题吧？"

"没问题，今晚输了这个月可别再来烦我了。"吴大海语气傲慢。

"可以。"

"开始吧。"青灵一扬手，一把唐刀出现在手中。

"我去，这武器有点东西啊！还能伸缩！"吴大海眼睛一亮，"这玩意儿不是你自己的吧？哪里搞到的？"

"跟你无关。"青灵摆出战斗的架势。

"美女就是拽！"吴大海也不生气，懒洋洋地掏着耳朵，"你们三个，谁先来啊。"

"我先来。"黄警官说。

"行，老规矩，三场挑战！"吴大海张开双手，"随你们选，能赢我三次就算过关。"

"选什么？"青灵问。

黄警官微笑："忘了告诉你们，面试内容是比赛打街机。任选三台游戏，能赢过他，就合格。我已经挑战好几次了，每次都输。"

"黄警官，你说你太弱，是指打游戏？"高阳无语。

"是啊。"

青灵皱起眉,很不理解:"为什么不直接动手?"

吴大海笑得要岔过气去:"美女,你对力量一无所知啊!我这是给你们机会!别给脸不要脸啊!要真论打架,别说你们三个一起上……"

吴大海大喊一声:"就是你们一个一个来!我也打不过!"

高阳汗颜,这就是传说中的"用最嚣张的语气,念最软弱的台词"?

吴大海很是得意:"哼,哥不是战斗型天赋,肯定不能跟你们比。不过你们要敢伤我一根汗毛,组织里有的是大佬来收拾你们。"

"好了好了,大家都是觉醒者,应该以和为贵,不要窝里斗。"黄警官赶紧打圆场,"我先来,我选打飞机。"

他说着,来到一台街机旁坐下,投币。吴大海也坐过来,投币。

高阳走过去一看,是飞行射击游戏。

最终,在高强度的枪林弹雨中,吴大海的飞机不幸被击落。黄警官也不再控制,游戏中的飞机在他放手的瞬间也被击落——他比吴大海多坚持了一秒。

他站起身:"承让啦。"

"哼,你也就打飞机强点。"吴大海有点不服气,"继续,继续。"

"下一场比赛你俩上吧。"黄警官说。

"下一个,谁先来?"吴大海问话了。

高阳和青灵对视一眼,青灵淡淡地开口:"我来。"

在第一局游戏中,吴大海虽然完美击杀青灵,但并没有什么成就感。

三局两胜。

第二局开始,吴大海没急着进攻,而是先耐心地教起来。作为一个从来没玩过的新手,青灵上手很快,迅速地重复一遍。

"好了!开始吧。"吴大海开始操作自己的人物。

十秒后,青灵惨败,不过这次还是有进步。

"三局两胜,你输了。"吴大海起身。

"再来一次。"青灵说。

"下个月再说吧。"

"再来一次。"青灵重复,眼底出现了炙热的战意。

吴大海犹豫了一下:"行,再来一次,三局。"

"哇,这就破例啦?"黄警官一时间说不上是开心还是伤心,"我之前怎么求你,你都不肯破例。"

"废话。你一个大叔,我对你破例有什么好处啊。"吴大海说完,理直气壮地看向青灵,"再给你一次机会可以,不过我要握一下你的手。"

青灵一脸不解:"为什么?"

吴大海嘿嘿笑起来:"实不相瞒,我长这么大,还没碰过女孩子的手,我是说人类啊，兽不算。"

"有区别吗？"青灵问。

"这不废话！"

高阳第一次见到好色还这么理直气壮的人，一时间不知道从何吐槽。

青灵略一思索，讨价还价道："再比一次，输了就让你握。"

"好！一言为定！"吴大海没想到青灵答应得这么干脆，他可是有必胜的把握！

"开始吧。"

吴大海似乎觉得自己一个老手欺负新人，有点胜之不武，又想开始教青灵。

"不用，够用了。"青灵直接拒绝。

"行吧，我可不会放水啊。"这次，吴大海不再留情，进攻比上一局更加凶狠。

青灵防御了一整局，输了。

她一点儿也不急。

第二局，青灵开始尝试进攻。

毫无悬念，青灵又输了。

"你输了！"吴大海开心地站起来，眼神直勾勾地看向青灵，"我要握手！"

青灵站起来，朝吴大海伸出手。

吴大海十分吃惊，没想到青灵这么爽快！

吴大海看着青灵，缭乱光线映衬在她美丽而淡漠的脸上，没有屈辱的表情，而是满不在乎。

这女人！不简单啊！

吴大海怀着紧张、虔诚的心情，缓缓伸出手……

毫不留情的一拳砸到吴大海的鼻子上，他"哇"地踉跄后退两步。

还没完，青灵抬起大长腿，一脚踹向吴大海的小腹。吴大海只觉得胃部一阵绞痛，接着双腿一软，直接跪下。

青灵看着跪在自己脚下的吴大海，还不解气。

她一把揪住吴大海的头发："活腻了？你刚想干什么？"

吴大海整个人蒙了："等一等！是你说可以握我才握……"

"握什么？"青灵问。

高阳反应过来，是青灵的副人格青翎出来了。这个青翎怎么可能让吴大海碰自己啊。

吴大海显得很无辜。

"就你？"青翎朝着吴大海的脑袋"咚"地一膝盖磕过去。吴大海整个人被摔出去，撞翻了好几张椅子。

高阳见情况不对，赶紧上前拉住青翎，不然真要出事。

"青翎，算了。"

"别碰我！"青翎反手一耳光，高阳早有准备，往后一闪。

"你们几个把我带到这里来想干什么？！"青翎大喊大叫，忽然间，身体一僵，眼神回归了平静和冰冷。

她看向满脸紧张的高阳，又回头看了一眼蜷缩在地上呻吟的吴大海："刚怎么了？"

"青翎出来了。"高阳说。

青灵微微皱眉："没事，我们继续。"

"继续什么啊！"吴大海被黄警官扶起来，捂着流血不止的鼻子，怒气冲冲地道，"你们女人怎么翻脸比翻书还快啊！"

"刚出了点意外。"青灵解释。

"不想让我握就直说啊，我又没勉强！"吴大海还是很生气，"别以为你是美女就可以为所欲为！你再打我一下试试，我真还手了啊！"

青灵想了想："我们再比一次，如果这次你还是赢，我让他俩把我捆起来，就不会出意外了。"

高阳惊了：你对自己也太狠了吧！

不过高阳认为，待会儿就算再输，青翎肯定还会再跑出来"赖账"的。

这些年，在生存方面，青灵一直保护着弱小的青翎。但在这种时候，青翎应该也一直保护着极端的青灵。毕竟，两人本就是一体。

高阳和黄警官交换了一个眼神，决定先不急着阻止，看看事情后续怎么发展。

吴大海怒气顿消，将信将疑，在心里盘算了一下，反正都挨打了，大不了再挨两下，万一成功了呢？石榴裙下死，做鬼也风流啊！

他看向青灵："美女，此话当真？"

青灵点头。

"开搞开搞！"吴大海胡乱抹了两把鼻血，又在街机旁坐下。

这次青灵也熟练了许多。这一次，她再没有任何失误，反应速度快到以微秒计。

吴大海使出浑身解数，面对的却是一台没有感情的机器。不管他出什么招，青灵都能瞬间做出最优的反应。

最后，比赛时间到，无人死亡，但青灵血量多一点儿，胜利。

吴大海明白青灵的套路了。

第二局，他不再主动发起进攻，也想打后手。但是青灵稳如泰山，一动不动，反正吴大海已经输了一局，再平局一次，也是输。

吴大海急了。时间过去一半，他还是出手了。他一出手，又落入青灵的圈套。很快比赛结束，这次依然没人死亡，青灵血量略高。

三局两胜，青灵赢了。

高阳原本以为吴大海会恼羞成怒，毕竟自己赔了夫人又折兵。吴大海却只是愣了两秒，大方地站起来，双手用力捋了一把自己的扫把头："你赢了。"

青灵很满意，站起来。

吴大海倒也洒脱，看向高阳："最后一关，是不是轮到你了？"

高阳看向黄警官，对方爱莫能助地摊摊手。高阳又看向青灵，青灵留下一句"我出去安抚一下青翎"便走出游戏厅。

高阳心中自嘲道：我果然是主角啊，压轴登场。

他扫视一圈，剩下的街机游戏，虽然其中很多游戏他小时候在家里都玩过，但没有一个擅长。高阳深思熟虑后，指向角落的一台游戏机："比这个可以吗？"

吴大海先是一愣，难以置信地看着他："你确定？"

"确定。"高阳点头。

反正技术比不过，比运气好了。

"糟了。"黄警官似乎想起什么不愉快的回忆，扶住了额。

吴大海嘴角带笑，一脸惋惜地拍拍高阳的肩："兄弟，路走窄了啊。"

吴大海自信无比地捋了一下自己的扫把头，迈着大摇大摆、闪亮登场的步伐，走到游戏机前。

"操作游戏中的小人挖金币，10个金币也就是10分，游戏时间五分钟，老黄，你来计时。给爷精确到秒。"

"行。"吴警察拿出手机，打开秒表。

"规则很简单，五分钟内，得分多者获胜。"吴大海看向高阳，"还有什么不清楚的吗？"

"没有。"

"好！我先来！"吴大海在老虎机前坐下，玩了起来。

高阳站在身后观摩。

前面八九轮，吴大海就靠着广撒网，抓小虾的方式，累计80多分，其间也有好几次失手，但总的来说分数在涨。

吴大海十分得意："虽然是看运气的游戏，不过也有一定规律，做不到真正的随机。我虽然很难说清这个规律，但只要玩过上万把，就会形成一种模糊的直觉，一般我对下一个可能出现的奖项进行预判，三次里面能中一次。"

"这叫什么……"吴大海一边按分一边得意地说，"这叫熟读唐死三百首，不会作死也会吟啊。"

"是诗，不是死。"高阳忍不住纠正他的发音。

吴大海被拆台，回头瞪了他一眼。

"还有一分钟。"黄警官提醒。

"足够！"

吴大海煞有介事地一边念叨着什么，一边操作。

"时间到。"黄警官宣布。

最终，吴大海的总积分是820分。

一分钟后，游戏积分清零，高阳开始了比赛。他略微思考了一会儿，深吸一口气，开始操作。

起初，他模仿吴大海的战术，广撒网，抓小虾，就像一个勤勤恳恳的果农，埋头耕耘，三分钟后他也收获了61分，但离吴大海的820分还有天壤之别。

接下来高阳毫无头绪，最后心一横，决定放手一搏！

我不是很幸运吗？他想。

身后的吴大海发出嘲讽的笑声："哥们，你这叫狗急跳墙！你才玩了几把啊。"

很快，高阳只剩下最后一次机会，但仍旧运气不佳。

"哈哈哈哈哈没打中……你输了！"吴大海发出幸灾乐祸的笑声，"兄弟，你想赢我你还早了一万年！下个月再来挑战吧。"

高阳看着自己的积分：1。

还不到放弃的时候。

"还有多久？"高阳转身问黄警官。

黄警官看着手机："还三十秒……二十九秒……"

高阳看了一眼游戏机的按钮，目光锁定了其中左右两个键。

不管了！

高阳闭上眼睛，按着按钮！

游戏积分的数字从 1 跳到 2，从 2 跳到 4，从 4 跳到 8，从 8 跳到 16……转眼跳到了 624！

整个过程，不到十秒。

吴大海傻眼了，玩这个游戏的人，没几个会选这两个地点挖金——运气好的话积分翻倍，反之，积分清零。

这运气，高阳可以去买彩票了吧？！

黄警官看得心惊肉跳，继续提醒："还有八秒。"

高阳自己也很震惊，这就是幸运天赋的加持吗？不管了，再来一次！

高阳一按按钮，积分从 624 跳到 1248！

赢了！

"时间到！"

吴大海看呆了。

吴大海心服口服，今天算是见识到什么叫真正的幸运之王了。

"你们赢了，考核通过。"吴大海说。

"不容易啊，"黄警官喜不胜收，"小半年了，我终于可以加入组织了。"

"哎等等！别误会啊，这只是组织的第一道考验。"吴大海说，"组织还有第二道考验。"

"什么？"黄警官有点吃惊，"还有吗？"

高阳对此倒是一点儿都不意外，哪个组织招觉醒者会考核打游戏的能力啊？这又不是招电竞战队去打职业赛。

"老黄，你该不会真以为打赢个游戏，就能加入我们组织了吧？第一个测试不过是热热身，接下来才要动真格。"

吴大海抬手打了个响指，一瞬间，游戏厅的所有街机瞬间关闭，吊扇也停了。

高阳和黄警官站在黑暗中，互看一眼，没有说话。

这个吴大海，果然没有看上去的简单——他极有可能有"电元素"的天赋，而在任何游戏和影视作品里，玩"电"的人武力值都很高。

果然是大佬啊，在跟他们这些菜鸟玩深藏不露、扮猪吃老虎的游戏。刚才他要真跟青灵计较，青灵未必是他对手。

"走，出去说。"吴大海双手插在裤袋，吊儿郎当地走出游戏厅。

三人掀开蓝布，走出游戏厅。

吴大海伸手把卷闸门拉下来："老黄，你也别怨我啊，我只是组织里的一个打工人，规矩都是大佬们定的。"

这会，青灵正站在屋外的路边沉默着。

"青灵？还是青翎？"高阳小心地问。

"青灵。"她回头看过来，"你赢了吗？"

"赢了。"看神情，高阳认出了眼前的是谁，苦笑道，"不过这只是热身，还有第二道考核。"

青灵一脸意料之中："我想也是。"

"敢情就我天真地以为只要打赢游戏就可以了啊？"黄警官有点受伤。

"其实你们游戏玩得好不好根本无所谓，我主要是在考验你们的耐性，顺便也观察观察你们的人品。我们组织，并不是以实力作为唯一的衡量标准的。"吴大海很自豪地揉了揉鼻子。

"既然我们人品过关了，接下来是不是要考实力了？"高阳问。

"当然啦，我们组织不收废物的，天赋序列号没进前一百的，统统淘汰。"

高阳心一虚：说的不就是我吗？看来一会儿只能蒙混过关了。实在不行，就先让青灵和黄警官加入组织，反正我还可以慢慢赚幸运点，赚足了再领悟出新天赋也不迟。

"这东西，我能拿走吗？"不远处传来苍老又沙哑的声音。

高阳侧身一看，是一个衣服破烂、身形佝偻的老头子，背着一个脏兮兮的垃圾篓，手里还拿着一把生锈的火钳。

老头站在黄警官的警车旁边，用火钳指着前车盖上的一个几乎喝空的可乐瓶子："这个不要就给我好吗？"老人又问了一遍。

"哦可以，没问题。"黄警官热情地走上前，将最后几滴可乐倒掉，徒手把可乐瓶压扁，丢进老头背后的垃圾篓里。

"呵呵，年轻小伙就是有力气啊。"老头满脸的皱纹，笑容却很怡然。

"当然，警校毕业，每天都练的。"黄警官从胸前口袋掏出一包烟，"大爷，来一根？"

"好啊。"老头浑浊的眼睛亮了下。

黄警官熟稔地掏出一根烟，送到老头嘴里，又拿出打火机给他点上。

"嗯……不错。"老头吸了一口，十分享受，也不感谢，慢悠悠地转身走了。

四个人看着老头离开的背影。

"这么大年纪了，还在捡垃圾，不容易啊。"黄警官颇为同情。

"你要见过年轻时的张大爷，就不会这么觉得了。"吴大海冷笑，"我小时候就是在这一带长大的，那时候整条街的孩子都怕他。"

"是吗？"

"张大爷是个屠夫，可凶了。他一直嫌弃老婆没给自己生个儿子，天天打老婆，好几次都打进了医院。后来他老婆实在受不了，给自己找了瓶农药……那天，他女儿刚好高考完，他老婆是怕影响女儿发挥，才一直忍到高考结束。"

三人沉默。

"他女儿上大学后就跟他断绝了父女关系，再没回过家。张大爷老婆死了，日子过得没劲，后来也不杀猪了，天天喝酒，把人喝废了，后来还沾上了赌，把房子也输没了，之后就一直吃低保、捡垃圾生活。"

吴大海一改之前的轻浮形象，目光深沉了几分："这个张大爷活了一辈子，我觉得他现在虽然最没有人样，反而最像个人。"

说到这吴大海嗤笑起来："当然啦，他其实是只兽。"

"小声点。"黄警官提醒道，"他没走远，会听见的。"

"没事，他是迷失者，就算听见了也会自动忽略。"

"他摔倒了。"青灵插话。

吴大海回头一看，前方的张大爷不知何时已经栽倒在地。

"张大爷？"吴大海快步上前，"你不要紧吧？"

夜风迎面吹来，高阳看着不远处倒地不起的张大爷，忽然觉得有点不对劲。哪儿不对劲，他说不上来，这似乎是感知力提升后，他的一种本能的警觉。

"等一下！别过去！"高阳喊住吴大海。

吴大海离老头不到三米，站住了："怎么了。"

下一秒，除吴大海的所有人都看到，张大爷站起来了！

并非如正常人那样慢慢爬起来，而是脱离地心引力，僵直的身体"嗖"的一下被某种无形的力量给扶正。

青灵拔出长刀，黄警官迅速掏出手枪。

高阳也没闲着，立刻退后。他很清楚现在的自己就是个废物，不拖后腿就是对队伍最大的贡献。

吴大海一见三人的警戒动作，立刻意识到不对劲。

他飞快转身，只见张大爷歪着脑袋，四肢僵直紧绷，犹如一根头部被折断的"筷子"。张大爷嘴巴高速抽搐着，口吐白沫，口齿不清地不断地重复道："人类，人类，人类……"

紧接着，张大爷浑身的皮肤仿佛被某种无形的火焰灼热，急速融化，冒出阵阵血雾，露出肌肉组织；同时，他的身体疯狂抖动，血液从体内进出来。

张大爷的声音从痛苦呻吟变成狂热的哀号："人类！人类！人类！"他的胸腔急速膨胀，肋骨冲破血肉，像一朵食人花那样朝两边张开，胸腔中则生出一个肉瘤，肉瘤上长满了人类的五官。

这个肉瘤像一朵花蕾，缓缓绽放。

张大爷的上半身化为包裹住"花蕾"的枝叶藤条，下半身则以一种被腐蚀后的状态，深深融入地面。

短短半分钟，张大爷就从一个人变成一朵畸形的"食人花"。

"这又是什么兽？"青灵眉头紧皱。

"不知道。"黄警官沉下声。

"杀，还是跑？"青灵问。

"跑，他看上去不会追人，而且已经失去智力……"黄警官话音未落，张大爷的大肠已经如藤条般飞向了吴大海。

吴大海一惊，转身就跑。

"吧嗒"，藤条缠住他的脚踝，用力一拉，吴大海重重跌倒在地。

"别碰我！滚开、滚开啊……"吴大海在地上疯狂扭动，双手试图抓住任何东西，但都是徒劳。

眼看他就要被抓到张大爷的脚下，成为他的食物。

"砰"！一发子弹射出，打断了缠住吴大海脚踝的藤条。

藤条喷出一团血雾，立即缩回，断掉的那一节藤条也松开吴大海的脚踝。它像一条灵敏的蛇，沿着地面飞快地游回去，一头扎进张大爷的身体中，再次跟他融为一体。

很快，断裂的藤条又生长出来。

"嗖嗖嗖"，这次，三根藤条一起飞向吴大海。

"唰"——

一道凌厉而华美的刀光在吴大海眼前晃过，三条射向他的藤蔓齐齐断裂，血雾弥漫，在路灯下呈现一片诡异的金红色。高挑少女反手握刀，长发飞扬，双腿修长，犹如天降神兵，挡在吴大海跟"张大爷"之间。

吴大海看呆了，一时间竟然忘了害怕。

"走。"

青灵头也不回，全神贯注地盯着敌人。

"哦……哦，"吴大海回过神来，跌跌撞撞爬起来就跑，还不忘叮嘱，"美女……小心点……"

张大爷此刻已经变成介于植物和动物之间的一种兽，花蕾上的五官"咕噜咕噜"地不断发出既饥渴又愤怒的声音："人类！人类！人类……"

他脚下的藤条不再急着进攻，而是将自己的身体缠绕，接着一寸一寸地紧缩，仿佛一个绞肉机。

高阳无法描述那恶心的画面，不到十秒，空气中便充满刺鼻的腥臭味。他强忍着呕吐的冲动，上前扶住跑回来的吴大海："你刚为什么不战斗？"

"我有什么战斗力啊！"吴大海理直气壮。

"你刚才那一招不是很厉害吗？"高阳不解，"一个响指，游戏机全关了。"

"那就是个特殊的声控总闸，你打响指，你也能关。"吴大海说。

高阳彻底无语了：兄弟，搞半天你比我还废物啊？你是怎么混进组织的？走了后门？这个组织真值得我们加入吗？

算了，求人不如求己。

"还有武器吗？"高阳朝黄警官喊道。

"我车子后备厢有一根高尔夫球杆。"黄警官一手持枪，一手从裤袋掏出车钥匙丢给高阳。

高阳接住钥匙，迅速打开后备厢，拿出一根银白色的高尔夫球杆。

不远处，张大爷的躯体全部被绞碎，除了那个长满五官的肉瘤，还能姑且称之为它的"脑部"，其他部分全部变成藤条——准确地说，是触手。

这些触手由张大爷的身体器官和组织拼接而成，粗略一数多达二十多根。现在的张大爷犹如一只变异的章鱼。

"嗖嗖嗖"，三根触手冲向青灵。

青灵手起刀落，飞快斩断。

"呼呼呼"，又有四根触手从天而降，朝青灵劈下来。

青灵一个闪身滚到一旁，躲开触手的鞭打。这时，沿着地面在黑暗中爬行的几根触手已经悄无声息地摸到青灵的脚边。

青灵一惊，迅速往后跳。

触手犹如眼镜蛇，"唰"一声跟着腾空跃起，其中一只狠狠绞住青灵洁白的脚踝，迅速将青灵拉回地面。

"砰"，一发子弹打断了触手。

青灵顾不上疼痛，侧身翻起，反手一刀，将其他三根靠近自己的触手一并斩落。

她不敢停留，提着长刀横向奔跑，在有限的几次闪避中，敏锐地注意到，触手以张大爷为中心，直线弹射的速度是最快的，当触手弹出之后，想要再横向移动来抓人，则会迟缓很多。

青灵决定围着张大爷绕圈，这样就可以降低被触手逮住的概率。

"砰"，黄警官看准时机，一秒之内，朝着目标的"脑部"连开三枪。

"啊啊啊……人类！人类……"

张大爷浑身痛苦地战栗，发出剧烈的惨叫声，几条触手缩回，护住了"脑部"。

"弱点是头！"黄警官朝青灵大喊，同时掏出新弹夹，迅速换上。

青灵也看出这一点，但不敢贸然靠近。

张大爷的触手多达二十几根，每一根都柔韧有力，除了她手中的唐刀，其他武器根本不可能将其砍断，况且即便她砍断了，对方也能快速修复，重新生长出来。

而青灵一旦失手，就会被数不清的触手绞住，然后被拖向张大爷。接着，那些触手应该会围拢过去，再次变为"绞肉机"，她将在极度痛苦中被绞碎，化为张大爷的一部分……

一想到会是这种死法，即便冷酷如青灵，也不免头皮发麻。

机会只有一次，失败，就是地狱。

青灵深吸一口气，忽然拿出百米短跑的速度狂奔，围着目标不断绕圈，张大爷的触手自然也被吸引得转起了圈，看上去就像一个小型的旋转秋千。

两分钟的高速周旋后，青灵的速度慢下来，无论是她平日训练的短跑，还是天赋刀神，都属于短时间的高爆发力能力，这就势必不能坚持太久，力求速战速决。

眼下她仍然没有找到完美的切入机会，但在体力明显下降之前，必须出手了。

"掩护我！"青灵看准时机，绕到张大爷触手最少的一个侧面，提刀冲过去。对方的七八根触手立刻缩回，另外十几根触手则从四面八方向青灵围拢。

青灵高速逼近，同时不断调整走位避开攻击，砍断触手。

空位中弥漫着浓郁的血雾，刀光剑影中，青灵犹如一只染血的白色蝴蝶，在数不清的触手中翩翩起舞。

黄警官也没闲着。

他发动枪神天赋，以每秒一发子弹的频率掩护着青灵，那些从青灵刀口下逃脱的触手都被紧跟其后的子弹打断。

一切只发生在短短几秒内。

黄警官迅速打光了所有子弹，青灵也已经足够靠近张大爷。她一个灵巧的侧闪，躲开最后两根触手，双手持刀高高举起，从上而下劈向张大爷的"脑部"。

那一刻，所有人都坚信，张大爷的脑部会像一个脆弱的西瓜被切成两半，然而他们都忽略了那些被砍断在地的触手。

它们在落地的瞬间便贴着地面，以极快的速度往本体爬去。

青灵刚要发力，只觉得后脚跟一阵疼痛——无数往回爬的断裂触手连续击打在她的后脚跟上。青灵脚底一滑，虽然快速调整站姿，但腰部的力气没能有效爆发，这导致手臂的力量流失大半。

一秒后，她挥出威力大打折扣的一刀。

刀劲还是很强，刀刃依然锋利，却只劈开目标不到三分之一的深度，张大爷没有毙命，他痛苦哀号，重新长出的几根触须用力一甩，狠狠抽在青灵的腰部。

"啊……"青灵武器脱手，飞出几米开外，一连在地上滚了两圈。她还没放弃，朝着几米外的张大爷伸出右手，五指猛地张开："金属！"

第三章
新天赋

劈进张大爷"脑部"的唐刀被一股无形的力量支配，继续下压，然而2级"金属"的力量实在有限。

青灵发出全力，唐刀还是只能一寸一寸地往下压。

两根触手迅速缠住唐刀，将它用力拔出，往外一扔。张大爷的"脑部"鲜血狂喷，极其惨烈，尽管如此，"脑部"上被劈出的大裂口却开始愈合，但愈合速度相比触手的愈合明显要慢。

他伤得很重，可是……他还活着！

断裂的触手纷纷在地面上爬行，然后蹿回到主体中，接着，新生的触手再次从身体中涌现。

青灵摔得不轻，脸色苍白，满脸血渍。她跟跟跄跄地站起来，还想要去捡一旁的刀。四根触手急速射出，绞住了她的双手双脚。

青灵努力挣脱，但无济于事，触手拖拽着她往张大爷靠拢……

"去死吧！"

随着一声高喊，举着高尔夫球杆的高阳冲向张大爷。

他知道，自己作为一个废物，现在唯一能做的事情就是逃跑，有多远跑多远，这才是一个废物的自我修养。可也不知道为什么，看到青灵被抓住时，他的双腿根本不听使唤，脑子也放弃了思考，回过神时，他已经冲上去了。

高阳没来得及靠近张大爷，一根触手就沿着地面滑过来，一下绞住他的小腿。

触手用力一拉，高阳闷声倒地，整个人也被拖向了张大爷的本体。马上，他就会跟青灵一样，成为张大爷的腹中餐。

"抓稳！"黄警官也冲上来，一手抓住高阳，另一手抱住旁边的一根路灯杆。托"枪神"天赋的福，黄警官臂力惊人，稳稳钳住高阳的手腕，一时间竟然跟张大爷的触手僵持不下。

高阳却高兴不起来。

一方面，他的身体就像是拔河的绳子，感觉随时要被扯断；另一方面，越来越多的触手开始修复并投入战斗，拖下去，他们毫无胜算。

而且最要命的是，一旁的青灵正在不可逆转地被拽向张大爷。

冷静，冷静，越是这种时候，越要冷静。

高阳深呼吸，闭上眼睛。

进入系统。

你新获得30个幸运点。

30个幸运点？！

你刚经历了高度危险的6分钟，收益增幅至300倍。

领悟新天赋！快点！

领悟新天赋需要花费30个幸运点，确定吗？

确定！

领悟中……

领悟中……

领悟中……

领悟成功。

天赋：复制。

序列号：18。

符文种类：知识。

1级复制：可复制序列号30以上任何天赋。

复制方式：触碰对方身体1秒。

复制数量：1种。

储存时间：1小时。

使用时间：3秒。

复制间隔时间：12小时。

1级复制永久属性加成：精神+30，魅力-10。

厉害！终于来了！

恭喜！首次领悟新天赋成功。再次领悟，需60个幸运点。

访问结束，系统隐藏。

"哔"——

高阳睁开双眼，一米开外的青灵侧身贴着地面，正一点点被拖向张大爷。她双手用力抠住地面，想要阻止触手的拉扯，但无济于事。

高阳观察局势，迅速做出判断："黄警官！放开我！"

"你疯了！"

"松手！我有办法！相信我！"

时间分秒必争，黄警官也顾不上了，松开高阳。

触手瞬间发力，高阳被飞速拖向张大爷，速度比青灵还要快。与青灵擦肩而过时，高阳奋力伸出右手，原本是想触碰青灵的头，但两人的身体呈平行线，就是差了那么两厘米的距离。

高阳努力绷直胳膊，撒开手指头，还是只能眼睁睁地从青灵的额头、嘴巴、下巴、肩膀的前方滑过去，始终无法触摸到。

完了吗？高阳心一沉。

不！他眼睛一亮，迅速发现希望！

半秒后，高阳右手的中指指尖轻轻地够到了青灵的鼻尖。

还在奋力挣扎的青灵也察觉到高阳这个怪异的举动，但她并不愤怒，眼底只有淡淡的迷惑：他想干什么？垂死挣扎？还是临死前的告别？

探索到唯一可复制天赋：3 级刀神。

是否复制？

复制！

顷刻间，高阳感到一股能量通过他的中指指尖钻进自己的体内，那股能量非常玄妙，仿佛有生命，还带着主人鲜活的印记与气息。

高阳大吼一声："把刀递给我！"

青灵不清楚高阳想干什么，但本能地做出最正确的反应，双手不再抠住地面，而是集中精神控制自己的武器。

不远处的唐刀悬浮起来，飞向高阳。

高阳迅速接住长刀，握住刀柄的一瞬间，全身涌现出一股熟悉感，仿佛这把武器他已经使用过一万次。

记忆、动作、经验、直觉……无数信息融合成一股无法描述的能量，它犹如神圣的生命体，轻轻覆盖着他的全身，引导他、支配他，给予他力量。

高阳右手腕一个灵巧的旋转，轻松切开绞住小腿的触手。

此刻，他离张大爷的本体不到两米，这是最危险的位置，也是最有利的位置。他的双眼已经找出最好的突破口和最合适的挥刀角度。

他侧身，半蹲，压刀。

腿部、腰部、右臂三点一线——出鞘！

"唰"——唐刀自下而上，斜斜切开了那一坨恶心的肉瘤。

还没结束，他挥出的刀迅速折回，又是一刀，被砍下的三分之二的肉瘤还悬浮在半空，又分成了两半。

一切发生在刹那。

哀号声在挥刀后的半秒出现，但非常短促，来不及成型就消散在血雨中。

三秒结束。

"刀神"天赋消失。

与此同时，被绞住青灵的触手松开了。

青灵微微一怔，飞快地跃起，冲刺，夺走高阳手中的唐刀，一连砍出十几刀，确认那兽不可能复生才停手。

月色下，青灵漆黑的头发染着血，湿嗒嗒地流淌在清冷的脸庞和白净的校服上。

女孩微微仰头，胸口剧烈起伏，脚下是乱七八糟的残肢和内脏。此刻的她，犹如一个堕入地狱的杀戮天使。

几秒后，她慢慢回头，看向高阳的眼神冰冷而锋利。

"哗"，眨眼间，滴血不沾的唐刀架在高阳的脖子上。

青灵的声音愠怒："刚才的事，你最好解释清楚。"

"对不起！"高阳举起双手，慌忙道歉，"我不该摸你……"

"谁管这种事？"青灵手中的刀面一转，"说！你为什么会有'刀神'天赋？为什么一直隐藏实力？"

"我没有'刀神'天赋！也没有隐瞒实力！"高阳感觉脖子就要见红，什么也顾不上了，一股脑交代了，"刚才危急关头，我忽然领悟出了新天赋——复制。它能短时间内复制别人的天赋，但必须跟对方有一秒的肢体接触，我想复制你的'刀神'天赋，但是差了点距离……后面的事，你都知道了。"

青灵半信半疑，看向黄警官："有这种天赋？"

"有。"黄警官点点头，"我没记错的话，序列号应该是18。"

他不无羡慕地看向高阳："领悟了很厉害的天赋，恭喜你啊。"

青灵看着高阳，两秒后，收回刀。

"你就扯吧。"吴大海走过来，一脸愤愤不平，又很嫉妒。

高阳一看到吴大海就来气，打架的时候跑得比谁都快，现在安全了就第一个跑出来阴阳怪气。

黄警官从警车里拿出他平时晨跑用的毛巾，分别丢给高阳和青灵："先擦擦。"

接着他又看向吴大海："现在我们通过测试了吗？"

"什么测试？"吴大海一脸蒙。

"别演了，刚才肯定是你给我们的测试吧。"黄警官声音不悦，这种测试也太危险了！

"怎么可能！我有病啊我，搞这种测试。"吴大海激动得手舞足蹈，"我真的不知道张大爷为啥会忽然兽化，还是这么恶心的玩意儿，我自己都快吓尿了好吗！"

高阳现在十分怀疑这个组织的靠谱程度。

黄警官无奈。他现在也有点崩溃——成年人的世界，太难了。

吴大海揉揉鼻头："你们赶紧回去啊，反正要不了几天，组织就会有人找上你们。到时候你们就知道测试内容了。"

吴大海刚要走，又站住了，目光越过高阳，色眯眯地飘向他的身后。

高阳一回头，发现青灵正要脱衣服。她校服上的血渍实在太多，没法擦了。

黄警官立刻脱下自己的外套，丢给高阳。

高阳转身，及时帮青灵披上。

吴大海顿时失望至极，尴尬地咳嗽一声："回家好好等通知！记得啊！"

吴大海离开后，高阳看着不远处那一摊乱七八糟的东西，问黄警官："这个怎么解决?"

黄警官叹了口气:"我后备厢有一桶汽油,烧了吧。"

五分钟后,三人默默无言地站在大火前。青灵裹着黄警官的外套。

她将自己的校服丢进火焰中,高阳也脱掉上半身的校服,丢进大火中。

确认一切痕迹都化为灰烬,三人转身离开,走向警车。

忽然,高阳觉得有什么东西盯着自己,猛地抬头。

果然,一只体型偏大的白猫正地站在一根电线杆上,静静地注视着自己。皎洁的月色下,它浑身的毛发洁白如雪,一双眼睛犹如翡翠,它的样子看上去非常高贵优雅,神情似乎还透着淡淡的傲慢。

高阳心下一惊:这不就是胖俊描述的那只白猫吗?难道张大爷忽然兽化……跟它有关?!

"你在看什么?"黄警官站在车门前问道。

高阳一分神,白猫消失了,电线杆上空空荡荡。

难道是自己太累了,出现错觉了?

高阳飞快进入系统,确认幸运点收益并没有翻倍,算了,至少脱离危险了。

"没什么。"高阳揉揉太阳穴,转身走向警车。

黄警官开车很稳,车速缓慢而平稳。他正在跟老婆通话。

"酒吧里有人喝醉酒闹事,打起来了,我刚处理完……对,很快就到家……老婆你别等我了,赶紧去睡吧……睡不着?饿了?好,我给你打包吃的……不麻烦,想吃什么,我给你买……"

黄警官挂了电话,开心地跟着电台哼起了歌。

高阳和青灵坐在后车位,青灵经过一番恶战,体力消耗过度,靠在车窗上睡了过去。不一会儿,车子一个急转弯,她脑袋歪过来,刚好枕在高阳的肩上,散落的长发也在高阳的怀里铺展开来,散发着淡淡的清香。

黄警官朝后视镜里的高阳咧嘴一笑。

高阳哭笑不得。

黄警官语气忽然变得像个长辈:"她挺可怜的。"

"谁?"

"青灵。"黄警官说,"听说她十岁就觉醒了。"

"嗯,她表哥告诉她的。"

"十岁,什么都还不懂,就要面对一个这么可怕的世界,她一定受了不少苦吧,所以做事才会这么极端,得亏还有个妹妹人格。"

高阳微微偏头,青灵睡着后的样子要比平时放松很多,眉头也舒缓下来,睫毛很长,嘴巴小巧。以前只觉得她漂亮、冷酷、强悍,此时此刻,他才感受到她作为一个女孩脆弱和柔软的一面。

黄警官庆幸道:"相比之下,我俩算很走运了。觉醒的时候,心智基本健全,也好好感受过这个世界的爱了。"

"这个爱是虚假的。"高阳补充。

"不,虚假的是世界,但爱是真的。"

高阳陷入沉思。

黄警官打了个比喻:"这就好比你爱上一个人,后来又分手,你可以说这段感情是虚假的、没有意义的,但你当时爱那个人的心情是真实的,这是属于你自己的,谁都夺不走,你可以带着这些东西直到死去。"

"……"

"但青灵没有这些,当她死去时,她孑然一身。"黄警官略一沉吟,"可能这就是她比我们都执着于变强的原因,她比任何人都害怕孤独地死去,就像……从没活过。"

黄警官忧伤地笑了:"我爱我老婆,以后也会一直爱下去。就算有一天她兽化杀了我,或者我不得不杀死她,都无所谓。在我看来,曾经的那个她也没有消失和改变,她只是死了。每个人都会死,不是吗?"

高阳似懂非懂,不置可否。

能在这个世界活下去的觉醒者,大概都有着一套自己的处世哲学。青灵的哲学是变强,黄警官的哲学是爱,那自己的哲学呢?

高阳暂时没有答案。

不一会儿,黄警官在一个热闹的夜市路口停车,走下车:"给我老婆打包一碗酸辣粉,很快。你跟青灵要不要也来一份?这家店用的红薯粉非常劲道,我吃了十几年。"

高阳点头:"好啊……再加一份吧。"

这个点回家,妹妹估计还没睡。

手机响起,高阳低头一看,来电显示:高欣欣。

还真是说曹操曹操就到,高阳接起电话:"喂?"

"哥!你在哪儿?你快过来……"妹妹"哇"的一声哭出来。

凌晨一点,山青区三医院。

高阳冲进急诊楼大厅,一眼就见到坐在蓝色公共椅上的妹妹。她还穿着睡衣和拖鞋,头发散乱,满脸泪痕。

高欣欣见高阳出现,冲上前抱住哥哥,又哭了出来。

高阳摸着妹妹的头:"爸现在在哪里?"

"二楼,我带你去。"高欣欣抓着哥哥的手就走。

赶来的一路上,高阳已经通过电话了解了情况。

高阳的爸爸应酬客户到很晚,喝了酒,于是叫了代驾,结果代驾竟然疲劳驾驶,在一个十字路口跟另外一辆小型货车撞上。

代驾当场死亡,后车位的爸爸系着安全带,虽然躲过一劫,但也身受重伤,被人救出来后直接送往医院抢救。护士收拾衣物时找到他的钱包和证件,给高阳的妈妈打了电话。

　　妈妈差点当场晕过去，衣服也顾不上换，带着妹妹出门了。奶奶身体不好，已经睡下，母女俩没敢吵醒她，更不可能告诉她。

　　高阳跟妹妹冲出电梯，一眼就看到走廊上的妈妈。她也穿着睡衣和拖鞋，披头散发，面色憔悴，双眼红肿，坐在手术室门外的座椅上。她一看到儿子和女儿，立马站起来，上前抱住了两个孩子。

　　"妈，我怕……"妹妹带着哭腔。

　　妈妈没说话，但双手明显在抖。

　　高阳抱住妈妈和妹妹："没事，没事的，爸一定不会有事的。"

　　手术时间很长，一直进行到后半夜。

　　医生从手术室里出来，戴着医用口罩，声音有些疲倦："暂时脱离生命危险，不过情况并不乐观。该做的我们都做了，剩下的就看他自己了。另外，你们要做好心理准备，就算他这次成功活下来，之后可能也要终生坐轮椅。"

　　"谢谢医生！谢谢你，能活下来就好……"妈妈别无所求，感激涕零。

　　"分内事。"医生客气两句，离开了。

　　之后高阳一家人又在外面守着，一直等到凌晨五点，医生告诉他们，爸爸已经确认脱离生命危险，妈妈心中的石头才算落地。

　　见妈妈和妹妹脸色憔悴，高阳让她们回家休息，母女俩都不肯。

　　高阳耐心地劝说："我们三个人都整晚没睡，爸爸肯定要人轮流看护，你们现在回家休息，下午才能来接我的班啊。而且你们两个都还穿着睡衣，像什么话，赶紧回去吧。"

　　妈妈听了这番话才总算同意，抬头看了一眼儿子，欣慰地说："阳阳长大了。"

　　高阳一愣："有吗？"

　　"嗯，尤其这段时间，虽然经常很晚才回家，但是总感觉……懂事了不少。"

　　高阳一时间百感交集，觉醒之后的他，与其说更懂事了，不是说是更谨慎了。

　　很快，妈妈带着妹妹离开，高阳继续在重症监护室外面守着。他很累，却睡不着，脑子里胡思乱想，不觉间想起小时候的事。

　　小时候高阳住在市郊的县城，那时候爷爷还在世，一家六口都生活在一栋自己盖的二层水泥房里，房子有个前院，院子外种着一棵银杏树，每到秋天，满地金黄。

　　一家人经营着一家叫"高兴超市"的小商铺，卖点零食和日用品，饿不死，也发不了财。

　　爸爸很聪明，一直很有经商头脑，家里成功学的书籍一大堆。他总是吹牛说，等攒够本钱就跟朋友合伙开厂，赚了钱就去城里生活，买学区房、小汽车，让一家人过上好生活。

　　高阳小学毕业那年，爸爸还真就发了点小财，带着一家搬来离城。

　　爸爸跟朋友合伙开了一家食品加工厂，主要加工各种豆制品。为了推销自己的产品，他每天都在跑客户，手机里存了上千个号码，全是大小超市的老板。生意越好，应酬就越多，每个月有一半时间在陪客户喝酒，每次他都喝得烂醉如泥。

"哒哒哒"。

有脚步声靠近，高阳立刻警醒。

他抬头一看，是负责抢救爸爸的主治医生，这会儿他已经脱下白大褂，摘下口罩，换上便装。

"喝吗？"医生捧着两杯咖啡，在高阳身旁坐下，将一杯咖啡递到他面前，香气四溢。

"谢谢。"高阳也不客气，接过喝下一口，身体暖和不少。

高阳暗自打量身边的医生，对方虽然有中年男人的气场，脸却很显年轻，只看外表最多三十来岁。

医生个头高、消瘦、五官深邃，头发微微卷曲，戴着文气的黑框眼镜，穿深灰色的英伦风羊毛衫、卡其色长裤、棕色牛津皮鞋，手腕上戴复古石英手表，修长的无名指上戴着一枚简约的银戒指。

总之，脱下白大褂的他，更像一个忧郁的文艺青年。

他双手捧着咖啡杯，轻轻喝上一口，歪头看向走廊尽头的窗户。清晨的第一缕光洒进来，柔和的光芒清透圣洁，仿佛来自天堂。

"一天当中，我最喜欢这个时候。"医生淡淡开口道，嗓音略低沉，却很温和。

高阳愣了下，意识到他在跟自己说话，高阳半天才憋出一句："因为……早晨的阳光让人充满希望？"

"不是，因为我终于可以下班了。"医生笑了。

高阳也笑了。

"你今年多大？"医生又问。

"十八岁。"

"你爸这情况……"医生微微叹气，"我看你以后学习、工作，还是考虑在本城比较好，离城的学校都很不错……"

高阳感觉不对劲，这医生，未免太热情了。他放下咖啡杯，屁股往旁边挪动了一下。

医生敏锐地察觉到高阳的变化，淡淡一笑："你是不是在怕我？"

高阳心脏一紧，不说话。他不动声色地用余光寻找走廊上的电梯、紧急通道、窗口，嘴上却装糊涂："怕你，为什么怕你？"

"怕我是兽。"医生说。

高阳几乎要跳起来，却被医生一把抓住手腕，动作不算粗暴，但坚实有力。高阳试着挣脱，但做不到，对方在精确地控制着力度，始终保持着大高阳一分。

医生的笑容重回脸上："别怕，想杀你的话，你已经死了。"

高阳一想，觉得有道理，这才慢慢冷静了些。他故作镇定，直截了当地问："你是觉醒者，还是兽？"

"你说呢？"医生笑着反问。

"我不知道。"高阳实话实说，当他越了解兽，似乎就越难以分辨兽与人的界限。

"天赋'红眼'，序列号131。我是靠温度辨别人与兽的。总体来说，兽的体温要比人类高一点点，身体的热量分布状况也与人类有细微却规律的差别。"医生看向高阳，他棕色的双眼忽然泛出淡淡的红光，"所以，我一眼就看出你是个人。"

高阳顿时松了口气，还好，虚惊一场。

"我叫百里弋。"医生伸出手。

"你好……百里先生，我叫高阳。"高阳伸出手，神色明显放松了下来。

"你才觉醒没多久吧？"百里弋问。

"你怎么知道？"

"比起觉醒者，你似乎更害怕兽。"

高阳一怔："不应该吗？"

百里弋意味深长地笑了："兽有什么好怕的？你只要遵守规则，继续扮演无辜的羔羊，就不会有任何危险。他们与其说在扮演人类，不如说是拥有人类和兽的两种人格和躯壳。只要你不去打开他们体内的开关，不激活兽的人格和躯壳，某种意义上，他们就是跟我们朝夕相处的同类。"

高阳若有所思：这个解释，跟黄警官的理解有些相似。

百里弋略微调整了一下坐姿，身体前倾，晨曦在他身后融化开来，淡淡的金色光泽在他眼镜边框上流动："相比之下，人比兽恐怖多了。"

高阳琢磨着这句话，一时不知如何回答。他决定换个话题："你是外科医生，每天都在做手术，绝大部分接触的都是兽吧，他们不会暴露吗？"

百里弋摇摇头："兽在不兽化的情况下，跟我们的身体没什么区别，无非就是新陈代谢、自愈能力、免疫力等方面都稍强一点儿，以及生殖系统逊色了一丁点儿，不过我也见到过以假乱真的情况，要不是我有'红眼'，差点被骗过去。"

高阳立刻想到黄警官已经怀孕的老婆，或许他老婆就是以假乱真的兽。

百里弋继续优哉游哉地喝着咖啡，像是聊着很平常的话题："兽也是有生命周期的，跟人类差不多，幼年期脆弱，成年期强壮，老年期衰败。由于兽一直兢兢业业地二十四小时扮演着人类，因此其作为兽的能力是在不断衰减的，年纪越大的兽退化越严重，很多老年的兽就算变回兽化状态，战斗力可能还不如一个成年人类。"

高阳想起在酒店袭击自己的何姨，当时黄警官也说过，何姨退化得有些严重，不然战斗力还会强上几倍。

"那我的家人，他们究竟是人还是……兽？"高阳很想知道答案，又害怕知道答案。问出这个问题，他喉咙一阵发紧，心跳也加快了。

"我不能告诉你，这违反规定。"百里弋抱歉地笑笑，"事实上，我今天跟你说话，就已经坏了规矩，还请你务必保密。"

真讽刺，高阳竟然松了一口气。他又想到什么："你也是组织的人吗？"

"组织？"百里弋玩味地重复了这个词，"一定要说的话，我的确属于某个组织。"

"百里先生，我刚觉醒不久，我有很多问题想请教你。"高阳不能放过这个机会，一股脑问了出来。

"我听说兽没有真正的生殖系统，那兽是怎么来的？我们人类又是怎么来的？为什么他们要将我们人类放在他们之中，又这么大费周章地陪我们玩过家家的游戏？为什么只有当我们发现真相时才会领悟天赋？

"为什么一旦我们人类觉醒，身边的兽就会切换状态想要杀死我们？还有，兽究竟有多少种？全是坏的吗？人跟兽能生孩子吗？是只有我身边是这种情况，还是全世界都是这个情况……"

百里弋笑容玩味："可怜的小伙子，真是憋坏了啊。"

高阳欲哭无泪。自从觉醒后，他满脑子都是这些问题，想久了能把人逼疯。

"抱歉，很多问题我也不知道答案，知道答案的问题，也不能告诉你。"百里弋略一沉吟，"这样，最后送你一句话吧。"

"痴、贪、嗔、妄、生、死，皆虚无。人生苦短，大梦一场。"百里弋语气淡淡的，声音中却带着某种苍凉的韵律。

高阳在心里默默记下。

"差不多了，"百里弋站起来，舒展了一下身体，"我该下班了，再见。"

"再见。"

高阳看着百里弋离去的背影，这家伙怎么看都不像个医生，更像个诗人。不管怎么说，还是弄到了不少有用的信息。现在基本可以确定，兽共有六大种类：痴兽、贪兽、嗔兽、妄兽、生兽、死兽。

黄警官说过，嗔兽有三类，分别是：杀伐者、吞噬者、号角者。

李薇薇，大概率是吞噬者。她当时并没有急着杀死高阳，那种折磨他的方式，以及说出的那些话……更像是要把他给"吃"了。

何姨，很明显是杀伐者：二话不说，见面就打，非常嗜血。

至于号角者，高阳暂时没遇见过，可以的话，希望永远别遇见。

痴兽，又称迷失者，似乎也有三种。

卖麻辣烫的刘大爷属于最无害、温和的一种，应该也是这个世界的最主要的组成部分，这种兽似乎比较好辨认。

第二种，则是那些以假乱真的迷失者，觉醒者光靠经验和肉眼，根本无法分辨，必须借助特殊天赋才能搞清楚，比如百里弋的"红眼"，还有之前那个"精神病人"的"嗅觉"。黄警官的老婆，以及自己的家人，大概就是这类迷失者，当然也不排除他们是未觉醒的人类，反正只要人类别去试探，他们就永远是"薛定谔的猫"，是人和是兽的概率都存在。

第三种迷失者，就是王子凯了。他太奇葩了，高阳没法分析，不好归类。

另外，几小时前他们遭遇的张大爷，按理说应该是第一种迷失者，但他毫无征兆地暴走，且兽化后的形态相当诡异，不排除是那只白猫搞的鬼。

那只白猫也是兽吗？有没有可能是痴兽、妄兽、生兽、死兽中的一种呢？

假设每一种兽都有三个类型，那么这个世界至少有十八种兽！

高阳不由得倒吸一口冷气：觉醒之后没有回头路了，必须赶快加入组织，找到靠山，掌握更多规则；否则自己永远是一个"闭眼玩家"，天一黑就只能任人鱼肉，活多久全看运气。

中午，妈妈跟妹妹来医院接替高阳。

高阳回家洗澡休息，只睡了四个小时就恢复了精神。自从成为觉醒者后，他的身体素质确实有显著提高，应该跟属性值的提升有关系。

高阳粗略计算了下：平安度过一天能得到 24 个幸运点，如果能活一个月，就是 720 个幸运点，把这些幸运点全部加在一个属性值上，也是相当厉害了。

但高阳已经走上加幸运系数的道路，他这人不爱半途而废，又很心疼沉没成本，所以他决定今后的幸运点，一半拿来领悟新天赋，一半继续加幸运属性，剩下的边角料再看情况分配。

傍晚，高阳吃过饭，出门了。虽然妈妈给自己请了假，但他还是决定去学校上晚自习，这样可以跟青灵互通有无。青灵十分谨慎，从不使用手机通信，因为会留下痕迹，有事她都习惯当面聊。

刚下第一节晚自习，高阳正想去找青灵，万思思跑过来，关心地道："高阳，听说你爸……住院了。"

"嗯，出车祸了。"高阳回答。

"天啊，不要紧吧？"她看上去是真的很担心。

"已经没有生命危险，但情况……不是很好。"高阳有些沮丧，"医生说，今后可能要一直坐轮椅。"

"不会的，叔叔一定会顺利康复的。"万思思安慰道，"前年我舅舅也出了车祸，医生说他肯定会高位截瘫，结果他非但没有瘫痪，一年后竟然还能下床走路了……现在虽然还要拄拐杖，但是行动没什么大问题。"

"谢谢。"高阳感激地道，转念一想：或许因为万思思的舅舅是兽，才能恢复过来，那是不是说明，如果自己的父亲是兽，大概率也能恢复健康？

高阳心一惊，被这念头吓出一个冷战：自己怎么能希望爸爸是兽啊……

高阳心乱如麻，一抬头，见万思思没走，正看着自己，欲言又止。

"还有事吗？"高阳问。

"啊，其实……我本来想问你这周末下午有没有空，我过生日，不过算了，你好好照顾叔叔吧。"

"好……"

"高阳去。"青灵忽然出现，吓高阳一跳。

万思思有些诧异，看着青灵，一时间不知道说什么。

"我也去。"青灵补充了一句，"欢迎吗？"

"当、当然欢迎啊！"万思思脸上笑着，心里却有点尴尬。她原本没打算叫青灵，倒不是讨厌青灵，只是知道她不喜欢接触男生，而自己这次生日聚会也叫了男同学，怕到时气氛会过于紧张。

高阳飞快地朝青灵使了个眼色，青灵当没看见。

"那么，周末下午两点三十分，乐宝迪，不见不散。"万思思说完，几乎是狼狈而逃。

青灵在高阳身旁坐下："你爸的事我听说了。"

"为什么要去参加生日聚会？"高阳不答反问。

青灵放低了声音："你最近跟小思走得很近，小思最近也总跟你来往，我得好好观察下，她是不是在怀疑你。"

"你想多了……"

"李薇薇的事，也是我想多了？"

高阳哑口无言。

之后两天，高阳每天晚上去替班妈妈和妹妹，上午回家洗澡睡觉，下午醒来，收拾一下去上晚自习，跟青灵碰个头，再问万思思几道英语题，诸如此类。

父亲在重症监护室待了四十八小时，之后转入重点看护病房。第三天上午，他醒来了一次，但说不出话，只能眨眼睛，很快又睡过去。

仅仅是这样，也足够扫去一家人头顶的阴霾。妈妈紧锁的眉头第一次舒展开来，她甚至有心思重新化妆了，妹妹也露出久违的笑容，同时捡回了拿高阳开涮的传统技能。

周日上午，高阳回到家，洗完澡，只眯了一会儿便醒来。

他点开系统，幸运点已经积攒到85。

他花60个幸运点领悟了一次新天赋，几乎是预料之中的领悟失败，剩下25点，他暂时先留着。

高阳又计算了下：如果每领悟天赋三次，才能成功一次，那么他获得第三种天赋，总计得花费180个幸运点。领悟成功后，下次领悟天赋所需的幸运点又会翻倍，到达120点一次，三次领悟成功，则需要360点。

以此类推，当他想获得更多天赋，对幸运点的需求量几乎无穷无尽。正常挂机，不知道要攒到猴年马月，这个危险世界恐怕不会给他这个机会。

富贵险中求，要是有什么"尽管危险但不至于付出生命的战斗"就好了，这样每天战斗半小时，就等同于多挂了几天的机。等加入组织后，他一定要好好研究，说不定能找出一个无限涨经验的漏洞。

下午两点，高阳简单收拾了下自己，前往乐宝迪。路上有点堵车，他最后一个到，在接待员的引导下，他很快来到万思思定下的包厢。

刚要推门，就听到一个男生在鬼哭狼嚎："该配合你演出的我演视而不见，在逼一个最爱你的人即兴表演……"

高阳心想，你这是在逼身边的听众当演员吧？唱得这么难听，一会还得给你鼓掌，也太惨了。

高阳走进去，果然是"轩少"。他正坐在点歌机旁的高脚椅上，拿着话筒，唱得深情而投入。

这人全名牛轩，家境不错，父亲在离城开了二十多家连锁超市。牛轩平时出手大方，爱出风头，总是呼朋引伴，长得也还行，在他的朋友圈子里算个风云人物。

比起王子凯那种没头脑的"混世魔王"，牛轩可就油滑多了。

你要是跟他玩在一块儿，会倍感优越；但你要是得罪了他，通常也没什么好果子吃，那种有形无形的排挤，会让你特别难受。高阳跟牛轩没太多往来，属于牛轩不怎么搭理但也不至于去挤兑的那类人。

此刻，高阳一走进去，牛轩的歌声就停了。牛轩过分热情地用话筒喊了一嗓子："哟，这不是高阳吗？可算来了，大伙儿都等着呢！"

高阳莫名心里一紧：这感觉……不妙啊。

牛轩这一嗓门，七八个同学都看过来，弄得高阳很不自在。他快速扫了一眼，找到了今天的寿星万思思。

万思思被两个关系不错的女同学簇拥着，坐在长沙发上。

玻璃茶几上放着零食、水果拼盘、饮料，旁边摆着一个高级推车，上面是奢华漂亮的三层奶油蛋糕，一看就价格不菲。

今天万思思精心打扮了，平日里朴素的中短发吹得微微蓬松，带着一点点俏皮，穿一条细肩带的日系波点连衣裙，露出洁白的肩膀和锁骨，纤细的脖子上系着一条黑色蕾丝贴颈项链，像一只乖顺又娇俏的小猫。

这套打扮只是常规的日系甜妹装，但对于万思思来说已经非常出格，她可是在两个女同学的怂恿下才鼓起勇气尝试的。

事实证明，这套打扮很成功。今天过来的同学，在看到万思思的时候都下意识地愣一下，然后夸上几句。

万思思低头笑笑，内心渐渐有些自信。

等了很久，高阳终于来了。

因为约好都不送礼物，高阳也就没买，只是顺路在一家甜品店打包了一份抹茶起司。他提着打包的甜品放到茶几上，神态自然："小思，生日快乐啊，也不知道你爱吃什么，买了份甜点。"

"谢谢。"万思思还想说什么，她身旁一个戴眼镜的女生立马识趣地站起来："我去点歌，高阳随便坐啊。"

包厢角落传来青灵的声音："高阳，过来。"

高阳扭头，见青灵坐在墙角的双人沙发上，双手抄在胸前，面色平静。她穿着一套简约的咖啡色运动服，扎着高马尾，素面朝天，但就是艳压全场，自带光环。

"哦。"高阳走过去，乖乖地在青灵身边坐下。

万思思赶忙歪头捋了一下头发，假装自然地跟旁人说起了话。

青灵叫高阳是要说正事的，没来得及开口，就被一个声音打断。

牛轩起哄道："高阳，就你一个人迟到了，也不给大伙儿表示一下啊！"

"就是！"几个男生附和。

"来！唱首歌呗。"牛轩朝高阳伸出麦克风，嘴上笑着，眼神却透着轻蔑。牛轩也知道自己唱歌一般，不过高阳唱歌更难听。今天他就是看高阳不爽，想让高阳出点糗。

原本，牛轩对高阳没什么敌意，但这半个月来，他越瞧这小子越不顺眼！

李薇薇的死，让高阳忽然间收获了一大拨同学的关注。几乎所有人都知道，他跟李薇薇是青梅竹马。当时牛轩甚至跟其他同学一样，也有点同情他。谁知李薇薇死后，这个高阳反而变成了人生大赢家。

先是班上很多人都没胆子去打扰的青灵，竟然跟他越走越近。

接着，也不知道是不是因为青灵光环有滤镜，以前高阳的颜值也就中等，现在居然越看越帅了。他曾经那种平凡的气质也发生了改变，现在的他，跟谁都保持着一种淡淡的疏远感，真是装得不行，偏偏很多人就吃这套。

万思思的生日会，换作以前，牛轩根本不会参加。

今天牛轩忽然来了点兴致。他直接给万思思定了一个九百九十九元的三层奶油蛋糕，还订了一束花。

牛轩知道这些套路俗气，但它就是管用啊。

牛轩想：女人嘛，哪个不虚荣？

十分钟前，玫瑰花送进来时，所有人都在起哄，牛轩自认为胜券在握，却没想到万思思坚持不收，还一脸的困扰。

牛轩倒是很会变通，也不强求，开了几句玩笑就把这事带过去了。接下来，他一边唱歌一边观察着万思思的一举一动。万思思表面上跟同学们有说有笑，却有点心不在焉，似乎在等人。

很快，高阳推门进来。

万思思立马眼睛一亮，容光焕发。不得不说，那一刻的万思思太美了。

牛轩顿时什么都明白了，火气"噌"的一下上来了。

高阳高阳，又是高阳！

老子今天就来会会你！

"喂！来一首啊！别扫大家的兴！"牛轩语气强硬。

细心的同学已经闻出了一点儿火药味，也不戳破，一边嗑瓜子，一边当起了围观群众。

万思思也很期待。她之前听同学说高阳唱歌五音不全，很难听，她一直不信。高阳那么温柔的人，唱歌肯定也很好听才对啊，就算不好听……那也一定是很可爱的那种。

高阳给了青灵一个眼神：一会儿说？

青灵回了高阳一个眼神：一会儿说。

"好啊。"高阳起身，

高阳穿过不算大的包厢，在"万众瞩目"下来到点歌机旁选歌。很快，他就选了一首。

"哟，老歌啊。"牛轩阴阳怪气道，"一看就是老麦霸了！兄弟们都给我洗耳恭听啊！"

"哈哈，没问题！"

"坐等歌神！"

"歌神来一首！"

几个男生怪笑起来。

高阳也知道自己唱歌难听，本想着息事宁人，丢脸就丢脸，随便唱一首拉倒，跟青灵谈正事要紧，可是这个牛轩实在欺人太甚。

舒缓的前奏响起，不到十秒他就要开口唱了。

高阳越想越气，一冲动，闭上眼睛。

"哔"——

进入系统。

你最新获得1个幸运点，总计剩余26个幸运点。

什么属性可以让唱歌好听？

魅力，对声音领域的天赋有加持作用，你目前没有此类天赋，不建议加点。

26点全加！确定！

已加。

体力：27。

耐力：28。

力量：17。

敏捷：27。

精神：67。

魅力：55。

运气：132。

系统关闭。

高阳睁开双眼，顿时感觉喉咙处传来阵阵细痒，胸腔似乎也被一股能量打开了。他知道是属性点起作用了，整个变化大概持续了三十秒。

"歌神怎么还不唱啊，大伙儿都等着呢！"牛轩催促起来。

高阳深吸一口气，站起来，双手捧着麦克风，一脸深情地唱起来。

一曲完毕。

包厢陷入微妙的寂静，等着看笑话的同学们后知后觉，发现已经听完了。

高阳的演唱，不能说达到专业水准，但在业余水准中算得上优秀。更重要的是，他的情感十分投入。

偏偏这首歌也选得应景，李薇薇才去世没多久，大家带入了高阳怀念她的悲伤气氛，不少同学都被扎扎实实地感动了一把，眼眶泛红，其中就包括万思思。

万思思先是喜悦，高阳唱歌真好听啊；很快就想到李薇薇的死，心中惋惜；最后，又变为淡淡的难过：高阳和李薇薇的关系果然很好吧，两人毕竟青梅竹马，有着十几年的深厚感情。

万思思低着头，内心正上演着一场盛大而忧伤的独角戏。

牛轩呆坐在沙发上，一副吃瘪脸，内心翻江倒海，脏话连篇。

高阳把麦克风递给下一位要唱歌的同学，暗自叹气，十分懊恼：冲动是魔鬼啊，为了这一点儿小虚荣，居然浪费了 26 个宝贵的幸运点。

唱歌时，高阳全情投入。完事后，他回归低调，默默走到包厢角落，在青灵身旁坐下。

"唱得还行。"青灵说。

高阳一愣，没想到青灵也会在意变强之外的事："过奖。你刚要跟我说什么事？"

青灵靠近高阳一点儿，压低声音："我今天……"

"高阳！"牛轩大喊一声，"你给我过来！"

青灵两次被打断，脸色一沉，感觉下一秒她就要拔刀把牛轩的脑袋给削下来。

"青姐，冷静……"高阳赶紧阻止青灵起身，"没必要，真的没必要，交给我。"

"快速解决。"青灵不悦。

"是。"

高阳走到牛轩身旁："有事？"

"来玩骰子！敢不敢？"

牛轩坐在茶几旁的沙发上，派头十足，誓要扳回一局。他说完话，一旁的人已经帮他按下桌角的呼叫服务按钮。

不一会儿，包厢门被推开，一个年轻的女服务生走进来："有什么需要服务吗？"

服务生穿着一身黑红色的制服，这种制服一般人穿难免有些土气，但穿在她身上却有一种量身定做的高级感，好似真是某个贵族庄园里的贴身侍从，专业、优雅、谦卑。

她脸上戴着一张可爱的小白兔面具，这和她的专业气质形成极大反差，又增添了一丝神秘感。

见大家疑惑，服务生礼貌地解释："今天本店的至尊会员客户秦先生庆祝生日，他属兔，全体员工都要……"

"行了行了！"牛轩很不耐烦，别人生日关他屁事，"给我把你们那个什么空特调……弄上来。"

"太空迷幻特调，您要几打？"

"先来五打。"

"这个……太空迷幻度数有点高，"服务员看了一眼四周，"客人您这边，我感觉两打就够……"

"你什么意思？怕老子没钱啊！"牛轩正憋着一肚子火，逮着一个服务生就骂起来。

"不是，抱歉，"服务生浅浅鞠了一躬，"太空迷幻特调五打，这就为您准备，稍等。"

牛轩虽然是在吼服务生，但这种行为挺没教养的。万思思和其他女生有些尴尬，只能假装没听见，点歌唱起来。

不一会儿，服务生推着小推车回来，将五打特调酒端到茶几上。酒杯不大，造型狭长，看上去有点像生化药剂的小瓶子。它们整齐地镶嵌在白色金属制成的蜂巢盒中，在绚烂的灯照下流光溢彩，还真有那么点赛博朋克的科幻感。

牛轩拿起骰子，气势十足："猜大小，输了喝，是男人就别尿！"

高阳心说：你都说到这份上了，我还能拒绝吗？

牛轩今天铁了心要把高阳给喝趴下，让他烂醉如泥，酒后失态，在所有同学面前丢份。高阳这种乖乖仔，平时估计不喝酒，上限顶多三杯。牛轩就不一样了，久经沙场，千锤百炼，搞个十来杯问题不大。

反正赌大小也没技术含量，纯看运气！

"砰"！牛轩抓着骰盅一顿操作猛如虎，重重拍在桌上："大还是小？"

"你先来。"高阳说。

"大！"牛轩揭开骰盒，三个1。

牛轩愣了两秒，拿起一杯酒，仰头一饮而尽。

"哒啦哒啦哒啦——砰"！牛轩气势汹汹地看着高阳："再来！大还是小？"

"你先。"高阳谦逊地伸手示意。

"你先来！"牛轩这次学聪明了。

"那我选大吧。"

牛轩揭开骰盒，三个6。

牛轩傻眼了，巧合，绝对是巧合！牛轩喝完第二杯，想了想，把骰盅推到高阳前面："你来摇。"

"哦。"高阳摇了几下，放下，"大还是小？"

"大。"牛轩说。

高阳正要揭开，牛轩忽然按住他的手："等一下！小！"

"好。"

"等一下……"

"到底大还是小？"高阳问。

"大！不改了。"牛轩下定决心。

高阳揭开骰盒：三个1。

牛轩蒙了，还真是活见鬼！这小子该不会在作弊吧？

牛轩立马换了另一副骰盅，使用之前仔细检查了一遍，仍不放心，又检查了一下茶几下面，确认没有任何机关，开始摇骰子。

这次他摇了一分钟，手都摇酸了，才放下。

"你先选！"

"大……"

"我选大！"牛轩立刻抢话。

"那我选小。"

牛轩揭开骰盒，三个1。

牛轩心态崩了，旁边看热闹的两名男同学也惊呼起来："我去！高阳你这什么运气啊，太神了吧！"

牛轩恼羞成怒，逐渐失去理智。他拿起一杯酒，仰头喝完，往地上狠狠一摔，玻璃碴四溅："再来！"

几个女生正唱着歌，被忽然响起的尖锐声响和飞溅过来的玻璃碴吓得花容失色，其中一块碎片还打到万思思的小腿上，划出一道血痕。

戴眼镜的女同学名叫罗晓丹，是万思思的闺密。她赶紧蹲下帮万思思检查伤口，顿时火冒三丈。平时她也不敢招惹牛轩这种人，但这次实在忍无可忍。

"算了，我没事……"万思思要拉住罗晓丹。

罗晓丹甩开万思思的手，走到牛轩面前："牛轩！高阳！今天是万思思生日，不是你们的主场，别在这里闹！"

"哦，好。"高阳顺势想结束，刚要起身，牛轩一把按住他。

"不准走！再来！"

罗晓丹在一旁气得发抖："牛轩你能不能正常点……"

"闭嘴吧死八婆！老子今天就是要在这喝！你能拿我怎么样？！"牛轩酒气上来了，彻底露出真面目。

"你、你……"

高阳起身，冷着脸："我不玩了，你找别人玩吧。"

"你敢不玩试试！"牛轩突然站起来，一脚踢翻茶几，"哐当"一声，满地狼藉。包厢里的人都愣住了，只剩下伴奏声还在回响，气氛剑拔弩张。

罗晓丹一个女孩，哪里被人这么凶过，当场委屈哭了，捂着脸跑出去。几个女生早想逃离这地方，赶忙追了出去。

万思思看了一眼高阳，欲言又止，追了出去。

几个男生也没想到事情会闹成这样，都只是象征性地劝了几句——他们了解牛轩，这家伙一旦上头谁也别想劝。

牛轩果然不买账，几个男生面面相觑，借着上厕所的理由一起溜了。

一时间，包厢里只剩下三人。

高阳和牛轩站在一地碎玻璃和酒水中央对峙，青灵跷着腿，抄着双手，倚坐在包厢角落的沙发上看戏。

牛轩咬牙切齿："高阳！你小子出息了啊！玩起了英雄救美，把老子当坏人使！"

"我没别的意思，就是不想玩了。"高阳脸还是冷着，已经没什么耐心。真要打起来，也不怕他，现在的自己属性值都有所成长，对付兽远远不够，但对付一个人还是绰绰有余。

"你没别的意思？我看你意思可多了！"牛轩上前，一把揪住高阳的衣领，口水喷到了他的脸上，"高阳，李薇薇死了你不是成天装冷漠吗？你跑来参加万思思的生日聚会是什么意思啊？"

"她邀请我来的。"

"那你不会拒绝吗？"牛轩更生气了，"还真是哪儿都有你。"

"跟你比差远了。"高阳反唇相讥。

"你找死！"牛轩也不废话，将高阳用力一推，抬脚就踹过去。按照他的预想，这一脚至少得把高阳踹到墙角去。

不想高阳一个侧身灵巧地躲开，轻轻一个扫堂腿，牛轩只觉脚下一滑，直接在高阳面前劈了个叉。

"啊……"牛轩惨叫起来，韧带拉伤得不轻。

高阳伸出手："轩少太客气了，这还没过年呢就拜上了，我扶你起来。"

牛轩一通污言秽语，强忍着疼痛，捂着裤裆颤颤巍巍地站起来，还没站稳他就抓起一支麦克风朝高阳砸过去。

戴小白兔面具的女服务生不知何时走进了包厢，轻轻一扬手，接住半空的麦克风，语气礼貌："先生冷静点，有什么话可以坐下来好好说……"

"滚开！这儿没你事！"牛轩大吼。

"先生不好意思，您现在的行为违反本店规定，如果您还是执意要伤害这位先生，我只能请您离开。"

"你是谁啊你！"牛轩挥着拳头，一瘸一拐地走向女服务生，"给我滚远点……"

"嘭"——

事情发生得很快，高阳什么都没看清，牛轩整个人已经飞出去，撞上包厢墙壁，接着弹到沙发上，再滚落到满是酒水和玻璃碴的地上，当场昏厥过去。

高阳立刻警觉，青灵也从沙发上跳起。

女服务生微微侧身，看向一脸戒备的高阳和青灵，明明脸上的小白兔只是一个面具，却仿佛拥有生命一般，正在朝他们微笑："你好，十二生肖，白兔。"

"十二生肖？"

"你们见过电鼠了吧，"名为白兔的女生上前一步，"就是对街机游戏和人类女性有着超乎常人的热爱的那个白痴。"

"吴大海！你是组织的人？"高阳欣喜万分，终于见到组织了，原来这个组织叫"十二生肖"。

"是。"白兔看了一眼青灵，"你手里有武器吧？"

青灵不回答，算是默认。

"测试2。"

白兔看向脚边的牛轩："杀了这只迷失者。"

"杀了他？就这样？"青灵有些意外，没想到测试如此简单，这比跟吴大海玩游戏还要轻松。

高阳也很意外，也觉得简单，简单到让人怀疑。

"对。"白兔看着两人，"很容易吧，砍下脑袋，或者用利器刺穿心脏，跟杀人的方法差不多。"

"杀他简单，怎么善后？"青灵有所顾虑。

"不用担心，我会处理。"白兔戴着白手套，轻轻敲击了一下腰间的对讲机，示意自己还有同伴，一切尽在掌握中。

青灵不再犹豫，走向牛轩，手中多出一把锋利的小型匕首。

她蹲下，割开牛轩的衬衣，找准心脏位置，刀尖对准轻轻起伏的前胸，刀尖即将刺入心脏时，高阳喊住她："等一下！"

青灵停下，疑惑地看向高阳。

"青灵，先等下。"高阳说。

白兔也看向高阳："怎么？不想加入我们组织了？"

"不是。"高阳试探地问道，"我只是不明白，为什么要杀他，他又没有兽化。"而且你怎么就确定牛轩一定是迷失者？后面一句话高阳没问，想必对方有过人之处。

"没有为什么，杀兽不需要理由。"白兔的口气稀疏平常，"非要说理由的话，我们组织需要杀伐果断、立场坚定、有战斗力的觉醒者，我们不需要会对兽产生同情、怜悯之心的人。"

"一个迷失者而已。"白兔上前一步，踢了踢地上的牛轩，"你不想杀他那就换一只也行。嗯，我看那个叫万思思的女孩，跟你关系不错吧？我一会帮你看看她是不是迷失者，要是的话干脆杀她吧。"

高阳暗暗心惊，好敏锐的观察力。

"想清楚了吗？"白兔催促道。

高阳沉默。

他不是什么没有原则的大善人，牛轩这种人，跟他没什么关系，何况他还不是人，只是一只痴兽。

但是，有几个地方让人很在意。

首先就是白兔的那句话——"杀了这只迷失者"。

她大可以直接说，杀了这只兽，为什么一定要强调是迷失者？这至少说明一件事，她所在的组织对迷失者的态度，一定有别于其他兽。

正常逻辑下，除痴兽外的其他兽都很危险，觉醒者对待他们的态度一定是消灭。那么反过来，对待痴兽的态度既然有所区别，那大概率就是消灭的反面——不消灭。

白兔说这是考验，但这在高阳看来，这更像一个选择。

面对无辜的迷失者，白兔一直在诱导高阳他们——一个迷失者而已。

这句话，是在削弱和贬低迷失者的存在价值。

接着，白兔又搬出要杀万思思来威胁自己。这是一个常见的比较诱导法：一边是可爱单纯的万思思，一边是欺人太甚的牛轩。

孰轻孰重，非常明显。

这就像夫妻之间会使用的伎俩：老婆先告诉老公自己看中一个两万块的包，过了一会儿又跟老公说自己看中一条几百块的裙子，两相权衡，老公二话不说——买裙子。

白兔现在的行为，就是要让他和青灵立马做出决定：杀牛轩。

如果他们毫不犹豫杀了牛轩，至少证明两点：一、他们认为迷失者可以杀；二、他们认为可以区别对待不同的迷失者。

这两点又是自相矛盾的。

漠视兽的生命，说明在这个人眼中，兽是有没有生命权的。但是对于没有生命权的生物群体，又区别对待。感觉就像是……我自家养的猫不能杀，但别人家养的猫可以随便杀，这太双重标准了。

"不杀的话，我就默认你们放弃。"白兔看了一眼手表，"时间不多，总得给我留点善后空间吧。"

搏一搏，单车变摩托。高阳下定决心："我拒绝。"

"什么？"白兔以为自己听错了。

"我们不杀迷失者。"高阳很坚定。

青灵瞪了一眼高阳：你疯了？

高阳眨了眨眼：相信我！这是圈套！

"不是吧，"白兔没忍住笑了，"少年，我劝你别自作聪明，热血漫画那东西有毒的，少看点好。机会就这一次啊，我也就是走个流程，错过这次，组织的大门再不会对你们敞开，想清楚了。"

"想清楚了，不杀。"高阳说。

"好。"白兔双手一摊，看向青灵，"那小子出局了。你呢？"

青灵思考片刻，手中的匕首消失不见。她决定相信高阳，经验告诉她：这小子运气很好，至少暂时还没坑过自己。

白兔不无惋惜地叹了口气："你们两个素质挺不错的，序列号也很靠前，可惜啦。我能问一下，你为什么不愿意杀迷失者吗？"

咦？不是吧？没过关？难道真是自己想多了？高阳忽然有些后悔了，不过都走到这一步了也不好下台了。他搜肠刮肚，胡诌了起来："因为……秩序。"

"秩序？"

"我认为，这世界自有它运转的秩序，胡乱杀戮迷失者，会破坏秩序。"高阳一本正经地说道，脸不红心不跳。

白兔似乎在思索。

看来还不够唬人，高阳赶紧学以致用，再搬出一句："痴、贪、嗔、妄、生、死、皆虚无。人生苦短，大梦一场。"

戴白兔面具的女孩似乎有些吃惊，快步上前，来到高阳的跟前，微微踮脚，歪头，盯着高阳的眼睛。

透过白兔面具，高阳也看到一双清澈而可爱的杏仁眼。

"果然，你跟队长有着一样的眼神啊。"白兔的语调变得温柔不少。

"什么眼神？"高阳问。

"唔，"白兔想了想，"就是，看起来无精打采好像没睡醒，但其实又特别高深莫测的那种眼神。"

高阳心想：你直接说死鱼眼得了。

"有这种眼神的人是不是都很厉害啊？"白兔看向青灵。

"不知道。"

"居然说出了跟队长差不多的话。"白兔上前，拍拍高阳的肩，"好啦，考核通过。"

"哦。"

高阳面无表情，但如果他屁股上有尾巴，肯定使劲摇起来了——赌对了！

白兔转身，用脚踢了踢还在昏迷的牛轩。

"规矩是我们队长定的，只有三条，记好了。

"一、绝不主动杀人类；二、绝不主动杀迷失者；三、绝不准搞办公室恋情。违反者，永久逐出组织。"

高阳以为自己听错了：前两条规定听起来挺高大上的，最后一条是什么？难怪吴大海那样……不过就算准许搞办公室恋情，那小子估计也没人喜欢。

"我们已经加入组织了吗？"青灵问。

"别急，你们现在算是试用期，想要转正，还有最后一场测试。"白兔把手伸进裤袋，摸出一个小物件。她轻轻一扔，青灵接住，拿在手中打量，是一把款式古旧的黄铜钥匙。

"找到这把钥匙的门，进去逛一逛。"白兔说。

"就这样？"

"就这样。"白兔平静地重复。

"我看看。"高阳从青灵手中接过黄铜钥匙，顿时感到一股阴森的气息在指尖蔓延，也不知道是感知力增强了自己的第六感，还是单纯的心理作用作祟。

高阳抓紧钥匙："可是，我们去哪儿找门？"

白兔伸出一根手指："再给你一点儿提示，范围锁定在山青区。"

"还有什么提示吗？"有用的信息，高阳不嫌多。

"我想想啊，"白兔摸着下巴思考起来，"当心点，别死了。"

晚上十点，山青区三医院，住院楼。

高阳坐在病房外走廊的长椅上，吃着香喷喷的麻辣烫。夜宵是黄警官打包带来的，他听说高阳的爸爸出车祸住院了，工作完便"顺路"来看看。

"你爸情况如何？"

"今天下午又醒了一会儿，说口渴，喝了点水又睡了。"高阳咬破一口牛丸，汁水四溅，烫得他舌头直打卷。

"行，说正事。今天组织的人来找过你了吧？"

"十二生肖，白兔，当时我跟青灵在一块儿。"高阳如实回答，又把下午发生的事简单说了一遍。

"我这边来的人叫天狗。"黄警官很平静，"考核内容跟你们差不多，先叫我杀一个抢劫犯，是个迷失者，我不想杀，又叫我杀我老婆，我当然拒绝了，结果莫名其妙过关了。"

"你为什么不杀？"高阳很好奇，难道黄警官跟自己一样，发现这是个圈套？

"哦，一般情况下我肯定杀。好巧不巧，那个抢劫犯是我老婆堂姐的侄子。我老婆跟她堂姐关系可好了，天天通电话。老婆现在怀孕了，我不想这事影响到她的心情，没想到歪打正着。"

原来是这样，高阳笑了。

黄警官看过来："天狗说，第三个考核的提示在你这儿。"

"嗯。"高阳从口袋里掏出一把黄铜钥匙，"这个，说是找到这把钥匙的门，进去逛一逛，就算考核通过，搜寻范围是山青区。"

黄警官接过钥匙，放在手指尖细细打量，眼睛一亮："这事不难，交给我，你俩等我消息。"

"好。"

黄警官离开后，高阳吃完麻辣烫，回到爸爸的病房，在他床边的过道打开折叠椅，盖着毛毯躺下。

闭上眼，毫无睡意，高阳进入系统，查看幸运点。

果然，今天下午白兔出现的时间段没有出现收益翻倍的情况，看来还是要经历真正的危险，才能激活收益翻倍。处在越是危险的情况下，幸运点的收益翻倍就越大，但他也越可能死掉，这很公平。

翌日中午，妈妈和妹妹过来替班。

高阳回家洗漱，吃晚餐，然后补了几小时的觉。傍晚时分，他刚走出小区门，就看到一辆熟悉的警车，黄警官站在路边抽着烟，见到高阳朝他挥手。

高阳快步走过去："黄警官？你怎么来了。"

"那地方找到了。"黄警官说。

"这么快？"高阳吃惊。

"找东西对我来说还不是小事一桩。"黄警官拍拍车顶盖，"上车说。"

高阳走近车子一看，副驾驶座上坐着青灵。他转而打开后车门，直接愣住，王子凯和胖俊也在车里。

"兄弟，想我没！"王子凯很是激动，一把将高阳揽进车，"我跟你说，我最近的修炼又有突破了！一会儿到没人的地方，哥给你露两手，绝对小牛进家门，牛到家了……"

高阳的脑仁又开始嗡嗡作响。

汽车发动后，高阳问黄警官："他俩为什么也在啊？"

"胖俊我观察好一阵了，后续再没出现过手臂异化的情况。"黄警官说。

"是的是的，一次也没有。"胖俊态度殷切，拍拍自己肥厚的胸脯，"阳哥你放心，我现在对我的身体很有信心！"

"慌什么，就算胖子真发病，我一只手就能轻松搞定！"几天不见，王子凯膨胀得不行，已经是一副大哥派头。

"我们不是要去测试吗？"高阳又问。

"测试也没规定不准叫帮手啊。"黄警官意味深长地看了一眼后视镜中的高阳，"吴大海偷偷找过我，让我多带点人。他说这次可不是闹着玩的，搞不好……要死人。"

高阳心一沉：白兔也这么说了，看来这次的测试是真凶险，也不知道要面对的是什么。王子凯和胖俊虽然都是不安定因素，但一个有战斗力，一个可以有"治疗"天赋，总体而言，带上他们利大于弊。

半小时左右，警车开到离山的西南方。

离山位于离城市内，横跨山青区和东豫区，属山青区。

它是离城颇为有名的一处旅游景点，海拔三百多米，占地面积五千平方米，山上植物种类繁多，风景优美，山顶还有一座观星台，站在高台上登高望远，离城全貌尽收眼底。每天清晨和傍晚爬山的游客最多，南门和北门人头攒动，游客络绎不绝。

黄警官显然不是带着一群人来爬山的，因为离山的西南面并没有上山的路。他们把警车停在乡间小道上，下车后，大家又跟着黄警官穿过一片农田，走进一片小树林。

"我们去哪儿？"青灵率先问。

黄警官走在最前面："快了，就在前面。"

"门在这里？"高阳问。

"对。"黄警官继续带路，"白兔给你俩的黄铜钥匙，从款式看，应该是以前老宅子的门钥匙。山青区还有这种宅子的地方不多，一处是仿古步行街，不过那里虽然都是仿老宅建筑，但门锁都改用现代锁了，还有一个荷花巷，老宅也多，不过去年全拆迁了……"

黄警官站定，歇一口气，习惯性掏出腰间的手枪，检查子弹情况，接着继续往前走："想来想去，我们山青区哪儿还有老宅子，需要用到这种黄铜钥匙？那就只有一处地方了……"

"难道是……古家村？"胖俊太肥，腿脚慢，一直落在队伍最后头，他说完"古家村"三字后浑身一哆嗦，赶紧上前跟高阳并排走。他想了想，还不放心，又追上几步，跟武力值最高的青灵并肩走。

"哟，"黄警官有点意外，"你居然也知道。算一算，今年正好是第三十年了吧？"

"我一个高中同学的爸爸是报社记者，专门就这事做过一期专访，可邪门了，我同学那会儿天天把这事当鬼故事讲给我们听。"胖俊神色紧张，一双眼睛乱瞟。

"到底什么事啊，神神秘秘的。"王子凯来兴趣了。

"先是一起灭门惨案，古家村有一户五口人家，一夜间全部惨死，尸体被分成很多块，出现在古家村的各个角落。"黄警官说，"当时接这案子的正好是我师傅，我听他聊起过。"

"破了案吗？"高阳问。

黄警官摇摇头："没。"

"为什么？"

"案发后不到半个月，整个古家村五十三号人，全消失了。"

"消失？"

"对，人间蒸发，无影无踪，我师傅当年就差没把古家村掘地三尺，还是一点儿头绪都没有，他直到退休也没能破了这桩悬案。"

众人纷纷沉默，等待下文。

暮色四合，树林间的光线变得昏暗，阵阵冷风吹着树叶簌簌作响，气氛骤然间变得阴森。

黄警官拿出黄铜钥匙，声音低沉："这把钥匙的门，就在古家村。"

几分钟后，五人走出小树林，前方是离山的侧锋，犹如一位沉睡的巨人，天空是一片压抑的灰青色，黑夜即将笼罩幽静的山谷。

五人眼前是一面干涸的池塘，池塘左边是一片用竹篱笆搭起来的菜地，菜地荒废已久，杂草丛生。

池塘和菜地后面是一个小村落，十几间房子呈梯形状错落在山脚下，都是黄土砖块砌成的破旧土屋。

一条小石路贯穿着十几户人家的前院，弯弯曲曲衍伸到坡地，坡顶上是一座黑砖白瓦的宅子，隐约可辨是个老式祠堂。

五人沿着池塘边的小土路穿过菜地，来到村口。

天彻底黑了，村里一个人都没有，四下只有阴冷的风声、细微的虫鸣和一些说不上的怪异声响。

黄警官拿出手电筒，照亮脚下一块裂开的石碑，上面的"古"字也跟着开裂，十分诡异。

"等、等一下……"胖俊脸色发白，喉咙发紧，"那个……我忽然觉得身体不舒服，我可能要发病了，要不我还是回别墅地下室，把自己绑起来，好好待着。"

老实说，高阳也觉得有点瘆人，毕竟这可是发生过惨案和人口集体失踪案的无人村，不过既然都走到了这一步，考虑到沉没成本，硬着头皮也要上了。

王子凯一手插兜，另一只手拿着手电筒，迈着六亲不认的步伐。他一脚踢翻挡在路边的一个竹篓筐，完全不知道什么叫害怕。

青灵没什么表情，但神色和动作却透着戒备。

"有那么害怕吗？"黄警官问胖俊。

"黄警官，这里真的有点邪门。"胖俊如同惊弓之鸟，四处乱瞄，"我看这里就阴恻恻的，让人很不舒服……"

"我是无神论者，你怕就自己回去吧。"黄警官也不勉强。

胖俊回头看了看来时的路，天已黑尽，黑暗中之中似乎潜藏着无数的危险。他还在犹豫着，其他四人开始往前走。被丢在原地的胖俊感觉周围的空气又冷了几分，一哆嗦，快步追上去："哎，你们等等我啊……"

五人很快爬上小山坡，来到村子尽头的祠堂。

祠堂靠着一面山崖而建，门前是两尊神态狰狞的小石狮，青色砖块砌成的墙面长满了潮湿的青苔，宅门上的黑色贴漆剥落，顶头悬着一块匾额，上面布满灰尘和蜘蛛网，从右至左依稀可见"古氏宗祠"四个繁体字。

黄警官走到黑色大门前，抓起门上的狮子门环，轻轻叩了三下。

"砰砰砰"，大门发出幽深的声响，在漆黑中回荡。

"门也敲过了，可以进去了吧。"黄警官转身看向胖俊。

胖俊肥大的身躯瑟缩在高阳身后，露出一个圆溜溜的脑袋："你、你别问我啊……我怎么知道？"

黄警官将黄铜钥匙插入门锁："没错，就是这把锁，对得上。"

他深吸一口气，扭动铜锁，只听到清脆的一声"咔嚓"。

高阳感觉不妙。

果然，黄警官苦笑："钥匙好像断了。"

"闪开！你们也太磨叽了！"王子凯早已摩拳擦掌，跃跃欲试。他冲上前就是一脚把大门踢开了。

"砰"！由于用力过度，半边门直接脱落，倒在地上，荡起一阵灰尘。

"你爷爷来了！"王子凯一马当先冲了进去。

大家面面相觑，赶紧跟上。

门内是一个方方正正的院落，三面的房屋都是两层，古色古香，头顶是一口天井，一束暗淡的天光照下来，正好落到院落中央的一口枯井上。

枯井的正前方就是大门敞开的祠堂。

"就这？敌人呢？蜥蜴怪呢！"王子凯站在天井下面，一脚踩在枯井的井台上，一脸失望。

黄警官看一眼高阳："会用枪吗？"

高阳摇摇头，转念一想："我有'复制'天赋。"

"行。"黄警官拿出一把手枪递给高阳。

高阳接过，顺便握住对方的手。

一秒后，他成功复制黄警官的3级'枪神'天赋，脑海中立刻涌现出相应的枪械知识、射击经验和各种身体肌肉记忆。

高阳右手握枪，枪口朝下，拆开弹夹，检查子弹情况，再重新上膛，一套动作行云流水。

"92式，子弹15发，有效射程五十米，省着点用。"黄警官说。

"实际上……我的'复制'天赋使用时间，只有三秒。"高阳苦笑。

"你这……也太快了吧。"黄警官很吃惊。

"就是！男人怎么能做快枪手！"王子凯在一旁哈哈大笑。

高阳一个白眼：这白痴，当初就不应该救他！

"但愿我们不会遇见棘手的敌人。"黄警官说着，又看一眼胖俊，"以及牛鬼神蛇。"

高阳和青灵各自拿着武器，掩护黄警官走进祠堂。

祠堂内部也很普通，一个镶入式的墙柜，挂着单薄的白纱帘，里面摆满灵位，灵位正上方也挂着一块匾额，写着四个大字：祖德流芳。

灵位前面是一个祭台，上面摆着没烧完的蜡烛，一些香火残余，还有几个盛放祭祀品的空碟。

"古华文、古华武……古荣杰……古昌学……"王子凯用手电筒照着灵位，从下往上念起来。

"别念了！快别念了！"胖俊赶紧跑出灵堂。

"瞧你这怂样！"王子凯嗤之以鼻。

"凯哥！这儿发生过灭门惨案啊！"胖俊又害怕又激动，"后来全村的人都消失了啊，鬼知道出了什么事！这些可都是冤魂啊，你还敢叫他们的名字……"

"你这么一说，我倒是想起以前看过的一部电影，"王子凯摸着下巴，"讲的是一个'厉鬼'把全村都给屠了……"

"行了，别说了。"高阳喊住王子凯，再说下去，别说胖俊，高阳都要头皮发麻了。

其实从走进祠堂那一刻，高阳就总觉得哪不对劲，好像有什么东西正藏在黑暗中盯着自己。可当他打开系统，幸运点的收益却并没有翻倍，这说明，暂时还没有危险靠近。

高阳看一眼黄警官："接下来怎么办？"

"白兔怎么说的，考核内容。"

"找到这把钥匙的门，进去逛一逛。"青灵重复白兔的原话。

"那我们逛完了啊，还等什么，赶紧撤……"胖俊话音未落，脸色顿时惨白，"什么声音！"

"簌簌"——"簌簌"——"簌簌簌"——

一时间，所有人都听见了那诡异的声响，仿佛祠堂的黑暗中有无数条细蛇在高速移动。

"妈呀！'鬼'啊……"胖俊抱着脑袋跑出祠堂。

"站住！"高阳大喊，但来不及了。

"簌簌簌"——无数黑色发丝从院落中央的枯井中冲出，惨淡的月光下，犹如湖底茂盛的海草一样杂乱地铺开，充斥着整个祠堂院子。一秒后，它们飞快地冲向胖俊，转眼就把他捆成了一团黑色的"粽子"。

"救命啊……"胖俊瞳孔放大，朝着高阳绝望地伸出手。

来不及了。

束缚住胖俊的黑发将他抛到半空，接着飞速下沉，眼看胖俊就要被拽进枯井中。

王子凯以惊人的反应速度和弹跳力一跃而起，双臂的肌肉瞬间隆起，变得粗大坚硬，从身后一把锁住胖俊的大肚腩，跟着胖俊一起飞向枯井。

"啪嗒"，千钧一发之际，王子凯的双腿踩在枯井外的井台上，死死卡住。

"啊啊啊啊——"胖俊痛苦地大叫，得亏他有二百多斤，一身肥肉，否则只怕浑身的骨头早就在两股强大力量的拉扯下散架了。

黑发无法将胖俊拖入井内，再次将胖俊高高抛起，王子凯死不松手，跟着胖俊一块儿飞到半空。

黑发用力一甩。

"嘭"，胖俊跟王子凯重重地砸进一旁的屋子里，碎木纷飞，尘土飞扬。

黑发仍不松开胖俊，沿着地面继续转圈。

"哐哐""嘭嘭嘭"——胖俊和王子凯就像一个大摆锤，被黑发牵引着在祠堂内横冲直撞，一会儿砸碎门窗，一会儿撞断房梁，一会儿又飞到二楼撞烂了花雕护栏。短短半分钟，整座祠堂被拆得七零八落，摇摇欲坠。

幸亏王子凯像个坚硬的乌龟壳，从身后紧锁住胖俊，为他抵御了绝大部分的撞击和伤害，否则胖俊不死也得残。

高阳和黄警官还站在祠堂门口，两人高举着手枪，却没有扣动扳机。别说是手枪，就算是两把冲锋枪，对这些黑色发丝也起不到作用，如果一定要使用热武器，喷火枪应该比较有效。

现在唯一能指望的就是青灵，青灵自然也知道。她早已抽出长刀，俯身伺机而动。很快机会来了，她抓住黑发行动缓慢的空当冲刺，抽刀，挥斩。

"唰"——

刀光一闪，成百上千根细碎的黑色发丝在空中飘零，胖俊身上的发丝开始大量脱落。可就在所有人都以为得救时，更多的黑发忽然冲出井口，袭向青灵。

青灵一惊，挥刀去砍，还是百密一疏，被一缕发丝缠住手腕，接着越来越多的发丝缠住青灵，她很快也成了一个"粽子"。

"砰砰砰"，高阳开枪了，但正如他所料，子弹穿过黑色发丝就像穿过水流，根本造不成任何伤害。

黑发不再恋战，发力将胖俊和青灵拖向井口。

青灵一个翻身，双腿弯曲，狠狠一蹬，卡在井口外面。与此同时，王子凯也还抓着胖俊，双腿卡在井口外。

"救命啊！"胖俊哭喊着。

高阳跟黄警官立刻冲过去，死死抓住青灵和王子凯。

接下来，诡异的一幕出现了：五个人动作扭曲地抱在一块儿，组成一个畸形的"三头六臂"，死死卡在井口，他们的身上缠满坚韧而茂密的黑色发丝，一寸一寸地缓缓绞动。

从远处看，这一幕仿佛静止。

事实上，两方的力量正达到一个微妙的平衡。

高阳发誓，这是他这辈子经历过最漫长也最痛苦的一场"拔河"。

三秒过去。

五秒过去。

十秒过去……

作为五人中的力量担当，王子凯渐渐有些支撑不住："不行了，我不行了。我要松手了……"

"别！别松手啊！"胖俊大声哀求，"我不想死啊……"

"胖子，牺牲你一个，救我们四个，这次不亏，回头大哥替你报仇……"

"为什么是我啊……"胖俊大喊，"为什么你不松高阳，这本来就是对他的考核，我是被连累的……"

"闭嘴吧！就是死……也不会丢下好兄弟……"

"轰"！

王子凯话音未落，井口处的整块地面发生塌陷，五个人一起坠向地底深处。

"啊啊啊——"

混乱的叫喊声中，高阳只觉得眼前一黑……

生命检测中……。

状态：存活。

损伤程度：轻微。

提醒：你已进入未知领域，无法探索，幸运点收益增幅至 2 倍。

系统关闭。

"哔"——

高阳缓缓睁开双眼，只觉得天光大亮，阳光耀眼。

他伸手挡住眼睛，满手都是泥土和发霉青苔的味道。他慢慢坐起来，活动了一下双臂，发现身体没什么问题。

他首先看到的是青灵，青灵已经脱掉运动外套，穿着黑背心，微微低头，嘴里咬着随身携带的绷带，单手捆绑着右手臂上的伤口，乍一看，竟然有点像游戏《古墓9》中的女主角。

"你……没事吧？"高阳问。

青灵微微抬头，看了他一眼：帮忙。

高阳立刻拿过她嘴里的绷带，帮她缠起来。

"其他人呢？"高阳问。

"不知道，我也刚醒。"青灵说。

高阳给青灵的手臂缠好绷带，眼睛总算适应了强烈的太阳光。他抬头环顾四周，吃了一惊！

眼前不就是古家村吗？他们两个正躺在村口处，时间应该是中午。不对劲……难道自己还在做梦？

高阳伸手捏了一把青灵的脸……应该不是梦，梦里从没有过这么好的手感。

青灵狠狠瞪他一眼："干什么？"

"看我能不能复制你的天赋。"高阳面不改色，暗中打量青灵的神情，"还不行，说明我昏迷没多久，至少没超过十二小时。"

他想了想，又说："应该也不是在天堂。"

青灵眉毛一挑："你死后也能上天堂？"

"应该……吧。"对此高阳也没什么自信。

"嘎嘎嘎"……身后传来鹅叫。

高阳以为自己听错了，转身一看，还真是一只大白鹅。

大白鹅大摇大摆地从他面前走过，他正想说什么，就看到成群结队的大白鹅从他和青灵身旁穿过，一时间热闹得不行。

"嘎嘎嘎"……"嘎嘎嘎"……

十几秒后，白鹅大军离开，高阳和青灵浑身沾满了鹅毛。

"两位从城里来的？"说话的是一个老大爷，身材矮小、精瘦，皮肤黝黑，打赤膊，穿着一条麻布黑裤，光着一双长满老茧、沾满黑泥的脚，手里拿着一根长竹竿，嘴里还叼着一个烟斗。

这里居然有人！怎么回事？

高阳正吃惊，青灵迅速站起来，动作戒备。

"你们是来吊丧的？"老大爷又问。

"嗯……"高阳也站起来，含糊其词。

"去祠堂，我们村死了人都在那搭班子唱戏。"老大爷拿下烟斗，伸手指向村子尽头高处的祠堂，"喏，就那儿。"

高阳看过去，祠堂外是一个土坪，搭着一个临时屋棚，下面摆着十几桌流水席，路口处还摆着十多个白色花圈。灵堂应该设置在祠堂内的院子里，隐约传来戏台班子的唱戏声。

"好，谢谢。"高阳顺着大爷的话往下说。

"唉，华子一家死得惨啊，活生生的五口人，一晚上的，就给分尸了……我就住隔壁，也没听到什么动静。一早醒来，大伙都吓傻了，院子里、菜棚里、树上、屋顶上……村里到处都是……"

大爷没说下去，下意识地看向脚边刻有"古"的石碑，上面还残留着一摊早已风干的血渍。

"造孽啊！"他长叹一口气，赶着白鹅走了。

高阳立刻发现问题，看向青灵："发现了吗？"

青灵微微点头："我们来的时候，这石碑是坏的。"

虽然没有十足的把握，但高阳已经有了初步结论："这个古家村，不是之前那个古家村。"

青灵眉眼微蹙："你想说什么？"

"就字面意思，这个古家村，不是我们之前来过的古家村。"高阳舒展了一下身体，阳光正好，微风拂面，村落里看起来也宁静祥和，一派生机，给人一种极不真实的感觉。

"难道有两个古家村？"青灵有点轴。

"你可以发挥一下想象力，"高阳的想法更为大胆，"比如什么里世界、表世界，时光倒流回到三十年前的古家村之类的。"

青灵摇摇头："你脑子果然不正常。"

"高阳！"

让人脑仁疼的熟悉声音出现了，高阳回头一看，王子凯正穿过池塘和菜地之间的小泥路朝他跑过来，身后还跟着黄警官和胖俊。

王子凯上前揽住高阳的肩："我就知道你不会轻易死掉！"

"你们去哪儿了？"高阳问。

"我们落在了小树林里，"黄警官说完，四下打量，很快就敏锐地发现村口的那块石碑，皱起眉，"事情复杂了啊。"

高阳简单地跟黄警官说了一下自己的想法。黄警官认真听完，思考片刻，做出决定："王子凯、胖俊，你俩带青灵换一个方向试试。高阳，你跟我来小树林，我带你见个东西。"

"好。"高阳不清楚黄警官的葫芦里卖的是什么药，跟上他。

很快，黄警官跟高阳来到小树林。阳光穿过树叶，光斑细细碎碎地打在人身上，忽隐忽现，树林间本是有风的，但走了一半，风停了。

黄警官停下脚步："到了。"

高阳看向前方，再走二十米就可以穿出树林，回到通往城区的乡间水泥路。

"我记得警车就停在路旁啊，怎么不见了？这里果然不是之前的古家村。"高阳说。

"不只这么简单。"黄警官指着树林出口，"你往前走。"

高阳往前走，顿时产生一种奇怪的感受。

四周的空气变重，脚下的重力也变得异常。他继续向前，难以相信自己的眼睛，明明只需要十秒能走出的树林，可无论他怎么走，前方的树林出口始终跟他保持着二十米左右的距离，犹如"地平线"——无论你怎么走，都只是在接近，却永远不能抵达。

分明是大白天，高阳却感到一阵仿佛置身冬夜的寒意，浑身汗毛倒立。他深吸一口气，加快脚步往前冲，一口气跑了好久。

没用！

他离小树林的出口，依然是二十米左右的距离。高阳转身，黄警官还站在自己身后，好像一直跟着自己。

"你……"

"我发誓，我一步也没动。"黄警官说。

"那在你看来，我有移动吗？"高阳问。

"你的确有移动……但是，怎么说呢？"黄警官咂咂嘴，试着用专业术语解释，"你知道透视吧，就是画画、摄影的人都会用到的。"

高阳点头。

"在我看来，你跟前方的景色之间的透视关系是混乱的，你明明在往前走，可是一晃神，你好像又没有走……"

高阳往回走，很轻易就回到黄警官身旁。高阳一脸疑惑："为什么会这样？"

"不知道。"黄警官说，"要不是胖俊大吵大闹着要离开这儿，我们都不会发现这个'魔法结界'。"

几分钟后，黄警官和高阳回到古家村的村口。不一会儿，王子凯带着胖俊和青灵从村子西边回来。

"情况如何？"黄警官问。

"出不去。简直了！"王子凯一脸兴致勃勃，丝毫看不出紧张和害怕。

"出了村子遇到一条河，无论怎么走，都过不了河。"胖俊无精打采，面如死灰。

"我要离开这儿。"青灵对于自己无法理解和掌控的事物都没好感。

"怎么走？鬼根本出不去的，我们死定了……"胖俊越来越悲观了，"我当时就说了要回去，你们都不听……"

"尿货一个。"王子凯冷哼一声，"管它什么玩意儿，神挡杀神，佛挡杀佛！"

"没事的，"高阳安慰道，"只要是个空间，就一定有出口，出口就是门，找到钥匙，就能开门。"

"没错。"黄警官赞同高阳，鼓励道，"大家别自乱阵脚，说不定这也是组织的考验。"

高阳可不觉得十二生肖组织会大费周章创造这么一个地方来考验他们，不过他没说。

"那……现在怎么办？"胖俊很不安。

"既来之，则安之。"高阳抬头看向坡顶的祠堂方向，"我们去吊丧。"

"走！"王子凯第一个同意。

青灵和黄警官也没意见，胖俊犹犹豫豫，还是点了头。

一行人稍做准备，沿着村路往高处走，很快就来到祠堂外举办丧事的大棚前。

大棚外摆着一张桌子，桌子后面坐着两个男人。一个是打扮很文青的消瘦青年，戴一副老式的黑框眼镜，穿着二十世纪八十年代的白衬衫，胸前别一朵白花，手里拿着毛笔，在一本人情薄上记名字。

"古贵伦，五块。古显方，十块。古名学，六块。"文青男子身旁坐着一个半边脸都是白癜风的银发老头。老头一边拆着白包，一边念名字。

老头抬头看了众人一眼，眯起眼："几位是……华子的朋友？"

黄警官本想假冒朋友前来吊丧，一看桌上的钱，都是三十年前的老钱，自己要从钱包拿出几张一百元的新钱怕是不妥。

他干脆大方地掏出警徽："山青区派出所的，过来查案。"

"不是都来好几次了吗，今天都在办丧了，还让不让人安息了？"白癜风老头有些不满，但还是压着火。

"武爷，这案子一天没破，大伙心里就一天不踏实，警察同志这么上心是好事。"文青站起来，放下毛笔，朝黄警官伸出手，"您好您好，我叫古显志，叫我阿志就好，有什么需要配合的，您尽管说。"

"好。"黄警官点点头，"我去里头上个香，方便吗？"

"方便方便。"阿志笑容和善，旋即看向高阳一行人，"这几位是？"

黄警官立刻解释："哦，他们刚从警校毕业的，来局里实习，分到我手里，我就带着他们也来看看。年轻人思维活络，说不定对破案有帮助。"

"了解了解。"阿志起身，一边给黄警官发烟，一边引着五人走进屋棚内，"樊嫂，端五杯茶过来。"

棚内摆着十多张黑色圆木桌，每张桌子配着四把长板椅，桌上摆满了空碗筷。桌子在两边排开，中间空出一条过道，直通灵堂。

灵堂台子是临时搭的，用挂着的白布和一些黄纸隔开，中间摆着一张长桌，上面放着死者的遗照，前面点着香烛。遗照后面，可以看见一口大棺材，几个妇孺披麻戴孝跪在棺材两边交头接耳。

黄警官来到灵堂前，接过一个男人递过来的香，认真朝着桌上的遗像鞠三次躬，然后跪在草席垫子上，磕了三个不着地的头，高阳几个年轻人不太习惯这套风俗，但还是照做。

一旁的草台班子开始敲锣打鼓，唢呐声冲天，外面有人放鞭炮，灵堂里的几个妇孺仿佛一秒被人打开泪腺开关，凄声哭喊、鬼叫狼嚎，嘴里说的都是方言，大概意思是"你死得好惨""你丢下我要怎么办""我也不活了"之类。

吊唁完死者，黄警官在角落的一张桌子上坐下。这时，一个五大三粗的中年妇女端着五杯热茶过来："来，恰（喝）茶。"

五人客气地接过茶碗，拿在手里也不喝。

黄警官闻了闻茶香，假装要喝不喝的样子："灵堂后面的人，是死者的亲戚？"

"嗐，什么亲戚，华子一家本来就人情淡，没几个亲戚，现在还出了这事，哪个亲戚朋友敢来上香哟。后面几个人，都是热心的邻居们帮忙凑的，华子这场白事，也是村里人一起张罗的。"

"有心了。"黄警官说。

"哎，华子生前本分老实，是个好人，落得这个下场，乡亲们心里都很难受，也算是尽自己的一份心意,让他们能体面地走。"

黄警官点点头:"怎么称呼您?"

"叫我樊姐就行。"

"行,谢了樊姐,您先去忙活吧。"

"客气什么,马上要开饭了,黄警官你们就留下来吃了再走啊,有什么问题尽管问我,我跟华子是邻居,他家的事我多少知道点。"

樊姐走后,五人小声聊起来。

"你们有看到灵台上的遗照吗?"胖俊整个人都局促不安。

"看了啊。"王子凯不以为意,"怎么啦?"

"不对劲啊,怎么只有四个人啊?"胖俊声音发颤,"不是一家五口吗?"

高阳也发现了,遗照上只有四个男人,还是合照,站在最中间的是个皮肤黝黑、眼神憨厚的五十岁男人,一个壮年小伙子坐在中间,两边分别站着两个少年,十几岁模样。四人是在照相馆照的黑白照,身后是廉价失真的幕布,上面画着长城。

黄警官开口了:"来古家村前,我特意翻了一下这宗悬案。一家之主叫古辉华,五十四岁,农民。他老婆也是农民,几年前得乳腺癌死了。大儿子古春秀,二十七岁。两个弟弟一个辍学在家务农,一个还在上初中。"

"剩下一个人是谁?"高阳问。

"古家媳妇,古春秀的老婆,刚嫁过来,还没来得及拍照,新婚夜那天一家人就都被害了。"

"新婚夜?"王子凯来劲了,"这么倒霉!"

"媳妇叫什么名字?她家人呢?"高阳问。

"怪就怪在这儿,媳妇的身份信息根本查不到。"黄警官拿出一根烟。

高阳沉默了。

"法医花了两天才把尸体拼好,的确是四具男尸、一具女尸,女尸的身体唯独缺了头部,一直没找着。"黄警官点燃了嘴里的烟。

"哐哐哐",有人敲锣打鼓,一个男人扯着嗓门喊起来:"开饭啰!"

在场地上忙活的村民全部停下活儿,涌进棚内,很快十张桌子就坐满了。帮着做饭的几个村妇端着热菜送上来,很快就摆满一桌鱼肉,几个人面面相觑,没人敢动筷子。

高阳在心里呼唤系统,想要对眼前桌上的菜肴进行观测。忽然想起这里无法观测,高阳暗自叹气,扭头一看,吓了一跳,只见身旁的王子凯夹起一块红烧肉就往嘴里送。

"王子凯你……"

"我什么?"王子凯早已吃得满嘴是油,"哎,真香!你们也吃点啊。"

"我不饿。"胖俊咽着口水,口是心非。

虽然不知道具体时间过去多久,但从他们进入古家村,到之后经历过的一系列事情,早已既饥渴又疲累,但是在一个完全危险又陌生的环境里,东西是绝对不能乱吃的，这是正常人都清楚的常识。

可惜王子凯不是正常人，他傻。

这一顿饭，王子凯可谓吃饱喝足，不仅如此，还跟旁边一个酒鬼村民聊上了。虽然两人说的话驴唇不对马嘴，但他们竟然聊得很欢。两人勾肩搭背，称兄道弟。

酒席结束后，五人先行离开。

高阳和胖俊扶着有点喝高的王子凯，走到村头。

黄警官一筹莫展："从目前的情况判断，这个古家村的时间，应该是三十年前案发十天后，警方迟迟破不了案，村民们决定给死者一家办丧事，案宗上有记录。"

"难道真的时光倒流了？"胖俊心神不宁，想到了什么，"那……村民们是什么时候集体消失的？"

"下葬第二天，我组长再来村里查案时，村里就一个人都没有了。"黄警官说。

"那就是明天了。"高阳说。

"啊？！那不是还得等一天吗？"王子凯满嘴酒气，还要说什么，忽然一口吐出来。王子凯跌跌撞撞地走到路边，跪在地上狂吐不止。

青灵看着王子凯，一脸嫌弃："喝多了，还是中毒了？"

黄警官摇摇头，走过去，给王子凯拍背。拍了两下，他脸色一沉，转身朝其他人挥手："过来看看。"

高阳预感不妙，率先走过去，只觉得一阵头皮发麻。

王子凯脚下的呕吐物，并不是来不及消化的正常食物，而是一堆还在蠕动的蚯蚓和泥虫。

深夜，古家村外，小树林。

王子凯呕吐之后，就昏睡过去。胖俊试着给王子凯治疗，但没什么起色。胖俊的"治疗"天赋才2级，且主要功能是短时间内加速伤者外伤的修复和愈合。

对于王子凯这种"中毒"现象，胖俊爱莫能助。

经历了这么一遭，大家不敢再留在古家村，但又出不去，只好假装离开，先藏进小树林。每个人都很疲惫，更多还有心理上的煎熬，没人知道还要被困在这个诡异的地方多久，也没人知道接下来会发生什么事。

黄警官提议两人一组，轮换休息，保留体力。大家没有异议。

高阳跟青灵一组，黄警官和胖俊一组。两小时轮换一次。

整个下午，戏曲、锣鼓、唢呐和鞭炮声响接连不断地从古家村的方向传进小树林，透着闭塞山村独有的未开化小型社会的古怪感，直到傍晚时分才消停。

入夜不多久，王子凯动了。他似乎没睡够，哼哼唧唧地翻了个身，又睡了。那状态与其说是中毒，更像是喝高了。

这一切也在高阳的预料之中，不管王子凯吃的究竟是什么东西，他可是一只兽啊，没那么容易死掉。

高阳闭上眼，打开系统，查看幸运点数，已经增加25点了。

从昨天下午两点算起，到晚上探访古家村祠堂，被头发怪抓住，这段时间差不多是八小时，正常获得 8 个幸运点。

来到第二个古家村后，从中午十二点开始计算，至今也是八小时，但收益翻倍，因此能获得 16 个幸运点，共 24 点。

至于多出来的 1 个幸运点，应该是自己昏迷时获得的。估算一下，他掉入"井底"后陷入昏迷的时间不超过半小时。

"在想什么？"青灵的声音。

高阳睁开眼睛，从系统领域中脱离。

"没想什么。"高阳说着，又伸手捏了一下青灵的脸。

"捏上瘾了？"青灵不悦。

"别误会，超过十二个小时了，我可以刷新'复制'天赋了。"高阳一脸真诚，"事实证明，黄警官的'枪神'没有你的'刀神'有用……"

"啊……"高阳话未说完，忽然双手撑地，血液上涌，呼吸急促。

"又怎么了？"青灵问。

"没、没事。"几秒后，高阳挥挥手，脸色潮红，"刚才忽然之间……好舒服啊。"

青灵微微一愣："你的天赋升级了。"

  恭喜！

  复制：升级。

  2 级复制：可复制序列号 22 以下所有天赋。

  复制方式：触摸对方身体 0.9 秒。

  复制数量：1。

  储存时间：3 小时。

  使用时间：10 秒。

  间隔时间：8 小时。

  2 级复制永久属性加成：精神 +100，魅力 −20。

  体力：27。

  耐力：28。

  力量：17。

  敏捷：27。

  精神：137。

  魅力：47。

  运气：132。

  提示：不与 1 级复制的永久属性值叠加。

高阳点头："是啊，'复制'天赋达到 2 级。"

青灵略一思考："看来没错了，从 1 级到 2 级的升级方式，应该就是单纯的熟练度。我的'刀神'和'金属'天赋，都是在使用几次后就升级了。"

"难怪你那么渴望升级！"高阳发自内心地理解了青灵。

"高阳你天赋升级了？太好了，我们的胜算又大了一点点。"黄警官已经醒来，第一时间找烟，结果只在前胸口袋掏出一个干瘪的烟盒。

"后面'一点点'三个字可以不用强调的。"高阳自嘲。

黄警官丢掉空烟盒，站起来，舒展身体，接着习惯性地掏枪检查子弹和上膛情况，再插回腰间。

胖俊也迷迷糊糊醒过来。一阵冷风吹来，他肥胖的身躯打了个冷战，他下意识地朝高阳和青灵的位置靠拢了一些。

黄警官看了一眼还在睡觉、呼吸匀称的王子凯："这小子，看样子没什么问题。"

"应该没事了。"高阳说。

"他真是我见过最神奇的……"迷失者三个字黄警官没说，笑了笑。

"今晚最好别在这过夜。"青灵提议。

黄警官四下看看，点头道："的确，这里休息不好，我腰都睡酸了。"

"……"

"开玩笑的。"黄警官看向影影绰绰的树林外面，古家村的方向隐约透着亮光，"一会儿等他们睡了，我们进村子。"

"啊？还回去啊……"胖俊有点不乐意。

"这里不安全。"高阳说，"黑漆漆一片，连个掩护都没有，晚上要被什么东西偷袭，非常被动。"

青灵看胖俊一眼："你绝对第一个死。"

月光下，胖俊的脸色乌青，嘴角抽搐，一个失败的鲤鱼打挺爬了起来："回村！我们赶紧回村！"

夜深了，古家村的人全部睡下，除了山头的灵堂处还泛着光亮，里面还有人在守夜。王子凯也酒醒了。在黄警官的带领下，五人不开灯，踏着浓墨般的夜色，走出树林，穿过菜地和池塘，来到村头。

刚进村，一行人就左转来到西边的一个夯土屋。屋子一百平方米左右，长方形，前院是一块水泥地，用篱笆和木头简单搭了个鸡圈，四周还缠着查案现场用的警戒条。黄警官把警戒条撕开，率先走进去。

"啊……"胖俊在叫出声之前赶忙捂住了嘴，借着月光，看清了水泥地上暗淡的血渍，到处都是。

"黄警官，难道你想……"胖俊没说下去。

"对。"黄警官点头，"今晚就歇在这儿了。"

"可、可是，这里死过人啊！"胖俊惊慌不已。

没人回应他，大家穿过前院，来到主屋门口。大门上贴着封条，门上的檐梁上挂着很多干玉米和红辣椒，旁边码放着几堆干木柴。

黄警官撕开门上的封条，轻轻推门。

"咯吱——"大门缓缓打开，所有人都不自觉地深吸一口气。

第四章

拜访者

高阳预想中恐怖阴森的景象没有出现,事实上,屋内漆黑一片,迎面而来的空气中混杂着一种久无人烟的霉味与陈腐味。

黄警官把大门关上,在黑暗中找到一根拉线,拉了一下。

"滋滋滋滋——嗒",一盏度数很低的灯泡挣扎了半天终于苏醒,屋内昏暗,但足够人看清。

一个方方正正的厅堂,内墙刷了一层白漆,脱落得厉害,地面是泛着青的水泥地,屋顶悬着一台布满灰尘和蜘蛛网的吊扇。

正对大门的墙上挂着一个老式的红色挂钟——格格不入的"西洋风"——钟摆还在"嘀嗒嘀嗒"地摇摆着。

墙下是一张老式一字柜,柜上方摆着一台黑白电视机,电视后面连接着一根半米长的天线,一字柜的前面摆着几张深黑色的矮脚椅,没有沙发,平时一家人应该就是坐在椅子上看电视的。左侧墙壁上挂着日历,日历上的插图是名胜古迹的山水画。日历下面有一台老式的缝纫机,墙角码着几个青坛子,看上去像是放腌菜的。

厅堂中就这些东西,再无其他,的确是物资贫瘠的地方。

黄警官走到缝纫机前,用手指头一蘸,厚厚一层灰。他皱起眉:"怪了。"

"是很怪。"高阳也差不多把屋子打量完了,"感觉好久没人住了。"

"你这不废话么,都三十年了!"王子凯说。

高阳苦笑,耐心地解释:"在我们的世界里,这起命案是三十年前发生的。但在这个世界,命案才发生不到半个月,村里这不还在给华子一家办丧事吗?"

"啊,对哦!"王子凯恍然大悟。

这智商,绝了。

"不仅如此,前院地上还有大量残留的血渍,但客厅里,一点儿打斗痕迹都没有。"黄警官咂咂嘴,"走,去其他房间看看。"

黄警官率先走进左边的侧卧,房门上贴着一个喜字,应该是婚房。果然,打开屋内的灯，一眼全是红，红被子、红枕头、红窗幔、红灯笼、红色假花、红色衣柜、红色梳妆台……

和客厅一样，房间内所有的东西都蒙上了一层灰尘，给人的感觉既鲜艳又陈旧，既喜庆又古怪。

"一个女孩嫁过来，新婚夜，"黄警官走出婚房，回到客厅，琢磨起来，"发生了一些事，然后一家人都被被害了……"

"别说了！"胖俊浑身不自在，"我们不是来破案的，还是想想怎么离开这儿吧。"

"我知道，所以我才想破案。"黄警官说。

高阳点头："我也认为，想离开这儿，必须找到灭门案的凶手。"

"你有头绪吗？"黄警官问。

高阳试着分析："屋内没有打斗过的痕迹，所以这一家人应该是没有反抗能力，或者在失去意识的情况下，被人杀害了，至于分尸的现场……"

"在前院。"青灵说。

"对。"高阳想了想，"暂时就这么多。"

黄警官拉过一把椅子坐下："当年我的组长并不是觉醒者，所以他查这案子，肯定没考虑以下两个问题。

"一、华子一家，到底是人还是兽，还是说有人有兽；二、杀害华子一家的人，究竟是人还是兽。"

"说到兽……"高阳犹豫片刻，还是问道，"黄警官，你总共知道几种兽？"

黄警官看向高阳，略一迟疑，决定如实回答："事已至此，我也不管什么规定了。吴大海跟我说过，他们组织目前遇见过的兽有四种：痴兽、嗔兽、贪兽、妄兽。"

"贪兽？妄兽？"青灵来兴趣了。

"贪兽又叫同化者，妄兽又叫观察者。"黄警官说，"贪兽的具体种类，我也不清楚。但吴大海说，贪兽最可怕的地方是，他们可以通过某种方式成为人类。"

众人倒吸了一口冷气，除了王子凯。他一脸漠然。

"什么意思？"青灵没懂。

"就是字面意思。"黄警官沉声说，"不是伪装成人类，是成为人类，所以才叫同化者。"

高阳又想到什么："可是人类也分为未觉醒者和觉醒者。"

"觉醒者。"黄警官笃定，"贪兽可以成为觉醒者，未觉醒者是不会被任何兽攻击的，这是世界的铁律。"

"那成为觉醒者的贪兽，究竟是人，还是兽？"高阳糊涂了。

黄警官摇摇头："如果我们能活着离开这儿，或许能找十二生肖的人问个清楚。"

"那妄兽呢？"青灵说。

黄警摇摇头，"关于妄兽，我就只知道有这样一种兽，其他一无所知。"

高阳大脑飞速运转：如果百里弋没骗他，那么除了痴、嗔、贪、妄四种兽，应该还有生兽和死兽。不过高阳不打算说，目前他对这两种兽一无所知，说出来只会徒生恐慌，动摇军心。

尽管牵强，高阳还是试着用一套自己能理解的逻辑来解释眼前的处境："假设，只是假设啊，制造灭门惨案的东西，是我们还不了解的一种全新的兽。那么，我们现在所处的这个古家村，有没有可能就是他制造出来的领域？"

"你是说，"青灵目光流转，"找到他，杀了他，就能离开这儿？"

"高阳的推测，算是目前比较合理的解释。"黄警官微微点头，"也是目前最值得尝试的方法，并且，得尽快尝试，我们已经断水断食超过二十小时，正常情况下，我们撑不过三天，有效行动时间不超过两天。"

高阳看一眼王子凯："你除外，你的身体经受过特殊改造，应该比我们活得久。"

"那当然！"王子凯很是得意，转而又亢奋起来，"哥可是要拯救世界的人，怎么可能被困在这种地方！你们负责把那玩意揪出来，剩下的交给我！"

"咚咚咚"。

高阳猛地转身。他离门最近——有人敲门。

"说来就来！"王子凯撸袖子，走向门口，"看我不揍他！"

"慢着……"高阳一把拉住王子凯，捂住他的嘴巴。

胖俊不敢发声，赶忙躲到了青灵身后。黄警官一个手势，大家立刻埋伏到了大门两边，身体紧贴墙壁。

黄警官掏出手枪，对准门外，喊了一声："谁？"

"我说这屋里怎么会有光亮，原来是黄警官啊。"屋外传来一个老头的声音。

高阳听出来了，是白天赶鹅的那位大爷。他朝黄警官使了个眼色，示意安全。黄警官把枪塞回腰间，过去开门。

门外站着的人果然是白天放鹅的老头，村里人都叫他古四爷。古四爷干瘪的嘴里叼着个烟斗，笑起来满脸褶子："哟，几位都在，查案呢？"

黄警官似笑非笑："是，怕漏掉什么线索，再来查一查。"

"你们做警察的也真是辛苦，这么晚了还要加班。"老大爷拿下烟斗，挠了挠后背，"我刚看屋里亮着灯，还以为见鬼了呢。"

"那你还敢过来敲门，不怕吗？"王子凯抬杠，不过这句话说得有点水平，高阳也正要问。

"呵呵，"老头笑容豁达，"不怕，我跟华子一家感情好着呢，他们做鬼也不会害我。"

"这样啊。"黄警官凝神，心下有了注意，"古四爷，要不您跟我说说华子一家的事吧？"

"好啊，不过这不方便，我家就在那边，上我家坐坐？"古四爷说。

"打扰了。"

五分钟后，六人来到古四爷的家。古四爷一个人住，他的土房比华子一家要小许多，背后靠山，围着一个大院子，后面都是鹅，不时嘎嘎地叫着。

大家围着桌子坐下，古四爷泡了茶，但没人喝。

古四爷也无所谓，一边抽烟一边絮絮叨叨地说起来："华子爹啊人特老实，又勤快，可惜是个结巴，没人要，快四十才娶到媳妇。那媳妇是隔壁村的，腿脚有点残疾，其他都挺好。

"两人成了家，生了三个大胖小子，华子他娘生完老三没几年就走了，他爹种地养不活三个儿子，只好外出务工，每年把钱给寄回来，托我来照顾。华子和他两个弟弟三天两头就跑我家吃饭，我都是当干孙子养……"

几个人默默听着完，黄警官问："古四爷，那您觉得，凶手可能是村里人吗？"

古四爷一愣，露出意味深长的笑："黄警官，我说的这些话不用负法律责任吧？我可不懂法啊……"

"不会，纯属闲聊，您知道什么说什么。"

古四爷点点头："那我可就说了啊，我觉着啊，凶手肯定是咱村里人。"

"为什么？"

"村里好几家都养狗，不说狗，就说我这几十只鹅，遇到陌生人经过屋门口都会嘎嘎叫几声。"

"如果是外村人，不可能不惊动狗。"高阳说。

"对。"古四爷看一眼高阳，"小伙子你脑袋灵光。"

"那么，"黄警官进一步问，"您觉得，村里谁有作案动机呢？"

"这我就真不知道了。"古四爷喝了一口茶，"那一家人出了名的老实本分，三个孩子也特懂事，从没见他们跟谁急过眼……这得多大仇啊。"

"问题有没有可能出在嫁过来的媳妇身上？"黄警官话锋一转。

"唔……"古四爷陷入沉思，"我看有可能，华子媳妇的脑袋不是还没找着吗？可能就是冲着他媳妇去的，而且，当天正好是他媳妇过门啊，哪儿会这么巧？"

"你见过那个新娘吗？"黄警官问。

"大花轿抬进来的，下轿时看了一眼。喔，是个美人胚。"

古四爷看了一眼青灵："就跟你一样，长得水灵，好看，一头乌黑的头发，跟七仙女下凡似的……大伙都羡慕得不行，心说华子好大的福分啊。"

"我知道了！"王子凯一拍桌子，所有人都吓一跳，"各位，一定是村里哪个色魔见色起意，打起了新娘的主意，半夜去做采花大盗，结果败露，一气之下把他们全家都杀了……"

"那也犯不着分尸啊。"胖俊嘟囔。

"哼！小老弟这你就不懂了，哥给你分析分析！"王子凯摸着下巴，故作神秘。

"这叫反其道而行之！谁能想到只是去劫个色，就杀了一家人，还分尸了呢？警察也不会往这方面想，这不是正好完美洗脱罪名了吗！"

高阳一愣，竟然觉得王子凯的鬼扯有几分道理，不过仔细一想就根本站不住脚：仅仅因为劫色就把一家人给分尸了，这作案成本太大了，而且从华子家来看，根本没有任何打斗和反抗的痕迹，事情是在院子里发生的。

胖俊想了半天，摇摇头："凯哥，我还是觉得不对……换你是那个色魔，你会干这种事吗？"

"你才是色魔！你全家都是色魔！"王子凯不爽了，"色魔的脑子跟一般人能一样吗？"

"凯哥你脑回路也挺清奇的，你都不会，我看色魔肯定不会……"

"死胖子你说什么？有种再说一遍！"

"我胖归胖，但不要咒我死啊，大晚上的多不吉利……"

两个人拌起嘴来，高阳的脑仁又开始疼了。忽然间，他发现黄警官和青灵的脸色很差，眼底闪烁着冰冷的杀意，并死死盯着桌对面的古四爷。

高阳微微侧目，瞬时毛骨悚然！

古四爷面色如常地喝着茶，他的手臂上却悄悄长出半透明的鳞片状角质，他粗糙、布满皱纹的手背也正一点点出现蜥蜴皮肤的纹路，质感转为湿滑，他的手指甲也在长长，直到变成两厘米的灰褐色利爪。

接着是古四爷的双眼，眼白一点点变成泛着细小斑纹的黄，黑眼珠则被什么隐形的力量从两边挤压，变成一条狭长的黑缝，人类的眼球在几秒之内变成蜥蜴的眼球，像两颗冰冷而精细的玻璃珠。

此时此刻，古四爷的身体正在局部兽化，当着四个觉醒者和一只迷失兽的面。

但古四爷没有发起攻击，还是那么坐着，悠然地喝着茶。

空气凝固。

高阳、青灵和黄警官跟古四爷隔着一张桌子，脸上无表情，桌下的三双手却开始了动作。

高阳伸手摸出口袋里的小匕首，随时准备发动从青灵那儿借来的"刀神"天赋，目标对准了古四爷的心脏。

青灵也悄无声息地抽出唐刀，藏在桌底，寻找着挥刀的角度。

黄警官摸到腰间的手枪，随时准备掏枪射击。

王子凯和胖俊站在桌子不远处，正争得起劲，忽然也意识到气氛不对。

王子凯回头一看，呆了一下，很快，张大嘴巴，挥起拳头："蜥——"

高阳迅速起身，捂住王子凯的嘴。王子凯虽然冲动，但也明白高阳的用意，只是十分疑惑地看着他。

"等等……"高阳小声说。

在与古四爷对峙的几秒内，高阳没有察觉到哪怕一丁点儿的杀气。事实上，这也是黄警官跟青灵没有主动出手的原因。

古四爷的行为，十分古怪。

古怪的点就在于，他非常平和，跟之前的人类没两样。

这时，奇异的事情再次发生，古四爷半兽化的身体又一点点变回了人类。整个过程中，他都慢悠悠地喝着茶，等他放下茶杯，抬起眼皮，才发现一屋子人都神色紧张地盯着自己。

QI LIN GONG HUI

麒麟工会邀请函

麒麟工会

敬启。

基于《桷城组织人才自由流通公约》，本工会以平等、尊重、自愿为前提，特向您发出诚挚的邀请，希望您能考虑加入本工会，携手努力，共谋前程。

望您能早日答复。

麒麟工会

"怎么都不说话啦？"古四爷既无辜又疑惑，"干啥都盯着我啊，你们……该不会怀疑我是杀人犯吧？"

"怎么会？"黄警官率先打破僵局，微笑重回到脸上，"呵呵，古四爷您别多想。"

"那就好，我呀，比你们还急着抓到犯人呢。"古四爷说着，又惋惜地叹了口气，"可怜的一家人哟，造了什么孽……"

"古四爷，时候也不早了，您歇着吧，我们明天再来。"黄警官起身。

高阳和青灵起身，胖俊加快脚步跟上，一脸的迫不及待。

王子凯一个头两个大，"哎，就这么走啦？刚才他……"

"走了。"高阳给了他一个眼神。

"行，慢走，我就不送了。"古四爷缓缓起身，目送大家出门。

五个人没地方可去，又回到华子的家。这次，怕引起他人注意，他们没有打开客厅的灯，并且把窗门都关紧，拿出手电筒，照亮一处地方。五人围在光亮下。

"他是蜥蜴人！为什么不杀了他啊？"王子凯对此耿耿于怀，现在还是习惯性地称呼兽为蜥蜴人。

"古四爷看起来没恶意，"高阳别有用心地看了一眼王子凯，"兽也不全是坏的，有一种兽叫迷失者……"高阳跟王子凯简单地解释了一下痴兽的存在。

"那他当着我们的面变身是什么意思？"王子凯很不理解，"秀肌肉？"

黄警官摸了摸下巴："迷失者是最温和、最稳定的兽，哪怕我们当着它的面说自己是觉醒者，它们一般也会自动忽略，除非是受到巨大的刺激，才可能兽化和暴走。"

"什么刺激啊？"王子凯问。

"比如……我们用自己的天赋去伤害它们。"胖俊找准时机插了一句嘴。

"像古四爷这种莫名其妙的兽化行为，我从没见过，也从没听说过。"黄警官看了一眼高阳，"你有什么看法？"

高阳一直在思考百里弋跟他说过的那番话，大胆猜测："我感觉，他可能病了。"

"病？"青灵蹙眉。

"我们假设……"高阳伸出自己的左手和右手，"兽的体内有一个开关，分别控制兽和人的两种形态和人格。"

高阳握紧左手："平时，他们是人的形态和人格。"

高阳松开左手，握紧右手："一旦在特定情况下被触发，开关打开，他们会立刻切换成兽的形态和人格。"

黄警官点头，示意高阳继续。

"兽和我们人一样，都是生物，是生物就有寿命，就会变老，老了之后，身体也会变弱，会生病，会出现各种问题。"

高阳张开双手，合十："现在，古大爷体内的那个开关就出了问题，所以，两种形态融合到一起，就像灯泡接触不良，不断地闪、灭，但由于他又是最温和的迷失者，所以根本察觉不到这种变化。"

说到这儿，高阳想起了四岁那年夏天，他从门缝中看到爷爷的那只手臂，或许，爷爷也是生病的兽。

"换以前，我是不相信兽会生病，毕竟我接触过不少老人迷失者。"黄警官咂咂嘴，"但现在，我觉得不好说。"

"哈——"王子凯泪眼婆娑，打了个哈欠，"分析了一大堆，感觉没有什么用啊。要我说啊，既然找不到幕后凶手，干脆把全村给屠了，反正都是些蜥蜴人，一了百了。"

高阳暗暗心惊：王子凯你好歹也是只兽啊，你对自己的同类未免太残忍了。

"凯哥，你这是典型的玩游戏思路，"胖俊舔了舔嘴唇，"我觉得事情没那么简单。"

"那你说怎么办？在这里等死吗？"王子凯反驳。

胖俊支支吾吾，不说话了。

"我同意王子凯。"一直沉默的青灵开口了，"做什么都行，反正不能死在这儿。"

"也是个法子，如果我们主动出击，说不定能把幕后凶手逼出来。"黄警官叹了口气，"不过还是不行，这一村人不可能全是迷失者。这事可没有回头路，而且风险极高，但凡出现几只嗔兽就够我们喝一壶的，更别提还可能隐藏着更厉害的兽。"

"这可怎么办啊？"胖俊又急了起来，"出又出不去，打又打不过，横竖都要死。"

"没出息，你们忘了还有我吗！"王子凯拍拍胸脯，"我现在打十个没问题！"

"那也不够啊！"

"你懂什么！先打十个，回头说不定还能激发我体内的无限潜能，再爆发一次，不就搞定了吗？"

"呵呵，"黄警官被王子凯的天真和乐观逗笑了，"这又不是演电影，你保证你到时候一定能行？"

高阳在一旁翻白眼：万一这小子智商暴涨了，终于回过神来发现自己也是一只兽，再来个倒戈，那可就真完了。

"当然啊！"王子凯更得意了，"我可是天选之子，是不是高阳？"

"是……"高阳的笑比哭还难看。

"那我们举手表决？"黄警官发话了，"同意主动出击的举手。"

王子凯、青灵第一时间举手，黄警官沉吟片刻，举手了，胖俊犹犹豫豫地跟着举手了。只剩下高阳，他觉得自己举不举手都无所谓了。

"好！"黄警官做了决定，"那就暂定把全村作为攻击目标。"

"什么时候？"青灵问。

"立刻马上啊！还等什么！"王子凯已经摩拳擦掌。

"再等等，"高阳有不同意见，"今晚先休息，明天再调查一天，我还有些事想确认一下，时间就定在明晚怎么样？"

"我没意见。"黄警官说。

青灵点头。

胖俊没主见，跟着点头。

"真磨叽！"王子凯有些扫兴，不过还是决定服从多数，"行吧，那就明晚！"

虽然华子家发生了灭门惨案，但五人实在太饿、太困、太累，也顾不上忌讳了。大家把房间里的床垫、枕头都抱出来，在厅堂打上地铺，再把门窗都堵上，准备合宿一晚。

胖俊才不管自己胖得跟球一样，非要挤在大伙中间睡，黄警官主动守在左边最外围的位置，最右边的床铺是婚房的鸳鸯被，王子凯嫌被子太花，于是钻进了黄警官的被窝。从左到右依次是黄警官、王子凯、胖俊、高阳、青灵。

高阳本来也想发扬一下绅士风度睡外边，但青灵坚持要睡最右边——她的右手一直握着刀。

枕着红色的枕头，盖着鲜红的鸳鸯被，高阳侧头看了一眼身旁的青灵。她呼吸均匀，眉头仍微微蹙起——很明显，她没有入睡，而是时刻准备着战斗。

"啪"！胖俊一个翻身，肥硕的巴掌打在高阳脸上。

高阳强忍着踢他一脚的冲动，把他的手拿开了。

后半夜，五人渐渐入睡。

不知过去多久，意识迷蒙中，高阳感觉有人抓住了自己的手。他微微一惊，立刻醒来。

胖俊和王子凯的鼾声在黑暗中此起彼伏。注意力回到右手，他确定了，自己的手是被一只冰凉光滑的手紧紧抓住了。他微微侧身，看向一旁的青灵。

黑暗中，青灵身体僵直，双眼睁大，泛着微光。

"怎么了？"高阳轻声问。

"没事。"青灵故作冷静，但声音微微发颤。

高阳立刻反应过来："你是……青翎？"

青翎听懂了高阳的意思，没说话，默认了。

高阳一时间不知道说什么，向来讨厌男生的她，居然会主动抓住自己的手，看来是真的给吓坏了。

"你要不……回去吧？"高阳也不知道怎么跟青灵的第二人格交流，"这不是你该出现的地方。"

"我知道，这儿发生的事，姐姐都告诉我了。"青翎说，"她虽然闭着眼，但一直没睡，我希望她休息一会儿……"

高阳有些疑惑："就算你姐的人格休息了，你们的身体不还是醒着吗？"

"你在教我做事？"

"不敢……"

"我比你清楚，所以我现在必须替我姐睡着……"青翎深吸一口气，抓住高阳的手又紧了一点儿，"别管我，我马上就能睡着。"

"好。"

过了好一阵,高阳感觉青翎还是没有入睡,自己也没了困意,于是翻身朝向她。

"你想干吗!"青翎果然警觉地睁开双眼。

高阳尴尬了:"我也不知道这次能不能活着离开这里,以防日后没机会,那件事,先跟你道个歉。"

"李薇薇的事?"

"对。"

"她是我姐杀的,跟你没关系。"青翎不看他。

"我知道,但如果不是因为我……"

"行了,少给自己加戏。"

青翎挪动身体,把头枕在高阳的枕头上,又把腿蜷起来,整个背都贴近高阳。青翎觉得还不够,又抓住他的胳膊,放到自己的身上,终于感觉踏实了一点儿。

"就这样,保持别动。"青翎深吸一口气,闭上眼睛。

"你不是讨厌男人吗?"

"你在我眼里不是男人。"

"你对我可能有误解……"

"闭嘴,我替我姐休息一会儿。"

"哦。"

高阳维持着一个并不怎么舒服的动作,起初根本睡不着,但因为实在太累,最后不知不觉也进入了梦乡。

高阳不知道自己睡了多久,醒来时,门窗的缝隙中透着光亮,他还搂着青翎,整个胳膊又僵又麻,而青翎不知何时已经转过身来。

他刚想把手臂抬开,青翎……不,青灵睁开双眼。

两人的脸相隔不过一个拳头,四目相对。

空气安静得可怕。

"先别砍我,我可以解释……"高阳的求生欲暴涨。

"不用,能猜出怎么回事。"青灵拿开高阳酸麻的手臂,坐起身,双手把黑色长发拢到脑后,娴熟地扎好马尾。

她站起来,活动了一下身体,看来昨晚有得到休息。她看了一眼还躺在床垫上的高阳:"昨晚辛苦了。"

"没事……"

大清早,五人离开华子家。古家村山头的灵堂那边很热闹,敲锣打鼓,鞭炮雷鸣,夸张的哭丧声不绝于耳。

"这是要下葬了?"胖俊问。

"乡下是这样的,"高阳点头,"丧事办两天,第三天早晨下葬。"

几人说话间,七八个青壮年抬着一口略显陈旧的黑色木棺从屋棚中走出来,棺材前面是一个男人拿着桃木剑和铃铛，一边做法一边领路，嘴里含糊不清，念念有词。

抬棺队后面跟着几个披麻戴孝的妇女，她们互相搀扶着，夸张地假哭着，还有几个披麻戴孝的男人，抬棺队的两侧，抱着一篓纸钱，沿路抛洒。其他村民们则身穿黑衣，成群结队的一起送行。

不一会儿，抬棺队就来到村口，从五人面前经过。

昨天的古四爷跟在队伍最后头。他见到黄警官，上前打招呼："黄警官，今天来得这么早呀？"

黄警官点头："是啊，案子不破，睡不着。"

"注意休息呀，看你这几个小伙子气色都不太好啊。"

高阳暗中吐槽：快三十个小时不吃不喝，气色能好到哪儿去？我要不是觉醒者，外加属性值全面提升不少，只怕已经低血糖晕过去。

"大爷，一家五口，就用一口棺材？"黄警官问。

"是啊。"古大爷连连叹气，"华子家不宽裕，好不容易有点积蓄也全用来娶媳妇了，结果媳妇刚过门就出了这事……这棺材本还是乡亲们一起凑的，五口棺材可不便宜啊，大伙负担不起，也觉得没必要……你们也晓得，华子一家……这乱七八糟的，不如放到一起……"

古四爷不再说了，摇摇头，跟着队伍走了。

"跟过去看看？"黄警官看向大家。

"好。"高阳早有此意。

五人跟在人群最后头，跟着抬棺队来到西边，穿过一片田地，爬上一个山林，来到了所谓的坟山。

山上错落着不少坟头，少数砌上水泥，围上小护栏，坟前种着两棵杉树，上着香火；大多都是土堆，杂草丛生，无人问津。

抬棺队把棺材抬到一个早已经挖好的坟坑前，拿着桃木剑和铃铛的男人又是一番折腾，"家人们"接着哭丧。在敲锣打鼓、炮响雷鸣中，四个男人把棺材抬进土坑，然后拿着铲子动作麻利地埋起来。

乡亲父老们围观了一会儿，便四散开来，各自回家，只剩下四名下葬人员和一个主持事务的老头，正是之前负责收份子钱的武爷。

他在一旁指挥着："埋快点，不要过八点，土要压紧一点儿。"

黄警官做了个手势，五人一起走过去。

黄警官带头拿起多余的铲子，帮着一起铲土。武爷认出黄警官，走上来给他发烟。黄警官接过烟，别在耳朵上。

"黄警官，你也别怨我。"武爷叹了口气，"我也希望案子快点破，但华子家的丧事不能拖，趁着乡亲们还有那么点闲心，回头事情拖得久了，我这个村主任都叫不动他们了。到时候华子一家就真成孤魂野鬼了。"

"能理解。"黄警官继续铲着土,"尸检报告都出来了,葬了没事,不影响办案。"

"那就好,那就好。"武爷不住点头。

埋坟的过程中,黄警官趁武爷不注意,偷偷把自己手上的铲子递给青灵,青灵微微一抬手,铲子迅速飞到身后的一棵树上,不见了踪影。

二十分钟不到,一座新坟垒好了。

这期间,高阳和黄警官也没打听出什么特别有用的信息,最后跟着武爷和四个男人一路返回,在村口告别。

五人假装离开村子,回到小树林,从长计议。

"刚为什么让我藏铲子?"青灵问黄警官。

"挖坟。"高阳脱口而出。他跟黄警官早就私下商量好了,这也是为了找到线索,万不得已。

"挖坟?!"胖俊吓坏了。

黄警官笑了笑,拿出武爷递给他的那支烟,放在鼻头前闻了闻,但是不敢抽:"等天黑,避开耳目,我们去挖坟。"

"这……犯得着吗?"胖俊面露难色。

"无论如何,今天必须做个了结。"

黄警官看了大家一眼:"下面我说一下我跟高阳的计划。接下来的时间,我们原地休息,尽可能不要浪费体力。天一黑,先去挖坟,看能不能找到什么线索。"

黄警官靠着一棵树坐下:"有线索另说,如果不顺利,就按原计划,主动出击。正面跟全村的兽战斗肯定是没胜算的,我们偷袭,一家一家摸黑过去,看能不能把这个幕后凶手给逼出来。"

"偷袭?!"王子凯一脸失望,还期待着大战一场,"你这不讲武德啊!"

"王子凯,人和人的体质不能一概而论。"高阳立刻开始了鬼扯大法,"你是天命之子,天生神力,比我们强,你肯定没问题。但我们现在状态虚弱,面临很大的危险,你战斗的时候又不能保护我们。你总不希望自己一个人赢,队友全部给敌人陪葬吧?"

这一次马屁拍得王子凯很舒服,他大手一挥:"嘻,真拿你们没办法!行吧,那就偷袭!先说好啊,最后的幕后黑手一定要交给我。"

"那自然。"

黄警官和胖俊朝高阳投来敬佩的目光:真有你的啊,你简直就是"驯兽师"!

傍晚七点左右,天黑了。黄警官叫醒休息的四人,摸着黑,偷偷去了村子西边的坟山。

白天不觉得,一入夜,坟地就变得阴森重重。胖俊胆小,脸色乌青,浑身发抖,走在人群中间,还是害怕得不行,一有风吹草动就吓得乱跳。

青灵一扬手,铲子从树梢飞回了手中:"谁来?"

"我来!"王子凯接过铲子,走到华子的坟前,吭哧吭哧地铲起来。

挖坟的过程中，其余四人都在一旁戒备。不过幸好，没人出现。

王子凯不愧天生神力，很快就结束了作业，他满头大汗地把铲子一扔："搞完了！"

大家走到土坑前，月光幽静，被泥土覆盖的棺材鬼魅而阴冷。大家面面相觑，谁也不敢揭棺。

"一个个都尿成什么样了。"王子凯跃跃欲试，"闪开！哥来！"

"不用。"高阳喊住他，不知道棺材里有什么，还是小心驶得万年船。

高阳捡起铲子，伸手将铲子插入到棺材盖的缝隙中，然后迅速退回来，看向青灵："你行吗？"

"太重了，我试试。"

青灵伸出双手："金属！"

插入棺材盖的铲子微微颤动，一股无形的力量驱使着往下撬动。这时，黄警官掏出手枪，高阳也拿出护身的匕首，随时等待着可能出现的危险。

"哐"！棺材盖终于被铲子撬开了。

大家本能地退后两步，心都提到了嗓子眼。

寂静的几秒过去，预想中的危险却没有发生，土坑中的棺材非常安静，甚至连尸体的腐臭味都没有出现。

大家交换了下眼神，慢慢靠近，探头看向坑里的棺材，一时间都愣住了。

棺材并不是空的，华子一家的尸体都放在棺材中，但是……全部成了白骨。

高阳拿着手电筒照进去，特意数了一下，白骨头颅只有四个，看来新娘的头还是没有找到。

"就这？"王子凯很扫兴，"我还以为画面会有多刺激呢！"

"华子一家不是才死不到十天吗？"青灵问，"怎么全变成了白骨？"

"警方应该是三天前才把尸体送回来的，"黄警官眉头紧皱，"现在才四月天，就算尸体腐烂得再快，也绝不可能变成白骨。"

"难道……尸体都被兽吃啦？"胖俊大胆猜测。

高阳摇头："这可不像是被吃完剩下的骨头。"

"嗯，像是……"黄警官顿了顿，"死了很久。"

一阵冷风吹过，树叶簌簌作响，高阳只觉得背脊一凉！

"我们走。"高阳说。

"怎么？"青灵看向她。

"先离开这儿，"高阳面色凝重，"我可能……知道怎么回事了。"

"那这儿怎么办，要复原吗？"黄警官说。

"别管了。"高阳只想马上离开。

一行人不敢久留，立刻离开坟山。

晚上八点左右，古家村不少户人家还亮着灯，一行人小心地避开村民，潜入华子家。高阳立刻把门窗堵死，这次连手电筒也没敢打开。

"兄弟,到底怎么了,别吊胃口啊!"王子凯着急了。

"先说结论。"高阳沉下声,"我们没有回到三十年前的古家村,也没有来到什么里世界或者梦境世界。"

黑暗中,所有人都屏住呼吸,等待下文。

高阳深吸一口气:"这里,才是当年的古家村。"

高阳说完,黄警官和青灵陷入思考。胖俊一个哆嗦,神色既茫然又害怕。至于王子凯,他压根没听懂:"什么什么?你说慢点,再说一遍。"

"这里,才是当年的古家村。"高阳重复。

"哦……"王子凯一拍脑袋,坦然道,"果然听不懂。"

"如果这才是古家村,那之前的古家村又是哪儿?"青灵问。

"也是古家村。"

"说人话行吗!"王子凯怒了。

高阳整理了一下思路:"三十年前,古家村发生灭门惨案,没过多久,全村人都消失了对不对?"

"案宗里是这么记录的。"黄警官说。

"我认为,"高阳语气笃定,"消失的不是村民,是整个古家村。"

黄警官先是一顿,随后眯起双眼:"继续说。"

"我不知道这是怎么做到的,但是整个古家村都转移到了这个领域。而我们之前去的古家村才是盗版的……准确地说,是仿制的。"

"你做出这个判断的依据是什么?"黄警官问。

"第一晚我们去的祠堂,里面有很多牌位,当时王子凯还念出几个名字,你们记不记得,其中有一个叫古华武……"

"武爷。"青灵反应过来。

"对,村主任就叫古华武。"高阳说,"那么短的时间内,他大概率是没死的,他的牌位怎么会出现在灵堂上?那个灵堂肯定有问题。"

"啊!"胖俊慌了,"他们早就死了!我们现在看到的是鬼魂……"

"鬼你个头啊!"王子凯一巴掌招呼在胖俊的脑袋上,"你没看到古四爷是蜥蜴人吗?我看那个古华武八成也是蜥蜴人。"

"别吵,高阳你继续说。"黄警官快要摸到头绪了。

"来到这个古家村时,我一直觉得很多地方不对劲。比如我们现在待的华子家,明明惨案才发生不到半个月,他家中却像多年无人居住。"

高阳顿了顿,继续说:"还有,今天下葬的棺材,我也觉得很陈旧,感觉像是用过的。靠近看的时候,棺材底部还有一些干掉的泥土。坟山那个土坑四周的泥土也很奇怪,颜色都很浅,像是被反复挖过,还有,棺材里的白骨……"

"兄弟,你到底想说什么?"王子凯越听越蒙。

"我明白了。"青灵看向高阳,"他们在重复。"

"没错。"高阳点头,"结论就是,我们没有回到三十年前,而是整个古家村被困在这个特殊领域里,这里的村民们,一直在重复着这段时间的事情。重复着灭门惨案,重复着丧事……重复了整整三十年。像古四爷这种身体,原本早就应该衰老、死去,但由于一股不可抗力,他还是在继续地重复。他身体的下意识兽化也是这个原因,如果他是一部机器,早坏掉了……"

短暂的沉默后,黄警官接着问:"那股不可抗拒的力量是什么?"

"不知道。"高阳摇头,"应该就是我们要解决的东西。如果我们能找到整个古家村下一次重复的起始点,说不定能揪出那股力……"

"呜"——

高阳话音未落,屋外忽然传来空袭警报声,声音压抑、沉闷、冗长,让人极度不适。

"呜"——

黄警官走到窗边,拉开一条窗帘缝,脸色沉下来。

高阳跟青灵凑过去,整个古家村不知何时被淡淡的迷雾笼罩,迷雾中的村民们,无论他们此刻正在做什么,都缓缓停下了手中的事。

所有人都杵在原地,抬头看着天空,眼神呆滞麻木。不仅如此,即便那些已经睡下的村民,也一个个走出屋子,来到院子里,抬头看向天空。

"呜"——

空袭警报在第三声后,戛然而止,弥漫在村庄中的迷雾一点点散去,整个过程不到一分钟。

这一分钟,躲在屋中的五人被紧紧攥住心脏。

"他、他们在干什么?"胖俊脸色惨淡,讲话都结巴了。

"应该是重复开始了。"高阳猜测。

先是一个村民动了。他迈开脚步,像一个没有灵魂的躯壳。接着,其他村民也纷纷走动起来。他们缓慢而无声地迈着步子,朝着同一个方向靠拢。

青灵最先意识到不对劲。她对方位很敏感:"他们在朝我们包围!"

糟了!

高阳心一沉:我早该想到!现在已经晚了!

不到一分钟,五十多个村民陆陆续续来到华子家的前院。月光下,他们脸色惨白、神色木然,呈现出一种诡异的带着脏污的病态,犹如行尸走肉,而他们空洞的眼神,都盯着华子家紧闭的大门。

空气仿佛凝固了,犹如暴风来临前的海面,沉寂无声,却又暗流涌动。他们在等待着,那掀起巨浪的第一道闪电雷鸣。

"他、他们……想、想干什么?"胖俊害怕地往后退。

"华子家几个人。"高阳问。

"五口人,四男一女。"黄警官答。

"啊,我知道了!这不正好就是我们五个人吗!"王子凯为自己想明白了这件显而易见的事而沾沾自喜。

"重复开始了,从新婚夜这晚开始。"高阳咬紧牙,"他们……来灭门了!"

他早该想到的,华子一家是被全村的兽给杀死的,只有这样,尸体才会被肢解得到处都是。但这些兽为何会无缘无故地兽化并攻击华子一家,攻击完后为什么又遗忘了这一切?

他还有很多问题没搞清楚,但眼下这些已无意义,重要的是活下去!

"逃!我们快逃吧!"胖俊的声音透着哭腔,"打不过的,会死的……我们都会死的!"

"来不及了。"青灵拔出刀。她已经认清现状。

"现在出去,死得更快!"黄警官掏出手枪,当机立断,"塔防游戏玩过吗?守好屋子,来一个杀一个!记住,攻击头部和心脏!高阳、胖俊,你们守住后面的窗户!青灵、王子凯,我们三个守住大门!"

"没问题!"

王子凯冲到门口,摆开迎战的架势。

青灵站在王子凯左侧,双手持刀,俯身,蓄势待发。

黄警官站在王子凯的后右侧,持枪掩护他和青灵。黄警官回头朝高阳大吼:"开灯!视野阻碍不了他们,但对我们很重要!"

高阳立刻开灯,接着飞速闭上眼。

进入系统。

提醒:你面临危险,幸运点收益增幅至100倍

你目前已累计拥有72个幸运点。

领悟天赋!

领悟天赋要花费60点,是否……

赶紧!

领悟中……

领悟中……

领悟失败。

剩下的全加敏捷值!

你的敏捷值永久提升12点。

体力:27。

耐力:28。

力量:17。

敏捷:39。

精神:137。

魅力:47。

运气:132。

高阳睁开双眼,不知是不是心理作用,觉得浑身变得轻盈了一些。

以他目前的情况,一旦从青灵那借来十秒的"刀神"天赋使用完毕,基本就是

废物一个。十几点的其他属性增益不大，但身手敏捷一点的话，就能多躲避一些攻击，创造出一些机会。至少……可以死得慢一点儿。

门外传来急促的脚步声，黄警官大喝一声："要来了！"

"嘭"！大门从外部遭受凶狠的撞击。

"咔嚓"！一只长满青色鳞片的手臂粗暴地捅穿门板，很快，另一只手也捅穿门板。两只手不要命地挥舞、撕扯着，像两把电锯，很快就在门上弄出一个大豁口。

接着，一个半兽化形态的青年从豁口钻进来，高阳一眼就认出是村里的文青阿志。

他眼镜下的眼珠夸张地凸起，只剩下诡异的眼白。他面目扭曲，暴躁狰狞，满嘴流淌着饥渴的黏液，半截身子已经探进屋子："人类，人类，人类……"

"砰"！一发子弹射入他的眼睛。

"啊——"他发出痛苦的哀号。

锋利的唐刀刺入他张大的嘴巴，刺穿了他的喉咙。阿志浑身抽搐了几下，渐渐不再动弹。

"滋"！青灵抽刀的瞬间，一抹血液溅到王子凯的脸上。

王子凯愣在原地，虽然他之前叫嚣得最厉害，但似乎并没有自己想象的那么勇敢和享受杀戮。

"别愣着！"黄警官朝王子凯大喊。

王子凯一个激灵，回过神来。

"去死吧！"王子凯飞起一脚，将卡在门洞中的阿志给踢飞出去。不得不说，作为一只年轻的兽，王子凯简是直天生神力。

"嘭嘭嘭"——更多兽从院子里冲过来，撞击到大门上。

脆弱又残破的大门再也支撑不住，轰然倒塌。三个半人半兽的村民从门板上爬起，直接忽视了同类王子凯，扑向他身后的青灵和黄警官。

"砰"！

"唰"！

枪声和刀光同时出现，左右两只兽相继倒地，中间的一只兽则被王子凯拦腰抱住，两只手臂急速兽化，变成两只青铜色的"大铁钳"。

王子凯大喝一声，"大铁钳"用力一剪，兽的脊椎被王子凯拦腰抱断，发出一连串清脆声响。兽痛苦地哀号，垂死之际他的嘴巴裂开，露出红色獠牙，狠狠一口咬入王子凯的肩膀。

"啊啊——"王子凯痛得大叫。

"砰砰砰"！三弹连发，射入"獠牙兽"的头部，"獠牙兽"的脑袋猛地后仰，鲜血喷涌，不再动弹。

王子凯意识到自己怀里的兽死去，气喘吁吁地松开双手，兽软绵绵地倒在了地上，身体也渐渐变回人形，竟然是当初给他们端茶的樊姐。

王子凯的肩膀被咬得皮开肉绽。他满脸鲜血，有敌人的，也有自己的。

这是王子凯第一次杀兽，兴奋、恐惧、愤怒，各种情绪一股脑涌上脑门，他的理智和原本就不高的智商在一瞬间崩坏了。

"啊啊啊——"王子凯仰天长啸，他的双腿、前胸、后背上的肌肉全部隆起，变成坚硬的青铜色粗糙表皮，犹如一个美型版的绿巨人。

门外是数不清的兽，他们争先恐后地冲过来，王子凯对着黑压压的兽群，冲了出去。

"站住！"高阳大叫，但王子凯根本听不见。

王子凯一人冲到门外，拳脚并用，一拳就能打爆一只兽的脑袋，一脚就能将一只兽给踢飞。他横冲直撞，大开大合，完全杀疯了！

王子凯的战力超出大家的想象，他几乎一口气就解决七八只兽，但毕竟寡不敌众，更多的兽扑过来。他们像一群饿狼围攻狮子，缠住王子凯的身体，又啃又咬，很快就以叠罗汉的方式把王子凯吞没在兽堆中。

剩下的兽绕过兽堆，冲进屋子。他们陆续被子弹和唐刀给放倒，然而数量实在太多，黄警官跟青灵组成的防御线崩溃在即。

忽然间，一只兽从尸体和血泊中缓缓站起来，那是武爷，他的脖子挨了青灵一刀，但没被彻底砍断，脑袋歪在一边。

他伸出双手，扑向青灵。青灵正将唐刀刺入一只兽的心脏，意识到危险，但来不及拔刀。

"刀神！"高阳发动"刀神"天赋，快步冲过去，将匕首刺入武爷的心脏。

高阳迅速抽出匕首，不能浪费仅剩的七秒钟"刀神"天赋。他侧身一跃，来到黄警官面前，趁着黄警官换子弹的空隙，刺向一只扑向他的兽。但这一次，对方的胸口长满坚硬的鳞甲，匕首没能刺穿。

"鳞甲兽"反手一掌，把高阳扇飞。高阳飞向土墙，脑袋撞击到墙面，顿时眼冒金星。

眼看"鳞甲兽"朝他扑过来，一发子弹打入他的右眼，同时锋利的唐刀从身后劈开了他的脑袋。

青灵抽回唐刀："退后！"

胖俊跑过来扶着高阳退到墙角，双手捂住高阳的胸口，高阳只觉得胸口一阵火辣辣的灼烧感，低头一看，胸前已是一条狭长的伤口。

"很快……很快……没事……没事……"胖俊浑身发抖，他的大脑彻底被恐惧支配，几乎是在机械性地重复着。

"咚"！一双长满棕色毛发的猿类手臂穿破窗户，捞住胖俊的脖子，往后猛地一拖。

"啊！"胖俊大喊大叫，幸亏身材肥胖，这才卡在窗户口，没能给拖出去。

高阳顾不上胸口的伤，迅速跳起，用尽全力将匕首刺入那只猿类手臂。窗外传来惨叫声，猿类手臂抽了回去。

"妈妈救我！救命啊……"得救的胖俊根本顾不上感谢，死命地在地上匍匐前进，钻进一张桌子底下，双手抱头，瑟缩成一团，精神彻底崩溃。

高阳知道胖俊尽力了，也没什么好责怪的。

他捂着胸前的伤口站起身，此刻，大门外已经倒下成片的尸体。

黄警官的子弹全部打完，他扔掉手枪，捡起墙角一把生锈的柴刀，退到高阳身边："还行吗？"

"还行！"高阳握紧匕首，咬紧牙关。

一只行动敏捷的兽手脚并用，犹如猎豹一样冲进大门。他一个灵巧的跳跃躲开青灵的挥刀横砍，扑向黄警官。

"啊！"黄警官一柴刀劈向兽的脑袋，劈歪了，砍到他的肩膀。他冲力很大，躯体继续往前将黄警官扑倒在地。

他愤怒地嚎叫，张开长满獠牙的大嘴，眼看就要咬碎黄警官的脖子。

高阳冲上去，双手紧握匕首，利用身体倒下去的力量，狠狠刺入他的后脑勺。锋利的尖刃刺穿兽的头盖骨，从他嘴中穿出，几乎要刺到黄警官的眼睛。

黄警官吃力地推开身上的兽，重新拿起柴刀，将高阳拉起。两人气喘吁吁，背靠背站着，等待着接下来的厮杀。

"还行吗？"黄警官抹了一把脸上的脏污，又问了一遍。

"还行！"高阳也杀红了眼。

"很好！"黄警官振奋地大喊，"我老婆还没生，我绝不能死在这儿！"

"我也不能死在这儿！我还……"高阳激动地附和，一时半会儿却没想到很热血的理由。

"哈哈哈……"黄警官开怀大笑，一时间忘了身处险境。

"什么！"屋外那一堆"罗汉兽"中，传出王子凯的声音，"你说什么……再说一遍……"

高阳一喜：王子凯没死！

高阳大声重复一遍。

"哇啊啊啊……"堆成小山的"罗汉兽"直接爆开。

王子凯浑身浴血，彻底兽化后的他高达两米，一手各拧着一只兽的脑袋，狠狠一甩，将他们甩飞出去，撞翻四周的其他兽。

他阔步走向屋内，其间，仅剩的七八只兽冲向他，但这些虾兵蟹将全然不是他的对手，被他打得七零八落，更有一只还被他徒手撕成两半。腥风血雨中，他犹如一只浴血重生的恶魔。

他胸膛微微起伏，跨过血流成河的尸首，走进屋门。

"嘭"，一只兽冲破屋顶，降落到屋内。

"小心……"青灵不可谓不快，挥刀就砍，但对手反应更快，尾巴横向一甩，腰部中招的青灵直接飞出屋门。

"青灵！"

高阳大喊一声，同时看清了屋里的兽——嗔兽中的杀伐者！

这只杀伐者跟当初的何姨根本不是一个等级的,他还很年轻,兽化得彻底。除了头部还能依稀辨别出人类的模样,身体完全变成一只匍匐的巨型蜥蜴,通身布满坚硬的暗红色鳞片。

这只杀伐者要是直立,恐怕比王子凯还要高。

把青灵甩飞出去后,他没有丝毫的迟疑,两只粗壮的后腿以最大力度弯曲,蓄力瞬间完成,用力一蹬,冲向高阳。

被撞的瞬间,王子凯几乎本能地将高阳推向一边,帮他躲过一劫。下一秒,杀伐者撞向王子凯的腰间,前臂的两把利爪呈交叉状刺向王子凯的腹部,轻易就刺穿他坚硬厚实的青铜色表皮。

"啊啊啊!你这个小崽种……"王子凯浑身青筋暴起,用肉身接下这一撞。

杀伐者没有停下,双腿继续发力,王子凯被迫急速后退,重重撞在墙壁上,炸开几条裂痕,正面墙几乎面临倒塌。杀伐者想要拔出利爪,结束战斗,但王子凯也不是省油的灯。他快速伸出双臂,插入杀伐者腋下并缠住,不让杀伐者脱身。

王子凯的腹部被刺穿,嘴角溢出鲜血,神色痛苦,但他还在笑:"骗、偷袭,不讲武德,你给我……好自为之!"

"啊啊啊!"王子凯全力爆发,用力一掰,杀伐者的双臂被"咔嚓"折断,王子凯再用力往外一扯,把杀伐者的两条手臂扯断。

"嗷——"杀伐者发出惨叫,踉跄后退。

"去死吧!"高阳冲过去,将匕首刺入杀伐者的腹部,并将他撞翻在地,一人一兽在地上扭打在一起。

杀伐者尽管失去双臂,却用尾巴绞住高阳的双手。他张开尖牙利嘴,朝高阳的脖子咬下去。

"啪"!一把生锈的柴刀劈开了他的脸。

不是黄警官,是胖俊。

胖俊双手握着柴刀,满脸的血和泪,脸因激动而发着颤。他高高举起柴刀,又是一刀劈下去:"去死!"

高阳数不清胖俊砍了多少刀,杀伐者缠住高阳的尾巴缓缓松开,变得僵直。

胖俊还要砍,黄警官捂住受伤的大腿一瘸一拐地走过去,拦住胖俊的手:"行了,结束了。"

胖俊手中的柴刀落地,转身抱住黄警官大哭起来:"我活下来了……我没死……我没死……"

"是的,活下来了。"黄警官轻轻拍着胖俊的后背,像在安抚跌倒摔伤的孩子。

高阳奋力推开杀伐者沉重的尸体,跌跌撞撞地来到王子凯身边。

杀伐者的两只断臂像两颗巨大的铁钉,把王子凯钉在夯土墙上,他兽化的身体慢慢复原成人类形态,双眼布满血丝。此刻的王子凯看上去瘦小脆弱,双手捂住腹部,那里已经一片殷红。

"兄弟,不对劲啊……"王子凯声音越来越虚弱,"我怎么感觉……我要死了啊？"

"不！你不会有事！"高阳手足无措，想要拔出那两只断臂，又怕这会加速王子凯的失血。

"玩脱了啊……"王子凯咧开嘴傻笑，有那么点孩子气，"太差劲了，拿着天选的剧本……都能搞砸……"

"别说了，你不会死，你不会死……"高阳的手在抖，朝胖俊大喊，"别哭了！救人啊！"

胖俊回过神来，用手臂擦了一把脸，跑过来，跪在地上，仔细观察了一下王子凯的伤口。

"阳哥！这两只断臂……得拔出来！"

"他已经失血过多！"高阳说。

"我知道，但是不拔出来，我没法帮他愈合！只能赌一把了！"胖俊咬着牙，"阳哥，做个决断吧！"

王子凯歪着头，脸色苍白如纸，已经失去意识。

"拔！"高阳咬着牙道。

黄警官也凑过来："高阳，你压住王子凯，我跟胖俊把断臂拔出来……"

三人准备好，一起喊："三，二，一！"

"扑哧"，两只断臂同时拔出。

"堵上！快堵上！"高阳大喊。

胖俊立刻伸出双手，按住王子凯腰部的两个血窟窿："治疗！"

胖俊肥厚的手掌上浮现绿色荧光，荧光时强时弱，鲜血透过胖俊短粗的手指，源源不断地溢出来。

"怎么回事？"高阳心急如焚，"集中精神啊！"

"我在弄……我在弄了！"胖俊也急了，他闭上眼睛，"治疗！治疗！"

王子凯的脸色由苍白变为死灰。他腹部涌出的鲜血变少了，但并非因为伤口愈合，而是体内的血液变少了。

王子凯的胸膛几乎不再起伏，高阳没有勇气伸手去探他的呼吸。

"对不起……"胖俊的胖脸拧成一个发酵的包子，又哭了出来，"我尽力了，我真的尽力了……"

"继续！"高阳大吼，"不要停！他还有救！"

黄警官上前，把手轻轻放在高阳的肩上："高阳，别这样……"

高阳甩开黄警官的手。他知道黄警官要说什么，但不想听。

黄警官还是说了，声音疲惫而沉重："他死了。"

眼前的人不是人类，也不是你的朋友王子凯。王子凯其实根本不存在的。他只是一只痴兽扮演的，一个变异的迷失者而已，死了就死了吧，没必要伤心难过。

高阳这样告诉自己，但没用，胸口堵得厉害，几乎呼吸不上来。

一时间，各种回忆涌上心头：开学第一天，在校门口差点被王子凯家的跑车撞上；军训第三天中暑，晕倒后被王子凯背去保健室；第一次被王子凯拉着打游戏结果连输一宿；第一次和他吃饭，王子凯哭着说自己其实一点儿也不希望父母离婚……

高阳颓丧地坐在王子凯身边，一时间失了魂。

青灵拿着刀，捂着流血不止的手臂走进屋。

胖俊犹豫两秒，还是从王子凯身旁站起来，走向青灵，将双手放到她的手臂伤口上："治疗！"

青灵看了一眼王子凯，皱起眉："他死了？"

黄警官点点头："没心跳了。"

说着他又环顾一圈地上横七竖八的兽的尸体："没想到最后真成了'屠村'，要不是王子凯，我们四个恐怕已经死了。"

"有遗漏吗？"胖俊不安地问道。

"我刚数过，屋外三十一个，屋里二十二个人，一共五十三人。"

"没漏！那我们是不是可以离开这鬼地方了！"胖俊急不可耐，"他们都死了啊，已经没有敌人了啊！"

胖俊话音刚落，高阳胸口狠狠一紧。

他捂住胸口："不对劲……"

"哪儿不对劲？"黄警官警觉起来。

"感觉不对劲……"高阳没法解释，或许是因为他精神感知力高，能察觉到隐藏敌人的存在。

"还没完。"高阳声音透出一丝绝望，"有什么东西还在我们身边，他很强、很兴奋、很危险……"

"阳哥，你你你……别开这种玩笑啊，一点儿都不好笑！"死里逃生的胖俊真的遭不住了，四下看去，"还有什么东西啊，在哪里啊，我没看到啊！"

高阳闭上双眼，进入系统。

> 警告！你正面临极度危险的处境。
>
> 幸运点收益增幅至1000倍。

1000倍？

高阳不知道这是什么概念，只知道，以他们四人此刻的状态，必死无疑！

他睁开双眼，大喊一声："跑！快跑！"

四人没有犹豫，冲出屋子，连王子凯的尸体都顾不上了。

刚跑出院子里，冲在前头的青灵蓦然停下。她没有转身，朝身后的三人扬起手："退后！别靠近我！"

三人不明所以，停下脚步，屏住呼吸。

高阳是第一个发现的。他目瞪圆睁，发现了青灵的不对劲……准确说，是她的黑色长发不太对劲，其中有几缕黑发，无视地心引力，慢慢悬浮起来。

高阳反应过来——那几捋黑发不是青灵的！

"嘶嘶嘶"——

那几缕黑色长发朝着青灵细长的脖子收紧，想要勒住她。青灵手指弯曲，藏在前胸口袋的刀片快速飞出。

"咻咻咻"，刀片割断了那几缕黑发，青灵急速下蹲，一个跳跃翻滚回到三人身边。

被割碎的几缕黑发没有再追上来，它们在半空漂浮了几秒，慢慢散开，像是细长的浮游生物，慢慢往上空游去。

四人一齐抬头，只觉毛骨悚然。

一个人类形状的头骨从天而降，头骨上的黑色长发漆黑茂密。

"你们快看脚下！"胖俊喊起来。

高阳低头一看，只见脚下那些尸首的头发全部自动脱落，集结为一缕一缕，犹如细密的黑蛇在地上游走。很快，它们无视地心引力，游向天空，仿佛成千上万迷路的蝌蚪，纷纷回归母亲的怀抱。

不一会儿，怪物变成完全形态。

高阳不知该如何形容它，一个诡异的人类头骨，后面嫁接着数以亿计的黑色发丝，月光之下，就像一团悬浮在海洋深处的巨型海草怪。

它慢慢下降，头发朝着四面八方散开，一时遮住天幕，无尽的黑暗朝着四人压迫过来。

"这不就是……"胖俊总算想起来了，"那晚攻击我们的头发怪吗！"

"没错。"

高阳的心凉了大半，老实说就算是在正常状态，他们五个人也未必对付得了这玩意儿，更何况是损兵折将、弹尽粮绝的局面。

他看向黄警官："十二生肖组织，知道这情况吗？"

黄警官面色沉重："只怕正是知道，才叫我们来的。"

"这不是考核，这是让我们送死。"高阳声音里透着一丝不甘。

"我们被利用了，"青灵冷冷道，"我们就是炮灰。"

"对不起，是我害了大家。吴大海不像坏人，我还以为我看人的眼光不会错……"黄警官很愧疚。

高阳摇头："不怪你，想加入组织也是我们自己选的路。"

"别说这些了！想想办法啊！我还不想死……"胖俊焦急地喊起来。

"青灵，还砍得动吗？"高阳问。

青灵沉默。她身上至少有三处骨折，右手臂上的肌肉也严重撕裂，根本使不出力气。虽然她还勉强握着唐刀，那不过是虚张声势。

当然，她还可以使用"金属"天赋，然而2级的"金属"天赋，用来操控暗器偷袭一个人形状态下的兽还比较管用，可用来对付这种级别的兽，根本无从下手。

高阳自然也想到了这层，青灵的沉默说明了一切。

逃，不可能。

战，必死。

全部理智都在告诉高阳：这是死局。

没什么比等死更煎熬的事，然而这份煎熬并没有持续多久，黑发像一朵倒扣在天空之上的黑色食人花，朝着院子中的四人包围过来。

"大家小心！"

高阳大喊，但只是徒劳。

胖俊是第一个被黑色发丝缠住的。他彻底放弃了抵抗，闭上双眼痛苦抽泣着。

黄警官是第二个被抓住的。他试着反抗，但也仅仅多挣扎了两秒就被捆成了一个结实的"粽子"。

高阳跟黄警官的情况差不多，临时加的十几点敏捷并没能帮他躲开黑色发丝的束缚。

青灵坚持得最久。她使用"金属"天赋，同时操控匕首、刀片和唐刀，在自己周身快速旋转，无数发丝被切断，但还是有头发钻进她的防御圈，也不过六七秒的工夫，青灵就被黑发捆得死死的。

在黑发的作用下，高阳的双脚缓缓脱离地面，他跟三名同伴一起悬浮起来。

青灵最后被抓住，却似乎是头发怪最渴望的猎物。她被迫以最快的速度朝着头发怪靠近，转眼就以倒挂的姿态悬浮在那只头骨的面前。

缠绕在她身上的黑色发丝像冰冷的细蛇一样缓慢蠕动着，钻进青灵那一头瀑布般的黑发中，似乎想与之融为一体。

这时，那只头骨突然张口说话，那是一个空洞、凄冷而扭曲的女人的声音："头发，头发，好美的头发……"

青灵看着眼前的头骨，毫无惧意。

忽然，她张开嘴巴，藏在舌头上的小刀片飞出，劈向头骨的眉心。

"金属！"青灵大喊一声，把所有的控制力都集中在刀片上。

没用，刀片太薄太脆，被强大的意念压弯，也仅仅在头骨的眉心留下一道细小的刮痕。

但这招偷袭却惹怒了头发怪。

上百缕头发纠缠在一起，瞬间凝结成一根坚硬的黑色巨针，犹如一根蝎子尾巴，弯曲着，由下而上刺穿了青灵的胸膛。

"青灵！"高阳大喊。

倒挂在半空的青灵胸口被刺穿，甚至没有发出痛苦的叫声。

黑色巨针从她的体内拔出。

头发怪享受着青灵的头发被鲜血染红的过程，既陶醉又哀伤地重复着："头发，好美的头发……都是我的……都是我的……"

"啊！"当第一滴鲜血从青灵的发尾滴落时，头发怪浑身战栗，它的黑发迅速张开，朝青灵聚拢，迅速将她缠绕、吞噬。

这一切，其余三人只能眼睁睁地看着，什么都做不了。

不能就这样看着青灵死去！他必须救她！必须做点什么！

高阳闭上双眼。

　　进入系统。

　　警告！你正处于极度……

幸运点。

　　你目前已积累70……71点幸运点。

领悟天赋，跳过确认询问。

　　领悟中……

　　领悟中……

　　领悟中……

　　领悟成功。

　　天赋：火焰。

　　序列号：26。

　　符文种类：元素。

　　1级火焰：可通过双手召唤火元素，最高温度280摄氏度，烧伤范围直径1米。

　　1级火焰永久属性加成：体力+20，耐力+20，精神+50，魅力+10

精神是否能影响元素伤害？

　　每10点精神可提高元素伤害1%的加成。

剩下的幸运点全加精神。

　　加点完成。

　　属性值更新。

　　体力：47。

　　耐力：48。

　　力量：17。

　　敏捷：39。

　　精神：199。

　　魅力：57。

　　运气：132。

　　退出系统。

高阳睁开双眼，心念一动，十指之间涌现出一股奇异而灼热的能量。他反手一把抓住密密麻麻的黑色发丝。

　　"火焰！"

　　"噌"，高阳的双手燃烧起来，黑色发丝沿着手掌一直烧到高阳的小手臂，发丝纷纷断裂，发出踩碎虫壳的那种轻微爆裂声。

　　余下的发丝瞬间脱落，争先恐后地逃离高阳的身体，就像是能感受到痛苦和恐惧的生命体。

摆脱发丝的桎梏后，倒挂在半空的高阳开始下坠。他反应迅速，一手抓住自己后下方的黄警官，一手放在黄警官的胸口："火焰！"

黄警官的胸口顿时燃烧起来。

高阳控制着火焰的温度和范围，黄警官身上的黑色发丝感受到危险，纷纷撤离。在黄警官坠落的瞬间，高阳踩着他的胸口，用力一蹬，跳向三米外的胖俊。

空中弹跳的难度极大，尽管高阳增加了一些敏捷值，依然没法像杂技演员那样动作纯熟。

两人之间差了点距离，高阳很勉强才伸手抓住了胖俊的大腿，突如其来的"袭击"惊得胖俊哇哇大叫："啊啊啊别杀我……"

胖俊睁开双眼，发现自己没死，是高阳正抱着自己的大腿。

"高阳？！你……"

"忍着点。"

高阳扬起手臂，"啪"一下拍在胖俊肥硕的屁股上："火焰。"

胖俊的屁股烧了起来。

"嘶嘶嘶"——黑色发丝顿时逃离火焰，纷纷抽离。

> 恭喜！
>
> 火焰：升级
>
> 2级火焰：可通过双手召唤火元素，最高温度580摄氏度，烧伤范围直径3米。
>
> 2级火焰永久属性加成：精神+100，耐火抗性+60，魅力+10。

脑内系统声响起的同时，高阳感到一股能量涌入身体。

胖俊身型肥胖，身上缠绕的黑色发丝很多，没法在瞬间抽回。高阳收回火焰，找准时机，伸手抓住一把想要抽离的黑色发丝，返回的黑色发丝像一根线，拉着高阳这个"风筝"飞向了头发怪的本体——头骨。

头发怪正打算慢慢蚕食掉青灵，却被高阳的突然袭击打断。它暂停进食，转而对付高阳。

它先是自断被高阳拽住的那一把发丝，但来不及了，高阳已经呈抛物线飞向头发怪，并处在头发怪的头顶上方。

三根由发丝组成的黑色巨针立刻成型，从正面、左边和右边三个方向刺向半空的高阳。高阳张开双臂，对准左右两根黑色巨针："火焰！"

"轰"——"轰"——高阳的手掌先后冲出两道火焰，吞没了黑色巨针。

来不及对付正前方刺来的黑色巨针了，高阳扭动身体，只奢望能避开要害。

"唰"——千钧一发之际，一把唐刀飞过来，斩断了来势汹汹的黑色巨针。

是青灵的"金属"天赋！还被头发束缚且倒挂在半空的她正半睁着眼睛，注视着高阳。

她奄奄一息，却依然没有放弃！

高阳胸腔涌上一股热血。他张开双手，任由身体朝着头发怪下坠。

三米！

两米！

一米！达到攻击范围。

"火焰！"高阳大吼一声，把体内所有的能量倾注于两个手掌心。

"轰"——两道火焰冲出、交汇，融为一体，顷刻间将头发怪吞没。

"啊啊啊——"头发怪发出凄惨的声音，但是还不够，一秒的火焰不足以烧掉它所有的头发，更不足以毁灭那个坚硬的头骨。

但高阳已无能为力，地心引力拉着他急速下坠，眼看他手心喷出的火焰就要离开目标了。

忽然，他脚底一稳，有什么东西托住了他。

他低头一看，竟然是那把悬空的唐刀！

唐刀用力往上一抬，高阳又往上跃起半米。

这次，青灵已经榨干体内所有的力量。她合上双眼，双臂垂落。

事实上，在被黑色巨针刺穿胸口后，青灵的"金属"天赋突然升到3级，也正是靠着那一剂强心针，她才勉强撑到现在。

3级金属：感知金属的极限距离50米，控制金属的极限距离10米，

控制金属的极限重量60公斤。

"火焰！"再度跃起的高阳不敢错过这最后的机会，恨不能在一瞬间将体内所有能量倾泻。

可这次进攻短暂的间歇，已经给头发怪克服痛苦做出反应的机会，头骨迅速后移动，逃离了高阳的火焰攻击范围。

高阳只能眼睁睁看着，再也无力回天。

与此同时，一根黑色巨针向高阳的背后刺过来。

"噗"，粗粝、锋利的发丝刺穿了高阳的后腰，将原本要坠落的他举在半空。

他最先感觉到的不是痛楚，而是一股诡异的冰凉感在腰部弥漫，接着，才是直冲天灵盖的巨大痛感，最后才回归到腰部的伤口上。

"啊啊啊……"

恍惚间，他脑子竟然冒出一个想法：青灵是怎么做到的啊，胸口被刺穿时竟然一声不吭，她不痛吗？现在的我如果被放任不管，一定会在地上一边打滚一边惨叫。

上千根头发缠绕组成的黑色巨针从高阳身体中拔出来，高阳再次被强烈的痛楚冲了一遍天灵盖。终于，他没力气再叫了，只剩下沉闷的眩晕感。

他的身体开始下坠。

几秒后，他并没有落地，一股力量轻轻托住他。这力量来自两个地方，一个是自己的腋下，一个则是自己右脚的后脚跟。

高阳艰难地睁开眼睛，发现自己还在半空中。他身旁正站着一个男性，戴着一个凶神恶煞的红色天狗面具。

对方一手扶住高阳的胳膊，一只脚的脚背抵住高阳的后脚跟，轻松地扶稳了他。

"你是……"

"十二生肖，天狗。"对方是少年音，听上去懒洋洋的，无精打采，跟那张凶恶的面具形成极大反差。

高阳这才注意到，他身穿一身黑色道服，手臂上缠着白色绷带，脑袋后面扎着一个朝天的短马尾，有那么一点儿忍者的味道。

"你们……"

"剩下的交给我。"叫天狗的男人不再多说，一只手懒洋洋地抬起，对准半空的头发怪，"切割。"

高阳只觉得空气凝固了一秒，更准确说，是眼前的空气发生细微、隐秘的错位。

下一秒，缠住青灵的头发齐齐断裂。

"接住她。"天狗挟着高阳，一动不动地飞向青灵，高阳立刻会意，强忍着疼痛，伸手一把捞住青灵。

"啊……"腰部的剧痛让他忍不住叫出声。

名叫天狗的少年继续伸出右手对准头发怪。

"切割。"

空间凝固和破碎的感觉又出现了，头发怪整个被从中间竖劈开。不过，作为本体的头骨察觉到危险，迅速左移，它被劈掉一大半头发，却没有被伤到。

"再切。"

隐形的空间再次发生切割，这次是横切。

头骨急速移动，因此又失去了四分之一的发丝，但本体依然幸免。

"再切。

"切。

"切。"

…………

短短十秒，天狗便化身为理发师，疯狂地帮头骨理发，但每次都差了一点儿，始终没能切到头骨本身。

头骨十分狡猾，不再恋战，开始往高处飞。

天狗手里还拖着两个伤残人士，已经追不上。他低头朝地面喊了一嗓子："兔子，它要跑了。"

高阳低头一看，竟然是上次见面的白兔。

这次她没穿制服，脸上的白兔面具被白色口罩取代，口罩上面画着一个可爱的粉色兔子嘴巴。

她头戴一顶棒球帽，黑白色棒球外套敞开，里面是一件露腰的红色短背心，下身一条浅色牛仔热裤，露出一双肌肉线条流畅的长腿，脚上穿一双白色运动鞋，单手拿着一根黑金属质感的棒球棍，俨然一个时髦的棒球少女。

她这会刚将黄警官和胖俊扶到地面坐好，抬头朝着上空的天狗大喊："你个废物！回头赔我新鞋！"

"知道了，快点，真要跑了。"天狗的声音还是懒洋洋的，完全看不出着急。

白兔迅速蹲下，双手撑住地面。

"跳跃！"只见她双腿一蹬，瞬间跃起。

黄警官只觉得一阵气流从白兔四周震荡开来，吹得他睁不开双眼，再睁眼时，白兔人不见了，前院的水泥地面上只留下两个深深的脚印和一片龟裂的地表。

百来米的高度，白兔不到两秒就蹿了上去。

她跳起的高度掌握得刚好，算上头骨继续往上逃的距离，正好与她跳到最高距离的临界点齐平。

"哈喽！"她还不紧不慢地跟头骨打了个招呼，然后高举棒球棍，使出一记完美的当头棒喝，"全垒——打！"

由于挥棒力气过大，白兔因为后坐力，又往上飞高了两米。

头骨遭受重重一击，犹如一颗流星飞速下坠，在古家村干涸的池塘中央砸出一个大泥坑。

不一会儿，头骨缓缓浮出泥坑，它的头盖骨已经出现裂痕，下巴也严重脱臼，但它还没死，仍想要逃。

吴大海已经站在池塘边，还是一身皮衣、皮裤造型。他双手一抬，潇洒地捋了一下自己的扫把头，歪嘴一笑，自信地露出一口白牙。

"十二生肖·电鼠大人·终极奥义——"他一跃两米高，朝着泥坑中央的白色头骨一拳砸过去，"超级雷光拳！"

事实上，吴大海的拳头上并没发出任何雷电，雷电是从天而降的。

从高阳的肉眼看去，整个池塘四周的空间骤然暗淡了半秒，霎时间整片池塘都被细小的雷电火花包围。它们"噼里啪啦"地朝着泥坑中央蔓延，直逼头骨而去，紧接着，几道电线杆那么粗的蓝白色闪电劈向了头骨。

"乓乓乓乓"——

一时间，夜空亮如白昼。

高阳回过神时，天狗已经缓缓降落到地面。

他再也支撑不住，浑身一软，抱着青灵一块儿倒下。

意识迷离之际，他隐约听到吴大海激动的声音由远及近："解决了！它身上果然有符文回路！"

"吴大海，我拜托你下次出手干脆点，搞一大堆花里胡哨的动作，看得我头疼。"耳边传来白兔嫌弃的吐槽声。

"你懂什么，这叫仪式感！"

"这是病，得治。"

"喂，这边有人要死了。"天狗的声音。

"让我看看，哇……好惨！"一个奶声奶气的小女孩说话了。

"大伙儿，屋里头还有一个。"一个鼻音很重的男人声音。

"那是只痴兽，不用管。"吴大海说。

"不是兽……是我朋友……救……他……"高阳还想说什么,但眼皮实在太沉,意识蓦然中断。

高阳醒来时,只觉得口渴,身上再没有任何疼痛。

他很惊奇:自己的后腰不是被捅了吗?怎么一点儿都不痛,只留下一丝细痒感,其程度轻微得像是被蚊虫叮咬过。

"不要动,马上就好啦。"那个奶声奶气的娃娃音又出现了。

高阳的视线渐渐清晰,他吃力地坐起,眼前是一个七八岁的小姑娘,扎着可爱的双丸子头,穿着改良过的白色对襟衫和齐胸襦裙,淡粉色的裙子上桃花朵朵。

她跪在高阳身旁,一双胖乎乎的小手捧着高阳的大手,婴儿肥的脸上红扑扑的,一双大眼睛清澈纯真。

"你是……"

"十二生肖,萌羊,大家都叫我萌小羊。"

"是你治好了我?"高阳语气透着感激。

"没有哟,我只是把大哥哥的伤变成了自己的伤。"

"什么?"高阳吃了一惊。

"天赋'伤害转移',序列号24,符文种类'生命'。"白兔走过来,在高阳面前蹲下,伸手揉揉萌羊的小脑袋,"差不多行了,快去找死猪叔。"

"不行,我要把大哥哥身上的伤全转走。"萌羊一脸骄傲。

"平时也没见你这么上心啊,怎么,喜欢人家?"白兔坏笑起来,"小小年纪,看到好看的小哥哥就喜欢是吧?"

"没有!才不是!"萌羊松开高阳的手,跑走了。

高阳很快注意到白兔的双脚,因为刚才那一次跳跃,她白球鞋的鞋底已经穿洞,露出两只脚,右脚大拇指上的黑色指甲油才涂了一半。

"看哪儿呢,没礼貌!"白兔语调轻松,倒也没生气。

高阳赶紧挪开眼睛。

白兔干脆盘腿坐下,脱掉脚上的烂球鞋,从棒球衣口袋拿出一瓶黑色指甲油,大大方方地涂起了脚指甲:"出门太急,没涂完,不介意吧?"

"不介意。"

"有什么问题就问我吧,我负责解答。"

"青灵……没事吧?"

"放心,第一个救的,差点死了,不过我们特意带来萌小羊和死猪,所以问题不大。"白兔涂指甲油时很专注,声音慢悠悠的。

"萌羊的伤害转移,是什么天赋?"高阳问。

"就字面意思,她可以把别人的伤害转移到自己体内,不过必须在目标受伤的半小时内。"白兔略一停顿,"我们也没精确计算过,大致来说,她目前一次性可以吸收的伤害量,足够你死个十次吧。"

"……"高阳可没想死那么多次。

"不过萌小羊是无法消化伤害的，短时间内必须全部转移出去。"白兔涂完大拇指，抱着脚丫轻轻吹气，"转移方式跟吸收方式一样，触碰到对方身体就行。伤害之间是有物种隔离的，吸收人类的伤害只能转移给人类，动物对动物，植物对植物，兽对兽。"

高阳有些担心："那她岂不是……"

"没事，下面就要介绍我们组织的另一位大佬——死猪叔。"白兔歪过头，指指不远处戴着猪头头套的男人。

该男人目测有三百斤，打着赤膊，盘腿坐在地上，就像一座肉山。不过他身上的肉并不是胖俊那种松垮垮的脂肪层，而是紧实黝黑的肌肉，看上去并不油腻，反而给人可靠的安全感。

"死猪叔，我要开始啦。"萌小羊站在死猪面前，伸出可爱的小手。

"呵呵，来吧。"死猪的讲话声从鼻腔发出，浑厚悠长，犹如山谷中的回音。

萌小羊将双手放在死猪的肚皮上，不一会，死猪后腰的皮肉裂开，出现了一个血窟窿，正是之前高阳被刺伤的位置。

尽管那个血窟窿触目惊心，却没有鲜血喷涌，只是稍微流了一些血。

高阳定睛一看，死猪身上的血窟窿正在以肉眼可见的速度愈合，不到一分钟，伤口就消失不见。

更夸张的是，死猪全程没有反应。他竟然睡着了，还打起了呼噜。

"好啦。"萌小羊收回手，在自己的小裙子上拍拍，蹦蹦跳跳地跑回来，张开双臂从身后一把抱住白兔，"嘻嘻。"

"别闹！"白兔还在专心涂脚指甲油，没空搭理她，"不知道你在开心个什么劲。"

萌小羊朝白兔做鬼脸，抬头时又借机看了一眼高阳，然后掉头跑开，奔向不远处的天狗。

"十二生肖，死猪，天赋'自愈'，序列号 47，符文种类'生命'。"白兔继续讲解，"如你所见，他身体的自我治愈能力超强，普通人想拿刀砍死他，估计自己会先累死。他之所以叫死猪，就是因为'死猪不怕开水烫'。"

"这么……强吗？"高阳顿时觉得自己是只井底之蛙。

"因为萌小羊跟死猪叔都已经达到 4 级天赋。"白兔撅嘴嘴，"虽然跟 3 级天赋只差 1 级，但强得可不是一星半点。"

"啊！"高阳差点把一个人给忘了，"王子凯呢？他还活着吗？"

"哦，那只迷失兽啊，没救。"白兔说。

"为什么！"高阳一激动，气血上涌，头又眩晕起来。

"张嘴。"白兔说。

"你们不是……"

白兔飞快地伸手，把什么东西塞进高阳嘴里，是橘子味的水果软糖。

高阳没动嘴。

"吃点东西，补充糖分，放心，我这只手没碰脚。"白兔说。

高阳总算把糖吃下去，胸口又堵了起来："你们不是说不杀迷失兽吗？"

"不杀，但也没说要救啊。"

"……"

"好啦，逗你玩的。"白兔又往高阳嘴里塞了一颗糖，这次是苹果味的。

"他没死？！"高阳大喜。

白兔眨眨棕色的杏仁眼，隔着口罩说："不救王子凯，是因为他根本不需要救。"

"你这个迷失者朋友嘛，比较特殊，除非砍下他的脑袋或者挖出他的心脏，他才会死。失血过多对他不是威胁，心脏停跳也用不着担心，那是他的身体启动了自我修复机制。"

"这不是跟死猪的天赋一样？"高阳暗暗吃惊：王子凯这小子还真是"天赋异禀"啊。

"那还是差远了，不过自救足够了。"

说话间，王子凯捂住基本恢复的腰伤，在胖俊的搀扶下，一瘸一拐地走出屋子。

大家聚在院子里嘻嘻哈哈地聊了一会儿。

"我们能加入组织了？"一直沉默的黄警官终于开口了。他还坐在地上，手里拿着一瓶喝掉一半的葡萄糖。

"对。高阳、青灵、黄琦，"白兔正式宣布，"恭喜你们三个，通过测试，加入组织。"

"啊！"黄警官长吁一声，张开双手躺倒在地，也顾不上身边是一堆兽的尸体，"成年人的生活……太难了！"

呼，虽然是死里逃生，但总算是惊险过关了。高阳也长舒一口气，拧开一瓶矿泉水，喝下一大口。

这时，躺在地上昏睡的青灵微微眨眼。她脸上的血渍不知被谁擦去，白净如初。

两秒后，她猛地睁开双眼。

高阳一眼就认出来，她现在不是青灵，而是青翎。

青翎满脸惊惧，浑身战栗，呼吸急促。她看到一旁的高阳犹如看到救命稻草，直扑过去，双手死抠住高阳的衣服，无声地哭泣。

"没事了，没事了……安全了。"

高阳也不知如何安慰，只能轻拍她的肩。作为一个普通的人类女孩，经历了这一切，能做到这样已经很不容易。

"哎，不是……"吴大海一脸不爽地看向天狗，"刚刚明明是我帅气出场解决了那个头发怪，她怎么跑去找这个废物啊！天狗，我不是说了一定要让她见识到我帅气的一面吗，你答应要帮我的，怎么办事的啊！"

"她那会已经没意识了。"天狗耸耸肩。

"幸亏人家没看到。"白兔补刀。

说话间，青翎已经调整完情绪，高阳被她无情地推开。她仓皇地抹了一把通红的双眼，冷冷地说道："等下，我叫姐出来。"

眨眼工夫，青灵"回来"了。

对于眼前的场面她完全不感到惊讶，就像从未离开过。她一把抢过高阳手中的矿泉水，仰起头一口喝完。

接着，她扭头看向天狗，目光咄咄逼人："把刀还我。"

天狗手中正拿着青灵的唐刀，语气透着淡淡的羡慕："这刀真不错，不沾血，还收放自如，一看就注入过符文回路的力量。"

天狗把刀扔还给青灵："谁给你的？"

青灵接过刀，指尖轻轻一抹，就将它折叠进自己的手心，藏起来了。

她回答天狗："一个朋友。"

"你那朋友……"

"死了。"

"哦。"天狗识趣，不再追问，打了个哈欠，似乎有点困了，"完事了，先走啦。白兔、电鼠你俩善后呗。"

"没问题。"吴大海说。

"萌小羊，走了。"

萌羊看一眼高阳，又看一眼天狗，似乎陷入痛苦的抉择中，最后她还是跑向了天狗，天狗一把将她抱起，放在自己肩上。

"高阳哥哥，再见。"萌羊朝高阳挥挥手。

"再见。"高阳抬手回应。他突然想起了妹妹高欣欣，小时候的妹妹也这么乖巧可爱，可如今……不提也罢。

天狗无视地心引力，身体一动不动，慢慢升空。死猪这时从瞌睡中醒来，娴熟地伸出手，一把抓住天狗放下来的一根白色缠带，跟着一起飘向天空。看得出，天狗的负荷是有极限的，当死猪加入升空的队伍，他的升空速度立刻慢下来。

"厉害啊，一个比一个牛。"胖俊知道自己是小角色，之前一直不敢吭声。此刻气氛融洽了不少，他忍不住对大佬们拍马屁。

"拍马屁也没用，转正的只有他们三个人，你跟王子凯还在实习期。"白兔说。

"没事，能加入贵公司，实习生也光荣啊！"胖俊笑容谄媚，虽然刚经历完九死一生，但总归是找到了靠山，以后再也不用担惊受怕。

"天狗是双天赋，天赋'飞行'，序列号是29；天赋'空间切割'，序列号是14。两个天赋的符文种类都是'时空'。"

白兔继续充当解说员："目前他的天赋都才3级，不过也很厉害了，组织内部成员，彼此的天赋信息都是公开的，不急，以后慢慢跟你们说吧。"

"白兔是吧？"王子凯喊话了。

"怎么？"白兔回头。

"你看看我的天赋序列号是多少？"王子凯眼神兴奋，"进前三没问题吧。"

高阳已经跟白兔打过招呼，白兔微微一笑，杏仁眼弯成两个月牙："你的天赋是'天命'，序列号 0，史上最强，没有之一。"

"真的？！"王子凯欣喜若狂，知道自己强，没想到自己这么强。

"当然，天赋能力高深莫测、千变万化，我也不清楚。"白兔笑笑，"总之你以后多摸索吧，肯定是毁天灭地级别的。"

高阳简直要给白兔鼓掌了，厉害啊，张口就来。

"好啦好啦！"白兔拍拍手，示意大家看过来，"这次的古家村行动你们肯定还有许多疑惑，回头再跟你们说，先离开这儿吧。"

"我们也飞出去？"高阳问。

"不用，"白兔转身，"我们走另一个出口。"

第五章

新起点

　　白兔跟吴大海领路，带高阳一行人来到古家村的坡头。

　　祠堂外的坪地上，办丧事的屋棚已经拆去，只剩下一些花炮碎屑和花圈。一行人推开祠堂门，来到院中的古井前。

　　"应该就是这儿了。"白兔并不十分确定，拉下口罩，朝电鼠伸出手，"把符文回路给我。"

　　白兔说话间，胖俊赶紧凑过来，偷瞄了她一眼，顿时脸红了——果然是个可爱少女，还有小虎牙，是他喜欢的类型。如果她能穿得不要那么时尚，再甜美一点儿就完美了。

　　胖俊正想入非非，电鼠从口袋掏出一个圆形的物品，粉饼大小，很薄，目测厚度一厘米。

　　众人不自觉地被这个精致的物品吸引。它由银白色的金属制成，上面刻满类似集成线路一样的细小凹槽，不断有闪烁的流光在凹槽中流转。路线中间镶有一个眼睛图腾，散发着一种既古老神秘又饱含高端科技的质感，仿佛来自某种魔法与科技并存的远古文明。

　　"这是什么？"高阳的求知欲上来了。

　　"我们管它叫符文回路。"白兔拿着它，"这东西非常稀少，用处可大了，今天多亏你们五个，我们才能拿到它。"

　　"哼哼，加上这块，我们组织就拿到两块符文回路了。"吴大海十分自豪。

　　"它有什么用？"高阳继续问。

　　"一会儿细说，先出去。"白兔手拿符文回路，伸到井口处的上空。只听到空气中传来"嗡"的一声，一束光从井底照射出来。

　　一切在意料之中，白兔收回手中的符文回路，笑了："没错，跟之前那个地下领域一样。"

　　白兔回头："一个一个来，不着急，电鼠你先上，我垫后。"

"没问题。"吴大海摆出一个帅气动作,跃向井口。他竟然没有掉入井口内,而是无视地心引力,悬浮在井口射出来的那一抹橙黄色的光中。

大约停顿了两秒,只听"嗖"的一声,吴大海就随着那束光的轨迹冲上天空,转眼消失不见。

高阳明白过来,这是一个高科技"升降通道"。

"下一个。"白兔说。

"我来!"王子凯跃跃欲试,跳到光束当中,迅速"升天"了。

接着是黄警官、胖俊、青灵、高阳。

高阳跳入光束中,顿时感觉到失重。接着,一股强大却轻柔的磁力,裹挟着他飞快上升,眼前是高频流动的粒子能量,整个过程中他有一些恍惚。很快,他上升天空的边界,接着又穿过一个冗长的地下隧道,只觉眼前一亮。

回过神,高阳回到古家村的祠堂前院。如果不是脚下的那口坍塌的古井,他简直怀疑自己没有动过。

高阳从那一束光芒中自动脱离,不一会儿,白兔也顺着那道光芒出来。她再次用符文操作一下,光束消失,通道封闭。

"欢迎回来。"白兔微笑。

"我们之前一直在地下?"黄警官问。

"嗯,你可以理解是在地底一千米的一个密闭空间,不过远没那么简单,回头再细说。"白兔重新戴上口罩,"你们几个,饿不饿啊?"

五个人先是面面相觑,随后异口同声。

"饿!"

"好的!吃烤肉!公费报销!"白兔开心地大手一挥,忽然想起什么,低头看了一眼自己的光脚,"我还要买双鞋!"

七人离开古家村,这次果然顺利穿过那片小树林,再也没有奇怪的"结界"阻拦他们。

乡村小道的路边,黄警官的警车果然还停在那里。

警车旁边还有一辆橙色跑车,车身修长低矮,车尾平台偏长,车身线条完美符合空气动力学,时髦前卫。

王子凯兴奋地冲过去:"哎哟,我一直想要一台,我爸嫌太贵不肯给我买!"

"哟,兄弟挺懂的嘛。"吴大海走上前,漫不经心地掏出车钥匙,"滴"的一声,车门像一双机械翅膀,缓缓张开。

一时间,大家都惊呆了。

谁能想到,这个平平无奇的吴大海竟然是富家子?!

吴大海朝青灵眨了下眼:"青灵,要不要坐我的车啊?"

青灵看都懒得看他,俯身钻进警车的后车位,高阳愣了一下,跟着上车。

"你叫胖俊是吧,你比较宽,坐副驾驶座。"白兔说着也钻进警车的后车位,把高阳夹在中间。高阳一时间正襟危坐,双手都不知道往哪儿放。

"哇,还是第一次坐警车,感觉有点紧张啊。"白兔心情很好,叽叽喳喳的像个要出去郊游的小女生。

"要不要给你戴副手铐,更有身临其境的感觉。"黄警官开玩笑。

....

警车里传来欢声笑语,反观一旁的跑车却无人问津,除了王子凯。

"哥,我可以坐副驾驶座吗?"王子凯眼睛都直了。

"上车吧。"吴大海长叹一口气,不无羡慕地摇摇头。

警车率先开走。

吴大海发动引擎,王子凯大喊大叫:"九百马力的车就是不一样!百公里加速只要二点八秒,解锁极限时速可达三百八十公里每小时!这引擎声,听着就得劲……"

吴大海一点儿也开心不起来:"你要真喜欢,借你开一年好了。"

"真的吗!"幸福来得太突然,王子凯喜极而泣,"哥,啥也别说了,从今天起你就是我最好的兄弟,高阳只能排第二!"

"行了行了。"吴大海一边开车,一边意兴阑珊地挥手。

深夜,两辆车开向飞扬区一条文化步行街。白兔说,那儿有一家烤肉店的烤肉特别好吃,而且那家店还提供麻辣兔头,味道一绝。

"你不是白兔吗?"高阳吃惊地问。

"所以要吃兔啊。"白兔理直气壮。

"好吧……"高阳竟然觉得有几分道理。

在车上,高阳首先给妈妈回了个电话,解释自己为什么将近四十八小时没回家,而且手机为什么一直不开机,毫无疑问又拿王子凯当了挡箭牌。

妈妈心情不错,高阳的爸爸醒过来,健康状态比想象中要好。也许是因为这样,她没追问太多,只是让高阳早点回家。

高阳挂了电话后,发现身旁的两个女孩都看着自己,不禁有些尴尬。

"你们……不要给家里人打电话吗?"

"有什么好打的。"白兔的语气有些不屑,"反正都是兽。"

高阳问青灵:"你呢?"

"我没家人了。"青灵说。

感觉那会是个很长的故事,高阳识趣没再问。

半小时后,警车停在路口,黄警官拔出车钥匙:"到了。"

几人下车,来到文化步行街。这里的建筑是按照仿古风设计的,木阁楼、红灯笼,像是来到了武侠世界。

街道上人潮拥挤、灯红酒绿,十分的热闹。

几人逆着人流往里面挤,很快来到步行街中段,在一家奶茶店和便利店的中间,有一个一米宽的窄道,漆黑一片。

白兔率先进去,其余人紧跟其后。

白兔领着大家在弄堂里七弯八拐，其间还穿过两次民房，五分钟后，来到了一片新天地。

这是一个足球场大小的圆形广场，中间有一棵枯萎的古树，光秃秃的枝丫上挂满了五颜六色的小灯泡，一闪一闪的，似乎以另一种方式重获新生。

广场四面围着老建筑，都是四五层的楼房，每面房墙上都招牌林立、霓虹闪烁，新和旧，复古和科技，各种时代的装潢元素混搭在一起，颇有点赛博世界的既视感。

"这是你们的基地？"高阳环视一圈，忍不住问。

"这里叫十龙寨，是觉醒者们的公用场所之一。"白兔往前走，"毕竟成群的觉醒者聚集起来，在别的地方很容易引起怀疑，在这儿就不用担心。"

"这儿只有稳定型的迷失者和觉醒者，"吴大海双手插袋，吊儿郎当地补充道，"觉醒者之间可以在这里放心地聊天、交易和谈恋爱。"

"为什么？"高阳问。

"你问题可真多啊，你是好奇宝宝吗？"白兔嫌弃地看他一眼，"简单地说，有个很厉害的觉醒者，在这地方做了些手脚，迷失者之外的兽，是找不到这儿，也进不来的。"

"谁？"青灵问。

"这块地盘的主人。"白兔伸出一根指头，"友情提醒啊，他跟我们不是一个组织的，你们可别在这儿闹事，摊上事了后果自负。"

高阳不再说话，迅速消化了一下目前掌握的信息：

一、这座城市的觉醒者之间已经组成一个小型社会，这股势力足够觉醒者们自保，但暂时不足以抗衡和推翻兽的统治。对此高阳并不意外，按照万分之一的比例，这座城市的人类至少有四百人，假设已经有一半的人类觉醒，数量不容小觑。

二、觉醒者的组织不只"十二生肖"一个。

三、从白兔的语气来判断，组织与组织间井水不犯河水，彼此之间应该是互相合作、互相制衡的关系。这一点，先打个问号。

一行人来到广场西面的一幢破败的筒子楼前，楼道处似乎发生过坍塌，被一些水泥和砖块堵死，旁边有一只挂满小灯泡的大铁笼子，有货物电梯那么大。

白兔用下巴指了指笼子，几个人走进去。

"我不喜欢进笼子，我一般都直接跳。"白兔替几个人把门关上，伸手摸到铁笼上的一根绳子，抓住，拉了三下。

"丁零，丁零，丁零"，笼子上挂的铃铛响了三下。

"哐当"，铁笼慢慢往上走，还真是电梯。

铁笼子升到五楼，内侧的铁门打开，正对着一条长长的筒子楼过道，白兔这会已经跳上来，从笼子顶部翻身下来，挥挥手："走。"

众人跟着白兔走到一个店门口，门外挂着"烤肉"的木招牌，门口没有门，简单地挂着串着流苏门帘。

掀开门帘走进去，里面的房间都被打通了，很宽敞的重工业风，一眼看去至少有二十几张烧烤桌。

白兔走到柜台前，柜台后面坐着一个风情万种的老板娘，浓妆艳抹，一袭红旗袍尽显性感的身段，一头妖精般的闪亮白发温柔地盘起，用一根黑色发钗固定，几缕白发垂在白皙的肩上，婉约而妖娆。

她跷着大长腿，坐在高脚椅上，神色慵懒地抽着水烟。有客人来，她放下精致的紫色水烟袋，微微抬头，用她那妩媚的、水波含情的桃花眼瞄了一眼众人。

高阳和同伴们皆是一怔，心跳立刻被偷走了半拍。这种吸引并非是自然而然的心动和喜欢，而是一种强势、霸道的吸引，降人心智。

"啪"，白兔打了个响指。

几人立刻回过神来。

"老板娘，别打这几个职场新人的主意行吗？我好不容易才招到的。"白兔脸上笑嘻嘻的，话里话外却透着一丝警示。

"小丫头说什么呢，我能打什么主意啊。"老板娘微微一笑，"几位卡座还是包厢？"

"卡座吧，靠窗位置。"

"19座还空着，去吧。"老板娘轻轻敲了一下柜台上的小铃铛，"马上给你们安排上。"

白兔领着大家穿过热闹的烧烤桌，来到店内尽头靠窗的卡座。

所谓的窗其实就是墙壁上的一个大窟窿，玻璃也没有，夜风嗖嗖地灌进来，怎么看都像是用"拆迁球"给砸出来的。

黄警官、王子凯、胖俊坐一排，高阳、青灵、白兔坐对面一排，吴大海坐在中间。

"那个老板娘，"胖俊有点魂不守舍，"是怎么回事啊？"

"是有点奇怪……"黄警官抽着烟。

"哈哈哈哈！"吴大海捧腹大笑。

"不怪你们，老板娘也是觉醒者，天赋'魅惑'，序列号61，符文类型'精神'。"白兔打开菜单说道。

"您好，点菜吗？"一个年轻服务生走过来。

白兔娴熟地报起了菜名："牛肋排大份，猪五花大份，牛油一份，鱿鱼须一份，龙利鱼一份，蛋花一份，玉米、杏鲍菇、金针菇……最后麻辣兔头来一份。啊等等，你们谁还要麻辣兔头？"

大家摇摇头，都不太想尝试。

"给我来一份。"青灵开口了。

"什么都别说了，从今以后我们就是异父异母的亲姐妹！"白兔投去真诚的目光。

点完菜，高阳见差不多了，问："白兔，那个……"

"古家村怎么回事？符文回路怎么回事？"白兔打断高阳，"你忍很久了吧。"

"是啊。"高阳有点不好意思，好像大家都不着急，只有他像个好奇宝宝。

可是真的很在意啊！想多掌握点信息和规则，想在这个可怕的世界活久一点儿没什么错吧？

"再等等嘛，我喜欢边吃边聊。"白兔摘下棒球帽，略微蓬松的短直发垂落在粉白色的脸颊上，明亮的杏仁眼，鼻子挺翘，笑起来露出两颗狡黠的小虎牙，不说话的时候还真是一只"小白兔"。

胖俊一时间看呆了。

白兔察觉到胖俊的注视："看什么看，我又没'魅惑'天赋。"

胖俊局促地低下头。

白兔微微一怔，忽然反应过来："哇！不是吧，你喜欢我这种类型？"

"哎！"吴大海插嘴，"我也喜欢。"

"滚啦，是个女的你都喜欢。"白兔白吴大海一眼，将大大的棒球帽扣到胖俊的头上，"你加油，等你转正了我可以考虑考虑你。"

"真的吗？！"胖俊瞪直了双眼，以为自己听错了。

"当然，"白兔眼神狡黠，"胖胖的挺可爱啊，给人安全感。"

"哥们，千万别信这女人的鬼话！"吴大海提起这件事就气不打一处来，"我当年就是给她这么骗进来的！她是组织里的HR（人力资源管理人员），专门负责招人，她每年都有指标的！"

"哦，这样啊……"胖俊露出意料之中的失落的笑，挠挠头，"也是，我这种人怎么可能……"

"别听他的，"白兔身体前倾，单手托腮，朝胖俊甜甜一笑，"你跟吴大海不一样，我是认真的。"

"好！"胖俊重燃希望，"我一定会加油的！"

高阳暗暗心惊：这女人，好恐怖！

"啊对了，"白兔想到什么，又看其他人，"作为前辈，给你们几个职场新人一个忠告啊。"

"你说。"

"虽然，在这个世界上兽是最可怕的，但只要你们不作死，一般很难遇到特别危险的兽。目前对你们来说，更危险的其实是觉醒者。组织以外的觉醒者，劝你们最好少招惹，比如这家店的老板娘。"

"为什么啊？大家都是同类，不应该团结起来一致对外吗？"胖俊不懂就问。

"理论上是这样，但现实情况完全相反。"白兔耸耸肩，"给你们一个数据吧，十个死亡的觉醒者，三个死在兽手中，七个死在人手中。"

整桌人陷入沉默。

"世上有两样东西不能直视，一是太阳，二是人心。"高阳忽然想起这句话。

白兔盯着高阳的脸，认真地打量道："你跟我们队长……该不会是失散多年的亲兄弟吧？"

"啊？"

"你们总是能讲出差不多的话来。"白兔满意地笑笑,"看来这次招对人了呀。"

说话间,服务员推着小餐车过来,将烤肉一盘盘地放到桌上,接着把饮料和啤酒也端上桌。

白兔拿着烤肉夹给大家烤肉,胖俊很主动地给大家倒酒水。

"在说古家村之前,先说一下符文回路。"白兔用夹子翻滚着烤锅上的牛肋条,"符文回路是所有觉醒者都应该知道的东西。它们有啊呀……快吃,这肉很嫩的,再烤就糊了……"

吴大海啜了一口啤酒:"你专心烤肉,我来讲吧。"

"行。"

吴大海见大家都认真看过来,一时受宠若惊,一改吊儿郎当的样子,专业地解释起来:"符文回路共有十二块,分别是生命、辅助、毒素、强化、守护、召唤、伤害、精神、元素、知识、时空、神迹。补充一下啊,符文回路是觉醒者们替它取的名字,它真正的名字没人知道。

"总之嘛,符文回路这玩意很玄,作用也很多,绝不是属于我们这个时代的产物。对于觉醒者来说,它目前最大的已知作用,就是可以帮我们升级天赋。"

"升级?"青灵的眼睛点亮了。

"听黄警官说,你一直执着于寻找升级方式。"白兔夹起一块烤好的牛肉,放到青灵的碗里,"来,吃肉。"

"先说升级。"青灵很急切。

"天赋初始是1级,升到2级很简单,重复使用几次就行,想升到3级会麻烦点,得运用此技能杀几只兽,运气好杀一只就行,运气不好得杀十只以上。当然这个升级方式只适用于输出类型的天赋,其他天赋的方法又各不一样,这里先不展开。"

青灵点头:"我的'金属'天赋在古家村战斗时,的确升到了3级。"

"大概是你同时运用'金属'和'刀神'天赋,杀了不少兽。"吴大海挑了挑眉,"我们组织是不准随意杀兽的,但古家村那些不算,所以特意把它们留给你们,算是帮你们升级。"

"说得好听,我们差点死了啊!"黄警官提到这事就来气。

"哈哈哈,别怪电鼠,是我的主意,我们算是互相利用吧。"白兔赶紧给黄警官夹肉,"这事待会儿再说哈。"

"天赋这东西,从3级到4级是一个瓶颈,也是质的飞跃。"白兔想了想,"非要打个比喻,就是普通兔头和麻辣兔头的区别。"

你是有多爱吃兔头啊!高阳忍住了,没吐槽。

"什么鬼比喻,"吴大海抢话,"要我说,那就是自行车跟摩托车的区别。"

大家若有所思地点头,这次很好理解了。

"我要升级。"青灵说。

"哎呀,别着急,听我说完。"白兔又给青灵夹了一块肉,"事情哪有这么简单。

"同学们,接下来说的都是重点啊,要考的。"白兔挥舞着烧烤夹,就像挥舞一根教鞭,"不同的天赋类型,需要不同的符文回路来升级。"

白兔拍拍青灵的肩:"比如这位同学的天赋'金属',符文种类是'元素',那就需要'元素'的符文回路来升级。不过很遗憾,目前我们组织没有'元素'符文回路。"

"哪里才能弄到?"青灵追问。

"这城市,符文回路共有十二块,独一无二。它不是一次性的,但使用一次后,得等几天才能再次使用。"

"那岂不是很抢手?"黄警官意识到了问题。

"何止抢手,"白兔煞有介事地道,"简直要命,觉醒者都在争抢,这也是目前觉醒者之间的最大冲突之一,死人十有八九是因为这事。"

"白兔老师,"高阳举起手,"我有一个问题。"

"问。"白兔看了大家一眼,"吃啊,都给我吃,趁热吃。"

大家陆续动筷子,除了王子凯。他这人向来不爱"听课",不知何时仰头睡了过去,还打起了呼噜,看来古家村那一战对他身体造成的消耗很大。

"你之前说,这座城市只有十二块符文回路,那其他城市呢?"高阳问。

"啊呀,差点忘了,最重要的事情还没告诉你们,你们可要有心理准备哟……"白兔故弄玄虚,大家的耳朵都竖起来了。

"没有其他城市。"吴大海贱贱地插话了。

所有人怔住。

"什么意思?"高阳不理解,"什么叫没有其他城市。"

"哈哈,傻。"吴大海很享受高阳的吃惊反应,"就是字面上的意思。"

"几位从小都在离城长大吧?"白兔笑笑,"你们有出过这座城市吗?郊区乡下那些不算啊,我是说真正离开这座城。"

大家陷入沉默。

黄警官放下吃肉的筷子:"我从警校毕业就在派出所工作,之前有两次可以去外省学习的机会,但因为一些原因没去成。"

高阳倒吸一口冷气,想起了一部很有名的电影:"《真男人的世界》?"

一时间,几个人都倒吸一口凉气。

只有胖俊没反应过来,赶紧拿出手机查起来。不一会儿,他惊呼道:"不是吧!这这这……也太扯了!"

"很遗憾,"白兔歪头,无奈地笑笑:"四百万的兽,四百不到的人类,就是我们这个世界的主要组成部分了。"

"可是,这说不通啊,"高阳努力回忆,"我爸就陪客户出过国,还去过海边,还有很多照片,而且如果只有一座城市,这个世界怎么可能运行得这么真实……"

白兔不急着回答高阳,反问:"你们之前在地下世界的古家村,应该见识过古家村的边界吧。"

"是。"黄警官记忆犹新,"无论怎么走,都走不出去,太不可思议了,就跟有魔法结界一样。"

"离城的四周也围绕着这样的边界，觉醒者们一直在试图寻找出口，目前还没有找到。"白兔话锋一转，"不过，这座城市是有官方通道的。"

"官方通道？"

"对，飞机、高铁，以及高速公路，可以带你抵达其他地方，但那个地方也不过是一个有边界的大场所。你们别想着中途可以下车，很多觉醒者都试过，甚至还有人中途想下飞机。"白兔双手交叉在胸前，"结果都失败了，根本办不到。"

白兔向着高阳："你爸去国外，是坐飞机去的吧？"

"是的。"高阳试着理解这件事，"你是说，我们不可能步行离开这座城市，但我们可以坐飞机去牛尔代国，但在飞行的途中，我们不可能下飞机，哪怕我是个会飞的超人也办不到。"

"是的。"白兔点头，"不存在中间区域，就算它看似存在，也只是假象。当然还有一种可能，中间区域是存在的，但不对任何人和兽开放。"

吴大海又插嘴了，这事他有发言权："高阳你说的牛尔代国我去过好几次，我还特意探索过，很快就找到它的边界了，比咱们离城可小太多了。"

白兔慢悠悠地吃着食物，给大家一点儿时间消化。

一分钟后，她清清嗓子："接下来请同学们认真听、认真理解。首先，地理课本里的那一套知识请全部忘掉。

"现在，闭上眼睛，把我们的世界想象成一片大海。这片大海上漂浮着很多很多的孤岛，有些孤岛特别大，比如我们生活的离城，岛上有四百万人口，其中人类只有四百多个，剩下的全是小可爱……"

"小可爱？"胖俊插嘴。

"行话，小可爱代指兽。"吴大海解释。

白兔举起筷子，接着说："有些孤岛特别小，比如你们刚提到的牛尔代国。

"所有的孤岛，都只能通过官方通道抵达，但是，任何生物都无法进入大海，你们最多可以在沙滩上走一走，看一看，但其实你们所看到的不过是海上的迷雾，迷雾里有什么没人知道。至于这个世界究竟怎么产生的，它的过去、现在、未来究竟是怎样的，也没人知晓。"

"疯了，"黄警官猛吸一口烟，"简直疯了！"

高阳惊愕不已，这完全颠覆了他的认知。他究竟生活在一个什么样的世界？

胖俊揪住脑袋上的头发，情绪崩溃。

只有青灵满不在乎。她只关心升级。

"确实让人难以接受，不过目前我们的处境就是这样。"白兔还要说什么，服务生将麻辣兔头端上来，白兔心花怒放，"吴大海，接下来交给你！"

白色餐盘里放着两只被烤得通红、撒满辣椒和花椒的兔头。

白兔两眼放光，筷子也不用，双手抓起兔头就啃，嘴角一边流着麻辣汁液，一边发出咔哧咔哧的脆响，吃相豪放得判若两人。

大家集体欣赏了一会"白兔吃兔头"的表演环节，吴大海才不紧不慢地接过话："刚说到哪儿了。"

"十二个符文回路非常珍贵。"高阳说。

"啊对，觉醒者们都在抢。我们组织已经拿到'生命'的符文回路，所以萌小羊跟死猪的天赋才能突破4级，"吴大海不无得意，压低声音，"今天我们又搞到一块，回头研究一下就能知道它的属性了。"

吴大海看青灵一眼："我估计不会是'元素'，感觉不像，你的'金属'天赋想升到4级应该没戏。"

青灵眼底闪过一丝失望。她没太多兴趣往下听了，低头吃起自己的那份麻辣兔头。

"十二块符文回路都找到了吗？"高阳问。

"怎么可能？！加上这一块，目前才出来六块。"吴大海说，"另外四块都在其他组织手里，大家都当宝贝供着呢。"

"那剩下的符文回路在哪儿？"高阳问。

"不清楚。"白兔吃完大半只兔头，嘴巴辣得红彤彤的，像是涂过口红。

她回味十足地吮吸着大拇指和食指："要不是二十年前一个觉醒者偶然发现第一块符文回路，大家都不知道有这么个东西。

"总之，符文回路都是藏起来的，可能在一些特殊领域内，可能在某只兽身上，也可能放在某个古董店里落灰，没任何规律可循。反正自从第一块符文回路被发现后，觉醒者们开始疯狂在这座城市探秘，冲突和死亡也是从那时候开始加剧。"

白兔终于吃完了整只兔头，心满意足地擦擦嘴："好了，基础信息交代完毕，接下来跟你们复盘一下这次的古家村行动。"

白兔用湿纸巾把手擦净，拿起烧烤叉，继续给大家翻烤肉："先说清楚，你们去的那个古家村虽然四周也有边界，但它不是孤岛，它属于离城的地下空间中的某一个小空间。"

"两者有什么区别？"高阳问。

"最大的区别就是，孤岛只有官方通道才能抵达，比如公路、飞机、高铁等；但小空间，即便不使用官方通道也能抵达。我们组织里的天狗是空间系天赋的觉醒者，他可以暂时切割空间，带我们进入地下的古家村。"

"懂了。"高阳想了想，又问，"为什么会有两个古家村？地上一个，地下还要藏一个？"

"问得好。"白兔朝高阳竖起大拇指，"可惜我也不知道。"

"……"

"事情得从头说起，三年前，我们组织拿到第一块符文回路——生命。那是目前觉醒者发现的第四块符文。发现它的地方也是一个地下空间，具体情况不展开说了，反正跟这次的古家村大同小异。

"去年春天，"白兔看一眼吴大海，难得投过去赞许的目光，"我刚用美人计招吴大海加入组织……"

"你看你承认了吧！"吴大海筷子一摔，"欺骗我这种单纯小男生，你的良心不会痛吗？"

"别打岔。"白兔满不在乎，"当时吴大海跟我提到古家村的惨案，他说这案子说不定跟符文回路有关。我特意查了下，这事的确很诡异，一家五口被灭门，之后全村人都消失了。"

"我们派人去古家村遗址调查，头一次跟你们一样，遭遇到头发怪的攻击，且被它带到了地下的古家村。不过我们的人比你们强，头发怪不是对手，被我们打跑了。我们又在地下古家村待了两天，你们调查出来的那些信息我们也都调查出来了，但头发怪再也没有现身。"

白兔看一眼吴大海："之后我们又去过几次，还是一样。头发怪很狡猾，知道我们不好惹，怎么也不肯出来。我们基本断定，这只头发怪就是吞噬了符文回路后的变异产物。"

"所以你们利用了我们？"黄警官苦笑。

"是啊，合适的人选可真不好找。"白兔眨眨眼，"首先，这几个人一定得是觉醒者，但又不能是其他组织的人，不然我们信不过，所以，最好是压根不清楚符文回路的散户。"

"散户也是行话，专指你们这些没加入组织的野生觉醒者。"吴大海补充解释。

白兔继续说："这几个觉醒者也不能太强，否则头发怪不会现身；但他们也不能太弱，否则容易被头发怪快速解决，或者被头发怪猜出是陷阱，压根上不了钩；最后，还有一点非常关键……"

白兔侧身抚摸青灵那一头柔顺乌黑的长发："目标最好有一头超棒的黑发，头发怪对这个有很强的执念，上钩的概率更大。"

"所以你选中了我们三个。"黄警官挑眉。

"对！"白兔笑盈盈地说，"你们是散户，有一定实力，还是完美的诱饵，并且完全不知道符文回路的存在。"

"好大一个杀猪盘啊。"黄警官很不爽。

"这里再次表扬吴大海同学！"白兔朝吴大海竖起大拇指，"他挺担心你们，特意让你多带点帮手，要不是你带上胖俊和王子凯，结果可能又不一样了。"

"坏女人！"黄警官对白兔"肃然起敬"，"我以后要离你远点。"

"哈哈，我只坑外人，绝不坑队友。"白兔给黄警官夹了一片烤好的土豆，"以后就是队友了，多关照哟。"

"继续说回古家村吧。"高阳催促。

"好。"白兔点头，"按照我目前掌握的资料来推断，古家村的事情也不复杂。简单地说，当年华子的媳妇，也就是那个嫁过来的新娘，被寄宿者给吞噬了。"

"什么是寄宿者？"高阳迅速抓住了重要的知识点。

白兔万分感慨："天啊，你们什么都不知道，居然能活这么久，真幸运！"

"寄宿者是贪兽的一种。"吴大海说,"目前已知的贪兽有两种:寄生者、寄宿者。"

白兔接过话:"寄生者,顾名思义,有些兽会以自己的死亡为代价,寄生在人类身上,跟人类共存在一具身体中,他会保留少许的自我意志和能力,但总体来说,人类还是这具躯体的主人。"

"啊!"胖俊嘴里还嚼着烤肉,激动得一口吐掉,指着自己的脸,"这不就是我吗?!"

"你的情况我从吴大海那儿了解了,没错喔,你的右手就是寄生者。"

"菩萨保佑!"胖俊心里的大石终于落下,"我还是人类!太好了!"

"可惜呀,你现在还不能自如控制右手的形态与能力,所以要加油!"白兔朝胖俊眨眼微笑,"等你能成功控制右手,就可以转正了!"

"好!我一定不辜负组织的信任!"胖俊如获新生,干劲十足。

"醒醒吧!"吴大海泼冷水,"等你成为有利用价值的工具,跟组织签了卖身契后,她就再也不会搭理你了,我就是前车之鉴。"

胖俊摸头傻笑:"呵呵,这样也没关系。"

等等,不对。认真听讲的高阳忽然想到了什么。

白猫如果是寄生者,咬了胖俊后,应该会死才对。

可那只白猫后来又出现了,难道说,并不是同一只白猫?算了,这疑问先放着,至少目前胖俊看起来也健康得很。

"我继续说啊,"白兔拉回话题,"贪兽除寄生者外,还有寄宿者。寄宿者也很好理解,这种兽会以牺牲自己的肉身为代价,钻进觉醒者的身体,彻底占领原宿主,变成一个拥有觉醒者的躯壳,又拥有兽的意识的新物种。"

几个新人认真听着,无人说话。

"那个新娘,就是已经被寄宿者夺舍的觉醒者。"白兔说,"从生物学来说,她已经是如假包换的人类,她可以继续伪装成兽,也可以选择彻底斩断过去,以人的身份活下去,这种存在,我们称为'半人'。"

"半人。"高阳琢磨着这个称呼,真是耐人寻味。

"这个半人新娘嫁去古家村的华子家,"白兔叹气,"并在当晚,控制整村人把华子一家全杀了,方式你们已经知道了。"

"为什么要杀他们?"黄警官不明白。

高阳一惊:"难道华子一家……全是人类?!"

"对!"

"这怎么可能?!"黄警官难以置信,"这概率也太小了!"

高阳同样吃惊,但心底又忍不住开心了一下:说不定自己的家人也全是人类,至少……这个可能性似乎又大了一点儿。

忽然间,高阳察觉到一些问题:"不对!"

"哪里不对?"白兔故意问。

"如果华子一家全是觉醒者，怎么会打不过那个半人？"

"嗯，"白兔点点头，"理论上，四个觉醒者打一个半人，哪怕那个半人拥有符文回路的加持，也有赢的概率，退一步，下场也不可能这么惨；而且，如果四个觉醒者一起生活，怎么会找个兽当老婆呢，这也不太合理。"

"你就别卖关子了，"吴大海跷起二郎腿，"直接告诉他们吧。"

白兔声音微微一沉："因为华子一家四口没有觉醒，他们只是普通人类。"

铁板上的烤肉吱吱作响，烟雾袅袅，一桌人陷入短暂、微妙的沉默。

率先开口的是胖俊，他吞了一口口水，问出其他人都关心的问题："兽不是……不攻击普通人类吗？"

"是啊。"白兔就等着他问这话了，"这规则在所有地方都适用，但显然，新娘打破了这个规则。"

"为什么？"高阳不明白。

"谁知道呢，可能是成为半人之后，她的精神发生了一些转变，也可能是符文回路对她造成了奇怪的影响。"白兔轻轻耸肩，"毕竟我们对符文回路的了解还很少。

"总之，她成了特殊的存在。她应该是通过某种精神干扰，把全村的兽唤醒，将华子一家杀害了。不过有意思的是，那个新娘也让全村的兽把她杀了。"

"太奇怪了。"黄警官摇摇头，"好不容易变成人类，却又自我毁灭。"

"有什么奇怪的，"吴大海无所谓地笑笑，"说不定她后悔了呢，觉得当人还不如当兽有意思。"

"也不排除这种可能啦。"白兔单手托腮，"从结果来说，新娘失败了，由于符文回路的存在，她的脑袋'活'了下来，保留了生者强大的残念，还拥有一定的智力，在漫长的异化后，变成了我们所看见的头发怪。

"至于古家村的兽，他们回归人类形态，抹去所有作案痕迹，让一切重新合理化，并且忘记了一切。在警察看来：华子一家被害，新娘的脑袋找不到了。接下来，村民们给华子一家办了丧事，接着，一村人一夜间消失……"

白兔忽然停下。

几秒后，烤肉店的老板娘端着一个托盘款款走来，将托盘放下，上面摆着七杯饮料："本店特制酸梅汤，下火解渴，要品尝一下吗？"

"谢啦。"白兔第一个接过酸梅汤。

其余人纷纷拿起一杯。

高阳喝了一小口："味道不错。"

"喜欢就好。"老板娘淡淡一笑。

几人一时间被她牢牢吸引了目光。

"各位慢用。"老板娘转身离开。

直到她走出老远，黄警官才感慨一句："好可怕的天赋啊。"

"啪，"白兔打了个响指："好啦，注意力收回来，坚持一下，讲完就下课了。"

"老师请说。"大家喝着酸梅汤，已经入戏。

"一个半人，拉上全村的兽，一起破坏了规则，即便警察破不了案，却依然逃不开苍道的惩罚。"

高阳刚要开口，白兔伸手止住："我知道你想问什么。"

"苍道，只是大家常用的说法。"白兔略一思索，"唔，它其实是对这个世界的运转规则、规律、秩序的一种统称。

"相当一部分觉醒者认为，这个世界，以及目前人类与兽之间的关系，各种规则的形成，是由一股无形而强大的力量在操控的。这股力量就像古人口中的'苍天''道'一样，没有立场，没有感情，不可理解，不能违背。

"当然啦，也有少部分觉醒者认为，它的状态更接近冰冷无情的高级人工智能，是我们不能理解的高级文明的高级产物，符文回路也来自该文明。

"以上是比较主流的两种猜测。总之，苍道也好，高级人工智能也好，它们对兽有一套森严的法则，最重要的一条就是，绝不能攻击未觉醒的人类。一旦攻击，兽就会受到惩罚，这个惩罚，我们称之为'天罚'。"

"所以古家村一村人都遭受了天罚。"高阳懂了。

"是的。"白兔点头，"据我们推测，因为那个半人新娘杀了人，所以苍道让整个古家村沉入地下一千米，全村子的兽一直在重复着那十多天他们所做过的事、永无止境。你也别问我苍道为什么要这样惩罚他们，我也不知道，反正从结果上来看，这群兽挺像是在坐牢的，头发怪自然也被困在其中，逃不出去。

"至于地表的那个古家村，你们可以理解为，苍道使用了一种3D打印技术，复刻了一个几乎一模一样的古家村，替代之前那个被沉入地底的古家村。"

白兔拍拍手："讲完了，差不多就这些，同学们有不明白的地方可以提问。"

没人提问，大家都在努力消化这惊人的信息。

"嘻，"吴大海一脸前辈模样地拍拍胖俊的肩，"我刚知道这些时也跟你们一样，整个人都傻了，不过你们这才哪儿到哪儿啊，知道什么是终焉之门吗？知道什么是猩红潮汐吗？你们要补的课多着呢！"

"行了，今天就聊到这儿，慢慢来。"白兔站起来，伸了个懒腰，"你们慢慢享用，我先走了。"

"等下，"高阳喊住白兔，"最后一个问题。"

"你说。"

"我们现在该做什么？"高阳有些迷茫。

"这个问题嘛……"白兔转了一圈眼珠，"往小了说，你们现在要做的事就是变强，这是觉醒者必修的功课。越强，就越能降低被兽、同类、半人、异化生物和其他敌人杀死的概率，越可能撑过下一次猩红潮汐。"

猩红潮汐？

听上去很可怕，不过既然白兔提出来了，那应该就是可公开的信息，之后有机会再了解。

"往大了说，你们……不，应该是我们所有觉醒者要做的事，就是尽快找出十二块符文回路。理论上，集齐符文回路就可以打开终焉之门。绝大部分觉醒者，也包括我们组织都认为，打开终焉之门是拨开迷雾的第一步，可能也是最关键的一步。"

白兔忽然间有些丧气，眼中闪过一丝灰暗："不过……这太难了。"

"很难找到吗？"黄警官问。

"是，符文回路的出现没有规律，找到全靠运气，但这不是最难的，毕竟只要时间足够久，总能集齐。"白兔声音冷了几分，"但更难的是，集齐符文回路后，统一交给谁。"

"觉醒者中没有……"高阳寻找着措辞，"领袖吗？"

吴大海还是跷着二郎腿："群龙无主，军阀割据，三国鼎立……"

"虽然成语用得不好，但意思还是到位了。"白兔笑笑，"届时，恐怕觉醒者之间会爆发全面内战。觉醒者中有个数学家做了一个风险评估模型，模型演算出的结果是：真到那一天，百分之九十四的觉醒者会死于内战，最终诞生出一位觉醒者领袖，他会率领幸存的觉醒者，打开终焉之门，继续前进……"

"老实说，我并不是很期待那一天的到来。"白兔似笑非笑，"毕竟谁能保证自己不是那百分之九十四，而是那百分之六呢？"

高阳沉默。

黄警官皱眉。

青灵面无表情。

胖俊咽了一口口水。

"怕什么啊！"豪迈又洪亮的声音响起，王子凯不知何时醒过来，一脚踩到烧烤桌上，振臂高呼，"一年之内，我保证干翻蜥蜴人，干翻其他组织，打开那什么破门，带领各位走向胜利！"

顿时之间，热闹的烤肉店寂静无声，几十号顾客们纷纷放下手中的食物，回头看向高高站起来的王子凯，以及他身旁的几个人。

胖俊慌忙将王子凯拉下桌，黄警官用手捂住他的嘴。

白兔立刻站起来，换上一副可爱笑脸，朝着众人鞠躬赔不是："不好意思啊，他是个白面（迷失者）。"

白兔指着自己的脑袋："这儿有点问题！"

顾客里面有几个觉醒者，似乎也看出来了，纷纷笑着表示理解，继续吃饭、交谈，气氛重新热闹了起来。

白兔坐回卡座，语重心长地看向王子凯："大哥，你虽然天赋第一，但也不能这么嚣张呀！你还需要时间成长，正所谓明枪易躲，暗箭难防，你要是被人针对英年早逝了怎么办，将来谁来率领我们成就霸业啊！"

"也是，"王子凯一听觉得很有道理，挥挥手，"我这不是一醒来就听你们聊得起劲，有点激动了嘛，下次注意，下次注意。"

"记住！低调！"白兔强调。

"好！低调！"王子凯保证道。

"好啦，"白兔站起来，"今天先聊到这儿，吴大海你把大家伺候好，我得回一趟总部了。"

白兔压低声音："毕竟身上还揣着宝贝，心里有些不踏实。"

"没问题，路上小心。"吴大海说。

"要不，我们陪你一起吧？"高阳提议，一是不放心白兔一个人拿着这么重要的东西，万一半路被抢劫怎么办；二是他也想去总部看看。

"谢谢关心。"白兔看穿高阳的意图，笑容自信，"不会出问题的。"

吴大海笑了："白兔别的不好说，跑路绝对第一名。"

大家不再说话，她那可怕的跳跃能力是有目共睹的。

白兔走到卡座外墙的窗户边——其实就是个漏风的大窟窿旁边。夜风灌进来，她重新戴上棒球帽和口罩，压住被风吹乱的头发："回见。"

白兔轻盈一跃，不见踪影。

吴大海和高阳一行人又待了半小时，聊了不少关于觉醒者的问题。吴大海倒是知无不言，但也只是泛泛而谈，一旦涉及更深入更有针对性的信息时，他也是一知半解——可能是他在组织级别不高，也可能是觉醒者们对兽的探索就止步于此。

深夜，六人离开十龙寨。

黄警官开车送高阳、青灵和胖俊回家。

吴大海让王子凯开车送他回家，然后那辆车就给王子凯随便开了。王子凯心花怒放，抱着吴大海一口一个好兄弟。

此情此景，高阳十分欣慰，自己总算可以缓口气了。

凌晨，警车行驶在车辆稀疏的马路上，不一会儿就开上了青杨大桥。

高阳跟青灵坐在后排。

青灵歪头靠窗，车外的夜色跟半透明的车窗玻璃融合在一起，青灵白皙的脸庞、淡漠的眼神，影影绰绰。导演们一定很喜欢青灵，因为她长着一张很有故事的脸。

但事实上……

"你在想什么？"高阳问。

"升级。"

事实证明，这女人有个屁的故事，她满脑子只有升级。

"高阳，你觉得十二生肖怎么样？"开车的黄警官忽然问话道。

"你是说他们……"高阳寻找着合适的措辞，"值不值信任？"

"'信任'这个词，太奢侈了，"黄警官目光老成又锐利，"你把十二生肖当成一伙雇佣兵吧。你认为，这伙雇佣兵，值不值得我们去卖命？"

"还有更好的选择吗？"高阳问。

"也是。"黄警官叹了口气，"大鱼吃小鱼，我们哪有资格讨价还价。"

"只从我目前的感受来说……"高阳略一思考，"我觉得十二生肖不是一个坏组织,但是……也算不上好组织。"

"没错。"黄警官很认同,"就拿白兔来说吧,长得人畜无害,实际上却吃肉不吐骨头。说实话,古家村这次的行动要不是有胖俊和王子凯,我们根本撑不到头发怪出现。可是你发现没,她是铁了心要等头发怪出现才会来救我们……"

"在白兔眼中,我们五个人的命,没有符文回路重要。"高阳得出结论。

"是。"黄警官目视前方,车子开到桥梁中段,下面是宽广的离江,"有一点白兔没有撒谎,这个世界,觉醒者可能比兽更危险。"

"可是……当时我们还没加入组织呀,"副驾驶座上的胖俊小声地插话了,"现在我们算是组织的人了,白兔也说了,她只对外人冷酷,对自己人很好的……"

"她说什么你就信什么?"黄警官问。

胖俊语塞。

"才见一面,胳膊就往外拐了,"黄警官假装生气地瞪一眼胖俊,"当初在王子凯的车库,我就不应该留你的命。"

"我、我没那个意思……"胖俊的脸一阵红一阵白。

"你别吓唬他了。"高阳明白黄警官的用意,赶紧唱白脸,身体前倾,拍拍胖俊的肩膀,"胖俊,我教你一个辨人方法,也不一定管用,你纯当参考。"

"好,阳哥你说。"一路走来,胖俊对高阳是最信任的。首先,高阳智商高,而且从头到尾都没有放弃过胖俊。在古家村,他还领悟了火焰天赋,跟头发怪打得有来有回。在胖俊心目中,高阳已经是他真正的大哥了。

"论迹不论心。"高阳说。

"什么?"胖俊没听懂。

"一个人想什么、说什么不重要,做了什么才重要。"青灵冷冷地解释。

胖俊陷入短暂的思考,大喊一声:"我悟了!"

"黄警官!阳哥!青灵!"胖俊的眼眶有些湿润,"这些日子,你们好几次可以放弃我,却没有放弃,嘴上嫌弃我,却一直带着我,你们对我才是真好啊!"

"知道就好。"黄警官很满意,伸手拍拍胖俊的肩,"命运让我们相遇,让我们成为同伴,要珍惜这份情谊。至于十二生肖……"

"它是我们的靠山,但未必是我们的同伴。"高阳接话。

"对!它可以罩着我们,但也可以随时卖掉我们。这一切,取决于该组织的真正目的,如果达成这个目的需要用到我们的生命,组织恐怕不会手软。站在组织的立场,它没错。但站在我们的立场,我们绝不想成为炮灰。生存,是我们的绝对底线,神圣不可侵犯。"

"现在下结论还太早,"高阳伸出手,"不过,生存也是我的绝对底线。"

"也是我的!"胖俊转身,把手放上来。

这时车子已经下了桥,在路口等绿灯。黄警官腾出一只手,放上来。

青灵沉默片刻,也把手伸出来。

四只手叠在一起几秒钟,然后松开。

胖俊有些激动，揉了揉眼睛，声音哽咽："不怕你们笑话，刚才那一会儿，是我这辈子、这辈子……第一次有家的感觉……"

"行了行了，再矫情就过了啊。"黄警官指着副驾驶座前的抽屉，"打开，里面有三张 A4 纸，拿出来。"

"哦好。"胖俊在车抽屉里翻出三张 A4 纸，是三张密密麻麻的表格。

高阳凑过去一看："序列表？"

"是的，序列号 10 位之后的所有天赋都在这儿，也是我知道的所有天赋信息了。本来打算完成第三次考核再给你们作为谢礼。"黄警官笑笑，"不过现在我们已经加入十二生肖组织，这份序列号对你们用处也不大了，但还是拿着吧。以后，我们都在同一起跑线了，相互扶持，共渡难关吧。"

胖俊拿着 A4 纸的手止不住地颤抖，又想起高阳那句"论迹不论心"，再也绷不住，"哇"的一声哭了。

回家路上，高阳给妈妈打了个电话。高阳本想去医院，妈妈让高阳先回家，她和妹妹在医院守夜，高阳明天上午来替班就行。高阳一口答应。

高阳到家时已经凌晨一点。

他十分疲倦，冲了个澡，都顾不上研究序列号，倒头就睡。他刚要进入梦乡时，一个声音出现。

"咚咚咚"。

高阳很警觉，立刻翻身坐起。

声音来自卧室门那里。

"咚咚咚"。

有人敲门。

高阳原本昏沉的大脑，被迫进入高速运转状态，这导致他的后脑勺出现下坠的痛感，心跳也因为供血速度的上调而加快。

妈妈和妹妹都在医院，这个时间点，来敲自己房门的只有可能是奶奶。

不对！这段时间奶奶在家没人照顾，妈妈把她送回乡下的伯父家了，她在那儿至少会待上半个月。

高阳下床，将体内的能量集中在双手，蓄势待发，随时准备发动天赋'火焰'。他朝门外喊了一声："谁？"

"是我啦。"外面传来高欣欣的声音。

高阳松了口气，旋即又戒备起来——妹妹这个时间点怎么会回家，而且，妹妹从来都是打开门直接进来，什么时候敲过门。

"你真是我妹妹？"高阳问。

"不然呢？！"这语气倒是很熟悉。

"我不信，那你说个只有我们两人知道的秘密。"高阳说。

"你十岁之前尿尿都会分叉！你脚底板上有三颗痣！你是个大傻子！够不够！"

门外的妹妹叫了起来。

"行了行了。"高阳打开反锁着的门。

门外的高欣欣穿着一件白色真丝睡衣，光着脚丫，头发乱糟糟的，噘着小嘴，一脸不高兴的样子。

"你不是在医院吗？"高阳问。

"你回家了，妈就让我也回家好了。"妹妹走进房间，一屁股坐在床上，"在医院根本睡不好，妈之前是担心我一个人在家不安全。"

"哦哦，"高阳也在床边坐下，"爸还好吗？"

妹妹垂头丧气，心情低落："医生说恢复情况比想象中好，但我觉得一点儿都不好！"

"怎么？"

"爸下半辈子都要坐轮椅了。"妹妹收起双脚，双手抱住膝盖，把下巴枕在膝盖上，看向窗外，"今天庆叔找过来了，在聊厂子的事，说效益不太好，又有一大笔款追不回来，一个大超市倒闭，老板跑路了，现在资金周转不过来，工人们的工资两个月没发了……"

高阳跟着叹气，爸爸的食品加工厂这两年效益不太好，所以爸爸的应酬才越来越频繁，为了订单四处奔波，现在又出了车祸。

庆叔是爸爸的合伙人，想必也是焦头烂额。

"爸爸说，实在不行，就把房子卖了，我们再回乡下住。"妹妹说着，声音里有些哭腔，"我不要回乡下。"

高阳心情复杂，妹妹这个年纪正是内心敏感的时候，在城里过惯了好日子，再回乡下那种地方只怕不适应。不说别的，光说乡下的旱厕就是妹妹的噩梦，每次回外婆家，妹妹都尽量不上厕所。

高阳正想着怎么宽慰妹妹，妹妹又说："我想留在城里，上完初中就去打工，在城里打工赚的钱多。"

高阳一愣，顿时感动又羞愧。他还以为妹妹是因为虚荣才不想回乡下，原来妹妹想的是早点打工替家里分担经济压力。

"不行！你这个年纪就应该好好读书，打什么工？！"高阳反对。

"我可以做穿搭博主。"

"什么？！"

"我不是喜欢洛丽塔裙嘛，经常在网上晒穿搭照片，已经有六千多个粉丝了，一些商家会联系我，给我寄他们家的小裙子，还给我钱，让我给他们做广告。"妹妹很自豪，"我算了下，一个月如果有三家店找我，一家给我三百块，我就能赚九百块，然后我再把商家寄给我的裙子在二手平台上卖掉。之后等我粉丝更多了，找我的商家肯定也会变多，给我的钱也更多，但是这个工作，回乡下就很不方便……"

高阳摸摸妹妹的脑袋，充满爱怜："妹妹，你喜欢洛丽塔裙，想做穿搭博主，哥哥都支持。但是你只能当成爱好，绝不能放弃学业，听到没有？！"

"可是……"

"没有可是！爸爸不用卖房子，钱的事你不用担心，哥来想办法。"

"你能有什么办法呀？"高欣欣表示怀疑。

还能怎么办，王子凯家有钱，吴大海家更有钱，先找他们借一点儿吧，或者看他们愿不愿意注资当股东，投一笔钱给爸爸的厂子周转。反正，之后高阳给他俩做牛做马偿还好了。

高阳笑笑："这你就别管了。"

"嗯，"妹妹安心了点，坐过来，把脑袋依在高阳的肩膀上，"哥，我今晚能不能睡在这里啊。"

"不行！"高阳一口回绝。

"为什么啊？我们小时候也经常一块儿睡啊。"妹妹噘嘴。

"那时候你还小，现在不一样了。"高阳说。

"可是，我有点怕，"妹妹的声音变小了，"我最近总觉得哪不对劲，我昨天还做噩梦了，梦到你死了……"

"我好好的怎么会死？"高阳好笑。

"爸爸也好好的，不就出事了吗？"

"这是概率很小的意外，我们家已经倒霉一次了，不会再倒霉了。"高阳安慰妹妹，"行了，你快回房睡觉吧。"

"好吧，我再待一会儿就走。"妹妹还有点依依不舍。

高阳也不赶人，陪妹妹坐着。之前他还怀疑妹妹敲门的举动很奇怪，现在想想，可能她只是单纯的懂事了。

毕竟家里经历了这么大的变故，难免不逼着人去懂事。

成长，总在一夕之间。

蓦地，高阳一阵恍惚。两小时前，他还在十龙寨的烤肉店，和觉醒者们聊着符文回路、世界迷雾、终焉之门、猩红潮汐这些东西；可现在，他却跟妹妹聊着爸爸出事、搬回乡下、辍学打工的家长里短。

有时候，高阳真的搞不清楚，哪个世界才是真实的。

兄妹俩各怀心事地待了几分钟，妹妹下定决心似的叹了口气，从床上站起来："好啦，我去睡觉了。"

"去吧。"

妹妹停下脚步，目光看向电脑桌上的一张 A4 纸，虽然房间关着灯，但窗外的月光正好照在电脑桌上，A4 纸的一角被照亮了。

糟了！是天赋序列表！

高阳慌忙起身，推着妹妹往房门口走："赶紧去睡吧。"

"哦。"妹妹慢慢走出卧房。

高阳即将关门时，妹妹忽然反应过来似的转过身。

"还有事？"高阳抓着门把手，故作自然。

"哥，"妹妹盯着高阳，澄澈的大眼睛一眨一眨，里面流动的光泽出现一丝诡异的波动，仿佛某个隐秘的光源被飞速切断又重新连接，"你什么时候……觉醒的呀？"

高阳的心脏猛地一紧。

不！

不要！

"哔"——

> 警告！你正面临极度危险的处境。
>
> 幸运点收益增至 3000 倍。

"老妹，你在说什么呀？"高阳手心出汗，心脏狂跳。他还想挣扎，可理智告诉他：这次绝不可能蒙混过关了。

害怕吗？他当然害怕。3000 倍的幸运收益是什么概念？

之前高阳跟四个同伴一起都没能打败头发怪，可现在，眼前的妹妹——如果她还能称之为妹妹的话——是高于头发怪 3 倍的危险程度！

结论：他必死无疑。

真奇怪，比起害怕，他胸腔之中更多的竟然是悔恨、懊恼以及悲伤：我为什么那么不小心？！我为什么要让妹妹看到那张天赋表？！我为什么不能直接把天赋记下来然后迅速销毁？！

"哥，别怕。"高欣欣的语气淡淡的，似乎还透着一点儿无奈和悲伤，"我会很快的。"

"嘭"——

高阳根本没看清楚发生了什么事，只觉得喉咙一紧，后背重重一撞，自己已经被妹妹细小洁白的手臂卡住脖子，按在了墙壁上。

高阳奋力掰开妹妹的手指，但手指纹丝不动，明明是他握住无数次的软软的小手，此刻却比任何金属都要坚固。

那双小手可以轻易掐断高阳的脖子，但她没有再用力。她有绝对的自信，不容反抗。

"妹……妹……"高阳已经说不出话，眼泪不争气地流出来。

妹妹微微一愣，坏笑起来："不是吧，别露出这种悲伤的表情啊。恐惧一点儿嘛，不然我要怎么享受杀死你的乐趣呀？"

"为什么……"高阳的声音透着一丝哀求，"我们非得互相残杀，我们可以继续做家人……"

"老哥，你搞错了啊。"妹妹撇撇嘴，"首先啊，我们跟你们人类不是互相残杀，这只是我们单方面的捕猎游戏。"

"然后啊，你就是我的哥哥啊，"妹妹语气温柔，"我也一直是你的妹妹啊——就算你觉醒了，就算我必须杀死你，这一点也不会改变。明天一觉醒来，我大概会忘记这些，我会为你的死而哭泣，我会永远想念你，真的……即便是此时此刻，我也能听到自己心里哭泣的声音，我最喜欢哥哥了。"

"我不明白……"高阳彻底迷惑了。

"不用明白，你们觉醒者啊，就是什么都想弄明白才会死的。"妹妹眼中的光芒渐渐冷了，"哥哥，永别了。"

"等一下！"

"嗯？"

"死前……还有最后一个问题，"高阳喘着气，"你是……什么兽？"

妹妹不说话，用一种意味不明的眼神打量高阳。月光下，她可爱的脸庞洁净如初，她的身体也完全没有任何兽化的痕迹。

"哥想看我真实的模样？"妹妹竟然有些不好意思地笑了笑，"可我还是觉得，哥哥都要死了，记住我现在的样子就好啦。"

脖子上的力度开始加重。

"痴兽？"高阳继续说，"嗔兽……贪兽……妄兽……"

试探到妄兽时，掐住高阳脖子上的手指微微一顿。

看来她是妄兽了。高阳对这种兽一所无知。

但是，他还不能死。

"妹妹……"热泪从高阳涨红的脸上滑落，"对不起……"

说话间，高阳的双手忽然抓住高欣欣的脑袋："火焰！"

爆裂的火焰从高阳的手心冲出，瞬间将高欣欣的脑袋笼罩，卡住他脖子的力度果然出现松懈。

"啊！"高阳大喝一声，将全身所有的能量都倾注在双手之上，炙热的两道火焰近距离交叉，疯狂灼烧着高欣欣的脑袋。整个房间被照得透亮，空气迅速升温，强烈的热流在屋里乱窜，几乎灼伤高阳的眼睛。最后，他不得不闭上双眼。

"啊啊啊——"高阳继续大喊，那是奋力一搏的热血，也是撕心裂肺的痛苦。就这样，火焰高强度的灼烧持续了将近一分钟，高阳精疲力竭。

他垂下双手，睁开了充满热泪的双眼。

他猛地一惊！

高欣欣上半身的衣服被烧坏很多。她的头发凌乱，但并没有被烧坏，仿佛只是被高阳的双手揉乱了。她的脸依然完好无损，一点点被灼伤的痕迹都看不见。

女孩用一种玩味的表情看着眼前的高阳："哥，我是你妹啊，你怎么下得了手。"

"你……究竟是什么怪物？"高阳感受到深渊般的恐惧。

"啊！"她手中的力量重新聚拢，高阳又是一阵剧痛和窒息，他的身体再次被她举起来，摁在墙壁上。

"怪物？你们就是这样称呼我们的吗？"高欣欣盯着高阳，"明明你们才是怪物吧，本来是多么可爱的小猫啊，可是说不准忽然哪天就变了，变成一条狡猾、恶心、随时想着要咬死主人的毒蛇。换作是你，你能怎么办啊，你难道还能告诉自己，那就是你的小猫吗？不，你只能把那条毒蛇杀了，然后为那只再也不会回来的小猫悲伤哭泣。"

"你……不是我妹妹！"高阳恶狠狠地看着她，"你不是我认识的高欣欣！你把她还给我！"

"哈哈哈哈哈！"高欣欣仿佛听到世界上最好笑的事情，开怀大笑，眼泪都笑出来了。

终于，她笑累了，伸出左手，轻易地刺穿了高阳的胸口。

这一次，没有奇迹发生。

"哇！"高阳吐出一口血来，只觉得万箭穿心，撕心裂肺。

"啊啊啊——"高阳开始惨叫，意识在巨大的痛楚面前模糊了边界。他觉得自己在融化、分解，自己已经不是自己。

他是头顶天花板上的节能灯，是脚下地板上的那一摊血，是一旁电脑桌上被高温烤黄的 A4 纸，是凌乱的床单被褥，是妹妹眼睛上的睫毛，是充满血腥味和烧焦味的空气。他是一切，唯独不是他自己。

片刻后，他仿佛是灵魂重新回到自己体内。模糊的视线中，他看到一颗人类的心脏，正被握在高欣欣的手中，那是他的心脏。

高欣欣用她那纯真又诡异的大眼睛盯着那颗心脏，一脸虔诚。

几秒后，她抬起头，露出一个略带羞涩的笑，好像是妹妹在跟哥哥撒娇。

"哥，我可以吃了它吗？"

"啊！"

高阳猛地从床上坐起，下意识地摸向胸口，完好无损，心脏仍在跳动。

原来是一场梦。

可是……这梦未免过于真实！高阳从来没有做过细节如此丰富，痛感如此逼真的梦，还是一场可怕到极点的噩梦。

高阳浑身冷汗，背心湿透。他缓了一会儿神，刚要下床，忽然脊背一寒！

余光中出现一个人影，屋里有人！

窗外皎洁的月光透过轻纱，以45度斜角照进来，照亮了房间中央的一隅，仿佛舞台上照亮独角戏演员的那一束光。

光亮下面，是一个人和一把椅子。

那人穿红色的修身旗袍，一头银发在月光下雪白优雅。她倚坐在椅上，这把椅子是高阳平时玩电脑时坐的转椅，不过气压杆漏气，升降功能坏了，高度偏低。

她跷着长腿，坐在这样一张椅子上极不协调。

"老板娘？"高阳一眼认出来人。

"我叫柳轻盈，你要不见外，可以叫我柳姐。"她微笑着道。

"柳姐，这是……怎么回事？"高阳脸色镇定，双手却绷紧，随时准备发动火焰天赋。

"别紧张，我没有恶意。"

高阳沉默。

"你刚才所经历的都是一场梦。"柳轻盈的声音慵懒、轻柔。

"至于你现在，"柳轻盈眼波流转，"还是在做梦。"

高阳心里头一惊，还真是没想到，居然是梦中梦，而且如此真实。

柳轻盈用一双桃花眼注视着高阳："我也可以切换成其他场景，不过我觉得，在你自己熟悉的地方，你会安心一点儿。"

"就这儿吧。"高阳不急着问对方的目的，这样显得很沉不住气，只能说起别的，"你双天赋？"

"天赋'美梦'，序列号 50，符文种类'精神'。"柳轻盈很坦诚，"当然，只有当目标睡着后才能使用。"

这个柳轻盈，果然不简单！

高阳思考一下措辞："你是……怎么发动美梦的？我的意思是，怎么能进入我的梦境。"

"你不礼貌哟，"柳轻盈狡黠一笑，"怎么可以问人家的底牌。"

"也是。"高阳刻意避开她的眼神，不然会影响思考，即便在梦中，她似乎依然可以发动"魅惑"天赋。

"不过嘛，我这次贸然拜访，也算有求于你。为表诚意，我可以告诉你。"柳轻盈的眼睛饱含笑意，"你可以先猜一猜。"

高阳快速回忆，是通过眼神接触？不可能……如果只需要眼神接触，那简直强到逆天，序列号也不可能只排在 50 位。

很快，高阳有了答案："酸梅汤？"

"智商真高，我果然没有看错人。"柳轻盈颇为欣赏地点头，"我需要通过媒介，才能跟目标进行梦境连接。"

"所以……你给我下药了？"

"哎呀，别说那么难听嘛。"柳轻盈眨眨眼，抵住下巴的修长食指轻轻放到唇上，然后再拿开，"仅仅是这样，再放进你要喝的那杯酸梅汤里，轻轻搅拌一下就行了。不过嘛，这样效力比较低，最多维持二十四小时，所以我必须今晚就来找你，如果滴入我的血液，连接效果应该能达到一周以上。"

看来对方确实比较有诚意，至少愿意交出部分底牌。高阳犹豫了下，还是问道："刚才的梦中梦……也是你制造的？"

"不，这个算是第一次被'美梦'入侵时的副作用，下次……我是说如果还有下次，你不会再做噩梦了。"

"不得不说，"柳轻盈嘴唇微张，眼神中闪现出一种特别的欲望，"你的梦真的非常美味。"

高阳感觉到被冒犯，但选择沉默。

"别误会，我没有讽刺的意思，"柳轻盈歪着头，仍是笑盈盈的，"梦，虽然是虚假的，却是基于造梦者的记忆、常识、知识、情感、意识等各种因素而诞生出来的一种延伸、构想、演算、推导。

"尽管它大部分时候都是无意识和荒诞的形态，却自有潜在逻辑。在一定程度上，梦中的事情可能是对的，或者是一种警告，甚至可能会真的发生和应验。"

高阳心一沉。

柳轻盈继续说："你看，你的天赋表的确放在桌上，你的妹妹也的确可能会突然回家并来房间找你。尽管你锁了门，也会在开门前先处理天赋表，可万一你忘了呢？就像梦中发生的那样。而你妹妹，也大概率会是兽……"

"别说了。"高阳皱眉。

柳轻盈不无欣赏地看着高阳："通过一个人的梦境，我就能知道，那个人究竟是枯燥乏味、无聊透顶，还是情感丰富、双商很高。你的梦很真实，因为你拥有饱满的情感、强大的推导能力，以及充满创造性的想象力，还有完整自洽的逻辑，在我品尝过的所有噩梦中，你的可以排进前三。"

柳轻盈目光沉醉，继续说着："妄兽……呵呵，我还从没见过妄兽呢。说不定，妄兽就真如你所梦到的那样，我甚至在他身上，看到了复杂的情感和行为逻辑。说真的，我们觉醒者跟兽朝夕相处，却一点儿都不了解兽，大多觉醒者也根本不愿意去了解兽，每天就知道打打杀杀，无聊得很。可你不一样，你竟然能在一个梦中推导出如此多的可能，你真厉害。"

"谢谢。"高阳倒不是真心感谢，而是不知道说什么。

"不客气。"柳轻盈微微前倾，双手合十放在了膝盖上，"闲话说了不少，也该进入正题了，毕竟，我不保证你什么时候会醒来。"

"你说。"高阳的身体和精神进入防备状态，以确保交涉失败可能出现的最坏情况。

"我来找你，是想跟你交个朋友。"

高阳以为自己听错了，顿了顿："交朋友犯得着这么麻烦？"

"呵呵，当然不仅仅是交朋友，"柳轻盈不绕弯子了，"还想跟你做个小交易。"

高阳不语，他在思考。

"当然，我不会强迫，你完全可以拒绝。如果你拒绝，也希望你不要把今晚的事声张出去，于我于你都没好处，我们完全可以当作无事发生。"

"明白。"高阳点头，"不过，你为什么找我？"

"因为我在人群中一眼就看到了你呀。"柳轻盈抛了个媚眼。

不过高阳可没有迷失心智，他很清楚这纯属胡扯。

柳轻盈有四个人选：青灵、黄警官、王子凯和胖俊。

青灵首先被排除在外，因为她很强，柳轻盈会失去"魅惑"能力的优势，办事效果大打折扣。

第二个排除黄警官，因为他也很强，而且职业是警察，经验丰富老到，在他那讨不到太多好。

第三个排除胖俊，他看上去就胆子小、缺乏主见、容易摇摆，策反可能比较容易，但"内奸"这个身份他未必能当好。

至于王子凯，就是一只兽，加上智商不行，绝不在柳轻盈的考虑范围内。

"没错，如你所想。"柳轻盈笑了。

高阳一惊：这女人还有读心术？！

"没有哟，因为你还在梦中，所以我才能大致感受到你脑中的信息波动，加以推断，基本就明白你在想什么了。若在现实中，我肯定办不到的。"柳轻盈叹了口气，"我倒是希望能有读心术，这样就不必那么麻烦了。"

读心术？

看来她想要的东西并不是实质上的物品，而是……情报？

柳轻盈怡然的眼角微微有些收紧，有些吃惊道："你太聪明了，我忽然有点后悔选你了。"

高阳也笑了："所以，果然是情报交换？"

"是。"

"十二生肖的情报？"高阳自己哪有什么价值，柳轻盈必然是冲着他背后的组织去的。

"是。"

"先说说怎么交易吧。"高阳盘起双腿，洗耳恭听。

"不难。先说交易方法，你每个月来我店里吃一次东西，我会附赠你一杯饮料，你喝一口，当晚我们就能在梦中相见，就像现在这样，不会有任何的痕迹。而且你大可放心，我虽然能侵入你的梦境，但无法实质性地伤害你，梦境的时长则取决于你在现实中的睡眠时间，相比其他天赋，'美梦'是非常温和的。"

高阳点头，示意柳轻盈继续说。

"每次见面，我会问你一些关于十二生肖的情报，如果你知道，可以告诉我，也可以选择不告诉我，我不会勉强。"柳轻盈伸出一根手指，强调道，"我只有一个要求：你不能故意给我假情报，一旦我辨别出来，合作终止，且我不保证不会报复你。"

"听懂了。"

"再说报酬，我可以给你一些想要的情报，原则也是一样的。我可以选择说，也可以选择不说，你不能勉强。一条情报换一条情报。"柳轻盈嘴角上扬，流露出一丝精明，"如果你提供给我一条情报，而我没有你想要的情报，我也可以给你五枚金乌币作为感谢。"

"金乌？那不是神话中的鸟吗？"高阳说。

"不，它是觉醒者之间的通用货币，由一种极为罕见的金属制成的硬币，市面上流通的总量不超过10万枚。这种金属被觉醒者称为乌金属，本来叫乌金币，后来大家叫着叫着就叫成金乌币了。"

柳轻盈笑笑："这样说你可能没法直观感受。5个金乌币，非要换算成普通钞票的价值，大概在二百万左右。当然啦，几乎没有觉醒者会傻到拿金乌币去换普通钞票。不过嘛，考虑到你爸爸的情况……"

"行了。"

这人，真是可怕。

"乌金属有什么用？为什么可以作为觉醒者之间的通用货币？"高阳问。

"用处多了。首先，虽然我们无法制造符文回路，但可以确定，符文回路就是由乌金属制成的；其次，用乌金属制成的武器和道具也具备特殊能量，它还可以跟觉醒者的某些天赋产生共鸣，达到各种奇效。"

高阳想到青灵的唐刀，莫非也是乌金属制成的。

念头一闪而过，高阳立刻掐断，不再深想，柳轻盈在梦中几乎可以"读心"，他不能无形之中把队友的底牌交出去。

"总之，金乌币大有用处，即便你不把它拿去制作特殊武器，也可以跟其他觉醒者做交易，这里我就不展开了。你既然加入了十二生肖，相信很快就能熟悉觉醒者的世界。"

高阳点头。

柳轻盈双手重新放回膝盖上："以上就是规则。"

"很公平。"高阳挑不出什么毛病。

柳轻盈微笑着从座椅上站起："长夜漫漫，或许我们现在就可以聊点什么，从朋友做起。在你梦醒前我也无法离开，总需要做点什么打发时间，也能增进彼此感情，加深合作关系。"

"呃，不必了。"

开什么玩笑？时间一长，自己岂不是很容易被对方套到情报？

高阳是一个有原则的人，也是一个警惕心很强的人。高阳在感受过亲情这东西后，越发意识到一件事：很多时候，比起单纯的武力，更危险的其实是感情。

即便是合作关系，即便是在做梦，如果真的有了亲密关系，谁能保证不会最后沦为感情的奴隶？

他觉醒没多久，面对一个看尽繁华、阅人无数、城府深沉的人，还是一个拥有"魅惑"天赋的觉醒者，只怕会被吃得骨头都不剩。

"老实说，你这么想我，我有点受伤。"柳轻盈又开始读心了。

不过高阳不怕她读心，高阳就是要表明立场，让她放弃。

"那么，我们的交易算是达成了？"柳轻盈说。

"成了。不过嘛，你也别抱什么希望。"高阳说，"可能到最后我一个情报都不会卖给你。"

"没关系，买卖不成仁义在。"柳轻盈笑笑，"不过，接下来我们可就要一直这么面对面坐着了，其实这对你很不利，你一旦走神想到什么事情，我多少能读到一些信息，哪怕不够精确。"

"谢谢你的提醒，不过，我有特殊的办法。"

高阳闭上眼睛，进入系统。

"哔"——

进入系统。

挂机就行。

是。

…………

柳轻盈一愣：这个人，究竟做了什么？！忽然之间他的大脑信息一片真空！他是怎么做到的，即便是冥想大师，也做不到一点儿思维痕迹都不留下，这简直达到了某些禅宗的最高境界——入定，而且是一秒就入定。这年轻人，真是深不可测啊。

此刻系统内，高阳正在咆哮。

这人太贼了，差点着了她的道！

还有之前的噩梦，居然全给她看到了！好尴尬！好羞耻！

你的情绪过于激动。

等等，这不是梦境吗？梦境里的系统也是真实存在的？

系统的存在不受到任何时间、空间、能量状态的限制。

这样啊，那刚才的噩梦里，你提醒我幸运点收益增至3000倍，那个幸运点也有效？

你在梦境中耗费的时间与现实同步，有效。

看一下幸运点。

你目前累计拥有160个幸运点。

这么多！

也对，刚才跟梦中的妹妹打斗至少有3分钟，就是0.05小时，1小时3000倍增益，就是150幸运点，再加上之前正常时间过去了10多个小时，合计160点。

塞翁失马，焉知非福啊，那我能利用这个漏洞一直刷幸运点吗？

不能。梦境、幻境等精神系天赋所制造的危险环境的增益效果，只在初次有效。

你果然很严谨啊。

职责所在。

160个幸运点，先留着吧，攒多点再用来领悟新天赋。

柳轻盈也是老江湖了，并没自乱阵脚。她就安静地等待着，期待高阳露出一丁点儿蛛丝马迹，但对方真就一点儿线索都不肯再给自己，哪怕是一些无用的杂念。

柳轻盈忽然有点后悔了，早知道高阳这么厉害，就不应该把梦境中自己能读心的能力告诉高阳。不过以高阳的智商，应该很快就能猜到，一旦高阳发现自己对他有所隐瞒，肯定会终止合作。这样一想，柳轻盈又觉得坦诚相待才是正确选择。

这个年轻人心性不坏，原则极强，高深莫测，前途不可估量，这次的橄榄枝，算是抛对了。

四小时后，高阳睁开双眼。

"你要醒了？"柳轻盈问。

"嗯，感觉快醒了。"

高阳在系统内待了四个小时，身体忽然出现奇怪的反应，那种感觉，就好像自己的身体底下还有一副身体，他能听到那副身体厚重的呼吸和心跳。

目前的身体像是漂浮在海面，另一副身体则潜在深海中，现在，真正的身体正在一点点浮上来，即将与海面的身体融为一体。

一刹那，眼前的景象定格了，房间里的大小陈设、空气中的气息，从窗外照进来的月光，以及他眼前的柳轻盈，化为了无数像素点，一点点瓦解消融、灰飞烟灭，取而代之的是浓郁的黑暗。

即将被黑暗淹没时，耳边传来柳轻盈愉快的声音："合作愉快，下次见。"

高阳睁开双眼。

清晨六点，熟悉的卧室，白色泛黄的天花板，窗外是嘈杂的车水马龙，被子上带有洗涤剂的清香，胸腔中传来有力而平稳的心跳。

终于醒了，好长的梦啊。

高阳简单洗漱，吃过早饭，来到医院，顺路给妈妈和妹妹带了豆浆、油条和皮蛋瘦肉粥。

爸爸能说话了。四个人在病房里吃了一顿久违的温馨的早餐。爸爸很过意不去，不停地说："等我好了，就能回家了，到时候爸爸给你们做米汤冲鸡蛋。"

另外三个人笑笑，心照不宣地岔开话题。

要一辈子坐轮椅这事，爸爸还被瞒在鼓里，别人只告诉他这是术后副作用，过段时间下半身就能恢复知觉，下床走路。

吃完早餐，妈妈和妹妹回家，高阳送她们到医院门口。

妈妈在路边叫车，妹妹站在高阳旁边，高阳忍不住摸了一下妹妹的头。

"干吗呀？"妹妹没好气地瞪他一眼，还在为哥哥"失踪两天"的事而生气。

"没事。"

"神经病！"

"是啊，哥是神经病。"高阳笑了。他暗自发誓：不管妹妹是人还是兽，都不重要了，今后他一定会加倍小心，绝不让妹妹察觉他的觉醒者身份。

目送妹妹和妈妈上车离开后，高阳回到病房，一名穿白大褂的医生老头站在爸爸病床前观察情况。爸爸又睡过去了，老头在病历本上写下点什么，然后合上本子就走。

高阳跟出病房，喊住医生："请问百里医生在哪儿？"

高阳已经正式进入觉醒者的世界，所以有很多问题，还想请教一下百里弋。

"什么百里？"对方一脸疑惑。

"就是我爸的主治医生。"高阳说。

"你爸的主治医生是我啊！"老头有些不悦，"你这孩子怎么回事啊？"

高阳一惊："不对啊，我记得明明是叫百里弋的医生。"

"那晚是我主刀的，那场手术我印象很深，你爸差点救不活了。当时你妈、你妹，还有你都在手术室外候着。我出来时，你妈和你妹还穿着睡衣，你穿什么我忘了，但你的头发上还有血，我还以为你跟你爸都在车上，还让你也去照个脑部CT检查一下，免得脑震荡，这些你都忘啦？"

高阳愣住。没错，他那晚刚跟张大爷战斗完，烧掉染血的校服，穿着黄警官车上的便衣，但头发上的血渍没处理干净，差点露馅。

"哼！"老头十分得意，"你忘了，我可记得，我记性可好了！"

"可是百里……"

"我在这儿工作了三十几年，医院就没有姓百里的人！"

晚上八点，高阳跟爸爸吃过饭，坐在病床前陪爸爸聊天。

主要是爸爸侃侃而谈，高阳耐心倾听。

爸爸住院这段时间闷得慌，老刷颤音短视频也没劲，他平时就是个健谈的人，路上撞见一个熟人可以聊上老半天。

起初，爸爸还在安慰儿子，跟儿子畅想着美好未来，不停地说等自己下床走路了，就继续赚钱养家，等高阳考上好大学，就带一家人去牛尔代国玩。

可聊着聊着，爸爸还是没忍住说出了心里话。

他不傻，知道自己的身体情况，下床走路恐怕不太可能。今年乡下的食品加工厂效益也不好，老庆那边也来过电话了，好几笔单子的钱都追不回来，厂里的员工被拖欠了两个月工资，闹起了罢工，外加这两年大食品公司不惜烧钱打低价战，已经逼死了好多小企业。

说到最后，爸爸面色愁苦："儿子，今后家里只怕会有些困难，但不管怎样，爸一定会想办法让你和欣欣读书！你爸当年啊，就是吃了没文化的亏……"

"哪有，爸你已经很厉害了。"高阳安慰爸爸，"资金周转的事你别担心，我跟王子凯说了。"

"小凯？"爸爸眼睛一亮。

"他家有钱，已经答应投我们家的厂子了。"高阳决定先斩后奏，回头王子凯不答应……也得答应！

"真的吗？！"爸爸喜上眉梢，"哈哈，我当初怎么说来着，多条朋友多条路，你妈还非说我三观不正！"

"是啊，所以你安心养伤……"高阳正说着，手机响了，看一眼手机，立刻起身道，"爸，我接个电话。"

高阳走出病房，来到廊道尽头，这儿比较安静，也没其他人。

电话是黄警官打来的："帮你查过了，没这个人。"

高阳想查的人，自然是百里弋。

"确定吗？"

"确定，别说离城，全国都没这个人。"黄警官异常笃定，顿了下，又问，"你在找这个人？"

"电话里不方便说，回聊，先挂了。"

高阳迅速挂了手机，因为他看到妈妈和妹妹正从不远处的电梯口走出来。她俩是晚上过来接班的。

高阳迎上去，妈妈一见儿子就说："阳阳，明天起，你和欣欣别来医院了，好好上学。"

"好，知道了。"高阳点头。

"你快回家休息，欣欣再跟我陪你爸最后一晚。"妈妈说完进了病房。

妹妹不急着进去，拿着手机神秘兮兮地走过来，说："哥，给你看个东西。"

高阳凑近手机，是一个昵称叫"欣欣横刀向天笑"的微博主页，首页上的照片是欣欣穿着高阳给她买的那套洛丽塔裙，戴着金色假发和口罩。

"你能不能取个好听点的网名啊。"高阳翻白眼。

"名字不重要！"高欣欣很是得意，"看粉丝！"

"不错嘛，六千多个了。"

"哼！还在涨！最近有两店家转发了我的套图，涨得可快了！评论里都叫我小仙女，还让我露脸，我才不露呢！"

"厉害厉害。"其实高阳早就偷偷关注妹妹的账号了，主要是怕有什么坏人盯上妹妹。

"哥，跟你说我，我决定了……"

"穿搭博主，可以，不过只能兼职，你要敢辍学当全职，哥打不死你。"高阳说。

高欣欣一愣，刮目相看："哇，你怎么知道我要说什么！哥你居然还知道穿搭博主？出息了哇！"

"小样，你一撅屁股我就知道你要放什么……"

"滚啦！仙女才不会放屁！"高欣欣说完自己都笑了。

高阳脸上笑着，心里面却有些不安：他做个噩梦，还真做成预言家了。幸好今早他起床看了一眼序列表就一把火烧了，虽然没法全部记住序列表里的内容，不过系统会自动探索和保存。

"你小时候一到冬天就爱吃烤红薯，最爱放屁了，你不会忘了吧？"高阳故意逗妹妹。

"我不听我不听！我要杀了你！！"妹妹恼羞成怒，追着高阳就打。

兄妹俩正玩闹，一个声音出现。

"高阳。"

高阳回头，身后站着一个扎短马尾的女孩，穿斜肩的米色薄毛衣，一条泛白的九分牛仔裤，一双白球鞋，背着一个双肩小熊书包，笑容清纯可人，一副女大学生的模样。

高阳半天才认出是白兔，不禁咋舌：换一套打扮，气质整个不同了。

"哇，你果然在这儿！"白兔走上前，"听说你爸住院了，我刚在附近打完工，顺道过来看看。"

"哦哦……是的。"高阳含糊其词。

"这位是……"白兔偏头看向高欣欣。

"我是他的妹妹。"高欣欣的语气有点不爽，凡是离他哥哥太近的女生，她都不喜欢，"你是谁啊？"

"我是你哥的高中学姐，今年已经大一了。"白兔伸出手，"我叫白兔，你可以叫我兔姐，嘿嘿。"

"奇怪的名字。"高欣欣看一眼白兔，"你跟我哥很熟吗？我怎么没听他说过你。"

"是吗？"白兔看了高阳一眼，假装有点难过，委屈地道，"唉，可能你哥身边的朋友太多了吧，男男女女的，我还以为我在他的眼里跟其他人不一样，看来是我自作多情了。"

高阳惊了："等等，我……"

"高阳！"高欣欣怒了，"你到底还有多少异性朋友啊！之前那个跟你一起夜不归宿的女同学，现在又来个什么学姐……"

"什么！夜不归宿？"白兔像是戏精附体，满脸惊诧和厌恶，"高阳！你……"

"高阳，你去死吧！"

高阳内心哀号：救命啊！女人好可怕！

…………

十分钟后，高阳顶着两个硕大的黑眼圈，跟白兔走出医院。白兔一路上都在狂笑："哈哈哈好好玩！"

"以后找我可以电话联系，别这样搞我了行吗？"高阳欲哭无泪。

"你妹好可爱。"白兔把双手背在身后，走在前头，"她是人还是小可爱呀？"

"不知道。"高阳说。

"组织里有可以分辨人和兽的，要不要我帮你打声招呼。"

"不需要。"高阳郑重其事地看向白兔，"即便你知道了，也请不要告诉我，我不在乎。"

白兔眼中闪过一丝淡淡的同情："我看不是不在乎，是太在乎了吧。"

白兔耸肩，叹气道："作为职场前辈，再给你一句忠告——无论你在乎什么，都不要表现得太过明显。你的软肋迟早会害死你，懂？"

"知道了。"高阳转移话题，"你来找我做什么。"

"带你去公司，给你们开个新人入职欢迎会。"

第六章

欢迎会

马路边停着一辆黑色奔驰，白兔带高阳上车，两人坐在后座。开车的中年男人西装革履，面容沉稳，很标准的私人司机，专门服务于大人物或者大富豪的那种。

白兔上车后，踢掉鞋子，又开始给脚趾头上指甲油，这次是紫色。

"你好爱涂指甲油啊。"高阳没话找话。

"是啊，我一天要换七八次。别人无聊看短视频，我无聊就涂脚趾甲。"

"小心脚趾甲烂掉。"

"才不会。"白兔不看高阳，专注沉浸，像一位醉心创作的艺术家。她的手确实很稳，指甲油的小刷子沿着指甲盖竖着刷下来，再刷回去，线条对称，油量均匀，表面平整，高阳盯着看了一会儿，内心舒缓宁静，赏心悦目。

白兔把一只脚涂好时，车子开了快十分钟。

白兔颇为满意，吹了吹脚趾头，抬头问高阳："好看吗？"

"还行。"

"我也觉得还行。"白兔收回指甲油，"不过嘛，过一会儿我又觉得不好看了，又想换新颜色。"

"你这是强迫症。"

"才不是！我是足控！"

高阳懒得再争论，想了想，尽量用自然的方式问："昨天烧烤店那个老板娘……"

"怎么，还对人家念念不忘啊？"

"不是，想知道她厉不厉害。"

"不知道，没交过手，但绝不简单。"白兔说。

高阳还要问，警惕地看一眼前座的司机，白兔说："放心，是白面。"

"好，那我直说了，组织为什么不招纳她？"高阳也没指望套出太多信息，反正随便打听一下，毕竟白兔对柳轻盈全然不了解，这在之后的合作中会很被动。

"她啊，怎么说呢，闲云野鹤，对加入组织没兴趣，不过我们组织对她也没兴趣。"

"为什么？"

白兔坐直身体，像长辈一样把手搭在高阳的肩上，语重心长地道："我刚怎么说来着，人一旦暴露软肋，就离死不远了。"

"跟我的问题有什么关系？"

"别打岔！但有些人啊，没有软肋。"

"你说老板娘？"

"是的，不仅如此。"白兔咂咂嘴，"一个人啊，如果没有软肋，也一定会有野心。但是这个老板娘，我们不仅找不到她的软肋，她的野心也藏得很深很深，这样的人太危险、太不稳定了，加入组织是个巨大隐患。"

"有道理。"高阳赞同。

"是吧！这话可不是我说，是队长说的。"白兔每次聊到队长，眼神就变得特别崇拜，像个追星少女。

"就是那个跟我失散多年的亲兄弟？"高阳自嘲。

"啊对对对！"

"我一会儿能见到队长吗？"

"不行哟，他最近比较忙，除了他和副队长，其他人都到齐了。"白兔侧身看了一眼窗外，"我们到了。"

高阳跟白兔走下车，惊诧不已："千禧楼！"

"是。"

千禧楼建成于五年前，又叫离城国际金融中心，位于离城最繁华的第1区——大徐区，坐落在步行街和芙蓉路交会处，是集大型购物娱乐中心、高端写字楼、酒店式公寓及五星级酒店于一体的超高层大型建筑。

主楼高四百三十米，高九十层；副楼高三百零五米，高六十层；占地七点四四万平方米，总建筑面积达一百万平方米；它也是离城最高的楼。

千禧楼的楼顶还建有一架小型摩天轮，二十四小时旋转闪耀，仿佛离城上空的一个五彩齿轮。

摩天轮从没对任何人开放过，据说大楼背后的老板是一个低调神秘的青年才俊、总裁，从不露脸，但他表示，将来自己要在楼顶举办婚礼，携着他的新娘一起坐摩天轮。

高阳深吸一口气："你千万别告诉我，这栋楼是……"

"没错。"白兔微微一笑，"吴大海的产业。"

高阳惊讶。

白兔挂上一个精致的工牌，大步走进奢华气派的旋转门，两名工作人员立刻迎上来，领着白兔和高阳来到内堂的私人通道，进入专用直达电梯。

电梯依附在大楼的脊梁上，电梯外侧是一面坚固的单向玻璃，站在电梯里可以看着自己一点点升高，眼前的人流、车辆、街道、房屋都离自己越来越远、越来越小，有一种"得道升天"的感觉。

电梯行驶的过程中，高阳忍不住问："吴大海家也太有钱了吧？"

"不多，他父母每人月薪六七千，年终奖有个几万吧。"白兔望着窗外城市的繁华夜色，语气淡然，"他爸是高中数学老师，妈妈是全职主妇。"

"呃，"高阳再次惊讶，"所以这么多钱，都是吴大海自己赚到的？"

"嗯，他大学学的工程电气，毕业后不想上班，自己瞎倒腾，研发出一种超厉害的材料，储电能力极强，应用在多个领域，申请了专利。现在智能手机的电板充一次电可以用三天，在这之前充一次电只能用半天，你敢想象？"

"厉害。"

"吴大海的二舅是做新能源生意的，拉着吴大海创业，如鱼得水，才七八年他就积累不少资产了，不过他基本不管公司，都交给舅舅打理，他每天坐着数钱就行。"

"羡慕。"

"是啊，有钱的确很方便，所以当我知道他也是觉醒者后，第一时间拉拢了他。"白兔颇为得意，"谁知道他是个老色鬼。"

"……"

很快，两人走出电梯，进入走廊。

走廊尽头是一扇银白色的金属大门，白兔来到门前，看一眼门上的内嵌式视网膜扫描仪，又验证声控系统，才算通过。

大门缓缓打开，里面是一个富丽堂皇的大空间，装潢风格属于西方宫廷风，但又混搭了不少东方元素，什么红木花雕屏风、水墨画、青花瓷、各种古玩字画，另外还有各种限量手办、盲盒、真人比例高达……审美水平真的一言难尽。

大门前面铺着一条刺眼的红毯，一直铺展到房间中央的办公桌，办公桌后面是一张电影里的那种铁王座，由上百把铁剑熔化而成，座椅坚硬、冰冷、锋利，高阳光是看一眼，就觉得屁股硌得慌。

吴大海穿着一套屎黄色睡衣，头发耷拉着，跷着一只腿，嘴里咬着一根生黄瓜，坐在铁王座上百无聊赖地签着文件。

青灵和黄警官也在，两人刚到，正在观赏吴大海的办公室。

"人都齐了，开始吧。"吴大海正好签完所有文件，站起来，将钢笔一扔，啃了一口黄瓜，"出发！"

吴大海毫无悬念地用双手造作地捋了一下自己蔫掉的扫把头，发胶都不需要喷，就把扫把头给捋得坚固硬挺，果然是双手自带电离子烫的男人。

吴大海走到办公室左侧，地板上有一个直径两米的圆形图腾，隐约可辨是个比较写意的十二生肖图。

他挥挥手："都过来。"

高阳、青灵、黄警官还有白兔都来到他身边，站在图腾内。

"嗒。"

吴大海打了个响指，一秒后，脚下的图腾变成一个升降台，一边旋转一边慢慢往下降，旋转完一圈时，升降台正好停稳，来到一间密室。

一行人走下升降台，开始环顾四周。

密室呈多边形的环形结构，目测两百平方米左右，墙壁、天顶都由质感十足的象牙白的石壁砌成。

高阳数了下，共十二面墙壁，每一面墙壁上都刻着抽象而庄严的浮雕，从一点钟方向依次为：鼠、牛、虎、兔、龙、蛇、马、羊、猴、鸡、狗、猪。

每一面浮雕下，都有一张既古朴又充满科技感的金属桌，桌面放着数量不等的生肖面具，每个面具的种类、造型、新旧程度、破损程度都不一样。它们都被安置在密封的无氧玻璃柜中，仿佛是用来展示的古董。

高阳来到鼠的浮雕下面，金属桌上摆着三个密封无氧玻璃柜，都放着老鼠面具，玻璃外面写着年份。

第一个面具是一个廉价的塑料老鼠面具，看起来像是地摊上几块钱的玩具。年份：1965—1980。

第二个面具是一个橡胶制成的老鼠头套，造型很朋克，但这个头套只剩下上半部分，下半部分似乎被锋利的武器给切开，头套上还残留着大量干掉的暗红色血渍。年份：1983—1984。

第三个面具最惨，只剩下一些无法复原的金属碎片，看上去像是被高温熔化过的，应该是一个金属制成的面具。年份：1993—2010。

不仅高阳，青灵跟黄警官也被其他面具吸引了。他们围着浮雕绕圈，走走看看，仿佛在逛博物馆。

高阳快速逛了一圈，发现每个浮雕下面都有面具，少的一个，多的六个，但只有龙的下面，一个面具也没有。

"是不是很好奇？为什么龙没有面具？"白兔来到高阳身后，跟他一起看着墙上的龙浮雕。

"有一点儿。"

"我们组织创建于五十七年前，三年之内，十二生肖成型。当位置空缺，组织才会去招纳新的合适人选来填补。因此绝大部分时间，十二生肖一直是十二个人，你可以理解为一种传承。"

白兔神情转为严肃，在她看来，这不是可以调侃的事："每个成员都可以量身打造自己的生肖面具。为了方便区分，从第二代开始，名字不能是单纯的生肖，得加一个字。比如第一代鼠就叫'鼠'，第二代叫'岁鼠'，第三代叫'影鼠'，第四代是吴大海，他天赋是'雷电'，所以自称'电鼠'。"

高阳立刻明白过来："摆在这的面具，都是死去的前辈。"

"是啊，吴大海是第四代。"白兔的目光充满敬意，"我是第三代。萌羊最惨，已经发展到第七代来了。萌羊现在可是团宠，大家都情愿自己死，也不希望她死。不过嘛，萌羊以现在的天赋，倒是不太容易死。"

高阳一惊:"那龙岂不是……"

"龙还没死过,所以仍然叫'龙'。龙就是队长啦,也是十二生肖创始人。"白兔聊到队长,语气又有了变化,"队长好惨啊,初代队友全死了,就只剩下他和我们这群新来的废物。"

高阳心情复杂:"你之前说我跟队长是亲兄弟,搞得我还以为……队长很年轻。"

"是很年轻啊,不仅年轻,还是大帅哥哟!"白兔露出迷妹的笑容,"以后你就知道怎么回事了。"

"好。"高阳不再追问。

高阳想了想,又问:"副队长是不是虎?"

"哇,你怎么知道?吴大海告诉你的?"白兔诧异。

"没有。我发现除了龙,虎的面具最少,只有一个,那他资历应该很老。"

白兔竖起大拇指:"你很聪明,我喜欢聪明人。副队长叫斗虎,他不会来参加新人欢迎会。他在执行任务。"

身后传来升降台降落的声音,白兔越过高阳的肩膀,眼睛一亮:"啊,其他人都到齐了。"

高阳回头,一行人走下升降台。

天狗走在最前面,还是戴着面具,肩上坐在萌羊。今天的萌羊换上淡绿色的汉服裙,之前的丸子头扎成一个可爱的大麻花辫。她举着一串糖葫芦,朝高阳挥手:"高阳哥哥,我们又见面啦!"

"是啊,萌小羊。"高阳见到萌羊也很开心,这个小女孩不仅救过自己,还给他一种妹妹的亲切感。

"都来啦。"死猪乐呵呵地笑着,他走下升降台时,大家都觉得地板在轻轻震颤。

死猪身后还有两男一女,都戴着面具,分别是鸡、猴、马。

"介绍一下,这三位是我们的新成员:高阳、青灵、黄琦黄警官。"白兔说着走到队友身边,依次介绍,"这三位,鬼马、泼猴、歌鸡。"

叫鬼马的男人戴着一张神情厌世的马脸面具,感觉这匹马像是得了抑郁症。

男人摘下面具,是个眉骨突出、下巴宽阔的中年大叔,法令纹很深,黑眼圈硕大,穿一套刻板的深蓝色西装,提着一个黑色公文包,像是加班了三天三夜的打工人。

鬼马礼貌地伸出手,声音阴郁:"你好。"

"你好。"高阳轻轻握了下他的手,手掌冰冷得像个死人,接着他又跟青灵和黄警官握手。

握完手,他又从西装口袋掏出三张名片:"请笑纳。"

三人面面相觑,接过名片,一时间被搞得很不好意思。

高阳看一眼名片,微微吃惊,竟然是一名事务所的律师。

鬼马退下,泼猴上前。他戴着一张戏曲风格的齐天大圣面具,满头银发,穿白色太极服,上了年纪。

叫泼猴的老者摘下面具。

高阳大吃一惊：竟然是他？！

"刘大爷？！"黄警官率先喊出声。

泼猴不是别人，正是卖麻辣烫的刘大爷。

刘大爷也很意外："你认识我？"

黄警官难以置信："你……你不是……迷失者吗？"

刘大爷反应过来，乐呵呵地笑了："你说的人，是我哥。"

"哥？"黄警官皱起眉，"你跟刘大爷……是双胞胎？"

名叫泼猴的老者微笑点头："你可以叫我刘二爷。"

高阳认真打量眼前的老者——的确，他虽然乍一看跟刘大爷很像，但整个状态要年轻很多，精神矍铄，身体硬朗，眼神清明，不似刘大爷的浑浊老态。他的举止言谈也透着世外高人的泰然自若、与世无争，没有刘大爷的市井气。

"刘二爷？"黄警官既震惊又费解，"你哥是兽，你却是人……你们是双胞胎……这是怎么做到的？"

黄警官问出了高阳想问的话。

"老夫正是为了搞清这事，才加入十二生肖。"刘二爷脸上仍是淡然的微笑，"别看我一把年纪，要论工龄，我在这儿算倒数。"

原来如此，高阳越来越觉得自己还没走出新手村，这个世界还有太多未解之谜。

"刘二爷，"黄警官上前，稳稳握住他的手，"老实说，今天看到你，是我最开心的时候。"

"为什么？"

黄警官苦笑道："你是我目前遇见过的觉醒者中，唯一活到了这个岁数的人。"

"哈哈哈。"刘二爷开怀大笑。

"家有一老，如有一宝。"白兔笑着走上前，"刘二爷也是组织里加入过的唯一老人，大家都把他当福星供着呢！"

"你们也能像我一样，平平安安活到老。"刘二爷说着，重新戴上面具。

大家的目光不约而同聚集到最后一位同事身上。

歌鸡是一位年轻女性，一头咖色的长卷发，戴着一张遮住上半张脸的精致假面，假面一侧插着栩栩如生的鸟类羽毛。

她身穿一袭浓墨重彩又充满大自然气息的花色吊带长裙，光着线条优美的双腿，纤细光洁的细小手臂上戴着各种撞色的镯子。她身姿优雅，体态轻盈，走过来的时候浑身发出清脆愉悦的丁零声，像一只美丽的孔雀。

她没有摘面具，仅从下半张脸也能辨别出是一个大美人：精致小巧的鼻尖，性感的大红唇，尖却不刻薄的下巴。

她微笑着伸出手，声音柔美："你们就叫我歌姬吧，唱歌的那种'歌姬'。"

"你好，歌姬。"

高阳、青灵、黄警官依次跟她握手。歌姬的举止和仪态分明友善，可之后却一句话也不再说，一时间搞得有些冷场。

白兔赶忙解围道："别误会啊，歌姬姐一点儿都不高冷，只是尽量少说话，怕说多了我们会睡着。"

"天赋？"高阳恍悟。

"对，"白兔替歌姬解释，"歌姬姐的天赋是'安魂曲'，序列号：66。她的声音自带催眠效果，她开口唱歌的话，很少有人能撑完三十秒；讲话好一点儿，但一般人也撑不过五分钟。以后你们谁要失眠了可以找歌姬姐聊天，她平时憋得慌，可爱聊了。"

歌姬颔首微笑。

"好！"白兔拍拍手，"成员介绍就到这，接下来是入职仪式！"

高阳默默盘算：组织已有十位成员，电鼠、斗虎、白兔、龙、鬼马、萌羊、泼猴、歌鸡、天狗、死猪。

龙和斗虎分别是队长和副队长，没有参与。

那么说，只有牛和蛇是空缺的。

这时天狗走过来，手里拿出两个很普通的塑料面具，分别是牛和蛇："这只是临时面具，你们之后可以根据自己的喜好私人定制。"

白兔补充："出任务时都要戴面具，一是企业文化，二是隐藏身份。"

"生肖是自己选吗？"高阳问，"名字也是自己取？"

"对。不过嘛，现在空缺只有两个，只有两人能有名号，剩下一人也算正式员工，但暂时没名号，我们当中有人死了，才能补上。"白兔耸耸肩，"但愿这天别来得太快。"

"你这个HR怎么办事的啊？"黄警官调侃道，"怎么还多招一个人，太不吉利了。"

"哈哈，对不起嘛！"白兔双手合十，假装赔礼道歉，"我本以为你们三个有人会在古家村挂掉，哪知道你们全活下来了。"

"听听这是人话吗？！"黄警官快要气死了。

"黄警官、青灵，你们选吧。"高阳笑笑，"我替补就好。"

"你确定？"黄警官看向高阳，"按理说我年纪最大，孔融让梨也应该是我来。"

"不用，我替补。"

高阳坚持，他的理由有二：一、牛和蛇都不是他喜欢的生肖，犯不着跟人争；二、小心驶得万年船，低调做人总没错。

"行。"黄警官也很爽利，"我选牛吧，名字我都想好了，就叫黄牛。"

"想清楚啊，决定了就不能改名的。"白兔说。

"想清楚了，人民公仆老黄牛！符合我的职业！"黄警官很自豪。

"青蛇。"青灵也有了答案。

"哇，爽快！"白兔很是欣慰，嫌弃地看了一眼吴大海，"瞧瞧人家多利索！再看看你，想个名字都想了三天，最后想出一个电鼠，品位堪忧！"

吴大海双手捋了下扫把头："白兔，你还小，感受不到我的魅力，我不怪你。"

"我谢谢你的日常催吐啊。"白兔做出一个要吐的鬼脸。

天狗将一个无脸男面具递给高阳："你戴这个。"

高阳戴上无脸男面具，觉得自己还挺酷的。

"好了，结束了！"白兔说。

"等下，"黄警官问，"没有宣誓环节吗？"

"没有！不兴这一套。"白兔打了个响指，"不过你倒是提醒了我，来，合照一张，不然回头死了都没遗像。"

白兔指挥大家戴上面具站到一块儿，架上三脚架和单反，手拿远程遥控。至于没来参加的队长和副队长，则由白兔和吴大海举着他们的面具参与合照。

白兔高喊："现在我宣布，十二生肖，正式满员！"

"三，二，一！"

"茄子！"

"咔嚓"。

合照后，吴大海将高阳、青灵、黄警官三人的身份信息输进公司的内部安全系统，并给他们发放工牌和假身份，今后三人就是公司的正式员工，可以自由出入千禧楼。

高阳看一眼自己的工牌：营销部经理。

"有工资吗？"高阳问。

"没有。"吴大海玩味地看了一眼高阳，"你很缺钱？"

"嗯，"高阳实话回答，"我爸出车祸了，他开的厂子也遭遇破产危机，我想帮帮他。"

"哦，挺不容易的。"吴大海很是理解，但一口回绝，"没有。"

高阳很吃惊："你不是身价上亿吗？就不能慷慨一点儿？"

吴大海爱莫能助地拍拍高阳的肩："兄弟，你要私下缺钱随时跟我说，但是帮兽是万万不能的。"

"我的家人不一定是兽。"高阳坚持。

"只要不是觉醒者，一律按兽对待。"天狗声音散漫，"最好让他们自由发展，觉醒者不要去干涉兽的生活轨迹。"

说完，发现大家都看向他，天狗赶忙解释："啊，我只是重复队长的话。"

"那王子凯也是兽啊。"高阳据理力争，"你还借了他一辆跑车。"

"王子凯不一样，这个迷失者很特殊，组织想对他进行观察；况且他家本来就有钱，吴大海借他一辆车也不至于改变他的生活轨迹。"白兔走向高阳，冲他眨眼，"你要实在想帮你爸，去找王子凯，让兽干涉兽的生活轨迹，不就行了？"

"也对。"高阳点头。

"还有啊,虽然你们仨有了工牌,但平时最好少来这里串门,"白兔走向升降台,"不要以为有了组织当靠山就万事大吉,兽依然是非常狡猾和危险的存在,不需要执行任务的时候都给我低调点,扮演好你们自己。"

高阳深以为然。

大家陆续走到升降台上,回到吴大海的办公室。

泼猴、歌鸡、死猪、天狗还有任务要执行,先离开了,办公室剩下高阳、青灵、黄警官、吴大海、白兔和萌羊。

白兔看了一眼吴大海:"负六层装修好了没?"

"上周搞定!走,带你们参观一下!"吴大海扬扬得意。

"负六层是什么地方?"高阳问。

"组织的秘密基地之一,"白兔解释,"你可以理解成蝙蝠侠的装备库。"

高阳已经有画面感了,随后又表示担忧:"吴大海亲自设计?"

"怎么可能?!就他那灾难级审美水平,不如杀了我!"白兔十分嫌弃,"天狗画的图纸,他是室内设计师,吴大海只负责出钱。"

吴大海走在最前头,手舞足蹈,哼着说唱,完全无视白兔的吐槽,似乎已经习惯。

六人刚要步入专用电梯,高阳停下脚步。

"等一下!"

白兔回过头:"怎么?"

高阳心跳加速,感觉到一股强烈、粗暴、寒冷的杀意袭来。

"哗"——

>警告!你正面临极度危险的处境。

>幸运点收益增幅至 2500 倍。

"不对劲……有危险!"

白兔看着高阳,脸上的笑容渐渐凝固,脸色一瞬间惨白如纸!

她朝吴大海大喊:"快带他们走……"

"嘭"的一声巨响,防弹玻璃制成的巨幅落地窗碎开,玻璃碎粒漫天飞舞,犹如晶莹的雪花。

一刹那,高阳的视线捕捉到碎玻璃碴中的人影。

一个男人!

男人穿夜行衣,戴头套,双手双脚并拢,缩成一团,像一个黑色铁球,利用高空坠落的高速冲击撞碎了防弹落地窗。

但这里可是几百米的高空啊,他难道是从直升机上跳下来的?!

一切发生得太快,高阳来不及深想。

落地的一瞬间,黑衣人蜷缩的身体舒展开来。他双脚着地,一个翻滚配合弹跳,扑向愣在原地的萌羊,同时拔出腰间的短刀。

眼看短刀就要刺入萌羊单薄的胸膛,一个人影犹如一发高速球射过来,将萌羊从刀尖下夺走。

白兔抱住萌羊，在地上一连打了好几个滚，才将自己的冲劲缓冲完。

白兔没有丝毫犹豫，放下萌羊后双腿奋力一蹬，快速冲向黑衣人。

黑衣人反应也快，一个后仰，躲开白兔一记强力的腿踢，并趁着白兔的身体从自己上方飞过时，迅速抬脚，踢中白兔的小腹。

那一脚迅捷如电，力量也大到离谱，白兔像一个半路被撞击的桌球，改变直线的轨迹，呈直角飞向头顶的天花板。

白兔"砰"的一声撞在天花板上，接着反弹落下。

黑衣人原地不动，反手握住短刀，就要迎上去给她致命一刺。

"叮"，黑衣人的短刀被一把唐刀架住，黑衣人一愣，没想到远在七八米外的青灵近身速度如此之快。他短刀往下一压，逼迫青灵的身体前倾，左手并拢、绷直，直击青灵的咽喉，动作极快，角度刁钻，犹如一条狩猎的眼镜蛇。

黑衣人左手刚出一半，又飞快缩回，并在千钧一发之际，抓住差点刺入自己右眼的匕首——那是青灵用"金属"操控的暗器。

黑衣人察觉到危险，迅速转身甩出匕首。

十米开外的黄警官刚拔出手枪，右手臂就被一把匕首刺中。黄警官脸色一变，右手的手枪脱落。

但他可是拥有"枪神"天赋的人，枪就是身体的一部分。他迅速下蹲，左手一把接住没来得及落地的手枪，一个高速旋转，无名指已经扣住扳机，"砰"的一声打出三发子弹，整个动作行云流水。

三发子弹打中黑衣人，原本是要打头的，但黑衣人抬起左手臂，直接挡下三发子弹。黑衣人的小手臂鲜血喷射，可他却仿佛感受不到疼痛，丝毫没有放慢冲刺的速度，甚至变得更快。

黄警官没料到对方是这样一只怪物，还想开枪。

对方挥刀。

"砰"，手枪又开出一枪，却打在天花板上。

黄警官回过神时，发现自己握着手枪的半截左手臂，正伴随着星星点点的血渍，甩在半空中。

他意识到，左手断了。

他瞳孔放大，恐惧的光泽中倒映出一个快如鬼魅的黑衣人。

"噗"，短刀刺穿了黄警官的心脏。

黑衣人迅速拔刀，回头冲向青灵。

黄警官双眼发怔，脸上的惊恐变为了茫然，身体一软，跪倒在地。

黄警官被杀的几秒内，高阳杵在原地，喉咙被震惊和绝望的大手掐住，几度窒息。

思考！思考！快思考！我该做什么？进入系统领悟新天赋……来不及了，领悟不一定成功，即便成功也不一定是战斗天赋，并且现在随时会死人，必须马上加入战斗！用我的"火焰"天赋战斗？不行，黑衣人的动作太快，近身的话自己毫无胜算！

黄警官死了吗，是否还有救？把战斗交给队友，立刻复制萌羊的"伤害转移"，去救黄警官……不行，复制才2级，即便拿到"伤害转移"也只能使用十秒，十秒钟我没法吸收黄警官身体的伤害，即便吸收了又能在体内储存多久，又该转换给谁？

复制青灵的"刀神"？更不可能，青灵正在跟黑衣人缠斗，况且我手中没有刀械，"刀神"能力大打折扣。

一系列思考仅在三秒内完成，更接近于一种直觉和经验的快速推导。

高阳目光锁定白兔，白兔遭到黑衣人的一踢，受伤不浅，正半蹲在地上，捂着腹部，脸色苍白。

"哗，哐哐，铛"。

青灵一手挥舞唐刀，一手远程控制着两把旋转的匕首，从左右对黑衣人进行包夹。她全神贯注，一刻不敢松懈。

黑衣人的左手臂被黄警官的手枪打残，自然垂下，他右手握着短刀，动作灵敏，步伐鬼魅，招架着青灵的猛攻。

他且战且退，游刃有余，3级"刀神"固然棘手，但远非他的对手。他提防的是吴大海，不远处的吴大海已经发动"雷电"，周身是细小的电流，犹如四处乱窜的飞虫，寻找着进攻时机。

人的速度是快不过闪电的，黑衣人要做的是留心观察吴大海手上的动作，就能预判什么时候会有闪电从头顶劈下来，从而提前躲开。正如真正的高手要躲掉的并非子弹，而是对方开枪的动作。

吴大海自己也很清楚，他的3级"雷电"威力强劲，但他目前无法对大伏特的电流控制自如，准心很差，双手进行操控也有至少一秒的滞后时间。

黑衣人处在不断移动的状态，吴大海很难命中目标，还可能误伤到青灵。他蓄势待发，却不敢真发，只能起到威慑作用，掩护青灵全力拼杀……

局面陷入微妙的僵持。

忽然，黑衣人的余光发现还有人在移动。

高阳悄悄绕到白兔身边，想要将白兔扶起，低头一看，心凉了一大截！

白兔的小腹殷红一片，黑衣人那一脚竟然直接踢出伤口，估计白兔的内脏也被震碎得差不多了。

"还行吗？"

"别管我……带萌羊走！"白兔嘴角溢血，声音痛苦，她已经无法行走。

高阳从白兔的眼神看到了绝望：他们毫无胜算！

他一咬牙，将白兔背起。

"你……干什么……"白兔不解。

高阳紧闭上眼。

探索到唯一可复制天赋：4级跳跃，是否复制？

复制！

天赋：跳跃。

序列号：60。

符文种类：强化。

获得4级跳跃属性加成（临时）：体力+180，耐力+150，敏捷+400，魅力+40。

高阳睁开双眼，感觉到力量的涌现，下半身的每一块肌肉都充满丰盈的能量，脑内浮现出无数关于跳跃和战斗的经验技巧。

"跳跃！"

高阳背着白兔，双腿往前一蹬，眨眼的工夫就跳到十米开外的萌羊身旁。萌羊趴着双腿坐在地上，害怕地哭泣着。

高阳一把将萌羊抱在怀里："救白兔！"

萌羊噙着泪的大眼睛一愣，立马伸出小手，越过高阳的肩膀，摸到白兔的脸上，话里还带着哭腔："伤、伤害……转移……"

警告！幸运点收益增幅至3500倍。

系统声在脑内响起，高阳狠狠一惊，甚至来不及抬头，只见地板上闪现一个黑影，带着死神般的威压从天而降。

跳跃！

高阳拼尽全力向前跳出……一刹那，他听到刀刃劈开空气的风声，从自己的后脑勺的头发丝上划过。

一秒后，高阳背着白兔、抱着萌羊，跳到了黄警官身旁。

高阳迅速把萌羊和白兔放下，大喊道："一起救！"

"嗯……"萌羊哭着，伸出双手，同时抓住白兔和黄警官的手。

另一边，黑衣人对高阳发起奇袭，却差了一点儿速度，手中的短刀砍空在地，被高阳极限逃走。

"砰砰砰"……七八根大腿粗的紫蓝色闪电凭空出现，从头顶劈向黑衣人。

黑衣人早料到这一招会到来，砍空高阳的瞬间，不做丝毫停留，朝着一旁横跳出去。吴大海也不傻，早就预判了黑衣人的闪躲，因此将闪电分散了一定的距离。

果然，其中一道闪电运气很好，轻轻擦过黑衣人的后脚跟，1000伏电流的尾巴勉强"抓住"了黑衣人。

黑人衣滚落在地，顿感右小腿失去知觉，浑身也是一阵酥麻，全身的肌肉出现极其短暂的麻痹。

青灵没有放过这个千载难逢的机会，以极快的速度持刀刺向黑衣人。

一秒左右，黑衣人找回身体控制权，但小腿上的知觉还没能恢复。

面对青灵的突刺，他已然来不及闪开。他用力甩动左手臂，将已经残废的小手臂甩出。

青灵的唐刀刺入小手臂，并一道贯穿黑衣人的左肩。她本来想刺穿黑衣人的心脏，但黑衣人却利用左手的干扰让她的刀位出现偏差。

黑衣人的左肩被刺，他却一声不吭，仿佛没有痛觉。

赶在青灵拔刀之前，他身体往左边用力一压，顿时整条肩膀都被撕裂出一条大豁口，这导致青灵握刀的身体也被迫跟着前倾。与此同时，从黑衣人的鲜血溅射在青灵脸上，她的视线一片殷红！

青灵一惊，原来一切都在黑衣人的算计中。

他居然把自己的胳膊和鲜血都利用上了，他或许不是最强的战士，却一定是最恐怖、最冷静的杀手！

青灵意识到这点，但为时已晚。

她胸口一凉，一个寒站传遍全身。

她垂下双眼，只见黑衣人右手上的短刀已经毫不留情地刺穿她的胸膛。

黑衣人的右小腿恢复了知觉。

他迅速拔出短刀，站起的同时一脚将她踹飞出去。青灵滚出几米，不再动弹。

男人冷冷一笑。

屠杀，才刚刚开始！

"青……灵……"吴大海蒙了。

这一切都怪自己，如果自己当时足够果断，在青灵的唐刀刺入黑衣人后立刻发动"雷电"，就可以将黑衣人劈死，虽然这样青灵也会重伤。可他没这么做，一方面他相信已经胜利在握，另一方面他舍不得伤害青灵。

可敌人毫不犹豫地杀了她。

吴大海只蒙了一秒，但就是这一秒的迟疑，足够黑衣人采取行动。

在吴大海想要重新操控"雷电"的瞬间，黑衣人飞速将手中的短刀甩出。

吴大海被迫中断进攻，往一旁闪开。

作为一个"法师玩家"，吴大海的动作算得上快了，可他面对的是一个职业杀手，当他再次站稳时，黑衣人已经逼近。

黑衣人的左肩上还插着唐刀。毫不夸张地说，他的模样就像一只发狂的丧尸……不，准确说，这让吴大海想到他最喜爱的动画片里的那个"暴走初代机"。

更不可思议的是，黑衣人分明重伤，速度和动作竟然比受伤之前还要快！

黑衣人逼近吴大海的瞬间，无情地拔出自己左肩上的唐刀。

吴大海刚来得及调整双手的掌心，只觉得右大腿上传来剧痛！他不用低头，就知道黑衣人投掷过来的唐刀刺入自己的右腿大动脉。

吴大海强忍疼痛，继续发力："雷……"

终究还是慢了半秒。

黑衣人一记有力的右勾拳，打碎了吴大海的下颌骨，吴大海呈抛物线飞出去，"哐"的一声撞翻了一个两米多高的手办柜。

吴大海躺在一地手办和玻璃碴中，昏死过去。

很难相信，从黑衣人想要杀死高阳，到被吴大海的雷电勉强劈中，到将青灵反杀，再到将吴大海反杀，时间过去不到十秒。

黑衣人之所以如此清楚，是因为在杀人的过程中，他还一直在默数时间，掌握时间，就能掌握战场的节奏和可能被忽略的信息。

十秒。

黑衣人心中一寒，如果他没记错，2级复制的时间是十秒。那个狡猾的小子拿到白兔的"跳跃"……还有最后一秒战斗力！

念头刚闪过脑际，黑衣人的后腰便遭受一股强大的撞击！

十秒不到，高阳目睹青灵和吴大海的倒下，没时间愤怒和悲伤，最后一秒时间，抓住黑衣人解决吴大海的短暂停歇，发动跳跃，全力冲射，撞向黑衣人。

黑衣人在遭受撞击的瞬间，立刻放弃发力抵挡，否则他的脊椎骨一定会被强大的冲力给折断。他完全放松，顺着高阳的冲撞力，跟高阳一起飞出五六米。

两人在地上翻滚几圈，扭打在一起。黑衣人手中已经没有武器，左臂完全废掉，刚还遭受一记冲撞。

高阳显然更有优势，双臂展开，死死环抱住黑衣人。

"火焰！"

高阳发动"火焰"，五百八十摄氏度的火焰"噌"的一下从黑衣人的后背烧起来，并朝着他全身蔓延。

高阳知道自己也会被火焰波及，不过他具有一定的耐火抗性，在烧死黑衣人之前，自己绝不会被烧死。

众所周知，火烧的痛苦系数极高，正常人被烧时会感到难以忍耐的疼痛，这疼痛会强行驱散人的所有理智，瓦解所有注意力，让人无法做出及时有效的反抗，只能在不断叠加的痛苦中惨死。

但黑衣人仿佛没有痛感，火焰在他的背部猛烈灼烧，可他的动作并没有因此停下。

他还能活动的右手，灵巧地别到自己背后的火焰中，完全不顾十指连心的灼痛，精准地抓住高阳左手的大拇指。

"咔"。

"啊——"高阳左手大拇指被掰断。他大喊一声，左手心迸发出的火焰消失了，原本能将黑衣人彻底吞噬的火焰顿减了一半。

黑衣人一个侧翻，腰部发力，灵巧地旋转，以一个极快的柔术动作，瞬间挣脱开高阳的另一只手臂。

高阳还处在疼痛当中，回过神时，自己的右手臂已经被黑衣人的两只大腿死死夹住。

糟了！

高阳心知不妙，半秒后，听到自己肩膀脱臼的清脆声响。

"啊！"伴随着一声惨叫，高阳右手心的火焰也消失了。

黑衣人一脚蹬开高阳，立刻在地上打了七八个滚，扑灭身上的火焰后，拖着左臂，站起来，走向高阳。

高阳蜷缩在地，右手臂脱臼，左手大拇指骨折，胸口还挨一脚，浑身极度难受，已然丧失战斗力。

还不能放弃！高阳闭上眼睛。

进入系统……

黑衣人没给他时间，一步跨上来，又是一脚踢在高阳的小腹上。

高阳胃部搅成一团，整个人沿着地面滚出五六米，后脑勺重重撞上吴大海的办公桌，只觉得眼冒金星、意识涣散，再也无法思考。

黑衣人不给任何机会，一脚踩住高阳的喉咙，加深力度。高阳只觉脖子一紧，再无法呼吸，不知道自己究竟会先死于脖子扭断还是窒息。

绝望。

他只有绝望。

为什么？这个人明明也身受重伤，却没有一点儿痛苦和疲态。

他是怪物吗？还是不死之身？

他是兽？还是觉醒者？

他是十二生肖的死敌？

高阳本以为加入组织，就能找到靠山，谁知道当天就送了命，真讽刺啊！他忽然想起密室中那些像古董一样放置在玻璃柜中的面具，各种各样的面具……

他们死的时候，都是什么心情啊，有没有后悔加入组织？

"放开高阳哥哥！"意识弥留之际，高阳听见一个奶声奶气却又极度委屈的声音，似乎……是萌羊的。

萌羊满脸泪水，粉嫩的小手捏成拳头，漂亮的小裙子沾满血渍，那些都来自白兔和黄警官。

黑衣人转身，冷冷地看向这个没有战斗力的小女孩。

"放开他！你这个大坏蛋！"萌羊大喊一声。

黑衣人脚上的力度稍微松懈一点儿，高阳得以喘息，立马抱住黑衣人的脚："跑！萌羊快跑！"

黑衣人一抖腿，甩开了高阳，快步走向萌羊。

"不要杀她……"高阳没能说下去，难以置信地睁大了双眼。

浑身鲜血的黑衣人伸出右手，一把将萌羊抱起。

黑衣人用戴着黑头套的下巴蹭萌羊的肉脸："萌小羊，来，让叔叔亲一个……"

"你走开！我讨厌你！呜呜呜我最讨厌你……"萌羊挣扎着，听出了黑衣人的声音，挥手打黑衣人的脸。

"不嘛，让叔叔亲一下，亲了我就放你下来。"

"不要！"

"你不亲,那我可就把他杀了哟。"黑衣人还是笑,回头扫了一眼高阳,"你不是说这个哥哥是你全世界第二喜欢的哥哥吗?"

"去死吧!"

一个身影横飞过来,白兔的双腿踢到黑衣人的脑袋上,把黑衣人踢飞出去。白兔落地,轻松接住被抛下来的萌羊。

她将萌羊放下,脸色还很苍白,捂住还没完全恢复的腹部,拍拍萌小羊的头:"快去救青灵姐姐,她最危险。"

"嗯……"萌羊擦干眼泪,跑向躺在血泊中的青灵。

白兔强忍着腹部的疼痛,怒气冲冲地走向躺倒在地的黑衣人,朝他一顿狂踩:"你神经病啊你!有你这么欢迎新人的吗!我这几天特意躲着你,就是怕你会发病!你还真是从不让人失望!"

"哈哈,哈哈哈哈哈……"黑衣人躺在地上大笑,任由白兔踢打。

白兔踢累了,一屁股坐在地上。

黑衣人缓缓坐起身,捂住流血不止的左肩,朝萌羊喊了一嗓子:"喂,萌小羊,搞快一点,不然你虎叔就要死了。"

"死了好!神经病!"白兔还不解气,又踹了他一脚。

"小兔子,乖,别生气嘛。"黑衣人扯下黑色头套,嬉笑着。

高阳看清了,是一个约莫四十岁的大叔,天然卷发,脸庞消瘦,棱角分明,胡子拉碴,眼窝深陷,双眼炯炯有神,绽放出火焰般的意志,左太阳穴上方隐约可见一个"虎"字的青色文身。

男人发现不远处的高阳在打量自己,抬抬右手,算是打过招呼:"十二生肖,斗虎,以后就是你的老师了。"

斗虎指指白兔,又看一眼不远处晕厥的吴大海:"他俩也是我的学生,刚才是我给他们的期中考试。"

高阳躺在地上,有气无力,尽管大难不死,但心情还是很崩溃:"道理我都懂,但他们的期中考试……关我们什么事啊?"

"既然你们也在一起就一起考了呗,就当是入学摸底考试。"斗虎站起来,捂着残废的肩膀,走向高阳,"臭小子可以啊,临场应变能力很强,几乎做对了所有决策。知道自己为什么输吗?"

"我太弱了。"

"很好,有自知之明。"斗虎蹲下,一把将高阳拉起,"火焰!复制!都是好天赋啊,可惜等级太低。另外,你基础格斗能力为零,这点青灵比你强很多,你们都是好苗子,今后我会好好培养的。"

"我可以……拒绝吗?"

斗虎没想到他会拒绝,略一沉吟:"虎叔我呢也不是什么魔鬼,这样吧,要不我做你老师,要不我杀了你,你自己决定。"

"老师好。"

"孺子可教。"斗虎拍拍高阳的肩,"放宽心,青灵和黄警官都不是致命伤,表面上看我刺中了他们的心脏,其实刺入身体时我让刀锋往右偏两厘米,而且我的短刀很窄很薄,创口不会很大,萌羊几分钟就能搞定。"

"就算肉体的创伤可以恢复,咳咳……"高阳捂着喉咙,连连咳嗽,"今天的心理阴影要怎么消除?"

斗虎来到高阳侧面,单手抓住高阳的右臂膀,用力一扭一推,"咔"的一声帮高阳把胳膊接好。

"啊——"高阳差点没痛晕过去。

"为什么要消除?好好记住今晚的自己是多么弱小、可怜又无助。你要感恩今天遇到的不是真正的敌人,不然你已经死了。"斗虎扬扬得意,"这是虎叔老师教你的第一课。"

白兔捂着腹部缓缓走到高阳身旁:"不好意思啊,吓着你们了。虎叔经常发病,谁也拦不住,我跟吴大海就是这么过来的,你们以后会习惯。"

高阳一阵胆寒:这哪儿能习惯啊!

斗虎来到吴大海身旁,拖着吴大海的脚,往萌羊的方向走,路过高阳和白兔时他还不忘记上课:"这次考试,你跟吴大海有所进步,不过总体来说还需要加强。"

"拜托!"白兔哀号,"你真是站着说话不腰疼!5级的'杀人专家',除了队长谁打得过你啊。"

"如果你们联手都对付不了我,今后碰上鬼团,必死无疑。"斗虎把吴大海往萌羊的身旁一扔,就像在扔一袋垃圾。

萌羊双膝跪地,双手正放在青灵胸前的伤口上。萌羊明白斗虎的意思,自觉地分出一只手,放在吴大海被拳头砸伤的下巴上。

吴大海哼唧一声,身体抖了下,难受地呻吟起来。

高阳注意到了两个关键词:

"鬼团"和"杀人专家"。

"鬼团"难道是十二生肖的敌对组织?这个他之后再问吧。

至于"杀人专家",可是序列号11的天赋啊!

高阳虽然让系统帮忙记下11—199的所有天赋,却只是一个名字而已,并不能深入探测详细信息。

他立马在脑中召唤系统。

系统,帮我探索斗虎的杀人专家。

　　需要花费3个幸运点。

这么贵?!行,探索。

　　天赋:杀人专家。

　　序列号:11。

　　符文种类:伤害。

　　杀人专家:精通各种以杀人为目的体术、格斗术和冷、热兵器使用技巧；战斗时自身痛苦可降低至10%；战斗中自身受伤越重，身体机能越强；濒死状态下，所有属性值最高可翻3倍。

5级杀人专家永久属性加成：体力+1000，力量+1000，敏捷+1000，精神+500，魅力+200。

杀人专家！十分恐怖！我什么时候要是能复制"杀人专家"的天赋就好了！

5级复制，可复制序列号10之后的所有天赋。

我现在复制才2级，唉……路阻且长。

"叮"。

这时，专属通道的电梯门打开，所有人不约而同地看过去。

电梯里的人是死猪。

他魁梧巨大，光是一个人就把整个电梯塞满，看上去像是误入了小人国。

他走出电梯，缓缓扫视一圈，然后看向斗虎，发出一声鼻音很重的苦笑："你叫我回来，果然没好事。"

"老猪辛苦啦，改天请你吃饭。"

"我要吃三只烤全羊。"死猪说。

"没问题，三只烤全羊！"斗虎答应得很干脆，随即补充道，"记在吴大海的账上。"

死猪呵呵笑着，朝萌羊的方向走去。

一时间，高阳竟然有点同情死猪，看来他经常需要默默承受队友们身上的伤害，即便再强大的自愈能力，可那毕竟是扎扎实实的痛苦啊。

萌羊花了十五分钟，吸收大家身体上的大部分伤害，还将黄警官被砍断的右手和斗虎那只残废的胳膊一起接好。当然，他们并不是马上就能活动自如，必须休养两天，最好再找胖俊这种人加固治疗一下，身体才能真正痊愈。

萌羊体内的伤害几乎爆表。她将伤害全数转换到死猪身上。

事情结束后，萌羊和死猪都累得趴下了，躺在地上睡过去。

相比之前大开杀戒的冷酷黑衣人，现在的斗虎简直不要太话痨！他不愧是老师，一直在上课。

"青蛇的'刀神'、黄牛的'枪神'和我的'杀人专家'都属于伤害类天赋，以后我们就是组织的主力输出。你俩身手还行，养好伤就跟我去做点任务，在实战中成长更快。

"回头我给你们制定A、B、C三套战术，到时候你俩可以好好磨合。萌羊加上死猪的战术就是我开发的，是不是很牛？"

斗虎滔滔不绝，但没人想理他。

黄警官死里逃生，整个人都深沉下来。他靠着墙壁一边抽烟一边跟老婆通电话："老婆，干吗呢？哦，没事，忽然想听听你的声音……嗯，早点睡啊，我还在加班，晚点回……"

"黄牛！你有什么想不开的，为什么要结婚？！"斗虎很失望，抄着双手直摇头,"女人只会影响男人挥刀的速度。"

"我是用枪的,"黄警官迫于斗虎的淫威,赔着笑,"我保证今后认真上课,至于我的私生活老师您就别干涉了吧?"

"行吧行吧。"斗虎看向青灵,"青蛇,怎么样?要不要跟我做任务……"

"不做。"青灵盘腿坐在地上,正沉浸在被斗虎碾压的挫败中。

"哟,输了不服气啊?"

青灵别过脸。

斗虎笑嘻嘻地在青灵身旁蹲下:"虎叔我呢也不是什么魔鬼。这样吧,你跟黄牛好好跟我做任务,表现得好,我就让你的'刀神'和黄牛的'枪神'都升到4级。"

青灵双眼一亮,转而又怀疑起来:"白兔说组织里没有'伤害'系的符文回路。"

"我们组织没有,其他组织有呀!可以用我们现有的符文做交易啊,实在不行还可以抢嘛。"斗虎自信地拍拍胸膛,"不然你以为我的5级'杀人专家'怎么来的?"

"喂!"白兔不爽了,"不要擅自决定这么重大的事情啊。"

"我是副队长,队长不在时我说了算。"斗虎心意已决。

"一言为定。"青灵说。

斗虎满意地伸出手,一把将青灵拉起来:"一言为定。"

青灵看着斗虎,神色认真:"到时候,我们再来打一场。"

"哈哈好啊,随时奉陪!"斗虎喜出望外,自己终于收到一个志趣相投的学生了。

"那个,斗虎老师,你是不是……忘了我啊?"高阳问。

我也想升级天赋啊!

"哦,你呀,"斗虎挠了挠乱糟糟的卷发,"潜力无限,但目前太废物,出任务对你来说为时过早。"

"哦。"高阳深受打击:一定说得这么直接吗?我不要面子啊!

"你先跟着白兔和电鼠混吧,他们能教你的东西也不少。"斗虎看向白兔,"对了,你们刚才是要干吗来着,我不打扰了,你们继续。"

"我谢谢你啊!"白兔瞪了斗虎一眼,她怀里抱着睡着的萌羊,"我留下照看一下猪叔和萌小羊,吴大海,你带他们去参观地下基地吧。"

吴大海正颓坐在一片狼藉的办公室里,看着自己的全球限量珍藏手办、模型、稀有盲盒被搞得乱七八糟,心内在滴血。

吴大海头也不抬:"让我缓缓,有点痛。"

"哪儿痛啊,萌羊没帮你治好?"斗虎问。

"治不好了。"吴大海朝斗虎大喊一声,"老子的心在痛啊!"

…………

几分钟后,吴大海振作精神,领着高阳、青灵和黄警官去参观刚建好的地下基地。斗虎收了三个资质不错的新学生,心情很好,决定一块儿去瞧瞧。

五人站在快速下降的电梯轿厢内,面面相觑。

斗虎一脸和眉善目的微笑，可高阳一想到之前那个冷血杀人狂，就觉得这个笑容让人发怵。

黄警官也有同样的感觉，忍不住问道："老师，你刚才要是稍微没掌握好角度，捅到我的心脏怎么办？萌羊也能救我吗？"

"肯定不能啊！"斗虎有些吃惊，"你问这种蠢问题干吗？兽心脏被捅都会死，何况是人。"

"听好了，萌羊的'伤害转移'有很多限制。首先，必须在伤害产生的半小时内，而且这个伤害理论上是现代医学可以抢救过来的伤害，不可逆的伤害，肯定无法转移啊。"斗虎眉飞色舞。他真的太沉迷于授课了。

黄警官只觉背脊一凉，忽然又想给老婆打电话，听听她的声音。

活着……真好啊。

"叮"。

转眼间，电梯抵达负六层。

"到了。"吴大海说。

五人走出电梯。

前方是一条近似于隧道的空间，光线昏暗、柔和、沉静，透着一种磨砂般的高级质感。

两米宽的道路直通隧道的尽头，道路上铺满白色鹅卵石，它们大小相近，光滑平整，鹅卵石上铺着一条条黑檀木板，跟鹅卵石组成一条黑白相间的小径。

道路两边是跟路面持平的水面，各三米宽，水面上种植着细竹，郁郁葱葱，但又自成章法，显然精心布置和修剪过。小竹林中还装有造型古朴的大理石灯，灯芯装有感应灯，跟着大家的脚步声依次亮起。

涓涓细流中不时传来惊鹿清脆的"哒哒"声，让人仿佛真的置身在月色下的竹林深处，充满禅意。

"天狗设计得蛮不错的啊。"黄警官称赞。

"还行吧。"吴大海走在最前头，"他妈妈是岛国人，这一段有点岛国风情。"

五人走到隧道尽头，是一扇仿木纹的金属门，经过一系列繁杂的身份验证后，大门打开，里面是一个敞亮的圆形大厅。

大厅一改之前的风格，灯光明亮，造型简约，白灰黑主题，充满科幻感。

大厅中央是一个小型展台，展台上正重复播放着一段十几秒的全息投影，十二只赛博朋克造型的机械生肖相互追逐和打闹，最后合为一体，化为一股抽象却让人莫名觉得很厉害的复杂几何体，然后爆炸开来，化为无数碎片。这些碎片又自动组成互相追逐打闹的十二生肖，周而复始。

大厅前方有十二扇门，呈扇形排开，也是十二生肖主题。

吴大海指着最左边的门介绍道："鼠门，进去是会议室；牛门，实验室、科技研发室；虎门，健身房、格斗室和训练室；兔门，休息室、茶饮间、自助饮料咖啡零食什么的；龙门，队长的私人空间，不对外开放；蛇门，宿舍和澡堂……"

吴大海停下来，回头看向青灵："放心，男女分开的，你不用担心会被性骚扰。"

高阳心想：她唯一要担心的人就是你吧。

"马门，装备库，一会儿我带你们开开眼界。"

"羊门，医疗室、手术室、药品库。"

"猴门，娱乐室……"

"还有娱乐室？"高阳有些意外。

"不会娱乐的人就不会工作，懂什么！"吴大海哼了一声，"联网电脑、各类游戏主机都有，还有我最爱的老式街机，欢迎你们随时来找我挑战。"

"那鸡门……是不是卡拉OK？"高阳猜到了。

"没错！"吴大海很得意。

"你怎么不建个游乐园啊？"斗虎也听不下去了。

"老师！我这不是要照顾全员感受吗？"吴大海理直气壮道，"我为了凑满十二个房间我容易吗？"

斗虎打了个哈哈："继续。"

"狗门，里面是干洗店。"吴大海指着最后的猪门说道，"自助食堂。"

黄警官感叹："还以为就是个普通基地，如此齐全，全员都可以来里面生活了啊。"

"不然你以为？"吴大海颇为自豪，"这里的物资、能源储备，至少够我们在里面待上一年。"

"需要待这么久？"高阳问。

"等下次猩红潮汐到来，你就会感激我了。"吴大海说。

"啊……"斗虎想起很不愉快的经历，扶住额头，"上次潮汐，我每天都只能在荒山野岭上大号，用枯树叶擦屁股，太惨了。"

"猩红潮汐到底是什么？"高阳实在太好奇了。

"以后再说吧，"斗虎笑容玩味，"你们今天的心理阴影够多了。"

你也知道啊？高阳敢怒不敢言。

吴大海带大家走进马门，里面果然是名副其实的装备库。

第一个房间是枪械，四面墙上挂满现代武器：手枪、冲锋枪、轻机枪、重机枪、狙击枪、散弹枪、火箭筒、火焰喷射器，还有闪光弹、烟幕弹、音爆弹、手雷等，看得黄警官两眼冒光。

黄警官拿起一把银白色的左轮手枪，弹出轮转弹夹，旋转一圈检查子弹，快速合上，接着又在手中旋转半圈，顺势插入自己的裤带。

"动作很帅。"吴大海评价，"不过请把枪放回原处。"

"哦。"黄警官依依不舍地将左轮手枪放回原处，又想伸手去摸一把轻机枪。

"不准摸！"吴大海制止。

"小气鬼……"黄警官委屈巴巴。

"我小气？！你上次找我要狙击枪我没给吗？那会你还没加入组织呢！"吴大

海好气又好笑,"你现在想干吗,扛着枪是要去大街上扫射啊?!"

斗虎拍拍吴大海的肩:"电鼠,对你学弟能不能温柔点?"

"不能!"吴大海脸上写着了一家之主的倨傲,推门走入下间房。

这间房的武器架上插满冷兵器,刀、枪、剑、戟、斧、钺、钩、叉、鞭、锏、锤、挝、镋、棍、槊、棒、拐、流星锤……十八般兵器全来了,还有各种弓箭和暗器。

"青灵,看上什么尽管挑。"吴大海朝青灵抛媚眼。

"不用。"青灵完全不感兴趣,看都懒得看一眼。

吴大海自讨没趣,黄警官在一旁幸灾乐祸。

内部空间基本是打通的,吴大海带着大家走马观花了一圈,然后领大家去宿舍洗澡,换上一套衣服——由于之前激烈地战斗过,大家都是一身狼狈。

洗完澡,五人在休息室集合。

休息室是一间大公寓,装修是北欧居家风,懒人沙发、地毯、电视、冰箱,还提供零食、饮料……让高阳想起以前看过的美式情景喜剧中的场景。

五人坐在沙发上,喝饮料,聊天。

吴大海想到什么,喊了一声:"地鼠精灵。"

墙上的巨幅液晶屏幕亮起,出现一只精灵的虚拟形象,是一个长着老鼠耳朵的二次元萌妹,声音甜美:"主人您好,找我有事吗?"

"查看一下我的实时排行。"吴大海喝一口可乐,满脸期待。

"是。"

"十二生肖,电鼠。觉醒者综合战力排行榜:第一百零二名。"

"啊啊啊啊!"电鼠烦躁地大喊大叫,"没进前一百就算了,怎么还掉了一名啊!"

"觉醒者还有战力排行榜?"

高阳坐直了身体——要唠这个,那他可就不困了啊。

"必须有,有人的地方就有江湖,有江湖的地方就有排行榜。"

斗虎喝着啤酒,拍拍吴大海的脑袋:"别急,等十二生肖拿到第二块符文回路的消息传开,你的排名自然会上来。"

"有道理!"吴大海转而又问,"对了,符文回路鉴定完毕了吗?什么种类?"

"精神。"斗虎说。

"靠!"吴大海有点可惜,"为什么不是元素啊!我还想升到4级呢!"

斗虎笑了:"歌姬开心坏了,她的'安魂曲'可以升到4级了。"

"啊啊啊,为什么我不能升到4级啊!我真是太惨了!"吴大海哀号。

"这不是还有学弟学妹陪你垫底吗?"斗虎说。

"是啊,我才2级。"高阳说,"虽然序列号一个是26,另一个是18,还算靠前,但2级天赋真的好废物啊。"

"少在我的面前装可怜!"吴大海更来气了,"你可是双天赋!还要怎样?想升到3级还不简单?两个3级天赋,排行很快就能追上我!"

其实我是三天赋。高阳没说，一方面要留张底牌，一方面也怕吴大海晕过去。

斗虎爱莫能助："要是元素符文已经出现，组织还可以通过交易的方式搞过来给你升一下级，但元素符文根本没找到啊，你能怨谁。"

吴大海一头倒在沙发上，沉默了。

"元素系天赋都是潜力股，"斗虎安慰吴大海，"就像竞技游戏中的 AP（法术伤害），前期很废物，发育时间长，一旦成长起来了那可是团战核心 AOE（范围性作用技能）啊。"

"相比之下，我的天赋更像是刺客，前期优势很大。"斗虎跷着二郎腿，喝着啤酒，看着屏幕中滚动的名字，"不是老师吹啊，这榜单上 10 名之外的所有人，一对一的情况下我杀他们跟闹着玩一样。"

"难怪你排名第 9。"青灵找到了斗虎的名字。

"讲道理，我的排名其实还有上升空间，目前还没人把我逼到濒死状态，我的天赋嘛，伤得越重就越强。"

"领教过了。"黄警官脸色一变，又想起很不愉快的回忆。

高阳默不作声，盯着排行榜，十二生肖中有两人进了前十名。

斗虎，第 9 名；龙，第 3 名。

高阳本以为十二生肖也就是一个中等实力的组织，毕竟成员太少了，现在看来，自己是找到大靠山了。

"这个排行榜，是谁发布的？"高阳问。

"麒麟工会。"斗虎翻身坐起来，用左手捏扁空啤酒罐。他是在检查自己左臂的恢复程度。

"麒麟工会？"

"就是十龙寨的主人。"吴大海缓过神来了，"目前觉醒者中势力最大的组织，有四十多人，老大就叫麒麟，就是榜单第一的麒麟。"

"这名字……"黄警官笑。

"江湖名号嘛，响亮点好。"斗虎说。

"他们自己搞的排行榜，可信度高吗？"高阳问。

"不能说绝对权威，但已经是目前最靠谱的榜单。十龙寨是觉醒者们最大的交易、交流中心，掌握到的信息是最全面的，加上每六年还会举办一次比武大赛，这是综合每个觉醒者的实力、名气、社会贡献，最后计算出来的综合排名。"

斗虎又开了一瓶啤酒："事实上，前五名的实力都深不可测，王不见王，所以只能按照名气和社会贡献来排名。"

"就是说，只论战力前五名并没分出胜负？"高阳说。

"对。"斗虎点头，"你们千万不要被热血漫画误导，绝对的实力排名根本不存在。战斗不是打擂台，不会光明正大地一对一，战斗充斥着算计、利用、偷袭、欺骗、毒杀、攻心、陷阱、以多胜少……叫人防不胜防。"

"拿我跟吴大海来说。"斗虎伸手揪着吴大海的扫把头玩起来。

吴大海烦不胜烦："别碰！"

斗虎置若罔闻："假设这小子的'雷电'升到8级，那么他可以在三秒之内将一栋大楼电得外焦里嫩。如果我当时正好在这栋楼里喝咖啡，或者说，实力排行榜前十的觉醒者们正好在这栋楼里开派对，那么少说也得死一半人，包括我。"

"但是，你能说我的实力不如吴大海吗？"斗虎笑笑，"一对一的话，吴大海在我手上活不过两秒。"

三名学生纷纷点头，表示懂了。

"不要太在意排名，这东西只会麻痹自己，以为生存和战斗像排名一样简单，而且，我们真正的敌人，是不会出现在榜单上的。"

"比如妄兽、生兽、死兽。再比如，"斗虎说到这儿，目光阴冷了下来，"鬼团。"

"鬼团是……"

高阳刚开口，就被斗虎打断："高阳，我听白兔说了，你是三个当中最好学的人，什么事情都恨不得立刻搞清楚，不用急，慢慢来，有些事暂时不知道比知道好。"

"关于鬼团，你们三人目前只需要知道三件事。"斗虎伸出一根手指，"一、鬼团也是觉醒者，但跟我们不一样。二、鬼团是所有觉醒者的噩梦。三、遇到他们，什么都别问，什么都别想，立刻跑。"

斗虎目光冰冷："当你们遭遇到鬼团，只会比今天遭遇到我更危险。"

"他们长什么样？"高阳问。

"不需要描述，你们见到他们的第一眼就能认出来，"斗虎嘴角浮现一丝苦涩，"虽然我不想泼冷水，但如果你们真遭遇了，就说明他们决定杀你，你其实也跑不掉了。"

"斗虎老师也打不过？"高阳很受震撼。

"一对一能应付，多一个都吃不消。"斗虎说，"你们参观过十二生肖的祭坛，见过那些老面具了，那些面具的主人是怎么死的，不用老师多说了吧。"

三人沉默，气氛急转直下。

"有一天，你们或许会后悔自己觉醒了，其实能跟兽一起无忧无虑地活到老，是一件很幸福的事。"

"已经后悔了。"黄警官苦笑。

"附议。"高阳说。

"不过嘛，还是要欢迎你们开启地狱模式！"斗虎笑了。

半小时后，一行人离开负六层。

电梯内，高阳又问了斗虎一个问题："老师，金乌币能买什么啊？"

"哟，你还知道金乌币呀。"斗虎挺意外，"你可真好学啊。"

斗虎大致介绍了一下金乌币，跟柳轻盈说的差不多。

"金乌币主要还是用来交易物品，目前能交易的东西可笼统分为四类。吴大海，你来说。"

吴大海歪着头，不耐烦地说道："药品、装备、道具、情报。"

"药品？"黄警官不理解，"这用钱就可以买到啊！"

"你傻啊，不是普通药品。"吴大海一脸嫌弃，"是觉醒者之间流通的药品，非常强效的！"

高阳灵光一闪，看向青灵："你当时给我的那瓶外伤药！涂上去后，伤口一夜就好了。"

"那是我表哥留给我的药。"青灵面无表情，"他没说是从哪里弄到的，我当时手里只有最后一瓶。"

高阳一时间很感动，当初他对青灵而言还是陌生人，她竟然毫不犹豫地就把最后一瓶外伤药给了他。

"我尽量往简单了说。"斗虎对战斗以外的话题兴致缺缺，"一些觉醒者能利用乌金属制造出一些特殊器皿，混入特殊药材，再加入一些有辅助、生命系天赋的觉醒者的能量，就能合成不同的强效药。

"高阳你之前服用过的疗伤药，原材料之一就有死猪的血液。麒麟工会会批量生产各种常规药，死猪每半年都要给他们献一次血，当然，不是白给的，等价交换。

"除治疗药，还有其他药物，比如短时间增加力量、速度、防御的药物，短时间提高精神、爆发力的药物，自然也有毒药、兴奋剂、迷魂药等……反正只要你有金乌币，都可以搞到。"

电梯门打开，五人来到吴大海的私人地下车库。

吴大海掏出车钥匙，走向一辆黑色大奔。

斗虎继续说："再说装备，装备绝大多数是由乌金属制成。这些装备都具备神奇的成长性和可塑性，长年累月跟随觉醒者，会跟他们的天赋产生能量共振，从而衍生出无限可能。"

"青蛇的刀，就是最好的例子。"斗虎期许地看向青灵，"你拥有'刀神'和'金属'，再加上这把乌金制成的唐刀，1+1+1绝对大于3。老师很看好你，你要能把两种天赋都升到4级，实力排进前二十名问题不大，一对一的话至少能在我手上活三十秒。"

青灵冷着脸，不觉得这是什么夸奖。

"再说道具，道具本质上跟药品差不多，区别在于制作方式。道具通常就是觉醒者把自己的天赋能量短时间注入道具中，让其在特殊场合发挥效果。

"比如催眠弹，普通催眠弹对觉醒者起不到太大效果，但如果歌姬利用自己的'安魂曲'为催眠弹注入能量，其催眠效果就能翻十倍。"

三人若有所思。

"别小看道具，如果遇到实力相当的敌人，身上有没有带道具、能不能活用道具，就会成为关键的胜负手。

"最后一个是情报。情报这玩意儿比较玄，可能一文不值，可能价值连城。竞争对手的情报、符文回路的情报、迷雾世界的情报、兽的情报、鬼团的情报，等等。"

斗虎看一眼最前头的吴大海："这小子闷头攒了 2000 金乌币，在十龙寨的赏金论坛悬赏元素符文回路的下落，至今没人搭理他。"

高阳默不作声。

柳轻盈要的就是情报，那个人贼得很，5 金乌就想买他的一个情报。他刚步入觉醒者的世界，如果不清楚自己手中情报的价值，很有可能被这个人坑死。

不过还好，说不说的选择权在他。

他得抓紧时间上道了，尽快从新手变成大佬。就算变不成大佬，变成一根老油条也行！

平静的两天过去。

周日上午，高阳从床上醒来，第一件事就是进入系统。

不看不知道，一看吓一跳，自己竟然累积了 441 个幸运点。

三天的时间，加上噩梦中跟妹妹的战斗，以及千禧楼跟斗虎的战斗——准确地说是被他单方面虐杀，不知不觉竟然累积了这么多幸运点。

高阳顿时感觉自己是个有钱人了。

他权衡再三，决定再领悟一个新天赋，技多不压身，况且一旦成功领悟新天赋，还有相应的永久属性值加成，怎么想都比干燥的属性点要划算。

　　领悟天赋，需要花费 120 个幸运点，是否确定？

是。

　　领悟中……

　　领悟失败。扣除 120 幸运点。

继续。

　　领悟中……

　　领悟中……

　　领悟失败。扣除 120 幸运点。继续领悟……

继续。

　　领悟中……

　　领悟成功。扣除 120 幸运点。

　　天赋：识谎者。

　　序列号：181。

　　符文种类：智慧。

　　1 级识谎者：48 小时内可主动辨别一次目标是否说谎。

　　1 级识谎者永久属性加成：精神 +10，魅力 +10。

　　属性版更新。

　　体力：47。

　　耐力：48。

　　力量：17。

敏捷：39。

精神：209。

魅力：67。

运气：132。

高阳心在滴血，一共花了 360 点啊，才领悟一个这么靠后的天赋。转念一想，自己前两次都领悟了很靠前的天赋，得知足了，做人不能太贪心。

况且有了这个天赋，回头跟柳轻盈做交易，就不怕她坑自己了。不过四十八小时只能用一次，频率过低，得赶紧用几次，先升到 2 级再说。至于 3 级……

系统，还在吗？

在。

"识谎者"升 3 级也需要杀兽吗？我倒是想用"识谎者"识破兽的谎言，前提是他们得愿意坐下来跟我唠啊。

智慧系天赋，升 3 级不需要杀兽，累计使用次数满 30 次即可。

那我的"复制"也可以这样升到 3 级？

是。

嗯，还行，不算坑。

高阳退出系统，长舒一口气。

他渐渐摸清了系统的规则：但凡高阳在现实中探索到的信息，系统都会跟他解释详情，就像是玩迷宫游戏，只要打开一扇房门，房间里的一切都会跟高阳展示清楚；反之，则不给任何信息。

罢了，他慢慢来。

总而言之，从今天起，他先把天赋的熟练度提升了，短时间内也不用再领悟新天赋，要开始补属性值了。

"砰"！

高欣欣一脚踢开房门："太阳都晒屁……哇，老哥，你醒啦？"

高阳正盘腿坐在床上。他淡淡一笑，"怎么，我不能醒？"

"你平时这个点都还在睡懒觉……哥，你变了！"高欣欣万分惊奇。

"老妹，问你个事啊。"高阳下床，不紧不慢地穿外套。

"问呗。"

"你喜欢老哥吗？"

"什么？"妹妹先是一愣，立马涨红了脸，"哥你大白天的发什么神经啊！这么肉麻？！鬼才喜欢你！"

高阳盯着妹妹，发动"识谎者"。

说谎。

看来妹妹跟他的感情是真的好。高阳笑笑："没事了，随便问问。"

"莫名其妙！赶紧下来吃早饭！"高欣欣用力摔上门。

今早，妈妈难得在家里做了次早饭。奶奶还在乡下的大伯家里，爸爸住院，一家三口吃着早饭，有一句没一句地聊着。自从爸爸出车祸后，家里兵荒马乱，跟打仗似的，像这种悠然的早餐时间，真是久违了。

有那么一恍惚，高阳想着，如果自己没有觉醒，就这样普普通通地生活下去，也挺好的。

高阳吃完早饭，直奔王子凯家。

他站在别墅前的院门口，按了几声门铃，大门没反应。高阳懒得再等，轻松地翻墙进去了。

屋门没关，虚掩着。

高阳立刻警觉起来，悄悄推开门，走进去，随即松了一口气。

客厅乱七八糟的，满地的零食袋、饮料瓶和打包的餐盒，王子凯躺在沙发上睡着了，手里还拿着PS5的游戏手柄，电视屏上是《FF7重置版》的游戏暂停画面，估计打了一通宵游戏。

高阳稍微帮王子凯把茶几收拾了一下，给他披上空调毯，然后在旁边的沙发上坐下。

王子凯翻了个身，又睡了一会儿才缓缓睁开双眼。

他一见高阳，立马坐起来："高阳！"

他做贼心虚地把游戏手柄藏到屁股后面："哈，我之前一直在修炼，修炼累了才娱乐一下……"

"没事，爱玩就玩，救世主也不能成天工作是吧。"高阳暗暗觉得好笑：我又不是突袭检查的老师，你至于紧张成这样吗？

"哈哈，对对对！"

"我拜托你的事，怎么样了？"高阳开门见山。

两天前高阳给王子凯打电话，说明了一下自家的情况，想找王子凯给爸爸的食品加工厂投资，帮忙渡过难关。

王子凯十分豪爽，一口答应，说他爸这两天正好回国，到时当面找他爸聊。

今天是第三天，高阳觉得有结果了。

王子凯听高阳一问，愣住："什么事啊？"

高阳顿时有种不祥的预感，皱起了眉："我爸的事啊，你该不会忘了吧？"

"哈哈哈逗你玩的！"王子凯哈哈大笑，"好兄弟的事怎么能忘！我第一时间就找我爸要钱了！"

"怎么样？"

"额，"王子凯用手指抠了抠脸，"他不肯给。"

"你有按照我说的跟他聊吗？"高阳问。

"没有……"王子凯说到这个就来气，"我本来打算好好跟他聊，结果他一见我就骂我染发流里流气的！染发怎么了？他这是成见！是歧视！然后我俩就吵起来，吵到后面我就忘了这件事……"

高阳叹气，虽然很无奈，但也在意料之中。王子凯自从十岁之后就没跟父母正常交流过了。

"不过你别担心！"王子凯一拍胸脯，"不就是钱嘛，我自己就能搞定！"

"真的？"

"当然，哥是谁啊！"王子凯得意地掏出一张银行卡，"200万块，先拿去用！"

"你哪来的钱？"高阳有些担忧：这小子该不会做什么坏事了吧？

"我把跑车卖了。"王子凯说。

"卖了？！"高阳有点心疼，那辆车他花400多万买的，现在半价给折了。

"对啊！"王子凯无所谓，"反正我现在有吴大海的车！"

"他借给你开，你迟早要还的。"高阳说。

"哼哼！"王子凯眉飞色舞，"吴大海说了，只要我帮她跟青灵搞好关系，就把车送给我！我是谁啊，这还不是小事一桩！当初我不是随手就帮了你和李薇薇！"

我谢谢你啊！一提起这事，高阳就恨不能给王子凯一拳：当初如果没有他那一出，自己就不会跟李薇薇出去，也不会跟她说那些话；李薇薇就不会兽化攻击自己，也就不会死于青灵的刀下。那样的话，李薇薇还是自己熟悉、信任的青梅竹马……

但是换一种可能，就算不是李薇薇，自己迟早还是会觉醒和暴露，然后栽在其他兽的手上，却不一定有青灵来救……这样一想，说不定王子凯还歪打正着救了自己。

高阳不再乱想，接过王子凯的银行卡："谢了啊，演戏演全套，回头你跟我爸签个合同。"

"我不会弄这些玩意儿！"王子凯嫌麻烦。

"手续这些交给我，你只要签字就行。"高阳说。

"那好说！"

高阳起身："走，去十龙寨，请你吃烤肉！"

高阳睁开双眼，发现自己正睡在一张沙滩椅上，头顶是一棵茂盛到足够遮挡大部分阳光的椰树，脚下是柔软、干净的白色沙滩。阳光明媚，海风清爽，眼前是一片蔚蓝色的大海，水天一线，几只海鸥在碧蓝的天空翱翔。

高阳知道这是梦，但还是看得出神。

这是他第一次见到大海，跟电视中的大海不太一样，他最直观的感受就是，电视中的大海远没有亲眼看到的大海广阔。

"这个场景，还喜欢吗？"耳边传来轻柔的声音。

高阳侧目，柳轻盈半躺在一张沙滩椅上，穿着清凉的泳衣，身材很好，戴着墨镜，头发慵懒地盘起，修长的双手正在给自己紧致的小腹抹防晒霜。

今天白天，高阳带王子凯光顾了十龙寨的烤肉店，喝下一杯免费酸梅汤，晚上柳轻盈便来找他了。

"挺好。"高阳点点头，好奇地问，"你在梦中可以制造出任何场景吗？"

"是呀，"柳轻盈轻笑，"不过，若是我现实中去过的地方，就能记住更多细节，梦里的感受也会更真实。上次你的卧室，因为我没去过，只能借助你的潜意识记忆来创造，其实漏洞很多，所以我选择了关灯，黑暗可以掩盖细节上的粗糙。"

"原来如此。"高阳端起身旁小餐桌上的冰镇橙汁，喝上一口，味道很真实。

他伸了个懒腰，重新躺下，享受着阳光和海风，好一会儿才说："开始交易？"

"好的，"柳轻盈也抹完防晒霜了，面朝高阳侧身躺下，眼波流转，"我先问？"

"行。"

"你加入十二生肖后，见到龙本人了吗？"柳轻盈问。

"还没见到。"

柳轻盈若有所思，眨了眨眼，道："十二生肖中只有龙的天赋是保密的。"

高阳眼睛一亮："你想知道龙的天赋？"

"对，序列号前10的天赋没人知道，龙的天赋肯定是前10。"柳轻盈说，"如果你知道了，可以作为情报跟我交易。"

"就算我知道，应该也不会跟你交易。"这种信息在组织肯定属于绝密，是组织领袖的王牌，可能关乎组织的生死存亡，即便高阳知道也不会蠢到卖给柳轻盈。

"无妨，什么时候改变主意了随时找我。"柳轻盈端起一杯青橘柠檬茶，咬着吸管喝了一小口，"我听说，你们组织又找到一块符文回路，是精神系的，是否属实？"

"我帮你确认能算一个情报？"

"算，不过等级较低，在C、B、A、S四个等级中，算B级。"柳轻盈说，"是其他客人拜托我来确认的，他们好像在考虑跟你们组织交换符文回路，又怕你们组织有诈。"

"哦，可以确定，如假包换的符文回路，精神系。"高阳认为没什么好隐瞒，毕竟之后做交易也迟早会确定。

"好，B等级的情报是5个金乌币，你也可以找我要同等级的情报。"

"我要情报。"

"哪方面的？"

高阳想了下说："跟我有关的。"

柳轻盈略一沉吟："跟你有关的话，十二生肖的情报可以吗？"

"可以。"

"这条情报是A级，第一次交易就当是给你优惠了，以表诚意。"柳轻盈笑笑。

"那先谢了。"

"在你们组织内部，有一个其他组织的卧底。"柳轻盈不动声色地说。

高阳心中一惊，不语。

"该情报准确率高达八成，因为无法百分百确定，也不知道是谁，才只能算A级，否则要算S级。"

"你不会……在挑拨离间吧？"高阳很警惕。

"我跟十二生肖无冤无仇，得罪你们有什么好处？"柳轻盈将手轻放在大腿上，微微挪动了一下身体,"我这人向来诚信为本,业内有口皆碑。"

高阳有点头大,这才刚加入组织几天啊,就要玩抓内鬼的游戏了。不知道还好,现在知道了,今后他看到哪个组员心里都会犯嘀咕,太不利于培养同事情谊了。

他更纠结的是,这件事要不要跟组织汇报?知情不报事后被知道估计难辞其咎,但是口说无凭,又不可能把跟柳轻盈交易情报的事抖出来,汇报的话只会自找麻烦、惹祸上身。

这条情报,真是一块烫手山芋啊!

"好,交易圆满结束。"高阳结束话题。

"时间尚早,你醒来之前,我们可以再聊聊别的,或者做点别的。"

"不用了。"言多必失,高阳还是小心驶得万年船。

他闭上双眼,进入系统。

…………

事实证明,柳轻盈没撒谎。

第二天,高阳下了晚自习,刚走出校门口,就见到路边停着一辆熟悉的黑色大奔。车门打开,戴着粉色口罩的白兔朝他弯着眼睛,甜甜一笑:"帅哥,上车一起玩吗?"

高阳左右看看,立刻钻进车内。

"有事?"高阳边问边打量,开车的人是天狗,副驾驶座坐着吴大海。

"对呀,执行任务。"白兔心情不错。

"什么任务?"高阳忽然有些紧张,"危不危险啊?"

"尿货,有哥在怕什么。"副驾驶的吴大海传来鄙夷的笑声,"我说你也是有组织的人,以后可不能丢组织的脸!"

高阳卖惨道:"可是,我就是个替补,实力又弱,恐怕会拖后腿……"

"放心,不用打架。"白兔伸手揽住高阳的肩,"就是去十龙寨交易一下符文回路,带你见见世面。"

"交易?"高阳眼睛一亮。

"嗯,斗虎牵的线,百川团想用伤害符文换我们新找到的精神符文,歌姬姐的'安魂曲'昨天突破4级了,精神符文对我们组织暂时没多大用处了。"

"哦。"高阳点头,原来是百川团的人想跟组织交易,所以还特意派人找柳轻盈打听情报虚实。

高阳这些天也没闲着,基本了解了觉醒者的派系势力,整座离城最为出名的三个正派组织分别是:十二生肖、麒麟工会、百川团。

十二生肖人数最少,行事低调,个个都是精英。

麒麟工会人数维持在四十个左右,多数也是精英,综合实力最强,威望最高,属于"武林盟主"般的存在。

百川团则是由一百多名觉醒者组成的团体,成员们普遍天赋靠后,实力较弱,所以抱团取暖。"百川"取自"海纳百川",意思是:即便是小溪小河,只要足够多,也能汇聚成大海。

"我一会儿要做什么？"高阳问。

"放轻松，就当玩。"白兔说。

"一会儿乖乖地闭嘴，"吴大海拿着一把梳子，对着后视镜整理自己的西瓜头，"当好背景板就行。"

专心开车的天狗插话了："背景板1号你好，我是背景板2号。"

"你好你好，幸会幸会。"高阳陪着天狗演起来。

第七章

观察者

凌晨，四人戴上生肖面具，抵达十龙寨。

本来半夜十二点之前就可以到，但按白兔的要求，四人下车在街边吃了一顿口味花甲，才不慌不忙地去十龙寨赴约，这导致他们迟到了将近二十分钟。

白兔要的就是这个效果："准时到的都是憨憨，谁迟到谁才有排场，懂了吗？"

"厉害，厉害。"高阳深受启发。

十龙寨是不夜城，灯红酒绿，霓虹闪烁。

北面是一栋很气派的大楼，造型很像一座现代赌场，建筑顶部立着一块巨幅液晶广告牌，上面是一只闪闪发光的金色麒麟，雄赳赳气昂昂，此处就是麒麟工会的十龙寨分部。

四人走进旋转门，大厅金碧辉煌，奢华气派，服务台前站着两名穿旗袍的年轻小姐，旗袍一黑一白，都有麒麟的金色印花。

"十二生肖，预约了今晚凌晨的一场交易。"白兔上前说。

"您好，请出示预约号和密码。"

"A19，密码四个8。"

前台小姐迅速在电脑上查询信息，恭敬地走出前台，伸手为四人领路："您好，6号交易厅，请跟我来。"

四人穿过一条安静的白色廊道，直抵尽头的一扇金属大门，门楣上写着"6号交易厅"。

服务员输入密码，大门缓缓打开，四人走进去。

高阳全程不说话，虽然早有心理准备，进门后还是吃了一惊！

屋内的人……也太多了！

交易厅差不多是一间自媒体教室大小，中间是一个物品交易台，一个上了年纪的老者西装革履、不苟言笑地站在交易台旁，看上去专业、公正、权威。

交易台的两边是两只会客沙发，左边沙发上坐着一男一女，戴假面。两人的沙发后面,黑压压地挤着一大群人,都戴着假面,从身型上看,男女老少都有,高阳粗略数了一下,有四十多号人。

对此,白兔、天狗和吴大海十分镇定,这早在他们的预料之中。

白兔和吴大海气场十足地在对面的沙发上坐下,天狗和高阳默默站在两人身后,像两名没有情绪的保镖。

"你们迟到了二十一分钟。"百川团的男方代表声音愠怒,但又极力克制。

"不好意思啊,事情太多。"白兔嘴上道歉,声音里却没有歉意,"开始吧。"

"好。"女代表的腿上放着一个精致的黑匣子。

她刚要打开,就被男代表制止:"你们先亮货。"

白兔无所谓地耸耸肩:"电鼠,给货。"

吴大海跷着二郎腿,从皮夹克的口袋掏出一枚符文回路,朝交易台随手一扔,交易员眼疾手快,稳稳接住。

对面几十人虽然戴着假面,但从细微的肢体反应也能感受到他们的震惊:那可是符文回路啊,居然就这么随便丢来丢去!虽然这里是麒麟工会的地盘,一般人不敢撒野,但这几个人也太自信了点。

交易员掏出放大镜仔细打量了半分钟,接着又放进交易台上的一个嵌入式凹槽内,很快,交易台上的灯泡频繁闪烁。

"这块符文回路是真的,"交易员的声音苍老却沉稳,他看向白兔,"请以你们组织的名义担保,该符文回路确实为精神系。"

"我以十二生肖的名义担保,该符文回路确实为精神系。"白兔举起手担保。

"好。"交易员侧身,看向百川团的两位代表。

男代表给女代表一个眼神,女代表小心翼翼地端着黑匣子,走到交易员身边。交易员打开黑匣,拿出一枚符文回路,进行真假鉴定。

流程很快走完,百川团的代表也对符文回路是伤害系一事实进行担保。

交易顺利结束。

白兔和百川团的男代表,同时走到交易台前,拿走符文回路。

"交易圆满结束。"交易员宣布道,"下面,有请一方成员先行离开交易室,麻烦另一方成员在交易室内等待半小时。"

"你们迟到了,我们先离开。"男代表说。

"请便。"白兔还是坐在沙发上,摆出送客的姿态。

男女代表迫不及待地起身,率着几十号人呼啦啦地走出交易室。接着,交易员也走出交易室,出门前他再次礼貌地提醒:"请四位在交易室等候半小时。"

金属大门缓缓关上,交易室安静下来。

见没外人了,高阳也憋不住了,咂嘴道:"他们带的人也太多了吧?"

"你不是挺聪明嘛,动动脑子想一想,他们为什么带这么多人。"白兔说话间,已经脱掉鞋袜,从口袋掏出一瓶红色的脚趾甲油。

"他们怕我们?"高阳猜测。

"没错！"吴大海很得意，"你别看百川团人多势众，其实废物居多，废物就得抱团取暖，符文回路这么重要的东西，可不能被人抢了。"

"人家是弱，但是不废物。"白兔更正。

"嗐，差不多。"吴大海跷起二郎腿，"不准我们同时离开，也是为了避免交易完后会发生抢夺，毕竟出了这间屋，可没有麒麟工会来主持公道了。"

"这样啊。"高阳忽然有些心酸：果然无论在哪个世界，弱者都活得很艰难。

白兔打量完手中的伤害系符文回路，丢给吴大海；吴大海是元素系天赋，也用不上，他没什么兴趣，随便看两眼就丢给天狗；天狗研究了一会儿，递给高阳。

高阳接过仔细看了看，它的外表跟精神系符文回路没什么差别，唯一的不同是符文中间雕刻的图腾，是一团尖锐的不规则几何体，看上去像个扎手的海胆。

"高阳，回基地之前，符文回路都放在你身上。"白兔说。

"啊？"高阳受宠若惊，"这么贵重的东西……"

"所以才要锻炼你的心理素质，"白兔手头涂着脚趾甲油，嘴上却头头是道，"什么叫泰山崩于前而面不改色，师弟，你还有得学。"

"哦好。"高阳觉得不无道理。

半小时后，四人离开十龙寨，开车回千禧楼。

千禧楼的地下基地建好后，便定为十二生肖的新大本营，大部分人和物都陆续迁往这里，除了队长——龙。

私底下，高阳也问过吴大海，龙为何如此神秘，这么久也见不上一面。吴大海面带嘲讽："你才哪儿到哪儿啊，我都还没见过队长，何况是你。"

高阳也识趣地不再多问，只觉得这个龙更加高深莫测了。

"青灵和黄警官近来还好吗？"回去的路上，高阳问车里人，"这几天青灵都没有来上学。"

吴大海笑了："他俩正跟着斗虎在进行魔鬼训练，现在又拿到伤害系符文回路，斗虎想帮他们速升到4级，估计得脱层皮。"

"升4级很难吗？"高阳话一出口，又想起什么，"哦不好意思，你也才3级……"

"混蛋，瞧不起谁呢！"吴大海不高兴了，张牙舞爪就要来揪高阳的头发，"看我不弄死你……"

"砰"！

一声闷响，车子急刹，没系安全带的吴大海猛地前倾，脑袋重重磕在车玻璃上。他哇哇大叫："天狗你干吗啊，会死人的！"

"那个，"天狗目视前方，声音有些为难，"我好像，撞到人了。"

"撞人？"白兔有点吃惊，天狗开车是出了名的稳。

"有个人突然冲出来，"天狗有些无辜，"我刹车踩得够快了，还是撞上了。"

"我好像也看到了。"刚才高阳也看到一个人影突然出现。他赶忙按下车窗，探头往外看。时间是凌晨一点，老城区的马路上寂静无人，车灯下的路中央趴着一个人影，一动不动，不知死活。

"怎么办？"天狗问。

"走啊，别管了。"吴大海冷漠无情，"八成也是只兽，死了就死了呗。"

"不行。"白兔脸一沉，"你忘了我们不杀迷失者。"

"是他自己突然跑出来的！"吴大海不以为然，"他不遵守交通规则，还怪我们啦；再说，你就确定他一定是迷失者？万一是其他兽呢，杀了岂不更好？"

"那个，"高阳把头从车窗外缩回来，"前方路口有红绿灯。"

言下之意，这里有摄像头，撞人逃逸肯定会被追究，后续会引起更多不必要的麻烦。

白兔叹气，重新戴上生肖面具，迅速穿上鞋袜："下去看看，还活着就送医院，死了就叫救护车来收尸，我们是守法公民，按程序来。"

四人戴好面具下车。

天狗和吴大海走在前头，高阳跟白兔跟在后面。四人慢慢靠近，不忘环顾四周，以防有什么埋伏。

谨慎起见，高阳悄悄在脑中打开系统，确认幸运收益没有翻倍，才基本放心。

"喂，你还行吗？"吴大海上前，问地上的人。

高阳走近一些，看清对方是个红发男人，穿着单薄的病号服，躺在血泊中，看样子被撞得不轻，满脸是血，面目模糊。

听到声音，男人的身体抖动了一下，他缓缓伸出一只手："救、救我，我不想死……"

四人松了口气——没死。

"大半夜的你乱跑什么啊，这汽车不长眼的，你嫌命短啊……"吴大海叉腰喊道。

"行了，少说两句，救人要紧。"白兔的声音也有点不耐烦，她最讨厌节外生枝。

天狗跟吴大海上前，检查了一下他的伤势，确认不算特别严重，一人抬着他的一只胳膊，扶起来，慢慢往车上走。

"啊！好痛，轻点……"男人因为疼痛，身体一直乱动。

"忍忍，就上车！"吴大海嫌弃得很，"别乱动，把我衣服都搞脏了！"

高阳打开后车门，天狗看向高阳："你扶一下，我去开车。"

"好。"高阳上前，刚要扶男人，陡然间一股寒意从脚后跟直冲到天灵盖——好重的杀意！

怎么回事？周围明明没有敌人！难道杀意来自眼前的男人？

高阳没时间细想，本能地做出试探，开口问："你没事吧？"

"好痛，我感觉……不行了……"男人声音痛苦。

高阳问话时，开启了天赋"识谎者"，立刻有了结论——他在撒谎。

高阳慢慢收回手。他不说话，眼神微妙地看向吴大海和天狗。

队友瞬间会意，飞快松开红发男，后退到安全距离。红发男失去两人的搀扶，软绵绵地倒在地上，又含糊不清地呻吟起来。

"怎么回事？"吴大海一边问高阳，一边摆出战斗架势。

天狗不说话，伸出右手，冷冷地对着地上的男人，随时发起攻击。

"他在撒谎。"高阳沉声道。

白兔上前一步："你怎么确定？"

事已至此，高阳也顾不上隐瞒了："其实……我还有一个天赋，'识谎者'。"

白兔、天狗、吴大海都很清楚"识谎者"的能力，立刻相信了高阳。

"你藏招的事我回头再跟你算账。"白兔十分不悦，看向地上的男人，"别装了，你是谁？想干什么？谁派你来的？"

趴在地上的男人停止呻吟，缓缓站起来，低着头，沉默不语。

短暂的僵持后，他忽然忍不住大笑起来，笑容病态又癫狂："哈哈，哈哈哈哈哈……可惜啊可惜，差一点儿就上钩了。"

男人活动着筋骨，身体关节发出"咯咯"的声音，他双手用力抹掉脸上的血，露出一张阴鸷的脸庞，双眼通红，左脸的皮肤严重烧伤，沟壑丛生，丑陋狰狞。

白兔目光冰冷，眼底泛起一丝杀机："我最后问一次，你是谁？想干什么？谁派……"

"你该不会觉得，自己是优势方吧？"男人嚣张地打断掉白兔，伸手指着他们四人，"一、二、三、四，四打一，稳赢！你是这样想的吧，呵呵。"

白兔蹙眉，犹豫着要不要直接动手。

高阳也很疑惑，对方究竟是哪来的自信？如果他真有绝对的实力碾压我方四人，那么他根本不需要大费周章地骗我方，直接杀过来就行，就像斗虎的"考试"。

忽然，高阳打了一个冷战，抓住了关键信息：红发男骗我们是为了接近我们，难道他的胜负手就在于接近……

高阳来不及深想，红发男拉起衣袖，露出了右手，他的右手直到小手臂都没有皮肤，露出暗红色的肌肉组织，就像一只红蜡做成的手。

男人嘴角冷笑，右手握拳："爆炸。"

空气凝固半秒。

"轰轰"——

高阳的耳边响起两声爆炸，回过神时，白兔已经将他扑倒在地。

高阳起身，发现自己跟车子已经拉开七八米距离，车旁的马路上，多出两个血肉模糊的人，蒸腾着温热的血雾和白烟，空气中充斥着血腥味和硝烟味。

高阳猛地一惊！

那两个人是吴大海和天狗，吴大海躺在地上，整条右胳膊都消失不见，他整个人已经昏死过去。

天狗趴在地上，后背出现一个血窟窿。他还弥留着意识，但丧失了行动力，眼睛微微眨动着。

高阳终于反应过来：刚才爆炸的是他们二人的身体！

震惊、恐惧、愤怒……复杂的情感交织在一起，冲击着高阳的理智，他杵在原地，一时间不知所措。

这就是觉醒者之间的厮杀？

弱肉强食，危机四伏，朝不保夕。

高阳回过神时，身旁的白兔双腿一蹬，如箭般飞向红发男。

生命垂危的队友就倒在眼前，可她没有时间犹豫、悲伤和软弱。她非常清楚，只有第一时间全力反攻，迅速战胜敌人，才有可能救下队友。

红发男没料到白兔的速度如此之快，十多米的距离，她不到半秒就出现在自己眼前，当他的肉眼捕捉到白兔时，白兔已经凌空一脚踢向自己。

红发男迅速抬起右手护住脑袋，极其凌厉的一脚踢在他的小臂上，手臂瞬间骨折，撞向脑袋，身体横飞出去。

红发男一连在地上打滚五六圈才停下，只觉得天旋地转，脑浆搅成了一团，但他不敢懈怠，飞速爬起。白兔自然没给他喘息的机会，再次冲上去。

红发男骨折的右手垂落，他拼尽全力一握。

"轰"。

白兔身体前倾，双腿弯曲，刚要发动"跳跃"，右小腿忽然炸出一个乒乓球大小的血窟窿，白兔失去重心，重重跌倒。

"啊——"白兔抱住右腿，脸色煞白。

"白兔！"高阳冲向白兔，扶起她。

"别管我！杀了他！"白兔双眼通红，声音因为激动而颤抖，"别碰他的右手！"

"明白！"

白兔不提醒，高阳也已经猜出七八分。

红发男的天赋大概率是序列号22的"爆炸"，目前来看，红发男的红色右手就是发动天赋的关键。

至于天赋的机制，应该是被他右手触碰到的生命体就会爆炸，爆炸程度则取决于触摸的时长。

这也解释了为何吴大海和天狗的身体爆炸严重，白兔的右小腿却只炸出一个小窟窿。

白兔的右腿在攻击红发男时，只是短暂地接触到他的右手，而吴大海和天狗，在没有防备的情况下搀扶红发男，让红发男的右手有更多时间接触到两人的身体。

当然，红发男很沉得住气，只在合理范围内活动自己的右手，如果他贸然伸手去摸天狗和吴大海的心脏或头部，虽然可以一击毙命，但一定会引起怀疑，而红发男原本计划的是悄无声息地一网打尽。

想到这里，高阳一阵胆寒：如果自己没有用"识谎者"识破红发男，那么红发男上车后一定会找机会用自己的右手接触他们全员。那时，他们四人的身体都将发生爆炸，毫无还手之力，只能任人宰杀。

高阳耳边不禁回响起斗虎的那番话："你们千万不要被热血漫画误导，绝对的实力排名根本不存在。战斗不是打擂台，不会光明正大地一对一，战斗充斥着算计、利用、偷袭、欺骗、毒杀、攻心、陷阱、以多胜少……叫人防不胜防。"

"小心！"白兔大喊一声，高阳刚来得及回头，红发男的右手已经贴向高阳的侧脸。

红发男的行动不可谓不快，短短几秒就冲到高阳身后，不过高阳早有准备——事实上，他是故意卖出破绽等红发男主动出击的。

高阳一只手扶着白兔，做出一副关心则乱的慌乱模样，另一只手却藏在腋下，对准身后方向，手心蕴藏着喷薄而出的能量。

红发男的右手只差两寸就要碰到高阳的脸，那一瞬间他以为自己赢了，喜悦来不及泛上心头，一道强光就晃过视线，接着一道凶猛的火舌不知从哪儿窜出来，喷了他一个照面。

"啊——"红发男的头部和上半身顷刻间被火焰覆盖。

换普通人，早就在烈焰的灼烧之下丧失理智，但红发男毕竟是觉醒者，又拥有"爆炸"天赋，抵抗高温的能力相当强。他被大火灼烧时还保有理智，立刻向后跳，逃出火焰的攻击范围。

红发男虽然及时闭眼，但双眼还是被烧到，视线出现短暂的模糊。他只觉得眼前一片殷红，这殷红中闪过一个黑影。

黑影正是高阳。他顺便复制了白兔的"跳跃"，脚掌紧绷，双腿发力，用力一蹬，高速逼近红发男。

红发男来不及闪开，勉强抬起已经骨折的右手来护住脑袋，想要故技重施，但高阳不会上当。

如果要以杀死对手为目的，第一攻击目标就是头部，白兔也是这样做的；第二目标则是胸口，高阳选择了这里。

拥有"跳跃"的双腿，爆发力和破坏力都堪称恐怖，高阳狠狠一脚踹在红发男的胸口，他几乎能听到自己脚掌把对方肋骨齐齐踩碎的声音。

"咻"——红发男飞向路边，"砰"地撞塌了一台饮料售卖机，钢化玻璃碴碎了一地，几瓶瘪掉的易拉罐饮料咕噜噜地滚到马路边。

高阳喘着气，这一脚他使出全力，红发男就算不死，一时半会也基本丧失行动力。

高阳不恋战，转身跑向白兔。

白兔没闲着，迅速撕下衣服捆住自己的右小腿。她脸色苍白，满头是汗，咬着牙："把吴大海和天狗扶到我背上来！"

高阳立刻明白了："你……还行吗？"

"快点！"白兔大吼一声，脸色几乎狰狞。

高阳立刻照做，将两副残破的身体扶到白兔背上。白兔背着两人，反手扣住："高阳，那人交给你，我带他们回去找萌羊！"

"好！"

白兔身体微微下蹲，猛地一蹿，消失在高阳眼前，马路上只留下两个深深的脚印和一摊血迹。

高阳暗暗祈求，白兔那只受伤的小腿，能坚持到见到萌羊时再罢工。

接下来，他就要解决这个龟孙子了！

高阳回头，路边只剩下坏掉的饮料贩卖机，红发男不见了。不远处传来汽车发动声，高阳一回头，红发男已经上了他们的车。

红发男一手捂着胸口，另一手驾驶着方向盘，透过车窗朝高阳冷笑。

高阳十分震惊：怎么可能！那人胸口挨了这么重一击，居然还能行动！

汽车朝着高阳撞过来，高阳迅速往旁边闪开。

两人隔着车窗，视线交汇的瞬间，红发男留着高阳一个不甘、怨毒的眼神，仿佛在说：等着，这仇我迟早会报！

高阳一个翻滚站定，车子开出一段距离。

"跳跃"天赋的使用时间已过，高阳追不上了。他杵在原地，直到汽车消失在街道尽头才忽然泄了气，一屁股坐下，四仰八叉地躺在路边。

"呼……呼……"他喘着粗气，累坏了。

刚才虽然只出了两招，但每一招他都是使出全力，毫无保留。

就在这时，他闻到了一股奇异的味道，这味道他之前从未闻过。很快，随着一阵夜风刮过，异味消失了。

休息了几分钟，高阳拿出手机给白兔打电话，没人接。

高阳站起来，步行着往千禧楼的方向走，走了十多分钟，手机响起，是白兔回过来的电话。

"喂？"高阳喉咙发紧。

"及时赶回来了，我们都在萌羊身边。"白兔声音冷冷的，"人抓到了吗？"

"让他跑了。"高阳顿了顿，"他俩怎么样？"

"情况不太好。"

凌晨四点，千禧楼负六层，兔房。

房内安静昏暗，高阳独自窝在懒人沙发上，闭目小觑。有人开灯，高阳迅速睁眼，走进来的人是斗虎。他穿白背心，黑色运动裤，脖子上还搭着一条毛巾，头发湿漉漉的，似乎刚冲过澡。

"他们怎么样？"高阳关心地问。

"白兔伤最轻，很快就恢复了。"斗虎用毛巾擦着头发，声音也有些疲倦，他径直走近冰箱前，打开柜门，拿出一瓶冰镇啤酒，"天狗伤得挺重，不过基本能恢复，至少得老老实实躺个一周。"

"吴大海呢？"高阳知道最严重的是他。

"命是抢救回来了，"斗虎不紧不慢地在高阳身旁坐下，仰头喝下一大口啤酒，"不过整条右臂都保不住了。"

高阳一时不知道说什么。

"萌羊可以吸收伤害没错，但他整条手臂都炸成了肉末，不可能再长出来，回头只能装个义肢了。"斗虎苦笑道，"那小子醒来，估计得伤心几天。"

"那……对他的战斗力有影响吗？"高阳觉得，吴大海最关心的可能是这个，虽然吴大海嘴上没说，但是他一直很急着变强，不希望成为组织的累赘。

"他还好，毕竟有一只手就可以召唤雷电，也不需要跟人肉搏。"斗虎摇晃着啤酒罐，又喝上一口，说道，"事实上，义肢关键时刻还可以帮他挡挡刀枪子弹什么的，可能战斗力还增强了点。"

"那就好。"高阳稍感欣慰，"我现在能去看他们吗？"

"可以，都在羊房。"斗虎边笑边挑挑眉，"不过嘛，最好别去。"

"为什么？"

"白兔正守着他俩，现在心情很差。"斗虎一副心有余悸的模样，"可吓人了，逮谁骂谁，母老虎似的。"

高阳微微叹气，白兔大概很自责吧，当时吴大海建议直接不管，是白兔做出救人的决策，才导致如今的局面，但这也不能怪白兔，谁都没有想到，那个红发男会用这样的苦肉计，而且天赋如此阴毒。

说起来，红发男显然是有备而来，这说明他早就知道十二生肖的人今晚会交易符文回路以及行程路线——组织的信息遭到泄露，也侧面证明柳轻盈的情报是准确的——十二生肖里有其他组织的卧底。

"在想什么？"斗虎忽然问话。

高阳轻轻一愣，低下头："没什么。"

"高阳，你是聪明人。"斗虎活动了一下脖子，声音沉下来，"发生了这种事，你不可能一点儿想法都没有。"

高阳琢磨着斗虎的话。

"这次中埋伏不是小事，要不是你机灵，你们四个只怕都死了，还被抢走一块天赋符文，组织上一次被这么重创，还是十年前。"斗虎平静地看向高阳，目光却咄咄逼人，"这事，你怎么看？"

"我觉得，组织有内奸。"高阳心一横，说出来。

"有证据，还是猜测？"斗虎问。

"猜测。"高阳不打算出卖柳轻盈，不然以后就拿不到其他情报了。

"你的猜测合情合理。"斗虎仍然盯着高阳，目光玩味。

"你……怀疑我？"被斗虎这样看着，高阳有些紧张。

"是啊，"斗虎大方承认，"我第一个怀疑的人就是你。"

高阳想了想，苦笑了下："也是。"

"理由有三."斗虎仰头，眯眼，身出手指头，"一、你们三人加入十二生肖后，就出这事。二、青蛇和黄牛一直跟着我训练，不太可能知道符文交易的事，嫌疑较小。三、按照白兔的描述，你明明打败了红发男，却还是让他跑了。"

"我也不知道为什么，"高阳只能实话实说，"我真的以为他没有反抗能力了，结果他居然还能行动。可能，他还有某种治疗天赋，也可能他使用了应急药……"

"也可能，你们是一伙的，你故意放他走了。"斗虎说。

"如果是我跟他串通好的，符文回路就会被他抢走才对。"高阳反驳。

"是啊，得亏你把符文带回来了。"斗虎笑眯眯的，"不然我就不是怀疑你，而是直接对你动刑了。"

高阳背脊一凉，知道对方没开玩笑。

"不过嘛，"斗虎话锋一转，又喝了一口酒，说，"除了我和龙，其他成员都有内奸的嫌疑。"

"包括白兔？"高阳有点惊讶。他认为白兔对组织的忠心有目共睹。

"也包括她。"斗虎语调平静，转而又笑了，"还是说回你吧，你目前嫌疑最大，但我可以给你一个洗清嫌疑的机会。"

"我要怎么做？"高阳问。

"如果内奸不是你，你就去找出真正的内奸。"斗虎说。

高阳思考了一下，问："为什么选我？"

"你没当过领导，不懂。"斗虎摆摆头，"老成员之间感情很好，互相怀疑不利于组织的安定团结，但你不一样，你是新人，头脑又聪明，又最急着洗清自己的嫌疑，是最合适的人选。"

高阳快速思考：虽然我有"识谎者"，但每四十八小时能用一次，时间间隔太长，就算我的"识谎者"很快升到2级，需要的时间还是不短；况且，我有"识谎者"天赋一事，大家都知道了，肯定会加以防范。如果我一个个当面去问，无异于打草惊蛇，内奸必定采取行动，要不逃走，要不灭我的口，这太危险了。最稳妥的做法是暗中调查，锁定嫌疑人并且至少有七成把握，再叫上斗虎，配合"识谎者"当面对峙，一举拿下。

"好吧，我尽量。"高阳答应下来。事实上，他也没得选择。

"那就说定了。"斗虎伸出酒杯，"来，干杯。"

高阳拿起饮料，跟他碰杯。

"以后需要帮助，或者遇事不决，直接找我。"斗虎站起来，随手往后一扔，空酒瓶准确掉入墙角的垃圾桶，"不管怎么说，伤害符文弄到手了，我已经迫不及待要去折磨青蛇和黄牛了。"

"你都不休息吗？"高阳很诧异。

"三天睡四小时就行。"斗虎边挥手边走出门，"觉醒者嘛，谁还不是天赋异禀。"

天亮后，高阳直接去上学，度过普通的一天。

下晚自习后，他去医院陪爸爸，这时接到白兔的消息，吴大海醒了。

凌晨一点，高阳悄悄离开医院，前往千禧楼负六层。

羊房的单人病房内，吴大海穿着病号服，半倚在床上休息。他脸色憔悴，头发没做造型，无精打采地搭落在没有血色的脸庞上，右边的长袖子是空的，干瘪地垂落着，一直延伸到肩膀处。

白兔坐在一旁，端着一碗清粥，舀上一勺，温柔地用嘴吹冷一些，再送到吴大海嘴边，吴大海微微皱眉："不想吃了……"

"听话，再吃两口。"白兔像是在哄小孩。

"没胃口……"

"那最后一口，来，张嘴，啊……"

"啊……"吴大海勉强张开嘴，白兔把粥送进他的嘴里。

他艰难地吞咽着，过了好一会儿，才发现高阳站在门口，立刻强打起精神："哟，你来啦！"

高阳心里头难受，脸上却轻松地笑笑："来看看你。"

"有什么好看的。"吴大海满脸不以为然，"一点儿小伤，不足挂齿。"

高阳看向吴大海空荡荡的右手衣袖，欲言又止。

吴大海也偏头看了一眼："别急，回头等哥装个假手臂，这样我就是钢炼里的爱德华了！酷到爆炸！"

"是啊，酷到没朋友。"高阳附和。

"听说你让那人跑了？"吴大海有些不甘。

"怪我，轻敌了。"高阳说。

"我已经通知了麒麟工会和百川团，其他渠道的眼线也通知了，一定会把他揪出来的。"白兔声音克制，牙齿缝里藏着一股狠劲。

"到时候我要亲自报仇！"吴大海愤愤地道，眼底闪过一丝忌惮，"话说回来，那人是什么天赋，真歹毒！"

高阳一怔，脸色垮下来。

"'爆炸'，序列号22，元素系。"白兔放下粥，"触碰对方身体，就能让其爆炸，或许还有其他招式，目前我们看到的就这些。"

"我还以为是伤害系，"吴大海强打起精神没一会儿，声音又渐渐虚弱，"既然他是元素系天赋，那为什么要抢我们的伤害系符文啊？"

"不一定是他自己用，他背后应该有势力，离城除了三大组织，三教九流也不少。"白兔说完看向高阳，有些疑惑，"你怎么突然不说话了？"

"插不上话。"高阳撒了个谎。

"正好，你来照看下吴大海，我还有事。"白兔起身，高阳点点头，在吴大海的病床前坐下。

"照顾什么，我死不了。"吴大海嘟囔着。

"吴大海，你怎么连天赋'爆炸'都不知道啊？"高阳故意问。

"那么多天赋，我哪里记得全啊，平时就挑几个感兴趣地了解了下……"吴大海歪过头，缓缓闭上眼睛，呼吸也变重了，"以后还是得全记下来了……真是防不胜防……"

不一会儿，吴大海睡过去。

高阳见他睡着，轻轻起身，给他拉好被单，转身离开。

凌晨三点，负六层，蛇房。

青灵裹着白色浴巾走出女澡堂，手里抱着一个小木盆，里面放着毛巾、沐浴乳、洗发水，还有一瓶强效药。她的脸上、肩上、手臂和腿上都是瘀青。

近段时间，青灵每天都在训练室接受斗虎的魔鬼训练，强度巨大，进步也很快。昨天拿到伤害符文后，她以为自己的"刀神"能立刻升级，却没有如愿以偿。

几乎是赌气，她又一连抓着斗虎训练十几个小时，化身为一个没有感情的"挨揍机器"，斗虎作为打人方都已经打出阴影了，青灵还是不肯作罢。斗虎只能强制要求她停止训练，立刻休息，她这才不甘心地去澡堂洗澡，再睡一会儿。

青灵停下脚步，发现休息室的长椅子上坐着一个人，是高阳。

高阳率先朝她笑笑："你这几天都没去学校，该不会住这儿了吧？"

"有事吗？"青灵满脑子都是升级，如果是闲聊，她懒得浪费时间。

"符文差点被抢的事，你知道了吧？"高阳问。

"听说了。"青灵走到高阳身旁的长椅上坐下，从小木盆中拿出强效药，拧开盖子，倒一点在手心，揉均匀，开始涂抹手臂上的瘀青。

"这事你都不关心？"高阳问。

"你没死就行。"背后传来青灵冷冷的声音，言下之意，吴大海、天狗和白兔的死活她并不在意。

高阳心中苦笑，一时间有些感动，又觉得青灵挺无情的。

"找我有事？"青灵问。

"是啊，有点事。"高阳坦白，"实在找不到人商量。"

"说。"

"我们这次遭人算计，显然是组织有内奸，出卖了我们的行踪。"高阳说。

青灵背对高阳，双手环抱着双膝，静静思考。

"我本来，不知道内奸是谁，但是两小时前，我去探望吴大海时，脑子里闪过一个念头，之后，这个念头就越来越强烈，怎么都挥之不去。"

"你找到内奸了？"青灵直截了当地问。

"目前只是怀疑。"

"谁？"

高阳欲言又止。

药涂抹得差不多了，青灵从长椅上站起来，冷冷地看向高阳："不说我走了。"

"我要说了，你也就被我拉下水了。"高阳说。

"不除掉内奸，大家都有危险。"青灵看得很透。

"我怀疑那个人是……"高阳抬头，迎上她的目光，"黄警官。"

短暂的沉默后，青灵转身就走："去我的宿舍。"

两分钟后，高阳来到青灵的单人宿舍。

宿舍很简洁，一个长方形空间，床、衣柜、洗衣机、烘干机、空调、小冰箱、微波炉一应俱全，墙角是一个白色衣篓，里面堆着换洗的衣物。

青灵打开墙面衣柜，拿出一套粉色小熊睡衣，褪下浴巾就换，一点儿不拿高阳当外人。

高阳再次尴尬地转身回避，并且在心中吐槽吴大海的品位——都准备的什么胡里花哨的睡衣啊，一点儿都不适合青灵。

换好衣服，青灵打开小冰箱，拿出海鲜三明治和纸盒牛奶，把三明治放进微波炉加热，然后直接撕开纸盒牛奶，仰头咕噜咕噜一口喝完。

喝完后，青灵扔掉牛奶盒，在床边坐下，伸手指指房间唯一的一把椅子，示意高阳坐。

高阳在椅子上坐好，发现青灵嘴角残留着牛奶，他用手指指自己的嘴巴："这里。"

青灵皱眉："你嘴怎么了？"

"是你，沾了牛奶。"

"哦。"青灵没用手擦，伸出舌头舔了一下嘴角。

穿可爱睡衣的青灵，一本正经地用舌头舔嘴角的牛奶，这画面跟青灵本人的性格反差太大，高阳忍不住笑了下。

"笑什么？"青灵疑惑。

"没什么，"高阳轻咳两声，"聊正事。"

"你为什么怀疑黄警官？"青灵问。

"因为他骗了我们。"

青灵目光微冷，抬起头，示意高阳继续说。

"序列号 11—199 这张天赋表，"高阳略一停顿，下论断道，"黄警官不是从十二生肖这儿得知的。"

"你怎么知道？"

"黄警官在带我们加入十二生肖之前，只跟吴大海有过接触，他告诉我们，信息都是从吴大海那儿得知的。可是我刚去探吴大海的病，才得知他自己都没记住多少天赋，不可能完完整整地告诉黄警官。"

"这不代表什么，可能组织内部有天赋表，吴大海给了黄警官。"青灵说。

"我也这样想过，但这事让我起疑了，我就去找白兔确认了一下，白兔告诉我，天赋表是保密的，虽然三大组织都有，但并不对外公开。吴大海看起来吊儿郎当，其实挺守规矩，在黄警官正式加入组织前，不可能告诉他。"

高阳心情有些沉重。他一点儿也不想怀疑黄警官，可目前黄警官的嫌疑最大。

"你是说……"青灵蹙眉，"他是从麒麟工会或者百川团的手里拿到的天赋表？"

"似乎……也不是。"高阳从口袋拿出一张写满信息的 A4 纸，"这是我找白兔要的天赋表，你仔细看一下。"

青灵接过,慢慢往下看。不一会儿,她语气笃定道:"有出入。"

"对!黄警官当初给我们的表格,我有背下来,相信你也是。"

高阳拿回天赋表,心念一动,手指上燃起火舌,很快便蔓延至整张A4纸,淡淡的火光在他的脸上摇曳:"我一直认为黄警官给我们的序列表是最规范的,现在一对比,发现有些出入,虽然影响不大,但显然白兔给我的这份才是官方的。"

青灵开始思考。

"这至少说明两点,"高阳说出自己的结论,"一、黄警官不是从十二生肖和其他两个组织那儿拿到的天赋表,他确实骗了我们。二、黄警官的天赋表应该来自其他组织,这个组织没有三大组织有名,很低调,实力也很强,可以靠自己调查统计出错误率很低的天赋表。"

青灵微微点头,顺着高阳的推理往下走:"这个组织,就是之前袭击你们的红发男的组织,而黄警官,就是该组织派过来的卧底。"

"这只是我的初步推断,"高阳略一沉吟,"不过……"

"怎么?"

高阳双手合十,大拇指互相摩挲着:"如果我是黄警官,天赋表这件事应该可以处理得更谨慎一些,因为很容易穿帮。他要真是卧底,未免太粗心了。"

"所以你到底是怀疑他,还是不怀疑他?"青灵问。

"我也不知道。"高阳苦笑,"这不,来找你商量嘛。"

两人都没说话,宿舍安静,能听到空调换气的细小风声,空气中传来食物香气。

"叮。"

微波炉响了,海鲜三明治热好了。

青灵起身,拿出三明治,放在餐盘上,回到床边坐下,拿三明治吃起来,整个过程都没有说话。

高阳耐心等待。几分钟后,青灵吃完三明治,放下餐盘,冷冷地说:"黄警官是很可疑。"

"你也这样觉得?"

"三天前的半夜,我们训练完,他开车送我回家,我下车后,他的车掉头了。"青灵看了高阳一眼,"他如果回家,或者去警局,车都不需要掉头。"

"大半夜的不回家,也不是回警局,能去哪里呢?"高阳神色微妙。

"可能是去接头。"青灵说。

高阳心下一惊:如果黄警官是去接头,第二天晚上高阳一行人就遭到红发男的袭击,时间上是吻合的。

"现在怎么办?"高阳问,"我们是直接向组织汇报,还是……先自己确认下?"

"你早就决定了吧。"青灵不傻。

高阳不好意思地笑了:"保险起见,我还是想先自己确认下,不过需要你的帮助。一是最近你跟他一起训练,很好监视他;二是你比较强,我一个人做这事,万一有什么突发情况,怕应付不了。"

青灵答应得很干脆："手机开机，等我的消息。"

两天后，凌晨四点，离江上游。

一辆白蓝色警车在沿江风光带的路边停下，车门打开，黄警官下车。

他嘴里叼着半根烟，左手提着一袋打包的热卤，右手提着两瓶老白干，大步穿过风光带，来到江堤上。

江边的夜风很大，他眯着双眼看向脚下的滩涂，很快就在黑暗中找到一隅光亮。他走下江堤，踩着滩涂上的沙石，深一脚浅一脚地往光亮处走。

黑暗中的光源是一盏煤油灯，煤油灯旁坐着一个瘦小的老头，穿深棕色防风衣，戴加绒的黑色老人帽，坐在一张便携式折叠凳上，手里拿着一根长鱼竿，正聚精会神地钓着鱼，有人靠近了都没察觉。

"姜爷！"黄警官刚结束斗虎的魔鬼训练，整个人又困又乏，但还是强提起精神跟老人打招呼。

"哟，小黄，你来啦。"叫姜爷的老头抬起头，一见到黄警官，满脸高兴，赶忙从脚边拿出一把折叠凳，"来，坐。"

"好嘞，"黄警官摆好折叠凳，在老头身旁坐下，"今天给你带了点热卤，还有酒，我们好好走一杯。"

"哎哟，来就来嘛，还带什么吃的。"姜爷眉开眼笑，"我这钓鱼呢，哪有时间吃东西啊。"

"吃了再钓一样的嘛。"

"行行行，怕了你。"姜爷一副勉为其难的样子，手上的动作却很利索，他迫不及待地收回鱼竿，把渔线也收回。仔细看，你会发现鱼钩是直的，上面也没有诱饵。

黄警官打开菜盒，掰开一次性筷子，拿出酒和一次性纸杯，酌上两杯白酒。

两人就着下酒菜，说说笑笑地喝了起来。

"姜爷，我跟你打听个事呗。"

"你小子……"姜爷正乐呵呵地品着小酒，忽然脸色一变，放下酒杯，"我说你最近怎么找我找这么勤，就知道你没安好心，天天惦记着我肚子里那点货……"

黄警官赔着笑："哎哟姜爷，你理解一下，我这也是为父心切嘛，眼看着我老婆肚子是一天天地大起来了，我这心里头急啊……"

"不就是孩子嘛，生就行了呗，穷有穷养富有富养，儿孙自有儿孙福，瞎操心什么啊。"姜爷不以为意。

"话是这么说，可她……"黄警官还想说什么，被姜爷打断。

"我说两位朋友，"姜爷举起杯子，朝不远处漆黑一片的芦苇丛方向喊了一嗓子，"那里水蚊子多，待久了受罪，过来喝一杯呀。"

黄警官一惊：自己被跟踪了？！

"谁！"

黄警官飞快拔出腰间的手枪，对准远处的芦苇丛。夜风嗖嗖，夜幕下的芦苇丛随风摆动，不时反射着微光。

"再不出来我开枪了！"黄警官厉声警告。

几秒后，两个人影走出芦苇丛。

黄警官将枪口锁定目标，另一只手打开手电筒，放在枪上照射过去。他愣了好一会儿才相信自己的双眼，缓缓放下枪。

"高阳、青灵，你俩怎么来了？"黄警官皱起眉，"你们跟踪我？"

按理说跟踪败露，高阳应当紧张，可不知道为什么，他更多的却是尴尬："那个，黄警官，事情是这样的……"

青灵面无表情地抢话道："你是不是内奸？"

黄警官先是一怔，很快就明白了青灵的意思。他干笑两声："不是吧，你们怎么会想到怀疑我？"

"天赋序列表。"青灵冷冷地说。

"不是吴大海告诉你的吧？"高阳小心地补充。

"哦……这事啊！"黄警官一点头，恍然大悟，把枪插回腰间，"行了，误会一场，过来坐吧，边喝酒边说。"

高阳往前走，青灵伸手挡住他。

"他是谁？"青灵看向姜爷，"是人，还是……"

"兽。"姜爷笑着接话，朝青灵挥手，"小姑娘，别怕，过来坐，我不会伤害你。"

高阳很震惊，一时间不知道说什么。

"你是什么兽？"青灵显然没有放下防备。

"用你们的话说，叫妄兽。"姜爷啜了一小口白酒，咂咂嘴，"不过我更喜欢观察者这个名字，文雅多了。"

十分钟后，四人坐在江边，把事情全摊开讲了。

黄警官是在半年前认识姜爷的。

那时黄警官已经觉醒三年，他继续当着警察，每天办案。有一次他侦查一起抛尸案，半夜来到离江上游调查，发现姜爷大半夜在这里钓鱼，觉得这个老头很可疑，还怀疑过他是凶手。半个月后，凶手抓到了，不是姜爷，但黄警官仍然对姜爷产生了极大的好奇心。

"我那时候，会习惯性地去试探一些形单影只的兽，一点点确认他们究竟是人，是迷失者，还是其他兽……"黄警官喝着酒，"刘大爷就是我一点点试探出来的。我知道，这样做很冒险，不过当时我急于寻找一切突破口。"

黄警官说着看向姜爷："没想到，还真给我找到了。"

"呵，算你小子走运。"姜爷吃着香脆的猪耳朵，头都懒得抬。

黄警官继续回忆道："当时，我言语之间暗暗试探了几次姜爷，结果姜爷先不耐烦了，直接跟我说，'你这个觉醒者胆子够肥啊，得亏惹上的是我，你要惹上别的兽，几条命都不够你活的'。"

黄警官说到这笑了："我当时真是吓一大跳，不过姜爷确实没伤害我，我也慢慢地放下戒备，跟他交上了朋友。"

"哼！朋友！"姜爷鼻子出气，十分不满，"别以为我不知道，你呀就是利用我这老头子，整天灌我酒，套我的话！"

"姜爷，别这么说嘛，我多不容易啊我。"黄警官笑嘻嘻的，装起了可怜，像小孩子撒娇似的说，"没有您老指点一二，我只怕早死了，您就当好人有好报。"

"好报？我帮着一个人类对付自己的同胞，我不下地狱就不错了。"姜爷说得起劲，脸上却笑着，似乎并不是很担心。

"您要下地狱了，那也是阎王想聘您高薪入职。"黄警官继续拍马屁。

两人一唱一和，高阳和青灵完全插不上话。

"黄警官，"终于，高阳找到机会弱弱地问一句："天赋的序列号，你是不是从姜爷这儿打听到的？"

"不然呢？"黄警官笑着掏出一根烟，恭敬地送到姜爷嘴边，用防风打火机帮他点上。姜爷抽了一口，吐出一口白雾，白雾迷蒙了他苍凉的双眼，随之消散。

黄警官接着说："喝酒的时候，我就问姜爷什么天赋厉害啊，什么天赋有意思啊，什么天赋要提防啊，他心情好就说一些，心情不好就不说，我都默默记下，回家自己整理，时间久了天赋表也就出来了。"

高阳和青灵所有所思。

过了一会儿，高阳主动道歉："对不起，我不该怀疑你的。"

"不，是我隐瞒在先。"黄警官表示理解，"换作是我，我也会怀疑的。"

黄警官看一眼姜爷："不过姜爷对我这么好，我也需要对他负责，越多人知道这事，对姜爷越不利，我不想给他带来危险。"

"瞎操心！"姜爷不领情，"我怕过谁啊，不就是个死嘛，死了还解脱，人也好，兽也罢，都是越活越没劲。"

高阳看着眼前的姜爷，有一种古怪的分裂感。他知道自己是兽，可他的一言一行又非常像人，不，简直说就是人。

高阳舔了舔下嘴唇："姜爷，我不明白……"

"你不明白的事多了去了。"姜爷精明地笑了，"别指望我什么都告诉你，有些事啊我不能说，有些事啊我不想说，还有些事呢，我也不知道。"

高阳原本一肚子问题，被姜爷这么一怼，泄了气。

青灵倒是不管这些，直接问："你为什么跟其他兽不一样，你既然知道我们是觉醒者，为什么不杀我们？"

"这个我可以回答。"黄警官看向青灵，"简单说，姜爷是妄兽，妄兽比一般兽高级很多，人和兽的身份与意识可以在一个躯体内共存，而不是生硬地切换。"

黄警官给自己点上一根烟："妄兽极少，可能十万只兽中才有一个妄兽。妄兽根据自身立场，又分为……"

黄警官看向姜爷："我可以说吗？"

"你都说一半了，还假惺惺地问我的意见干吗？"姜爷没好气。

"呵，那我说了啊。"黄警官看向高阳，"妄兽又分为光临者、至暗者、观察者。光临者，会帮助觉醒者，数量少之又少；至暗者，则会猎杀觉醒者；观察者，就是姜爷这种，态度中立，谁也不帮，做什么说什么全看心情。"

黄警官又想到一点，补充道："哦，还有，妄兽也遵循苍道，不主动杀害未觉醒的人类，不仅如此，就算是觉醒者，他们也不会主动杀害。你们可以把妄兽理解成隐藏的NPC（游戏中的非玩家角色），只有主动招惹妄兽的觉醒者，妄兽才会做出反应：帮、杀、中立。"

"所以我才说你小子运气好，撞上的是我，"姜爷吃饱喝足，紧了紧自己的防风衣，重新抓起鱼竿，一把抛向江面，"你要是招惹到其他妄兽呀，都不知道怎么死的。"

"你很强？"青灵半信半疑。

姜爷缓缓扭头看向青灵，脸上还是乐呵呵的："小姑娘你要是不信，可以试试。"

"试试就……"

高阳慌忙捂住青灵的嘴："姜爷，她这是冷幽默……您千万别当真！"

姜爷哈哈大笑，满脸可爱的皱纹："有趣！小黄啊，你这俩朋友也有趣得紧啊。"

"既然你也喜欢他们，要不，也交个朋友？"黄警官趁热打铁。

姜爷没有回答，继续看向黑暗中的江面，夜风迎面吹来，透着一丝凉意。

好一会儿，他才轻轻叹气道："小黄啊，我在这儿钓鱼太久，是时候换换地方了。"

"去哪儿啊？"黄警官很意外，"以后我要怎么联系您。"

"还联系？"姜爷好气又好笑，"真当我是自己人了啊？下次见面，说不定我就要把你给吃了。"

"不可能，姜爷您人这么好？别吓唬我。"黄警官说。

"小黄，你对我们了解多少？"姜爷语气有些伤感，又似乎还透着很复杂的怨恨。

黄警官一时语塞。

"你们一无所知。"姜爷看向高阳和青灵，眼神又变得慈悲，"今后不再见面，是为你好，也为这两个孩子好。"

黄警官沉默一会儿，还不死心，又说："姜爷，这小半年谢谢您的关照，我真舍不得您，但尊重您的决定。临走前，您能不能再给我们一点儿忠告。"

昏黄的煤油灯下，姜爷的脸庞苍老，老眼浑浊。他望向微光闪烁的江面，幽幽地说道："不要打开终焉之门。"

凌晨五点，沿江风光带。

三人坐在路边的警车内，车内昏暗，被树叶裁剪过的一束灯光打进车内，正好照亮了驾驶位前窗内的小相框上，里面是黄警官跟妻子的结婚照：黄警官身穿帅气西装、意气风发，妻子身穿抹胸婚纱，头戴白纱，明艳动人。

很快，照片被一阵烟雾笼罩，那是黄警官吐出的烟雾。他又重重吸了几口烟，脸色明显愠怒。

"对不起，"高阳再次道歉，"我没想到结果会是这样。"

黄警官没回头，声音干涩："我有所保留，你们怀疑我，我能理解。但我现在失去了重要的情报渠道，我很不爽，你们也得理解。"

"理解。"

"眼看我老婆肚子慢慢变大，"黄警官烦躁地叹了口气，"我一天比一天期待孩子的出生，但也一天比一天害怕，我不知道之后会发生什么事，不知道这个孩子究竟算什么。这段时间我找姜爷找得有点频繁，他大概也是烦我了。"

"姜爷告诉你什么了吗？"高阳问。

"我妻子这方面的信息几乎没吐露。"黄警官双手拍了一下方向盘，"你们这一搅和，以后再见不到他了，彻底没戏了。"

妄兽，高阳琢磨着这两个字，真是神秘莫测的存在。他又想到那个突然消失的百里弋，也是神出鬼没的。他本以为自己快要拨开世界的迷雾，却发现迷雾的后面是更浓的迷雾，他一时间感到无尽的迷茫和挫败。

"你跟妄兽的事，被我们发现，总好过被组织发现。"一直沉默的青灵开口了。

黄警官微愣，点点头："这倒也是。"

一连抽了几根烟，黄警官的心情也平复下来。他看向高阳："说到内奸，如今我的嫌疑排除了，你还有其他怀疑对象吗？"

高阳摇头："其他成员我根本不了解，毫无头绪。"

"要小心了。"黄警官声音微沉，"说不定我们三个人的信息也暴露了，我们现在并不安全。"

高阳忽然想起那晚红发男逃走前留给他的那个阴毒眼神，顿时不寒而栗。

我在明，敌人在暗，简直防不胜防啊。

东方的天空微亮，高阳悄悄回家，刚睡下没两小时，手机响了。

高阳迷迷糊糊接起电话，那边传来庆叔的声音："阳阳啊，我是庆叔，你跟王总今天什么时候过来啊？"

做戏做全套，在高阳的安排下，王子凯拿出两百万投资爸爸和庆叔的食品加工厂，约好今天去乡下看厂子签合同，高阳竟然全然忘了这一茬。

"啊，中午来……"

"好好好，等你们！"

高阳挂了电话，赶忙给王子凯打电话。电话接通，那边的人也是还没醒的状态："兄弟，这才几点啊……"

"王总起床了，今天跟我回乡下看厂子。"

"什么厂子啊？"

"你投资了我爸的食品加工厂,不会忘了吧?"

"哦……"王子凯声音怏怏的,"不看了,让他拍几张照发我就行了。"

"不行,都说好了,怎么可以临时放鸽子。"

电话里哀号一声:"行,去去去,谁让你是我兄弟!"

…………

上午十点,王子凯开着车过来接高阳,车子跑得很快,一个小时左右,两人就来到郊区乡下的食品加工厂。

庆叔带着工厂里三十多号人,穿戴整齐,站在厂子门口隆重迎接。

高阳率先下车,有两年没见庆叔,感觉他比之前瘦了不少,早年的庆叔是个两百多斤的胖子,后来做了一个甲状腺手术,开始养生和锻炼。

"阳阳,"庆叔见到高阳,眉开眼笑,"你又长高啦!"

"庆叔,你瘦了,人也精神啦。"

两人寒暄几句。

王子凯穿一身潮牌,戴墨镜,脖子上挂着金链子,吊儿郎当地下了车。庆叔愣了一下,赶忙笑容满面地迎上去:"您是……王总?"

"是我。"王子凯摘下墨镜,瞄了一眼庆叔,"你就是老板?"

"是我。王总您好,久仰久仰,果然百闻不如一见啊,真是年轻有为,青年才俊啊哈哈!"庆叔疯狂拍马屁,"您这一路辛苦了吧,要不我先带您坐坐,喝点茶,吃点东西,然后我们再去看厂子……"

"直接看厂子。"王子凯不耐烦,就走个过场,哪那么多屁事。

后背被高阳捅了一下,王子凯不情不愿,生硬地背起了高阳教他的台词:"投资可得慎重,我要好好考察一下……"

"那是那是!"庆叔点头哈腰,"来,这边请、请!"

庆叔领着高阳和王子凯走进食品加工厂,先去产品展示柜前,介绍了几个主打产品和今年打算推出的新品,主要是一些豆类零食。王子凯试吃了两款,给予高度评价。

之后便参观食品加工的流水线,然后是原材料的存放环境、卫生环境、营业执照、合格证书,等等。

走完所有过场,三人来到庆叔的办公室。高阳拿出拟好的合同,跟庆叔核对完毕,双方签字,王子凯看都没看,大手一挥留下大名。

"款项这两天会打过来。"高阳俨然成了王子凯的助理。

"好好好!万分感谢!"庆叔一直紧绷的笑容终于舒缓开来,工人们的工资可以发了,下一批原材料也能进货了,这次的难关算是渡过。

庆叔要留王子凯和高阳吃饭,两人婉拒,并在全厂员工的目送下离开了。

高阳坐上王子凯的跑车,本来是要回离城,忽然想去看望一下奶奶了。父亲出车祸后,奶奶就住回了乡下伯父家。

原本上周就要接奶奶回城,但奶奶不肯,非说在大伯家住得挺好,想再待一阵子，其实是想减轻一下高阳妈妈的负担。

小镇不大，没几分钟，王子凯就开车把高阳送到了大伯家。

离开前，王子凯有点不放心："兄弟，要不我陪着你吧，我听说你前几天给人偷袭了。"

高阳一时有些感动，笑笑："没事，我会小心的。"

"行，那回头见！"王子凯也不勉强，戴上墨镜，发动汽车，扬长而去。

高阳四处看看，走进路边的一家水果店。上大伯家之前，他打算给奶奶捎一点儿水果。

走进水果店内，他想买半斤樱桃，发现樱桃的货架前站着一个体形纤细的女孩，穿着洁白的短袖制服、绀青色格子裙，正是时下流行的岛国女子高中生制服。

女孩双手别在腰后，身体微微前倾看着货架中的水果，柔顺的中短发垂落在有些腼腆的白皙脸庞上，声音温柔中透着点青涩："老板，这个樱桃甜不甜呀？"

"肯定甜！"老板保证。

高阳正觉得声音有些熟悉。女孩回过头，先是一惊，眼中闪烁着欣喜："高阳！"

"小思？"高阳也很意外，"你怎么在这儿啊？"

万思思开心过后又变得局促，下意识地伸手捋了捋有些卷翘的发尾："我外婆八十大寿，我跟我妈回乡下给她庆生。你呢？"

"我奶奶住大伯家，我今天来看看她。"高阳如实回答。

"真巧啊，想不到会在这儿遇见你。"万思思的眼中充盈着笑意，"对了，你这两天怎么没来学校呀？"

"那个，"高阳随便撒了个谎，"请假了，照顾我爸。"

"叔叔怎么样，身体好些了没？"万思思关心道。

"嗯，好些了……"

高阳话音未落，身后传来一个老人的声音："阳阳？"

高阳回头，只见奶奶正拄着一根拐杖站在水果店门外。她今天穿着一件花衬衫，一头银发竖得整整齐齐，别着一个粉色发卡。奶奶其实很可爱，用妈妈的话说，八十多岁了还有一颗少女心，喜欢颜色鲜艳的衣服，喜欢吃糖，有时候还会撒娇。

"奶奶！"高阳上前扶住奶奶，握住她的手，"我正要上大伯家找你呢！你怎么自己出来了，别一个人乱走啊，摔着了可怎么办？"

"你大伯有事出门了，"奶奶眉开眼笑，从口袋掏出一个红包，"奶奶我呀，要去吃寿席，正好，阳阳你陪奶奶一道吃。"

"奶奶，"万思思凑过来，"您要吃的寿席，寿星是不是叫冯桂花？"

"哟，小姑娘你也认识呀？"奶奶抬头，笑眯眯地看向万思思。

"当然，她是我外婆！"万思思笑了，热情地挽住奶奶的另一只手，"太巧了，走，一起。"

"好好好，真好！"奶奶眉开眼笑，乐坏了。

高阳和万思思一左一右，扶着奶奶走了十分钟，便来到万思思外婆家。

一栋自建的二层楼水泥房，房前院落搭着一个大棚，大棚下面摆着十多桌流水席，客人们已经坐了大半。

万思思领着高阳和他奶奶在一桌坐下，很快就被亲戚喊走到内堂帮忙去了。

"阳阳啊，你爸怎么样啦？"奶奶问道。

"恢复得挺好，精神也很好。"高阳没有说爸爸坐轮椅的事，"奶奶，你什么时候回家啊？"

"再待一阵子吧，乡下空气好，我的咳嗽都好多了。"奶奶想到什么，又问，"听你大伯说，你爸的厂子两个月没结工钱了……"

"奶奶别担心，今天有投资商入资，已经解决了。"高阳说，"是我一个同学，他家可有钱了。"

"哦哦，那就好。"奶奶也不懂，但听孙子这么说，她放心地笑了。

"家里的事，你就安心吧。"高阳保证。

奶奶轻轻握住高阳的手，拍了拍："我们家阳阳啊，越来越能干了，以后肯定比你爸还要出息！"

"小声点……"奶奶当着外人夸自己，高阳不好意思了起来。

几分钟后，寿星登场。

一个打扮喜庆的老太太在儿女的搀扶下走上临时搭建的木台，儿子拿着话筒，替老太太说了几句场面话，感谢大家捧场，希望大家吃好喝好云云，乡亲父老们说了几句贺寿词，热闹了一阵便开饭了。

菜陆续端上桌，高阳站起来给奶奶夹菜，一个身影在他身旁坐下，侧头一看，是万思思。

万思思："我外婆那桌坐满了，我来这一桌，不介意吧？"

"当然可以啊。"高阳笑。

万思思拿起筷子，夹起一颗软糯的肉丸子，放到高阳奶奶的碗里："奶奶，这个肉丸子可香了，还不粘牙，您吃吃看。"

"好好好。"奶奶慢悠悠地咬了一口肉丸子，"嗯，好吃，好吃……"

"高阳，你也试试。"万思思又给高阳夹了一颗。

"小思啊，这是你的同学？"桌上一个大叔边喝酒边问。

"是啊，他叫高阳，我们是一个班的。"万思思说。

…………

奶奶吃得少，是最早离席的那一批人。

高阳扶着奶奶跟众人告辞了，刚走到马路边，万思思就小跑着追出来，手上拿着两个打包的寿桃："奶奶、高阳，你们忘拿寿桃了。"

"谢谢。"高阳接过寿桃。

万思思眨眨眼，把手放在小腹上："奶奶，我也送下您吧，吃得好撑，正好消消食。"

高阳本想婉拒，奶奶笑眯眯地应道："好呀，陪奶奶说说话。"

奶奶别有用心地瞅了一眼高阳："阳阳啊，闷葫芦一个，来来回回就那么几句话，奶奶不爱听。"

"嗯！"

回家的一路上，万思思搀扶着奶奶，有说有笑，高阳反而成了局外人，一路跟在她们身后，百无聊赖地刷着手机。

到家后，奶奶邀请万思思上门喝口茶，万思思答应，一老一小出乎意料地投缘，一聊就聊到了下午四点半。

这时高阳收到白兔的短信，让他今晚去千禧楼开会。高阳于是跟奶奶告别，去汽车站坐大巴回离城。

"你现在就走吗？"万思思问。

"嗯。"

"我、我也要回去，可以一起吗？"万思思有些紧张。

为了快速升级，高阳一有时间就会练习"识谎者"，他几乎是下意识地对万思思发动天赋。

撒谎。

高阳推断，万思思应该是可以坐她妈妈的车回离城，或者明天才回去。

他并不拆穿，笑着点点头："那一起吧。"

高阳刚起身，一阵后劲冲上后脑勺，让他微微眩晕。

他知道，是"识谎者"升到2级了，使用了几次，跟预想的差不多。

话又说回来，序列号靠后的"识谎者"，升级时感觉的强烈程度明显不如"火焰"和"复制"。

半小时后，两人来到汽车站，买了回离城的车票。结果不巧，上一班的大巴刚走，下一趟发车还要一小时。

两人坐在候车厅的长椅上，各自刷着手机。

万思思低头跟人聊微信，高阳瞄了一眼，界面写着"妈咪大人"，她大概是在跟她的妈妈解释她为何临时改变主意要自己先回离城。

聊完微信，万思思关上手机，有惊无险地长舒一口气——看来撒谎勉强过关了。

万思思心情很好，眼神雀跃地看过来："高阳，你能陪我去一个地方吗，不远，就在附近。"

"去哪儿？"高阳问。

"去了你就知道了。"万思思卖起了关子。

高阳并不怀疑万思思，但谨慎起见，还是悄悄开启了系统，确认幸运收益没有翻倍。

他点点头："走吧。"

十分钟后，高阳站在羽山小学校门口，有些出神。

他看向身旁的万思思："这里该不会……"

"我的母校。"万思思笑着点头。

"巧了，也是我母校。"高阳觉得有些不可思议，"如果你小学也是在这儿上的，我怎么不认识你呀！"

万思思颔首浅笑，没有接话。

校门口旁有一家冷饮店在搞促销，一个人工扮演的冰雪吉祥物在路边招揽生意。吉祥物一手举着自拍杆，胸前挂着一个牌子：拍照免费吃甜筒。

万思思故意转移话题："高阳，你吃不吃甜筒？"

"好啊。"高阳说。

万思思快步上前，跟吉祥物挨在一块儿合影了两张，然后她领了两支甜筒，回到高阳身边："给。"

高阳接过甜筒，吃了一口："很甜。"

万思思也赶紧尝了一口，弯起眼睛："嗯……好甜！"

万思思看向校门内，语气带着些微请求："高阳，我想去母校里走走。"

"好啊，反正还有时间。"高阳也突然有些怀念。他好多年没回母校了。

羽山小学不大，穿过杂草丛生的操场，来到长满爬山虎的老式教学楼。两人走进一楼第一间教室，门锁脱落，墙壁斑驳，课桌布满灰尘，黑板上还残留着黑板报的痕迹，花花绿绿的粉笔灰，看上去有些年头了。

"小学没人了吗？"高阳本以为是小学放假了，现在看来，是学校荒废了。

"嗯，镇上的小孩越来越少，小学合并成一所了，去年羽山小学就停了。"万思思有些感怀。

傍晚时分，夕阳斜照，给教室镀上一层寂寥的酒红色。一阵风穿堂而过，吹乱了万思思的刘海。

高阳回头："我们走吧。"

"啊……好……"

两人走出教室，回到操场，走了一会儿，万思思忽然停下，看向操场外的围墙，围墙的其中一处有个明显的缺口，矮了一截。高阳对这儿印象很深，不少学生都喜欢从这里翻墙出去玩，围墙后连着一个小山坡，山坡上有一棵很大的银杏树。

"高阳，"万思思转过身来，声音透着小心翼翼的期许，"你真的……不记得我了吗？"

高阳愣了愣，跟万思思眼神交汇的瞬间，心念一动，某些久远而模糊的回忆涌现出来。

"啊！"高阳吃惊不已，"你该不会是……刘小莉！"

刘小莉，那真是非常遥远的记忆了。

高阳上小学二年级时，班里有一个戴眼镜的龅牙女孩叫刘小莉。

据说刘小莉的爸爸是建筑工人，在她四岁那年出意外死在了工地上，妈妈游手好闲天天打牌，都不怎么管她，学费都拖着学校没有给。

刘小莉几乎每天都穿着一身衣服，因为不能常换，身上老有一股酸味，加之很多人觉得她长得丑，她在班里根本没朋友，女同学不爱跟她玩，调皮的男同学则会欺负她。

高阳看不下去，上前制止，结果跟几个男同学发生了冲突。

事情闹得很大，班主任叫来学生的家长，几个男同学接受批评，写了检讨。

那之后，男同学们迫于老师的威信，不敢再欺负刘小莉了，却开始阴阳怪气地孤立高阳和刘小莉，还给他们编了一首难听的顺口溜嘲笑他们。

同班的李薇薇跟高阳是青梅竹马，尽管她长得漂亮，人缘也不错，却也因为高阳的事遭到了牵连。

李薇薇有过短暂的挣扎，最终选择站在高阳这一边。

那个夏天，三个人总是玩在一块儿，倒也挺开心的。

记得有一次体育课，三人又被同学们排挤，无论是女生的游戏，还是男生的游戏都不带他们玩。

李薇薇很有主意，指着操场围墙外小山坡上的银杏树说："我们来比赛！看谁先到山顶！"

三人开心地翻过围墙，爬上坡顶。

高阳第一名，李薇薇第二名，刘小莉第三名。

李薇薇跟高阳凑了几块零钱，去附近的小商店买了店里最漂亮的糖果盒，一个印有七仙女的铁皮盒，铁盒里是七颗颜色不一的水果软糖，高阳和李薇薇一人吃两颗，给刘小莉吃三颗。刘小莉吃完两颗，最后一颗糖没舍得吃，偷偷放进了口袋。

吃完后，三人聊起了未来，关于长大后想做什么，想成为什么样的人。

李薇薇又有了主意。她叉腰站起来，从口袋拿出一支蜡笔，捡起地上的三张糖果包装纸："我们把长大后的梦想写下来，埋在树下，这样就一定能实现了！"

"好啊好啊！"

高阳和刘小莉拍手赞同。

三人拿着蜡笔，各自在糖果纸上写下愿望，对折，放进铁皮盒，然后一起在银杏树下挖了一个小土坑，认真又虔诚地把铁皮盒埋好。

几天后，刘小莉没有再来上学，班主任说刘小莉转学了，走得很匆忙，转学手续都没来得及办。

后来高阳听大人闲聊，才知道刘小莉的妈妈给刘小莉找了一个姓万的后爹，把刘小莉接去离城生活了。

没多久，高阳跟李薇薇也陆续搬到离城生活，离开了羽山小学。这个童年的约定，也早已被他遗忘在时光长河中。

回忆纷沓而至，高阳一阵恍惚。他看着眼前的万思思，面容姣好，皮肤白皙，牙齿整齐，眼神清澈，完全找不到当初那个脏兮兮的龅牙女孩的影子，但她那永远像小鹿一样怯生生的眼神，确实跟当年的刘小莉如出一辙。

"你什么时候认出我的？"高阳问万思思，"还有李薇薇，你也认出来了？"

万思思轻轻点头："高一军训第一天，我就认出你俩了，但你们没认出我。"

"你变化实在太大了。"高阳有些抱歉地笑了，"你认出了我们，为什么不说啊？"

"我也不知道。"万思思偏头笑了笑，"本来打算说的，一直找不到合适的机会，后来就不知道怎么说了。"

高阳百感交集："能再见到你，真高兴啊。"

"高阳，其实，有个问题我一直想问你。"万思思抬头看向高阳，这次她的目光不再胆怯，泛着坚定的光。

高阳嘴唇微抿："你说。"

"当年，你为什么要救我？"万思思说。

高阳想了想，确认道："你是说，你被烧头发，我帮你这件事？"

"嗯。"万思思点头，"我一直被他们欺负，从没人帮过我，你之前也没帮过我。可是那天，你为什么会突然站出来呢？"

高阳一怔。

为什么？

因为，我就是在那天早晨才开始真正融入这里的生活啊。

那天早晨，高阳才接受了自己脑子里有两份记忆这件事，迷迷糊糊地来到学校，就看到班里一个男生揪着一个女孩的头发，点燃了打火机。女孩脸色惨白，明明很害怕、很痛苦，却强忍着一声不吭，只是双手抱头瑟缩在课桌底下。她以为忍耐可以让这一切快点过去，可这只换来了更加恶劣的对待。

高阳回过神时，他已经冲过去一把夺走男生的打火机，丢出好远。然后，他被那个高大的男同学推倒在地，他试图反抗，男生的两个跟班也加入进来。

"小时候的事，我也记不清了。"高阳笑笑，撒了谎。

"是吗？"万思思抿嘴，说不上是失落还是伤感地笑笑，"可我都还记得，那天我真的非常痛苦非常绝望，我不知道那样的日子什么时候到头。"

万思思侧身，走向围墙："小时候，每天放学我都会路过一个水库，每次我都在那里停一下……那天，我真的特别难过……"

万思思停下，回头，眼中有浅浅的泪光："可是啊，你站出来，救了我。"

高阳没说话，心中却感慨万千：没想到自己当年的一个决定，挽救了一个女孩的人生。能帮到万思思，他由衷地感到欣慰。

"高阳，我一直、一直很感激你。"万思思说，"如果没有你，也不会有现在的我，我也不可能站在这里跟你讲这些话。人生，真的很奇妙啊。"

高阳笑着点头："是啊，人生真奇妙。"

万思思笑着转身，指着围墙后小山坡上的银杏树，大声宣布道："高阳，我们来比赛吧，看谁先跑到山顶！"

万思思有些吃力地翻过矮围墙，沿着山坡上的小路直奔银杏树。

对高阳而言，要追上万思思轻而易举。不过他放慢脚步，故意输给了万思思。

"我是第一名！"万思思来到银杏树下。她胸口起伏，开心地笑着。

"我是第二名。"高阳随后赶到。

"可惜……"万思思收回笑容，眼神伤感，"李薇薇不在了。"

高阳的心刺痛了一下。他沉默片刻，忽然低头看向脚下，说："不知道当年埋的小铁盒还在不在？"

"要不要找找看？"万思思说。

"好。"高阳赞同，蹲下来捡起一根粗树枝，挖了起来。

万思思也找来一根树枝，凑过来帮忙，羞涩地笑着："高阳，一会儿如果找到小铁盒，让我来打开好吗？"

"行啊。"

很快，两人就挖出一个小土坑，还真找到了当年的装水果软糖的铁皮盒。盒子表面沾满湿泥，高阳找来一些树叶，稍微清理了一下，上面的七仙女图案还清晰可见。

"我来，让我来！"万思思急切地拿过铁皮盒，背过身去打开盒盖。

万思思几乎是慌乱地找出自己的那张字条，打开看了一眼，顿时脸红心跳，赶忙攥紧在手心，然后才转身把铁皮盒递给高阳："给你。"

高阳接过，拿出剩下两张字条。他忘了当年自己选的颜色，于是先打开绿色的糖果包装纸，没想到是李薇薇的。

李薇薇的字体娟秀，上面写着两个字：歌星。

高阳胸口一阵酸楚，是啊，李薇薇最爱唱歌了，唱得也好听，还自学了吉他。李薇薇在高二暑假，还偷偷去餐厅当过驻唱歌手，后来被父母知道，挨了狠狠一顿骂。

李薇薇死前，还找高阳商量过，打算在高中毕业的暑假去报名参加唱歌选秀，当时高阳还非常支持她。

一切，像是一场梦。

恍然间，高阳有些明白黄警官的话了。

李薇薇是嗔兽没错，可李薇薇也是李薇薇。以前的李薇薇并没有消失，她只是死了，永远死在了兽化前那一秒。

高阳把绿色糖果包装纸小心地折好，放进口袋，拿起最后一张金色糖果纸，上面是高阳歪歪扭扭的蜡笔字：英 xióng。

果然是小屁孩写的，真羞耻啊，字还没学全，就想着要当英雄了。

高阳不禁被自己的黑历史给逗笑了。他一抬头，迎上万思思想要偷看的目光。

"别看……"高阳尴尬地笑着收回字条，放进口袋。

"哈哈，晚了。"万思思坏笑起来，以前她都是抿嘴笑，腼腆羞涩，很少有如此自然的模样。

"不行，我也要看你的……"可能是被万思思感染了，高阳也忽然变得孩子气起来，伸手去抢。

"不给！绝不给……"万思思紧紧捂着字条，笑着后退。

这时，高阳的手机响起。高阳掏出手机一看，陌生号码。

他微微凝神，接过手机，慢慢放到耳边："喂？"

电话那边的人沉默两秒，缓缓出声道："高阳，你好啊。"

"你是谁？"高阳警觉道。

"这么快就忘了我？"男人的声音透着冷冷的笑意，"给你一点儿提示……砰。"

高阳浑身一震，血液逆流——是红发男！

高阳攥着手机，四处环视。暮色四合，天边只剩下一线残阳，山坡下的学校操场变得昏暗苍凉，漫过小腿的杂草丛中站着一个冰雪娃娃吉祥物，正举着一部手机。

几秒后，吉祥物缓缓摘下头套——是红发男。

高阳这边，手机里又传来他的声音："还没自我介绍，我叫红疯，红色的红，疯子的疯。"

"你想干什么……"高阳喉咙发紧，手心出汗，心跳加快。

"上次你坏我的好事，这次我当然是来报仇的啊！不过在这之前嘛，有一份大礼要先送给你！"

高阳猛地抬头，眼前的万思思正茫然地看着自己："高阳……你怎么了？"

高阳脸色死灰，在他的眼中，万思思白净的脸庞上开始浮现出细小的红色纹路，一点点扩散开来，红色纹路不断加深，迅速变为闪烁着黯淡光泽的可怕裂纹，几秒之内，万思思的整个眼球都充斥着诡异的红光。

不！

"高阳，我的头……有点晕……"万思思不知道自己怎么了，感觉很不舒服，可她永远没有机会知道了。

"砰"！

万思思的脑袋爆炸了。

高阳睁大双眼。

他什么也没来得及做，甚至没能告别。

两秒后，尸体软绵绵地倒在高阳脚下。

时间静止，世界暗淡。

高阳慢慢跪下，想要去扶起女孩，双手却不知往哪儿里放。

他低下头，看见了，女孩紧紧攥在手中的蓝色糖果纸，那张即将被鲜血染红的字条上写着的几个字：高阳的新娘。

警告！你正面临极度危险的处境。

幸运点收益增幅至2000倍。

你目前已积累幸运点406点，是否使用？

加200点力量，剩下全加敏捷。

战斗中产生的所有收益，自动加敏捷，直到战斗结束。

系统关闭。

高阳睁开双眼，快速冲下山坡，轻轻一跃，跳过围墙，落在操场上。他不停留，笔直冲向红疯，速度很快。

红疯狰狞的脸上流露出失望：什么嘛，之前那种高速爆发的跳跃力哪儿去了？

红疯单手拎着吉祥物的头套，朝高阳甩过去。高阳歪头闪开，眼角余光中发现一抹红色，他立即侧身用力一跃，下一秒，头套在与他擦肩而过时，于空中爆炸。

高阳被爆炸的余威震飞，在地上打了个滚，重新站起时只觉得左脸一阵灼热，那是被爆炸的气浪烧伤了。

高阳心一沉：除了人体，被他右手接触过的其他物体也能制作成威力不一的炸弹，不愧是序列号22的"爆炸"，能力十分棘手。

冷静。

杀了他！

冷静。

杀了他！

…………

两个声音不断在高阳耳边响起，理智与情感横冲直撞、纠缠不清。万思思的一颦一笑，万思思死前的惨状，两者不断在高阳的大脑中交替浮现。

愤怒开始燃烧全身的每一滴血液。

终于，理智溃败。

"啊！"高阳大喊一声冲向红疯，什么都顾不上了，只想杀了他。

高阳张开双手，喷出两道火舌将红疯吞噬。

转眼，笨重的吉祥物外壳烧成一堆灰烬，但红疯早已及时跳出吉祥物的外壳，就像是狡猾的蛇蜕去一层皮。

红疯穿一条紧身皮裤，无袖黑背心，一身精瘦的腱子肉，浑身都是疤痕，有利器割伤的狭长疤痕，也有烫伤和烧伤的大面积伤疤。

"哈哈，生气了生气了！"红疯享受着高阳的愤怒，"这就对了嘛，继续保持，千万别让我失望啊。"

高阳不废话，再次逼近红疯。

红疯抬起那只没有表皮的红色右手，手指中夹着三颗透明的玻璃球，半秒时间，玻璃球就被浇灌进诡异的能量，变成红色灯泡。

"咻咻咻"，红疯一甩手，三颗玻璃球飞向高阳。

高阳一惊，横跳闪避。

"轰轰轰"，三颗玻璃球在接近高阳时炸开，高阳一个滚身在草地上重新站稳时，脸庞、脖颈、手臂、大腿上多出七八条划痕，鲜血流出，慢慢染上了红色。

高阳虽然躲开了玻璃球的爆炸范围，却躲不开无数块碎裂的玻璃碴，它们如同锋利又灼热的刀片，轻易划破了高阳的皮肤。

高阳捏紧拳头，暗暗咬牙。

200点的敏捷的确让高阳行动力大增，可如果没有白兔的"跳跃"，他无法在瞬间近身红疯，还是毫无胜算。

"啊！"高阳大吼一声，再次冲上去。

他只能赌一把，赌红疯携带的"小型炸弹"不可能数量无限，很快会耗尽。

红疯再次扔出三颗玻璃球。

"轰轰轰"。

这次，高阳提前做好避开的准备，身上还是多出几道血淋淋的、蒸腾着热气的伤口。

"哈哈！躲啊！继续上蹿下跳啊！"红疯像是享受游戏的小孩，一脸狰狞，朝着高阳不断地投掷"小型炸弹"。

高阳全力奔跑，围着红疯绕圈，每次想要靠近时都会被炸弹逼退，并在身上留下一些伤。

十多个回合下来，高阳已经遍体鳞伤，通身是血。

操场上的杂草四处燃烧和蔓延，不知不觉连成一片低矮的火海。

天彻底黑了，两人站在火海中，空气中飞舞着燃烧的草屑和火星。

红疯站在原地，轻松地活动着手臂。他才刚刚热身完，高阳已经气喘吁吁、狼狈不堪，体力消耗极大。

摇曳的火光在两人的脸庞上跳动、明灭。

高阳确认红疯的手中已经没有"弹药"了。他一鼓作气，快速逼近红疯。

红疯嘴角冷笑，右手迅速从背后抽出一条细长的银灰色长鞭，这是一条混有乌金材料的特制武器。

红疯手中的长鞭迅速被注入红色能量，他扬手一挥。

"啪"。

闪烁着红光的长鞭划破空气，朝高阳的正脸劈下来。高阳猝不及防，勉强侧身闪开，长鞭抽打在地面，空气急速凝固了半秒。

"轰"，地面上爆炸出一条汹涌的火线。

高阳滚落在燃烧的草丛中，急忙翻滚几下，将身上的火苗扑灭。高阳刚一抬头，红色长鞭再次从头顶劈下来。

高阳踉跄着往后一跳。

"轰"。

前方再次爆炸出一道火线，凶猛的气浪将高阳掀飞。高阳跌落在地，顺势翻滚，快速后撤，和红疯保持一定的距离。

红疯收回长鞭，卷在手中，眼中是狠厉的光："就这样杀了你，太便宜你了，我要把我的痛苦，千百倍地奉还给你！"

红疯说着，长鞭再次注入能量，比之前还要赤红夺目。他狠狠一扬手，又是一鞭子抽过来。

地面再次爆炸开一道火线，火焰与泥土纷飞，操场上炸出一条小沟壑。

高阳这次离得较远，避开得很快，没有受伤。

他喘着粗气，擦了一把脸上的血，微微凝神，身体上的疼痛和急速流逝的体力慢慢压抑住了胸腔之中的愤怒，理智一点点回归。

冷静。

思考。

无论是最早的人体爆炸，还是之前的玻璃球以及现在的长鞭，红疯的进攻方式，本质上都是将天赋"爆炸"的能量注入物体中，再让物体成为"炸弹"来战斗。

红疯给任何物体注入能量都需要右手的接触，而接触时间的长短，则决定爆炸威力的大小。

红疯给长鞭注入能量的间隙，就是高阳唯一的近身机会。

高阳深吸一口气，冲向红疯，佯攻。

红疯疯狂地挥鞭攻击，高阳左右横跳，长鞭不断抽打在地面，一时间，操场上又爆出几条火线和沟壑。

又一次，红疯的鞭子不再闪烁红光，变回普通的银灰色鞭子。

红疯手一拉，收回鞭子。他一边卷着鞭子，一边将右手的能量注入鞭子中，注入的速度明显没有最初快，刚注入一半，一块石头砸向红疯的头。

红疯扭头闪开，一个分神，高阳的身影从一堆丛火中蹿出，扑向红疯。

红疯反手扬鞭，高阳一手抓住鞭子，用力一扯，两人的距离迅速拉近到两米。

红疯一惊，紧急收回鞭子中的能量，这才阻止了鞭子在两人之间爆炸。

高阳做好两败俱伤的觉悟，赌的就是红疯会及时停手。

红疯在收招瞬间，也意识到高阳的目的，这时高阳的另一只手已经朝着红疯喷出一道火舌。

红疯的右手还握着长鞭，他急速下蹲躲开火舌的袭击，朝高阳的下盘扫腿。

高阳双腿一缩，腾地而起，同时抓住鞭子的右手用力一拉，靠着力的相互作用，他和红疯的身体相互靠拢。

当红疯意识到没有及时松开武器是一个错误时，高阳的膝盖已经狠狠地磕在红疯的正脸上。

红疯的脸部遭受膝盖骨的重重一击，直摔出去，一连在地上滚了好几圈，才勉强起身站稳。

他鼻梁骨折，口腔里充满血腥味，头晕目眩，视线也出现暂时性的重影。

"呸。"他朝地上吐出一口血水，里面还有两颗牙齿。

高阳找到了破招的方式，优势的天秤开始反向倾斜。

红疯缓缓站起，浑身战栗，眼里迸射出兴奋而疯狂的光。他扔掉手中的长鞭，仰起头，张开双臂，放声大笑："哈哈哈，哈哈哈哈哈哈……"

笑完后，他歪头看向高阳。

两个男人都不再说话，彼此隔着火光，眼中仇恨与杀机一点点沉淀。

五秒后，他们冲向对方。

红疯的右手率先袭向高阳的胸口，高阳避开的同时，左手臂弯曲，手肘击向红疯的太阳穴。

红疯脑袋后仰,却发现右手腕一紧,高阳擒住他的右手。

这一疯狂的举动在红疯的意料之外——他竟然敢主动触碰自己的右手!

红疯心中冷笑,刚要发动天赋,高阳故技重施,率先发力,将红疯的右手往自己身前一拉,一拳打在红疯的小腹上。

红疯胃部一绞,踉跄后退两步。他强忍着疼痛,再次试图发动天赋,高阳一个狠厉的回旋踢已经盖在红疯的左脸颊上,力气惊人,红疯一个托马斯回旋飞出去。

高阳一刻不敢松懈,一丝一毫的喘息机会也没留给红疯。事实上,在幸运收益点不断增加的作用下,高阳的敏捷度越来越高。

红疯多次想要发动天赋,可根本没有这个时间,他不是被拳头揍飞,就是被脚踹飞。该死的是,不管他摔出多远,高阳总能在下一秒立刻来到他身边,再接上下一招。

不知不觉,高阳已经单方面攻击红疯一分钟了,这一分钟,红疯多处肌肉撕裂、下巴脱臼、肋骨断裂、内脏出血、脑震荡。

高阳的两只拳头,也出现破皮和骨裂。

高阳一秒都不敢怠慢,直到将对方杀死之前,他都不会停下。然后百密一疏,红疯再被踢飞到半空,终于还是抓住了稍纵即逝的机会,微微握紧了右手,发动了天赋。

"砰"!

高阳的右手爆炸了。

高阳的右手只剩下小半边手掌,五个指头全部不见。

十指连心,高阳一阵剧痛。然而别说失去右手,就算失去一条手臂,甚至失去性命,只要能报仇,高阳也在所不惜。

右手被炸,高阳反而没有任何后顾之忧。

他捂着流血不止的右手,一步步走向红疯。此刻的红疯躺在地上,几乎无法再动弹。

高阳神色冰冷:"还什么遗言?"

"都怪你……都是因为你……"红疯动着脱臼的下巴,声音含糊不清,愤怒不甘,"姐姐死了……姐姐,全世界最好的姐姐……拿到符文,姐姐就不会死了……姐姐死了……我什么也没有了……"

红疯眼中出现破碎又绝望的泪光,他开始语无伦次:"都是你的错……要不是你……姐姐就不会死……"

"不、不对……"红疯目光黯淡,开始喃喃自语,"不是你的错……是我自己的错,是我的无能……害死了姐姐……要是我再强点,再强点……再强点的话……"

高阳看着这个可恨又可怜的男人,正要动手,忽然闻到一丝熟悉的异味,这个气味在上次红疯逃走前也闻到了。

他定睛一看,红疯的左手不知何时握着一根小注射器,针头插进大腿上。

高阳大惊！

他不是在说遗言，而是在拖延时间！

红疯的全身开始浮现诡异的黑斑，这些黑斑越来越多，仿佛有生命，开始在他的身体上流动，最终遍布全身。

"要是我再强点……我姐姐……"红疯站了起来，准确说，是被一股无形的力量瞬间扶正。

这一幕是如此熟悉，高阳想起当初的张大爷，他在变异前，身体也像是被注入某种神秘力量，身体被瞬间扶正，仿佛某种错误归位。

"就不会死啊！"红疯大喊一声，双眼融化，流出黑色血浆，只剩下两个漆黑的眼窝。

红疯一步跨上来，右手挥出一拳，高阳猛地往后一闪，锋利的拳风还是让他的鼻梁一酸，像是被刀片给割开。

这要是挨上一拳，下半张脸都没了。

红疯挥完拳后，没有急着进攻，身体开始怪异地抽搐，并发出"咯咯"的爆裂声，仿佛浑身的骨头都被打碎再重组好。

被黑斑支配的红疯比之前看上去更加消瘦且畸形，他的胸膛紧缩，变成一个螺旋形的"发动机"，无数粗大的黑色血管通向全身，给身体各处输送源源不断的能量。

此刻的高阳终于明白，为何上一次红疯明明失去行动能力，还是可以逃走，大概就是注射了这种药物，只不过上次的剂量明显很少，这一次他彻底豁出去了。

"姐姐……姐姐……你为什么要死啊……为什么要丢下我……"红疯的脸部开始扭曲，既像悲伤的痛哭，又像亢奋的大笑，连带着神智也变得疯狂。

红疯垂下脑袋，驼着背，双手无力地甩动着。

几秒后，他慢慢抬起头，用一双空洞的黑色眼窝看向高阳："姐姐……姐姐我来救你了……"

> 警告！你正面临极度危险的处境。
>
> 幸运点收益增幅至5000倍。

什么？！太快了。

高阳根本没反应过来，红疯已经消失在原本的位置。闪念之间，一只红色手掌盖在高阳的脸庞上。

完了！

高阳几乎放弃抵抗，等待着自己的脑袋爆炸。可是这一刻没有等来，那只右手只是摁着高阳的脑袋，飞快地冲撞。

"砰"，高阳的后背一阵剧痛，回过神时，他已经撞碎身后的水泥围墙。

高阳的第一反应不是恐惧，而是庆幸：自己的脑袋居然没有裂开，自己的身体居然没有坏掉。

红疯伸出右手，掐住高阳的脖子，把高阳从碎石块里拎起来。

他看着高阳："姐姐……你不是姐姐……"

灵光一闪，高阳顿时明白了，此刻的红疯早已被神秘力量支配，他的确更强了，强到恐怖，但已经失去了觉醒者的天赋和神志。

此刻的红疯，更像是一只处于混乱中的兽，开始自言自语。

"姐姐……姐姐不要丢下我……人类……姐姐……姐姐我好怕……姐姐救我……人类，人类……人类，人类，人类……"

终于，红疯消失了。

眼前的存在，是兽。

红疯的手刺入高阳的身体，对准心脏，因为经历过被高欣欣挖心脏的噩梦，高阳有所防备，关键时刻扭动了一下身体，红疯的手刺入高阳的肺部。

高阳痛到失声。

我输了吗？

我要死了吗？

不，赢的人是我！

第八章

许　愿

　　红疯的手从高阳的肺部拔出，他已经彻底失去人类的意识，嘴里不断重复着"人类"，渴望着人类的鲜血和心脏。

　　当他试图再次把手插进高阳的胸口时，高阳从牙缝中挤出两个字："爆……炸……"

　　"砰"！

　　红疯的右手臂爆炸了。

　　高阳脖子上的手指一松，高阳跌落在地。

　　红疯几乎没有痛觉。

　　早在之前，高阳第一次擒住红疯的右手时，就在瞬间复制了红疯的"爆炸"天赋，但是他没立刻使用，而是选择更有效的近身快速攻击。

　　红疯"爆炸"天赋有其内在机制，需要两个步骤：触碰、引爆。而第一个步骤，似乎属于被动能力，不需要发动技能也能触发标记效果。

　　高阳在对红疯发起猛烈的拳脚攻击时，每砸在红疯身上的一拳，都暗暗留下了一个"爆炸印记"，累计起来可能有几十处。

　　高阳原本打算等红疯说完遗言就发动"爆炸"，将他炸个灰飞烟灭，谁知道红疯却给自己注入诡异的药剂，直接兽化。

　　高阳不会再给敌人机会，兽有很强的恢复能力，何况是眼前这个让幸运收益翻到 5000 倍的恐怖存在。

　　"爆炸！"高阳大喊。

　　红疯的腹部炸开。

　　"爆炸！"

　　红疯的小腿爆裂。

　　"爆炸！"

　　红疯的胸口爆开。

短短十秒，高阳喊了无数声爆炸。

整个操场一时间都笼罩在高速闪烁的光亮中。十秒后，红疯只剩下一副焦黑的骨架。

还没结束，高阳强忍着肺部的剧痛冲上前，单手对着红疯使出"火焰"。接下来是持续一分钟的高温灼烧，直到红疯化为一堆灰烬。

终于，一切都结束了。

高阳榨干了身体中的最后一丝力气，晕倒前，听到有人在呼唤自己。

"高阳，高阳……"

高阳睁开眼睛，自己正流着口水，趴在孤儿院宿舍柔软的小木床上，宿管阿姨蹲在床边，用手拍着高阳肉嘟嘟的小脸："醒醒，起床啦！"

高阳迷迷糊糊地坐起来，揉了揉惺忪的睡眼，终于意识到，一切只是一个梦。

高阳顿时委屈极了，鼻子一酸，哇哇大哭起来。

"呀，这是怎么啦，不会尿床了吧？"宿管阿姨无奈地笑着，捏了一把他的脸蛋，"六岁了还尿床，真是个讨嫌鬼！"

"阿姨，我做噩梦了……"高阳紧紧抓着阿姨的衣袖，抽泣着，"好多怪兽……要杀我……"

"哈哈，这孩子。"阿姨温柔又无奈地伸出双手，将高阳紧紧抱在怀里，"不怕，不怕啊，怪兽来了，阿姨帮你打他……"

…………

高阳缓缓睁开酸涩的双眼，浑身无力。

他试着挪动身体，发现自己的侧脸正枕在别人的腿上。他扭头，眼前倒映着一副熟悉的少女脸庞。

原来，刚才的一切才是梦啊。

"醒了？"白兔看着枕在自己腿上的高阳。

"嗯……"高阳声音沙哑，有气无力。

"张嘴。"白兔手里拿着一颗红色小药丸，"吃了。"

高阳张嘴，吞下药丸，身体变得暖和，力气也一点点回来了。

他终于意识到自己的肚子上也压着什么，挪动目光，发现是萌羊。她坐在地上，头枕着自己的肚子睡着了。

高阳抬起右手，右手完好如初，活动手指，还有一些麻木。

"你要谢谢萌羊，她在操场上一根一根手指给你找回来，最大程度帮你还原了。"白兔声音疲倦，又透着埋怨和担忧，像个家长。

高阳缓缓坐起身，把萌羊轻轻抱进了怀里，背后就是熟悉的银杏树。

"你们怎么来了？"高阳问。

"你的手机被我监听了。"白兔说得理直气壮，"那个红疯给你打电话时，我监听到了，感觉不对劲，立刻带着萌羊赶过来了。我脚程快，赶到时你刚跟红疯打完。"

高阳沉默片刻，问："万思思呢？"

"放心，都处理好了。"白兔轻叹一声，"本想着把你一起带走，不过萌羊治完你就困了，我就想不如让你俩原地休息，没想到你们一睡就是一整夜，我腿都麻了。"

原来白兔守了他们一整夜，高阳有些感动。

时间已是清晨六点，远方的天空破晓，山坡下操场上的杂草烧光了，一片焦黑和荒芜，沐浴在温暖的朝阳下，特别奇怪的感觉。

"这东西……是你的吗？"白兔手里拿着一张糖果字条。

高阳接过字条，烧掉了一小块，其余部分也被鲜血染红，要很仔细才能辨别出一个字和一个拼音：英 xióng。

"是我的，谢谢。"高阳把沉睡的萌羊抱起，交给白兔。

他起身，在银杏树附近找到铁皮盒，将字条重新装进纸盒中，并在银杏树下挖出一个土坑，小心地埋好。

"你的伤还没好，瞎折腾什么？"白兔一脸的不理解。

高阳重新坐好，看向天际的朝霞，微微眯起眼睛。

良久，他才缓缓开口："许了个愿。"

很长一段时间，两人无话。

当和煦的阳光完全笼罩大地时，白兔唤醒怀中的萌羊。

"别睡了，"白兔揉了揉小女孩毛茸茸的头发，"回去找死猪叔吧，你体内的伤害不能储存太久。"

"唔……"萌羊微微皱眉，肉嘟嘟的小手下意识地抓紧了白兔的衣服，不愿醒来。

高阳站起，将熟睡的萌羊抱在怀中："走吧。"

三人离开羽山小学，上了一辆黑色奔驰。

白兔开车，高阳坐副驾驶座，萌羊在后车位系着安全带，继续睡觉。

高阳想了想，还是问："所有人的手机你都监听了吗？"

"除了队长和斗虎老师，其他人都监听了。"白兔坦然回答，"请你保密。"

"明白。"高阳轻轻皱眉，"你也怀疑有内奸？"

"我又不傻。"白兔快速看了一眼高阳，"看来不止我一个人怀疑啊。"

"是。"高阳想到了红疯，"袭击我的人叫红疯，这名字你熟吗？他好像，还有一个姐姐，他抢我们的符文是为了救姐姐，他的姐姐好像死了，所以他来报复我，我就知道这么多信息。"

白兔略加思索，摇头道："离城的觉醒者我不敢说全认识，但有点气候的我都清楚，我没听过红疯这个人，我的眼线们也没听过。"

高阳不再说话，又想到死去的万思思，胸口一阵闷痛。

"你朋友的事，节哀。"白兔双手握住方向盘，目光直视前方道路，"我向你保证，这事没完，十二生肖可不是好欺负的。"

过了一会儿，白兔又说："关于万思思是人是兽，鬼马辨别过了，你想知道吗？"

高阳摇摇头："不用了。"

"为什么？"

"她就是万思思，"高阳别过头，看向车窗外，"是我的朋友。"

短暂的沉默，手机响起，白兔单手接起电话："喂……好，明白。"

白兔挂了手机，猛踩一脚油门，高阳整个人迅速后仰，两旁的景色快速流动。

他疑惑地回头："怎么？"

"马上回负六层，紧急会议。"白兔眼神闪烁，"队长也参加。"

"龙？"高阳微微吃惊，终于能见到他本尊了。

"嗯，他快醒了。"白兔的心情好起来，她眨着眼睛，嘴角不自觉地上扬，"高阳，你会开车吗？"

"不太会。"高阳说。

"可惜啊，我一开心就想涂指甲油。"

一小时后，千禧楼。

高阳跟白兔走进地下基地的大堂时，所有成员都聚齐了，三两成群地分散着。

吴大海和天狗站在一起，休养几天后他精神好多了，空荡荡的右臂衣袖扎在腰间的皮带上，单手拿着一个平板，用大拇指滑动着页面，上面展示着一只机械臂的设计图。

"怎样，厉害吧！"吴大海扬扬得意，"麒麟工会已经在帮我紧急定制了，下个月就能换上！"

"酷。"天狗称赞，又问，"灵活度行吗？"

"行！神经连接适配度高达84.5%，目前的顶配了，花了我600金乌币。"吴大海咬牙切齿，"该死的奸商！"

按白兔的意思，高阳再次遭遇红疯袭击的事暂时别公开，高阳假装若无其事地走上前："吴大海，恭喜啊，喜提赛博机械臂一条。"

"哼哼！"吴大海眉飞色舞，中气十足，"羡慕不来！哥这叫涅槃重生，杀不死我的都使我更强大！"

"说得对！"斗虎忽然出现在吴大海和天狗身后，张开双臂揽住他俩的肩膀，"要的就是这股子斗志，十二生肖永不屈服！"

"永不屈服！"得到前辈的表扬，吴大海越发激动。

高阳笑着转身。

白兔、萌羊和死猪待在一起，死猪盘腿坐在地上，萌羊醒了，双手放在死猪粗壮的手臂上，正在转移伤害。

死猪的身体出现各种伤口，很快又开始愈合。

死猪脸上笑着，举重若轻地道："这次又是谁受伤啦？"

"高阳。"白兔笑着解释，"我陪他训练，一不小心玩过火了。"

"这也太过火了！"死猪看向高阳，眼神心疼，"怎么连炸弹都用上了……肺部这一下，够狠啊，你这是要杀人啊。"

"哎呀，死猪叔，我知道错了，别说了，"白兔吐着舌头，想要糊弄过去，"下次一定会注意。"

"叮"。

不知何时，身后传来一声充满科技质感的轻响。

大家纷纷回头，声音来自从不对外开放的龙门，龙图腾的暗灯在门上亮起，熠熠生辉。

三秒后，龙门缓缓开启。

"队长醒了！"白兔第一个说道。

"走，都进去吧。"斗虎挥挥手，大家陆续走进龙房。

赶回基地的一路上，高阳问了白兔不少龙的问题，比如龙为何那么神秘，组织里不少人都没见过他；龙为何会跟自己一样年轻，作为十二生肖创始人，就算他十三岁创立组织也应该七十岁了。

白兔却故作神秘，只说等一会儿他就知道了。

此时此刻，当高阳走进龙房后，他心中有了答案。

龙的房间比想象中要小，不足五十平方米，四周的墙壁都是白色金属质感的，房间幽静、暗沉，空气比外面要冷上许多，还散发着一种古老又神秘的气息。

房间尽头的墙壁上，半镶嵌着一台直立的黑色金属棺，金属棺的底部连接着各种线路，像老树一样盘根错节，无数荧光在线路中来回穿梭，仿佛在给金属棺输送养料。

"这是……冬眠舱？"高阳说出自己的猜测。

"是。"斗虎率先走到金属棺前，那里有一个小控制台，斗虎简单地操作一下，然后退开几步。

"咔嚓"，几秒后，冬眠舱发出沉闷、短促的声响。

冬眠舱的舱盖缓缓朝着一旁打开，浓郁的白雾冒出来，房间里顿时烟雾缭绕，空气中弥漫着淡淡的生化药水味，一定要形容的话，像是深秋的森林中那些枯树叶轻微腐化的味道。

很快，冬眠舱中的白雾散去，里面躺着一个浑身赤裸的男人。

要不是高阳第一眼看到对方平坦的胸膛，他差点误认为对方是个女性。

冬眠舱内的男人一头黑色长发，身体消瘦到几乎是纤细，脸部线条柔美，五官精致，睫毛修长，雌雄莫辨。

白兔的手中多出一件长毛毯，她上前为冬眠舱中的男人盖住身体，立刻恭敬地退回来，静静等待。

几秒后，男人的睫毛微颤，缓缓睁开双眼，是一双漂亮的异瞳，右眼水蓝色，左眼金棕色。

"队长，你醒了。"白兔极力让自己保持平静，但话音中仍透着淡淡的喜悦。

"啊，醒了。"龙微笑着，声音出乎意料的低沉性感，"我这次睡了多久。"

"三年四个月二十一天七小时……"白兔看了一眼手机，"三分五十秒。"

龙抓着毛毯，裹住弱不禁风的身体，光脚走出冬眠舱。他还是微笑着，那是介于优雅和松弛之间的一种状态。

"都在呀。"龙先环视一圈老成员，接着看向加入不到三年的新成员，依次说出了每个人的名字，"高阳、青灵、黄警官、吴大海、天狗、萌小羊。"

高阳暗暗吃惊。

吴大海站出来，替大家问出心中的疑惑："队长，你怎么会认识我啊，你不是刚醒吗？"

"简单解释的话，"斗虎开口道，"龙只是身体冬眠，精神是清醒的，白兔每个月都会跟龙汇报一次情况，龙可以自己决定什么时候醒来，什么时候继续冬眠。"

"牛啊！如果一直冬眠，但精神又一直醒着……"吴大海张大了嘴，"那不就等于长生不老了吗？！"

"还是有所不同的，"龙缓缓上前，看一眼吴大海的空荡荡的衣袖，"组织遇袭的事我听说了，你受苦了。"

"没有没有！"吴大海受宠若惊，"比起牺牲的先辈，我这不算什么。"

龙微微点头，看向白兔："带我换身衣服，五分钟后，大家会议室见。"

"是。"

五分钟后，大家准时来到鼠房——会议室。

会议室是欧式风格，华丽的水晶吊灯，复古长餐桌，高雅、暗沉的深色花纹软装墙面，上面挂满画像，会议室正上方的墙壁上是一幅壁画。

对此高阳略有了解，那是某个宗教领袖与他十二门徒之间的故事——关于叛徒的故事。

高阳一时心情复杂，只觉得无比应景。

成员们围着长餐桌坐下，各自的生肖面具则放在桌面上。

龙最后入座。他换上了简单的圆领白T恤和黑色灯芯绒长裤，长发扎成马尾，脸色苍白得有一点儿病态，看上去就像一个清秀瘦弱的普通少年。

"事情，我都听白兔说了，想必大家也都知道了。"龙没有任何多余的开场白，或许对他来说每一分时间都是宝贵的。

"十二生肖的敌人虽然不算少，但敢这么明目张胆地袭击和挑衅我们的，近十年来还是第一次。"斗虎补充道。

"我醒来，就是解决这件事。"龙神色平和。

白兔端来一杯热咖啡："队长，你要的黑咖啡。"

"啊，谢谢。"龙接过，端在手中认真地闻了闻，轻轻品尝了一口，接着说，"组织内部出现叛徒，对于这件事，我感到很遗憾。"

龙放下咖啡，声音依然平静，可四周的空气却骤然冷了几分："今晚，他恐怕不能活着离开这里。"

沉默，长久的沉默。

龙说完后，又慢悠悠地喝起了咖啡，仿佛刚才只是宣布了一件"大家喝点东西吧"之类的稀疏平常的事。

　　高阳的心脏被攥紧，还是第一次，明明自己并不处在事件中心，明明自己只是一个受牵连的受害者，明明自己不会有什么危险，可他还是感到难以言喻的压迫感。

　　"不过，我还是希望他能主动站出来。"龙的语气自然而真诚，"这样，他的生死将交由大家投票，而不是被我直接处决。"

　　龙不再说话，静静等待。

　　会议室一片死寂，没人再多说一句话。高阳想，或许大部分人都跟自己一样，处于一种茫然的震惊之中。

　　谁能想到呢，龙醒来不到十分钟，叛徒就要原形毕露。

　　时间一秒一秒流逝，不到半分钟，却犹如半个世纪般漫长。

　　忽然，有人打破沉默，站起来。

　　高阳一惊，难以置信地抬起头，那个人是青灵。

　　青灵是内奸？！

　　念头冒出来时，高阳惊出一身冷汗。

　　旋即，他否定了这个猜想。

　　青灵是通过黄警官才加入十二生肖的，在这之前，她大概并不属于其他组织，也不知晓十二生肖的存在；加入组织后，她一直接受斗虎的训练，根本没机会接触到其他组织并被策反。

　　况且，以高阳对青灵的了解，她实在没有当内奸的理由。

　　既然如此，青灵为何又要站起来？

　　不容高阳多想，其他人也陆续站起来。

　　高阳心中讶异：怎么回事？为什么大家都像是约好了似的站起来。

　　那我呢，是不是也应该站起来，表现得更合群些？

　　高阳内心挣扎，忽然感受到一股温和却不容抗拒的意志力，那股意志力像是某种具象的声音，萦绕在他的耳边：你坐着就好。

　　理智上，高阳感到荒谬，甚至是恐惧，可情感和直觉上，他愿意服从这个"声音"。这太奇怪了。

　　接下来的半分钟，他安静地坐着，目送着其他成员平静而有序地离开会议厅。

　　转眼，房间里只剩下四人：龙、斗虎、高阳、鬼马。

　　萦绕在耳边的"声音"蓦然消失了，高阳的理智重新夺回对自身的控制权，他不自觉地加速呼吸，手心发湿。

　　高阳惊讶地侧目，看向正座上的龙——是他！

　　绝不会错，龙刚才对高阳使用了某种天赋！

　　不仅如此，其他人会不约而同地离开，大概也是收到了龙的"指示"。

　　龙似乎能看穿高阳的心，微笑着回应了高阳吃惊的眼神："高阳，你拥有'识谎者'天赋，留下来协助审问。"

　　高阳点头，喉咙有些发涩："好。"

这个男人，深不可测，幸好……不是敌人。

"谢谢。"龙微微颔首，目光飘向离自己最远——坐在长桌尽头的鬼马。

他的声音无不遗憾："我刚给过你机会了。"

内奸真的是鬼马！高阳暗暗心惊。

高阳对鬼马了解不多，他的日常身份是一家律师事务所的律师，很普通的中年男人，身材中等，不胖不瘦，五官普通，唯一的特色是较重的黑眼圈，无时无刻不透着一种疲惫和阴郁。

往日里，他沉默寡言、行事低调，存在感不高。

鬼马的天赋是"传音"，序列号51，精神系，可通过脑电波跟同类进行交流。

这一天赋，不但可以"千里传音"，还能用来试探与辨别人与兽，据说兽无法感知到鬼马的脑电波。

"队长，你不能因为我的天赋，就怀疑我是内奸。"鬼马的嗓音有些沙哑，脸上没太多情绪起伏。

"龙，你确定没搞错？"斗虎也有些意外，"鬼马是老同事了，我自认为比较了解他，他没理由背叛我们。"

"队长，"昏暗的灯光下，鬼马的黑眼圈更重了，他眸光流转，"如果你怀疑我是叛徒，请拿出证据。"

"证据是有的。"龙微微眯眼，异瞳在灯光的映照下犹如两颗瑰丽的宝石，"第一，你加入我们之前，曾二易其主，在麒麟工会也从事过情报工作，背景复杂。"

"是，斗虎说过不追究我的过往，我对十二生肖也毫无保留。"鬼马有些失望，"我还以为这能换来组织的信任。"

龙不置可否，继续陈述道："第二，组织遭红疯埋伏后，白兔监听了所有成员的通信设备和行踪，很快高阳再次遇袭，按排除法，只有你的'传音'能做到。"

"队长，这只是你的推测。"鬼马不卑不亢，"对于真正的特工，想要泄露信息，有的是办法。"

"对此我毫不怀疑。"龙微笑。

"以上两点，只是你的主观臆断，我不接受。"鬼马坚持道。

"第三点，"龙双手合十，放在桌上，这个动作真诚中透着些许遗憾，"加入组织九年来，你一直有所保留。"

鬼马的眼角微微一紧，脸上依然没有表情，但周身的气场顿时变得肃杀。

"你还有第二天赋，为何从不告诉我们？"龙问。

"你怎么知道？"鬼马的声音冷了一分。

"先回答我。"龙语调平缓，却不容抗拒，"你明明很强，却刻意隐藏，目的是什么？"

鬼马沉默。

会议室陷入死寂。

高阳顿时手心出汗，如坐针毡。

此刻,他的位置正好处在龙和鬼马的中间。

尽管两人一直在客气地对话,但桌底之下,早已暗流涌动。高阳真的好怕两人一言不合就开打,自己惨遭殃及。

我是不是应该赶紧起身,躲到龙和斗虎的身后去?这是大佬之间的战斗,我贪生怕死一点儿也没什么错吧?

正在高阳踌躇不安之时,龙的声音传来。

"高阳。"

"在。"高阳立刻抬头,像是忽然被老师点名的学生。

"发动'识谎者'。"

"好。"

高阳深呼吸,侧头看向鬼马。

"鬼马,请正面回答我,十二生肖与百川团交易符文的那天晚上,白兔一行人的具体行踪,是不是你提前泄露出去的?"龙问得非常仔细和具体。

"不是。"鬼马面不改色。

他在撒谎。

高阳的心狠狠一坠,背脊一寒,鬼马真的是内奸!

会议室中,再无人说话。

大家都在等待高阳宣布测谎的结果。

高阳张了张嘴,却发不出声音。他忽然意识到,那股温和却不容抗拒的"意志力"又出现在他耳边,并耐心地重复道:不要说话,不要说话。

高阳决定服从,事实上,直觉和经验也告诉高阳,自己如果立即说出答案,很可能招致危险。

那股无形的"意志力"循循善诱:若他撒谎,眨眼睛。

高阳甚至不敢看龙。他直视前方,飞快地眨了下眼。

如此细微的一个动作,还是立刻被在场的三人捕捉到了。

"嗖"。

高阳只听见一道细小的风声,紧接着耳边传来"锵"的一声脆响。

视线重新清晰时,鬼马和斗虎正双双蹲在高阳正前方的会议桌上。

鬼马右手握着一把黑色爪刀,短而锋利,弯曲得像一根蝎子的尾刺。他的动作只要再快半秒,高阳的喉咙已经被割开。

万幸的是,斗虎手中的短刀,精准地阻止了鬼马这一击。两人僵持不下,暗暗比拼着力气。

开打之前,两人距高阳都有四米左右的距离,却几乎瞬间出现在高阳面前。

高阳不是第一次离死亡这么近,但还是感到沉重且粗暴的压迫感,心脏骤停一秒后,开始疯狂跳动。

跟两名刺客同处一室,他几条命都不够死!高阳仍然呆坐着,一动不敢动。

"天赋'瞬移',序列号19,时空系。"龙的声音不紧不慢,"鬼马,你作为一名优秀刺客，却甘愿在组织蛰伏九年，为什么？"

"为什么？"鬼马冷笑，这是高阳第一次见他笑，不知为何，高阳在他的笑容中感受到了悲伤的破碎感。

"当然是……为了杀你。"

闪念间，高阳反应过来。

天赋表上有记录，3级"瞬移"的极限距离是七米，而鬼马距离龙之间有十米左右，他无法一瞬间靠近龙。

所以，鬼马故意先杀高阳，这不过是一次佯攻，为的是骗斗虎过来招架，同时进行二段瞬移，确保一击即中。

"当然是……为了杀你。"鬼马话音未落，人已经消失。

眨眼间，他瞬移到龙的跟前，手中的黑色爪刀直刺龙的心脏。

斗虎出手救高阳是出于一种战斗本能，当他意识到自己中计时，已经晚了。

此刻的斗虎，背对着龙，即便爆发力再强，也不可能转身追上瞬移的鬼马。

不过在斗虎内心深处，他丝毫不担心——如果龙就这样被杀了，他根本没资格做十二生肖的领袖。

果然，黑色爪刀在距离龙的心脏一寸时，硬生生地停下，连带着停下的，还有鬼马的整个动作。

鬼马眼底闪过一丝难以名状的震惊和茫然。

鬼马虽不清楚龙的天赋究竟是什么，但大约可以判断，龙具备某种精神控制力，可以在一定范围内对目标的思想进行一定程度的控制。

鬼马早已将这点考虑进去，毕竟，支配思想不等于支配行动，更不等于无视物理规则。

鬼马建立在瞬移之上的突刺非常迅猛，即便龙及时控制住鬼马的思想，鬼马的身体也会因为强大的惯性而完成刺杀的动作。

可事实是，鬼马的身体也被瞬间定格，不受物理规则约束。如果不是自己还能思考，还能呼吸，还能眨眼，鬼马简直怀疑龙按下了时间暂停键。

龙的眼神中是无尽的遗憾："鬼马，我们原本可以不用走到这一步。"

鬼马的额头上青筋暴起。他全力爆发，动用身体上的每一块肌肉，试图挣脱掉周身这无形的束缚，却无济于事。

几秒后，他沉沉呼出一口气，放弃了挣扎。

鬼马淡淡一笑，脸上浮现出解脱般的疲惫："这些年，我尽可能地小心谨慎，可我还是低估了你。"

龙默然不语。

"龙，你已经不是人，是怪物。"

龙伸出手，从鬼马的手中取下黑色爪刀："想要打败恶龙，必先成为恶龙。"

"这样的胜利没有意义。"鬼马说。

"胜利就是意义。"龙说。

"鬼马，你究竟为谁效力？目的是什么？"斗虎急忙喊道，"只要你老实回答，事情还有余地！"

"别浪费时间了，动手吧。"鬼马视死如归。

无声的十秒过去。

龙在鬼马的眼中确认了他的决心。

"鬼马，再见了。"

龙将手中的爪刀刺入鬼马的心脏，动作稀疏平常，甚至有些随意，就像是将一把塑料小刀插入奶油蛋糕中。

诡异的一幕发生了，鬼马的胸口没有鲜血溢出。

龙转身，缓缓离开会议桌，走到高阳身边："你还好吗？"

"还好。"高阳喉咙发紧，与其说是被鬼马的刺杀吓到，不如说是被龙诡异的天赋震慑住了。

或许，鬼马说得没错，龙已经不是人，是一个怪物。

唯一庆幸的是，自己现在跟怪物是同一个阵营的。

"那就好。"龙眼底闪过一丝失落，"我可不想一天失去两名同伴。"

龙说完，轻轻打了一个响指。

"扑哧"，鲜血从鬼马的胸口喷涌而出，鬼马的身体解除束缚，从会议桌上滚落下来，几乎没有任何挣扎，便安静地死在了自己的血泊中。

不知过去多久，斗虎打破沉默："出去吧，这里交给白兔善后。"

高阳一言不发，跟着龙和斗虎离开会议室。

会议室的外厅，其他成员都在，大家脸上的表情各不相同，有震惊，有平静，有冷漠，有懵懂，也有悲伤。

白兔脸上平静，眼底却流露出一丝忧伤："内奸是鬼马吗？"

龙和斗虎都没有回答。

白兔只好看向高阳，高阳迎上她的目光，犹豫两秒，轻轻点头。

"已经……"白兔斟酌了一下措辞，"处决了？"

高阳再次点头。他很郁闷，为什么这个坏人要自己来做啊？

他分明能感受到白兔和其他组员的失望，从感情上来说，他们或许更希望高阳是那个内奸吧。

白兔眼眸低垂，喉咙几不可闻地哽咽了一下。

她抬头，看向天狗："帮我善后。"

天狗的情绪也很低迷，他无言地跟着白兔走进会议室。

龙的脸色有些苍白，声音中也透着淡淡的倦意："我累了，鬼马的葬礼就不参加了，大家节哀。"

"你休息吧，剩下的交给我。"

斗虎沉沉叹了口气，宣布道："很遗憾，鬼马是内奸，我们给过他机会，但他做出了自己的选择。一小时后，我们前往太平桥墓园，送鬼马最后一程。"

歌姬眼眶湿红，声音哽咽："队长，我可以进去看他一眼吗？"

龙微微点头："我很抱歉。"

"不，你只是做了该做的。"歌姬摇摇头，转身走进会议室，背影坚强又哀伤。

半小时后，蛇房，青灵宿舍。

当高阳将会议室发生的所有事告诉青灵和黄警官后，三人陷入短暂的沉默。

黄警官点了根烟，夹在手中半天忘了抽，一截烟灰无声地掉落。

青灵盘腿坐在床上，目光平视，若有所思。

"你们刚才，都听见了吧？"黄警官先开口了，"耳边的那个声音。"

"听见了。"青灵皱眉，当时她是第一个起身的，"我讨厌那种感觉。"

"我也不太喜欢。"黄警官又弹了弹烟灰，"龙似乎可以控制我们的思想，让我们按照他的意志去行动。"

"说控制不准确，"高阳回忆当时的感受，"更像是，引导。"

"对！引导。"

黄警官十分赞同："我当时并不抗拒，也不觉得自己被人控制，我就觉得应该站起来，离开会议室，好像我被那个声音说服了。"

"这才可怕。"

高阳低头看向自己的右手，指头上还有淡淡的白色纹路，那是之前被红疯炸毁又被萌羊修复后的痕迹："如果我们被控制，至少会反抗，可如果我们都不觉得自己被控制，也就不会反抗。"

"的确。"黄警官点头道，"试想一下，如果龙让我接受'自杀'是一个合理的行为，我是不是也会立即自杀……"

接着他又立刻摇头："不，不可能，应该不至于这么恐怖。如果真到了这种程度，那不等同于神了，还这么大费周章地创立什么组织，一个人就把所有事都办完了。"

"但愿吧。"高阳持保留意见，龙最后控制住鬼马的手段，已经跟"神"差不多了。

黄警官又想起什么，看向高阳："对了，你昨晚去哪儿了？怎么跟白兔在一起？"

高阳胸口一紧，万思思的脸又浮现出来。

他正犹豫着要不要说，青灵的手机响起。她看一眼，淡淡地说："要去太平桥墓园了。"

高阳也收到白兔的群消息。他收回手机，站起来："先去参加鬼马的葬礼。"

上午十点，太平桥墓园。

这里是一座坟山，山脚下环着一条清澈的小河，河上有一条很老旧的石桥，叫太平桥，过了桥，就是死者的长眠之处了，漫山遍野的绿色植被上是星星点点的灰白色石碑。

这里是离城的老墓园，缺乏规划，杂乱无章，野草丛生，弥漫着一股荒芜破败的气息。

不过比起那些整齐划一、崭新亮丽的墓园，高阳更喜欢这个老墓园。他总觉得，这才是墓园该有的样子，这才是真正属于逝者的世界。

除龙以外，所有人都参加了鬼马的葬礼。

大家拿着铲子，一人轮流一铲将鬼马的棺材埋葬好。

之后，天狗将雕刻好的墓碑立上。

萌羊一路上都在哭，眼睛肿成了两个灯泡，此刻她又忍不住大哭起来。她还是不相信，问身边的白兔："鬼马叔叔真的是坏人吗？"

"萌小羊，鬼马叔叔不是坏人，"白兔蹲下，安抚着萌羊，"他只是大灰狼。"

"大灰狼？"萌羊不懂。

"嗯，大灰狼不吃小猪会饿死，可是大灰狼吃小猪，小猪就会死。大灰狼和小猪总有一个要死。"

"我们是小猪，鬼马叔叔是大灰狼。"萌羊似懂非懂，声音柔软。

"对，就是这样。"白兔将萌羊抱进了怀中。

斗虎轻咳两声，无不伤感地宣布道："鬼马加入十二生肖九年，曾是我们亲密无间的战友、朋友、家人。但最终他选择了背叛，也可能，从一开始他就是带着卧底任务而来的。"

斗虎的目光缓缓扫过在场每一位人："大家都是俗人，无法一笑泯恩仇，但一死泯恩仇总是可以的。能一起走一段路都是缘分，以后，大家尽量怀念鬼马的好，忘了他的坏吧。"

无人说话。

天狗拿出口风琴，背对人群，面朝空旷的山间，默默吹响，曲调哀婉忧伤。

这时，大家手拿白色雏菊，轮流走到墓碑前，为鬼马献花。

最后献花的是歌姬。她特意化了一个明艳的妆容，却还是遮不住双眼的红肿。

她温柔地放下花，两根手指放在自己的唇上，再轻轻放在墓碑上，算是最后的告别。

一曲完毕，花也献完了。

大家陆续离开，高阳走在最后头，刚走两步，忽然一个激灵。

他猛地回头，吃了一惊，又是那只白猫！

此刻它正站在鬼马的墓碑上，姿态优雅高贵，一双万花筒般的绿眼静静注视着高阳。

"高阳？"黄警官喊他，"走了。"

眨眼的工夫，白猫消失不见，就像不曾出现过。

高阳快速进入系统，幸运点收益没有翻倍，看来白猫对自己没有敌意。

其实，之前高阳就想过，要不要把白猫的事告诉黄警官和青灵。

但不知为何，高阳有一种强烈的直觉，这只白猫是冲着自己来的，所以，不把同伴卷进来或许更好。

回总部的路上，高阳、青灵、黄警官、白兔坐上斗虎的越野车。

斗虎一边开车一边喝啤酒，话比往常明显要少了。

白兔坐在副驾驶座，弯曲着双腿，闷头给脚趾甲涂黑色指甲油。

黄警官拿着手机，正跟老婆聊微信。

青灵身体后仰，歪头靠着车窗，闭目养神。

"歌姬该有多伤心啊。"忽然间，斗虎没由来地冒出一句。

"她和鬼马的感情很好吗？"黄警官接话了。

"很好。"回话的是白兔，她还在低头涂指甲油。

"鬼马的律师事务所跟歌姬开的花店很近，鬼马每天上班前都会去歌姬的花店买一束花，歌姬会泡好两杯咖啡，两人边喝咖啡边聊会天。"

尽管不合时宜，但高阳忽然想到一个问题："歌姬的天赋不是'安魂曲'吗？"

"有什么问题吗？"白兔反问。

高阳自己反应了过来："啊，我忘了，鬼马的天赋是'传音'。"

"他俩的天赋倒是天生一对。"斗虎接过话，"有一次我路过花店，看见两人坐在玻璃橱窗前，一边听着音乐一边喝咖啡，双方都不说话，脸上不时笑一笑，我一直怀疑他俩有一腿。"

"说那么难听干吗？人家那叫神交。"白兔瞪了斗虎一眼，"歌姬平时都没人陪她说话，很孤单的。"

高阳试着想象那一幕，觉得挺浪漫的。他不禁哀叹一声："难怪歌姬那么伤心。"

"队长禁止办公室恋情，不是没有原因的。"白兔苦笑。

"高阳，鬼马死了，他的位置由你补上。"斗虎换了个话题，"今后你就是十二生肖中的马了，你想好名字了吗？"

"太突然了，没来得及想。"高阳如实回答。他本来还想低调一点儿，不想这么快就要上一线了。

"要不老师我来赐你个名号吧。"斗虎笑了，"我正好想到一个适合你的。"

"好啊。"高阳恭敬不如从命。

"黑马。"斗虎眉毛一挑，"怎么样？"

喂！这名字也太嚣张了，太招人恨了！老师你这绝对是捧杀啊！

高阳心中叫苦不迭："要不，还是再考虑一下……"

"就这个挺好。"白兔举起一只手，"我投黑马1票。"

"2票。"黄警官坏笑道。

"3票。"闭目养神的青灵开口了。

"就这么愉快地决定了。"斗虎对这个结果很满意。

"那就，谢谢老师了。"胳膊拗不过大腿，高阳无奈接受。

黑马吗？那就借你们吉言吧。

　　斗虎没有开车返回千禧楼，而是先去了一趟鬼马的住所，一来，帮他整理遗物；二来，也找找线索，说不定有什么发现。

　　鬼马人情淡薄，常年单身，无房无车，住的出租屋。

　　斗虎轻松打开上锁的门，里面是一通到底的单身公寓，尽头是落地窗阳台，白色窗帘随风轻摆，采光良好。

　　公寓意外的单调整洁，地面是一张又大又厚的灰色床垫，床垫旁是一张折叠桌，桌上放着一台合上的笔记本电脑。

　　旁边立着一个书架，最高层摆着十几本法学书籍，剩下的空间全码放着爵士乐CD。

　　床对面的墙壁下立着一套专业又奢华的黑色音箱，大概是家里唯一值钱的东西了。

　　高阳试着侧写鬼马：每天挤地铁下班回家，关上门，脱鞋，放下公文包，脱下西装，换上居家睡衣，去书架前挑选一张自己喜欢的CD，打开音箱，然后去冰箱拿出冷藏的食材，一边准备晚饭一边听音乐。

　　生活单调、规律、孤独。

　　他为何要背叛组织？他为谁效力？他的目的是什么？他有什么理想抱负？他有什么遗憾？他爱过谁、恨过谁，又牵挂着谁？

　　这些他们恐怕很难知道了。

　　五人在鬼马家中搜寻一圈，并没发现什么有价值的线索，徒增一些伤感。

　　斗虎收走鬼马的笔记本电脑，决定离开。这时，他的手机响起，他大方地接起电话，听了半分钟，他回了一句"面聊"便挂了。

　　他朝白兔挤了挤眉毛："兔子，猜猜谁打来的电话？"

　　"爱说说，不说滚。"白兔没心情猜。

　　"百川团。"斗虎神色兴奋，鬼马一事已经被抛之脑后。

　　"百川团？"白兔也来兴致了，"有事？"

　　"大好事，他们发现了一个符洞。"

　　离城共有九个区：南冀、长兖、山青、大徐、飞扬、西荆、东豫、安梁、北雍。高阳、青灵、黄警官生活在山青区，十二生肖的总部千禧楼在大徐区。

　　五人现在匆忙赶往的地点，是城南的南冀区。

　　斗虎把车开得飞快，手指有节奏地敲打着方向盘，嘴里哼着欢快的小调，任谁都看得出他心情不错。

　　副驾驶座上的白兔也忙着跟总部汇报情况，一直在打电话。

　　高阳、黄警官和青灵三人坐在后车位，面面相觑，不明所以。

　　很快，高阳按捺不住，举手提问："老师，能解释一下符洞是什么吗？"

斗虎先是一愣，转而笑道："我就说嘛，你们三个怎么一点儿反应都没有，原来是没听懂，早问呀！"

"我们看你俩火急火燎的，就没好问了。"黄警官笑着解释。

"符洞，就是可能藏有符文回路的洞穴。"斗虎说。

白兔正好挂断电话，接上话："第一块符文回路是在一个洞穴中找到的，大家就这么叫开了，其实不一定是洞穴，反正你们理解成某种特殊区域就行。"

"明白了。"高阳点头道，"之前的古家村也可以叫符洞。"

"没错。"

"百川团为什么要告诉我们？"黄警官有些不解，"有这种好事肯定自己独吞啊。"

"就是说，有没有一种可能，"白兔眨着大眼睛，故意摆出一副天真的模样，"百川团胃口小，吞不下呢？"

"也是。"黄警官也觉得好笑，"我问了个蠢问题。"

高阳也点头认同。

按吴大海的话说，百川团都是乌合之众，就算真发现符洞也未必能顺利拿到符文回路，这时候，求助实力强劲的十二生肖，不失为一个稳妥的选择。

"到了。"说话间，斗虎已经把车停在路边。

五人戴上生肖面具，下了车，打开后备厢，拿上各自的武器，高阳还不忘背上一个任务包，里面配备有常规的药品和补给。

这里是南冀区的一条老街，居民大多已经搬空，街道萧索冷清。

马路对面是一个地铁站入口，叫牛场站，据说以前这一带是专门养牛的地方。

三年前，牛场站发生一起坍塌事故，死了不少人，后来一直没有修好，加之这一带的居民越来越少，干脆就停运了。

此时，一个穿修身职业套裙的年轻女性站在地铁口，虽然戴着墨镜，高阳还是一眼认出，正是上次在麒麟工会交易符文时的那位女代表。

高阳一行人穿过马路，来到她跟前。

"就你们几个？"女代表显然有些失望，高阳能感受到她的急切。

"不少了。"斗虎语调轻松地自嘲，"已经出动我们组织半数成员。"

女代表犹豫了一下，还是朝斗虎伸出手："你好，我是百川团3组组长，陈萤。"

斗虎伸出手，轻轻回握："十二生肖副队长，斗虎。"

陈萤难掩吃惊，重新打量眼前的卷发男："您、您就是实力排名第9的斗虎先生？"

"是啊，怎么？"

"可是，"陈萤略微有些尴尬，认真地指出，"您的面具是一只大脸猫吧？"

"啊？猫吗？我以为是老虎。"斗虎抠了抠头发。

"我当初就说是猫了，你不信。"白兔冷冷补了一刀。

"猫虎一家嘛。"斗虎打了个哈哈，"行了，说正事。"

"好的。"陈萤转而严肃地说,"我请示过团长了,下面为原话转达:该符洞是百川团发现的,邀请十二生肖协助我们寻找符文回路。作为感谢,百川团可以免费提供十二生肖该符文回路一个月的租借权。"

"就这?"斗虎一脸"小姐你在逗我"的表情。

"是。"

"陈萤是吧,很高兴认识你,再见。"斗虎转身就走。

高阳等人都明白这是谈判技巧,头也不回地跟上。

"等一下!"陈萤果然叫住斗虎。

斗虎懒懒地转身,双手插袋,等待下文。

"三个月,三个月的免费租借权。"陈萤咬牙道,"这已经是我们能做出的最大让步了。"

"很高兴认识你,再见。"白兔重复一遍。

斗虎耸了耸肩:"你看,就算我答应,我的兄弟姐妹们也不答应啊。"

陈萤面色为难地问:"那你们,想要什么条件?"

斗虎毫不犹豫道:"事成之后,十二生肖跟百川团共享符文回路的使用权,十二生肖优先使用,三月一轮换。"

陈萤陷入沉默,显然,这要求太过分了。

"不行就算了。"

斗虎露出老练油滑的中年男人的微笑:"你们既然率先联系我们,肯定做过权衡,论实力、论信誉,十二生肖有口皆碑。你们去找其他组织帮忙,嘴上答应得好好的,真到分赃时那又是另一副嘴脸了。"

陈萤嘴唇紧抿,显然被斗虎说中了。

"稍等,我请示一下团长。"陈萤拿出手机,回避众人,小声聊了起来。

斗虎胸有成竹:"等着吧,肯定会答应。"

"老师这么自信吗?"高阳有些担忧,"不怕他们找麒麟工会?"

"麒麟工会没你想的那么友好。"

白兔撇撇嘴:"他们呀,虽然不明面上欺负人,但是店大欺客的套路玩得可溜了,跟他们打交道只有吃亏的份,吃的还全是哑巴亏。"

"浪费时间,直接抢不行吗?"青灵有些不耐烦。

斗虎叹口气:"妹子,你长得漂漂亮亮的,说话怎么跟个土匪似的。"

"世界本来就是弱肉强食。"青灵神色冷淡。

"话虽没错,"斗虎说,"不过你也要考虑可持续发展,这次你抢了人家的,下次人家再发现符洞,还会叫你帮忙吗?"

青灵沉默。

白兔拍拍青灵的肩:"吴大海就一直瞧不起百川团,说他们是一群废物,其实人家一点儿都不废。他们人多,天赋虽然低,但能力五花八门,能创造出各种价值,比如在搜寻符洞、制作道具、搜集情报方面,都是一流的。"

"没错。"斗虎点头道,"每个组织的构成不一样,核心优势和生存手段也不一样。"

高阳受益匪浅,总结道:"就像狼人杀游戏里的平民牌,作用一点儿不比身份牌小。"

"这比喻贴切。"斗虎露出欣慰的笑。

"我懂了。"青灵虚心接受,"等符文全找齐了,再一起抢。"

"你懂个屁啊懂!"斗虎直翻白眼,差点厥过去,"高阳,你回头好好教教她,这妹子的三观太歪了!"

高阳心说我嫌命长啊,我也敢教她做人?

陈萤已经通完电话,快步走来,轻咳一声:"我跟团长汇报过了,他答应你们的条件。"

斗虎不说话,知道还有下文。

果然,陈萤顿了一下,又说:"不过有个附加条件,你们必须把我们的成员救出来。"

斗虎抄着双手,一副意料之中的模样:"我就知道事情没这么简单。"

事已至此,陈萤也不再遮掩:"其实,前天我们就派人进去探查情况,很快失联,到现在也没出来,他们可能,遇到了麻烦。"

斗虎表示理解地点点头:"符文回路这种宝贝,能独吞肯定独吞,可惜啊,没那金刚钻就别揽那瓷器活。"

"咳咳。"陈萤尴尬地清了清嗓子,"总之,你们进入符洞后,请务必救出我们的人。"

"丑话说在前头,他们可能已经死了。"斗虎说。

"可以的话,请带回他们的遗体,实在不行,部分遗物也好。"陈萤努力维持体面,声音中却流露出一丝卑微的恳切。

高阳一时觉得有些可怜,这就是所谓的"弱国无外交"吧。有时候,弱小是原罪。

"行。"斗虎爽快答应,"给我两分钟,开个短会。"

陈萤点头,又看一眼手表:"还请尽快。"

陈萤回避后,斗虎转身面向四个同伴。

"各位,符洞这东西有真有假,凶险未知,变数很大。就拿古家村来说,不同的人进去,遭遇也不一样。"

白兔补充道:"斗虎老师的意思是,这个符洞有没有符文还不好说,但大概率有危险,搞不好会死人,甚至全军覆没,去不去,决定权在你们自己。"

"去。"符文回路关系到天赋升级,青灵当仁不让。

高阳略一迟疑,说:"我也去。"

"我就不去了。"黄警官抱歉地笑笑,"我老婆怀孕了,我得惜命点,不能让她守寡。"

"行，批准。"

斗虎大方同意，转而却又坏笑起来："不过黄牛，格局小了呀。"

"老师别劝了，我知道我尿。"黄警官不为所动。

"你要知道，我们组织是很看重个人贡献的。实习员工、正式员工、优秀员工、核心员工之间的区别很大，待遇、福利、权限、优先级都不一样。

"就拿吴大海跟你来比较，如果你俩同时遭遇危险，组织一定会先救吴大海，因为他是优秀员工，而你只是正式员工。"

"这是应该的。"黄警官说。

斗虎眼波流转，嘴角一扬："你老婆怀孕一事，可不简单啊，之后组织会倾斜多少资源来帮你搞清楚，也取决于你的职位等级，眼下正是升职的好机会，你真要拱手让人吗？"

黄警官脸色一变，沉默了。

白兔举起手机，看向黄警官："死猪、萌羊、天狗正在赶来的路上，你可以跟他们一起负责后勤。听陈萤那意思，是希望我们立刻行动，得做决定了。"

黄警官苦笑着看向大家："你们一个个的，都不怕死吗？"

"怕。"高阳实话实说，"但是富贵险中求。"再说有斗虎老师镇场子，他心里还是比较踏实的。

黄警官心一横，豁出去了："算我一个。"

他又看向斗虎："老师，事成之后，我老婆的事，希望组织能尽可能提供帮助。"

"没问题。"

斗虎潇洒转身，大手一挥："兄弟们开搞！"

五人跟着陈萤进入地铁站，站内已经断水断电，漆黑一片。

陈萤拿出手电筒，走在最前头，大家也拿出手机，打开手电筒设置。

地铁内部阴暗潮湿，杂草丛生，墙面和水泥地都出现严重的裂痕，布满青苔。六人很快来到检票口大厅，四处的坍塌痕迹越发明显，满地可见碎石块和垃圾。

"这里路况不好，小心点。"陈萤在前方提醒。

高阳犹豫了下，举起右手，整个手掌"滋"的一声燃烧起来，犹如一根火把，将四周照得更明亮了。

"对哦，忘了你有'火焰'，早点使用嘛，舒服多了。"白兔表扬道。

"你怕黑？"高阳随口一问。

"怎么，十八岁的小仙女怕黑不是基本设定吗？"白兔笑嘻嘻地回了一句。

"我怎么记得你去年也说自己十八岁？"斗虎不解风情。

"闭嘴吧，本仙女永远十八岁。"白兔怼回去。

大家你一言我一语，很快穿过检票台，顺着关停的扶梯往下走，来到最深处的站台。

站台处的尽头亮着强光，隐约能辨别是一台大型矿灯。强光的笼罩下，是十来个人影，有男有女，还有小男孩，都戴着口罩。

"陈姐。"一个染着紫发、打扮很街头嘻哈的男人拿着手机，率先跟陈萤打招呼。

"怎么样？"陈萤问紫发男。

"还是联系不上。"对方回答。

陈萤看向紫发男身边的小男孩："小天，能感受到吗？"

小男孩长相乖巧，穿着打蝴蝶结的儿童礼服，一双眼睛又黑又亮。他嘴唇紧抿，失落地摇摇头。

"陈姐，他们就是十二生肖？"紫发男看向陈萤身后戴生肖面具的五人。

"是。"陈萤转身介绍，"这位戴着猫……虎面具的，就是十二生肖副队长斗虎。"

"斗虎！"

紫发男激动万分，上前两步，睁大了眼睛："你就是那个实力排名第9，天赋是'杀人专家'，遇到鬼团还能五五开的那个斗虎？！"

"是我。"斗虎自己都有些意外，最近自己的名气这么大了？

紫发男赶忙从大裤兜里掏出一支马克笔："斗虎先生，我是、我是您的粉丝啊！能给我签个名吗？"

紫发男转过身，露出后背："就签在我衣服上！签大点！等等，再送我一句话吧，我想下啊，一切皆有可能！不不，要酷一点儿，凡人皆有一死……"

"张伟！"陈萤低声呵斥。

"哦哦，对不起对不起……"张伟意识到自己的失态，赶忙退后两步，摸头傻笑，"不打扰你们聊正事。"

"没时间了，我简单地说明下。"

陈萤又看一眼手表，越发急切："最先发现符洞的人是小天，他的天赋是'感知'。"

高阳心下思考："感知"，序列号74，相当于人肉雷达，可在一定范围内感知到任何生命体的活动。

"小天偶然经过牛场站时，感知到地铁站里有很强的生命体，立刻汇报，我们便派人过来查看，但一无所获。"

陈萤的前胸微微起伏："正当我们打算离开时，也就是前天中午十二点整，怪事发生了。"

斗虎微微点头，示意她继续。

"地铁7号线出现了。"

斗虎脸色微变，白兔替大家问出心中的疑惑："牛场站三年前就停运了，地铁不可能会在这停下。"

陈萤看向白兔："事实上，因为这附近的地铁隧道也发生了坍塌，7号线早改了路线，这里别说停地铁，经过地铁都是不可能的。"

"所以，你们派人上车调查了？"高阳猜到结果了。

"我是不赞同的，"陈萤语气有些悔恨，"团长派我们3组来调查，当时2组也在附近办事，得知此事后立刻赶过来协助调查……"

"7号线出现时,大家都很诧异。地铁门打开,里面空空荡荡,没有乘客,但是小天却感知到车上有生命迹象。2组组长当即认为这可能是一个符洞,便带他的人进了地铁。我当时十分反对,不过2组是战斗组,有一定实力,比较自信,没听从我的建议。"陈萤侧身,望向空荡荡的隧道,"他们刚上车,地铁就开走了。我们试图打电话,很快发现失联,小天也感知不到其他生命迹象了。我们一直等待,直到昨天中午十二点,7号线又准时出现,但车上并没有人。我们不敢再上车,跟团长汇报此事后,他决定找你们过来帮忙。"

斗虎摸着下巴总结道:"等于说,一会儿7号线会再次出现,你想让我们上车调查。"

"是这样。"陈萤的话有些没底气。

"斗虎老师,我还能反悔吗?"黄警官半开玩笑地道,"这怎么听都像是一趟死亡列车啊。"

斗虎耸耸肩:"只怕来不及了喽。"

话音刚落,隧道深处出现光亮,以及地铁穿梭隧道时挤压出来的风声。

正午十二点,7号线,准时出现。

黑暗隧洞中的光亮越来越强,轰隆轰隆的沉闷地铁声越来越大,整个空间都在轻微震颤。

不到一会儿,一辆老式地铁停靠在站台前,地铁很长,但只有最末尾的一节车厢门缓缓打开,正对着等候的人群。

车厢里灯光明亮,空无一人。

斗虎双手插袋,脚步惬意地走进去,白兔紧跟其后。

青灵、高阳和黄警官三人默契地互看一眼。

青灵拔刀,黄警官拔枪,高阳也抽出防身匕首,三人谨慎地上了车。

见五人走进车厢,陈萤追上前一步,忍不住提醒道:"你们小心点。"

斗虎懒懒地扬了扬手:"记住我们谈好的条件。"

下一秒,列车门关上。

列车缓缓开动,透明车窗外的站台上,陈萤一行人还站在原地,遥遥目送,很快,他们便消失在视野中,车窗外变为快速流动的黑暗,地铁高速行驶。

进门之前高阳很紧张,如今上了贼船,他反而平静了不少,有一种既来之则安之的豁然开朗。

高阳四下查看,他们身处末尾车厢,左边有一扇门,但没路,右边连通车厢的门紧闭着。

斗虎刚在长椅上坐下,忽然脸色一沉:"啊!"

黄警官飞快端起手枪,青灵的唐刀已经架在胸前。

高阳也没闲着,一手持匕首,一手迅速酝酿能量,随时准备发动"火焰"。

三人背挨着背,围成一个没有死角的圈,等待着即将来临的任何危险。

斗虎被这阵仗给吓一跳,一脸费解地看向三人:"干吗啊你们?"

他随即反应过来，开怀大笑："你们也太夸张了吧，我没说有危险啊。"

那你鬼喊什么啊！高阳在心里吐槽，慢慢地把匕首插回刀鞘。

青灵跟黄警官也放下戒备，各自收回武器。

黄警官直摇头："老师，你别一惊一乍啊，人吓人，吓死人。"

"突然想起忘带烟了，真失策！"斗虎一拍大腿，把面具往头顶一推，露出大半张脸。

"不过你们三个，可以嘛，这反应神经，这默契度，值得表扬。"

废话！不然能活到现在？高阳暗想。

白兔从口袋摸出一盒烟，丢给斗虎："就知道你会忘，早给你准备了。"

"兔子！你真是我的贴心小棉袄！"

"我上辈子是造了什么孽，要做你的小棉袄。"白兔的白眼翻上了天。

斗虎满心欢喜地接过烟，摇出一根，叼在嘴边，又拍了一下大腿："哎呀，火也忘带了。高阳，帮个忙。"

"老师，我的天赋不是用来做这个的啊！"高阳有些委屈，伸出中指，轻轻刮了一下烟头，轻松点燃。

斗虎吸上一口，吞云吐雾。

黄警官的烟瘾也来了，也抽上一根。

高阳不情不愿地给两人点了烟，忍不住问道："我们接下来做什么？"

斗虎优哉地跷着二郎腿，仰头吐出一个不太标准的烟圈："休息。"

"休息？"青灵这种行动派第一个表示不理解。

白兔也在长椅上坐下了："老师的意思是，初来乍到，人生地不熟的，与其横冲直撞，不如先了解下环境。"

"坐着就能了解？"青灵反问。

"青蛇，少安毋躁。"斗虎挥挥手，示意大家都坐下，"大家先理清头绪，再行动也不迟。"

高阳觉得有道理，刚坐下，又觉得不妥，赶忙站起来，在斗虎身边坐下。

黄警官反应也很快，赶忙在斗虎另一边坐下。

两人相视一笑，论惜命，他俩一直可以的。

高阳以前玩角色扮演游戏时，总是习惯性地准备充足再探索迷宫，升好级、攒好装备和道具，确保万无一失。

可惜现实不能存档，否则以高阳的性格，肯定是三步一存。

高阳打开手机，给组织的聊天群发信息，发送失败，信号果然被阻隔了。

高阳脱下双肩包，清点物资，除辅助装备和急救物品外，还有十天左右的干粮和水，这让他倍感踏实。

上次在古家村，他们可是断水断粮了整整三天，那种滋味谁试谁知道。

最后是查看系统。

　　进入系统。

你最新累计获得23个幸运点。

看一下属性板。

体力：47。

耐力：48。

力量：217。

敏捷：259。

精神：209。

魅力：67。

运气：132。

对高阳来说，目前的天赋已经够用。

而且新天赋带来的属性加成，已经不能弥补领悟新天赋时消耗掉的点数，这笔买卖越来越不划算。

高阳也意识到这点。他当初攒了400多个幸运点，原本是打算平均分配的。

不料昨天遭到红疯的偷袭，他直接全加了力量和敏捷，这个加点策略看似激进，实则别无选择。

红疯的"爆炸"的破坏力过于恐怖，除非是死猪那么高的血防，还得配合4级以上的防御型天赋，才能扛下来。

高阳显然是不具备的，所以他选择了以矛对矛，就赌谁能先杀了谁。

从结果来看，他又一次赌对了。

不过眼下的情况不同了，之后会遇到什么危险是未知的。

不管怎么说，目前自己的体力和耐力都太低了，用游戏术语说就是太"脆皮"了，脆皮容易暴毙，得赶紧补一下。

系统，我现在累计的幸运点，以及接下来在符洞的收益点，都给我自动分配给体力和耐力，直到离开符洞为止。

是。

退出系统。

高阳睁开双眼，不知道是不是心理作用，感觉呼吸畅快了一些，心跳也有变得沉稳有力。他伸手摸向腹部，可惜，还是没有腹肌。

"大家觉得这儿跟外界有什么不一样？"斗虎抽完烟，开口问话了。

"感觉很危险。"黄警官说着，不自觉又挨斗虎近了一点儿。

"你那是心理作用。"斗虎伸手揽住黄警官的肩，恨铁不成钢道，"黄牛，你能不能勇敢点啊？"

"勇敢和莽撞是两个概念。"黄警官争辩。

"温度好像比外面低了点。"高阳说。

"嗯。"斗虎点头，"还有吗？"

"这一站的时间挺长啊，现在还没到下一站。"白兔盯着窗外快速流动的浓郁黑暗，微微皱眉。

"唔，还有吗？"斗虎仿佛引导一般，看向青灵，"你也说两句。"

"车太稳了。"青灵惜字如金。

"的确，不像坐地铁。"

高阳也察觉了，按理说，行驶的地铁会轻微摇晃，速度快的时候还有凉爽的地下风。

"好，大家有什么结论？"斗虎不忘提醒道，"我不要主观臆断，要符合逻辑推导的客观结论。"

大家各自思考了一会儿。

"目前信息太少，得不出什么结论。"白兔说。

斗虎看向其他人，大家也纷纷摇头。

"行。"斗虎接受了眼下的情况，站起来，活动了一下胳膊和脖子，"走，去其他车厢看看。"

斗虎领头走到车厢前，用手一推，门没开。

"门锁上了，谁来？"斗虎问道。

"我来。"青灵上前一步，打算暴力破门，被白兔轻轻拉住，"还是我来吧。"

斗虎颇为赞许："不错，教你的东西没丢。"

"有什么区别？"青灵不解。

"当然有。"斗虎煞有介事，"青蛇你是爆发型，不是力量型，破门这事对白兔来说更轻松。"

"时刻记住，我们是一个团队，要最大限度地保存团队的战斗力，细节决定成败，有时候生死之间差的可能就是一丁点儿的体力优势。"

青灵若有所思。

高阳心中感慨：这个斗虎真是言传身教，不放过任何授课机会，而且传授的都是相当有用的实战技巧——既强又能保命，看似不拘小节，实则都是细节。

粗中有细，斗虎不愧是实力排行第9的大佬啊。

"要上了。"白兔看一眼其余人。

大家各自拿出武器，默契地摆开阵仗。

白兔后退半步，一记利落的回旋踢，车门"砰"的一声被踢开了。

白兔立刻回撤，跟同伴们保持在同一个位置。

高阳看向第二节车厢，心下一惊。

第二节车厢内空无一人，亮着灯，血迹斑斑，触目惊心，一股浓烈刺鼻的血腥味扑面而来。

五人纷纷捂住鼻子，进入到车厢内。

车厢中央是一大片半凝固的血渍，朝着四面八方蔓延，从血渍拖拽和溅射的痕迹来看，血渍的主人很可能被分尸了。

"仔细检查一下。"斗虎的声音沉下来，"都当心点。"

五人分头在车厢内检查，高阳不忘打开系统，幸运值的增益依然正常，看来暂时没有危险。

高阳顺着一道较明显的拖拽血迹往前走，来到地铁门处，底部的门缝里似乎夹着什么东西，高阳蹲下，发现是半截断掉的手指。

高阳的头皮一阵发麻，回头喊道："有发现。"

大家凑上来，看到断指时，每个人的脸色都不太好看。

白兔从腰包拿出橡胶手套，将门缝中的断指抽出来，拿在手中检查，并取下断指上的铂金戒指，最后用透明袋装好，塞回了腰包。

"初步断定，是成年女性的无名指，戒指上没写名字。"白兔给出结论。

"高阳，你怎么看？"斗虎微微眯眼。

高阳思考了一下，悲观地推测道："这名女性应该是被兽杀死的，不止一只兽；她有做出抵抗，但还是被拖出地铁；地铁门关上时，她试图抓住什么，所以留下了一根断指。"

斗虎点点头，但没有表态。

"怎么办，继续去下一节车厢？"白兔问斗虎。

"先等等。"斗虎抬头，目光看车窗外。

众人一齐回头，地铁窗外的浓郁黑色出现频繁闪烁的光亮，光亮渐渐清晰，变成一幅一幅快速掠过的广告牌。

似乎，车要停了。

"这一站可算是到了。"黄警官的话里听不出多少期待。

"确实开得够久，至少有十分钟。"白兔估算着，"还以为它不会停了。"

话说间，地铁已经停稳。

"咔嚓"。

地铁门打开，站台上站着一群乘客，大约二三十人，他们大多穿着冬季大衣和羽绒服，脖子上戴着围巾，埋头看手机，神色麻木。

大门开启后，乘客们纷纷埋头涌入地铁。

黄警官已经拔出手枪，青灵和高阳攥紧了武器。

斗虎站在最前头，低声制止："别动，别说话。"

空气迅速凝固，高阳几乎忘记了呼吸。

走在最前头是个蓝领打扮的中年男人，一见到车厢内的凌乱血迹，即将跨进大门的脚步骤然停下，麻木的脸庞上闪过稍纵即逝的迷茫，眼神也失焦了半秒。

旋即，他若无其事地转身，回到站台上，似乎决定等候下一趟地铁。

很显然，他是迷失者，刚才的行为是在自行修正。

紧接着，其他原本要上车的乘客也陆续开始了行为修正，纷纷掉头回到站台上，仿佛无事发生。

就在高阳暗自松了一口气时，最后一名乘客若无其事地走上了地铁。

从外貌看是个高中生男孩，背单肩书包，微微驼背，戴着白色大耳机，摇头晃脑，嘴里动情地唱着歌："都，是勇敢的，你额头的伤口，你的，不同，你犯的错……"

自然，他也一眼就看到满车厢的血迹，以及全副武装、如临大敌的五个人。

"哇！"他吓一大跳，夸张地喊道，"什么鬼东西？"

五个人沉默。

几秒后，高阳率先笑了："我们在拍广告。"

他说完自己都觉得扯，但一下想不出更好的谎言了。

"对，广告，悬疑广告。"黄警官也干巴巴地笑道。

"妈呀，"高中生单手摸着胸口，心有余悸地道，"差点没把我吓死。"

"同学，要不你坐下一趟呗。"白兔接过话，不忘摆出甜美的微笑，"我们这里包车了哦。"

"哦，好的好的。"高中男生立马转身。

高阳的心再次悬起，并在心中默念：别回头，别回头，别回头。

即将跨出地铁的高中生停下，想起什么似的转过身，摘下耳机，朝大家爽朗一笑："五个觉醒者，我今天是走了什么运……"

他话音未落，斗虎的短刀直刺他的咽喉。

对方一个敏捷的侧闪躲开，迅速退到车厢尾端。

与此同时，他的身体急速变异，肌肉隆起，血管粗大，瞳孔里闪烁出猩红的凶光，皮肤上的汗毛增生成青灰色的坚硬毛发，脸部轮廓也发生巨变，成了一张狼脸。

他张开满是红色獠牙的大嘴，仰头长啸。

"嗷——"

五人立刻被迫捂住耳朵，只觉得耳膜上有刀片在割。

高阳心下一沉：这是嗔兽中的号角者！

伴随着刺耳的长啸声，地铁外的迷失者们纷纷倒地，躯体在剧烈的颤抖和痉挛中兽化，转眼成了形态各异的兽。

他们毫不犹豫，疯狂地冲进地铁。

"头儿交给我，剩下的你们搞定。"斗虎当机立断，冲向号角者。

"砰砰砰"！

黄警官开枪了，冲锋在前的三只兽被爆头，跌倒在地。

其他兽没有丝毫迟疑和退却，前赴后继地冲过来。

其中一只外形近似犬的兽异常敏捷，左右横跳躲开射击，飞速跃起，一口咬向黄警官的脖子。

危急时刻白兔横空出现，一脚将犬兽踢飞。

犬兽撞向地铁顶部，再重重砸落在地，还想起身反击，青灵的唐刀在一瞬间削掉犬兽的脑袋。

"火焰！"

高阳没闲着，双手举起，朝地铁门外喷出两道火焰。即将冲进车厢内的三只兽立刻被大火吞噬，痛苦地嚎叫，胡乱扭动的身躯卡住即将合上的地铁门，高阳将他们一脚踹下去。

"砰砰砰"！

站台上的兽还想上车，黄警官改为双手拿枪，疯狂射击，将他们打退。

地铁开动了，站台上的兽只能跟着地铁离开的方向狂奔，进行徒劳地追赶。

很快，地铁离开站台，冲进黑暗的隧道。

"搞定。"

白兔拍拍手，转身一看，顿时皱起了眉。

高阳也望过去，只见车厢的尽头，斗虎跟号角者陷入了僵持。

高阳暗暗吃惊，以斗虎的战斗力，不应该迅速解决敌人吗？他竟然还跟对方僵持上了，这是否说明，敌人的实力深不可测？

很快，高阳发现自己想太多。

斗虎一手拿刀，一手插袋，扭头看向四人，语调轻松："搞完了吗？来，上课了……"

说时迟那时快，号角者趁斗虎扭头的间隙发起突袭，手上的利爪直刺斗虎的后背。

"小……"高阳甚至没把"心"字说完，斗虎已经做出预判。

他半侧身，反手握刀，稳稳地架住了对方的利爪，并将对方弹开。

在力量碰撞的瞬间，对方的身体出现轻微的不稳，而就在这极短的间隙，斗虎的身体却仿佛按下加速键，他旋转刀柄，自下而上挥出角度刁钻的一刀，干净利落地切断了号角者的整只胳膊。

时间仿佛凝结了半秒，斗虎转身，收刀。

斗虎背对着倒地嚎叫的号角者，那叫一个帅得没朋友。

他见大家还愣着，打了个响指："集中精神，上课了。"

三人这才回过神来。

"兽是有等级的，大致来说，痴兽属于D，嗔兽属于C，不过嗔兽中的号角者，尽管战力一般，但具有领袖属性，归为C+。"

斗虎抹掉脸上零星的血滴，继续说："记住，如果你遇到C+以上的兽，并且有绝对实力对付他时，必须走三问流程。"

"三问流程？"高阳好奇宝宝的天线又竖了起来。

"问兽三个问题，队长定下的规矩。"白兔神色自豪，"近些年，其他组织也开始效仿。"

"是的，"斗虎点头道，"我们觉醒者一直试图跟兽交涉，虽然没什么进展，但依然不能放弃。"

斗虎转过身，看着血泊中的号角者。

此刻，他已经变回人类模样，看上去，不过是个可怜又弱小的高中生。他捂着断掉的胳膊，脸色惨白，颓坐在长椅下，俨然放弃抵抗。

斗虎看着号角者的眼睛，声音中透着众生平等般的庄严感："你是谁？"

号角者歪着头，脸色平静得近乎麻木。

"去往哪里？"斗虎问出第二个问题。

高中生还是无动于衷。

兽的反应似乎都在斗虎的意料之中，他停顿一下，问出最后一个问题："选择宽恕，还是死亡？"

从始至终，号角者的脸上没有任何情绪。

直到斗虎问出第三个问题，号角者眼底破碎的光泽一闪而过，高阳甚至从里面看到了一丝轻蔑和怜悯。

"死亡。"号角者回答。

斗虎十分扫兴，摇头道："我真怀疑你们是一个厂里批量生产的，跟复读机似的。"

号角者不再言语，仰起头，胸腔夸张地隆起，喉咙古怪地蠕动着，嘴里发出了不可思议的声音。

那是一种高亢、空灵、哀伤的幽咽，像深海中的巨鲸，在为某种古老的命运而哭泣。

高阳只觉十分耳熟，忽然间，他想起来了！

童年的夏夜，他在爷爷房间外偷听到了这个声音，第二天，爷爷死了。

难道爷爷是号角者？！

高阳不寒而栗，忍不住朝号角者喊道："你在唱什么？回答我！"

年轻的号角者没有回答，他的"歌声"戛然而止。他缓缓垂下脑袋，胸膛不再起伏。

他死了。

确切说，他加快了自己生命的结束。

高阳愣在原地，一时间感到非常迷惘。

"老师，所有兽都这么地……"黄警官寻找着措辞，"壮烈吗？"

"倒也不是，号角者很特殊，兽化之后依然能保有近似人类的理智与情感。"

斗虎咂咂嘴："所以嘛，我们才会试图跟他们交涉，可惜，他们的嘴太硬，根本撬不开。"

白兔歪了歪头："温馨提醒，像杀伐者、吞噬者这类，基本都嗜血如命、不死不休，别浪费时间提问了，直接砍翻就行。"

"见识过了。"黄警官想起不好的回忆。

"好了，上课结束。"斗虎拍拍手，"继续行动前，现阶段先复盘一下。"

斗虎看向高阳："你先来，有发现什么疑点吗？"

高阳回归理性，整理思绪，点点头："有。"

"说说。"

"刚才停车的地铁站，很不对劲。"高阳望向大家。

"打架去了，没怎么留意。"白兔说。

"虽然每一节车厢之间的门都锁上了，但是，地铁靠站停下后，地铁对外的车门都会自动打开，可是，那些乘客却只往我们的车厢挤。"

"对哦，其他车厢门没打开吗？"白兔看向大家。

"不是没打开，是不存在。"青灵淡淡开口。

大家一齐看向青灵。

"我有注意到，刚才的地铁站非常小。"青灵一边说着，一边收回手上的武器，"好像只能容纳我们这节车厢进站的空间。"

"你确定？"斗虎皱眉，"会不会看花眼了？"

"没有。"青灵笃定。

斗虎微微低头，用食指敲打着自己的额头："感觉这地方，很古怪啊。"

黄警官悔不当初，连连叹气："我就知道事情没这么简单，真不该进来的。"

"黄牛，放轻松。"斗虎拍了拍黄警官的背，"桥到船头自然直嘛。"

"是船到桥头。"黄警官啼笑皆非。

"砰砰砰"，身后的一节车厢里传来撞门声。

五人立刻警觉，转身看向车厢门。

高阳已经反应过来：不对！这方向是他们刚走过来的末尾车厢，这节车厢之前分明是空的，而且白兔当时将门踢开了，现在怎么又锁上了！

"神仙水！"斗虎当机立断，他显然也意识到了这点。

"滋滋滋"，高阳快速从背包侧袋掏出一瓶小型喷雾，对着四周一阵乱喷，空气中飘满了深紫色的颗粒状粉尘。

五人对着粉尘猛吸几口，仿佛吸入了某种花露水，鼻腔、喉咙和胸腔之中火辣辣地灼烧起来，取而代之的是头脑异常清醒，精神高度集中。

"神仙水"学名：破幻喷雾。

是由拥有天赋"神佑"的觉醒者特制出来的辅助道具，专门对付拥有幻术天赋的敌人，这货数量稀少，且保质期很短，只有大组织才用得起。

显然，眼下这极不合常理的情况，大家的第一反应都是——中了幻术。

刚才号角者自杀前的那一番吟唱，很可能就是发动幻术的方式。

五人靠着神仙水稳定了心智，再次看向车厢门，门依然锁着，撞门声仍然存在。

"砰砰砰"。

"救命！快开门！"门后传来呼喊声。

"不是幻觉，门那边有人。"高阳说。

"也可能是兽。"青灵手持唐刀，冷眼旁观。

白兔把指挥权交给斗虎："虎叔，怎么办？"

"救命！快开门，救救我啊！"

门后的声音越发激动，是一个中年男人绝望的求助。

斗虎拔出短刀，走向车厢门："你们退后。"

四人稍稍退后，斗虎一手拿刀，一手将门锁打开。

一个身影从门后面跌倒进来。他满脸鲜血，连滚带爬，大喊大叫："关门，快关门！"

话音刚落，一只杀伐者紧跟其后，速度极快，犹如一枚射出的箭矢冲进车厢。

斗虎一个侧身闪避，并在与杀伐者擦肩而过的瞬间，挥下一记重砍，直接将杀伐者的头颅卸下。

杀伐者高大健硕的身躯仍在冲刺的惯性之下飞出好几米，无头尸体站了起来，还试图反击。青灵的唐刀刺穿了他的心脏，将他钉死在车厢壁上。

一切只发生在几秒内。

敌人远不止一只杀伐者，门后的车厢里至少还有十几只兽，一齐冲过来。

黄警官开枪射击，这次他没有瞄准头部，而是打碎了兽的膝盖骨，最前头的两只兽立刻跌倒，一齐卡在狭窄的车厢门口，堵住了身后同伴的去路。

"火焰！"

高阳没有放过这个绝佳机会，双手举起，将自己化身为碉堡中的喷火枪，朝着另一节车厢吐出两道凶猛的火舌。

另一节车厢在瞬间化为一片火海。

大火持续了将近一分钟，嚎叫声彻底消失，高阳停下。

此时，他体内的能量几乎掏空，后脑勺一阵眩晕。他喘着气，脸上全是汗水。

"变强了啊！"黄警官因为受不了烧焦味，捂住了口鼻，"眨眼的工夫就解决了半车的兽。"

"没有，主要是有地形优势，可以集中输出……"高阳话没说完，忽然倒地，身体蜷缩，肌肉痉挛，"啊——"

"高阳！"白兔率先冲上前，"你怎么了？"

高阳很快停止惨叫，但仍然说不出话，四肢止不住地颤抖。

"急救针！"

白兔一手扶住高阳，一手接过黄警官递过来的急救针剂。

白兔用嘴巴咬开针套，对准高阳的心脏就要扎下去。

"别……"关键时刻，高阳一把抓住白兔的手，"我、我没事。"

白兔顿时松了口气："你刚怎么了？吓我一跳。"

"刚才，应该是升级了。"高阳有些不好意思。

白兔脸上的担忧神色瞬间消失。

青灵抄着双手，冷眼旁观。她早料到是这么回事了。

"我也不想啊。你们天赋升级时不会这样？"高阳有点委屈，就在刚才，他的"火焰"升到3级了。

一瞬间，他体内的每一个细胞仿佛都被电流击中了。

"我也这样。"黄警官说。

"那个，谢谢你们啊。"有人插话了，大家总算想起还有外人在场。

被救下的是一个中年男人，身材魁梧，体格健壮，寸头，方脸，小眼睛，肉鼻头，给人憨厚感。他身穿黑白色运动服，像个健身教练。

男人浑身染血，但没有明显的外伤。

斗虎一挥手，锋利的短刀抵住他的下巴："人还是兽？"

"人，人！"男人紧张地解释，"觉醒者，跟你们一样！"

斗虎其实也猜到他是觉醒者，但还是很不信任："刚那一车厢里全是兽，你怎么活下来的？"

"给你们看下，你们就知道了。"

男人轻轻把下巴上的刀刃推开，举起双手，慢慢转过身。

他后背的衣服已经被咬得稀巴烂，尤其是裤子，左边臀部上缺了一大块，露出样式普通的三角内裤和大半边臀部。

不得不说，一看他就是常年健身的人。

白兔尴尬地别过脸，青灵则一脸漠然。

男人转过身，疲倦的脸上露出一丝感激的笑："我是百川团2组的副组长，王飞，你们叫我老王就行。"

"老王啊？"斗虎语气微妙，忍俊不禁。他挥手示意老王继续说。

"我的天赋是'铁人'才活了下来，但如果你们再不开门，我也坚持不了太久。"

老王说着伸出右手，不到两秒，他的整个前臂就变成青灰色的金属质地："我可以让身体表面金属化，自我保护。"

"铁人"，序列号69，守护系，可以让身体皮肤变为金属，防御极高。

高阳在心中温习了一下已掌握的天赋信息，立刻朝老王伸出手："老王，你好。"

"哦哦，你好你好。"老王受宠若惊，赶忙握住高阳的手。

高阳悄悄复制了老王的"铁人"，有了这个天赋，生存率大大提升。

斗虎一眼就看穿高阳的小算盘，并不拆穿，反而露出"孺子可教"的欣慰表情。

斗虎收回武器，解释道："老王，我们是十二生肖的人，受你们组织委托，前来营救你们。"

"真的吗？太好了！"老王又惊又喜，"我还以为，营救的人至少要一天之后才会来。"

"一天？"白兔皱眉，"不是已经过去三天了吗？"

"三天？"

老王也糊涂了，拼命摇头："不不不！不可能！我们进来最多不超过一小时！"

一时间，车厢内陷入死寂。

高阳立刻朝老王发动"识谎者"。

目标没有撒谎。

斗虎从高阳的眼神中得到了想要的答案。斗虎摸着下巴，思考片刻，看向老王。

"把你上车后发生的一切都告诉我，不准漏掉任何细节。"

空气中弥漫着一股无形的紧迫感，老王起初语气正常，说着说着，便不自觉地加快了。

按老王的描述，百川团2组一共九人，组长程鑫，副组长王飞，全组人都上了地铁的末尾车厢，当时每一节的车厢门并没有锁。

2组原地待了一会儿，然后走进第二节车厢，这时，地铁刚好到站，几名乘客走进来，这一幕相当诡异。

2组的人虽称不上身经百战，但也是训练有素，他们没有乱了方寸，而是假装自己也是普通乘客，坐在车厢中，一言不发。

地铁继续开，平均每五至十分钟会进一次站，每一站都有乘客上车和下车，仿佛这真的只是一辆普通地铁。

停靠了好几站后，2组的人有点沉不住气了。

这时，普通乘客中的一位老奶奶主动跟2组的一个女孩攀谈。

女孩叫菁菁，二十一岁，加入百川团不久，因为恐惧露出马脚，引起老奶奶的察觉。

偏偏，这位老奶奶还是号角者，立刻兽化并唤醒整节车厢的乘客，引发了兽的集体暴走。

接下来便是一场混乱而血腥的厮杀。

菁菁是第一个死的。而就在一天前，菁菁才答应了男友的求婚，无名指上还戴着男友送的戒指。

不到两分钟，2组以牺牲一名同伴、重伤一名同伴的沉重代价，赢下车厢内的惨斗。

2组甚至来不及重整队伍，来不及替队友悲伤，地铁再次进站，车门缓缓打开。

这一次，站台上的乘客目睹了车厢内的惨状，自不必说，新一批的兽又苏醒了，又是一轮搏命的厮杀。

2组再度牺牲了两名同伴，其中包括之前那名重伤的同伴。

2组逃入下一节车厢，锁上门，队伍还剩六人。

不到十分钟，地铁又进站了，站台上的新乘客再次苏醒。在老王"铁人"的掩护下，组员迅速逃去下一节车厢，获得短暂的喘息时间。

每个人的精神状态都在绝望的高压下濒临崩溃。

内部爆发争吵，作为副队长的老王，起初就反对程鑫的冒进，不同意上地铁，可程鑫好大喜功、刚愎自用，可以说，同伴的死程鑫要负全责。

程鑫却认为一切都是菁菁的错，要不是她因为紧张暴露觉醒者的身份，全组九人完全可以伪装成普通乘客继续探索符洞。

争吵没有结论，大家再度冷静下来，商量对策。

现在想要脱离危险，一节一节车厢避险没用，因为地铁会一直进站，每一站都会有乘客上车，这些乘客都是兽，没有哪一节车厢真正安全。

想要绝对安全，只能一路找去车头，让地铁停下。

2组达成共识，立刻行动，他们每走进一节车厢，就将车门锁上，确保安全。

"很快，我们来到第一节车厢。"

王飞讲到这儿，情绪开始激动："地铁刚好进站，车门打开，站台上又是十几个乘客，他们立刻兽化了。偏偏驾驶室的门锁着，开门需要时间，程鑫让我先堵住地铁门，别让那些兽进来。"

老王咬着牙，没说下去。

"你发动'铁人'，用肉身堵门，程鑫他们成功进入驾驶室，丢下了你。"

"是啊。"

老王低头苦笑："其实程鑫叫我去堵门时，我心里就多少有数了。但是，我没想到他一点儿犹豫都没有，立刻关门了。"

黄警官叹了口气，掏出一根烟递给老王："来一根？"

老王摆摆手："谢了，有了孩子后我就戒了。"

"你有孩子了？"这话题引起黄警官的兴趣。

"嗯，闺女，明年就上小学了。"聊到女儿，老王的眼中闪烁出一丝光亮。

"别扯远了，说正事。"白兔打断。

"好。"老王眯着眼，继续回忆，"我靠'铁人'堵住地铁门，直到地铁开走，也才冲进来三只兽。"

老王露出沉重的苦笑："我拼了老命，仗着刀枪不入，把三只兽给解决了。然后我一边敲门，一边骂程鑫那个龟孙子……"

老王停下来，缓了口气。

"结果，没人开门。我也火了，开始撞门，费了老大劲才把门给撞开，一看门后边，直接傻眼了。"

"让我猜猜，"斗虎目光微转，"你发现，自己回到原点了。"

"你怎么知道？"老王瞠目结舌。

斗虎不急着回答："继续说。"

"我心说这不就是我们刚进来时的那一节末尾车厢吗，但也来不及搞明白怎么回事，地铁又进站了，站台上又是一批乘客，好家伙，里面又有号角者，他们立马兽化了。"

老王满头冷汗，心有余悸："十几只兽啊，我哪是对手，立刻金属化，就死撑吧，多活一秒是一秒，脑子里都是老婆和女儿的脸。

"也不知撑了多久，我听到第二节车厢传来打斗声，还有人讲话的声音，我一开始还以为自己快死了出现了幻觉，但还是决定赌一把，结果你们开门救了我……"

斗虎骂了句脏话："还真连上了。"

他看一眼白兔，白兔会意，立刻从腰包掏出那半截断指："认一下，这是菁菁的吗？"

老王脸色一沉，不忍地闭上了眼睛："是她，才二十出头的小姑娘啊。"

高阳全程没讲话，大脑高速思考。

此刻，他已经有了初步推测，急切地看向斗虎，斗虎眉头一扬："说。"

高阳轻舔嘴唇，组织语言："虽然我不知道具体原因，但很显然，这辆地铁首尾相连，像一个莫比乌斯环。"

大家纷纷点头，对这点没有异议。

"所以我大胆猜测，地铁虽然一直在开，但没有真正移动。"

"什么意思？"老王有点蒙。

"就字面意思。"

高阳伸手比画着道："你们把地铁想象成是一个平躺的摩天轮，它一直在开，但其实永远在一个地方旋转。"

"怪不得这么稳！"黄警官恍然大悟。

"嗯，每一节车厢，都像是摩天轮的一个轿厢，在我们看来它是相连的，但其实车厢之间隔着特殊空间。"

"隔一段时间，轿厢就会进站停靠，然后有乘客进来，有乘客出去。这些乘客都是兽，一直在扮演人类，一直在重复坐着这辆旋转的地铁，就跟坐牢一样，直到我们的闯入。"

"各位，"高阳吸了一口气，"不觉得这画面很熟吗？"

"古家村。"青灵脱口而出。

"对。"高阳点头，"这里绝对是符文洞穴，一定有符文回路。"

"我的妈，一个月内两块符文回路。"斗虎高兴坏了，"我们走了什么狗屎运啊！"

"是啊，走了什么狗屎运。"黄警官笑容惨淡，显然他口中的"狗屎运"跟斗虎口中的有很大区别。

"疑点还是很多。"白兔看向高阳，"程鑫那些人哪儿去了？"

"不知道。"高阳摇头道，"按理说，我们在遇见老王之前，应该先遇见程鑫他们。"

老王垮着一张脸，语气还有点愤恨："估计被杀了。"

高阳摇头："好几个人，就算被杀也会留下打斗痕迹。"

沉默片刻，黄警官开口了："我想，大家可能忽略了一个点，地铁上的通道并不只有车厢之间的门。"

"对啊！"高阳一拍脑袋，居然忘了这个，"还有地铁门啊。"

"你是说，"白兔看向地铁门，"他们在中途下车了？"

"极有可能。"高阳继续推测，"每一站的乘客数量不同，不排除有些站的乘客很少。程鑫不傻，继续待在地铁上，只会不断跟兽遭遇。可能，他正好进入一个乘客很少的站台，干脆杀了出去，逃离地铁。"

"这解释较为合理。"斗虎一屁股坐下，跷起了腿，"行了，都休息下，一会儿有的忙了。"

"忙？忙什么？"黄警官忽然有种不祥的预感。

斗虎看一眼高阳："阳阳，你肯定懂我，跟大伙儿解释解释。"

一时间，几双眼睛盯过来，高阳一边在心里吐槽"阳阳"是什么鬼东西，一边又有点受宠若惊。

高阳斗胆问道:"老师,你该不会,想清图吧?"

"哈哈,你简直是我肚子里的蛔虫。"斗虎夸张地拍了拍小腹。

高阳真想翻白眼:谁要当你大肠里的寄生虫啊。

"什么是清图?"青灵问。

黄警官摇头,这也涉及他的知识盲区。

白兔叹了口气:"游戏术语,意思是说,把一整个地图场景中的怪物都杀光。"

"杀光?!"

老王吃惊地跳起来:"你、你们疯啦!知道这里有多少站,每一站又有多少兽吗?全杀光?你们做得到吗?"

"做得到啊,"斗虎语调轻松,"就是有点累。"

"你别吹牛了!"老王不信。

"老王,他实力排行第9。"高阳客气地解释道。

"哦。"

老王立刻坐下,他完全没有异议了。

"我的想法是这样的。"斗虎掏出一根烟,不急着点上,夹在手指间把玩。

"按高阳的说法,这辆地铁首尾相连,一直在原地打转,如果是这样,我们迟早可以转回上车的地方,也就是7号线牛场站。"

"可老王他们并没有回到牛场站。"白兔说。

"这就是问题所在。"

斗虎叼上烟:"从我们上车那一刻,入口就被封死,这肯定是符文回路搞的鬼。现在这趟地铁成了莫比乌斯环,没有起点,没有终点,只有无线循环,继续坐下去也是等死,我们得找到出口,跳出循环。"

大家点头赞同,等待下文。

"接下来,每一站停靠后,我们都下车,有兽杀兽,没兽就四处找找。没找到,就上车,继续下一站,直到把整个地方掘地三尺。"

白兔有些无奈地撑着腰:"虽然是个笨办法,但好像没其他选择了。"

"如果全部找完,还是没出口呢?"老王担忧地道。

"那就等死呗。"斗虎打了个哈哈。

老王脸沉下来:"不行,我不能死,我老婆、女儿还在等我回去!"

"别太担心,"高阳安慰老王,同时也安慰自己,"这种可能性很小。既然这空间是符文回路创造的,只要找到符文回路,就可以破局。"

"真像是在玩游戏啊。"白兔有气无力地哀叹一声。

"谁说不是呢。"斗虎站起身,舒展了一下身体,"差不多了,开搞。"

说话间,地铁开始减速,进站。

"咔嚓"。

地铁门打开。

运气不错,站台上只有几只兽,他们处于半人半兽的形态,身上还穿着被撑大的人类衣服，沾满血渍，有人类的，也有自己的。

他们如同行尸走肉般原地徘徊，嘴里念念有词："人类，人类，人类……"

很显然，他们就是百川团2组之前遭遇过的兽。

地铁门开的瞬间，他们缓缓回头，黯淡的眼被浑浊的欲望之光点亮，就像是某种报警系统被激活。

他们疯狂地冲进地铁。

"这次作业少，一个人就够，你们谁来？"斗虎看向几个学生。

"我来。"

青灵提刀冲向站台，一刀刺穿一只兽的脑袋，同时飞身跃起，一脚踹向他的胸口。

踹飞兽的同时，唐刀被拔出，青灵侧身旋转落地，同时顺势挥出第二刀，砍下了另一只兽的头颅。

动作灵活、轻盈，精准无误。

高阳明显感觉到青灵变强了，以前她的攻击虽然凶狠，但不算细腻，全靠爆发力，每一刀都是冲着玩命去的。

经过斗虎的魔鬼训练后，她的刀法充满了技巧，力量收放自如，游刃有余。非要比喻的话，她从一把大开大合的砍刀，变成了一把出神入化的手术刀。

短短几秒，几只兽的脑袋清脆落地。

青灵气都没喘一下，站在一地尸首中，四下环顾，确认安全后，转身看向大家："可以了。"

老王最后一个走出地铁，全程保持着惊掉下巴的表情。

直到地铁缓缓开走，他才鼓起勇气问斗虎："这位美女，肯定是你们组织的高手吧？"

"新人，才加入一个月。"斗虎不以为然。

"哦，呵呵。"老王心悦诚服，不再自取其辱。

跟预料的差不多，地铁站很小，很快走到了边界，边界一堵堵冰冷的墙，没有通往其他空间的入口，也没有隐藏密室。

几人用地上现成的血迹，留下记号，方便回头辨认。

大家坐在长椅上休息，等地铁到来。

黄警官跟老王挨在一块儿，都是有家庭的人，两个男人有点惺惺相惜。

老王从钱夹拿出女儿的照片，红扑扑的小圆脸，扎着两个麻花辫："我闺女，可爱吧。"

"可爱，眼睛像你。"黄警官笑笑。

"哎，像她妈就好了，她妈眼睛大，水灵水灵的。"老王扬扬得意，"可惜我手机没电了，不然给你看我老婆照片，不是我吹，大美女。"

"你老婆也是觉醒者？"黄警官问。

"这不是废话？！难道我会跟兽结婚？"老王有点激动。

黄警官默然。

老王先是一愣,旋即反应过来:"老黄,你老婆该不会是……"

"对,是兽。"黄警官大方承认,"我觉醒之前,我们就相爱了,感情很好。"

"那你老婆肚子里的孩子……"老王脸色复杂,没敢问下去。

"你觉得,我这孩子算人还是兽?"黄警官目光冷冷地看向老王。

第九章

出 口

"我、我不知道。"老王为难地摇头,感觉这是一道送命题。

沉默片刻,他忽然迎上黄警官的目光,底气也足了:"但不管怎样,老婆是你老婆,孩子也是你的孩子,如果我是你,我也认。"

黄警官微微一怔,脸上浮现出感激的苦笑:"果然,只有当过父亲的人才能理解我。实不相瞒,要不是为了老婆孩子,我根本不会冒险进这个符洞。"

"我何尝不是,要不是为了她们,我也不想上一线。"老王一拍大腿,激动地道,"啥也别说了,这次要能活着回去,我立刻申请转文职,没出息就没出息,老婆孩子热炕头才是真的,其他都是假的!"

"肯定没问题。"黄警官打气。

"呵呵,我也觉得。"老王摸了下肉鼻头,"都说大难不死必有后福,我要不是被程鑫坑了也遇不见你们,有你们这些高手在,我心里踏实多了。"

"老王,你存下我手机号。"黄警官拿出手机,"等我孩子生了,找你取取经。"

"哈哈,好。"老王也掏出手机,"哦,对了,我闺女还没认干爹呢,要不就认你好了。"

"好啊,等我孩子生了,也认你做干爹。"黄警官也来劲了,笑容舒展开来,一时间都快忘了自己还身处险境。

"你俩要不定个娃娃亲得了。"一旁的白兔托着腮,懒洋洋地吐槽。

老王顿时紧张起来:"不行不行,这事可得交给孩子们自己做主。"

"就是,何况我老婆怀的是儿子还是女儿都不知道。"

一番闲聊,让沉重的气氛轻松了些许,仿佛这真的只是一次普通出差,等出差结束,大家的生活又可以回到正轨。

高阳没参与话题,毕竟他没老婆也没孩子,没什么发言权。

趁这个时间,他进入系统。

他首先查看幸运点收益,虽然杀了不少兽,但危险系数不高,系统给予的翻倍奖励只有10倍，低得离谱。

高阳无不失望，又查看"火焰"升到3级之后的属性版：

体力：57。

耐力：59。

力量：217。

敏捷：259。

精神：309。

魅力：97。

运气：132。

果然，精神、魅力都得到一定提升，"火焰"的温度和攻击范围也得到提升。

等等，好像还有意外之喜，"火焰"已经具备远距离攻击手段。

高阳退出系统。

他立刻试着将体内的能量倾注在双手，明显感觉到能量的汇聚和流动出现不同的形态路径。

高阳摸索了几分钟，很快便在自己的手心聚集起一个足球大小的火球，照亮了昏暗的地铁站。

大家好奇地看过来。

斗虎很欣慰："阳阳，恭喜呀，你能扔小火球了。"

"好像是的。"高阳不算欣喜地笑道，"3级'火焰'可以远距离攻击，就是不知道威力怎样。"

"来，朝我脸丢，帮你测评一下。"斗虎站起来，朝高阳勾勾手。

"这……不合适吧？"高阳在犹豫。

"赶紧，别放水啊，尽全力。"

"那老师你小心了。"

高阳深吸一口气，控制着手心上方的火球，让其能量处于最饱满和稳定的状态，朝斗虎用力甩出去。

火球带着一道明显的金色尾迹飞向斗虎。

千钧一发之际，斗虎单手拔刀劈砍，在强劲的刀气之下，火球瞬间溃散，化为两道火舌状的涟漪，朝着两边荡开。

斗虎乱糟糟的卷发在热浪中摆动，脸上金光闪烁，但没被伤到分毫。

"唔。"斗虎收回短刀，语气勉强，"威力比我想的要弱啊。"

"要不要这么直接啊。"高阳有点受伤。

"慢慢来吧，毕竟才3级。"白兔半开玩笑，"你要是成长得太快，我们这些做前辈的会很有压力啊。"

说话间，地铁缓缓进站了。

一行人走进车厢，发现已经不是之前待过的那一节车厢，不过这点早在大家的意料之中。

不到十分钟,地铁再度进站。

大家下车,又处理了几只兽,留下记号,搜寻无果,等待,重新上车。

接下来的时间,大家重复了七八站,中间有轻松的时候,也有遇到杀伐者和吞噬者的时候,不过有斗虎在,大家也都拿出全力,过程不算太凶险。

下车战斗,上车休整。

不断地杀戮,让大家变得疲倦,精神也有些消沉,看不到希望。

这不是好现象,斗虎已经意识到了,开始不断地讲蹩脚的笑话,但效果并不好。

"咔嚓",地铁门再次打开。

几个人从闭目养神中睁开双眼,拿起手中的武器,走出地铁。

出乎意料的是,这次没有危险,站台上只有孤零零的两具尸体,这里显然被人"清理"过了。

白兔上前检查尸体,目光一冷:"老王,过来下。"

老王走到尸体旁,这只兽死后已经变回人形态,是个穿夹克的中年男人,他趴在地上,背部一个血窟窿,心脏大概被捣碎了。

"看这儿。"白兔指着尸体的侧脸,他眼球凸出,脸色乌青,皮肤上布满黑紫色的毛细血管。

"他中毒了!"老王激动地喊起来,"是程鑫的'蛛毒',这兽是程鑫杀的,程鑫他们肯定是在这一站下车的!"

老王又看向另一具尸体,确认不是同伴。他万分欣喜:"太好了,他们几个都还活着!"

"高阳,来点光。"斗虎说。

"好。"

高阳举起右手,召唤出一个火球,动作尽管有些中二,但效果立竿见影,整个站台空间骤然明亮,视野开阔了好几倍。

"四下找找。"

斗虎话音刚落,青灵就说话了:"不用找了,在那儿。"

大家纷纷看过去,地铁站尽头的墙壁上出现一个通道,非常明显。

"莫比乌斯环的出口找到了。"斗虎很自信。

"也可能是陷阱。"白兔持谨慎态度。

不过事情至少有进展,这无疑让大家振奋了不少。

"老王,你皮糙肉厚,跟我走前面。"斗虎指挥道,"高阳你走中间,负责照明;黄牛你也走中间,你武器射程长,方便两头支援;白兔和青蛇垫后,眼睛放亮点。"

几人布置好阵型,走进通道内。

一个普通的地铁通道,走了半分钟,便来到一处向上延伸的步行楼道。

这对大家来说,又是个好消息。

向上至少代表着地面,象征着希望;如果是一直往下方走,则根本不知道会通往哪里,让人联想到的也是深渊或者地狱。

楼道不算陡，但很长，将近一百米，前方的方形出口处闪烁着朦胧的白光。

高阳一步一步地踩着阶梯，感觉自己像是要登上某个神秘殿堂。或许是心理作用，他觉得空气变得越来越滞重。

六人防范着可能出现的危险，慢慢接近出口。

终于，六人走出楼道。

高阳收回手中的火球，微微眯起眼，渐渐适应了幽微的冷白光，看清了眼前的景象。

他下意识地屏住呼吸。

那里不是地面。

高阳很失落，他们仍在地下，眼前是一个巨大的地下空间。

凭感觉估算的话，至少有三个体育广场那么大，空间中央生长着一棵参天巨树，树枝繁茂，但没有树叶。

这棵巨树通身闪烁着神圣而冷寂的白色光芒，仔细看会发现不是光，而是隐藏在半透明的树干中的白色能量。它们悄无声息地流淌着，犹如巨树的血液。

盘根错节的粗大树根扎入地面，密密麻麻的树枝则沿着穹顶散布开来。它就像是一个巨人，顶天立地，支撑着整个地下空间。

按理说，一棵发着光的巨树，这地方应该亮如白昼。

可事实上却是，整个空间都处在一种冰冷、寂静、凝重的昏暗中，像是暮色四合的幽深山谷。

所有人都震惊于这壮阔又吊诡的景象，无人说话。

不知过去多久，白兔打破沉默："这棵树的底部就是地铁隧道吧，我可不可以理解，都是它搞的鬼。"

高阳惊奇地侧过头去，白兔明明就站在身旁，可她的声音却像是从十米开外的地方传来的。

"应该是。"高阳回答。

"你声音怎么回事，还是我耳朵出问题了？"白兔也意识到不对。

"你们两人的声音都不对劲。"青灵说。

"感觉像隔了十几米。"黄警官说。

"原来大家的感觉都一样。"高阳放心了。

"这地方很异常，都小心点。"斗虎说话了，声音也像是隔了很远。

大家保持之前的阵型，慢慢走向中央的巨树。

巨树看上去是那么神圣而明亮，可无论是高阳的脚下还是身后，都灰暗异常，这太不可思议了。

随着不断靠近巨树，脚下变得凹凸不平、沟壑丛生，这源于树根对地面无序的倾轧和破坏。

走在前头的斗虎忽然停下，伸手拦住大家。

其他人立刻停下，警觉地顺着斗虎的目光看去。

二十米开外，躺着四具尸体，有男有女，尸体都被发光的树根缠绕住，几乎与这种光源融为一体，不仔细看还真没法第一时间分辨。

必须说，斗虎的眼力相当敏锐。

老王的脸色垮下来，匆忙上前几步，认出了是自己人。

"谷凌！"他大喊着，焦急地冲到最近的一具尸体旁。

其他人迅速跟上。

高阳看清了，死者是一个成熟女性，黑色长发，穿一身皮质特工服，看得出生前是个飒爽干练的美女。

她半个身子被树根缠绕住，身体上散发着半透明的冷光，像是生长在树根上的人形灯笼。

"醒醒！我来救你了！"老王想将束缚住谷凌的树根掰断，却无法做到。

他又从腰间拔出匕首，用力刺向树根。

树根出现伤口，一股轻盈的白色能量颗粒溅射出来，犹如蒲公英的种子，迅速消散。

很快，树根的伤口愈合。它不卑不亢，冷酷无情，源源不断地将自己的"白色能量"注入尸体中，誓要将尸体同化。

"冷静点，她死了。"

斗虎把手放在老王的肩上，声音遗憾："去确认其他尸体，看是不是你的同伴。"

老王的眼角湿红，他颤抖着伸出手，将谷凌的眼皮合上，起身走向附近的三具尸体。

青灵跟黄警官互看一眼，跟在老王身后，以防他落单。

斗虎、白兔和高阳留下，继续观察谷凌的尸体。

白兔对尸体检查一番："从死者的表情来看，她死前似乎很震惊，身上没外伤，应该来不及做出反抗。"

"死因呢？"斗虎问。

"枪杀。"

白兔戴着手套，指着谷凌的左胸，那里一片暗红："一枪打入心脏，没死多久，血液还没完全凝固。"

"中枪？"高阳感觉不对劲，"兽也会用枪？"

"不太可能。"斗虎也沉下脸，摸着下巴，"兽的身体就是强力武器，不需要用枪。"

"等一下，"白兔还在检查谷凌的身体，脸色一变，"死者自己就是用枪的，你们看。"

高阳凑近一看，谷凌的大腿外侧别着枪套，手枪并没有拔出来。

"自杀？"斗虎皱眉。

"基本排除，她都没拔枪，而且自杀的人一般不会对准心脏，肯定是他杀。"白兔站起来，"有用的信息就这么多了。"

"过去瞧瞧。"

三人又来到老王身边，老王蹲在一具男性尸体旁，为他合上了眼皮。

"都是你的同伴吗？"斗虎问。

老王点点头，无比沉痛："是的，都死了，唯独没看到程鑫。"

"大家找找，他可能也在附近。"斗虎说。

"这里！我在这儿！快帮帮我……"

不远处传来求救声，因为空间反常的关系，大家无法判断这声音具体离他们有多远。

"是程鑫！"

老王激动地站起来，一时间不知是喜是忧："那王八蛋还活着！"

六人谨慎地朝着声音的方向走去，翻过几根凸起的粗大树根，在一处地势偏低的沟中发现一个穿深色冲锋衣的年轻男人。

他脸色乌青，头发凌乱，双手捂着流血的腹部缩成一团，看样子伤得不轻。

高阳和白兔都是一怔。他们见过这个男人，正是当初跟他们在麒麟工会交易符文回路时的男代表。

"程鑫你个王八蛋！"老王想起自己被他抛弃的事，一把揪住他的衣领，"你也有今天！"

"老王，是我、是我对不起你，"程鑫声音虚弱，"我当时没办法，我是组长，我必须保护大家……"

"你保护得了吗？死了，他们全死了！"老王愤怒得浑身发抖，"当初我就反对进地铁！可你一意孤行，是你害死了他们！"

"是，是我害了大家，我错了，我愿意接受组织的处罚。"程鑫抓住老王的手，痛哭流涕地哀求道，"老王，我还不想死，救救我，看在朋友一场的份上……"

老王狠狠甩开程鑫的手，咬着牙，内心痛苦挣扎。

终于，他长叹一口气，看向斗虎："你们能救他吗？虽然他死了我更解气，但我要把他带回组织，给大家一个交代。"

斗虎给白兔一个眼神。

白兔耸耸肩，蹲下来，给程鑫检查腹部的伤口，很快有了结论："挺重的刀伤，不过不致命。"

"高阳，背包给我。"

高阳放下背包，白兔从里面翻出止痛药，给程鑫口服，又拿出C药剂，这是由死猪的血液特制而成的伤口急速修复药。

白兔拔掉针套，朝程鑫伤口附近扎了下去。

程鑫闷哼一声，身体一阵抽搐。很快，他苍白的脸上有了血色，腹部的伤口急速愈合。

"这个只能帮你顶一下，回去还是得接受正规治疗。"白兔声音冷淡。

"谢谢！谢谢你们！太谢谢了……"程鑫不断地感谢着，语气卑微到了极点。

"程鑫是吧？"斗虎盯着他，"这里发生了什么事？"

"啊？！"

脱离危险的程鑫如梦初醒，他大喊大叫："符文！我们找到符文回路了！"

程鑫此言一出，并没有激起大家的惊喜，气氛反而变得凝重。

其他人怎么想不知道，高阳作为去过一次古家村的人，反正很清楚，符文回路的出现也意味着危险的降临。

"在哪儿？"斗虎沉声问。

"在那儿！"程鑫激动地指向发光的巨树，"树，树里有一个洞，对，在树洞里！"

老王满脸的不信任："你为什么不进去拿？"

这话也正是高阳想问的。

"我进去了，我们第一时间进去了，可是遭到了袭击……死了，大家都死了，我也差点死了……"

蓦地，程鑫面露惧色，瞳孔放大，双手抱住脑袋痛苦呻吟起来："啊，啊啊……"

"程鑫！"老王抓住程鑫的肩，"搞什么鬼，给我讲清楚！"

"痛，我的头好痛……"

"袭击你们的是什么？"斗虎问。

"不知道，我不知道……"程鑫拼命摇头，神志开始混乱，"不要，不要杀我！啊……救命……"

程鑫语无伦次，大家一时间分辨不出他是真的受刺激过度，还是在装疯卖傻。

"别管他了，我们直接去看。"黄警官隐隐有些担忧，"这地方最好别待太久，感觉不妙。"

"同意。"白兔说。

青灵和高阳也点头。

斗虎挥手："走。"

大家朝巨树走去，老王扶着程鑫，一路上还在不断追问细节，但程鑫胡言乱语，思维混乱，问不出什么信息。

几分钟后，七人来到巨树脚下。

真正站在它面前，才越发感受到它的壮观。七人手牵手围成一圈，恐怕都无法环抱住树干的一半。

大家围着树干绕圈，脸庞和身体都沐浴在神圣的白光光辉之中，有一种轻微而奇异的恍惚感。

高阳想起一个有点矫情的词：恍若隔世。

几人走了两圈，没发现什么异常。

斗虎不满地看向程鑫："你说的洞在哪儿？"

"就在这儿啊，刚还在的……"程鑫也很疑惑，忽然再次抱住头，痛苦嚎叫，"来了，它来了！救我，快救我……"

倏然，地面传来微微的震颤，树干中的白色光芒出现高频的闪烁。

所有人都被迫闭上了双眼，过了十多秒闪光才停止。

苍白的树干上不知何时出现了古老的纹路，那纹路是如此熟悉。

高阳立刻反应过来：符文回路！没错，跟它上面的纹路是同一种风格。

"咕噜咕噜咕噜"，树干沿着纹路流动、变形、撕裂，最终露出一条古怪的狭长缺口，像是某种生物在分娩，里头白茫茫一片，什么也看不见。

"洞！洞！它出现了！出现了……"程鑫激动得手舞足蹈。

"程鑫，里面有危险吗？"高阳问程鑫，比起符文回路，他更关心这个。

"危险，危险，危险……"程鑫开始摇头晃脑地重复。

"这白痴。"斗虎叹了口气，看向大家，"我先进去瞧瞧。"

"不行！"

白兔叫住斗虎，神色严肃得像个长辈："我知道你强，但没必要冒这个险。"

白兔看向程鑫："先把这人丢进去。"

"不要！我不要啊……"程鑫激动得一把推开老王，跌倒在地，连滚带爬地往后退。

很显然，树洞中存在着危险，至少不是程鑫可以应付的。

众人陷入沉默。

符文诚可贵，生命价更高。

可既然被困在符文洞穴，不找到符文，大概率是出不去的，大家迟早还是要面对。

高阳一时间有些后悔，如果当初没把"识谎者"用在老王身上，现在就可以给程鑫测谎，从而判断里面究竟有多危险。

"这样下去不是办法，我来吧。"老王一咬牙，走向树洞。

"老王！"黄警官喊住他，"你还有家人，没必要冒这个险。"

"我知道。"老王苦笑，"可再耗下去，大家都有危险。"

老王面露愧色，目光悲怆："当时程鑫坚持上地铁，我没能劝阻他，也有责任，大家都死了，我总得做点什么，不能让他们白白牺牲。"

"可是……"

"老黄，谢谢你的好意。"老王心意已决，一脸坚毅，"这里面，我防御值最高，适合探路。"

黄警官还要说什么，白兔给了他一个眼神，他不再劝。

老王来到树洞前，整个人几乎要被白色光芒吞没。

进入前，他转头看向大家："我一进去就会发动'铁人'，确认安全你们再进来。"

"小心点。"高阳有点担心。

"放心，我命硬得很。"老王咧嘴一笑，竖起大拇指，一头扎进树洞。

大家紧绷着神经，等待着即将发生的事情。

谁知不到两秒钟，老王就从发光的树洞中走出来了。

大家纷纷愣住：不是，这也太快了吧？

黄警官有些意外："老王，你怎么就出来了啊？"

"就？"老王一脸疑惑，随即反应过来，"你们在外面过去了多久？"

"两秒。"高阳如实回答。

"不可能！"老王满脸震惊，"我在里面待了至少五分钟！"

"里面有什么？找到符文回路了吗？"斗虎问。

老王失望地摇头："里面什么都没有。"

"什么都没有？"白兔不太理解。

"就是什么都没有。"老王咂嘴道，"怎么形容呢，就是虚空一片，没有天，没有地，四周白晃晃的。保险起见，我还是发动了'铁人'，我的身体一会儿下坠，一会儿飘起来，就这么熬了几分钟，我眼前总算出现一个漂浮的光洞，我伸手碰它，然后就走出来了，看到了你们。"

黄警官松了口气："不管怎样，你没事就好。"

"你确定没看到符文回路？"白兔半信半疑。

"真没瞧见。"老王有点生气，"程鑫肯定骗了我们！"

"他不见了！"高阳忽然反应过来。

大家纷纷回头，原本还在众人身后的程鑫真的不见了。

"他在树上！"青灵率先发现。

高阳抬头一看，只见程鑫正沿着巨大的树干往上爬，离大家至少有五十米的高度。

青灵一挥手，手中的唐刀飞向程鑫。

程鑫根本没疯，他一个侧身闪开，一脚踩住插入树干的唐刀，用力一跃，攀上了一根粗大的侧枝，不见了踪影。

"程鑫！你这个狗崽子！"老王气得直跺脚，"别让他跑了！"

"跳跃！"白兔最先行动，一瞬间便跳到程鑫原本所处的位置。

斗虎和青灵不甘落后，手脚并用，飞檐走壁般地爬上了巨树。

树皮坚硬粗糙，质感像岩壁，很好攀爬。

高阳加了不少敏捷点，动作灵活，身体轻盈，很快跟黄警官和老王拉开了距离。

很快，高阳爬到了程鑫消失的地方。

他双手一撑，轻松翻上一根侧枝。

这根树枝有一米多宽，相当于一条小径，放眼望去，四周密密麻麻的全是小径，组成了一个庞大复杂的迷宫。

白兔、斗虎和青灵就站在不远处的一根树枝上。

高阳赶过去，正疑惑他们为何不追了，立刻吃了一惊。

原来他们已经追到了，程鑫正躺在树干上，背对着大家，从僵硬的体态来看，应该是死了。

"他死了？"高阳头皮发麻，"谁杀的？"

"不知道。"白兔语气冷淡，"我追上来时，他就死在这儿了。"

"检查过了吗？"高阳又问。

"毒死的。"斗虎说。

高阳心一沉，看向程鑫露出来的半张脸，眼球凸出，皮肤上布黑紫色的毛细血管，嘴唇发青。

"等一下，他中的是'蛛毒'！"高阳忍不住喊出声。

"是。"斗虎点点头，"他中了自己的毒。"

"他自杀了？"高阳感到难以置信。

"不知道。"白兔摘下白手套，"我搜过身了，他身上没有符文回路之类的东西。"

"程鑫！你个……"

老王跟黄警官追了上来。老王骂骂咧咧，一见程鑫的尸体，整个人也蒙了："他、他这是……死了？还是你们杀了他？"

"他好像，是自杀的。"高阳解释。

"绝不可能！"老王仿佛听到了天大的笑话，"我了解程鑫，这畜生惜命得很，哪怕只有一线生机也会挣扎到底。"

"他中的是'蛛毒'。"斗虎耸耸肩，"难不成他不小心把自己毒死了？"

"什么？"老王赶忙上前，仔细看了一下程鑫的脸。

"这是怎么回事啊？"老王整个人都快崩溃了。

高阳也很烦躁不安，从走进地铁那刻起，事情一直处于一种反常的荒谬之中，前后矛盾的地方太多了。

高阳四下环顾，奇怪，这个由树枝组成的空中迷宫似乎和之前不一样了。

很快他反应过来：光亮越来越微弱了。

仔细看，才发现树枝中的白色能量，正在往下流动，似乎在往树根上转移。

"事情不太对劲。"就连青灵也焦虑起来。她看向高阳，似乎指望他能给出合理的解释。

思考，快思考，既然一切不合常理，就往不合常理的方向去推导。忽然，高阳抓住了什么，双眼一亮："那个谷凌，也是被枪打死的。"

"没错。"白兔点头。

高阳看向老王："你们2组，除了谷凌，还有人用枪吗？"

老王摇摇头："没有了。"

"所以，谷凌也是自杀的？"高阳故意问。

"谷凌不是自杀。"白兔立刻反驳，"自杀的人不会拿枪打自己胸口，也不会在开完枪后再把枪塞回枪套。"

"那就只剩下一种可能，最明显，但又是我们最不想接受的可能。"高阳看向斗虎。

斗虎微微一怔，忽然笑了："他们是被自己杀死的。"

"我说了他们不是自杀……"白兔忽然住嘴，似乎明白过来，"啊，这不可能！"

"靠，真是活见鬼了！"黄警官也总算想明白了。

"什么意思？"

只有老王还是一脸状况外，急得不行："你们别打哑谜了，到底怎么了啊？"

众人面面相觑，一时间不愿意承认这个真相。

高阳深吸一口气，朝四周看了看："你们觉不觉得，这棵树像一个东西？"

"什么东西？"老王问。

"沙漏。"高阳说。

"没错。"青灵眼波流转，"树里面流动的东西，像是发光的沙子。"

高阳说不上兴奋还是紧张，点头道："这些沙子，全部流到树根去了，所以我们这儿越来越暗，我们脚下越来越亮。"

"这能说明什么啊？"老王越发糊涂了。

"老王，你想过这个符洞里藏的会是什么符文回路吗？"高阳问到了重点。

老王若有所思，嘴里念念有词："沙漏，循环的地铁，时间流逝不一样……"

"啊！"他大喊一声，"时空！时空符文！"

"时空符文的话，一切就解释得通了。"

斗虎接过话："这里的时间和空间都很异常，所以才有那么多怪现象。至于刚才那个树洞一样的东西……"

"应该就是整个空间的核心。"高阳大胆推测，"符文回路可能真的在里面，但是，已经被人拿走了。"

"还能有谁啊？"老王着急道，"这里除了我们没别人了，程鑫他们全死了。"

"未必。"

高阳蹲下来，将程鑫的尸体翻过来，掀开衣服，顿时头皮发麻。

果然，一切都符合他的推测。

"你们快看！"高阳声音发颤，"这个程鑫，腹部没有伤。"

斗虎打了个响指："破案了，这人不是我们救的那个程鑫。"

老王总算反应过来，脸色惨白，吓得连连后退，差点从树干上跌落："你们，别开玩笑，你们不会想说，还有另一个程鑫吧？"

"不仅是程鑫、谷凌，其他人，"高阳顿了下，"可能都有另一个。"

老王双腿一软，跪倒在地，双手揪住头发："啊啊……"

"老王！"黄警官赶忙扶起老王，"你怎么了？"

"没、没事，就是脑袋好乱……"老王脸部一阵抽搐，瞳孔放大，一把抓住黄警官，"老黄！我看到了，我全看到了！"

"你看到了什么？"

"程鑫、谷凌，他们都死了，可又活了。为什么会这样？啊啊……"老王再次跪下，只觉得头痛欲裂。

几个人说话间，树枝上的白色能量正在急剧消失，四周的光线越来越暗，几乎要看不清楚五指了。

"高阳，点火。"斗虎说。

高阳举起双手，汇聚出两个火球，四周亮了起来。

当明火的金色光芒代替了朦胧的白光后，四周的一切更加清晰了。

高阳在不远处的树干上发现了什么，心下一惊，立刻喊道："大家往这边看！"

高阳用力将左手的火球抛出去。

火球飞向黑暗，立刻照亮了不远处的繁茂树枝，而在那错综复杂的枝干上竟然挂满了尸体，粗略算下至少有几十具。

这些尸体的死法各不一样，有刀伤、枪伤、毒杀和元素伤害，但唯独没有兽造成的伤害。

尸体的每张脸都是那么的熟悉又陌生，看得出，他们经历了疯狂、混乱、无休止的互相残杀。

"不，不，这不可能……"

老王拼命摇头，精神几乎崩溃。

所有人都认出来，这些尸体，全是程鑫、谷凌和2组的其他三名队友。

"啊，我的头，好痛……"老王的痛苦仍在加剧，他抱头呻吟。

高阳顾不上那么多，加快语速："老师，我猜程鑫他们也进了树洞，而且拿到了时空符文，可能是方法不对，或者别的什么原因，导致了时空的扭曲和混乱，所以，从树洞离开的不止他们五个，还有其他时间线上的他们。"

白兔提起自己看过的一部科幻电影。

"对！"

高阳的脑子也有点乱："很多个程鑫，可能是一分钟前的、三分钟前的，也可能是五分钟后的，反正，这些程鑫都跑到了现在这个时空。"

"就这个时空而言，符文只有一个，真正的自己也只能有一个。"斗虎顺着高阳的话往下说，"所以，不同时空的自己一定会相互残杀。"

"就是这样！"

高阳说完，大家都感到一阵深入脊髓的后怕。

谢天谢地，他们五人没有进入那个树洞，否则，后果绝对难以承受。

高阳实在无法想象见到另一个自己会做出什么反应，反正，他坚决不会将这个世界让给另一个自己，到头来恐怕也只能是厮杀。

"对，就是、就是这样……"老王似乎恢复过来，"高阳说得没错，我现在能看到，全部可以看到……"

"看到什么？"黄警官焦急地问。

"看到这之前的事，还有这之后的事！"

老王脸色一变，大喊道："跑！快跑！这个空间马上要坍缩了！我们都会死，不，不是死，是永远困在扭曲的时空里……"

"出口在哪儿？"青灵喊道。

"头顶！头顶有出口！"老王抬起头，"当这棵树的能量全部流到树根，一切都会重置。快！我们快走！"

没人再犹豫，顺着错综复杂的树枝往上爬。

光线越来越暗，脚下的强光已经汇聚成一片诡异的幽冷深渊，似乎要吞噬一切。

空间也越来越滞重，大家的说话声像是隔着某种混沌的介质，越来越轻，越来越远。

"快到了，就在上面……"

老王走在最前头，不断喘着气。

"慢着。"斗虎一把拉住老王，头顶斜上方的树枝上，惊现两个人影。

两个人都是程鑫！

他们浑身是伤，一个程鑫将另一个程鑫扑倒在地，双手死死掐住他的脖子，后者奋力挣扎。

"去死吧！给我去死！我才是程鑫……"

经过一番打斗，原本处于劣势的程鑫用力一翻身，伸出手指戳向对方的眼睛，然后趁对方松手时，抢走对方的腰包，将对方一脚踹开。被戳伤双目的程鑫哀号着从树枝上滚落，坠了下去。

程鑫气喘吁吁，抹了一把脸上的血，抬头一看，斗虎已经来到他跟前，逆光的身影笼罩着他，那是一种死亡般的威压。

程鑫只愣了一秒，立刻明白是怎么回事，他的大脑可以共享所有"自己"的记忆。

"别！别杀我！"程鑫立马跪地求饶，主动把抢到的腰包伸出来，"符文回路！在这里面，给你们，别杀我……"

"丢过来。"斗虎说。

程鑫把腰包轻轻丢给斗虎，斗虎扔给身后的白兔。

白兔小心地打开，果然是一块乌金制成的符文回路，透过高阳制造出来的明火，隐约可见上面刻着一只沙漏的图腾。

白兔看一眼斗虎："这人怎么处置？"

"骗你们的人不是我！是他啊！"程鑫指着脚下的深渊大喊，"我刚已经杀了他，我跟你们没有仇啊！我只想离开这个鬼地方，求你们，求你们放过我……"

"随你的便。"斗虎没时间纠结这个，"老王，带路！"

"好，就快到了……"

老王话未说完，一个身影忽然窜出，将老王扑倒，两人扭打在一起，在树枝上滚了两圈，双双坠落。

"老王！"

关键时刻，黄警官扑过去，一把抓住老王。

另一边，高阳也扑过去，及时抓住了那个人影，因为那人也是老王！

"别松手！是我！"高阳救下的老王激动地喊起来。这个老王的额头上有一条明显的血痕，像是被子弹擦伤的。

黄警官救下的老王还悬挂在空中。他看清另一个自己，朝高阳大喊："高阳！快松手！他是假的，我才是真的！"

"高阳，别听他的！"

额头受伤的老王争辩道："我才是这个时空的老王！他不是这个时空的，他是五分钟后的老王！所以他才会脑袋痛，会记忆混乱……"

高阳原本都打算松手，听老王这么一说，他一时间犹豫了。

的确，先入为主的话，大家自然会将第一个从树洞出来的老王当成自己人。

但仔细想想，老王说他在树洞里待了几分钟，可高阳他们只在外面等了两秒，就见到了老王。

所以，他们当时见到的老王，应该是五分钟后的老王。

而现在这个额头受伤的老王，才是他们这条时间线上的老王。

"有什么区别！"被黄警官抓住的老王大喊道，"我就是你，你就是我，我只需要一个就行了。"

"那为什么不能是我？何况我本来就是这个世界的！"额头受伤的老王十分气愤，"我绝不能死在这儿，我的老婆女儿还在等我回家！"

"她们也在等我回家！"

黄警官和高阳陷入两难。他们互看一眼，默契地点头。

两人同时用力，将两个老王都拉上来。

两人老王翻身站稳，一看对方，立刻眼红了。

他们刚要冲向对方，一个身影快速闪过，一手掐住老王的咽喉，另一只手拿短刀架住受伤老王的脖子。

"我没时间管你们真假。"斗虎神色冷酷，"先带路，否则我全杀了。"

老王和受伤的老王沉默两秒，异口同声道："行！"

两个老王暂时以大局为重，达成和解，继续带路。

至于程鑫，斗虎专门监视他，防止他再耍什么花招。

八人在纵横交贯的树枝迷宫中前行，时而攀爬，时而跳跃，终于来到整个地下空间的顶部，大家只要踮起脚，伸出手，就能触摸到穹顶冰冷的岩壁。

高阳给手心的火添了一把，越发照亮了四周的景象，他立刻警觉道："树枝在动。"

大家也都发现了，那些扎入穹顶的树枝，正缓缓蠕动着，不时伴随着细碎的石屑落下。

从树枝蠕动的方向判断，它们在往回收缩。

一切都表明，整个空间的"重点"都在往树根和地面转移。

大家脚下承重的树枝也在蠕动着，八人必须不断挪动脚步，才能勉强保持在相同的位置。

"出口在哪里？"斗虎看向其中一个老王。

"马上就会出现。"老王说，"一会儿你就知道了。"

"确定？"白兔将信将疑。

"我脑子里有成千上万的画面，各种逃跑路线都尝试过，相信我，这里是唯一的出口。"额头受伤的老王说。

大家又不约而同地看向程鑫。

程鑫赶紧点头："对，这里是唯一的出口，不然我也不会往树上爬。"

之后便是等待。

对老王和程鑫来说，他们已经在无数的时间分支中看到了无数的自己，经历过无数次成功或失败的逃生。

可对十二生肖的五个人而言，却是第一次经历，并且这也是他们唯一的机会。

失败就等于死亡。

等待比想象中的还要煎熬，脚底下越来越亮，他们四周则越来越黑，就连高阳手中的火焰也开始苍白无力。它微弱地摇曳着，勉强撑开一圈光亮，映照出大家表情各异的脸庞。

在这让人感到窒息的黑暗中，斗虎忽然打破了沉默："程鑫，你为什么要骗我们进树洞？"

"不是我！那是另一个我！"程鑫急忙辩解。

"没区别。"斗虎语调阴沉，"我再给你一次机会，最好说实话。"

程鑫开始紧张，不敢直视斗虎的眼睛："我害死了2组，就算逃出去，今后在组织也是罪人，所以我想独吞符文，将功抵过，顺便把责任全推给老王，但是……"

程鑫看一眼斗虎，不敢再说。

"但是，"斗虎笑着接过话，"你知道自己没本事独吞，干脆把我们也骗进树洞，这样树洞里就会跑出来无数个我们自相残杀，你就可以趁乱带符文逃走。"

"是。"

"呸！"程鑫话音刚落，老王和受伤的老王就同时一口唾沫啐到程鑫的脸上。

"狗崽子！要不是这里快站不稳了，我真想打烂你的下巴！"

"我说了！骗你们的程鑫已经死了！"程鑫激动地辩解道，"冤有头债有主，你们去恨他啊，别恨我！我没骗你们，还帮你们拿到了符文！"

"你只是没得选，要是有得选，你一样会害我们！"白兔十分鄙夷。她最痛恨的就是出卖同伴的人。

白兔提议道："我们把他推下去，他凭什么活着离开啊，我看2组最该死的人就是他。"

"同意。"青灵说。

"算我一票。"黄警官也义愤填膺，要不是这个恶毒的程鑫，老王也不会出现两个，更别提他们五人也差点了中了招。

"我没异议。"高阳举手。

"你、你们不能这样对我啊，我什么都没做！"程鑫慌了，看向斗虎，"求求你，别杀我，我把符文也给你们了，我现在真的只想活命……"

"不急，出去再说。"斗虎意外的宽容和大度，让高阳有些吃惊。他原本以为斗虎会亲手把程鑫推下去。

斗虎眼底闪过一丝幽光，侧头看向两个老王："当务之急，是决定老王的去留。"

一时间，几个人都沉默了。

无论怎么逃避，该来的抉择总要来。

斗虎很为难地叹气道："我这人虽然没什么文化，但至少还知道，这里是时空符文创造的特殊空间，在正常空间里，你们两个不可能同时存在。"

两个老王都不吱声，脸色铁青。

"武斗的话，你们两个铁皮人难分胜负，况且这里也没地方让你们施展；讲理的话，你们更是谁也说服不了谁。"

斗虎手指尖变出一枚硬币："不如这样，交给命运。"

两个老王看向对方，短暂的犹豫后，异口同声："可以，我要正面。"

"算了，我要背面。"额头受伤的老王说。

"好，一次定胜负。"

斗虎轻轻抛出硬币，左手背一接，右手掌一盖。

短短两秒，所有人都屏住呼吸，悬起了心。

两个老王更是直勾勾地盯着斗虎的手，眼角发颤，冷汗直流。

斗虎缓缓揭开手背，硬币是背面。

额头受伤的老王狠狠松了一口气，一股热泪涌出眼眶："谢天谢地。"

老王呆呆地看着硬币，眼眶湿红，满脸的不甘。

忽然，他目光狠厉地看向斗虎："你作弊！你可以决定硬币的正反面对不对？"

斗虎无声地看着老王，火焰的光照越来越微弱，他的眼底掠过一丝无情的杀意："老王，你不属于这儿，你属于五分钟后的世界，别逼我。"

"可是，可是我也是老王啊！你们不能这么对我……"老王哭了，鼻涕眼泪一起流，看起来是那么的窝囊，又那么可怜。

他抓住黄警官，哀求道："老黄，我不能死在这，我还有老婆孩子，你帮帮我，我求你了……"

黄警官别过脸："老王，对不起。"

"老王，"额头受伤的老王看向另一个自己，"我理解你的心情，可我不会退让，这是我的世界……"

话未说完，整个空间猛然传来重重的震颤。

那震颤并不来自任何一个方位，而是无处不在。

高阳只觉得一股怪异的力量从胸腔之中爆开，几乎将自己撕裂，他手中的火焰消失，整个人在一阵眩晕中往后仰。

危急时刻，一左一右两只手牢牢抓住了他，是身旁的青灵和黄警官。

"互相抓稳！"

斗虎大喊一声，明明近在咫尺，声音却微弱得像是隔着一个悬崖。

所有人手握着手，围成一圈。

与此同时，大家的脚下传来匪夷所思的重力，仿佛有万千双无形的手，正疯狂拉拽着他们往下坠落。

"啊啊啊！"所有人都在全力抵抗这可怕的重力，大声尖叫。

四周已是漆黑一片，只有来自脚底深处那团怪异的白光。

陡然间，高阳的视线一片清明。

他吃力地抬头，穹顶消失不见了，取而代之的是一片深邃而寂寥的虚空，虚空之中悬浮着一团白色光晕，它犹如空灵的水母，幻化出无数的细长的白色触须，向四周铺展开来。

它们一伸一缩，仿佛在呼吸。

所有人都不言自明，这就是出口了！

此时出口离他们头顶的距离，约两米。

换作平时，两米是他们可以轻松跃起的高度，但此刻，别说两米，就是两厘米，高阳恐怕都难以做到。

脚下的树枝迷宫开始摇摇欲坠、土崩瓦解，眼看就要带着他们一同坠入脚底的白色深渊。

"白兔！"斗虎大喊一声。

白兔立刻会意，松开同伴的手。

"啊啊——"

她暴喝起来，太阳穴上的青筋凸起，双腿缓慢弯曲，腿上的每一块肌肉都夸张地隆起，几乎达到畸形的程度。

"跳跃！"白兔把全身能量倾注在双腿上，奋力一跃。

往常，白兔的极限跳跃高度可达上百米，眼下，她只奢求能跳个两米。

这两米，是生与死的距离。

庆幸的是，白兔成功了！

她的头顶在接触到那团光晕的一瞬间，无数细小的白色触须朝她围拢，将她温柔又紧密地缠绕，将她缓缓拉入光晕之中。

斗虎奋力举起一只手，牢牢抓住白兔的脚踝。

与此同时，脚下的树枝加速瓦解，大家急速坠落，但因为手拉着手，最终垂挂成了一条"直线"。

直线的顶部，是被白色光晕牢牢吸住的白兔，接下来依次是斗虎、程鑫、青灵、高阳、黄警官、受伤的老王、老王。

"抓稳！别松手！"

高阳大喊，却已然听不见自己的声音了。

高阳惊诧地抬头，发现其他人也在大喊大叫，可什么声音都没有，天地间寂静得可怕。

高阳低头一看，脚下早已什么都没有，只剩下一个虚空而可怖的巨大灰白色旋涡，无声地吸引和吞噬一切。

高阳只觉得毛骨悚然，那是一种对未知的幽深恐惧。他有生以来第一次如此强烈地意识到，自己不过是宇宙中微不足道的一粒尘埃。

他紧紧抓住青灵和黄警官的手。他不能放，不敢放，这是他的救命稻草，是他唯一的希望。

引力还在加剧，脚下的旋涡正在一点点逼近。

但高阳也能感觉到，自己在缓慢上升。

他无比吃力地抬起头，只见白兔、斗虎、程鑫都已经没入白色光晕中，青灵的半截手臂也搭进去了。

偏偏这时，仿佛命运的齿轮被卡住，所有人都停止了上升。

高阳心下一沉：难道是因为有两个老王？

按常理，一个正常时空只可能存在一个老王，现在却有两个老王打算回到正常时空，出口自然不允许他们通过，因此连带着，让青灵、高阳、黄警官都卡在了门口，无法通过。

黄警官显然也想到了这点，他朝最末尾的老王大喊着什么。

高阳读懂了他的唇语：松手！

末尾的老王满脸绝望的泪水，他拼命摇头，死也不松手。

高阳感受到青灵的手掌不自觉地抓紧，十分焦躁。

他抬头一看，青灵也在大喊着什么，这次高阳都不用读唇，就知道她让黄警官直接松手。

在青灵眼中，两个老王都死了也无所谓。

黄警官十分不忍，陷入两难。他知道时间不多了，再这样下去大家都会死。

可他没法放手。他也是有家庭的人。他多希望能有一个老王活着离开，能回家拥抱自己的妻子和女儿，而不是成为她们耳中的噩耗。

正如黄警官自己，也不希望某一天，自己会成为妻子和孩子耳中的噩耗。

"黄警官松手！没时间了！"高阳徒劳地大喊，黄警官根本听不见。

"呜"——

整个空间似乎发生了无形的爆炸，伴随着一道诡异的声响，所有声音都回来了，脚下的旋涡开始紊乱，化为虚空的海啸，即将吞没一切。

"快点松手！"青灵的声音。

"黄警官松手啊！"高阳自己的声音。

"你放开我啊！你这样大家都会死！"受伤的老王大吼着。

"不要，我不能死……"老王双手死死抱住受伤的老王的一条腿，他大声号哭着，"我老婆、女儿都还在家等我，我答应过她们，我会保护她们，不让她们受伤……"

黄警官已经别无选择，看向受伤的老王："老王，对不起，我也有家庭，我要松手了。"

受伤的老王忽然冷静了下来，眼神悲怆，笑容苦楚："老黄，松手吧，我不怪你，可以的话，照顾好我的家人。"

"你尽管放心。"黄警官即将松手，忽然又立刻抓紧了，因为他看到，最末尾的老王先一步松开了受伤的老王。

高阳、青灵和黄警官都难以置信地看向那个老王，他在坠入旋涡前朝受伤的老王大喊一声："告诉老婆孩子，我爱她们！"

瞬间，老王消失了，准确说，是在虚空的海啸中溶解了。

高阳感觉自己又开始上升。很快，一道白光涌来，他什么都感觉不到了。

高阳睁开眼时，正趴在地铁上，车厢明亮，微微晃荡着。

他慢慢爬起来，发现身边还躺着其他人，青灵、黄警官、斗虎、白兔、老王、程鑫，大家都在。

其他人也慢慢坐起来。

"妈呀，总算逃出来了。"白兔伸了个懒腰，又重新躺下，胸口还在起伏，"同样是符洞，这次真是地狱难度！"

斗虎站起来，心情不错："兔子，最后那一下多亏了你。"

"知道就好。"白兔有气无力地抬起一只脚，她的鞋底又穿洞了，露出五只涂着红色指甲油的脚趾头，"记得给我报销新鞋。"

"赔一双送一双！"

"那我要JA新春限量版！"

"没问题，找吴大海！"斗虎的空头支票开得起飞。

黄警官站起来，伸出手，把高阳和青灵拉起来。

他靠着扶杆，点上一根烟，猛吸一口，仰头呼出一口白气，那是死里逃生后的宽心。

大家沉默了一会儿。

黄警官弹了弹烟灰，开口问道："老王，另一个你最后为什么松手了？"

老王疲惫地坐在长椅上，苦笑道："不松手大家都会死，比起自己死掉，我更害怕老婆和女儿失去家人，换我，最后也会松手。"

黄警官欲言又止，不再说话。亲眼看着自己死掉，不知道是什么感受，但愿自己永远不会经历。

很快，地铁进站。

这个过程中，所有人都沉默不语，神经紧绷，既期待又害怕。

"咔嚓"。

车门慢慢打开，外面是正常世界的牛场站，昏暗的站台上，陈萤和几个同伴正在等候。

"太好了！你们总算回来了！"陈萤难掩激动，迎上来，随即愣住，"其他人呢？"

"只剩两个。"斗虎回答。

"两个，在哪儿？"陈萤不解，"只有你们五人啊？"

"陈萤你瞎了吗！我跟老王还活着！"一回到现实，程鑫底气上来了，语气也嚣张了不少。

他大步走出地铁，还要对陈萤说什么。

可就在程鑫迈出地铁的一瞬间，他消失了！

没错，消失，一瞬间，无影无踪。

不只是高阳，所有人都惊了一下，还以为自己看错了。

高阳心惊胆战，看向同伴，大家也是一脸震惊。除了斗虎，他面色如常，似乎早料到这个结果。

"程鑫，消失了？"白兔幽幽问了一句，也不知道在问谁。

斗虎点点头："算是吧。"

忽然间，高阳想到在逃离之前，大家曾投票决定让程鑫出局，可斗虎没有同意。

高阳轻声问他："老师，你是不是早猜到会是这个结果？"

斗虎看一眼高阳，似笑非笑："阳阳，你那么聪明，难道没想过这种可能？"

高阳心情复杂，他当然想过：当一个人在过去和未来死去了无数次，这个人在当下还能独立存在吗？这就好比，一个人回到过去杀死十年前的自己，未来的他还会存在吗？

高阳也隐约觉得事情不会这么顺利，只是当时情况紧急，他也懒得深想。

"老王！"

黄警官猛地回头看向老王，声音几乎哽咽："你……"

老王不傻，看到程鑫消失后，他立刻猜到了自己的结局。

他先是震惊，接着是恐惧，但很快就只剩下一种特别复杂的平静，那是在被命运反复戏弄之后的一种四大皆空般的幻灭。

他颓坐在长椅上，朝黄警官笑笑："老黄啊，有烟吗？戒了好多年，忽然想抽一根。"

"有！"黄警官立刻掏出烟和打火机，递给老王，拥有"枪神"天赋的他，双手竟然止不住地抖。

老王慢慢接过烟，叼在嘴边，低头，打着打火机。

"咔嚓"。

"咔嚓"。

"咔嚓"。

打了三下，打火机还是没点燃，只有零碎的火星。

老王忽然就泄了气，眼底最后一丝神采也黯然下来。

他垂下双手，眼角有泪。

"可恶。"

老王消失了。

打火机和香烟跌落在长椅上，然后孤零零地滚落到地上。

"老王！老王！"黄警官朝着空气大喊，声音在车厢里回荡，无人回应。

"黄牛，走了。"斗虎把手轻轻放在黄警官的肩上。

"老王是替我们死的，"黄警官肩膀颤抖，声音哽咽，"如果不是他，进树洞的就是我们。"

"老王是个好人。"斗虎很遗憾地叹气道，"命运专挑好人欺负。"

黄警官的背影苍凉落寞，他点点头，抹了一把眼角："走吧。"

五人走出地铁，回到站台，地铁缓缓开走，很快消失在黑暗中。

高阳紧绷着神经，确认自己和同伴没有像程鑫和老王一样忽然消失，悬着的心彻底放下。

"你们等了多久？"斗虎问陈萤。

"三天。"陈萤很焦急，"我们的人呢？你们刚在跟谁说话？我没看见老王啊，程鑫也没看见！"

"都死了。"斗虎直截了当，一直信奉长痛不如短痛。

陈萤身体狠狠一颤，尽管她想过这个可能，但眼下还是难以承受："2组，全死了？"

"是的，节哀。"

斗虎看一眼白兔，白兔来到陈萤身边。

"陈小姐，也有好消息，符文回路拿到了。"白兔拍拍腰包，"初步断定是时空符文，最终结果需要等我们带回基地进行检测。"

陈萤还沉浸在同伴阵亡的悲痛中，半天才回过神："好，知道了。"

"那个，"陈萤喊住要走的白兔，"这次的事，我需要向总部打报告。"

"行，你们派个代表跟我们回总部，事情经过我会详细说明，届时我们再签署一份《符文回路共享协议》。"

"好。"陈萤深呼吸，压下悲痛的情绪，"我给总部打个电话。"

"请便。"

高阳跟着大家走出地铁站，来到路面，迎面就撞见天狗、萌羊和死猪，三人手里提着打包的午餐。

原来他们已经在牛场站守了三天，刚抽身去买点吃的，不想高阳一行人就安全返回了。

"白兔姐姐！"萌羊开心地跑过去，一头扎进白兔的怀抱，撒娇地哭了起来，"人家还以为、以为再也见不到你了……"

"萌小羊你咒谁呢！"白兔捏捏萌羊的小肉脸，"你兔姐福大命大！"

"天狗，恭喜啊。"斗虎努努嘴，"时空符文，你的菜。"

"哦，太好了。"天狗看起来并没有很高兴，关心道，"你们都没事吧，有没有受伤？"

"哟,小伙子懂事了啊,知道关心人了。"斗虎笑着挥挥手,"走,回家了。"

"斗虎先生,"陈萤快步追上来,"我汇报完了,这就跟你们走一趟。"

"行,你跟白兔一车。"

斗虎把副驾驶的位置让给陈萤,自己上了天狗的车。

回千禧楼的路上,白兔一边开车,一边跟陈萤还原了事情的来龙去脉。

陈萤低着头,十分自责:"我应该阻止程鑫的。"

"别太自责,你试过了。"黄警官安慰道。

"不,我并不坚定,其实我心里面,也隐隐期待他们可以找到符文回路。"陈萤下意识地捏紧胸前的安全带,"是我害了他们。"

"我说你们百川团的人到底有什么毛病啊?"白兔忽然有点不爽,"一个个本事不大,责任心倒是挺强,老把责任往自己身上揽。"

陈萤哽住,愣了一会儿,微微点头:"是,你说得对,没能力的责任心一文不值。"

"话是没错。"黄警官笑容玩味地道,"不过我怎么记得,当初吴大海和天狗受伤时,某人自责得要命,拧巴得像个麻花。"

"黄牛你闭嘴!"白兔猛拍方向盘,"别以为你年纪大我就不骂你,按工龄你算晚辈!"

"是是是。"

"之前的事我还没找你算账!"白兔气不打一处来,"你当时为什么不立刻松开老王?你差点把同伴们害死。"

"是,我认错,我反省。"黄警官叹气,一想起死去的老王,又是一阵感伤。

他跟老王认识还不到一小时,可人和人的感情很奇妙。黄警官总觉得,或许在另一个时空,他跟老王会是很好的朋友,一起打牌,一起钓鱼,一起带着家人春游和烧烤。

黄警官望向窗外,不再说话。

沉默的人还有高阳,从上车起,他的情绪就低迷下来。

这不能怪他。

算一算,实际时间不到二十四小时,他先后经历了万思思的死、跟红疯恶战、鬼马的反水、鬼马的死、跟符洞里大量的兽厮杀、逃离扭曲的时空、百川团2组的全体阵亡……也正是这些危险,犹如旋涡一样拉着高阳转来转去,才让他来不及为万思思悲痛。

现在,一切尘埃落定。

体内的疲倦和悲痛卷土重来,慢慢塞满了他。他很累,胸口发闷,还有一种空虚感。

他想要做点什么,可能是一声大吼,可能是一个拥抱,或者仅仅是一场无声的哭泣。

"高阳,一会儿我把你放在路边,你回家好好休息。"白兔知道高阳昨晚经历过什么，语气变得柔和。

"好。"

高阳感激地点点头。他确实需要休息了。

下午两点，家中无人。

午后的暖阳穿过半透明的蓝色窗帘，照进客厅，家中的一切明明那么熟悉，却因为过分寂寥而显得无比陌生。

妈妈大概还在医院照顾爸爸，妹妹还在上学。

这段时日，高阳已然成为家里的主心骨，即便是夜不归宿，甚至两三天不联系，妈妈虽然担心，但也不会再生气，只叮嘱他别落下功课。

高阳脱了衣服，去浴室冲了个温水澡，消除了身体上的疲倦，以及恢复得不是那么完全的伤口。

他抓着毛巾擦干头发，光脚走进卧室，一屁股坐回熟悉的床上。

他打开手机，查看积累了几天的来电和信息。

高阳耐心地将妈妈、爸爸、妹妹、王子凯，还有庆叔等人的信息一一回复，这才有一种回到现实生活中的实感。

背叛、偷袭、厮杀、死亡、离别……所有的这些，都与他无关，仿佛，他还是曾经那个普普通通的十八岁少年。

高阳关上手机，平静地躺下。

脑子里还是各种杂乱的画面和声音，他深呼吸，开始冥想，试着放空。

毫无征兆的，耳边浮现出百里弋的话："痴、贪、嗔、妄、生、死，皆虚无。人生苦短，大梦一场。"

深层次的困意渐渐袭来，将高阳包裹，他缓缓合上眼皮。

高阳醒来时已是半夜，房间昏暗，窗外照进一抹皎白的月光。

这一觉还真是漫长啊，自从觉醒后，高阳的睡眠很少再超过四个小时。

他有些口渴，翻身坐起，刚要开灯，忽然间一惊。

房间角落的黑暗中，有一个女人。她背靠墙壁，双腿弯曲，静坐在地板上。

高阳起初以为是柳轻盈又入侵了自己的梦境，但很快否定。

他眯起眼睛仔细看过去，轻轻开口："青灵？"

"嗯。"青灵回话。

"你什么时候进来的？"高阳有些吃惊，自己竟然毫无察觉，这次真的睡得太沉了。

"有一会儿了。"青灵从地板上站起来，走到高阳身边，低头看着他。

高阳抬头看她，有些不自在。他拍拍床边的位置："坐吧，别站着。"

青灵在高阳身旁坐下，开门见山道："今天我去学校，班主任说万思思死了。"

高阳的心"咯噔"了一下。

青灵继续说："我还听说，万思思是出了车祸，被一辆大卡车碾了，脑袋都没了。"

高阳胸口泛起一阵痛楚。他垂下头，盯着地板上那一抹月光出神。

"高阳，"青灵的眼神咄咄逼人，"万思思到底怎么死的？"

高阳叹了口气，迎上青灵的眼睛，她的眼神又冷又亮，像暗夜中的幽兰。

"青灵，万思思是被人杀的，但你放心，这事跟你没关系，不会暴露你。"

青灵微微一怔，没料到高阳会这样回答，哪怕这确实是她想听到的回答，她原本就是担心自己是否暴露，才半夜来高阳确认。

"那就好。"青灵起身。

高阳目送她离开，青灵走到窗前，忽然站定。

她精致的侧脸沐浴在月光之下，有那么一瞬间，高阳从她的嘴角处捕捉到一丝犹豫。

很快，青灵回头看向高阳："你没有其他要跟我说的吗？"

高阳愣住：她是在关心我？还是在关心事件本身？我还以为，她眼里只有升级呢。

红疯的事，准确地说，是红疯背后的势力，高阳并不希望青灵跟这些扯上关系，太危险了。

况且，他也答应了白兔，此事暂时要保密。

高阳感激地笑笑："放心，我没事。"

"谁在意你了。"青灵冷冷甩下一句，跃出了窗户。

窗帘轻轻拂动，房间又回归了安静。

蓦然，高阳又想起青灵第一次偷跑进自己房间的那个夜晚。明明才过去不到一个月，却恍惚得像是上辈子的事情。

三天前。

凌晨三点，太平桥墓园。

月光皎洁，夜风呜咽，山间弥漫着淡淡的水雾，一座崭新的墓碑之上，蹲着一只白猫。

白猫体型偏大，约等于一只中型犬。

它的眼睛绿如翡翠，白色毛发柔顺而浓密，在月光之下晶莹剔透，跳跃着空灵的光辉。

它歪着脖子，舔舐着自己粉嫩的肉爪，十分忘我。

"哒哒哒"，不远处传来高跟鞋的声音。

月色下，一个身穿红色长斗篷的女人走到墓碑前。尽管她通身被遮挡，但依稀能辨别出是一位身材丰满的成年女性。

女人掀开硕大的斗篷帽，一头柔顺的银发披散下来。

斗篷下是一张美艳妖冶的脸，五官大气，皮肤毫无血色，双眼赤红，却散发着高贵而幽冷的光，犹如幽冥古堡中的吸血鬼女伯爵。

"妹妹，走啦。"

女人一开口，声音却温柔酥软，像电台中的知心大姐姐，气质虽不协调，却更具特点。

白猫抬头看了一眼女人，轻轻"喵"了一声，像是在撒娇。

白猫从墓碑上跳下，又"喵"了一声。

它缓缓蹲下，身体蜷缩成一团，浑身的毛发像水草一般荡漾开来，接着开始"融化"，最后化成一团浓郁的白色烟雾。很快，烟雾被风吹散，白猫已经消失不见，取而代之的是一个光着身子的纤细少女。

少女银发，皮肤苍白，眼睛赤红，容颜绝美。她跟斗篷女简直是一个模子刻出来的，只不过少了几分成熟妩媚，多了一些少女的娇俏可爱。

斗篷女脱下自己的斗篷，替少女围上，温柔地为她整理好头发。

"姐姐，"少女痴痴地笑了下，露出一颗洁白的小虎牙，"我今天又见到他了。"

"怎么，喜欢？"姐姐摸了摸妹妹的头。

"嗯。"妹妹点点头，"我等不及了，我想吃他。"

"不行，再等等。"姐姐语气忽然变得严厉。

"可是……"

"听话！"

"好吧。"妹妹眨了眨眼。

"事办完了吗？"姐姐又问。

"嗯。"

"那走吧。"姐姐牵着妹妹的手，转身离开墓园。

妹妹想到了什么，抬头看向姐姐："姐姐，他们为什么叫我们'鬼'啊？"

"不知道哦，"姐姐认真地想了想，"可能是因为我们老是吃他们。"

"哦。"

妹妹点点头，过了一会儿，又抬头说："那如果他愿意跟我做朋友，我就不吃他。"

姐姐郑重地停下脚步，缓缓蹲下来，双手捧住妹妹洁净如玉的脸庞："初雪，记住，'鬼'没有朋友，永远不会有。"

"知道了。"妹妹有些难过，但很快她又笑了，"没关系，我有白露姐姐。"

"嗯，我们有彼此就够了。"

叫白露的女人站起来，重新牵起妹妹的手。

很快，两人消失在墓园的白雾中。

白猫站过的那块墓碑之下，是十几束沾着雾珠的白色雏菊。

地面的灰色泥土还很新鲜，死者下葬不超过二十四小时。

夜风轻拂，白色雏菊的花瓣轻轻颤动。

不知何时，风停了，可白色花瓣依然在颤动。

"哗啦"，一只苍白的手冲破松软的泥土，一把抓碎了一朵白色雏菊。

高阳从牛场站的符洞出来后的第二天，正好是万思思的遗体告别会。

万思思出"车祸"后，找到了卡车，却迟迟抓不到"肇事者"，所以下葬的事也就拖了好些天。

清晨，天空飘着细雨，整座城市灰蒙蒙一片。

早自习结束后，高阳和其他同学跟随班主任走出校门，坐上大巴车，前往殡仪馆。

青灵一上车，就在高阳身旁的位置坐下。由于两人的"绯闻"早在班上传开，他们也就不需要忌讳了。

青灵的脸颊上贴着创可贴，手腕上还残留着淡淡的瘀青。

高阳用脚趾头想都知道，昨晚她又跟斗虎进行彻夜的魔鬼训练。

"升级了吗？"高阳轻声问。

一提这个青灵就来气，原本就冷淡的脸色更加难看了："没。"

"是哪出了问题吗，还是方法不对？"高阳关心青灵，同时也很好奇天赋的升级方法，毕竟自己迟早也要面临这件事。

"没有方法。"青灵闷声回答。

"什么？"高阳以为自己听错了。

"随身携带符文，时机到了，它自然会与你的天赋产生共振。训练是否能加速升级这一点，并没有被证实。"青灵不紧不慢地说完，顿了顿，又补充道，"以上是斗虎的原话。"

高阳既吃惊又觉得好笑："那你，这些天不是白练了？"

"变强不只天赋升级一条路，训练可以提升我的综合实力。"

青灵拿出无线降噪耳机，塞进耳朵，又从口袋掏出一副黑色眼罩戴上，看样子打算在车上补个觉。

高阳看着身旁的青灵，顿时肃然起敬：这姑娘也太励志了，性别一换，妥妥的少年漫画中的男主角。

相比之下，高阳自身的综合能力主要靠幸运点加属性值来提升，比其他觉醒者们要轻松。

不，也不算轻松。

正常挂机加点太慢，这段时间，他的大部分幸运点收益，都是把脑袋别在裤腰上，刀尖舔血换来的啊。

真要选，高阳倒情愿通过训练变强，虽然慢点，但至少足够安全。

"等一下，先别睡。"高阳忽然又想起什么，忙扒开青灵的眼罩。

青灵睁开眼睛，眉头紧蹙："干什么？"

高阳把声音控制到最低："难道说，这些天你一直把伤害符文带在身上？"

青灵点头。

"去牛场站的符洞时，你也带在身上？"

"是。"

"斗虎老师的意思？"

"是。"

高阳不知还能说什么，默默在心中朝她竖起了一个大拇指——真是艺高人胆大。

大巴车刚刚开动，忽然来了一个急刹车，高阳毫无准备，身体前倾，差点一头磕在前车位的椅背上。

"哎呀！干吗啊？"

"搞什么啊？"

"谁啊？"

车上的同学们纷纷抱怨起来。

"咔嚓"。

大巴车的前门打开，一个身影钻上了车，一时间，抱怨声全消失了。

"高阳！"王子凯站在车头，咧嘴笑着，朝高阳用力地挥手。

高阳顿时脑仁疼了起来：这家伙怎么来了？

"王子凯，你怎么来了？"班主任替高阳问出这个问题。

"我虽然休学了，但我跟万思思同学一场，感情深厚，她的遗体告别会我怎么可能不参加啊！"

王子凯嗓门老大，生怕全车的人听不见。

高阳心中直翻白眼：你跟万思思一个学期都说不上一句话，哪里来的感情深厚啊？怕是上辈子来的吧。

"青灵，让开，我要跟高阳坐在一块儿！"王子凯走到青灵的座位前，大声地发号施令。

青灵还在闭目养神，没回话，右手微抬，移向左腰的位置——在平时，这可是拔刀杀人的动作。

高阳迅速把青灵的右手压下来，没让王子凯看到这个"警告动作"。

"走，我们坐那边去。"高阳主动起身，拉着王子凯坐到其他空座位。

两人刚一坐下，王子凯就迫不及待地跟高阳分享道："兄弟，我的麒麟臂又修炼出新能力了！"

"真的？"高阳一惊，也不知是开心还是担忧。

"我展示给你看。"王子凯握紧右拳。

"别……"

高阳没来得及阻止，只听"嚓"的一声，王子凯的右手背上长出三根锋利的骨爪。

它们长度约二十厘米，冰冷的深灰色质感，看上去锋利无比，削铁如泥。

"快、快收回去！"高阳脸都白了。

"刺"。

王子凯收回骨爪，眉飞色舞地道："我昨天试过了，钢管随便削，就跟切大葱似的！"

"厉害厉害。"高阳嘴上附和，心里却在打鼓。

这小子，体内兽的潜力发掘得越来越多，但幸好，智商还是原地踏步，希望他能一直保持，高阳可不想少个朋友、多个敌人。

殡仪馆，灵堂内。

光线暗沉，气氛凝重，大部分人的脸上都是难过与哀切。

再厉害的遗体造型师，也不可能将失去脑袋的女孩复原。

因此这次的遗体告别会上，大家见不到万思思的遗体，只能看到簇拥着白花的棺材。

棺材前方，摆着万思思的遗照，黑白照上的女孩腼腆地微笑着，大而漆黑的眼珠既温柔又羞涩。

生前的她，脾气好得不像话，总是微笑着，常常因为别人的一两句玩笑话就支支吾吾地红了脸，却从没跟谁急过眼。

一恍惚，高阳又回到老家的某间水果店。

身材纤细的女孩穿着洁白的短袖制服和绀色格子裙，双手别在腰后，身体微微前倾，认真地打量着货架中的新鲜水果，柔顺的中短发搭落在白皙的脸庞上，声音透着漫不经心的温柔。

"老板，这个樱桃甜不甜呀？"

那些美好的瞬间，永远定格成回忆。

高阳的心又痛了一下。

他侧过头，见到万思思的妈妈，中年女人的脸颊过于消瘦和憔悴，尽管化着淡妆，依然给人一种刻薄感。

女人没哭，脸上的悲伤更接近于一种麻木。

她礼貌却生疏地朝着每个吊唁的人微微鞠躬，心里不知道在想什么。

同学们献完花后，跟班主任一起听完家属的简短致辞，然后陆续离开殡仪馆，在门外集合。

高阳出来时，发现不少女同学哭红了眼睛。

也难怪，万思思善良温柔，人缘很好。谁能想到，这么好的一个女孩会忽然死掉，还是被卡车碾碎脑袋这么凄惨的死法。

牛轩跟他的两个跟班走过来。

上次冲突后，牛轩一直记恨着高阳。那天，他只记得自己喝酒喝晕了，醒来时浑身酸痛，像被人打了一顿，他怀疑高阳趁他喝醉酒后整了他，但没有证据。

万思思死的事情，牛轩刚得知时还是十分震惊和惋惜的。

但一想到高阳跟万思思是朋友，他内心又产生了一种恶毒的幸灾乐祸。

"哟，这不是阳少吗？"牛轩嬉皮笑脸。

高阳懒得理会，转身要走。

"我说你还真是天煞孤星啊！"牛轩快步跟上来，逮着高阳不放。

"前有李薇薇，后有万思思，谁跟你走得近谁倒霉，下一个该不会就是青灵了吧？"

"不过无所谓啦，我们阳少魅力大着，什么时候缺过朋友啊，正所谓旧的不去，新的不来嘛哈哈。"

高阳停下脚步，转身，看向牛轩。

牛轩浮夸的笑容僵在脸上，只一瞬间，他就被高阳凶狠的眼神给震慑住了。

有生以来，他第一次感受到如此强烈和具象的恐惧，仿佛自己再多说一句话就会立刻毙命。

荒谬！太荒谬了！

就算给高阳十个胆，他也不敢在光天化日之下杀人啊！可是为什么，为什么我的本能就是觉得他会杀了我，而且，是像捏死一只虫子那样捏死我？我到底在害怕什么？我究竟是怎么了？

"道歉。"高阳一字一顿地说。

牛轩的两个跟班冲上来："高阳，你嚣张什么……"

"闭嘴！"牛轩大喊一声，浑身颤抖，冷汗直流，哆哆嗦嗦，"对、对不起。"

"对不起谁？"

"你，还有李薇薇、万思思……我、我对不起她们，我不该开她们的玩笑，真的、真很对不起……"

高阳仍旧冷冷地盯着牛轩，三秒后，他收起了眼底的杀意。

"滚。"

牛轩打了个冷战，踉跄着后退了两步。

他如梦初醒般回过神来，不知道刚才的自己究竟怎么了。那人好像不是他，而是体内的另一个人格，或者说意志。

牛轩灰头土脸，扭身就跑，留下两个跟班尴尬地杵在原地，面面相觑。

高阳刚要转身，一个声音喊住了他。

"表弟！"

表弟？我什么时候多出一个表姐了？

高阳回头一看：果然，就知道是这个戏精。

白兔穿着森女系的浅绿色长裙，戴着复古遮阳帽，胸前挂着一个微单，看起来像是喜欢摄影的文艺女青年。

她笑容明媚："表弟，真巧啊，你在这做什么？"

"表姐？你怎么在这里？"高阳收拾好情绪，脸色自然地接过话，心里却在吐槽：白兔，这世界真的欠你一座小金人。

"哦，我来这附近拍点东西。"白兔说。

"我参加同学的追悼会。"

"呀，你的同学怎么了？"白兔故作惊讶。

"车祸。"

"太可惜了，节哀。"

附近的一些同学纷纷看过来，不少同学投来羡慕的眼神：高阳的表姐好漂亮啊，他的身边怎么尽是些美女啊。

白兔又看向人群中的青灵："小灵，你也在啊！"

青灵本想装不认识，被白兔点了名，只好表情生硬地走过来。

三人避开人群。

"兔姐，"高阳低声控诉，"以后别搞突然袭击好吗？这样真的很危险。"

"危险？"

白兔别有深意地看一眼高阳："你刚才的行为才叫危险。你的杀气太强了，牛轩有可能被你刺激得直接暴走。"

"那正好杀了他。"高阳随口说了句气话。

"黑马，别忘了组织的规定。"白兔的语气一秒变冷，"故意恫吓迷失者导致暴走再将其杀死，也算破坏规定。"

"没忘。"高阳坦言，"我刚才是很生气，但还有理智。"

"那就好。"

"你来干什么？"青灵问白兔。

"当然是正事。"白兔伸手在高阳和青灵的眼前晃了晃，"给你们变个魔术，看清楚啦。"

"当当当！"白兔的手指间，多出两枚精致的硬币，"给，一人一枚。"

高阳接过，硬币是灰白色的，光滑、冰冷、坚硬，正面刻有一个"5"，背面是一个简约的麒麟图腾。

"金乌币？"高阳猜到了。

"对，你俩这个月的工资。"白兔挑挑眉，"本来只有 3 金，另外 2 金是出符洞任务的补贴。"

高阳看着手里的硬币，一时间五味杂陈。

"怎么，嫌少？"

"呃，是有一点儿。"高阳实话实说，"吴大海动不动就花 600 金乌买个机械臂，真是没有对比，就没有伤害啊。"

白兔拍拍高阳的肩："你要知道，吴大海可是现实中的离城首富，辛苦攒了好久才攒到 2000 金。你是谁啊？现实中身价多少啊？觉醒才几天啊？知足吧你。"

在白兔的提问下，高阳顿时觉得自己能拿到 5 金就应该感恩戴德了。

顺带，高阳对柳轻盈的好感度都上来了一点儿，其实她开的价很良心了！

随便一个无关痛痒的 B 级情报，就顶他一个月工资加补贴。看来他今后要多去她的烤肉店坐坐，加深合作，多捞外快。

高阳把金乌币收好，宝贝得不行。

"好好干，升到优秀员工，每月有 8 金。到了我这个级别，每月 15 金，算上年终奖，月薪能到20金。"

"这个能买什么？"青灵问。

"多得去了，买情报，买道具，买武器，买服务，买尊严，买人命。"白兔越过青灵的肩膀，看向殡仪馆的门外，同学们集合得差不多了。

王子凯也发现了他们，乐呵呵地走过来："哟，这不是……"

"我表姐！"高阳立刻打断他。

"啊对！"王子凯赶忙改口，"表姐，你怎么在这儿啊？"

"正巧撞见，打声招呼就走。"白兔笑笑，看向高阳和青灵。

"我长话短说，今晚凌晨，南冀区废弃游乐园的鬼屋会有百川团的集市，一月一次，相当于觉醒者的跳蚤市场，你们可以去逛逛。"

"好啊。"高阳很有兴趣。

青灵兴致缺缺，有这个时间，她情愿找斗虎训练。

"青灵，一起去吗？"高阳扭头问。

青灵面无表情地拒绝："不去，浪费时间。"

追悼会结束，王子凯直接回了家，同学们则坐车返回学校，继续上课。

晚自习结束后，高阳独自来到校门口附近的漆黑小巷里，青灵已经先到了，而且换上了便装。

"哇！"高阳吓了一跳，"你这是决定去了？"

高阳刚下晚自习时，就不见了青灵的人影，还以为她直接回总部训练了，没想到她直接在老地方等他。

青灵一脸冷淡："我改变主意了，说不定能买到有助于升级的道具。"

"有道理。"

高阳迅速换上便装，戴上口罩和鸭舌帽。

两人刚走出巷口，高阳的手机响起，是黄警官打来的电话。

"下晚自习了？"黄警官问。

"刚下。"

"我今天发工资了，打算去逛逛集市。"黄警官笑道，"你跟青灵去不去？"

高阳笑了："巧啊，我们也正有此意。"

"原地别动，我来接你们。"

二十分钟后，一辆私家车出现在小巷口。

车窗降下来，身穿常服的黄警官朝他们招手。

"王子凯你也来了？"高阳倒没有很吃惊。他猜到黄警官的用意：身边带只兽，是很好的烟幕弹，大大降低暴露的风险。

"当然，这种事怎么能没有我！"王子凯豪气冲天。

"嘿嘿，阳哥，还有我呢！"胖俊坐在后车位上，有些天不见，他的肉脸是越发圆润了，气色也好了很多。

高阳跟青灵坐进后车位，高阳坐中间，青灵靠窗。

青灵塞上耳机，戴上眼罩，开始闭目养神。

"上次我们五人集体行动，还是去古家村。"胖俊很是感慨，"明明没过多久，可我感觉都是上辈子的事了。"

"主要是身份的转换。"黄警官熟稔地拿出一根烟叼在嘴里，"以前我们什么也不知道，现在是觉醒者了，还背靠大组织，视野一下开阔了。"

"啊对对对！我就是这意思！"胖俊乐呵呵地说道，"我现在再也不会担惊受怕了，每天都很踏实，干啥都有精神，有希望。"

"你的手臂怎么样？"高阳还有点担心这个。

"放心，再没失控过了！"胖俊激动地秀出自己软绵绵的肱二头肌。

一路上，大家听着音乐，东拉西扯地聊着天，很快来到目的地。

确实是个废弃的游乐园，正门紧闭，满地垃圾，旁边的商铺也都跟着关门大吉，满墙都是涂鸦。

五人下车后，从旁边的矮围墙上翻进去，很快就看到一个地图标牌，并从上面找到了鬼屋的位置。

"南冀区真的好荒凉啊，之前的牛场站那一带也是。"高阳说。

"南冀区位置偏，原本就是乡村，人很少的。"黄警官吸了口烟，慢悠悠地往前走，"十年前搞开发，在这大兴土木，愣是没搞起来，一地鸡毛，还留下好多烂尾工程。"

"果然啊，像百川团这种组织，就只能活跃在这种穷地方。"胖俊话语中满是自豪，他可是背靠十二生肖这个大组织。

"穷不穷根本不重要，百川团选这里当领地有其他原因。"黄警官笑了。

"什么原因？"胖俊求知欲旺盛。

"人少。"高阳说出了答案。

"啊！我懂了！"胖俊恍然大悟，"人少兽就少，兽少就更安全。"

"是了。"黄警官点头。

高阳默默思考，他如今已经知晓，三大组织各有自己的领地。

十二生肖的领地是繁荣的市中心大徐区，辐射区域有山青区。

这两个区面积不大，但人流量密集，能在暴露风险如此之高的地方扎稳脚跟，是一个组织硬实力的体现。

麒麟工会更不用说了，主要领地是不亚于市中心的飞扬区，辐射领地有长尧区、安梁区、北雍区，可谓占据了离城的半壁江山。

百川团人数众多，却只能蛰伏在人烟稀少的南冀区，底气确实不足。

剩下的东豫区和西荆区是自由地，它们一东一西，位置很偏，活跃着各种牛鬼神蛇的小势力，但也藏龙卧虎。

在三大组织眼中，这两个区属于危险的"流放之地"。

如果离城是一面硬币，那么四百多万的兽就是硬币的正面，四百多个人中的半数觉醒者，则是硬币的反面。

正面有正面的秩序，反面有反面的江湖。

原则上，组织对自己的领地有绝对的管辖权和治理权，对于领地上的资源——尤其是符洞这种 S 级资源，一经发现，是具备绝对的开采权。

谁要抢，那就只能靠拳头说话了。

不过，真实情况远比表面的规则复杂。组织之间的竞争十分激烈，对彼此领地之间的渗透和染指也很严重。

就比如，觉醒者们发现的第二个符洞，就在百川团的辐射领地安梁区，可惜百川团迟迟拿不到符文。

最后麒麟工会直接介入，不但符文被名正言顺地拿走——百川团只拥有每年三个月的免费租借权，就连安梁区也慢慢变成麒麟工会的辐射领地，真可谓赔了夫人又折兵。

所以百川团也学乖了，这次在牛场站一找到符洞，立刻联系了十二生肖。

"高阳，又在那闷头琢磨什么啊？"王子凯见高阳闷着脸，一把揽住他的肩膀，"大家出来玩，你要开心点啊！"

高阳暗暗吐槽：敢情你当出来玩的啊。

高阳想了想，问大家："加上我们刚找到的时空符文，已发现的符文回路一共有七块了吧？"

"是。"青灵对这方面很关注，"我们两块半，麒麟工会三块，百川团一块半。"

"具体哪几块？"高阳自己清楚，但习惯性从别人口中确认一遍。

"我想想啊。"黄警官用夹烟的手抠了抠头发，微微眯起眼睛，"我们手上的有生命、伤害和时空，不过时空是跟百川团共享。麒麟工会目前有强化、知识和神迹。百川团就一个精神符文，刚从我们手里换过去的。"

高阳很心动：麒麟工会果然是大户人家啊，符文多，还全是我的菜。

知识符文，系统的叫法是"智慧"，嗯，差不多，可以给我的"识谎者"升级。

神迹符文，则可以升级"幸运"。

经过这段时间，高阳逐渐意识到"幸运"的奇妙之处。

这个天赋乍一看没什么用，但冥冥之中总会把事情引向正向的结果，时常还会有一些意想不到的惊喜。

比如天赋"神殿"，就是突破到一定运气值才解锁的。

还有幸运值在危险情况下的增益翻倍，也是在"幸运"升到 2 级才有的。

如果能把"幸运"升到满级，不知道会出现什么情况？

想到这儿，高阳越发在意这块神迹符文了。

"我记得白兔说过，神迹符文是觉醒者发现的第一块符文，在二十年前，发现者就是麒麟工会的领袖，麒麟。"

"是。"黄警官点头。

"可是，"高阳话锋一转，"她没告诉我们是在哪儿发现的。"

"谁让我们的员工等级不够？"黄警官讪笑道，"我之前还私下问过吴大海，没想到他嘴巴也很严。"

"我也问过他，他不说。"青灵说。

青灵问都不肯说，高阳忽然对吴大海刮目相看，这小子或许没有他表现出来的那么好色。

青灵目光微转："不过，有一次我跟斗虎训练，他说漏了嘴，虽然没直接说地点，但我猜到在哪儿了。"

"在哪儿？"黄警官和高阳异口同声地问。

青灵面无表情，朝两人伸出右手："一人1个金乌币。"

高阳有点出乎意料："青灵，你认真的吗？"

"嗯。"青灵理直气壮，"我一会儿想买辅助升级的道具，可能钱不够。"

"算了，我还是老实混工龄吧，迟早会知道。"黄警官心疼钱包。

"行，你先告诉我，等我钱找开了，再给你1金。"高阳忍痛说。

"成交。"

青灵抓住高阳的手，迅速在他的手心里写下一个字：门。

高阳立刻明白了——终焉之门！

二十年前，麒麟是在终焉之门上发现的神迹符文！

说起来，终焉之门的地点也是绝密级的，绝大多数觉醒者都不知道它在哪里。

青灵收回手，高阳若有所思了一会儿，立马看向黄警官："把手给我，我告诉你在哪里，只收你0.5金！"

"成交！"黄警官两眼放光。

"还可以这样？"胖俊在一旁快听不下去了，"我们可是共患难的同伴啊，我们是家人啊，用得着这么斤斤计较吗？"

"你懂个屁！"王子凯拍了一下胖俊的脑袋，"我爸从小就跟我说，亲兄弟也要明算账，感情和钱混为一谈，最后亏钱又伤感情！"

高阳微微吃惊：这个王子凯，智商怎么忽然高了。

高阳当了一次二道贩子，把信息告诉黄警官，止损了0.5金。

废弃的游乐园比想象中的大，离鬼屋也还有一段路，大家踏着皎洁的月色，经过一片已经干涸的人工湖，继续聊回之前的话题。

"你们说，麒麟工会干吗那么宝贝这个神迹符文啊？"高阳故意问道，"就我所知，神迹天赋的觉醒者不多吧，我就没见过几个。"

高阳的"幸运"天赋，出于各种原因，至今还没告诉过任何人。

"不知道，反正斗虎说了，其他符文都能交换，就神迹符文麒麟工会怎么都不换。"黄警官走在最前头，回头看了一眼高阳，"不过嘛，现在可说不好了。"

"怎么？"高阳眼神一亮。

"我们拿到了时空符文。"青灵淡淡开口。

"没错。"

黄警官边走边说："训练时斗虎提到过，时空、元素两块符文回路的线索，在觉醒者世界的悬赏金额一骑绝尘，累计达到 5 万金乌币，而且还是麒麟工会抬起来的价，想必麒麟工会很需要这两块符文。"

"5 万！"高阳大为震惊。

"可不是，我们帮组织挣了 2.5 万金啊，这月工资加补贴才 5 金，简直没天理。"黄警官一脸的痛心疾首。

"万恶的资本！"高阳也愤愤不平。

"哇，厉害啊！"胖俊也很激动，"到时候我们拿时空符文去交换神迹符文，麒麟工会肯定会动心的，感觉我们十二生肖的排面越来越大了！"

"你是猪啊，我们又没人有神迹天赋，换来干吗？垫桌脚吗？"

王子凯居然有在认真听，忽然想到什么："对了，高阳，我的天赋是什么系啊，要用什么符文升级？"

"你的嘛，"高阳赶忙忽悠，"你可是'天命'，跳出三界外，不在五行中，你不需要符文，只需要不断自我突破。"

"真的？"王子凯喜出望外。

"真的！"其余四人异口同声，只想赶快结束这个话题。

很快大家又聊起了其他话题。

高阳心中有些犹豫：等天狗的时空天赋都升级后，要不要跟组织坦白自己其实还有幸运天赋。这样，说不动组织会为自己去跟麒麟工会交换符文。

可是，"幸运"这张底牌一旦交出去，高阳心里总有点没底。

"谁？！"

走在前头的黄警官忽然驻足，飞速拔出手枪。

前方的路口立着一间破旧的电话亭，电话亭里闪出一个鬼祟的身影。

他挡住大家的去路，并将手电筒往自己脸上照："是我，是我。"

手电筒的光线是从他的下巴往上照射，导致他脸色惨白，五官诡异，配合着一头非常阴间的紫发，堪称恐怖。

"妈呀鬼啊！"胖俊惨叫着躲到了高阳的身后。

"哈哈蜥蜴怪，来得正好！"

王子凯满脸兴奋，跃跃欲试，右手背"唰"的一下长出三根锋利的骨爪："看我把他的脑袋削下来当球踢！"

高阳连忙抓住王子凯："别冲动，是自己人。"

王子凯十分失望。

黄警官也在第一时间认出对方的脸，迅速收回枪："张伟，你在这儿鬼鬼祟祟的干什么？"

"黄牛大哥，想不到你还记得我的名字！"

张伟受宠若惊，屁颠屁颠地跑过来："我是负责把风的，这地方虽然偏，也保不准有兽闯进来。"

张伟嘿嘿笑道："上次就有两个迷失者半夜跑这来，要不是我及时把他们赶走，这俩小命都没了。"

"咦？"张伟脑袋往黄警官身后探，"斗虎先生没来吗？也是，人家是大佬，日理万机，怎么可能来逛我们这种小集市，要去也是去麒麟工会一年一度的拍卖会，那里的宝贝才是顶级啊！"

张伟的嘴跟机关枪似的，实在过于热情，几个人一时间哑口无言。

"哥们你能歇口气吗？"王子凯拧起眉头，十分不耐烦，"我脑袋都要炸了！"

"好好好。"

高阳不由得暗爽：王子凯你也有今天啊，你平日都是怎么折磨我的你忘了？

张伟对眼前的五位贵客十分客气，鞍前马后："来，鬼屋就在前头，我给你们带路啊。"

没走多久，前方出现一座规模颇大的假山，假山下面有一个入口，装潢成了阎王庙，挂着两个大红灯笼，下面立着两个蹩脚的塑料模型，分别是牛头和马面。

门外还站着一个二十几岁的年轻人，他面容青涩，但表情故作严肃，应该是百川团安排的守卫。

"这几位都是十二生肖的人，我的朋友，来逛逛。"张伟大摇大摆地走上前。

守卫一听是十二生肖，紧绷的表情立马舒展，动作也恭敬了几分："五位，里边请。"

五人走进鬼屋，没过一会儿，留在门口的年轻守卫推了一下张伟的胳膊："张伟你小子可以啊，十二生肖的人都认识！"

张伟开始吹牛："嗨，这有什么，实力排行第9的斗虎知道吗？我几天前才跟他吃过饭，感情好着呢。"

"厉害啊，伟哥！"

"小声点，低调知道吗？"

高阳走得最慢，两人的对话全听见了。他笑而不语，微微摇头。

鬼屋内灯光昏暗，墙壁上挂着一排红色的小灯泡，一闪一灭，气氛诡谲。

五人经过一个狭长的小隧洞，关口处还站着两人，一个穿职业装的年轻女性，旁边站着一个打扮乖巧斯文的小男孩。

高阳走近一看，发现都是熟人。

女人是陈萤，小男孩是小天，上次在牛场站见过。

"黑马、黄牛、青蛇，"陈萤率先叫出他们三人的江湖名号，接着看向胖俊和王子凯，"这两位是？"

"朋友。"高阳解释，"跟我们一起来逛逛。"

"欢迎。"陈萤礼貌微笑着，低头看一眼小天，"例行检查下。"

"嗯。"小天闭上眼睛，发动了"感知"天赋。

两秒后，他吃惊地睁大了漆黑的双眼，看向高阳身后的王子凯。

王子凯迎上小天的目光，不耐烦地道："看什么看，没看过帅哥啊！"

小天赶忙低头，躲在了陈萤身后。

陈萤脸色微微一变："这位，难道是……"

高阳已然明白过来，小天的"感知"可以分辨人和兽，所以负责例行检查，百川团的夜市只限于觉醒者参加。

"我朋友。"高阳赶忙抢话，"他暂时不属于任何组织。"

陈萤认真看了一眼王子凯："其实白兔提前跟我打过招呼，说今晚可能会有……贵客，没想到你真把他带来了。"

王子凯完全听不懂陈萤的言外之意，颇为得意："哎哟，我都这么低调了，没想到还是名声在外。"

陈萤尴尬地笑了笑："来，五位请。"

五人刚离开，陈萤立刻低头，对着领口处的微型对讲机命令道："十二生肖的人带来了一个迷失者，黄发、黑衣，你们派人盯紧了，千万别出事。"

高阳一行人走进鬼屋的内部，原本属于鬼屋的棚顶、塑料墙和恐怖道具全部拆除，在墙角堆砌成了一座五颜六色的垃圾山。

腾出来的空间是一个几百平方米的简陋大厅，头顶挂着几盏节能灯和几把吊扇，随处可见小货车和地摊，卖家和买家们挤在一起，差不多有七八十个人。

"那大家就各自逛逛吧。"黄警官说。

"好，半小时后在门口集合。"高阳补充。

青灵话不多说，立刻朝一个摊位走去。

"王子凯，你跟着我。"高阳有点不放心。

"胖俊，你跟着我吧。"黄警官考虑到胖俊的手臂也是个不稳定因素，还是看在身边比较好。

高阳带着王子凯粗略地逛了一圈，对夜市有了一个大致了解。

简单说就是觉醒者世界的跳蚤市场，卖的东西五花八门，取的名字也都浮夸得要死，各种风格都有。

什么迷迭香、大力金刚丸、神之右手、恶魔果实、干将莫邪、斩魄刀、通灵卷轴、影分身秘术……怎么吸引人怎么来，好像个个都是了不得的神器和宝贝。

透过现象看本质，无非就是一些常见的赋能过的药品、道具和装备，大多东西高阳都用不上，用得上的那些十二生肖都有，出任务时就可以申请使用。

不过还是能淘到一些好东西，比如有一个摊位，摊主暂时不见人，卖的东西也不多，其中一只半指作战手套，引起了高阳的注意。

手套纯黑色，手背上镶有淬炼过的乌金属薄片，刻着一个火焰图腾。

高阳伸手触碰了一下手套上的乌金属薄片，手背上的汗毛立刻竖起，那是赋能的手套跟自己的"火焰"产生了能量共振。

"老板在吗？"高阳朝四周喊了声，没见到摊主，可能是上厕所去了，或者被别的事情耽误了。

不管了，高阳心痒痒，拿起作战手套试戴了一下。

他心念一动，体内的能量立刻汇聚到五根手指上，整个过程非常轻松，发动天赋时的能量路径也更加流畅。

高阳微微点头：挺不错，在"火焰"突破 4 级之前，这手套都是很好的战力增幅装备。

他瞄了眼地摊上的物品标价牌：火焰作战手套，12 金。

"嘶。"

价格果然也挺"优美"。

高阳默默放回手套，并忍不住想到吴大海——现在跟那小子搞好关系，不知道还来不来得及。

"高阳。"

高阳回头，青灵正站在自己身后。

她理直气壮地朝高阳摊开左手："把钱给我。"

第十章

初 雪

高阳苦笑：你这态度，怎么嚣张得跟打劫一样啊。

"你是说，"高阳委婉地提醒，"要跟我借钱？"

"是，我要买个东西。"青灵语气直接。

"买什么？"

青灵朝高阳伸出右手，手腕上是一对做工精巧的细镯子，乌金属制成，上面雕刻着抽象而精妙的纹路。

"双子镯？"高阳认出了这个东西，他之前正好听吴大海聊起过这个道具。

双子镯，也叫双生镯，属于修炼增益类道具。

据说戴上它可以缩短天赋升级的时间，不过这属于玄学，对有些人有效，对有些人无效，难以证实。

"这东西市场价8金，你买贵了。"高阳说。

"小兄弟，真不贵！"一个穿花衬衫、烫着小卷发的中年大婶走过来，看样子就是这对镯子的主人了。

"我以我的人格担保，我就是戴上它，天赋不到一个月就升到4级了，我当初也是10金找别人买的，我一分钱不赚你的。"大婶十分热情地握住青灵的手，一脸讲知心话的样子，"妹子，你戴上它，我保证一个月内必升级，要是没用，你下个月再来找我，包退！"

高阳赶忙闭嘴。

"我要了。"青灵一听升级，哪里还有什么理智，两眼发光地看向高阳，"借我钱，下个月还你。"

"好吧。"高阳无奈地笑了笑，反正自己看中的火焰手套也买不起。

看青灵这架势，今天要不帮她买这对镯子，她估计得赖地上打滚撒泼……不，直接拔刀抢劫的可能性更大。

高阳从口袋掏出一枚5金乌币，抛给了青灵，青灵接住，加上自己的5金乌币，一起给大婶。

"妹子！爽快人！这笔买卖你稳赚不亏！"大婶笑得合不拢嘴，接过两枚金乌币，用小手电筒照了照，又放在嘴里用牙咬了咬，这才塞进自己的小腰包。

"妹子，我这还有别的宝贝，再看看吗？第二单我给你打八折。"大婶趁热打铁。

"我没钱了。"青灵说。

"不要紧，有看中的加个联系方式，下个月再找我！"大婶拖着青灵走了。

"兄弟你不是吧！"一旁的王子凯有点不爽，"钱就这么给她了？"

"不是给，是借。"高阳底气不足地纠正。

"瞧你这熊样，以后结婚了肯定怕老婆！"王子凯冷哼一声。

"我来了！我来了！"

身后传来一个甜美的少女声，高阳转身，只见一位造型奇特的少女急匆匆地跑回自己的小摊位。她飞快蹲下，把"营业"的小木牌立了起来。

少女戴着一顶粉色的渔夫帽、一副硕大的茶色太阳镜，披着一条像是窗帘的蓝色绸布，把自己的上半身裹得严严实实。

更奇怪的是，她露出一双纤细洁白的小腿，居然没穿鞋，光着可爱的小脚丫。

奇装异服的觉醒者，高阳也见识过不少，但眼前这种"流浪少女混搭风"，还是过于个性张扬了。

"你是老板吗？"高阳指着脚下的摊位问。

"是我的是我的。"女孩微微喘着气，说不上紧张还是激动，"你、你要买东西吗？"

高阳确实想要那副手套，奈何囊中羞涩。

"不了，随便看看。"高阳要走。

"慢着！"王子凯大手一挥，拦住高阳，脸色前所未有的严肃。

"怎么了？"高阳问。

"兄弟！"王子凯一把将高阳的头搂到自己嘴边，低声说，"我爸说过，商场如战场，狭路相逢勇者胜，绝不能轻易退缩！"

"什么？"

"你等着，看哥的！"

王子凯松开高阳，双手插袋，大摇大摆地上前两步，俯视着摊位后面的女孩："喂，你这只手套多少钱？"

少女低头看一眼标价："12金。"

"12金？"王子凯夸张地皱眉，"就这破手套？"

摊主女孩拿起手套，认真打量了一下："没破呀。"

"不是有破洞才叫破，好吗？！"王子凯蹲下来，一把夺过手套，脸色极其嫌弃，"你看这线条、这裁剪，还有这款式，都是三流！还有这小铁片，做工太糙了！这上面的图文是个什么玩意儿啊？"

女孩看了一眼，激动地说："这、这是火焰！"

"你不说我还以为是一坨粑粑呢!"王子凯中气十足,咄咄逼人,"你自己看看,像不像粑粑。"

"不像啊!"

"你再看,给我客观点!像不像三角形的粑粑,这里,像不像屎尖!"

"好像,是有一点儿……"

"就是嘛!"王子凯乘胜追击,"还有啊,我俩在这儿等半天了,你这人怎么做生意的,这服务态度也不行啊。"

"我刚刚,有点事……"

"行了行了,啥也别说了。"王子凯大手一挥,"你给个诚心价,我勉为其难买了,就当交个朋友。"

女孩有点蒙,气势不足地问:"那你,出多少呀?"

"一口价!2金!"王子凯脱口而出。

高阳下巴都惊掉了:不是,兄弟你这过分了啊!你干脆直接抢得了!

"啊?!"女孩呆住了,一时间竟然回不上话。

"怎么,不想卖?"

王子凯眉头一皱,揽着高阳就走:"走了走了,一个破手套。"

"欸等等,别走啊!"女孩急忙站起来,伸出手,"我卖!2金就2金!"

高阳以为自己听错了:不是吧,这也行?

王子凯朝高阳挤眉弄眼,一脸"不用谢"的得意。

这次,高阳认真打量起眼前的摊主女孩,开始怀疑她是不是火车站常见的那种骗子,先用低价诱惑你上钩,最后在交货时忽然给你换成假货。

"你确定卖给我?"高阳眼神警惕。

"嗯,卖给你。"女孩用力点头,一手向高阳递手套,一手朝高阳张开手指头,"给钱!"

高阳难以置信地接过手套,戴上,心念一动,没错,是真货。

"你稍等,我跟朋友借钱。"

高阳心中大喜,没想到天上真的掉馅饼了,赶紧去找黄警官江湖救急!

说曹操曹操就到,黄警官跟胖俊有说有笑地走过来。

"阳哥,选中了什么宝贝啊?"胖俊问。

"黄警官,你来得正好,快借我2金。"高阳声音中透着急切,"我淘到个好东西。"

"啊!不巧!"黄警官拍拍自己腰上的特制手枪套:"我也淘了个好东西,正好5金,全花了!"

"你……"高阳差点没晕过去,心情真是犹如坐过山车。

他扼腕,但也只能依依不舍地取下手套,还给女孩:"算了,不买了,没缘分。"

女孩愣愣地接过手套,脸上写满了失望。

高阳转身要走,心里还是很舍不得,又转过身问:"要不,你给我留个联系方式,下个月我再来找你买？"

女孩摇摇头："我，没手机，我下次，不在这儿了。"

"是吗？那算了。"高阳叹了口气，算了，这就是命。

高阳刚一转身，一旁的胖俊忽然抬起右手，狠狠一巴掌扇在王子凯的脸上。

"啪"！

那一记响亮清脆的耳光，穿透了跳蚤市场的嘈杂，顿时吸引了不少目光。

王子凯蒙了，当了这么多年的混世魔王，从来只有他打别人，哪有别人打他的，还是打脸！

他怒目圆瞪地看过去："胖俊，你小子是不是活腻……"

"啪"！

胖俊又是一耳光扇过去，这次直接把王子凯的脸扇歪了过去。

第二巴掌扇下去时，高阳本能地脖子一缩，好像那一耳光是扇在自己的脸上，看着都痛。

现场安静了两秒。

王子凯摸着自己被扇红的脸，缓缓把头摆正，眼神之中的愤怒能打死一头牛："胖俊，你很有种啊！"

"凯哥！凯哥不是……"胖俊一脸惊慌地看着自己的右手，"我不知道怎么了，右手忽然不受控制，刚真的不是我打的，我发誓！"

"你以为我会信你！"王子凯双手捏着拳头，指关节爆发出"咔嚓"声响。

"凯哥！凯哥对不起！"胖俊害怕地后退，"刚真的不是我啊，真的不是……"

"老子今天废了你！"王子凯咆哮着冲向胖俊。

"救命！救命啊！"胖俊脚底抹油，拔腿就跑。

"糟了，赶紧去看看。"黄警官一脸头疼，快步追上去。

高阳也要跟上去，一只冰凉柔软的小手忽然抓住高阳的手。

高阳转身，是摊主女孩。

"快跟我来！"摊主女孩抓着高阳掉头就跑。

"哎，等一下……"高阳想说什么，但女孩的力气比他想象中的要大。

两人像两条灵敏的热带鱼，穿过热闹的摊位和人群，一口气跑到了鬼屋外头。

"你想干什么？"高阳找到机会，甩开了她的手。

"嘿嘿……"女孩娇憨地笑起来，把那只手套递给高阳，"这个给你！"

"给我？"高阳以为自己听错了。

"嗯，你陪我去坐摩天轮，这个给你。"女孩声音雀跃，虽然戴着渔夫帽和墨镜，但可以感受到她的兴奋和期待。

高阳立刻警觉起来：这女孩太奇怪了，不对劲！

他对女孩发动"识谎者"——目标没有撒谎。

高阳又迅速进入系统，幸运点收益没有翻倍。

虽然不知道怎么回事，但高阳基本确定眼前的女孩没有撒谎，也没有敌意，整件事不是陷阱。

他看了眼女孩手中的手套，再次确认道："你真的，要把这个送我？"

"嗯嗯！"女孩激动得原地跳了跳，伸手指着不远处的摩天轮，"陪我坐摩天轮！摩天轮！"

"行。"高阳接过手套，"不准反悔啊！"

"嗯嗯！"

高阳跟女孩往摩天轮走去，女孩在前面蹦蹦跳跳，高阳心里还是有些打鼓：为了一只手套，跟一个完全不认识的人去坐摩天轮，会不会太草率了些？

"咳咳。"高阳清清嗓子，"你叫什么名字？"

"我吗？"走在前头的女孩回过头，指着自己的脸，"初雪。"

"初雪？"

高阳将觉醒者排行榜前一百名都看过一遍，他努力回忆，对"初雪"这个名字毫无印象。

"我是十二生肖的黑马。"高阳也报上自己的名号，言下之意：小姑娘别耍花招，哥也是有靠山的。

"黑马。"初雪嘀咕道，忽然很认真地说，"我不喜欢这个名字，不好听！"

高阳先是一愣，随即尴尬地笑了："其实我当初也不太想要这名字。"

主要是太嚣张了。

"是吧是吧！"

初雪转而又笑了，白皙小巧的巴掌脸藏在渔夫帽和大墨镜下，看不真切。

不一会儿，两人走到摩天轮脚下，看上去，这个摩天轮已经停摆很久了。

就算还没坏，也早断电了，根本无法启动。

"坏了。"高阳问，"还要坐吗？"

"坐！"

初雪轻轻一跃，跳上了距离地面最近的一个轿厢。她居高临下，朝高阳开心地挥手："我要去最上面！"

高阳暗暗吃惊，这女孩身手可以啊，实力绝对不弱。

得亏自己的敏捷也不低了，爬个摩天轮不在话下，就是动作嘛，暂时没办法像对方这么优雅。

高阳手脚并用，两三下爬上了轿厢。

他跟着初雪在摩天轮的铁轴上来回跳跃，很快来到了顶端的轿厢。

初雪拉开轿厢门，两人钻了进去。

轿厢不大，光线昏暗，两人面对面坐着，四目相对。

气氛与其说微妙，不如说是尴尬，至少高阳觉得很尴尬。

"你是百川团的人吧？"高阳没话找话。

"不是。"初雪回答。

"那是麒麟工会？"

"不是。"初雪摇头。

"那就是散人？"

"也不是哦。"初雪笑了笑，抱起双腿，把下巴枕在膝盖上，"我是'鬼'。"

或许是初雪说得过于轻松自然，高阳的第一反应竟然不是吃惊，而是迷惑，自己是不是听错了？

"你是什么？"

"我是'鬼'。"初雪这次笑得更开心了。

高阳愣了两秒，旋即也笑了："幸会幸会，还是第一次见到'鬼'。"

这次轮到初雪吃惊，她看向高阳："你不怕'鬼'吗？"

"怕啊。"高阳半当真半开玩笑道，"不过我的老师说，以我目前的实力，遇到'鬼'基本就是等死，我也懒得跑了。"

初雪若有所思地鼓着嘴巴，忽然笑了，露出一颗洁白的小虎牙："你的老师说得对。"

"那个，摩天轮也坐了。"高阳拉回话题，"我们的交易完成了吧？"

初雪没说话，侧头看向轿厢外的天空，微微有些出神。

高阳心想：她该不会是后悔了吧？

他不好再说什么，跟着她看向窗外。

脚下的游乐园一片荒芜，更远处的城市是零星的灯火，厚重的乌云挡住月亮，天地之间灰暗一片。

"跟电视里的摩天轮怎么不一样啊？"初雪有些失望，语气幽幽的。

"主要是游乐园没通电，没有霓虹灯，所以不好看。"高阳认真地解释。

"这样啊。"初雪的脸凑近玻璃窗，鼻尖蹭在朦胧的玻璃上。

高阳犹豫片刻：既然是交易，就应该尽量让双方满意。

显然，初雪对坐摩天轮这件事不是很满意，虽然这不是他的错，但正所谓赠人玫瑰，手有余香，举手之劳的话还是可以一试。

"你要看烟花吗？"高阳问。

"烟花？"初雪回过头，用力点头，"好啊！"

"等着啊，不过你最好先闭上眼睛。"

"好！"

高阳拉开摩天轮的轿厢门，夜晚的冷风立马灌进来。

高阳半个人探出门口，心念一动，在双手的掌心汇聚出两团能量状态极不稳定的火球，朝着头顶上空用力一抛。

"好了，睁开眼！"高阳回到位置上。

初雪睁开双眼，看向外面，两个火球正在夜幕中缓缓坠落，由于能量极不稳定，加上夜风很大，两个火球很快化为了满天的火星。

尽管不如烟花华美绚烂，却是另一番浪漫的风景。

"哇！"初雪看得出神，下意识地摘下大墨镜。

这时迎面袭来一阵劲风，掀飞了初雪的渔夫帽，一头瀑布般的银发洒落下来，柔顺的发丝在"烟火"的映照下跳跃着金色的光斑。

高阳不经意地看向初雪。

美丽精致的少女容颜，高贵华丽的银发，赤红如宝石的双眼，苍白如吸血鬼的肌肤。

猛然间，耳边响起斗虎的话："不需要描述，你们见到他们的第一眼就能认出来。虽然我不想泼冷水，但如果你们真遭遇了，就说明他们决定杀你，你其实也跑不掉了。"

等等，什么情况？眼前的女孩，不会……真的是"鬼"吧？

"烟花"缓缓消失在夜空中，初雪还看得出神。

"真好看啊。"

好一会儿，她才转头看向高阳，都没意识到自己已经卸下了伪装："还有吗？我还想看。"

高阳的笑容凝固，脸色死灰，心脏几乎要停跳了。

大脑几乎宕机了一秒。

"嗡嗡嗡"——口袋中的手机响起，高阳猛地回过神来，慢慢接起手机，是黄警官打来的。

"高阳，你去哪儿了？"

"……"

"赶紧回来！出事了！有个摊主被袭击了，现在重伤昏迷……"

"……"

"喂！你有在听吗？"

"黄警官。"高阳的声音沉重，微微颤抖，"那0.5金，不用还了。"

"你说什么？"

"叫上大家，立刻跑。"

高阳挂了电话。

高阳一抬眼，就迎上初雪的视线，她一双瑰丽如红宝石的双眼微眨，道："你怎么了？"

"你真的，是'鬼'啊。"高阳鼓起勇气问出了口，同时双手掌心暗暗汇聚能量。

"我早说了呀。"

女孩大方地点点头，一脸的率真。

"你是来……"高阳略一停顿，"杀我的？"

"不是哦，"初雪摇摇头，笑容有些羞涩，"我是来吃你的。"

> 警告！你正面临极度危险的处境。
>
> 幸运点收益增幅至5000倍。

高阳的心坠入深渊，恐惧像一条巨蟒，将他的身体死死缠绕住。

同为能让幸运收益暴增到5000倍的敌人，高阳这次面对的，不是注射药物后失控暴走的怪物，而是一个有理智有预谋的敌人。

他很清楚，自己毫无胜算，但还是要放手一搏。

就在高阳决定发动"火焰"时，几乎被恐惧淹没的理智还是极力叫停了他。

不对。

哪里不对。

想想，快想一想！

如果初雪一开始就计划要吃我，为什么系统没有察觉到危险，而是现在才察觉到危险？

难道说，初雪一开始没打算吃我，吃我的这个念头是这一刻才忽然产生的？

这种可能性当然有，但是不大。

有些精神变态的确前一秒还爱你，下一秒就想杀了你，可初雪怎么看都不像是这种类型。

那么，是否还有另一种可能？真正的危险，并不来自初雪。

就在高阳犹豫的瞬间，初雪歪头一笑："不过，我早就改变主意啦。"

高阳不敢说话。

"我决定了。"初雪满脸期待，"我要跟你做朋友！"

"朋友？"高阳难以置信。

"嗯！"初雪认真点头，"做好朋友！"

"好啊！"

高阳心中几乎在咆哮：只要你不吃我，别说朋友，做奴隶都可以！大丈夫能屈能伸！

"嗯！"初雪很开心地点点头，"答应了就不能反悔哟！"

"绝不……反悔。"

"那我们来拉钩！"初雪伸出手。

怎么你也喜欢拉钩啊？高阳努力在毫无血色的脸上挤出一丝笑容，伸出手："拉钩。"

"拉钩上吊，一百年不许变！"

初雪勾着高阳的小指头，兴奋地晃来晃去，再用大拇指按住高阳的大拇指。

高阳很担心这是某种邪恶仪式、契约或者诅咒，可高阳不敢拒绝。

拉钩结束后，高阳没感觉身体有什么变化，这似乎真的只是一个简单的拉钩。

"以后我们就是好朋友啦！"初雪开心地宣布道。

忽然，她脸色一变："糟了！姐姐来了！"

"姐姐？"高阳问。

"她来找我了！"初雪慌张地站起来，在轿厢里乱窜。

高阳恍然大悟，原来这个危险，来自她的姐姐！

"我、我必须走了！"

初雪急忙推开轿厢门，夜风再次吹乱了她的银发，月亮不知何时出现了，皎洁的光辉照亮了她纯真的脸庞。

"高阳,下次见啊。"她回过头,眼睛弯成了两道月牙。

"下次见。"

初雪一跃而下,消失在夜色中。

高阳的笑容还僵在脸上,他迅速进入系统。

5000倍的幸运增益,停止了。

他长松一口气,缓缓站起来,往轿厢下看去。

初雪不见了,只剩下一张蓝色窗帘挂在摩天轮的轮轴上,随风摆动。

"嗡嗡嗡"——口袋里的手机一直在振动着。

高阳擦了擦手心的汗水,接起电话,那边响起王子凯的咆哮声:"兄弟你在哪儿!别慌!我马上来救你!"

高阳咧着嘴,把手机拿开了点,耳膜都差点被刺破。

他苦笑道:"摩天轮,来救我吧。"

别说,他现在的腿还真有点发软。

高阳刚从摩天轮上跳下来,黄警官、青灵、王子凯三人就跑了过来。

王子凯冲在最前头,右手背上已经长出三根骨刺,一副要大干一场的模样。

"蜥蜴怪呢?"王子凯四处张望。

"跑了。"高阳说。

"算他命大!"王子凯看向高阳,"你怎么一个人跑出来了啊!"

"想贪小便宜,差点把命搭上了。"高阳深刻反省,"回头我再跟你们细说。"

"行,你没事就好。"黄警官也捏了一把冷汗。

"对了,"高阳看向黄警官,"你那边出了什么事?"

"边走边说。"黄警官把手枪插回枪套,神色严峻。

几个人往鬼屋走,一路上,黄警官简单交代了一下事情经过。

胖俊莫名其妙给了王子凯两耳光,王子凯恼羞成怒,追着胖俊在鬼屋里面乱跑,誓要剥了他的皮。

黄警官怕闹出事,追上去劝架。

三人误打误撞来到一个杂物间,发现了里面躺着一个昏迷不醒的男人。

黄警官马上叫来陈萤辨认,发现果然是百川团的人,而且是一个摊主。

黄警官找到那个摊主的位置,竟然正是之前高阳光顾的那个地摊,而高阳跟那个假摊主已经不见了。

黄警官四处找不到高阳,给他打电话,高阳那边却只让黄警官快跑。

黄警官立刻猜出了七七八八,叫上青灵、王子凯一起组织救援。

"高阳,你刚才是不是被那个假冒摊主的女孩给抓住了?"黄警官看向高阳。

"她是谁?厉害吗?"青灵也很关注。

高阳给了黄警官和青灵一个眼神,三人故意放慢脚步,让王子凯走在前面。

高阳用唇语说出一个字："鬼。"

"什么？"黄警官差点叫出声。

青灵眉头一皱，脸色冷了几分。

"已经没事了。"高阳赶忙解释，"这事回头再细说。"

四人回到鬼屋，来到内部的交易大厅。

多数摊主已经收摊了，一群人围成了一团，议论纷纷。

"让一让。"黄警官带着高阳挤进人群。

人群中间的空地上，躺着一个年轻小伙，穿格子衬衫、牛仔裤、运动鞋，旁边还有一个双肩包，看表面职业像是程序员。

胖俊蹲在一旁，双手握住他的手臂进行治疗。

他的左小手臂上有两道浅浅的伤口，看上去像是动物的咬痕。

"怎么样？"陈萤关切地问道。

胖俊不容乐观地摇摇头，语气有些迷茫："早止血了，伤口也愈合了，但是，感觉不对劲。"

"哪里不对劲？"陈萤问。

"我也说不太清。"

胖俊吞吞吐吐："他身上，尤其是他被咬伤的这只胳膊，好像有一股不属于他的能量在排斥和化解我的治疗。"

胖俊挠挠头："怎么形容呢，我的治疗像是一拳打在棉花上，反正很不对劲。"

陈萤脸上闪过一丝惊愕，她的语气有些犹豫："可能，是诅咒。"

"天啊！"

"居然是诅咒！"

"这可怎么办啊？"

身边的人纷纷议论起来。

高阳也是一惊。

11—199号序列中，确实有诅咒类的天赋，属于神迹系。

对此高阳倒是能理解。祝福与诅咒，庇佑与惩罚，原本就是一体两面，很像是高高在上的"神灵"爱干的事。

而且，神迹系的天赋也是十二天赋中数量最少的。

"必须立刻送回总部。"高阳走神间，陈萤做出决断。

她转身命令张伟："通知下去，集会立刻结束，各自回家，务必多加小心。我明天会汇报此事，之后的集会地点可能要更换。"

"明白。"张伟回答。

陈萤又看向高阳一行人。她欲言又止，似乎有不情之请。

"有什么事直说吧。"高阳主动开口。

陈萤看一眼昏迷的同伴："我现在要送他回总部，总部有人的天赋是'净化'，如果他中的是诅咒，应该可以解除。"

高阳点头，等待她的下文。

"但是，我担心路上会出状况，比如，再次遭到袭击。"

"你的担心很合理。"黄警官说。

陈萤嘴角泛起一丝苦笑："实不相瞒，2组刚牺牲，1组又不在，我希望你们可以护送我们回总部。"

高阳没有马上答应。

理论上，这个叫初雪的"鬼"，还有她未露脸的姐姐，也可能是觉醒者中的一种，因外貌特征而被称为"鬼"，她们两人如果真动了杀心，即便他们仨加上陈萤也不可能是对手。

不过以目前的情况来看，初雪对自己、对百川团都没有真正的敌意，而那个未露脸的姐姐也似乎只想找回初雪，对其他人不感兴趣。

这个顺水人情，可以利用。

高阳看向青灵和黄警官，三人眼神交汇，达成共识。

高阳面带微笑："找我们当保镖可以，但不是无偿的。"

"你们要多少钱？"陈萤心情急切，没时间拐弯抹角。

"你看这样行不行，"黄警官老练地笑道，"今天我们仨在这儿买的东西，免单。"

"没问题。"

陈萤立刻答应，能在跳蚤市场交易的东西，再贵能贵到哪儿去。百川团虽然硬实力不行，但财力可是相当雄厚的。

"不过。"陈萤话头一转，飞快地看了一眼王子凯。

高阳立刻明白过来，王子凯是兽，陈萤不可能带一只兽回基地，这太冒险了。

"咳咳。"高阳清清嗓子，"王子凯，你跟胖俊先回去。"

"为什么啊？"王子凯不理解。

"那个，因为……"高阳赶忙瞄一眼胖俊。

"哎呀，哎呀呀呀！"胖俊立马抓住手臂，"我忽然感觉，不太舒服，浑身不对劲……"

高阳换上一张严肃脸："胖俊情况不太好，你赶紧带他回去，别闹出什么事，你看他之前手臂又失控了，还打了你两耳光……"

王子凯一提这事就来气："我早说这废物不能留！"

"嘿嘿，凯哥，我知道你是刀子嘴豆腐心，肯定舍不得杀我。"胖俊赶紧跑过来拍马屁，"你可是救世主啊，救世主那不得是菩萨心肠。"

"滚滚滚！"王子凯嘴上嫌弃，上扬的眉毛和嘴角却出卖了他。

"我们都没信心控制住胖俊，只有你行。"高阳继续戴高帽，"而且当保镖这种粗活也不符合你的身份，交给我们就行。"

"行了行了。"王子凯勉为其难地挥挥手，"这事交给我。"

"你俩开我的车走，回头我再找你取车。"黄警官把车钥匙扔给王子凯。

王子凯接过钥匙，粗暴地揪着胖俊的衣服，骂骂咧咧地走了。

陈萤看着王子凯离去的背影，既惊奇又担忧："这种迷失者，我还从没见过。"

"我们也是第一次遇上。"黄警官讪笑。

"他真的，没有危险吗？"陈萤嘴唇紧抿。

"暂时没有。"黄警官说。

"还救过我们的命，"高阳笑着补充道，"不止一次。"

"好吧。"其他组织的事，陈萤一个外人也不便多管，"不能耽误了，我们马上出发。"

陈萤亲自背着昏迷的同伴，带上小天、高阳、青灵、黄警官，从游乐园的后门离开，上了路边的一辆灰色商务车。

陈萤开车，小天坐在副驾驶座，全程闭着眼睛，开启"感知"，确保附近没有敌人对他们进行跟踪和偷袭。

高阳、青灵、黄警官三人坐后车位，充当保镖。

昏迷的小伙子叫江浩，只能跟他们挤一挤了。

汽车刚发动，陈萤就从小抽屉里翻出三副眼罩，抱歉地笑了笑："三位能不能戴上眼罩？我知道这样很无礼，也不是不相信你们，只是，凡事还是按规矩来。"

"能理解。"黄警官接过眼罩，"小心驶得万年船嘛。"

高阳接过黄警官手中的眼罩："我也理解。"

青灵没接，自己从口袋掏出眼罩戴上，开始闭目养神。

三人都戴上眼罩。

车在大马路上开了一段时间，之后进入一段不太平整的小路，蝉声和蛙叫开始变大，路面也在缓缓下坡。

高阳大概判断出方位，是在南冀区最南边的郊区一带。

"好了。"二十分钟后，陈萤说话了。

高阳拉下眼罩，车子已经身处在一个很特殊的升降车库中。

车库缓缓下降，大约下降了三十米。

接着，车库前面的铁门升起，里面是一个小型停车场。

下车后，陈萤背着江浩，带大家穿过安静而昏暗的停车场，步入一个电梯，继续下降。

不一会儿，电梯门打开，眼前就是百川团的总部大厅。

大厅有几十张办公桌，按照工位有序地隔开。

办公桌上摆放着电脑、盆栽、抱枕、文件夹、书本、咖啡杯等，四周有咖啡机、饮水机、零食自动贩卖机等。

看起来，就像是一家普通的文化公司。

不过有些工位上沾着薄薄一层灰，绿植也枯萎了，一看就没怎么使用过，可能是已经阵亡人员的工位，也可能是不需要坐班的前线人员的工位。

凌晨两点，办公大厅里只剩下三个年轻人：一个埋头加班，一个在吃泡面，还有一个在玩游戏。

听到电梯门打开，他们纷纷抬起头。

"陈姐！这是怎么了？"

大家一见陈萤背着江浩，后面还跟着三个陌生人，顿时紧张起来。

陈萤一眼望去，语气焦急："沙叶人在哪儿？"

"她在休息室。"打游戏的男生立刻回答。

"小天，叫她来医疗室。"陈萤背着江浩转身就走，高阳等人跟上。

进入大厅侧面的一间医疗室，陈萤将江浩放在一台手术床上。

她看向高阳等人："谢谢三位，你们可以先去接待室休息一下。"

"没事，我们陪在这儿。"

高阳可不想错过接触其他觉醒者天赋的机会。

这时门被推开，一个三十多岁的中短发女人走进来。她大眼睛，短下巴，皮肤光洁，有着一张很显年轻的娃娃脸。

她披着白大褂，里面是职业衬衫和小脚牛仔裤，踩着一双细高跟鞋，不苟言笑，单手插袋，气质洗练，跟那张娃娃脸形成了一种冲撞感。

"他怎么了？"沙叶的声音偏中低音，非常冷静。

"江浩的手被什么东西咬了，昏迷不醒，我怀疑是诅咒。"陈萤说。

沙叶脸色一沉，迅速走到江浩身边。

她凑近江浩，掀开他的眼皮，拿出手电筒照了两秒，又把手放在他的脖子处感受他的脉搏，接着抬起他的小手臂，仔细看了一眼已经很轻微的咬痕。

沙叶转身，推开医疗室的侧门："把他抬里面来。"

陈萤将江浩抱起，往内室走。

高阳三人互看一眼，无声地跟了进去。

内室不大，四四方方，干净简洁，中间是一张六边形祭台，祭台的六个角上放置着一盏普通款式的烛台，从烛台的质感来看，应该是乌金属制造的。

高阳没问，但也能猜到，这是天赋增幅的道具。

陈萤将江浩放在祭台上，与此同时，沙叶迅速点燃了烛台上的六根蜡烛。

"保持距离。"

沙叶迅速脱掉白大褂，卷起袖口，同时提醒其他人。

大家自觉退后几步，与祭台保持距离。

沙叶深吸一口气，闭上双眼，双手合十在前胸，嘴里念念有词，接着她张开双手，轻轻放在江浩的额头上："净化。"

一时间，蜡烛的光辉似乎更加灿烂。

江浩的身体也仿佛镀上一层淡淡的白色光晕。

紧接着，六根蜡烛同时熄灭，江浩身上的"白色光晕"也消失不见。

沙叶触电般飞快地缩回双手，难以置信地看着祭台上的江浩。

江浩脸色灰白，眉头紧皱，身体轻颤，出现了呓语。

"不要，不要跟过来……离我远点……"他的声音十分虚弱，断断续续，不一会儿又昏迷过去。

"他怎么样?"陈萤急切地问道。

沙叶没急着回答,带头走出内室,轻轻关上了门。

她看向陈萤,又看向高阳:"换个地方说话。"

五人来到待客室。

沙叶给自己泡上一杯速溶咖啡,陈萤给高阳等人倒了一杯热茶。

沙叶拿着长长的小汤匙在马克杯里搅拌:"江浩身上有污秽的能量,是诅咒。"

"治好了吗?"陈萤立刻问。

沙叶摇摇头:"不知道。"

"什么意思?"

"他体内的诅咒,准确地说,是一股能量。"沙叶微微蹙眉,组织着语言,"跟觉醒者的很相似,但又有区别,非要形容的话,这股能量更加诡异和癫狂。"

"难道是兽?"陈萤吃了一惊,随即摇头,"不,兽怎么可能会诅咒。"

"那可未必。"黄警官手握一次性茶杯,持不同意见,"我们对兽的了解十分有限,说不定厉害的兽也有各种天赋。"

陈萤沉默。

"的确不排除这种可能。"高阳赶紧附和。他心里其实已经有了初步答案,只是不方便说。

江浩显然是被初雪给诅咒了,初雪现在百分百就是"鬼"。

斗虎说过,"鬼"也是觉醒者,但又跟觉醒者不一样。

无论多不一样,只要是觉醒者,必然会有天赋。

沙叶之前肯定没接触过"鬼"的天赋,因此会感到陌生。

"总之,能做的我已经做了,"沙叶轻微叹气,"接下来,就看江浩的造化了。"

陈萤眼眸低垂,面露苦色:"希望他能挺过来,我不想再失去更多的同伴了。"

沙叶捧着马克杯的手下意识地抖了下,她微微侧身,不动声色地掩盖过去。

陈萤忽然意识到自己说错了话,抬头看向沙叶:"抱歉,我不是故意的……"

"没事。"沙叶打断道,"我没那么脆弱。"

陈萤又想起什么:"对了,关于你女儿的事,想清楚了吗?"

见沙叶不说话,陈萤语气轻了一些:"不管你怎么决定,我们都会尊重。"

"我还在想。"沙叶低头,摇晃着手里的马克杯。

"好。"

黄警官看一下手机,起身道:"这里应该没我们事了,就不打扰了吧。"

"啊,好的。"陈萤立刻站起来,"今天谢谢你们三位,我这就给你们酬劳,安排人送你们离开。"

高阳和青灵也起身。

"等一下。"沙叶忽然喊住大家,抬头看向黄警官。

"还有事?"黄警官迎上沙叶的目光。

"你就是十二生肖的黄牛吧?"沙叶看向他。

"是。"黄警官点头。

"谢谢你,直到最后一秒都没有放弃老王。"沙叶的眼底闪过一丝悲伤,"虽然,他最后还是没能活下来。"

黄警官先是一怔,随即张开了嘴:"你难道是……"

"我是老王的妻子。"

空气凝固了几秒。

陈萤主动打破沉默,看向黄警官:"要不,你们仨再坐一会儿,我去守着江浩。"陈萤离开会议室。

黄警官略一犹豫,重新坐回沙发上,高阳跟青灵也跟着坐下了。

黄警官十分遗憾地说道:"沙小姐,请节哀。"

"我不需要你的安慰。"沙叶坚强地笑了笑,"还有,叫我名字就行。"

黄警官点点头,不知该说什么。

"老王在符洞经历的事,我都很清楚了。"沙叶直视黄警官,"我相信你们没有撒谎,我认识的老王,就是那样的一个人。"

"他是个好人,也是好丈夫,好父亲。"黄警官说到这儿,目光流转,"沙叶,其实我有问题想问你,可能会有点冒犯。"

"你问。"

"你跟老王既然都知道这世界有多危险,为什么还要选择生孩子?你不觉得,让孩子来到这样的世界,很残忍吗?"

沙叶不急着回答,低头看向手中的咖啡。

黄警官习惯性地掏出一根烟,但没点上:"老实说,如果我当初知道我老婆能怀孕,我肯定不会要这孩子。不过如今她已经怀上,一切又不一样了,我愿意为孩子的到来付出一切。我不知道自己讲清楚了没?"

短暂的沉默,沙叶抬头,迎上黄警官的目光。

"这个问题,我可以回答你。"

"生活越是绝望,人就越需要希望。"沙叶坦然道。

黄警官默然。

高阳和青灵也若有所思。

沙叶微微低头,目光停留在自己无名指的铂金婚戒上:"我跟老王别无选择,我们需要希望,需要救赎,需要活下去的意义。所以我们生了孩子,孩子也带给我们第二次生命。"

沙叶苦笑了下:"我知道,这很自私,很傲慢,很愚蠢。可能有一天,孩子会恨我,但我不后悔。"

黄警官摇摇头,目光中泛着一丝感动和敬佩:"谢谢你,我得到了想要的答案。"

对于沙叶这番话,高阳在理性上完全理解,但在感情上暂时还无法像黄警官一样产生共鸣。

不过既然聊到了这个话题，他正好想要问一件事。

高阳也不绕弯子，直接问："沙叶，陈萤之前跟你说女儿的事情，陈萤是不是希望她觉醒？"

沙叶坦诚地点点头："是，组织大多数人都这样希望。"

"觉醒？"黄警官很震惊，也不能理解，"孩子才多大啊！"

沙叶很平静地叙述这件事："你们也知道，百川团弱者居多，全靠抱团取暖才能有一席之地。如今2组全部牺牲，对百川团来说是一次重创，我们必须快速吸纳新人。"

"可以去外面找啊！"黄警官还是很激动，"孩子还那么小，这太不像话了！"

"没那么简单。"沙叶摇摇头，"但凡天赋靠前的觉醒者，甚至是双天赋、三天赋的强者，都被两大组织招纳了，百川团能找到的大多都是天赋排序在100以后的觉醒者。"

沙叶身体微微倾斜，声音又沉了一分："你们应该也听过那个传闻吧，升级瓶颈的事？"

黄警官和高阳面面相觑。

青灵冷冷开口："序列号100以后的天赋，只能升到4级。"

沙叶点头。

"有这事？"黄警官很吃惊，"我完全不知道。"

"训练时，听斗虎说的。"青灵说。

高阳暗想：没想到啊，跟斗虎训练还能额外打听到那么多情报。

"是的。"沙叶神色遗憾，"百川团大部分人的天赋都在100以后，他们无论怎么努力，也只能升到4级。"

高阳忽然想到自己的"识谎者"和"幸运"。

不是吧，真的只能升4级吗？

他赶忙问："这事有定论吗？"

"不能百分百保证，但是，目前你们谁见过天赋在100以后又突破5级的觉醒者？"沙叶反问。

高阳心凉了一截：好像还真没听说过。

"那也不能，不能把主意打到孩子身上啊！"黄警官把话题拉回来。

沙叶看向黄警官："我并不这样认为，如果迟早要觉醒，晚觉醒不如早觉醒。"

高阳认真思考了一下，支持沙叶的观点："我也认为，如果在大人保护的情况下，尽早觉醒是好事。"

"我赞同。"青灵是义无反顾的觉醒派。

沙叶点点头，眼底闪过一丝不忍："但我纠结的不是早觉醒和晚觉醒。"

高阳立刻反应过来："你是在纠结，要不要让女儿觉醒。"

"是啊。"

沙叶脸上出现了一丝迷茫："我有时候想，或许做个普通人，无知又幸福地过完一生更好。"

高阳犹豫片刻,决定说出自己的真实想法:"我刚觉醒时,也有过类似的想法,如果自己没有觉醒,就这么无知地过完一生该多好。"

高阳微微捏紧拳头:"但现在,我不会这样想了。"

"为什么?"沙叶问。

高阳看向四人,认真地发问道:"我们凭什么认为,没觉醒的普通人类就能安稳地过完一生?"

沙叶陷入深思。

"我们对这个世界根本一无所知。"高阳感到很无力,"谁能保证这个规则会永远持续下去?谁能保证哪天兽不会破坏规则把人类全杀了?或者,这个世界不会变成其他模样?各位,家畜在被杀之前,还以为自己永远不会被杀呢?"

现场沉默了几秒。

"他说得很对。"黄警官叹口气,点上一根烟,"事实上,我们已经见过破坏规则的兽了,在古家村符洞,一个半人用极其残忍的方式杀死了一家普通人类。"

沙叶手中的咖啡早冷了,她紧紧攥住,指关节发白。

十几秒后,沙叶抬起头,眼神变得坚定。

"谢谢你们,我已经决定了,与其把女儿的生死交给这个混蛋世界,不如让她掌握自己的命运!"

大家纷纷愣住。

沙叶不解地皱眉:"怎么,我说错了吗?"

"不是。"高阳笑了,"完全没想到,你也会飙脏话。"

沙叶自嘲地笑着摇摇头,把头发挽到耳朵后面:"今后就是孤儿寡母了,当个悍妇也好,省得被人欺负。"

高阳等待了一会儿,适时开始下一个话题:"沙叶,你打算怎么让女儿觉醒?"

沙叶愣住:"这个问题,我还没认真想过。"

"其实,我还一直没搞明白人类觉醒的条件。"高阳说出自己的困惑。

"这问题我可以回答你。"沙叶说,"我们百川团对觉醒者的觉醒方式进行过调研,样本很多,一般分为三种方式:第一种,某天忽然就领悟了天赋;第二种,忽然对这个世界产生深度怀疑,或者被觉醒者告知真相;第三种,目睹或者遭到兽的袭击。"

黄警官点点头:"我是第一种,自己先领悟了天赋,然后发展为第二种。"

"我是第二种,"青灵说,"然后没多久就领悟了天赋。"

高阳叹了口气:"我是第二种,然后发展成第三种,接着领悟了天赋。"

沙叶喝了一口咖啡:"根据我们团的研究和推测,这三种方式都只是表象,应该有一个最重要的先决条件。"

"是什么?"高阳问。

沙叶略微犹豫:"前阵子我们才发表了内部论文,麒麟工会那边基本认同,很快就会对外公布，我提前告诉你们也无妨。"

姐你就别卖关子了，说吧。高阳心情急切。

沙叶伸出一只手："普通人觉醒的先决条件应该是，跟觉醒者发生过肢体接触。"

高阳一惊：对啊，这么简单的结论，我怎么就没想到！

他看向黄警官："我接触到的人是那个精神病大哥，青灵接触的人应该是她表哥，那你呢？"

黄警官摇摇头："不知道，不过我这职业，接触奇奇怪怪的人太多，无意间碰到觉醒者的可能性很大。"

"这样就说得通了。"高阳低头沉思，忽然又看向大家，"我还有一个问题，那这世界的第一个觉醒者，是怎么觉醒的？"

沙叶摇头。

黄警官无奈地笑了："你也太心急了，你觉醒才多久啊，就老想着要搞清楚一切。怎么，你是急着完成绩效的救世主吗？"

高阳不好意思地笑了笑："我就这毛病。"

"我当年也跟你一样，各种作死。"黄警官咂咂嘴，"我是走了狗屎运，遇见了姜爷，不然现在坟头草都两米高了。"

沙叶不知道姜爷是何方神圣，但大概能听明白黄警官的话，她点头表示赞同："这世界有太多谜团，在我们能力之外的真相，晚一点儿知道或许更安全。"

高阳明白黄警官是关心自己，于是点点头，不再说话。

"砰"，门被推开，陈萤焦急地冲进来："快过来！江浩醒了！"

一行人迅速离开待客室，穿过办公大厅，前往医疗室。

江浩半靠在一张病床上，脸色发灰，神态虚弱，眼睛刻满了恐惧过后的惊慌与不安，身体止不住地颤抖。

大家围到江浩的病床旁，陈萤把手放在他的肩上，声音十分关切："江浩，你现在感觉怎么样？"

江浩眨眨眼，气息不稳："浑身、浑身难受，想吐又吐不出……"

"如果你想休息，我可以晚点再找你谈话。"

江浩摇摇头："陈姐，你问……我不要紧。"

陈萤点点头："江浩，你还记得是谁袭击了你吗？"

江浩慢慢点头："我记得，是一只猫。"

难道又是那只白猫？！

高阳的心立刻提到了嗓子眼，他歪过头，黄警官跟青灵已经朝他看过来，三人很默契地没有提起。

"猫？"沙叶皱起眉，"是兽的一种吗？"

"我不、不知道。"江浩略微艰难地蠕动着喉咙，"一只白猫，绿眼睛，很漂亮，不知道是什么品种。它躲在仓库，我还以为、以为，是谁的宠物……"

"慢点说。"陈萤耐心安抚道。

"它忽然扑过来，咬了我的手，很痛……"江浩说，"然后，我就没有知觉了。"

"你之前是不是做噩梦了？"高阳立刻问。

"是的，我梦见好多人，没有面孔的人，他们追我，在一个、一个很长的隧道里，我很害怕，不停地跑，不停地跑……终于，醒了过来。"

高阳沉吟，跟胖俊梦到的情况有些类似。

胖俊是梦见自己在地铁里，挤满了人，大家疯狂地伸手摸他。

高阳不会解梦，不过这两个梦，都给他一种压抑、逼仄的感觉。

高阳本以为，袭击江浩的是初雪，可没想到，竟然是那只白猫。

难道白猫跟初雪是一伙的？还是说白猫原本是一种兽，被初雪驯服成了自己的宠物？

或者还有其他可能吗？

高阳觉得自己好像错过了什么，但一时想不清楚。

直觉告诉高阳，这件事不能再隐瞒，必须立刻告诉黄警官和青灵。

接下来，沙叶又问了江浩一些身体状态方面的问题，确认他基本脱离危险。

"江浩，你先好好休息，如果还想起什么，随时叫我。"陈萤暂时问不出更多信息，起身了。

大家离开病房，回到休息室。

高阳思虑重重，青灵满不在乎，黄警官则在一旁叮嘱陈萤："实不相瞒，这白猫我们之前也遭遇过，是敌是友还不好说，具体细节我不方便说，如果你信得过我，接下来就按照我说的做。"

"请说。"陈萤严肃对待。

"先把江浩严格隔离起来，至少观察半个月。"

"就这样？"沙叶皱眉。

"江浩被咬的手臂，可能会出现异化，当然，也不排除他整个人都会异化，总之，你们要有心理准备，也要有应对准备。"

"异化？"陈萤不太明白。

"比如变形、不受控制、攻击身边的人，这种异化可能会慢慢趋于稳定，江浩从此跟它共存。"黄警官顿了顿，继续说，"但我不保证情况一定顺利，如果变糟了，你们可以自行决定江浩的命运。"

陈萤听懂黄警官委婉的暗示，脸色变得沉重。

片刻后，她点点头："谢谢，我明白了。"

"时候不早了，我明天还得上班，这两位也还得上课。"黄警官的眉间显出一丝疲态，"我们就不久留了。"

"好，再次感谢。"陈萤微微鞠了一躬，"我这就送三位离开。"

高阳犹豫了一下，提醒道："那个……报销的事……"

"哦对，不好意思，请跟我来。"陈萤抱歉地笑笑，这种小事她差点就忘了。

不过陈萤是真没想到，十二生肖这么厉害的组织，成员竟然这么穷，为了几个金乌市紧张成了这样,看来家家有本难念的经啊。

三人离开百川团,回到山青区,天刚刚亮。

黄警官带两人来到一家老粉馆,叫"六聋子牛肉粉"。

老板是个略微谢顶的中年大叔,满脸的福气,油光满面,笑容亲和,是黄警官鉴定过的温和迷失者。

"三位,请慢用!"他端着三碗加煎蛋的牛肉粉上桌了,看了一眼高阳和青灵,"老黄,这两个孩子犯什么事啦?"

"半夜跑到网吧,被我给逮着了。这不,教育几句,给送回学校去。"黄警官撒谎真是信手拈来。

老板乐呵呵地笑道:"你俩今后好好学习,等上大学了再玩听到没?"

高阳和青灵尴尬地点了点头。

三人饿坏了,掰开筷子,狼吞虎咽。

高阳吃了几口粉,空荡荡的胃里暖和了起来。

他决定把白猫和初雪的事和盘托出。

红疯的事还能先不管,毕竟是他一个人的事,但白猫的事,跟黄警官和青灵也算是扯上了关系,当初张大爷变异那晚,他们三人的战斗,白猫可是尽收眼底。

"昨晚在游乐园……"

"对,差点忘了。"黄警官埋头吃粉,"这事你还没跟我们说。"

"你们最好有个心理准备,我一旦说了,就是拉你们下水了。"

青灵面无表情,抓着醋壶往碗里倒,一脸的虔诚。

高阳早发现了,青灵吃东西时,表情总是相当虔诚。

"说吧,我们都是生死之交了,还分什么彼此。"黄警官又吃了一口粉。

"我昨晚遇见了……'鬼'。"

黄警官一口粉喷出去,接着拼命咳嗽:"咳咳,咳咳咳咳……"

青灵放下筷子,端起一杯水递给黄警官,黄警官接过,仰头慢慢喝完。

他回归平静,脸色介于惊讶和悔恨之间,声音也压低了点:"高阳,你说的'鬼',是我理解的那个'鬼'吗?"

高阳点点头。

黄警官骂了句脏话:"我现在当没听见还来得及吗?"

"来不及了。"高阳苦笑,"而且我怀疑,那个'鬼'跟那只白猫,是一伙的。"

黄警官脸色一沉,筷子一摔:"不吃了。"

他熟稔地掏出一根烟,点燃,抽了两口。

青灵慢慢吃着粉,虽然没发表看法,但也陷入了思考。

几分钟后,高阳讲完了跟初雪发生的事。

黄警官抽完了一根烟,把烟屁股摁灭在玻璃烟灰缸:"我之前怎么说来着,你小子太危险了,跟你走得近,迟早要完。"

"对不起。"高阳抱歉地笑笑,"我也不想。"

"高阳，我随口抱怨几句，你还真给我见外了。"黄警官苦笑道，"张大爷、古家村、牛场站，一路走来，我们的脑袋早就别在对方的裤腰带上，这事你应该早点跟我们说啊！"

"下不为例。"青灵说话了。

高阳心头一暖，点头："好。"

"接下来要怎么办？"黄警官情绪平复下来后，又端着碗重新吃起来，"你小子我很了解，既然你决定说了，肯定想好下一步了。"

高阳看着碗里的粉："其实，我也挺蒙。但我直觉，这只白猫也好，初雪也好，对我们没有敌意，至少，暂时没有。"

青灵又往碗里倒了一点儿醋："她想杀我们，早动手了。"

"是。"高阳点头。

"但她肯定有什么目的，现在不动手，不代表以后不动手。"黄警官别有深意地看了一眼高阳，"说不定人家想把你养肥了再吃。"

"有这种可能。"高阳微微舔了下嘴唇，"我目前，有两个方案。"

高阳陆续伸出两根手指："方案一，立刻寻求十二生肖保护；方案二，静观其变。"

"我选二。"黄警官和青灵几乎异口同声。

高阳有些意外："你们这么不信任组织？"

"还不能完全信任。"黄警官直言道，"另一方面，这个方案很不现实。我们总不能一直躲在千禧楼的基地不见人吧？况且十二生肖凭什么要动员所有人保护我们？以大局为重，踢掉我们反而更有可能。"

青灵点点头，基本同意黄警官的看法。

高阳无奈地笑了："其实，我也倾向方案二。"

他喝了一口水，轻轻捏着一次性水杯的杯口："我认为，在初雪暴露她真实的目的之前，应该不会对我们动手，否则她早做了。但如果我们急于表现出明显的反抗，反而可能激怒她，甚至是她背后的鬼团，所以不如静观其变。"

青灵点头，朴实地计算道："一个'鬼'等于一个斗虎，我们还打不过斗虎，所以也打不过'鬼'。"

"说好听点是静观其变，"黄警官无奈地咂嘴，"说难听点，就是坐以待毙。"

"你有更好的办法？"青灵问。

"有个屁。"黄警官笑容惨淡，"我现在每天睡觉前都会祈祷，希望自己明天还能睁开眼睛，希望我能撑到孩子出生。"

"变强吧。"高阳说。

黄警官跟青灵微微一怔。

"变强吧。"高阳又说了一遍。

他下定了决心，事实上，将写有"英xiong"的字条重新埋入银杏树下的那一刻，他就下定了决心。

"不管鬼团有什么目的，在这之前，我们必须尽快变强。这样，在组织的地位才会提高，自身的生存率也能提高。"

"没异议。"青灵说。

"只能这样了。"黄警官大口吃完剩下的粉，抽出两张纸将嘴一抹，"今晚我就去找斗虎训练，不能再摸鱼了。"

"早就该这样。"一聊到变强的话题，青灵可就来劲了。

离开粉店，三人分道扬镳。

黄警官回警局，高阳跟青灵回学校。

早自习，班主任走进教室语重心长地谈了一次话，离考试不到一个月时间了，这是最后的冲刺阶段，让大家一定不能懈怠。

一通发言后，他单独把高阳和青灵叫去办公室。

两人近来旷课有点多，且班里有同学在传，说两人都是一起出去玩的，班主任对此十分忧心，可没有证据，也不好明着指责。

青灵是短跑特长生，拿过不少比赛名次，未来上个好学校没问题，而且她性格倨傲，有恃无恐，班主任的话就没怎么听进去过。

至于高阳，本来是个乖学生，可最近他父亲出了车祸，班里又接连死了两位同学，其中李薇薇还是高阳的青梅竹马，班主任怕高阳的心理上出问题，也不敢说重话。

班主任不痛不痒地说了几句，便放两人走了。

青灵和高阳走出办公室，一起回教室。

青灵走在前头，不动声色地说："中午集合不去天台了，换实验室。"

"我们暴露了？"高阳一惊。

"不，太热了，青翎怕晒黑。"青灵说完加快脚步，率先回了教室。

高阳心想也对，五月份了，天气越来越热，太阳越来越毒。虽然青灵不在乎，但妹妹青翎只是个普通女孩，在意肤色合情合理。

上午，无事发生。

中午，高阳去食堂吃了饭，然后悄悄来到实验楼的后面，抬头一看，二楼最左边的一间实验室的窗户果然打开了一扇。

高阳左右看看，确认四周没人，并且避开了监控，一个冲刺加两段跳跃，轻松攀爬到了二楼的窗户后，跳了进去。

实验室拉着厚窗帘，没有开灯，昏暗阴凉。

"这里。"

房间尽头传来青灵的声音。

高阳穿过实验桌，来到一个装实验器材的铁箱后面，那里是一个几平方米的小天地，青灵双腿并拢，坐在地上，在吃一个奶油面包，旁边还放着一瓶纯牛奶。

"你中午就吃这个？"高阳问。

答案显而易见，青灵懒得回答。

高阳忽然想起，青灵父母双亡，目前寄住在姑姑家，姑姑给青灵的生活费很少。从青灵对食物的虔诚程度，他看得出她平日里的伙食不怎么好。

每天吃这些没营养的食物，还能长出这么健美的身材，也只能强行用她觉醒得早来解释了。

高阳在青灵的对面坐下，简短地汇报最近发生的事情，生活、学习，等等。

在学校的时候，每隔两三天，两人就会这样交流，一起复盘，以防止可能暴露的风险。

青灵听完高阳的汇报，也吃完了面包。

此刻她就像是批阅作业的老师，一边咬着吸管喝牛奶，一边凝神思考，最后点点头："没问题。"

"你要不要也跟我汇报一下？"高阳问。

"不用，我比你小心，不会出问题。"青灵很自信。

高阳点点头。他是信任她的，她独自生活了那么多年，如果不是足够小心，肯定活不下来。

没什么事了，高阳也不打算马上离开，正好还要办点事。

他闭上了眼睛。

  进入系统。

问你件事，序列号 100 以后的天赋，是不是只能升到 4 级？

  你暂时没有知悉权。

那我的"幸运"，能升多少级？

  你暂时没有知悉权。

小气鬼，喝凉水！

还有一个问题，我的"幸运"为什么还没升到 3 级？不是说从 4 级开始才需要符文回路吗？

  此天赋机制特殊，升级方法不同。

那要怎么升级？

  你暂时没有知悉权，请自行探索。

垃圾系统。算了，看一下属性版面。

  体力：60。

  耐力：62。

  力量：217。

  敏捷：259。

  精神：309。

  魅力：97。

  运气：132。

  目前累计 121 个幸运点。

从牛场站的符洞离开，刚好过去两天，多了 48 个幸运点。

昨天凌晨跟初雪在摩天轮上，经历了不到一分钟的 5000 倍幸运点收益，算下来差不多是 70 多点。

虽然当时他都快吓傻了，可现在回过头来看，那一分钟竟然相当于普通的三天时间，简直是暴利啊！早知如此，当时他应该留初雪在摩天轮里再坐一会儿。

等等，你在想什么啊！那可是货真价实的杀意，再耽误下去，自己肯定死在"5000 倍主人"的手中了，以后绝不能有这种侥幸心理，切记不能"贪"。你惦记着人家的利息，人家可是惦记着你的本金！

系统，给我平均分配到体力和耐力。

是。

须臾间，高阳感觉到一股暖流在身体中融化、晕开，他的心跳更加强健有力，浑身的能量流动也更加稳固、均匀、和谐。

他微微张嘴，呼出一口气。

退出系统。

高阳睁开双眼，眼前是一张脸。

青灵正以一个爬行的姿态凑过来。

"你、你干吗？"高阳一时间有些紧张。

"你刚在干什么？"青灵一双眼睛咄咄逼人地盯着高阳。

"闭目养神啊。"

"你在撒谎。"青灵皱着眉头，慢慢退开身体，一脸的不信任。

沉默片刻，青灵忽然抬起头，目光锐利："高阳，别以为我不知道你在做什么。"

糟了，该不会被青灵发现了吧？还是说，青灵其实也有系统？这种可能性不是没有。

高阳分不清她是在试探，还是她真的知道，发动"识谎者"测一下吧。

"青灵，你真的知道我在做什么吗？"

"知道。"

没有撒谎。

高阳猛地一惊！青灵也有系统？

"你……"出于谨慎，高阳思考着措辞，"也有那东西？"

青灵皱眉："什么东西？"

高阳一愣："等等，你不是知道我在做什么吗？"

青灵厌烦了高阳打哑谜："我知道你在修炼，但我不知道你说的东西是什么。"

高阳虚惊一场，原来自己误会了啊。

"那个，你稍等一下。"高阳再次闭上双眼。

进入系统。

系统，为什么我的"识谎者"出错了！

没有出错。

什么意思？你的本质就是帮助我修炼，所以青灵没有说错？

我就是我。

那我的"识谎者"就是出错了啊！

没有出错。

等等，等等。我好像明白了，从青灵的角度来说，她坚信我在修炼，她回答"知道"，她并没有撒谎。

是。

等一下，其实我之前就想过一个问题，我能对自己测谎吗？

比如我说"我今天很安全"，测试结果是"撒谎"，那就说明我今天有危险，我可以用这一招来占卜。

测试不成立。

识谎者只能侦测到目标是否心口不一，并不能用来占卜，测试结果跟客观事实没有必然关系。

好吧，我彻底懂了。哪怕一个神经病说自己是神，只要他真心这么认为，我测谎的结果也是他没撒谎。

是。

呵，这个天赋排名靠后，果然有原因的。

先这样。

退出系统。

高阳睁开双眼，青灵一脸不爽地盯着他："你刚又在修炼了？"

"没有，闭目养神。"高阳微笑。

"你最近根本没训练，却变强了不少，这怎么解释？"青灵不肯作罢。

"我天赋升级了啊。"高阳糊弄道，"天赋升级后，人也会变强。"

青灵双眼闪过一丝冷光，一把抓住高阳的手，忽然发力。

"啊！"高阳的手指传来一阵剧痛，几乎要被她捏骨折。

他深吸一口气，暗暗发力，抵挡青灵的握力，避免自己受伤。

青灵盯着高阳的双眼："'复制''火焰''识谎者'，这些天赋不可能增强你的力量和速度，最好的例子就是吴大海，他的'雷电'很强，可其他方面都很弱。但你不一样，你的力量、速度、体格都增强了，这一定是偷偷修炼的结果。"

高阳有点委屈：这是因为我加了其他属性点啊，可我不能告诉你我有系统，说了你也未必会信。

"可以松手了吗？"高阳十分为难。

"不。"青灵的脸上闪过一丝不易察觉的任性，像是小孩子赌气，"你不说实话，别想我松手。"

"好，我说，我说。"

青灵松开了手。

高阳叹了口气，甩了甩被捏麻的手，将计就计道："实不相瞒，我确实在修炼。"

"修炼方法告诉我。"青灵两眼放光。

高阳一时无语：青灵啊青灵，你真是练级狂魔啊。

"青灵，没那么简单。"高阳开始了掰扯大法，"每个人变强的方法不一样，我适合修炼，你适合训练，没必要强求。"

"我都要。"青灵理直气壮，"这样的话，我休息时间也可以修炼。"

"我觉得，你还是别抱什么希望。"

"试了才知道。"青灵很坚持。

"好吧，那我传授给你一套修炼心法。"

高阳无奈，决定把忽悠王子凯的"修炼心法"告诉青灵，她试几次，没效果，自然就会放弃了。

"听好了：道可道，非常道；名可名，非常名……"

"这不是《道德经》吗？"青灵皱眉。

我去！你不是从来不学习的体育生吗？居然也知道这个？

果然，只有王子凯那个憨憨才能随便忽悠。

"咳咳，没错，你继续听，后面就不一样了。"高阳没辙，只能临场发挥瞎改编了，老子先生，多有得罪。

"无名，太荒之始，有名，万象之祖……"

青灵得到高阳传授的"修炼心法"，一整个下午都异常安静。

无论是上课还是下课，她都坐在座位上，虽然为了不引人注意，她的眼睛没有闭上，但基本目中空无一物，非常努力地在进入"修炼"状态。

高阳心里有些愧疚，但也只能如此。

晚自习结束后，高阳收到白兔的加密短信，让他立刻去一趟本部。

青灵每晚都会去找斗虎训练，两人在无人的巷口集合，各自换上便服。

"修炼有用吗？"高阳故意问。

青灵把校服塞进书包，如实回答："没用。"

"我说了，每个人的修炼方式不一样。"

"还是跟斗虎打架适合我。"青灵说。

"嗯，其实我这套修炼方法跟你的训练是相冲突的。"高阳赶忙顺着她的话往下说，"如果你用了我的修炼方法，再找斗虎训练只会事倍功半。"

青灵所有所思地点点头，似乎接受了这个事实。

两人一同前往千禧大楼的负六层，青灵直接去了虎门。

高阳去了猴门，猴门里主要是休闲娱乐的地方，除各种游戏室外，还配有电影院。

白兔让高阳直接去电影院，具体什么事情，她没说。

高阳推开电影院的门，本以为会是家庭影院，没想到还真是一家复古的小型电影院，大幕布，斜坡观众席，头顶的小房间里摆着胶片放映机，一束光照从小窗口投射到大荧幕上。

正在播放的电影是一部动画片，很老的电影了。

他小时候看过，故事说的是猴王桀骜不驯，不屈服天庭的淫威，挥舞金箍棒大闹天宫，把天兵天将们打得落花流水，最后回到花果山，跟猴儿们过上了自由自在的生活。

"黑马，来这里。"

高阳正看着荧幕上的电影画面出神，一听声音，惊了一下，竟然是龙！

观众席的角落，龙还穿着上次见面时那套居家的衣服，头发披散着。他蜷缩着双腿，坐在观众席的角落位置，脸庞柔和，异瞳美丽，雌雄莫辨。

高阳立刻走过去。

"来，坐。"

高阳在龙的身旁坐下，有些拘谨，内心深处还带着一点儿惧意。哪怕龙是自己人，但过于强大的存在，本身就会让人产生敬畏。

"不好意思，这么晚了还把你叫过来。"龙声音温柔，语气并不见外。

"没事，不过队长，我还以为你已经冬眠了。"高阳说。

"这么盼着我回棺材里啊？"龙心情不错，开着玩笑。

"没有没有，因为内奸的事已经处理完了，感觉队长时间很宝贵，应该留着处理更重要的事。"高阳一半真心话一半拍马屁。

这时电影进入高潮，猴王逃出太上老君的炼丹炉，炼就一双火眼金睛，开始大闹四方。

龙微微仰头，看得入神，一时间忘了答话。

鲜亮的色彩在他的脸上流动着，他的异瞳美丽得近乎妖冶，然而眼底又藏着某种孩童般的纯真。

终于，龙回过神来，朝高阳笑了笑："这电影我看了很多遍，还是很喜欢。"

高阳点点头，小时候，他的偶像也是齐天大圣。

"不过，我有个朋友，不喜欢这部电影。"龙的眼中闪过一丝伤感。

"他说，既然结局是回花果山，那为何还要折腾这么一番，一开始就待在花果山不就行了。"

高阳静静听着。

"你呢？"龙忽然问。

"什么？"高阳没懂。

"如果你是齐天大圣，你会去大闹天宫吗？"

高阳微微凝神，呼吸放缓。

他不傻，龙才没有闲情雅致跟人讨论电影。眼下这个问题非常重要，如果自己答错，一定会影响到龙对自己的看法，甚至会影响到接下来自己的命运。

可该死的是，他又没有读心术，根本不知道龙是怎么想的。

要不要试着反问龙，再发动"识谎者"来套话？不，不行，这种拙劣的做法无异于侮辱龙的智商，简直作死。

既然如此，以不变应万变，实话实说。

"会。"高阳说。

龙脸眼神沉静，没有表情，看不出是赞同还是反对。

片刻后，龙淡淡地问："为什么？"

为什么？

高阳也试着问自己：为什么？因为看不惯天庭的傲慢与狂妄？因为忍受不了自己被人压迫和看轻？因为心中一腔热血要向世界证明什么？

都是，但，不仅于此。

对高阳而言，还有最重要的，几乎是来自灵魂深处的本能的欲望与呐喊。

"因为天庭在那儿。"

高阳回答。

龙还是没有说话，眼底掠过一丝光泽。

片刻后，龙笑了："白兔没骗我，或许，我们真的是一种人。"

高阳的心情有些复杂，他试着问道："队长，你这算夸我吗？"

"跟我像，可不是什么好事啊。"龙有些落寞地笑了。

短暂的沉默，龙轻声开口了："黑马，自从你加入组织，我们在一个月内拿到两块符文，这在之前是前所未有的事，你简直是组织的福星。"

"哪里，我就是单纯的运气好。"高阳谦虚地道。

"运气也是实力的一部分，而且是相当重要的一部分。"龙说。

"那倒也是。"高阳承认。

"七块符文了，暗流更加汹涌了。"龙的声音透着淡淡的担忧，"接下来的路，只会越来越难走。"

高阳点头。

"黑马，我冬眠之前，要交给你一个任务。"

"我吗？"高阳说。

"对，这任务，我直接交给你。"

"斗虎也不知道？"高阳吃惊。

"我没告诉他。"龙胸有成竹地笑了，"不过以我对他的了解，他应该会在不自觉中参与进来。"

厉害，这难道就是传说中的算无遗策？

"队长，以我现在的能力，恐怕没法胜任。"高阳说。

龙目光真诚："对你来说是很危险，但再没有比你更合适的人选了；而且你要明白，这世上的任何事，都不会等你准备好了再发生。"

高阳脸上不动声色，内心却在咆哮：开什么玩笑啊！龙你可是大佬啊！你策划的任务至少是 S 级的！我是谁？我才觉醒一个月，现在战斗力撑死到 B 级吧？你把 S 级任务交给一个 B 级的小弟，你是认真的吗？

"我不会强迫你，我可以先告诉你任务是什么，你再决定是否接受。"龙说。

"好。"

"接下来，继续做好自己。"龙说。

"就这样？"高阳吃惊。

"这只是第一步。"龙笑笑，"时机成熟时，任务自然会找上你。"

"可我不知道任务是什么啊？"

"我会给你一个暗号，当这个暗号出现，你会立刻明白。那时，你再决定接受或是拒绝。"

好神秘啊，不愧是龙策划的任务。

高阳点点头："好。"

随后，他又鼓起勇气问道："队长，如果我接受了任务并且顺利完成，是否有奖励？"

"当然啊。"龙笑了。

"那太好了。"

"你想要什么奖励？"龙问。

"我暂时还没想好。"

"这样吧，在我能力范围内，且不违背我自身原则的前提下，我可以答应你任意一件事。"

"好，成交。"高阳点头，虽然这个承诺有点空泛，但以龙的能力，满足自己现阶段的某些愿望还是绰绰有余的。

"伸手，给你暗号。"龙说。

高阳伸出手，龙轻轻在他手心写下了四个字。

凌晨，高阳回家，妈妈和妹妹已经睡了。

高阳轻手轻脚地穿过客厅，关上卧室门，走到书架上，翻出一本名叫《囚徒健身》的工具书。

书中干货满满，教人如何在狭小的空间独自锻炼，也能强身健体，甚至达到去健身房锻炼的效果。

这本书是高阳觉醒之前买的，有一段时间，他觉得自己过于瘦弱，想要锻炼一下，增强体魄，结果买回家翻了两页就放在书架上吃灰了。

现在正好可以捡起来，虽然单纯靠提高属性点也能变强，但锻炼也很重要，高阳决定双管齐下。

初雪和白猫的存在，像一把达摩克利斯之剑悬在头顶，随时会落下。

今晚，龙又给高阳下达了神秘任务，今后只怕是危险重重。

而且不知何时起，青灵变强的决心和毅力也感染到了他，没有系统的她都这么努力，自己还有什么理由偷懒。

高阳换上运动背心和短裤，拿出瑜伽垫，做了一套简单的热身运动，然后从单手俯卧撑练起。

觉醒之前的高阳，单手俯卧撑一个也做不了，现在他一口气做了一组，气都没怎么喘。

高阳换一只手，做下一组。

一边锻炼，一边思考事情，不知不觉，一个钟头过去，高阳做完中等难度的十二套动作，每个动作重复十组，终于大汗淋漓。

他去浴室冲了个温水澡，换上睡衣，回房睡下。

明天是周六，也是端午节，学校放假一天。

高阳睡了个懒觉。

上午九点，妹妹高欣欣推开高阳的房门："大懒虫！起床了！"

高阳睁开双眼，立刻清醒，不过他还是假装没睡够的样子，双腿夹着空调被，在床上懒懒地翻了个身。

"起床！快起床！"妹妹冲上来，用脚踢高阳的背。

"唔……"高阳尽情表演着，"再让我睡会儿，十分钟，不，五分钟……"

"别睡了！赶紧起床！"

妹妹双手抱着高阳的一只胳膊，吃力地把高阳拽起来。

高阳一边揉眼睛，一边看向妹妹。

高欣欣婴儿肥的小脸上气鼓鼓的，指着床下的一个透明塑料袋，袋里是种有茉莉花的小盆栽："刚快递员来了，有人送花给你！"

"我？"高阳微微吃惊。

"对！谁送的？"

高阳下床，提起盆栽，发现里面还有一张小卡片。高阳拿出卡片，打开，是四个优美秀逸的手写字：端午安康。

高阳立马合上卡片："哦，一个朋友。"

"朋友？"妹妹很不爽，"什么朋友感情这么好啊，端午节还要送花？"

"这你就别管了。"高阳揉了揉妹妹的头，起身把盆栽拿出来，摆在书桌上。

"这个朋友肯定是女的吧！你信不信我告诉妈……"妹妹话到一半，忽然大叫一声，"哇！老哥，你、你、你……"

"又怎么啦？"高阳假装不耐烦地挠着头发，"一大早的吵个没停。"

"你居然有肌肉了！"

高阳低头一看，睡衣有一边系在睡裤里，露出一截小腹，隐约可见腹肌的轮廓。

"哼哼！"高阳把衣服拉下来，十分得意，"哥最近在锻炼，效果不错吧。"

"又是收花，又是练身材……"妹妹大手一指，"哥，你果然交女朋友了！"

"没有！"高阳翻白眼，"我说了，现在不会交女朋友，以后交女朋友了我会告诉你。"

"我不信！你这个骗子！"

"爱信不信。"

兄妹俩拌着嘴，一起走出房间。

妈妈今天的精神不错，穿着漂亮的素色长裙，化着淡妆，端庄优雅。

不是高阳王婆卖瓜自卖自夸，妈妈是真的显年轻，单独跟高欣欣出去逛街，甚至有人把她们认成是姐妹。

"厨房里热了早餐，赶紧吃点，一会就出发了。"妈妈对着墙镜整理头发，催促道。

今天是接爸爸出院的日子。

"哦，好。"高阳走到厨房，拿起一个咸菜包子叼在了嘴里。

一小时后，高阳一家人来到医院，给爸爸办理出院手续。

爸爸天性乐观，虽然下半辈子大概要坐轮椅了，但他并没有沮丧太久，很快就接受并适应。

高阳推着爸爸的轮椅，一家人有说有笑地走出医院大厅。

来到马路边，高欣欣拦下一辆出租车。

高阳把爸爸背进后车位，再把轮椅折叠好，放进后备厢，动作干净利落，毫不拖泥带水。

上车后，爸爸对高阳赞赏有加。

"我们阳阳真是越来越有男子气概了！"爸爸用力拍拍高阳的肩，"瞧瞧，这身板比以前结实多了！"

"那当然。"妈妈坐在副驾驶座，欣慰地笑着，"儿子现在可是家里的顶梁柱，都变成男子汉了。"

四人刚进家门，又迎来一个大惊喜。

奶奶居然回家了，正坐在沙发上看电视。

"奶奶！"

高欣欣鞋子都顾不上脱，冲上去，一把抱住奶奶："我想死你了！"

奶奶摸摸高欣欣的头，又捏了捏她的小脸："乖孙女，奶奶也想你呀。"

"妈，你回家了怎么也不说一声啊，我可以去接你。"妈妈跟高阳一起，推着爸爸的轮椅进了玄关。

"不用，高阳他大伯今天来城里办事，就捎我回来了。"奶奶乐呵呵的。

"妈，让你看笑话了。"爸爸拍了拍轮椅，自嘲道，"今后儿子就是废物一个，比你老人家还不中用了。"

"我看你之前也没有很中用。"奶奶嘴上嫌弃，眼中却充满慈爱，"你今后啊，就好好歇着吧，家里还有我们，垮不了。"

"真好啊，今天过节，我们一家人又在一起了。"

妈妈的眼眶有些红，声音哽咽，赶忙转身去厨房："今天给你们烧顿好菜。"

"我来帮忙洗菜。"高阳懂事地走进厨房。

中午，一家人吃了一顿丰盛的午餐，还吃了粽子，五人有说有笑，温馨愉快。

吃到一半，妈妈忽然放下筷子，感慨道："这段时间，两个孩子都懂事了很多。变化最大的还是阳阳，多亏有他，不然我都感觉撑不下去了。"

"是啊。"轮椅上的爸爸伸手拍拍儿子的肩，"老庆都跟我说了，多亏了你，厂子那边现在也渡过难关了。"

"主要还是王子凯肯帮忙，我就牵了个线。"高阳说。

"阳阳，你最近经常很晚回家，有时还夜不归宿。"妈妈十分担忧，语气也变重了，"是不是天天跟那个王子凯鬼混？"

高阳吃着饭，闷闷地点头。他已经习惯性拿王子凯当挡箭牌了。

"老婆，这哪儿能叫鬼混？"爸爸又帮高阳说话了。

"那这叫什么？"妈妈又不高兴了。

"这叫……应酬。"爸爸赔笑。

"他应酬什么？他还是学生，最重要的事就是学习。"

妈妈语重心长地叹了口气："阳阳，好好学习，你可千万不能松懈，这可关乎你今后的命运啊。"

妈，真正关乎我命运的事已经发生了，那就是觉醒。

高阳放下碗筷，点头保证道："妈，放心，我没耽误功课，我最近的考试成绩还上升了不少。"

"那就好。"妈妈稍微放心了些。

下午，高阳待在书房，突击复习了一下功课。

觉醒之后，由于属性点的增加，高阳的头脑也越发清醒，思维更加灵敏，记忆力也得到增强，他原本学习成绩就还不错，现在学起来更轻松了。

吃了晚饭，一家人推着坐轮椅的爸爸在小区里散步，爸爸逢人就打招呼，态度乐观豁达，邻居们反而都不知道怎么安慰他了。

晚上回到家，高阳开始了健身。

深夜，高阳洗完澡，回到房间，关灯，反锁门窗，拉上窗帘。

他走到书桌前，打开台灯，仔细检查茉莉花盆栽，盆栽没什么问题。

他又伸手把茉莉花一朵一朵地翻看检查。

果然，在其中一朵茉莉花的花瓣上，有一个很不明显的红色手指印。

高阳摘下那片花瓣，轻轻放在嘴唇边含了两秒。

接着，他手指尖升腾起一簇火焰，将花瓣燃烧殆尽。

高阳躺回床上，很快进入了"美梦"。

高阳睁开双眼，发现自己正浸泡在一个房间大小的露天温泉中，温泉旁边生长着一棵茂盛的樱花树，落英缤纷，氤氲的水面上漂浮着粉色花瓣。

放眼四顾，天地间是一片白茫茫的雪原，辽阔而荒凉。

冬季樱花不会盛开，但在"美梦"中，柳轻盈就是神，她完全可以按照自己的喜好来创造梦境中的世界。

柳轻盈也泡在温泉池中。

高阳早已是见过世面的人，内心相当平静："你找我？"

"是啊。"柳轻盈笑容妩媚，"你真聪明，我还以为你猜不到花是我送的呢。"

高阳笑而不语。

"我就知道，你会懂我。"柳轻盈声音轻柔地套着近乎。

"说正事吧。"高阳直奔主题。

"十二生肖处决鬼马一事，已经不是秘密了。"柳轻盈说。

"是吗？"

"另外，你们跟百川团一起找到时空符文的事也传开了。"

"哦。"

高阳表面平静，心里还是有点可惜：本来还指望用这种无关紧要的情报换点金乌币，没想到柳轻盈的耳朵这么灵。

"我有三件事找你打听。"

"你说。"

"第一件事，鬼马是龙亲手处决的吗？情报等级C。第二件事，龙的天赋是什么？情报等级S。第三件事，鬼马背后的势力是谁？情报等级A。"

高阳十分意外。他本来还想找柳轻盈打听鬼马背后的势力，因为鬼马和红疯是一伙的，他迟早要揪出红疯背后的组织，替万思思报仇。

"鬼马背后的势力，我也想知道。"高阳平静地回答，"如果你有这个情报，务必联系我。"

"没问题。"柳轻盈笑笑，"不过，价格可不低。"

"别担心，我会等价交换。"高阳语气自信，反正先忽悠她去调查再说。

高阳想到什么，又说："对了，我也免费送你一个线索。红疯，天赋'爆炸'，此人已死，他跟鬼马同属一个势力，你或许可以从这个人入手。"

"谢谢。"

"不客气。"高阳简单思索后，继续说，"关于你前面的两个问题，我只能回答你第一个问题，鬼马是龙亲自处决的，其他无可奉告。"

柳轻盈微微点头，一脸的意料之中。

"好，交易达成，C级情报，3个金乌币，你随时可以来我店里领取。"

高阳百感交集：给十二生肖拼死拼活干一个月才5金乌币，这里随便一个没啥用的情报，就白赚3个金乌币。

不过，还是要谨慎。

龙亲自处决鬼马，这个情报其实可以解读出一些信息：首先，这表示龙很重视这件事，同时证明龙真的很强，可以轻松解决这件事；其次，这也代表着，十二生肖做好准备应战了。

不过这些信息，十二生肖应该也是想要传达给外界的。

高阳也就顺手推波助澜一下，自认为没有当二五仔。

"今晚的交易就到这儿。"高阳即将闭上眼睛。

"等一下。"

柳轻盈喊住他,嘴角上翘:"我刚才,无意捕捉到你的一丝情绪,你似乎对自己组织的某方面不太满意。我猜猜,是权限?资源?队友关系?还是待遇?"

这个人!

高阳大方地承认:"我对组织的待遇不太满意,不过我还是新人,工资少点也正常。"

柳轻盈颔首微笑,美目流转:"其实,我今天来找你,还为一件事,不过要看你是否感兴趣了。"

"你先说。"

"你考不考虑跳槽?"

高阳暗暗一惊:不是吧,我有这么出名吗?这才加入组织多久,就有人来挖墙脚了。

"谢谢,暂不考虑。"高阳回绝。

"我猜也是。不过,我还是建议你见见对方,感受下他的诚意,顺便也了解下其他组织的待遇,对你应该没有坏处。"

"这不合适吧?"

"别担心,仅仅在我的梦中见面,不会留下任何痕迹,你们彼此也看不见对方的脸,声音我也会处理。"

柳轻盈淡淡一笑,补充道:"他并不知道我跟你有情报交易。即便是面试这件事,你今后也可以完全不承认。"

"在梦中见面,还可以这样?"高阳有些吃惊。

"5级'美梦',见笑了。"

天赋升到5级,确实厉害。

高阳已经知道,任何天赋想升到4级,是个坎,必须拥有相匹配的符文回路;然而一旦突破4级,后续升级便不再需要符文回路的帮助,全看个人造化。

目前天赋等级最高的觉醒者已经达到7级,据说还有成长空间,但已经非常艰难,因此觉醒界才得出"天赋满级为8级"的结论。

高阳快速收回思绪:"我还不能完全信任你,谁知道你会不会把我卖了。"

"你这样想我,我内心很受伤。"从柳轻盈的脸上可看不出什么受伤,她伸出纤纤玉指,轻拂过温泉水面,荡漾出涟漪。

"这样吧,我毕竟答应了人家,为你转达下对方的诚意总可以吧?"

"这没问题。"

"以下是基本待遇:每月30金乌币,拥有组织符文回路的优先使用权,神迹符文除外;拥有组织最新武器和装备的使用权,准许办公室恋情,允许任意处置任何兽。其他条件还可以面谈。"

这……完全跟十二生肖对着来啊!

相比之下，待在十二生肖里简直就是当苦行僧。

高阳微微点头："知道了。"

"相信你已经猜到是什么组织。"柳轻盈笑笑，"感兴趣的话，随时找我。"

"我有个疑问，"高阳说，"为什么该组织会对我这样一个新人感兴趣？"

"我也有过相同的疑问。"柳轻盈微微一笑，"别误会，我丝毫不怀疑你的实力，但以我目前的了解，你是一个相当低调的人，并没有引起太多人的关注。"

"我也这么自认为。"

"这个问题我有答案，可以免费告诉你。"

高阳抬起眼睛。

"据说，是有人向该组织引荐了你。"

高阳微微皱眉。

"先到这儿。"高阳闭上双眼。

  进入系统。

离城就三个正规组织，十二生肖、麒麟工会、百川团。

百川团不太可能，也开不出这么好的条件挖自己。

按排除法，只能是麒麟工会，能开出这么顶级的待遇。

光工资就是十二生肖的10倍，什么概念？一年就360金，干个两年就是720金，吴大海的机械臂也才600金啊！

而且，吴大海的机械臂应该就是麒麟工会最前沿的装备，高阳只要加入，这种级别的装备他也是能使用到的，这不比之前在跳蚤市场淘到的作战手套厉害好多倍？

要换现实生活中，这待遇就是年薪千万加别墅豪车和期权，高阳早跳槽了。

但这可是暗流涌动、尔虞我诈、危险异常的觉醒者世界啊，怎么小心都不为过。

此刻，高阳最在意的是柳轻盈提到的"引荐人"。

究竟是谁把我引荐给麒麟工会的？十二生肖的人？不太可能。除此之外我几乎不认识其他觉醒者了，跟百川团的人也不过是一面之缘，况且他们也没这个资格替我背书。总不可能是那个叫初雪的"鬼"替我引荐的吧？

鬼团可是觉醒者的噩梦，跟觉醒者之间水火不容。

等等，难道说，麒麟工会表面上是冠冕堂皇的"武林盟主"，实际上跟"魔教中人"的鬼团暗中勾结、狼狈为奸？

呃，这种设定，倒是蛮符合武侠小说的。

不行，我实在是太在意了！

  退出系统。

高阳睁开眼，看向柳轻盈："咳咳，我改变主意了，我想跟对方聊聊。"

"真的吗？"柳轻盈神色欣喜，"谢谢你。"

"谢我什么？"高阳不明白。

"老实说，你们谈得顺不顺利我并不在意。"柳轻盈此时已经走出温泉，跪在一套茶具旁，开始沏茶。

柳轻盈继续说："但是对方委托我组局，我若没组起来就是我的面子不够大。谢谢你，愿意给我这个面子。"

"下次交易，记得优惠。"高阳半开玩笑道。

"呵呵，你还真是个实在人。"柳轻盈沏完两杯清茶，将茶杯放在了两个木盘上，放入温泉中。

两个木盘缓缓分开，朝着两个方向移动，一个来到高阳的身边，另一个则移到高阳正对面的温泉处。

柳轻盈轻轻一挥手，温泉的中间，从天而降一块复古屏风，屏风上印有一只开屏的孔雀。

"准备好了吗？"柳轻盈说。

"好了。"高阳深吸一口气，清空脑子中的杂念。

"啪"，柳轻盈打了响指。

温泉上的白色雾气一时间浓郁了起来，很快，屏风后面出现一个人影。

"'美梦'天赋，名不虚传。"声音经过处理，是那种最没有记忆点的普通男性的声音。

"过奖。"柳轻盈声音依然柔媚，却多了些拘谨和客气。

高阳暗想：看来对方的地位很高。

另外，听对方这开场白，应该是第一次跟柳轻盈搭上线，不过也不排除他是装的。

对方似乎是个直接的人，屏风后面的黑影活动了下肩膀："麒麟工会四长老之一，玄武。幸会。"

"十二生肖，黑马，幸会。"高阳也不自觉地端了起来，气场不能输。

麒麟工会的四长老：青龙、白虎、朱雀、玄武。

高阳听吴大海讲起过，四长老的天赋都在前10，平时很少露脸，是麒麟工会的核心人物，相当于十二生肖中斗虎的地位。

"我的来意，柳小姐已经表明了？"玄武问。

"是。"

"你的答复？"

"我在考虑。"高阳不能直接拒绝，否则拒绝了还把人拉过来，这不是玩人家吗？

短暂的沉默后，玄武说："据我所知，你加入十二生肖不到一个月。"

"是。"

"那你对十二生肖还谈不上忠诚吧。"

"忠诚，谈不上。"高阳推敲着用词，装模作样地道，"目前就是各取所需。"

"你很年轻，"玄武似乎颇为赞赏，"但心智比我想的要成熟。"

高阳不说话。

"良禽择木而栖，贤臣择主而事。"玄武说，"麒麟工会，对你来说是更好的选择。"

还真是自信啊，果然是大公会，底气足。

"我对贵组织完全不了解。"

"了解是双方的。"玄武说。

"你们给我的职位呢？"高阳假装感兴趣的样子。

"护法。"玄武回答。

高阳对麒麟工会的职位等级略有了解，从金字塔顶端到下层依次是：会长、长老、护法、精英、会员。

会长麒麟。

长老有四位。

护法一般在六位左右，属于长老们的左右手，且都分别管理着一个独立的行动组。

精英十位左右，剩下的人则是会员。精英和会员也是各自分开的，分别隶属于某个行动组。

高阳如果跳槽过去，大概率是跟着眼前这位玄武长老混了，算中层。

"我想知道是谁引荐我的。"高阳说。

"等你正式加入工会，并得到高层认可，自然会知道。"玄武回答。

高阳不再说话，看来问不出更多信息了。

"我听说，"一直旁听的柳轻盈打破了沉默，"麒麟工会有试用期。"

"是。"屏风后面的玄武端起茶杯，品尝了一口，"试用期一个月，不过这属于外招，内招不需要试用期。"

高阳也端起茶杯，假装不疾不徐地品尝了一口。

柳轻盈笑了笑："或许，黑马可以走外招。"

高阳心想：柳小姐啊，你不是说对这事不感兴趣么，我看你感兴趣得很。

不过也能理解，站在她的立场，如果我跳槽去麒麟工会，之后能给她提供的情报肯定更多。

"内招固然方便，但是站在黑马的立场，是有些为难的。"柳轻盈笑笑，"他刚加入十二生肖，一声不吭就跳槽了，这以后传出去，江湖名声也不好。"

玄武不语。

高阳若有所思。

"外招则不一样，你们麒麟工会可以正式向十二生肖的黑马发邀请函，一切摆在明面上谈。"柳轻盈笑笑，"这样，如果黑马拒绝，他可以借此向原组织表忠心。如果他接受，也是堂堂正正、光明磊落，不落人话柄。"

高阳微微一愣：这倒不失为一个折中方案啊。

不过也有坏处，就是会让我一下出名，毕竟可是两大组织明面上要抢的人，任谁都会特别关注一下。

玄武思考片刻："外招可以，我没异议。"

"黑马，你介意麒麟工会向你发邀请函吗？"柳轻盈问。

高阳有些踌躇：其实他还是有些介意的，他不想当出头鸟。

闪念间，他想起龙交给自己的秘密任务。

难道说，龙早猜到事情会往这个方向发展？自己的任务跟这件事有关？

既然如此，可以试着任其发展。

"无所谓。"高阳缓缓开口，"不过我还在考虑，不保证结果。"

"无妨。"玄武说。

"既然如此，两位算是达成初步共识，本次谈话就此结束。"

高阳和玄武不再说话。

"接下来，我会将两位分开。"柳轻盈微笑道，"这里我要再啰唆一遍，今晚的事，两位务必保密。如果有谁泄露，我概不承认，且今后也将不再进行任何合作。"

高阳和玄武无声地点点头。

很快，雾气弥漫开来，屏风消失，对面的玄武也消失了。

柳轻盈还跪坐在温泉池的樱花树下。

"你去陪他吧，"高阳说，"我想一个人静静。"

"呵，玄武也希望独处。"柳轻盈脸上流露出一丝似真似假的失望，"你们两个人，还真是无聊。"

高阳刚要进入系统，忽然，温泉的水面荡漾出无规律的涟漪。头顶的樱花树开始疯狂凋零，整个世界也在剧烈震颤，分崩离析。

"这么快就要醒了？"柳轻盈微微有点吃惊。

"嗯。"高阳表面镇定，心中也很不安。

因为高阳不确定梦中的交易要持续多久，所以他并没有给自己设置闹铃。

现在这个点，只要没人打扰和靠近，他不应该会醒来啊。

谁来我的房间了？！

高阳睁开双眼，立刻警觉地翻身起床，双手聚起能量。

凌晨一点，房间内很安静，窗外月色宁静，窗帘轻轻摇曳，没有其他人的身影。

窗户之前明明关上了！

不对，有人进来过我的房间。

高阳飞快进入系统，幸运点数没有翻倍。

他起身来到窗边，很快，目光锁定在书桌上，并且拧起了眉头。

他伸手，轻轻捻起一根银白色的毛发，在月光的照耀下就像一根透明的丝线。

白猫！

一个念头闪过高阳的脑海，他的心猛地被攥紧了。

其实高阳之前想过，找组织申请一些赋能的陷阱道具，安装在自己的房间内，这样可以起到防范和保护作用。

但高阳又怕这样做会激怒白猫，最终还是放弃了。

这只白猫，虽然对自己暂时没有敌意，但它神出鬼没，冷不防地就出现一下，真的挺搞人心态的。

高阳叹气，命运不能完全掌握在自己手中的感觉真不好啊。

就像动画片中的美猴王，虽然可以在花果山上无忧无虑地过日子，可一想到高高在上的地方还有一个天庭监视着大地上的一切，就很不爽，可能这才是美猴王最终走上大闹天宫的真正原因吧。

高阳一时间没了睡意，又不知道能做什么。

这时，手机响起。

加密过的聊天群里，吴大海发了一张照片——他跟斗虎坐在休息室的沙发上，一起喝啤酒、吃炸鸡和打游戏。

这小子，每天都在群里各种发照片找存在感，高阳平时觉得烦人，但此刻，他觉得或许跟组织的人待在一起更踏实。

高阳立刻回了一句。

　　黑马：我能加入吗？

　　电鼠：速来！是兄弟就决战到天亮！

　　白兔：黑马你居然还没睡？

　　黑马：呃，失眠了，你不也在熬夜吗？

　　白兔：我手欠，睡前翻到一篇贼好看的小说，不知不觉就追到这个时候了！

　　电鼠：什么小说，我瞅瞅！

　　白兔：一个叫汹涌的作者写的，叫《我的兄弟是天命少年》，超感人的兄弟情！

　　电鼠：告辞。

　　电鼠：黑马，赶紧来！斗虎老师太差，连一只手是机械臂的我都打不过。

　　斗虎：徒儿救我！

　　…………

凌晨三点，高阳搭乘专属电梯来到负六层的兔房。

休息室内，斗虎跟吴大海还窝在沙发上打游戏，两人玩的是一款格斗游戏。

高阳推门进来时，屏幕上一个大大的"KO"。

斗虎嘴里叼着一根鸡腿骨头，手里拿着游戏手柄，嘴硬道："这游戏的连招设计得太不合理了！"

"别找借口了！"

吴大海站在沙发上，激动得要命："你已经三十连败了！愿赌服输，下次出任务，单独带上我跟青灵。"

"吴大海，"斗虎摇头叹气，"你怎么就是不明白，你还是离青灵远一点儿比较好。"

吴大海还要据理力争。

斗虎："我说，你该不会真以为青灵是一个为了变强而不择手段的人吧？"

吴大海愣住："不是吗？"

斗虎抓着游戏手柄，敲了一下他的脑袋："用你的榆木脑袋好好想想。"

吴大海呆住。

"因为她的妹妹青翎永远不会。"高阳笑着插话了。

"回答正确！"

斗虎满意地点头："青灵的主人格为了生存，为了变强，抛弃了很多东西，但副人格青翎会帮她坚守着作为一个正常人的底线。无论你以为自己离成功有多近，青翎都会在关键时刻站出来，让你有多远滚多远。"

吴大海张了张嘴，竟然无法反驳。

"所以嘛，"斗虎双手一摊，"青翎本质上就是青灵的一部分，除非你让青翎接纳你，青灵才可能接纳你。但你觉得，这可能吗？"

吴大海一屁股坐下来，彻底醒悟了："让青翎不讨厌男人，这怎么可能啊！"

"不对，有一个男人，青翎就不怎么讨厌。"斗虎坏笑着看向高阳。

吴大海一扭头，恨恨地看向高阳："黑马！我恨你！"

"呵呵。"这种时候，高阳露出了尴尬又不失礼貌的微笑。

"吴大海啊吴大海，你要在变强上有这个毅力，早进排行榜前30了！"斗虎恨铁不成钢。

"哦对，好久没看排行榜了！"

提起这个，吴大海立马忘记了悲伤，大喊一声："地鼠精灵，打开实时排行榜。"

投影幕上立刻切换画面，出现觉醒者的排行榜。

吴大海很快找到自己的排名，激动地手舞足蹈："54名！哈哈哈简直是飞跃啊！"

斗虎一脸意料之中："那是，我们组织可是找到了时空符文，外加你之前遇袭大难不死，还装备上麒麟工会最先进的机械臂，也算是出名了。"

高阳很快发现，青灵、黄警官和自己也都进入了排行榜前70名。

"不过吴大海，你也别太骄傲。"斗虎抄着双手，"要我说，排行榜前30名之后都是些虚名，跟实力挂不上太多钩。"

"我当然知道，"吴大海小声低估道，"可是名气大好找女朋友嘛。"

高阳看向排行榜前10，眼睛一亮："斗虎老师，你和队长的排名都前进了一位！"

"哦，是吗？"斗虎看向屏幕，咂咂嘴，"这说明什么？这说明时空符文在大家眼中非常重要！"

"是啊，为了它，我们差点把命都搭进去了。"现在高阳想起那个古怪的空间，还是心有余悸、背脊发凉。

高阳把前10名的排行认真看了一遍。

10 名：朱雀。

9 名：白虎。

8 名：斗虎。

7 名：玄武。

6 名：青龙。

5 名：X。

4 名：酒鬼。

3 名：李某人。

2 名：龙。

1 名：麒麟。

李某人，就是百川团的团长，说实话，这名字实在过于低调了。

酒鬼和 X，似乎不在三大组织内，应该是散人中的大佬。

十二生肖，龙和斗虎占了两个位置。

剩下五个位置，全是麒麟工会霸占着，绝对的半壁江山。

"哈哈。"吴大海忍不住发笑，"每次看排行榜前 10，都感觉在逛动物园。"

"什么时候你们也挤进前 10，那可真是动物园了。"斗虎也笑。

这时，斗虎的手机响起。他随手拿起来一看，目光微微一变。

"这么晚了谁找你啊？"吴大海问。

"收到一封加密邮件。"斗虎操作着手机，"等会儿，我连一下蓝牙。"

很快，眼前的大投屏上同步了斗虎的手机界面。

内容是一封来自麒麟工会的邀请函。

高阳猛地一惊：麒麟工会办事的效率也太高了吧？他们不睡觉的吗？这完全不给我准备时间啊！

十二生肖，敬启。

　　首先真诚地祝贺贵组织能在短短一个月内找出两块符文回路，这对所有觉醒者都意义重大，离我们的共同目标又近了一步。

　　基于《离城组织人才自由流通公约》，本工会以平等、尊重、自愿为前提，特向贵组织的黑马、青蛇、黄牛三位成员发出诚挚的邀请，希望三位能考虑加入本工会，携手努力，共谋前程。

　　望贵组织早日答复。

麒麟工会

6 月 4 日

吴大海把邀请函的内容一字不漏地念完，一拍大腿，高呼道："我去！牛啊！麒麟工会公开挖你们！"

高阳已经知道自己会被挖，但没想到青灵和黄警官也在内。

有三种可能：一、玄武确实也想挖他们两人；二、这不过是玄武的烟幕弹，掩盖只想挖高阳一事;三、靠施压来达成折中方案,言外之意——我找你要三个人,你好歹得给老子一个吧,不要不识抬举啊,不然老子可要发飙了!

"呵呵,有点意思。"斗虎表情玩味,双腿交叉搭在茶几上,优哉游哉地喝了口啤酒。

这时,斗虎的手机响起,白兔来电。

她也收到麒麟工会的加密邮件。

斗虎滑动解锁,打开免提,那边立刻传来了河东狮吼:"麒麟工会他们凭什么啊,太恶心人了!真把自己当老大了是吧,老娘……"

高阳和吴大海都傻眼了,还是第一次听白兔飙脏话,而且是密集度很高的脏话。

白兔是十二生肖的 HR,挖人一事肯定是触到她的逆鳞了。

"兔子,你先冷静点。"斗虎风轻云淡地安抚道。

"冷静?我怎么冷静!他们明目张胆地来挖人啊,一口气挖三个啊!合着老娘今年都白干了是吧!"

斗虎打了个哈哈:"话不能这么说,天狗不也是你从麒麟工会挖过来的吗?"

"那能一样吗?!"手机那边的咆哮声更大了,"天狗当时还在实习期,是他自己不喜欢麒麟工会,萌生离职的想法,我才去接洽的,老娘职业道德杠杠的好吗!"

斗虎想了想,回答道:"这样,给他们三人一点儿时间,让他们自己决定去留。"

"不行!"白兔要杀人的心都有,"他们三个谁也不能走,谁敢走我打断他们的狗腿!"

"你刚还说你有职业道德。"

"我不管!"

"行了行了,看你的兄弟情小说去吧。"

斗虎挂了电话,转身看向高阳:"阳阳,你怎么想?"

高阳有点心虚,脸色却很平常:"没兴趣。"

"真心话?"斗虎似笑非笑,"麒麟工会啊,别的不说,光待遇就好上我们几倍。"

"何止啊,"吴大海一脸羡慕,"他们的组织里美女如云,还允许谈办公室恋情!"

"那你为什么不去?"高阳反问。

"我倒是想啊,但他们又没主动挖我,我自己过去只能当个小杂兵。"吴大海用鼻子哼气,"宁做鸡头不做凤尾,懂?"

斗虎一把勒住吴大海的脖子:"海子啊,你这话虎叔可不爱听了!"

"啊啊痛痛痛!"吴大海喊起来。

"我们十二生肖就这么差劲?"

"没没没!我用词不当,我没文化,我错了,虎叔饶命!"吴大海涨红了脸,大声哀求。

斗虎松开吴大海,嫌弃地看他一眼:"再说,你在十二生肖也不是鸡头啊,顶多是个鸡屁股,真要去了麒麟工会,你怕是只能当凤屎。"

天亮后，高阳来到学校。

早自习和上午都无事发生。

中午，高阳跟青灵去实验室二楼的秘密地点碰头，汇报情况。

高阳这次特意带上饭盒，去食堂给青灵打包了三素一荤，外加一个大鸡腿。

青灵也不跟高阳客气，认真到虔诚地吃完了高阳为她准备的午饭，啃鸡腿的时候因为鸡腿太大，她吃得满嘴是油。

高阳笑着抽出一张餐巾纸给她，她丢掉鸡骨头，接过纸擦了擦嘴，又开始擦手指，动作认真到有些可爱。

高阳见差不多了，问道："麒麟工会的事，你怎么想？"

"我不会去。"青灵态度明确。

"为什么？"

青灵直言道："跟着斗虎可以继续变强，去麒麟工会未必。"

"有道理。"高阳点点头，这的确像是青灵的回答。

"你怎么想？"青灵问高阳。

"我在考虑。"高阳说。

"有什么好考虑的？"青灵皱眉，那是介于不理解和不悦之间的一种情绪。

"你不是说这世界就是弱肉强食吗，麒麟工会比十二生肖强。"高阳半开玩笑道，"我考虑一下更强的靠山，合情合理啊。"

青灵沉默了。

她希望高阳留下，他们是同伴，同伴应该在一起。

可为什么不是她跟高阳一起走？

因为高阳虽然重要，但还是没有她的变强之路重要。

既然如此，她也没资格要求高阳留下，因为对高阳而言，比起同伴，他也要优先考虑自己。

"随你的便。"青灵冷冷地回答。

下晚自习后，高阳跟青灵在小巷里碰头，一起换上便服，朝大徐区的千禧楼出发。

除龙之外的所有成员，今晚都要来千禧楼的负六层开会，讨论麒麟工会挖墙脚一事，会议由斗虎和白兔共同主持。

高阳和青灵走出深夜的地铁站，天空不知何时下起了大雨。

虽然淋雨去千禧楼也不要紧，但两个人在大雨中行走，稍微有点引人注目。

反正时间足够，两人决定去街头的屋檐下暂避一下大雨，等雨稍小一点儿再走。

两人来到屋檐下，青灵从口袋拿出橡皮筋，双手捋起长发，扎了一个高马尾。

高阳注意到，青灵的手腕上还戴着之前在鬼屋买的双子镯。

"双子镯有效吗？"高阳问。

青灵没回话，但脸色瞬间垮了下来。

看来升级之路并不顺利啊，高阳识趣地闭嘴。

"嘿，别站在外面，进来吧。"

两人身后的玻璃门被推开，风铃清脆作响。

高阳和青灵立刻回头，纷纷愣住。

站在花店内的年轻女人穿着浅色的花艺围裙，一头咖啡色卷发披在肩上，温柔漂亮，明艳动人。

"歌姬？"高阳认出眼前的女人，又立刻抬头看一眼花店名字：生如夏花。

"原来你的花店在这儿，离本部很近啊。"

"是呀。"歌姬颔首微笑，"进来坐吧，雨不会下很久，待会儿我们一起去本部。"

高阳跟青灵走进花店，顿时又是一愣。

花店里站着一个清秀的大学生，后脑勺扎着小辫子。

他双手插袋，戴无线耳机，背黑色单肩包，站在花架旁，正专注地欣赏着一盆龟背竹盆栽。

"天狗？"高阳喊了声。

天狗慢慢回头，摘下一边的耳机，朝高阳跟青灵挥挥手："哟。"

"你也来躲雨？"高阳注意到天狗的湿嗒嗒的刘海，肩上的少许水渍。

"啊，忘带伞了。"天狗的声音懒洋洋的。

"店里一下出现四个觉醒者，这可不行呀。"歌姬款款微笑，立刻转身，将店门口营业的招牌换了边，改成打烊。

"你们上二楼吧，我关了店就上来。"

"好。"

天狗打了个哈欠，顺着尽头的小扶梯上去了。

高阳顿时也觉得有些困意，果然不能跟歌姬多说话。

花店的二楼是一个大隔层，两室一厅，客厅采光充足，装修成温馨的咖啡厅风格，木地板、懒人沙发、地毯、绿萝、落地窗、吧台。

三人在柔软的沙发上坐下，天狗和青灵都是话少的人，三人面面相觑，没有说话。

不一会儿，歌姬上来了。

她朝三人笑笑，比画了个做咖啡的手势，便去吧台忙活了。

高阳想了想，主动找天狗聊起来："天狗，你常来歌姬的店吗？"

"过节时，会给母亲买花。"天狗想了想，补充道，"她喜欢花。"

"哦，这样啊。"高阳也懒得再铺垫，直奔主题，"我听说你之前在麒麟工会实习过？"

天狗仰靠在沙发上，微微眯起了眼睛："是啊，大一的时候我觉醒了，麒麟工会找上了我。"

"为什么没留在那儿？"

"不喜欢。"天狗直言。

"呃，能说具体点吗？"

"感觉嘛，像上班。"天狗微微叹了口气，"啊，上班什么的，好麻烦啊。"

高阳点点头，表示理解。

相比之下，十二生肖确实散漫很多，其实如果抛开探索符洞这样的危险任务，其他时间的十二生肖更像是一个有人情味的工作室，甚至是一个大家庭。

吧台传来咖啡冲泡机的冲水声，歌姬朝三人浅浅一笑，摆出一个"稍等"的手势。

高阳的思绪有些发散：会选择十二生肖的人，大概都是比较善良和有底线的人，毕竟不杀迷失者这个考验，很多人就过不了关。

其次，大多数人也是偏散漫的性情中人，当然除了白兔——白兔就是个工作狂，但她早已把组织当自己的家，其实很重感情。

沉默再度来临，高阳侧头看向落地窗外，大雨还在下，潮湿的街道上没有行人，繁华的霓虹灯光在雨雾中晕染开来。

这种时候，泡上一杯咖啡，再来点舒缓的音乐，嗯，最好还有一只手感很好的肥猫，可不就是小说中的"岁月静好"吗？

高阳微微走神，忽然目光一冷！

落地窗外，街道对面的一个窄巷口，站着一个男人。他一身黑衣，撑一把黑伞。

尽管大雨模糊了视野，但高阳还是认出来了——那个男人，是鬼马！

"哗"，一辆小货车穿过潮湿的马路，挡住了高阳的视线。

两秒后，小货车开走，巷口的鬼马消失不见。

"怎么？"青灵注意到高阳表情的细微变化。

"我刚好像看到……"高阳话到嘴边，歌姬端着三杯咖啡走过来："慢用。"

高阳接过咖啡，立刻改口道："看到了一个老同学，估计是认错了。"

青灵不再问，也接过咖啡。

高阳假装品尝咖啡，实则思考起来：那个男人是鬼马，自己应该没看错。可是，死而复生这种事，真的可能吗？

至少在 11—199 的天赋表上，高阳没见过这种天赋，当然不排除前 10 的天赋中有"复活"这种逆天的能力。

不过，倒是有一个跟复活较为接近的天赋，叫"假死"，序列号 58，生命系。资料上说，在头部、心脏和身体没有遭到严重毁坏时，"假死"的主人会在死亡一段时间后自动复活。

难道鬼马还藏有"假死"天赋，其实他是三天赋？

可能性不大，既然龙能发现鬼马藏有"瞬移"，没理由发现不了他还藏有第三天赋。

先假设鬼马已经复活，他出现在歌姬的花店附近，是想做什么？他是单纯地思念她，还是观察她，伺机策反她？如果要策反，鬼马直接对歌姬使用"传音"不是更隐秘、更方便?

高阳决定暂时不告诉歌姬和天狗,回头找机会告诉青灵和黄警官,再跟斗虎汇报一下,让他来做判断。

半小时左右,大雨停了。

歌姬带三人从后门的小巷离开,抄了一条人少的近路,来到千禧楼的后门,搭乘专用电梯来到负六层。

开会之前,高阳找机会单独跟斗虎说了一下自己看到鬼马的事。

"你确定没看错?"

"不能百分百确定,"高阳如实回答,"但我觉得应该立刻向你汇报。"

"好样的。"斗虎拍拍高阳的肩,"行,我会确认此事,先开会。"

十分钟后,除龙之外的所有人都在鼠门集合,围着长会议桌坐下。

白兔主持会议。她将麒麟工会那封加密邀请函投放到大屏幕上,在一番"口吐芬芳",激情问候了麒麟工会所有成员的族谱后,情绪总算稳定下来。

"兔子,你先歇会儿。"斗虎一边笑,一边朝白兔压压手。

白兔哼了一声,坐下了。

斗虎看向大家:"来,大家发表一下想法。"

高阳、青灵、黄警官作为当事人,不好先说什么。

"我还是想不明白,为什么要挖这三个新人啊?"吴大海率先说话了,"要挖也应该挖我们这种优秀的老员工啊!"

"这个问题问得好,下次别问了。"斗虎失望地摇头。

"你傻吗?"白兔翻白眼,"麒麟工会挖我们这些老油条过去,那不是引狼入室?他们吃饱了撑的啊。"

白兔看向三位新人:"但他们不一样,他们才加入十二生肖不久。"

言外之意:忠诚度不高,既好培养又好收买。

"呵呵。"死猪笑声浑厚,发言意外的通透,"要我也挖他们,才加入组织一个月,就进了两次符洞,还都成了。谁知道他们身上还有多少惊喜,把他们挖过去,好处多多。"

"是啊。"斗虎老练地笑了,"挖成了,血赚。没挖成,对这三人也是一次不小的诱惑,可以从内部动摇十二生肖的凝聚力,这笔买卖稳赚不赔。"

"阴险啊!"吴大海很激动,"我们可不能着了他们的道!"

"看来,7预言是真的啊。"天狗懒散的声音里透着一丝隐忧。

"什么是7预言?"高阳好奇宝宝的人设永远不倒。

"我之前跟你提过,觉醒者中有个数学家做了一个风险评估模型。"白兔看向高阳,"还记得这事吗?"

高阳点头。

"嘻!"吴大海大大咧咧地抢话道,"那哥们还说了一句话,当第七块符文回路被找到时，差不多就是内战爆发的节点，这话被大家称为 7 预言。"

一时间，会议室陷入沉默。

高阳立刻想到了红疯，想到鬼马的叛变，想到神秘的初雪和白猫，想到龙交给自己的神秘任务。

7 预言或许真的没错，暗流早就开始涌动。

斗虎拍拍手："不扯远了，聊正题。"

"关于三位新同事被挖墙脚这件事，"斗虎笑容轻松，"我认为应该尊重当事人的意愿，去留随意。但白兔认为大家是一个整体，应该交由大家一起决定。"

白兔还有点生气："结果我俩谁也说服不了谁。"

"所以，我们来投票。"斗虎站起来，双手撑在会议桌上，"三位当事人不参与，其他成员投票。赞同我的做法请出拳头，赞同白兔的做法请出剪刀。"

"开始！"白兔催促道，"别犹豫，别互相看，从心懂吗！"

大家陆续举起手来。萌羊、吴大海、死猪出了剪刀。歌姬、天狗、泼猴举起了拳头。

这个结果，基本在高阳的预料之中：萌羊、吴大海应该就是单纯舍不得他们三个人走；死猪外表憨厚，但毕竟是经历过风雨的成年人，思考问题更现实，肯定不希望组织流失战力。

歌姬和天狗，性格一个文艺，一个散漫，一看就是"放浪不羁爱自由"的，天生不喜欢受人约束，自然也不会去约束别人；至于泼猴，都这个年纪了，境界更高，讲求顺其自然，凡事不会强求。

"三比三，持平了啊。"

斗虎有点伤脑筋，忽然举起拳头："我投自己一票！"

"我也投自己一票！"白兔立刻摆出剪刀，"四比四。"

"兔子，你是不是忘了什么事？"斗虎笑嘻嘻地提醒道。

"斗虎老师是副队长，按规定，平票时队长级别的人有庄家属性，算 1.5 票。"高阳率先反应过来。

"哈哈没错！"斗虎叉着腰，朝白兔吐舌头，"所以这次我赢了！"

那一瞬间，所有人都不禁怀疑这个中年男人只有三岁。

白兔忍住打人的冲动，深吸一口气，努力平复心情："行，既然是大家投票的结果，我没有异议。"

白兔看一眼高阳、青灵和黄警官："三位，走还是留，交给你们自己。"

说完，白兔转身离开会议室，摔上了门，似乎不想面对接下来可能出现的结果。

"不急，你们仨好好想一晚上，明天再给我答复。"斗虎拍拍手，"行了，就这样，散会。"

凌晨三点，黄警官开车送高阳和青灵回家。

黄警官的车离开千禧楼，却没有直接回家，而是开到了附近的一条老街。

老街的一条旧巷子里，有一家看起来像是倒闭的自动干洗店，锈迹斑斑的卷闸门半开着，写有"阿强干洗店"的招牌歪斜着，摇摇欲坠。

"确定是这里？"高阳关上车门，问黄警官。

黄警官看一眼手中的名片，上面写着"阿强干洗店"，背面写着：三人，两点。黄警官也不是很确信，但会议结束后，斗虎忽然塞给了他这张名片。

"进去瞧瞧。"

三人左右看看，确认四下无人跟踪，头顶的旧路灯上也没有监控，这才谨慎地弯腰钻进了店门内。

三人刚走进去，卷闸门就"哗啦哗啦"地关上了。

干洗店内没有开灯，漆黑一片，靠墙摆开的十几台自动滚轮洗衣机瞬间启动，"咕隆咕隆"地转动起来。

众多洗衣机的滚动声很快融合在一起，变成了一种并不让人反感的白噪音。

这时，干洗店尽头的黑暗角落，亮起了一颗火星。

有人在抽烟。

紧接着，斗虎冷冷的声音从尽头传过来："都过来吧。"

黄警官犹豫了一下，半开玩笑道："斗虎老师，你看上去，像是要暗杀我们。"

"是啊，我都不敢过去了。"高阳也有同感。

"给你们三秒，再不过来，我可过去了。"斗虎说。

三人立刻走了过来。

高阳走近才勉强看清黑暗中的斗虎，他穿着大裤衩、白背心，坐在一张破旧的蓝色塑料矮凳上，跷腿、靠墙，悠然地抽着烟。

"知道叫你们过来干吗吗？"斗虎问。

"挖墙脚的事？"高阳问。

"没错。你们怎么想的？"斗虎吸了一口烟，缓缓吐出，"虎叔我嘛，也不是什么魔鬼，但平生最讨厌的就是说假话的人，懂？"

"懂。"黄警官求生欲很强，"我不打算去麒麟工会。"

"理由？"斗虎问。

"我更看好我们组织的发展前景。"

"套话就免了。"

"还有，我们组织的本部离我家和上班的地方都很近，麒麟工会的办公点太远了。"黄警官很认真地说。

"嗯，这姑且算是一个理由，还有吗？"斗虎继续问。

"你答应过我，会帮我搞明白我老婆怀孕的事。"黄警官说。

"没错，我会尽我所能帮你搞清楚，安心等消息吧。"斗虎挥挥手，"好了，下一位。"

青灵直接回答："我不去麒麟工会。"

"理由？"斗虎同样问道。

"你能帮我变强。"青灵说。

斗虎笑了:"那我可不可以理解为,直到你打赢我之前,你都不会走?"

"可以这么理解。"青灵直言不讳。

"很好。"斗虎开心地抽了一根烟,"黑马,你呢?"

"我不走。"高阳脱口而出。

"理由。"

理由是你的另一只手在背后藏了一把匕首,你以为我没发现吗?我要是敢说我想走,估计直接被你就地处决吧,谁知道你这种疯子干不干得出来?

"我同伴都在这儿。"高阳回答,"而且队长跟我谈过话,他很看好我,还承诺只要我好好干,会给我奖励。"

高阳不能透露龙交给自己任务的事,只能把话说到这份上,斗虎是聪明人,肯定懂。

斗虎短暂地思索后,点点头。

他慢慢仰头,朝着黑暗中呼出一口白色烟雾,另一只手把匕首扔到了地上,发出一声清脆的声响。

"不错,今晚你们三个都能活着离开这儿。"

高阳一惊:疯子!果然是个疯子!

"你们也别怪虎叔我歹毒。"斗虎嘴角的笑透着一丝苍凉和无奈,"有一点,我跟龙的看法是一致的。"

斗虎站起来,将烟头弹向墙壁,溅起了几颗火星。

"接下来,组织之间关于人才、资源、话语权的争夺将进入白热化,内战什么时候开始只是时间问题。你们都是有潜力的新人,又知道了组织不少秘密,我不能让你们投靠麒麟工会,这对十二生肖是很大的隐患。"

"那个7预言,就那么准?"黄警官声音中有些不忍,"大家都是觉醒者,目标也一致,为什么不能团结起来,共渡难关?"

"谁说大家目标一致?"斗虎冷冷地反问。

黄警官默然。

"黄牛,你可是警察啊,对人性和欲望的了解怎么还不如吴大海?"

黑暗中,黄警官无奈地笑了:"怎么会不了解,我就是太了解了。"

黄警官只是一时间有点不想面对。他是快要当父亲的人了,哪怕这里已经是地狱,他也希望孩子能来到一个温和点的地狱。

"别做鸵鸟了,放弃幻想,准备战斗。"黑暗中,斗虎抬高声音,"我们十二生肖,绝不会做第一个开枪的人,但也绝不当第一个挨枪子的人。你们既然已经站队了,就给我站直了站稳了!听到没有?"

三人一齐点头。

斗虎又说:"其实找你们来,还有一件事。"

"什么事?"高阳问。

"你们三人当中，"斗虎声音微沉，"至少有一人要去麒麟工会。"

"为什么？"黄警官吃了一惊，但很快就想到了，"难道你想让我们……"

"当卧底。"高阳说了出来。

"没错，将计就计，打入麒麟工会内部。"斗虎说。

黄警官倒吸一口凉气："斗虎老师，你这是让我们去送死啊！对方可是麒麟工会！"

鬼马的前车之鉴，才过去多久。

虽然鬼马是敌人，但也是活生生的例子，潜伏了那么多年，那么小心谨慎，最后还是被揪了出来。

想在麒麟工会当卧底，难度恐怕比在十二生肖更大，都已经不是走钢丝了，是走头发丝。

"我反正不去，非要我去，你不如现在给我个痛快。"黄警官铁了心不去。

"我也不去。"青灵的态度也很坚决，"我要变强。"

"阳阳呢？"斗虎问。

别叫我阳阳啊，每次这么肉麻地叫我，准没好事。高阳忍住吐槽，再三权衡后，也认为当卧底实太冒险了："我也不想去。"

"行，这是有点强人所难。"斗虎一脸的意料之中。

"那我退一步，不用当卧底，就去麒麟工会待着，静观其变，什么时候真正取得麒麟工会的信任，时机真正成熟了，再考虑是否进一步担任卧底的工作。"

"那如果时机一直不成熟呢？"高阳进一步问。

"两个选择。"斗虎伸出两根指头，"一、离职，重回十二生肖；二、继续蛰伏，等待时机。"

"总之，麒麟工会必须有我们的人。"斗虎说，"不当卧底也没关系，就当插了个眼。"

黄警官想了想，还是摇摇头："老师对不起，我还是拒绝。"

"我去。"高阳说。

"高阳！"黄警官十分诧异，"你疯了！这事可不是闹着玩的！"

"我没疯，我想清楚了。"高阳朝青灵和黄警官笑笑，"你跟青灵留下，我不去当卧底，但可以在麒麟工会当个眼。"

高阳之所以答应，是因为忽然想起龙交给自己的任务，不知为何，他感觉任务肯定跟这件事有关。

青灵白天跟高阳有过谈话，对于高阳的决定，不算太惊讶，也没发表看法。

"小阳阳，"斗虎伸手拍了拍高阳的肩，"老实说，我还真舍不得你。但有一说一，你的确是最合适的人选。"

"干这件事，不仅需要有勇有谋，还得沉得住气，在最后这一点上，你是一流的。"

"不过丑话说在前头啊，我就老老实实地当个眼。"高阳说，"你不能强迫我去干卧底的事，偷机密文件、暗杀、里应外合，这些事我都不干。"

"放心。"斗虎向高阳保证，"目前我们跟麒麟工会主要还是竞争关系，不是敌人，完全没到这一步。"

"好，我就当是去大公司深造了。"高阳开玩笑。

"很好，要的就是这个乐观的心态。"斗虎十分赞许。

"我什么时候去？"

"你白天是高中生，要上课。那就明晚吧，我亲自送你过去。"斗虎说。

"这么快？"有点出乎高阳的意料，他本以为能多给他几天时间，专门给他上个卧底培训，再宣个誓什么的，最后跟同伴们好好告个别，毕竟这一去，也不知道何年何月能回来。

谁知道斗虎这么狠，明天就把他给打包送走了。

"快？"斗虎笑着摇摇头，"别人在7预言之前就开始布局了，我们已经落后太多，以后井水不犯河水这个战略，得调整了。"

成为觉醒者后，精力大大提升，一晚上不睡问题不大。

高阳、青灵、黄警官显然没有心情回家睡觉。

天快亮时，三人又去了六聋子牛肉粉店。

三人点上三碗香喷喷的牛肉粉加煎蛋，闷头吃着。

吃到一半，黄警官放下筷子，有些埋怨："高阳，我还是觉得你太冲动了。刚才如果我们三个都坚持不去，斗虎肯定会让步。"

青灵不说话，但从她微微变化的表情，看得出她是赞同黄警官的。

"或许吧。"

高阳也放下筷子。他不能跟俩人讲龙交给自己的秘密任务，只好干笑道："黄警官，你还记得你以前说过的话吗？"

"什么？"

"你说，我这人很危险，待在我的身边，会死得快。"

"我随口说的，你怎么还当真了。"黄警官也笑了。

"可能你是对的。"高阳想到了李薇薇，想到了万思思，想到了老王。

一时间，高阳也有点感伤："之后，怕是没机会一起吃粉了。"

"说什么呢！"黄警官给高阳打气，"靠山只是一时的，同伴是一辈子的，记住，不管你在哪儿，我们都是一条船上的。"

高阳心里一暖，点点头。

他第一次用长辈的语气叮嘱两人："青灵、黄警官，你们好好跟着斗虎混，保护好自己，注意安全。"

青灵夹粉的动作微微一僵，冷冷道："担心你自己吧。"

"放心。"

青灵忽然放下筷子，抬头看向高阳的眼睛。

"怎么了？"高阳被她看得不自在，以为自己脸上有什么东西。

青灵利索地摘下手腕上的一只双子镯，递给高阳："拿着。"

高阳一愣："怎么？"

"这东西对我没用。"青灵说，"钱我不能还你了，分一个给你，用这个抵账。"

"哦好。"高阳接过镯子，上面还残留着青灵的一丝余温。

"别死了。"青灵说完，埋头继续吃粉。

"好。"高阳笑着点点头，戴上了镯子。

深夜，一辆黑色吉普车在校门口附近的路边停着。

下晚自习后，高阳故意最后一个离开。他走出没几个人的校园，先去了熟悉的小巷深处，换上便装，戴上口罩，出来后直奔吉普车，钻进副驾驶座。

斗虎一手握着方向盘，另一手将烟屁股丢进车窗外的垃圾桶："今晚虎叔送你最后一程。"

"啊？！"高阳刚要系安全带，吓得差点开门跳车。

"哈哈。"斗虎自己也笑了，"别紧张，嘴瓢了，是最后送你一程。"

"哦哦。"高阳心惊肉跳，魂都要吓没了。

斗虎发动汽车，一脚油门踩下去。

汽车在夜路上快速行驶，斗虎幽幽地开口道："你昨天说你可能看到鬼马了，我今天特意去检查了下鬼马的坟墓。"

"怎么样？"高阳眼神一亮。

"尸体不见了。"斗虎脸色微沉。

高阳不再说话：果然，自己没有看错！

"看来，鬼马复活的可能性很大。"斗虎看了一眼高阳，"这事你又立功了，我是真舍不得你走啊。"

高阳抬头，看向斗虎开车的侧脸："斗虎老师，有件事，我想拜托你。"

"说。"

"青灵和黄警官都救过我的命，也是领我走进觉醒者世界的人，我跟他们……"

"打住，再煽情我可是真的会哭啊。"斗虎举起一只手，"我向你保证，有条件的范围内，我会尽力保护他们的安全。"

高阳点点头："有老师这话，我就放心了。"

斗虎摸出干瘪的烟盒，单手掏出一根烟叼在嘴边："其实一个人有软肋，不全是坏事。软肋让人脆弱，但有时候，也可以让人更强大。"

高阳若有所思。

斗虎继续说："更重要的是，有软肋的人在追逐理想的道路上，不会轻易地迷失。"

"谢谢老师，很受启发。"这是高阳的真心话。

夜晚的道路畅通无阻，车速很快，不知不觉就开上青扬大桥。

过了桥，就是飞扬区，也就是麒麟工会的地盘了。

高阳又想到一个问题："斗虎老师，我之后要怎么联系你？"

"别联系，该做什么就做什么。"斗虎老练地笑了笑，"记住，你过去后，肯定会面临隐性的监视，在真正获得他们的基本信任之前，你怎么谨慎都不为过。"

高阳点头。

"耐心地等待。"斗虎说，"先骗过自己，才有可能骗过麒麟工会。时机成熟时，我自然会想办法联系你。"

"明白。"

"另外，丑话说在前头。"斗虎目光直视前方，眼底闪过一丝冷意。

"撑不下去，可以回来，但绝不能变节。如果你被他们策反，做了双面间谍，我一定不饶你。哪怕你躲到天涯海角，我也一定会找到你杀了你，赌上我的尊严。"

高阳虽然已有这个觉悟，但还是忍不住打了个寒战。

"不过嘛，"斗虎冷酷的脸上瞬间绽放出亲切的笑容，"小阳阳你最棒了，肯定不会让我失望的对不对？"

"对对对。"高阳脸上也绽放出花儿一般的笑容。

斗虎把车开到仿古步行街，让高阳下了车。

高阳双手插兜，整张脸都隐藏在鸭舌帽和口罩中。

他穿梭在灯红酒绿的热闹人流之中，找了个机会钻进隐秘的窄巷，左拐右转，进入了十龙寨。

路过广场中央那棵赛博造型的枯树时，高阳一时有些恍惚。

他第一次跟十二生肖来这里吃烤肉的情景还历历在目，那是他第一次正式进入觉醒者的世界。

高阳拿出手机看了一眼，发现自己已经被踢出十二生肖的加密聊天群。

踢他的人是白兔。

不知情的白兔一定很恨自己吧，高阳苦笑了下，把手机塞回口袋，走向侧面灯火通明的大楼，那是麒麟工会的玄武分部。

进入旋转门，服务台前还是站着那两名分别穿黑白色旗袍的年轻小姐。

"您好，这里是麒麟工会玄武分部，有什么能帮到您吗？"

"十二生肖，黑马，"高阳摘下口罩，端着沉稳的声音，"来贵组织任职。"

"稍等。"穿黑色旗袍的前台小姐俯身查询电脑，很快有了答复，"啊，是的，已经登记在案了。"

穿白色旗袍的前台小姐凑过去看一眼，微笑着抬头："黑马先生，恭喜您入职麒麟工会，您的职位是护法，兼第5行动队队长，隶属于玄武长老。另外，您需要一个护法名号，我帮您办理入职手续和准备相关物件。"

"护法名号？"高阳还真没想过，"随便取吗？"

"不能哟，有规定的。"白旗袍小姐微笑道，"护法名号为两个字，第一个字为数字，第二个字为自然元素，如树、草、花、林、风、火、冰、雷、水、炎、土、金、木、光、影，等等。"

高阳有点蒙，怎么有一种以前玩网游时取家族名的既视感。

高阳的幸运数字是七，"影"这个字代表在暗处，寓意比较符合他的身份。

"七影。"高阳说。

"哇，很棒的名号！"两位前台异口同声，满脸礼貌又敷衍的笑容。

高阳怀疑就算自己取个"二壁"，她们也一样夸得出口。

"七影护法，请跟我来……"穿黑色旗袍的小姐走出前台，刚要领高阳离开。

"什么！又杀了一个人？"一个男人聊着电话，风风火火地走出大厅。

高阳看过去，男人目测有一百九十厘米，虎背熊腰，一身精壮的肌肉，穿灰T恤和牛仔裤，头发和汗毛都十分浓密，满脸络腮胡子，远远看去，真像一头大灰熊。

他拿着手机，朝前台大声喊道："曼蛇哪儿去了，怎么半天联系不上？"

"我再帮你联系一下。"穿白旗袍的前台小姐立刻拿起手机。

"算了算了。"男人看一眼站在前台的高阳，微微眯眼，"这小鬼哪儿来的？"

"他就是最新入职的……"

"哦，那个跳槽过来的人就你啊！"男人粗犷地打断道，"正好，会开车么，给我去开车。"

"对了。"男人刚转身，又想起什么，回头问高阳，"取名号了吗？你之前组织的名号不能用了。"

"七影。"高阳回答。

男人愣了半秒，立刻朝着前台小姐大吼一声："你俩怎么办事的！规矩都不给人家讲清楚！"

男人伸手拍拍高阳的肩："小老弟，你刚来，不懂规矩。我跟你讲，这饭可以乱吃，名号可不能乱取，七影这名字你还不够格，懂？"

前台小姐有些为难道："灰雄先生，你可能还不太清楚……"

原来真叫"灰熊"啊，高阳差点没忍住笑出声。

"老子清楚得很！"

灰雄粗鲁地打断，满脸横肉连带着浓密的胡须一起抖动："这小鬼要来我们5组，今后就是我手下的弟兄了，你让他取个护法名号，这不找抽吗？"

"有没有一种可能，"高阳露出得体的微笑，"我就是来当护法的？"

（未完待续）

番外

悠长夏日

离城,盛夏午后。

"丁零丁零"——

急躁的门铃声将高阳吵醒。他缓缓睁眼,迷糊中夹杂着一丝起床气:这么早,谁啊?

高阳翻身拿起手机看了眼:下午两点,呃,好像也不早了。

暑假开始没多久,奶奶就去大伯家住了,说是乡下凉快,好避暑。今天一大早,爸妈也带高欣欣去新开的海洋馆玩,高阳难得可以自在一整天。

昨天晚上,他跟王子凯双排打游戏,说好赢一把就睡觉,哪里知道赢一把那么难,回过神时已经玩到了天亮——悲哀的是首胜仍然没有拿到。

高阳受不了了,洗把脸倒头就睡,一觉就睡到了现在。

高阳穿着松垮的短裤和背心,顶着一个鸡窝头,不情不愿地走出房间,前往玄关。

"谁啊?"

高阳一拉门,愣住了。

门外站着一个少女,戴一顶黑色鸭舌帽,穿一件白色T恤和高腰牛仔裙,手里还拉着一个粉色的小行李箱。

"李……薇薇?"高阳半天才认出眼前的人是自己的青梅竹马兼高中同学李薇薇。

李薇薇一把摘下鸭舌帽,茂密柔软的黑发披散下来。她一张脸气鼓鼓的,额头、脖子上都是细汗:"先进屋,我要热死了。"

"哦哦。"高阳赶忙让开。

李薇薇踢掉白球鞋,光着脚就进来了,高阳接过她的小行李箱,关上门。

李薇薇四处看看:"叔叔阿姨呢?你妹呢?"

"去海洋馆了,晚上才回。"高阳说。

"好吧,那这件事就先跟你说了,"李薇薇看向高阳,"高阳,我离家出走了。"

"啊?"高阳以为自己听错了。

"我以后就在你家里住下了。"李薇薇说。

"不是……"高阳有点蒙,"你好好的,在发什么癫啊?"

"怎么?不欢迎?"李薇薇反问。

"这不是欢不欢迎的问题!"高阳说,"这是根本就不合适的问题。"

"怎么不合适啊,从咱们小的时候咱们两家的关系就好,叔叔阿姨也一直把我当女儿,我觉得挺适合的。"

"可是……"高阳开始找理由,"我们这也没多余的房间了啊。"

"我可以跟你妹睡一间房。"

"她房间小,睡不下。"

"那……"李薇薇说,"那我睡你的房间,你以后睡在客厅的沙发上。"

"啊?"高阳傻眼了。

"啊什么啊,朋友有难,正是考验我们友谊的时候。"李薇薇说。

高阳可不想睡沙发。

先不说沙发睡得人腰酸背疼,主要还不能赖床,每天七点高阳的妈妈就醒了,高阳睡在客厅里那也得跟着醒。好不容易放暑假,他只想每天睡觉睡到自然醒。

"朋友有难,是得帮……"高阳决定先来个缓兵之计。他赶忙去厨房,拿出一瓶可乐和一瓶橙汁。

高阳把橙汁盖拧松,递给李薇薇:"来,先喝口水,冷静一下,说说到底是怎么回事?"

李薇薇接过橙汁,一屁股坐在沙发上:"根本冷静不了!从小到大,我什么都听他们的,他们却从没有真正地考虑我的感受,我有我的梦想,可他们觉得这只是一时冲动。"

高阳一拍大腿,已经知道是怎么回事了:"你去餐厅驻唱的事,被叔叔阿姨知道了?"

李薇薇点点头。

"我就知道。"高阳一脸不出所料的表情。

上周,李薇薇兴致勃勃地告诉高阳,她要去一家餐厅当驻唱。

高阳当即就反对,虽然满十六岁就可以打暑假工了,但夜里在那种鱼龙混杂的社会场所唱歌,并不适合高中生。

李薇薇却理由充分,首先那家餐厅环境良好,而且这家店是万思思的叔叔开的,他会起到监护人的作用,对她格外照顾和保护。李薇薇每天晚上去店里唱几首歌,唱完就走。

对李薇薇来说,打暑假工是其次,主要是想找一个能锻炼自己的舞台,为她今后的梦想铺路。

李薇薇从小就热爱唱歌,也确实颇有天分,梦想是当一个歌星。

高阳见李薇薇心意已决，也不再劝。

没想到这才几天，李薇薇的事就被她的父母发现了，高阳完全可以想象，叔叔阿姨去抓了个现场，然后闹了一番，驻唱一事彻底黄了。

高阳正走神，李薇薇已经走向高阳的卧室。

她刚推开门，就嫌弃地捂住鼻子："哇，一股汗酸味！你快把房间打扫干净，把床单什么的都换了。"

"不是，大姐你来真的啊！"高阳慌了，"家人之间吵个架很正常，真没必要离家出走……"

"丁零"——

高阳还要继续苦口婆心地劝，门铃响起了。

今天怎么回事啊，我就想过个清闲日子，怎么那么难？高阳有些不耐烦地走向玄关。

刚一开门，就见到门外站着一个女孩子。她正微微低头，双手整理着自己的刘海。

她没想到门会开得这么快，赶忙收回了手，双手交叠紧扣在小腹上，身板也绷得笔直。

高阳一眼认出来："万思思？"

万思思穿着一条浅蓝色印花的吊带连衣裙，细瘦的肩膀上还挂着一个帆布包。

她的脸有些发烫，几缕发丝沾着汗水，粘在白皙的脸颊上。

她清澈的双眼中透着一丝小动物的胆怯和羞涩，嘴唇微抿，她有些紧张："高阳，我、我找……"

"来找李薇薇的？"高阳猜到了。

"嗯。"万思思点点头，"她说要离家出走，住在你家里，我有点担心，就过来看看……"

"唉，一言难尽。"高阳苦笑一声，"进屋说吧。"

"嗯。"万思思低头走进来，动作轻柔又小心地换上鞋。

她跟着高阳进屋，动作拘谨，双眼却悄悄打量着四周。这还是她第一次来高阳的家。

"万思思！"李薇薇这会儿已经斜躺在沙发上，一边拿遥控器换台，一边朝她招手，俨然成了这个家的主人。

万思思赶忙过去，在李薇薇的身旁坐下。

李薇薇把遥控器一丢，跪在沙发上，双手抓住万思思的手："思思！跟你叔叔说声对不起！其实我是瞒着我爸妈去驻唱的，我真的没想到会搞成这样……"

"哎呀，没事的。"万思思笑了，"我叔叔说，以后你毕业了想来随时来，而且他觉得你唱歌很有天赋，希望你坚持梦想，以后肯定能红。"

"真的？"李薇薇被人认可，顿时坏心情一扫而光。

"当然是真的。"万思思说着，赶忙从帆布包里拿出几张照片。

李薇薇接过一看，是她驻唱时抓拍的照片，柔和的灯光下，她双手握着立式麦克风，微微闭眼，感情饱满，看上去有模有样。

"这是我叔叔随手拍的。他想让你签个名，说以后等你成为大明星了，就把照片裱起来当镇店之宝。"

"哈哈，这也太夸张了……"李薇薇有些不好意思，但看得出她很开心。她拿着照片看了又看，眼里闪烁着光。

她抬头看向万思思："真要签？"

"嗯。"万思思点点头。

"好！你等一下。"李薇薇跳下沙发，冲进高阳的卧室找笔去了。

高阳已经从厨房回来，手里拿着矿泉水、可乐、橙汁："不知道你爱喝什么。"

"谢谢，我喝水。"万思思越发拘谨。

高阳帮万思思拧松瓶盖，递给她的同时，压低声音问了一句："这张照片是你拍的吧？"

万思思一惊："你……怎么知道……"

"我记得你有一台拍立得。"高阳笑了，"李薇薇老说她三分之二的左侧脸最好看，每次拍照都摆那个角度，我看这张照片的角度那么好，肯定是你拍的。"

万思思像是做错事被发现的小孩，脸"唰"的一下红了。

她双手合十："高阳，拜托千万别告诉她，我、我怕她难过，所以想给她打打气……"

"知道。"高阳狡黠一笑，回头看一眼还在卧室里认真给照片签名的李薇薇，"那你也帮我个忙。"

万思思眨眨眼："什么忙？"

"回头好好劝劝李薇薇，让她赶紧回家。"高阳做了个痛苦的鬼脸，"我可不想睡沙发。"

"噗——"万思思没忍住捂着嘴笑出声，"你们的感情真好。真羡慕。"

"这有什么好羡慕的？"高阳不以为然。

万思思轻轻摇头，眼底闪过一丝温柔的光："能跟高阳从小一块儿长大，一直做朋友，肯定很幸福。"

高阳打了个哈哈："过奖过奖。"

这时，李薇薇开心地跑出卧室。

"正好三张！来，高阳一张，思思一张，叔叔的餐厅一张！"李薇薇将照片分好，振臂高呼，"等我李薇薇成为大歌星了，一定请你们当我的演唱会特别嘉宾！啊……除了高阳，高阳不行！"

"为什么我不行啊？"高阳不服。

"你唱歌太难听了，我怕我的歌迷会吵着要退票。"李薇薇一本正经。

高阳很不爽，但她说的是实话，他一时无法反驳。

"咕噜"，就在这时，万思思的肚子发出了声音。

高阳和李薇薇同时看过去。

"啊……"万思思的脸再次红到耳后,她赶忙解释,"对不起,我今天忘了吃午饭……"

"这有什么好道歉的。"李薇薇摸了摸自己的肚子,"这么一说,我也快一天没吃东西了,都是给爸妈气的……"

"我刚起床,也还没吃东西。"高阳起身,活动了一下筋骨,"等着啊,给你们露两手。"

半小时后,高阳端着三盘香喷喷的蛋炒饭出来了,每一份饭上还盖着一片煎好的午餐肉。

三个人坐在饭桌上,吃了起来。

李薇薇吃了一口,微微蹙眉:"油是不是有点多了?"

"还好吧。"高阳大口吃着,"油太少的话,这种颗粒饱满的感觉就炒不出来了。"

"可是油多了吃了会长胖!"李薇薇唉声叹气,"这个暑假我必须减肥了。"

"那可不行,午餐肉热量特别高,我帮你吃了。"高阳伸手要去夹李薇薇盘里的午餐肉。

李薇薇一筷子打到高阳的手上:"一边凉快去!"

"你自己说要减肥。"高阳有点委屈。

"我不吃饱,哪儿有力气减肥呀。"李薇薇强词夺理。

"呵呵。"万思思忍不住笑出声。

高阳和李薇薇一齐转头,对上万思思的眼神,发现她桌前的炒饭都没吃几口。

"你怎么不吃啊?不合口味?"高阳问。

"没有没有。"万思思赶忙低头吃起来。

最终,三人都把蛋炒饭吃得干干净净,然后各自坐在沙发上,吹着空调,休息了一会儿。

接着,高阳去厨房洗碗。

刚洗完筷子,万思思也走进厨房:"高阳,需要帮忙吗?"

"不用,就几个盘子,冲一下就行了。"高阳说。

万思思犹豫了一下,还是走近高阳:"我帮你吧。"

"哦,好。"高阳也不客气,冲好一个盘子,递给万思思,万思思认真地接住,转身放到沥水的碗柜里。

两个人无声而默契地洗着碗。

"呼"——一阵温热的夏风吹进厨房,带着盛夏的烈日气息和吵闹的蝉鸣声。

刚好冲完最后一个盘子的高阳抬起头,他颇为享受地眯着双眼,感受着脸上的细汗一点点消失。

"高阳。"

万思思的声音很轻:"薇薇的妈妈打电话来了,我有预感,薇薇马上就会回家了。"

"那太好了。"高阳喜出望外,总算是"逃过一劫"。

"嗯。"万思思笑了,"我想,叔叔阿姨肯定也很支持薇薇的梦想,只是不希望她太早接触社会。"

"是啊。"高阳回答。

"高阳,你有梦想吗?"万思思突然换了一个话题。

"梦想?"高阳认真想了想,或许小时候有过,但如今早忘了,"我没什么梦想,简简单单过一生就挺好了。"

"是吗?"万思思若有所思。

"你呢?"高阳问。

"我啊?"万思思点点头,"有。"

"是什么?"

万思思低头笑了,没有回答。

她犹豫了下,上前一步,站在高阳身边,穿堂风吹乱了她额前的发丝,窗外的树叶簌簌作响、苍翠欲滴,天空湛蓝如洗,白云慵懒。

"真希望暑假永远不要结束。"万思思说。

"是啊。"高阳说。